U0800893

“郭、老、曹”与北京人艺

——戏剧文学与剧场的关系研究

陈军 著

中国戏剧出版社
CHINA THEATRE PRESS

图书在版编目（CIP）数据

“郭、老、曹”与北京人艺 ：戏剧文学与剧场的关系研究 / 陈军著. — 北京 ：
中国戏剧出版社，2019.10
ISBN 978-7-104-04869-5

Ⅰ. ①郭… Ⅱ. ①陈… Ⅲ. ①戏剧文学史－研究－中国②北京人艺－研究 Ⅳ. ①I207.309②J892.3

中国版本图书馆CIP数据核字(2019)第203039号

“郭、老、曹”与北京人艺
——戏剧文学与剧场的关系研究

责任编辑：黄艳华
项目统筹：闫续哲
责任印制：冯志强

出版发行：中国戏剧出版社
出 版 人：樊国宾
社　　址：北京市西城区天宁寺前街 2 号国家音乐产业基地 L 座
邮　　编：100055
网　　址：www.theatrebook.cn
电　　话：010-63385980（总编室）
传　　真：010-63383910（发行部）

读者服务：010-63381560
邮购地址：北京市西城区天宁寺前街 2 号国家音乐产业基地 L 座

印　　刷：鑫海达（天津）印务有限公司
开　　本：787mm×1092mm　1/16
印　　张：27
字　　数：520千字
版　　次：2019年10月　北京第1版第1次印刷
书　　号：ISBN 978-7-104-04869-5
定　　价：178.00元

版权专有，违者必究；如有质量问题，请与出版社联系调换。

谨以此书献给我的导师董健先生！

国家社会科学基金重大项目《中国话剧接受史》（编号：18ZDA260）
“上海高峰高原学科建设计划成果”（编号：SH1510GFXK）
江苏高校哲学社会科学优秀创新团队“戏剧综合研究与文化生态建设”（批准号：2017ZSTD013）项目
上海市地方高水平大学建设项目

陈军个人简介

陈军，男，江苏高邮人，上海戏剧学院戏剧文学系教授、博士生导师，兼任中国长三角高校影视戏剧学会副会长、中国话剧理论与历史研究会常务理事、中国老舍研究会常务理事、中国作家协会会员，主要从事中国现当代戏剧的教学和研究。在《文学评论》《文艺研究》等刊物发表论文90余篇，出版著作3部，主持国家社科基金重大项目1项、一般项目2项，荣获江苏省第十三届和第十四届哲学社会科学优秀成果奖三等奖各1项。2004年被评为江苏省普通高等学校“青蓝工程”优秀青年骨干教师，2011年入选江苏省“333高层次人才工程”第三层次培养对象，2013年入选教育部“新世纪优秀人才支持计划”。曾赴美国达拉斯德州大学艺术与人文学院访学，并赴俄罗斯、韩国、马来西亚开展学术交流。

序

丁罗男

记得2004年春，我去南京大学参加董健老师的博士生学位论文答辩，其中有一篇题为《论老舍与北京人艺的互动关系》的文章引起我的注意，留下了深刻印象，其作者正是本书的作者陈军博士。当时，我对此文的评价是比较高的，认为在中国当代话剧研究中，单独的老舍研究和北京人民艺术剧院研究，已经相当丰富，恐怕没有更新的话可说了，然而把这两者联系起来，做一种互动性的研究确实是第一次。这不仅体现了论文选题角度的新颖独到，更有意义的是通过个案研究切入了一个对于戏剧来说非常重要的课题——文学与戏剧的关系。没想到的是，在此后长达十多年的大学教学与科研过程中，陈军教授"不忘初心"，孜孜不倦地在这一课题上不断地做大、做深，于原来博士论文基础上增添了郭沫若、曹禺，以及田汉等剧作家与北京人艺关系的梳理和研究。2011年作为国家社科基金项目成果，他出版了《戏剧文学与剧院剧场——以"郭、老、曹"与北京人艺为例》一书，学术界反应很好，因为在论述戏剧文学与戏剧院团的关系上，视野进一步拓宽，也更能全面、准确地反映北京人艺这个一流大剧院的历史样貌。之后，又经过多年的补充资料、深入思考，作者对该书进行了扩容、修订和再版，它就是呈现在我们面前的这本新书《"郭、老、曹"与北京人艺——戏剧文学与剧场的关系研究》。陈军诚恳邀我为本书写序，我尽管较忙，觉得也是不能够推辞的。

然而将书稿重读了一遍之后，却感到这序言不容易写，似乎该说的话，作者已经说得很清楚了。这里姑且记下两点读后体会，权当完成了"任务"吧。

第一点体会，这本著作在中国当代话剧史研究领域，可谓一份独特与丰厚的学术成果。我在为田本相先生主编的《中国话剧表演艺术史》的序言中曾发过这样的感慨："仔细想来，中国话剧在20世纪50年代至60年代初这一阶段，舞台艺术的提高与取得的成就显然在整体上是超过剧本创作的。由于众所周知的原因，'十七年'里剧本创作的数量不少而质量普遍不高，虽然出现了《茶馆》《关汉卿》等难得的优秀之作，但也正是因为有了卓越的舞台演出，有了焦菊隐和于是之、刁光覃等一批艺术家在舞台上树立的栩栩如生的艺术形象，才能成为影响如此之大的不朽经典，具有民族特色的现实主义表演体系也由此建立起来。北京人艺是这一体系的杰出代表，它的'戏剧诗'的表演美学精神，标志着中国话剧表演体系的一座高峰。"对于北京人艺的全方位研究是新时期以后开始的，一度还形成了学术热点。但是，除了政治文化生态、艺术创作机制和导演、表演、舞台美术等方方面面外，北京人艺的演剧风格或"学派"的铸就，离不开当时中国几位顶级的剧作家的背后支撑。郭沫若、老舍、曹禺的经典剧作几乎都曾在北京人艺的舞台上一一亮相，他们以自己强大的戏剧文学实力影响和引导着北京人艺风格的形成；同时，人艺的演剧格调与方法也给了剧作家们的创作以莫大的启示和推动，正如陈军教授在书中说的，"在他们那里，作家与剧院、文学与剧场或'诗'与'剧'是互为依存、互相成就的。而他们的成功合作也为双方赢得了国内与国际的声誉，共同推动了文学 / 艺术的大发展与大繁荣。"按照结构主义系统论的观点，作家与剧院的这种互动，属于重要的"关系质"，不像剧本、表导演、舞美设计等显而易见的元素。但这种看不见的深层关系，恰恰整体性地决定着剧作家与剧院的创作走向和美学风貌。"郭、老、曹"与北京人艺的关系，确实类似于世界戏剧史上那些著名的案例，如莎士比亚与英国环球剧院、莫里哀与法兰西喜剧院、席勒与德国曼海姆民族剧院，以及叶芝、辛格等人与爱尔兰阿贝剧院，契诃夫、高尔基、托尔斯泰与莫斯科艺术剧院等。当然，这类珠联璧合的情况毕竟是少数"理想的范本"，不可多得，难以复制，也正因如此，这部"郭、老、曹"与北京人艺互动关系研究的著述，显得更加难能可贵。虽然这一关系的重要性经常被提到，相关人士有零散的记载或回忆，在人艺编辑出版的几部经典剧目的“舞台艺术”总结中也有所体现，但像陈军教授这样全面系统的综合研究，恐怕还是第一次。

本书总体上采用了分述“郭、老、曹”三位作家与北京人艺的关系，每一关系突出一个重点问题的结构方法，既有纵向的历史叙述，又有横向的比较分析。第一编郭沫若与北京人艺，突出了民族化和诗意化的相互影响。郭沫若作为一位浪漫主义诗人，其浓郁的抒情特色通过一系列历史剧给北京人艺的演剧带来了诗情画意的风格，也提供了学习中国传统戏曲美学精华的机会。焦菊隐曾多次谈及话剧借鉴戏曲的经验，本书作者则在收集、分析大量史料的基础上，给我们详细描述了《虎符》《蔡文姬》《武则天》三部戏的探索历程，即从较表面地搬用戏曲的某些程式，到稍加“消化”，最后将斯坦尼体系与中国戏曲表演美学相融合的“民族化”尝试，在理论上涉及了写实艺术与写意艺术的关系问题。

第二编老舍与北京人艺，集中在作为小说家的老舍如何进行跨界创作，如何跟人艺的艺术家们形成富有成效的良性互动的过程。也许是得益于他“毕其功于一役”的博士论文，此部分的内容更为丰富，材料与论述也更为扎实，尤其是围绕无可争议的中国话剧经典作品《茶馆》，从文学文本到演出文本，从剧作构思、角色创造、语言特色、悲喜风格、演出效果等各方面的卓越成就，做了极其详尽的分析论述。同时也不为尊者讳，如实批评了老舍在抗战时期初涉剧本写作的失误，以及新中国成立后老舍创作、人艺演出的那些“紧跟形势”“服务政治”剧目的肤浅。在这一编中，我还很欣赏作者某些深层次理论探讨的闪光点，如关于老舍的现实主义与同时代的茅盾、巴金、曹禺的现实主义的比较，以及老舍与人艺“京味”话剧的关系；如《茶馆》的民族化和现代化问题引出的思考，即认为“老舍的《茶馆》不仅是民族化的，而且是现代化的，例如作者的现代意识（文化反思和国民性批判）、作品形式的现代性（史诗剧的形式）以及现代技巧的运用（象征、荒诞、内心独白等）”，“在现代化方向上的民族化”这一命题，也体现了老舍与北京人艺在民族化探索上的深化。又如，论及北京人艺的演剧对老舍创作的影响时，作者总结道：“从现代阐释学的观点来说，剧本是剧作家对生活的一次阐释，导演的构思是对剧本的第二度阐释，演员又是对剧作家的创造和导演的构思的第三度阐释，每一种阐释都是一种'视界融合'，都会存在着'误读'，是历史的真实和历史理解的真实的统一。这种理论或许更有助于我们看清、理解导演与演员的创造性。单就北京人艺与老舍的特殊关系来说，北京人艺不仅对老舍剧作的舞台呈现产生创造性的影响，而且还直接参与和影响老舍的戏剧创作。"这一观点有助于我们理解文学与剧场的关系，并不是单向度的规制，而是双向的共生与互动。

第三编曹禺与北京人艺，重点突出了前者的现实主义风格对剧院的影响。曹禺是中国话剧"人学"原则的重要奠基者和实践者之一，其塑造独特的人物个性与对人性的深入挖掘，以及在写实框架中吸纳象征、表现等现代戏剧的创作方法，无疑促成了人艺的演员将真实细腻的性格化表演与追求神韵的诗意化呈现相结合，从而形成了独特的诗化现实主义的演出风格。同时，本编中还回顾了曹禺的表演经历，这不仅使他熟悉舞台，因而在作品中处处能抓住戏剧性的真谛，并且特别重视演出的观众接受问题。再加上他身为院长，在整体上把握着剧院的品格与方向，在文学与剧场的关系中扮演着无可替代的角色。

稍感不足的是，在这部分内容中，作者比较侧重于曹禺作为一位剧作家的作用，虽列有专章论述曹禺对北京人艺的全面贡献，但围绕着既是剧作家，又是剧院院长的双重身份，他是如何引导剧作家（不仅他个人）与人艺的表导演、舞台美术家们融合起来，从而在戏剧文学与剧场艺术两者之间铺设桥梁、架起通道的，这方面的分析论述显得较缺乏。我很希望作者今后能够做进一步补充，把北京人艺的几位灵魂人物——曹禺、焦菊隐、欧阳山尊，做一个整体研究，因为在文学与剧院的关系上，他们的理念与实践起了重要的决定性的作用，就像丹钦科、斯坦尼斯拉夫斯基对于莫斯科艺术剧院一样。

读完本书的第二点体会，就是这一历史研究的现实意义。作为中国话剧史上作家与剧院关系的经典案例，"郭、老、曹"与北京人艺的关联确实是无法复制的。再说，随着时代文化语境的迁换和戏剧艺术本身的发展，那种以剧作家与导表演艺术家紧密合作，以文学文本（剧本）为中心与主导的剧场形式已经不占主流地位，甚至一去不复返了。西方自20世纪初开始，从阿披亚、戈登·克雷、阿尔托、布莱希特，到格洛托夫斯基、彼得·布鲁克、谢克纳，直至当下的罗伯特·威尔逊、卡斯托夫、凯蒂·米歇尔等一批戏剧革新者几乎都是导演、舞台艺术家，他们开始将传统的“戏剧”推进到了“后戏剧”时代。德国理论家雷曼提出的“后戏剧剧场”概念，就是指不再由文本（剧作家）统治，而是由导演主宰以及集体创作的戏剧，一种将“文本”与肢体、行为、舞蹈、音乐、灯光、装置、声效，以及影像媒体等“剧场”元素等量齐观，甚至“剧场”还会在重要性上先于“文本”的戏剧。在中国戏剧界，接受“后戏剧”的概念当然是近几年的事，但对戏剧的剧场本性的认识实际上从20世纪80年代就开始了，通过“戏剧观”大讨论和“探索剧”实践，中国导演的地位空前提高，长期以来剧作与舞台形式上僵化的“写实”“幻觉”模式被打破，“假定性”“多媒体”“观演合一”等观念被普及，不知不觉地也向着“后戏剧”时代前进了。与当今的“后戏剧”不同的是，那时候的中国话剧界还没有排斥文学应有的地位，在发挥剧场特性时也较少走到极端。

现在的问题是，在后现代语境下的后戏剧，究竟如何看待文学与剧场的关系？陈军教授的这本著作论及的虽属上一个时代的情形，但字里行间却透露着对戏剧现状的关注，在全书的结语中还专门论述了“对戏剧文学与剧场辩证关系的思考”，许多观点我个人是很赞同的：当前戏剧理论与实践中出现的贬斥文学的潮流，确实应当引起我们的重视。本来，戏剧摆脱文学的约束、充分发挥剧场的魅力是一种历史的进步，但如果走向另一个极端，把文学完全驱逐出剧场，同样会带来致命的伤害。其实这种思潮出自认识上的种种误区。

首先，把文学等同于剧本。剧本确是文学的一种体裁，但是剧本一旦进入了剧场，其文学符号已经被转换成视听符号，那些不能被转换的纯粹文学的成分就一定会被删改——就像本书中谈及的“郭、老、曹”的剧本照样被北京人艺的演出所“改造”的那样。现实主义戏剧尚且如此，更何况在当下许许多多的非现实主义作品中的叙事、人物、语言等方面，导演与演员具有更大的自由发挥的余地。现在的问题恰恰出在另一方面，导演不顾剧本的总体构思与文学意蕴，任意进行解构和改写，已经引起编剧们的抱怨甚至抗议，严重地影响了后者的原创积极性。其实在雷曼的“后戏剧剧场”理论中，也没有放逐文学的主张。他只是认为文学已经不再是高高在上的宰制力量，而下降到与其他诸种剧场因素同等的地位。

其次，把剧本等同于“文学性”，在忽视剧本的基础上进一步以“剧场性”为由全面排除“文学性”。的确，“后戏剧”的许多（并非全部）创作不是从正式的剧本开始的，如导演与演员的集体即兴创作以及肢体剧等，不需要现成的文学剧本，但这不等于作品没有“文学性”。正如陈军教授在书中所列举的“内容”“人物”“结构”“语言”“风格”等多个层面上，文学担负着无可争议的重要责任。“文学性”在戏剧中的缺席，意味着人文精神的丧失、思想意义的虚无和审美品格的下滑。雷曼不同意将“后戏剧”与“后现代”混为一谈是有道理的，两者确实不是一回事，但也无可否认，在后现代主义“消解一切”的思想影响下，当代戏剧的价值观缺失乃至混乱，也是有目共睹的。在后戏剧剧场中思想意义被逐渐淡化、消解，在多年来中国话剧高质量作品越来越少的情况下，我们有些人还在一味地鼓吹“去文学性”，是不是一种饮鸩止渴呢？

再次，把西方一些后戏剧的实验，误当作我们戏剧发展的主流方向。如前所述，当代欧美戏剧界在继承阿尔托等人的主张与实践的基础上，进行着各种“后戏剧”形式的探索，而雷曼等理论家则对这一现象做了理论上的总结。这些实践和理论都是有益的，也可以说是后现代语境下新的“先锋派”实验戏剧。既然是实验，就有成败得失之分。就我个人看过的这类戏剧而言，如德国安图·努涅斯导演的《奥德赛》、赫伯特·弗里奇导演的《物理学家》还是颇具意味的“解构”之作，剧场性的发挥并未妨碍文学性的存在；而观看英国“醉酒的潘趣”剧团的“沉浸式戏剧”《不眠之夜》、法国菲利普·肯恩导演的《龙的忧郁》这样的“后戏剧”，虽有些许新鲜感，但总觉得与戏剧的本质渐行渐远。也许个人的观剧经验并不能代替其他观众的感受，我总觉得“后戏剧”如果把装置技术与行为展示发展到极端，把文学性过滤得一干二净，大概不是今后戏剧发展的正确方向。美国戏剧理论家马文·卡森在谈到“后戏剧”时说,“雷曼在强调表演与生活的重要性、非模仿的身体及其与环境的关系时,其实仍未能摆脱传统美学的影响,仍在强调身体在从事特殊的、炫技式的行为。似此,则很难将后戏剧剧场同传统舞蹈区分开来,这也是形式主义批评所关注的重点。埃科和其他学者三十年前就指出,一个动作被公众归为戏剧,不在于该动作本身炫技式的表演,而在于其被框架或‘凸显’为戏剧的事实”。在谈到行为艺术与戏剧的关系时,他又说:“人们看到的人和事有些确实是计划好的,有些则不是。创作者也很少告诉观众情节和人物设定。这种演出与其说它超越了再现,倒不如说模糊了再现与真实的界限。我认为这是作品活力的真正所在。我也认为,说‘后戏剧’的敌人是‘再现’,这已经过时了。‘后戏剧’真正的敌人是‘模仿’。后戏剧其实既非‘模仿’也非‘非模仿’。它是以‘模仿’框架起来的‘非模仿’。去除了‘框架’,不仅‘模仿’消失了,戏剧也不复存在,存留下来的只是生活本身。”(马文·卡森:《“后戏剧”及“后戏剧剧场”在当代的若干思考》,载《外国文艺》2017年第4期,刘艳卉译)我之所以大段引用了西方理论家的论述,就是想说明,戏剧的本质并不在于“模仿”或“非模仿”“再现”或“表现”,而具有之所以成为戏剧的“框架”,越过了这种框架或底线,就变成了歌舞表演、技艺展示、装置艺术,甚至成了生活本身。因此,“后戏剧剧场”的种种实验值得鼓励,但也需要不断探讨与反思,什么是可取的,什么是不可取的,我们应当保持清醒的头脑,而不是不分青红皂白地统统视为模仿对象,确立为中国未来戏剧发展的方向。

这些问题也许离本书的题旨有些远了,但其实也并非没有关系。格洛托夫斯基在他的《迈向质朴戏剧》中有一个著名的命题:“戏剧的核心就是对峙”。这里说的对峙,不是指编剧法里的冲突律,他特别强调“在创造人员之间也是一种对峙”,如他作为演出人,与剧作者、演员等的矛盾统一。可见文学与剧场属于一个重要的方面。事实上两者对于戏剧来说是缺一不可的,它们互相斗争、互相克服,又互相融合,即本书作者称之为“张力”的辩证关系。在当今“后戏剧”时代,剧作家(文学文本)与舞台艺术家(演出文本)之间的显性对峙业已消失，代之以“文学性”与“剧场性”的隐性对峙。如果说过去以文学为中心，忽视剧场性的发挥是片面与狭隘的，那么今天以剧场性压制和排斥文学性的存在同样是武断与有害的。总之，让我们从历史与现实的戏剧发展中引出更多的思考，争取“文学性”与“剧场性”的和谐共处与“双赢”局面，这才是当前戏剧最需要做的努力。

2019 年 10 月 5 日于上海万里真金苑

目录

绪　论　本书写作的缘起、思路和价值 …………………………… 001

上　篇　郭沫若与北京人艺

第一章　郭沫若戏剧对北京人艺演剧民族化的贡献 ………… 018
第二章　北京人艺对郭沫若戏剧创作与演出的作用 ………… 037

中篇　老舍与北京人艺

第一章　跨文体写作与老舍戏剧的独特性 …………………… 058
　第一节　戏剧与小说的文体比较 ………………………… 059
　第二节　老舍小说中的戏剧性 …………………………… 067
　第三节　否定之否定的创作道路 ………………………… 079
　第四节　老舍戏剧与小说的沟通 ………………………… 099
第二章　老舍戏剧对北京人艺的影响 ………………………… 122
　第一节　老舍戏剧对北京人艺导、表演的影响 ………… 123
　第二节　老舍戏剧对北京人艺演剧风格的影响 ………… 142

第三章　北京人艺对老舍戏剧的影响 …………………… 160
第一节　北京人艺对老舍戏剧创作的影响 ………………… 161
第二节　北京人艺对老舍戏剧的二度创造 ………………… 173

下篇　曹禺与北京人艺

第一章　曹禺作为北京人艺院长的功绩 ………………………… 194
第二章　曹禺戏剧对北京人艺的影响 ………………………… 210
第一节　曹禺的演剧实践及其舞台观 ………………………… 210
第二节　曹禺戏剧对北京人艺演剧艺术的影响 …………… 238
第三章　曹禺戏剧的演出史及舞台处理的得与失 …………… 268

结　语　对文学与剧场辩证关系的思考 ……………………… 294
附录一　论田汉与北京人艺的互动关系 ……………………… 336
附录二　北京人艺1952—2014演出剧目 ……………………… 349
附录三　主要参考书目 ………………………………………… 391
后　记 ………………………………………………………… 401

绪　论

本书写作的缘起、思路和价值

尼柯尔在《西欧戏剧理论》中说："在戏剧评论家迄今面临的一切问题中，最大的一个问题就是涉及戏剧与剧院之间的关系问题。"[①] 文学与剧场、作家与剧院或者说诗与剧之间的关系问题应该说是戏剧艺术的基本问题，但就是这么一个基本的常识性的问题却在世界戏剧史上产生了不少理论上的混乱和实践上的偏向，而且这种混乱与偏向在今天更有愈演愈烈的趋势。

迄今为止，对文学与剧场关系的认识有两种极端倾向：一是强调文学而轻视剧场，这在一批对文学十分看重的学者、作家乃至导演中有很大的市场，认为文学可独立于舞台而存在，戏剧只是剧本的物质反映，岸田国土在《戏剧概论》中说："脚本的价值可以离开演出而存在，而演出的价值不能离开脚本而存在。"[②] 中国戏曲在元代至清代中叶期间确实存在"编剧中心制"，作家在日常的戏曲活动中占领着中心和主导的地位，对演员担负着"口授而身导之"的任务；西方则长期存在着所谓"作者中心论"[③]，强调剧作是导表演艺术发挥与创造的基础和前提，剧场应尊重文学的内在要求，成为文学形式的附

---

① [英] 尼柯尔：《西欧戏剧理论》，徐士瑚译，中国戏剧出版社 1985 年版，第 73 页。

② [日] 岸田国土：《戏剧概论》，转引自张庚：《戏剧艺术引论》，文化艺术出版社 1981 年版，第 59 页。

③ "作者中心论"即认为剧本是一剧之本，作者在戏剧艺术活动中起关键和核心作用。代表人物除了一批以剧本带动演出的剧作家外，著名导演斯坦尼斯拉夫斯基也是其推崇和膜拜者，强调剧作是导表演艺术发挥与创造的基础和前提。陈世雄在《导演者：从梅宁根到巴尔巴》一书中指出："现代导演产生于自然主义、现实主义流派，它的初衷是要忠实地、准确地在舞台上体现剧作的思想内容。""现代戏剧史上最尊重剧作、忠于剧作的导演莫过于斯坦尼斯拉夫斯基。他是在契诃夫、高尔基以及俄罗斯和西欧古典剧作的哺育下创造出自己的体系的。"（参见陈世雄著《导演者：从梅宁根到巴尔巴》，厦门大学出版社 2006 年版，第 22 页）"作者中心论"极大地突出了剧本的先在性和文学对戏剧艺术的指示和引领作用，赋予了作者更多的话语权，但也常因忽视舞台与观众、演出效果欠佳而受到质疑。

属品；另一种观点则强调剧场而放逐文学。自20世纪初以来，一股贬斥文学的戏剧思潮在世界范围内逐渐兴起、蔚为壮观。这股思潮割裂文学与剧场的相互关系，极力排斥戏剧的文学性，反对西方戏剧中长期存在的"作者中心论"，对戏剧从属于剧本、受制于文学表示强烈愤慨，而主张取消剧本，强调演员的即兴发挥和导演的艺术创造，提倡所谓的"形体戏剧"——突出形体动作，削弱和否定有声语言，重视导表演的能动作用，形成了现今颇为流行的"演员中心论"[①]和"导演中心论"[②]。从阿尔托的残酷戏剧、格洛托夫斯基的贫困戏剧、布鲁托的"空间戏剧"、贝克特的荒诞派戏剧到谢克纳的"环境戏剧"、玛丽娜和贝克领导的"生活戏剧"，莫不如是。其潮流之汹涌、覆盖面之广、影响之深远令人不得不刮目相看、不敢小视。阿尔托在《残酷戏剧及其重影》一书中说："为什么不能设想一出直接在舞台上构思、在舞台上导演的戏剧呢？那么这种演出比剧本式台词更是戏剧。"[③]"当戏剧使演出和导演，即它所特有的戏剧性部分服从于剧本时，这个戏剧就是傻瓜、疯子、同性恋、语法家、杂货商。"[④]阿尔托力主"残酷戏剧"的命名，就是期望戏剧要有强烈的感染力，台上一演戏，台下的观众就无法不引起反应。他还提出"总体戏剧"的概念，强调演员的肢体动作、灯光、音响、布景、道具等舞台上可呈现的一切（而唯独缺少剧本）对观众的情绪感染作用，力求使观众达到一种

---

① "演员中心论"指演员的表演是戏剧艺术的重中之重（中心），作者、导演、舞美等力量均通过演员的表演来呈现，也是观众欣赏的直接对象。中国戏曲自晚清起到新中国成立初形成了以演员为中心的戏曲体制，即所谓的"主角制"，演员的技巧、唱腔、色相、体态成为人们欣赏的重点。20世纪中后期格洛托夫斯基、布鲁托等人也相继提出表演至上论，认为戏剧艺术的其他成分都可以省略，唯独不能或缺的就是演员的表演，演员的个人表演是戏剧艺术的核心。值得一提的是：我国戏剧家张庚也认为"演员的艺术是戏剧艺术的中心。"他说："戏剧艺术是综合艺术，从各种艺术借用了创作手段，这些手段经过适当的安排就形成了戏剧艺术。这种安排是围绕着一个中心的，这中心是演员的艺术。"（张庚：《戏剧艺术引论》，文化艺术出版社1981年版，第3页）"演员中心论"在促进演员演技的提高、形成个人表演风格等方面功不可没，但也容易造成轻视文学，破坏演出的整体风格等弊端。

② "导演中心论"指在戏剧演出的全过程中，建立以导演为核心的创作制度。在排演期间，导演掌握艺术创作领导权和指挥权，遇有不同意见时导演有最后裁决权。"导演中心制"可保证戏剧艺术风格、样式的完整统一，保证艺术质量，但处理不当也容易造成文学性的衰退（重制作，轻剧本）和表演艺术的弱化。"导演中心论"的代表人物如戈登·克雷，强调导演在戏剧艺术中的绝对权威和核心作用，"唯有导演才能赋予舞台艺术以生命。"完全否定演员的自主性和能动性，认为演员只是导演手中的傀儡，把演员看成与布景、道具之类一样的死的材料，而忘记了演员是"活的人"在表演的特性。其他代表人物还有阿庇亚、梅耶荷德、阿尔托等人，均强调导演在一出戏中的组织、调度和领导作用。

③ [法]安托南·阿尔托：《残酷戏剧及其重影》，桂裕芳译，中国戏剧出版社1993年版，第35页。

④ [法]安托南·阿尔托：《残酷戏剧及其重影》，桂裕芳译，中国戏剧出版社1993年版，第36页。

癫狂和痉挛状态，给观众以“真实的咬啮”；他进而比拟音乐治疗提出对观众身心的戏剧治疗作用。自称为“行者”（performer, 一个行动的人）的格洛托夫斯基则在演员的形体训练方面进行了十分艰辛的实验，这其中包括形体训练、造型训练、面部表情训练、发声技术训练等，他倡导“贫困戏剧”，认为演员的个人表演是戏剧艺术的核心，主张取消剧本及舞台上的各种物质陪衬。格洛托夫斯基说：“没有服装和布景，戏剧能存在吗？是的，能存在。没有音乐配合戏剧情节，戏剧能存在吗？能。没有灯光布景，戏剧能存在吗？当然能。那么没有剧本呢？能，戏剧史上证明了这一点。在戏剧艺术的演变中，剧本是最后加上去的一个成分。”① 他强调演员表演的圣洁性，要求演员贡献出他的身体。同样，布鲁托提出“空的空间”，也是为了给演员的表演提供广阔的天地，希冀通过演员富于表现力的表演，使舞台变无形为有形。以贝克特为代表的荒诞派戏剧则追求所谓“纯粹戏剧性”，反对传统的叙事和结构形式，其戏剧人物要么不用语言，要么语言颠三倒四、支离破碎，不知所云，语言不是用来传达意义，而只是一种音响的效果，这都是对文学语言的一种消解。而在这股潮流中，谢克纳的“环境戏剧”和玛丽娜、贝克领导的“生活戏剧”的探索与革新走得更远，他们除了取消剧本这个文学的载体外，还打破了戏剧舞台的时空限制，旨在把戏剧扩张到日常生活中去，对于他们来说，戏剧无处不在，可以因地制宜，即兴演出。李亦男在雷曼的《后戏剧剧场》一书的译者序中指出：“（20 世纪）70 年代以来的西方戏剧不断探索新的样式，发掘新的可能性，强调剧场艺术中除文本之外其他元素的重要性。其结果是，如同在文学领域中罗兰·巴特宣称‘作者死了’一样，在剧场艺术中，剧作家的地位也在降低。于是乎戏剧的本质就发生了变化。”② 一种被德国戏剧家雷

① ［波兰］耶日·格洛托夫斯基：《迈向质朴戏剧》，魏时译，中国戏剧出版社 1984 年版，第 22 页。

② 参见［德］汉斯 - 蒂斯·雷曼：《后戏剧剧场》译者序，李亦男译，北京大学出版社 2016 年版。

曼谓之"后戏剧剧场"[①]的戏剧蓬勃发展。

值得一提的是，这股贬斥文学的戏剧浪潮也曾波及到我国。在台湾，20世纪80年代的实验剧展中就有大量的形体戏剧存在。这些戏剧强调演员演出的自由和自发性，追求声色之娱和对观众的感官刺激，注重戏剧的仪式性，恣意于形式的拼贴、戏拟和意义的消解等。台湾著名戏剧家姚一苇在《戏剧原理》的导言中曾将这种后现代戏剧界定为"新形式主义戏剧"，指出："它是非语言的，没有剧本，当然也就没有剧作家；也是反文学的，反意义的，只剩下感觉；它因为没有故事，没有人物，没有语言，所以它是反戏剧的。它把传统的戏剧规律已经完全打破，已经反到没有东西可反了。"[②]在大陆，以高行健为代表的探索戏剧和以孟京辉、牟森为代表的先锋戏剧也都不同程度地表现出对文学的消解倾向，其重心已从文学转向剧场。高行健在《我的戏剧观》中明确表示："理想的现代剧作最好是直接用于演出的一部总谱，台词只不过是剧作中的一个部分。""如今我们称之为话剧的戏剧不必把自己仅仅限死为说话的艺术。剧作家也不必把自己弄成为仅仅是一种文学样式的作者的地步。"[③]在《对一种现代戏剧的追求》一书中，他反对将话剧视为剧作家创作的一种语言艺术，他说："话剧通常被称之为一种语言艺术……这种说法有极大的片面性，是业已古老的易卜生式的戏剧观念。"[④]并公开宣称："戏剧不是文学。戏剧当然也可以称为文学的一种样式，写出一种文学价值很高可供人反复阅读的剧本，并且足以供学者们用文学批评的方法加以分析、阐述、论证。但这样的戏剧不如叫作戏剧文学。此外，戏剧还有它独立存在的理由。理由之一，这里不妨称之为剧场性。所谓剧场性，指的是戏剧乃是剧场里的

---

① "雷曼大胆地将世界戏剧的整个发展史概括为三个阶段：（1）前戏剧剧场时期（包括古希腊戏剧及各民族原始的戏剧形式），（2）戏剧剧场（古希腊之后，尤其是中世纪戏剧之后以剧本为中心的戏剧形式），（3）后戏剧剧场时期（萌芽于20世纪初，在20世纪70年代后蓬勃发展，直到今天）。这种分期打破了将戏剧史与文学史紧密挂钩的分期方式，从而将剧场艺术视为一种独立于文学之外的艺术形式……即其对戏剧文本或剧本阐释在剧场实践里中心地位的颠覆。在后戏剧剧场中，文本只是整个戏剧统一体的一个组成部分，与音乐、舞蹈、动作、美术等其他戏剧手段平起平坐。"参见［德］汉斯-蒂斯·雷曼：《后戏剧剧场》译者序，李亦男译，北京大学出版社2016年版。

② 姚一苇：《戏剧原理》，台湾书林出版有限公司1968年版，第2页。

③ 高行健：《我的戏剧观》，《戏剧论丛》1984年第4期。

④ 高行健：《对一种现代戏剧的追求》，中国戏剧出版社1988年版，第12页。

艺术，而剧场可以是任何一个公共场所。……正是这种剧场性决定了戏剧首先是一种需要同观众交流的表演艺术，而戏剧的文学性只是它的一种属性。”[①]这就难怪董健在《中国戏剧现代化的艰难历程》中不无忧虑地指出：“新时期以来，戏剧文学日趋衰微，二十多年间没有出现像《雷雨》《北京人》《名优之死》《关汉卿》那样表现着一个历史时期人的精神状况的经典之作。由于启蒙意识的消解与理想价值退位，一出戏不知道自己要说什么。如高行健的《野人》一类戏，其舞台空间十分开阔，戏剧表演的艺术手段也空前的丰富多彩，但是对不起，它们没有核心精神，恰如书法之泼墨多多而无‘骨’，是谓‘墨猪’之戏（注：东晋女书法家卫夫人在《笔阵图》中论书法所说“多肉微骨者谓之墨猪”）。”[②]探索戏剧重视剧场本无可厚非，也确实令人耳目一新，但文学核心精神的缺乏则可能使戏剧华而不实、空洞无力，因为剧院演出的好坏需要高质量文学剧本的支撑。同样，20世纪90年代，中国话剧也逐渐从“Drama”时代走向“Theatre”时代，致力于消解文本，解构文本与舞台的关系，以一种不破不立的态度突出剧场美学价值。由孟京辉执导的《恋爱的犀牛》《我爱×××》，牟森执导的《零档案》《与艾滋有关》《彼岸》，林兆华执导的《哈姆雷特》《三姊妹·等待戈多》，黄纪苏和张广天执导的《切·格瓦拉》，黄纪苏和孟京辉执导的《一个无政府主义者的意外死亡》等剧，其剧本与传统戏剧已经大相径庭，有的通篇都是朗诵，有的演出脚本是诗歌而不是常识意义上的剧本，没有故事情节，也没有具体的人物，有的则是各种文体、文本的拼贴和杂糅，这都是对传统戏剧文学的一种颠覆。[③]牟森在《〈倾述〉意味着什么》一文中宣称：“戏剧是独立的、有着自我表达语言系统的艺术形式，它不是对文学或别的艺术种类的解释和演绎，也不是文学或别的艺术种类的附属品。”[④]20世纪90年代以来的中国当代戏剧更是呈现出一种畸形发展局面，

---

① 高行健：《对一种现代戏剧的追求》，中国戏剧出版社1988年版，第63页。

② 董健：《中国戏剧现代化的艰难历程》，《文学评论》1996年第1期。

③ 有导演说：“我本就是草根，做的是通俗易懂，我们甚至不追求一个多么完整的本子。”（转引自黄世智：《论当代戏剧文学衰微的主要表现》，《青岛大学师范学院学报》2009年第1期）一位大名鼎鼎的先锋派导演更是大言不惭地说：“我太有才了，我可以把什么都排成话剧，而且每排一个就要吓你们一跳。”（参见张帆著《走近辉煌》，中国戏剧出版社2007年版，第26页）

④ 牟森：《〈倾述〉意味着什么》，《戏剧电影报》1997年7月3日。

所谓"一度创作衰弱、二度创作红火"，讲究戏剧的大投资大制作，赶时髦、重包装，追求舞美的"奇观化"。在戏剧形式的探索上可谓不遗余力、花样翻新，让人感受到舞台表演的无限可能性，但文学意义的丧失、戏剧核心思想的贫困化又使戏剧走向新的危机。①

本书的写作正是对以上这股戏剧思潮的一个批判性的反思，或者说一个并不遥远的回应。我尝试着思考以下种种问题：文学与剧场究竟是一个什么样的关系？为什么对这种关系的认识会产生种种错误的倾向？这种错误倾向的危害在哪里？又如何避免和克服这些错误？在戏剧实践中如何正确处理二者的关系以及这种处理的价值何在？还有，戏剧文学在整个戏剧艺术中的位置和作用又是什么？如何看待"作者中心论""演员中心论"和"导演中心论"这三种在戏剧史上很有代表性和影响力的戏剧观？等等。然而，对文学与剧场关系的研究国内还是空白，国外也少有问津。现在我们能见到的是苏联演员玛·斯特罗耶娃写的回忆录《契诃夫与艺术剧院》一书，也仅停留在关系介绍、故事叙述、情感抒发和实践描述上面，没有上升到系统的学术分析的高度。究其原因，一是与长期以来，戏剧文学研究和导表演等舞台实践研究的脱节有关。研究戏剧作家作品的，很少延伸到舞台；研究导表演艺术及演出风格的，则又很少涉及文本。前者往往熟悉文学而不谙舞台，后者擅长实践却又缺乏扎实的文学理论功底，双方都对学科交界面的研究价值认识不足、重视不够。二是因为该选题研究必须建立在微观实证的基础上才能避免理论的空谈，而戏剧史上剧本演出实证材料的缺乏和疏漏（有关表、导演的文字材料历来很少，流散更多）使其很难为之。这当然与动荡的社会环境以及很

---

① 《中国当代戏剧史稿》对先锋戏剧有如下评价："客观地说，先锋戏剧有自己的艺术追求，其试验也在某些方面丰富了戏剧表现的可能性。但是，否定文学在戏剧中的重要地位，重表演而轻文本，戏剧叙事的表象化，有时则掺杂过于激进的政治偏见，所有这些都使得它们缺少深刻的内涵。先锋戏剧虽然对传统的'解构'尖锐犀利，而自身的精神建构和美学建构则明显不足。因此，它们主要聚集在京城，大都是个人制作而难成气候，到世纪之交也同样走入困境。"（参见董健、胡星亮主编《中国当代戏剧史稿》，中国戏剧出版社 2008 年版，第 281 页）

多剧院资料意识缺失有关，同时也与戏剧演出本身属于“一次性艺术”① 不无关联。

本书旨在通过郭沫若、老舍、曹禺与北京人艺互动关系的考察，总结其中的经验和规律，推进和深化戏剧文学与剧场的关系研究。完成此书的得天独厚的条件是：“郭、老、曹”与北京人艺的互动均发生在中华人民共和国成立后当代文学范围内，文献资料保存完好。北京人艺有自己的档案室，在此基础上还建成了北京人艺博物馆。从建院起，北京人艺就把艺术档案作为重要工作之一。每一个剧目，从成立排练组开始，直到历次不断地演出，都要把排练过程分别用文、图、声像等方式记录下来。例如在《茶馆》的艺术档案中，就包括作者修改剧本、导演分析主题、演员讨论角色、排演场的谈话、演出后的总结、座谈会的记录、报刊评论文章、说明书、宣传海报，以及各界观众来信等五花八门的资料。另外，布景、服装、灯光设计图、化妆造型、音响声带，全剧演出实况录像等，也一一包括在档案里。就连一些可能属于艺术家个人隐私的资料也赫然在列，笔者就曾在人艺档案室翻阅过于是之先生的演出日记。新时期以来，人艺陆续整理出版了一批艺术研究资料集，如《〈蔡文姬〉的舞台艺术》《〈茶馆〉的舞台艺术》《〈龙须沟〉的舞台艺术》《〈骆驼祥子〉的舞台艺术》《〈雷雨〉的舞台艺术》《〈日出〉导演计划》等，以及《刁光覃》《朱琳》《叶子》《英若诚》等表演艺术家个人专集。伴随着北京人艺建院的周年庆典，他们还不断编写了各种艺术经验的总集，例如《攻坚集》《秋实春华集》《探索的足迹》《于是之论表演艺术》等，这为本选题的研究提供了极大的方便，使本书的写作能把理论和实践相互参照起来，既不流于空洞的玄谈，也不停留在琐屑的经验层面。

更为重要的是，以“郭、老、曹”与北京人艺作为研究对象，其本身具

---

① 意指戏剧每次演出都具有不重复性，演过则过，剧场具有流逝性。彭万荣在《表演诗学》一书中指出：“表演是一次性的，它在表演时必须同时被欣赏才能成为审美对象，克莱隆扮演亚格里庇娜（拉辛《布列塔尼居斯》中的人物），狄德罗和他那个时代的人才能欣赏到，现今时代的人只能想象它。”（彭万荣：《表演诗学》，中国社会科学出版社 2003 年版，第 213 页）马丁·艾斯林也说过类似的话：“戏剧的文字部分即剧本，是一个固定的永久存在的实体；但是剧本的每次演出的效果是不同的，因为演员对不同的观众的反应不同，当然对他们自己的精神状态的反应也有所不同。”（[英] 马丁·艾斯林：《戏剧剖析》，罗婉华译，中国戏剧出版社 1981 年版，第 27 页）

有相当的典型性和说服力，一方是中国现当代戏剧文学史上杰出的戏剧大师，另一方是中国当代戏剧演出史上的一流剧院，它们的良好合作与积极互动为文学与剧场的关系研究提供了可资借鉴的成功范例。说起“郭、老、曹”与北京人艺的合作，最早可追溯到北京人艺的建院之初，据人艺元老欧阳山尊回忆，1952 年 5 月，开始了专业化的北京人艺的筹建工作，当时被任命为院长的曹禺、副院长的焦菊隐、欧阳山尊以及秘书长赵起扬，曾就怎么办这么一个专业话剧院和办成一个什么样的剧院，进行了多次认真的讨论。四个人共同提出了建院设想，那就是“要把北京人艺建设成一个像莫斯科艺术剧院那样的剧院”①。在他们向莫斯科艺术剧院学习的内容中就有一条是：作家与剧院的通力合作（当然还包括学习和运用斯坦尼斯拉夫斯基体系，设立总导演制以及更进一步，不拘泥于斯氏体系，建立具有中国特色的艺术剧院等）。因为他们都清楚莫斯科艺术剧院因为常演契诃夫、托尔斯泰、高尔基的戏剧而形成了自己的艺术风格②，因此在思想上高度重视剧院的剧目建设。这里需要补充说明的是，在人艺建院的“四巨头”中，曹禺本人就是一个有丰富的舞台实践经验的剧作家，他走了一条“演而后写”的道路，自然重视作家与剧院的合作，他本人就是合作的典范。而导演焦菊隐早年写过诗歌等文学创作，出版过诗集《他乡》《夜哭》，他走了一条“由写到导”的人生道路；早在 20 世纪 40 年代，他就翻译过丹钦科著的《文艺·戏剧·生活》一书，认识到丹钦科作为文学掌门在莫斯科艺术剧院的特殊作用。他说：“丹钦科在莫斯科艺术剧院的创立上，和斯坦尼斯拉夫斯基有等量的功绩。”③“只有丹钦科，小说家、剧作家、批评家，才能使三个巨人在舞台上出现：契诃夫、高尔基和托尔斯泰。不是他第一个认识契诃夫的内在深度，这一位连自己都不自信是伟大的剧作家的医生，便会永远埋在尘土里，其他从生活的各角落上聚拢来、对

① 转引自于是之、王宏韬、田本相著《论北京人艺演剧学派》，北京出版社 1995 年版，第 244 页。

② 焦菊隐在《关于讨论“演员的矛盾”的报告》一文中说：“一个剧院的风格不是凭空而来，它是长期形成的。首先是选择剧目，如苏联莫斯科艺术剧院上演最多的是契诃夫、托尔斯泰和高尔基的剧本，而小剧院上演最多的则是奥斯特洛夫斯基的剧本，这两个剧院的风格就不同。剧院风格的基础是剧目，是剧作家的风格。它不是主观规定的，而是自然形成的，如果一个剧院十多年没有固定的作家提供演出剧目，东拼西凑地演出，那就很难形成什么风格。”（《焦菊隐文集》第 4 卷，文化艺术出版社 1988 年版，第 119 页）

③ ［苏联］丹钦科：《文艺·戏剧·生活》，焦菊隐译，中国戏剧出版社 1982 年版，第 310 页。

戏剧作不同贡献的许多人物，就更不必论了。”[①] 他还翻译了《契诃夫戏剧集》，认识到契诃夫剧本的独特风格对斯坦尼体系形成所起的作用，所以对剧院与作家关系的重视是他艺术实践的立足点。另两人欧阳山尊和赵起扬也都持同样的意识，并怀有鼓励与支持的态度，欧阳山尊本人就是一位善于同作家打交道的优秀导演，他们都怀有深厚的文学情结。所以，从剧院成立起，剧院与作家的合作与互动就成了人艺的建院基石和优良传统。而由于曹禺的号召力与影响力，使得人艺能够与郭沫若、老舍等一流戏剧大师建立长期合作关系（当然也包括田汉、丁西林、夏衍等作家，但以“郭、老、曹”为重，在建院初期以及后来相当长的一段时间里，剧院主要是演出这三位作家的剧本），使他们的不少剧作成了北京人艺的保留剧目。可以不夸大地说，郭沫若、老舍、曹禺抚育了北京人艺，没有郭沫若、老舍、曹禺这些杰出的剧作家为北京人艺所奠定的坚实的文学基础，这个国家级艺术殿堂是构筑不起来的，而北京人艺的卓越演出，也充分发挥了他们创作的夺目光辉，并使它们获得了不朽的舞台生命。正因为二者关系如此密切，所以北京人艺才亲切地把自己称为“郭、老、曹剧院”。在北京人民艺术剧院网站所开设的编剧大师版面中，我们能够看到的就是“郭、老、曹”三位大家，在首都剧场大厅中则有郭、老、曹三位大师的半身像。1982 年，曹禺在为院庆三十周年出版的画册写下的序言中曾总结北京人艺能够获得国内与国际声誉的原因，其中就说到一条：“我们很幸运，有中国许多杰出的戏剧前辈在支持、帮助我们，他们把不朽的剧作交给我们上演。郭沫若、老舍、田汉、夏衍、丁西林的剧作，使我们剧院不断出现灿烂辉煌的演出。”[②] 于是之、王宏韬、田本相在《论北京人艺演剧学派》一书中也指出：“北京人艺得天独厚之处，是中国一些著名的剧作家为其提供剧作，如郭沫若、老舍、曹禺、田汉等，从某种角度说，北京人艺的演剧理论及其风格，是在上演这些剧作家的剧目中形成的，并创造出本学派的舞台精品。”[③] 可以说，“郭、老、曹”与北京人艺的双向互动，形成了中国话

① [苏联] 丹钦科：《文艺·戏剧·生活》，焦菊隐译，中国戏剧出版社 1982 年版，第 312 页。

② 转引自《演员于是之》，王宏韬、杨景辉编，北京十月文艺出版社 1997 年版，第 339 页。

③ 于是之、王宏韬、田本相：《论北京人艺演剧学派》，北京出版社 1995 年版，第 2 页。

剧文学史和演出史上最耀眼的景观。

本书力求全面而深入地研究郭沫若、老舍、曹禺与北京人民艺术剧院的互动关系，通过经典作家与杰出剧院的相互关系研究来反思戏剧史上文学与剧场的辩证关系，为当今戏剧创作与演出提供经典范式。本着“有戏则长、无戏则短”的写作原则，本书的写作思路如下：绪论：本选题写作的缘起、思路及意义。上篇：郭沫若与北京人艺。重点分析郭沫若戏剧对北京人艺演剧民族化路向的探索、确立、完善所作的贡献，同时论述北京人艺对郭沫若戏剧创作/演出的作用。中篇：老舍与北京人艺。鉴于老舍戏剧的独特性以及学术界对此研究的不力，本书独辟一章，从跨文体写作的视角来研究老舍戏剧的独特性。本书认为老舍与北京人艺的关系类似于契诃夫与莫斯科艺术剧院，不把老舍这种“新型戏剧”研究透彻，就无法说明他对北京人艺的独特而深远的影响。因为独特个性的作家与独特风格的剧院是相辅相成的，老舍的剧本作为先在性和可约束性对北京人艺的导表演艺术和剧院风格产生着决定性影响，而北京人艺对老舍剧本能动的舞台处理，又反作用于老舍的戏剧创作和演出，以至于善演老舍戏成了北京人艺的独门功夫。下篇：曹禺与北京人艺。曹禺作为北京人民艺术剧院院长，对剧院事业的发展可谓呕心沥血，在剧院建设的诸多方面作出了自己的卓越贡献。同时，曹禺本人丰富的实践经验和对舞台艺术的熟稔，使他潜隐地形成了自己的演剧观，他的演剧思想和戏剧创作有力地促生了剧院现实主义的演剧风格，规范着演员的戏路，成就了一大批表演艺术家。而曹禺戏剧在北京人艺的演出史以及导表演对曹禺戏剧舞台处理上的得与失，则反映出创作、表演之间相互磨合的动态的生命过程，其间的经验教训值得总结。21世纪以来围绕着曹禺的经典戏剧演出，引发了关于“舞台如何重现经典”的问题与思考。结语：在梳理分析“郭、老、曹”与北京人艺之间关系的基础上，总结“郭、老、曹”与北京人艺在不同向度上的相互建构关系，厘清不同风格特点的作家与剧院互动的丰富性、复杂性及其中蕴含的规律性。全书最后通过考察北京人艺后期探索的偏向及前后期风格的比较，再次指出文学与剧场通力合作的重要性及其在戏剧史上的地位和价值。在此基础上，进一步思考文学与剧场的辩证关系，拟对世界戏剧史上所存在的“强调文学而轻视剧场”与“强调剧场而放逐文学”这两种极端倾向作出批判性的反思，为当今戏剧创作与演出提供理论指南和实践范式。

总之，本书主要研究价值在于：以“郭、老、曹”与北京人艺为例来深化戏剧文学与剧场的关系研究，为解决这一世界性难题打开新的思路，并作出新的理解与认知。所选取的三个大戏剧家和北京人民艺术剧院，标志着中国当代戏剧的最高成就，戏剧家的成功创作与剧院剧场的完美表演共同谱写了当代中国戏剧史。因而本选题研究必将推进中国现当代戏剧研究的深入，为当下话剧的探索与发展提供理论 / 实践的支撑，选题本身具有重大的理论价值和现实针对性。

同时，需要指出的是，本书的研究价值并不是单一的，而是多元的。在实际研究中，它还衍生出以下几个方面的价值：

一、深化郭沫若、老舍、曹禺戏剧创作的研究。关于老舍剧作的研究，散见于报刊杂志的单篇论文很多，专著则有两部：一部为冉忆桥、李振潼著的《老舍剧作研究》（华东师范大学出版社 1988 年版），另一部则为洪忠煌、克莹著的《老舍话剧的艺术世界》（学苑出版社 1993 年版）。关于郭沫若戏剧创作的研究专著较多，主要集中于郭沫若的历史剧研究，代表性的有：田本相、杨景辉著的《郭沫若史剧论》（人民文学出版社 1983 年版），张毓茂、钟林斌著的《文学巨星郭沫若》（四川人民出版社 1984 年版），吴功正著《沫若史剧论》（重庆出版社 1997 年版）等十多本。而关于曹禺戏剧的研究一直是戏剧研究界的热点，有四十多部专著，例如：田本相著《曹禺剧作论》（中国戏剧出版社 1981 年版）、朱栋霖著《论曹禺的戏剧创作》（人民文学出版社 1987 年版）、焦尚志著《金线与霓裳——曹禺与外国戏剧》（中国戏剧出版社 1990 年版）、马俊山著《曹禺：历史的突进与回旋》（中国工人出版社 1993 年版）、钱理群著《大小舞台之间——曹禺戏剧新论》（浙江文艺出版社 1994 年版）等。这些专著在开拓和推进“郭、老、曹”戏剧研究方面成绩显著，功不可没。但总的说来，它们大多侧重于郭沫若、老舍、曹禺其人其作的研究，要么集中于文学外部研究，对郭沫若、老舍、曹禺的戏剧成长道路、戏剧观以及东西方文学 / 文化资源背景，乃至创作心理、读者接受等方面进行研究；要么侧重文学内部研究，对他们剧作的结构、语言、人物、冲突、戏剧形态、创作方法、美学风格等进行较为全面深入的分析，大都局限在戏剧文学层面，很少延伸到舞台，没有从演出角度来研究剧本及其舞台呈现，这种情形直到新世纪以后才有所改观①。本书则把文学与剧场结合起来研究，这无疑为“郭、老、曹”戏剧研究提供了新的视角和新的发现，例如在研究中本人就发现，现在读者看到的“郭、老、曹”戏剧最后的定本，有很多吸收了舞台演出的成功经验，与初版本（戏曲称之为脚本）已经有很大的不同，这种戏剧剧本的生成性特征应引起学术界足够重视。因为有了“人艺”的相关性而使得“郭、老、曹”研究中一些被相对忽略的特征凸显出来，本书的写作有助于“郭、老、曹”戏剧研究的深入。

二、推进北京人艺研究的深入。20 世纪 90 年代以来，关于北京人艺的研究渐成学术界的热点，徐健在《新时期北京人艺研究述评》中指出：“北京人艺汇集了中国最优秀的创作团队，代表了中国话剧创造的最高成就……对北京人艺进行系统研究，可以窥探近三十年中国话剧的演剧状态，也可以为研究戏剧观念的当代演进过程提供某种参照。这是一个既充满诱惑又充满挑战的理论课题。”②但此类研究多集中于焦菊隐和于是之等导表演艺术家的研究以及北京人艺演剧风格、学派建设的研究，这方面成果颇多，举其要者有：《论北京人艺的演剧学派》（田本相、何西来、顾骧著，北京出版社 1995 年版）、《论焦菊隐导演学派》（苏民、左莱著，文化艺术出版社 1985 年版）、《论于是之表演艺术》（于是之著，中国戏剧出版社 1987 年版）、《探索的足迹》（北京人民艺术剧院编，中国戏剧出版社 1994 年版）、《焦菊隐戏剧理论研究》（邹红著，北京师范大学出版社 1999 年版）、《困守与新生：1978—2012 北京人艺演剧艺术》（徐健著，广西师范大学出版社 2015 年版）等。而从作家提供的导表演底本的规定性与被阐释性角度去研究北京人艺的则还没有专论，仅有几篇回

---

① 例如曹树钧的《曹禺剧作演出史》（中国戏剧出版社 2006 年版）不仅仅论述了曹禺剧作在中国话剧舞台演出的简史，而且对其他演出形式的改编以及在世界五大洲 20 多个国家的演出，也进行了初步探讨。刘家思的《曹禺戏剧的剧场性研究》（中国社会科学出版社 2010 年版）在对剧场性理论深入探究的基础上，着重分析曹禺剧作内含的剧场性特征以及可读可演的文体范式。

② 徐健：《新时期北京人艺研究述评》，《北京社会科学》2009 年第 3 期。

忆性的散文，这种研究状况与作家作品对北京人艺的实际作用是远不相符的。于是之在《老舍先生和剧院》一文中就曾说过：“老舍先生和郭老、我们的曹禺院长一样，以他的剧作培育了我们，滋养着剧院一步步地成熟起来。北京人艺就像一个孩子，每天从大人们的言谈举止里受到陶冶，渐渐地形成了自己的风格。”① 所以从文学 / 演出互动的角度来透视剧院不仅可行而且必要，它必将深化对北京人艺的研究。

三、研究方法上的创新价值。长期以来，戏剧文学研究和导表演等舞台实践研究的脱节是研究界的通病。这种把文学与演出分为两谈、互不关联的做法，对于戏剧这样一门以综合艺术和集体创造为本体论要素的艺术来说，其研究的偏狭是明显的。因为文学与剧场之间客观上存有内在的逻辑关联，一方面，剧本对剧场来说具有规定性，即“演什么”由剧本提供，“怎么演”也从剧本中得到提示；另一方面，导表演对剧本的舞台处理不是被动的，而是能动的，这反过来又对作家的戏剧创作和剧本演出产生影响，剧本的最后“完形”已经集中了导表演的艺术智慧，打上了导表演艺术处理的印痕。所以，罗伯特·贝纳特蒂在《The Actor at Work》中说：“在舞台上我们相互创作多于自己创作。”② 本书力求“打通”戏剧创作和演出，贯通从戏剧创作到戏剧演出的全过程，注意戏剧文学创作与戏剧舞台实践之间的互动，这样的研究无疑更接近戏剧的本体研究，在研究方法上富有创新价值。

最后，在进入正文写作之前，本人尚须作有关事项的说明。按照现有的研究成果，北京人艺可划分为前、后两期，从 20 世纪 50 年代初到 70 年代末是前期，即人艺风格形成期，以焦菊隐的演剧民族化的实践为代表；从 20 世纪 80 年代初至今是后期（有学者又称“后焦菊隐时期”），以林兆华富于现代派乃至后现代派的艺术革新与舞台追求为代表。叶廷芳在《北京人艺：一浪推一浪》一文中说：“如从她的成长和发展看，又恰好可以以‘而立之年’为分界，划为两个里程或阶段，分别与一个名字联系着：如果说前一阶段的代表是焦菊

① 王宏韬、杨景辉编：《演员于是之》，北京十月文艺出版社 1997 年版，第 346 页。

② 参见叶涛主编《演艺妙语》，上海文艺出版社 1996 年版，第 327 页。

隐，那么后一阶段的代表则是林兆华；前者象征着奠基，后者意味着开拓。”①鉴于“郭、老、曹”与北京人艺的合作主要集中在前期，同时，我个人认为，从北京人艺艺术发展的精神走向和创作风貌来看，也只有前期，文学与剧场取得了双赢的格局，积累了成功的艺术经验；而后期的舞台实践出现了某种新的动向，受后现代戏剧思潮影响，一些戏剧热衷于“消解意义”“解构经典”，造成了对文学性的贬斥。在林兆华的艺术探索中，文学与剧场的平衡状态和双赢格局被打破，导演具有凌驾于文学之上的绝对支配权，演出自由度和随意性增强，不同程度地偏离了人艺这一优良传统，这是后话。所以本书以北京人艺前期为论述的主要对象，只是在局部论述中可能有所延伸，涉及北京人艺后期一些相关的舞台处理，在对照 / 对比中加深本人的论述。

① 叶廷芳：《北京人艺：一浪推一浪》，《探索的足迹》，中国戏剧出版社 1994 年版，第 409 页。

上　篇

郭沫若与北京人艺

从北京人艺历年演出的剧目来看，郭沫若戏剧在北京人艺的上演相对较晚，但在北京人艺演出史上却具有不可替代的地位。如果说此前北京人艺在老舍、曹禺戏剧的演出中实践了斯坦尼体系、奠定了人艺现实主义演剧风格的话，那么，从郭沫若戏剧起，北京人艺的审美观念和艺术追求发生了转向，开始了演剧民族化的实践，并有了创作方法多元化的尝试。郭沫若戏剧对北京人艺演剧民族化路向的探索、确立、完善作出了重要的贡献，积累了成功的经验。同时，北京人艺艺术家们也给郭沫若戏剧创作提供了热情周到的帮助与良好的写作建议，舞台演出中的一些出色的发挥与再创造，又反作用于郭沫若剧本的再修改。其根据演出需要对剧本所进行的舞台处理，也充分展示了郭老的艺术才华和美学风格，二者客观上存在着互动关系。

第一章

郭沫若戏剧对北京人艺演剧民族化的贡献

中华人民共和国成立后，郭沫若共有三部戏剧在北京人艺演出，即 20 世纪 40 年代的旧作《虎符》以及新作《蔡文姬》和《武则天》。这三部戏剧对北京人艺演剧民族化贡献卓著。其中，1956 年《虎符》的排演是北京人艺演剧民族化实践的开始，是北京人艺演剧学派形成过程中的一个重要的转折，也是焦菊隐和北京人艺艺术家们戏剧观的一次嬗变，具有方向性意义。1959 年《蔡文姬》的上演则标志着北京人艺演剧民族化实践的成熟。它已经没有了初创期的幼稚和肤浅，而深得中国戏曲表演的精髓，达到了戏曲专业化演出的水准，其民族特色鲜明却又存在“话剧戏曲化”的嫌疑。而 1962 年《武则天》的演出才是合理的纠偏，它以话剧为本体吸收传统戏曲表演的精神和原则，是在保持自身特色的基础上的丰富和创新。郭老的三个戏恰好形成“三级跳”，形象地反映了北京人艺在民族化探索上的艺术进阶。

一、《虎符》：民族化实践的开创

学术界普遍认为，1950 年老舍《龙须沟》的演出奠定了北京人艺现实主义的基石，在这部戏剧中，为了纠正演员在旧舞台上所习染成的形式主义的表演套路，焦菊隐力求用科学的斯坦尼斯拉夫斯基演剧体系对演员进行训练，从而拉开了剧院专业化、正规化建设的序幕，演出取得了空前的成功。但同时，焦菊隐敏锐地感到在斯氏体系运用中又出现了某种矫枉过正的不良现象，他在《龙须沟》舞台实践的总结性文章《导演的艺术创造》中就指出：“另外，还有一个现象，也相当普遍地存在着，那就是：生吞斯坦尼斯拉夫斯基心理准备过程的理论，无原则地否定形象，认为凡是形象全是形式主义。试想演员如果整个取消了足以传达出内心思想与情感活动状态的形象，就连最生动、最自然、最生活化的举止动作，也都认为是仇敌，那会有什么结果呢？角色必然会个个变成了得瘫痪症的人物，而那种呆滞、无神、平板，既然不能表现丝毫的生命，也就必然会成了一种僵尸化的形式了。”[①]可见，焦菊隐在实践斯氏体系的同时已经蕴含着反思和超越的意识[②]，这使他在当时全国一窝蜂地学习斯氏体系的热潮中保持了一份难得的清醒，也为他以后演剧民族化探索埋下了种因。从1956年开始，焦菊隐在郭沫若《虎符》的排演中尝试着把斯坦尼体系与中国传统戏曲融合起来，力求建立具有中国特色的导演学派。

如果从一个长时段来考量焦菊隐在话剧中学习和借鉴中国传统戏曲的原因，也可以说与他早年的经历有关。他大学毕业后曾创办北平戏曲学校，曾拜曹心泉和冯惠麟两位老先生为师，身体力行地学习京剧，对中国戏曲的源流，京剧发展的沿革做过悉心钻研，积累了丰富的戏曲知识和一些独到的学术见解。后来在巴黎读博士时他所做的博士论文《今日之中国戏剧》也是专谈民族戏曲的。他曾说：“早在那个时代，我就有这样的愿望：一是要把话剧的因素，吸收到戏曲里来；二是要把戏曲的表现手法和精神，吸收到话剧里来。”[③]

但促使他演剧观念发生变革的更主要的动因还是现实因素，一是1956年首届中国话剧观摩会上暴露出来的中国话剧界片面学习斯坦尼而造成的自然主义倾向问题，以及外国专家所指出的民族特色不够的缺点。这在1956年5月《戏剧报》所刊载的记者文章《朋友们的关怀——几位兄弟国家戏剧专家对话剧会演的观后感》中有明确记载。外国专家普遍认为：目前中国话剧的最大缺点是自然主义，表演琐碎、拖沓，对白太多，人物生活的公式化、概念化，人物形象不够鲜明，敌对势力表现得过于弱小、愚蠢，舞台冲突简单

① 焦菊隐：《导演的艺术创造》，《焦菊隐文集》第3卷，文化艺术出版社1988年版，第53页。

② 在《导演的艺术创造》中，焦菊隐就提及斯坦尼1938年对外国导演和演员说的一段话：“你们必须创造你们自己的一些东西。你们如果照抄，那就等于说，你们仅仅是在因袭了。那你们就不是往前发展了。”

③ 焦菊隐：《焦菊隐戏剧论文集》，上海文艺出版社1979年版，第4页。

化，戏剧情节的集中性不够，紧张性不强，对观众来说缺少强烈的艺术感染力。同时，他们也对中国话剧提出了殷切希望，苏联作家阿尔布卓夫就指出："如果有人问我，中国话剧应向谁学习呢？我愿这样回答，向中国伟大的戏剧传统学习；向中国伟大的绘画学习。"[①] 波兰导演、戏剧理论家波格旦·科波涅夫斯基也认为中国话剧没有很好吸收中国戏曲中宝贵的东西，反而去搬外来的不好的东西，是一件遗憾的事情。他说："中国有美丽的戏剧传统，世界各国人民都很羡慕你们，而你们自己不向自己的优良传统学习，反而说：'向你们学习'，这是不合乎真实情况的。中国戏有一千年以上的历史，其他民族没有这样悠久的，都要向中国学习，学习中国古典戏曲高度的概括能力和强烈的戏剧性。中国戏曲对欧洲发生了很大的影响，但奇怪得很，它对中国话剧却影响不大。"他希望年轻的中国戏剧工作者能向古典戏剧学习，他还说："戏剧是一首诗，当中国话剧吸收了自己民族古典的东西时，它便是一首更美的诗了。"[②] 外国专家的建议引起了中国戏剧界的高度重视，会演结束后，全国剧协于1956年4月18日召开了常务理事扩大会，田汉作了题为《面向广大演员、提高创作与演技水平，为完成祖国建设服务》的报告，他在报告中对话剧会演的成绩和经验进行了总结，特别从艺术思想上提出了正确对待和继承祖国戏剧艺术优秀传统问题，提出了话剧民族化的问题，他说："一些话剧工作同志把自己局限在短流浅水之中，不愿意和不懂得向祖国优秀的艺术传统学习，在话剧和古典戏曲之间还存在着一定程度的'绝缘'现象。"为此，他希望："在古典戏曲和现代话剧之间建立一条'金的桥梁'，加强和创造我们话剧艺术的民族风格。"[③] 据说，焦菊隐当时同样受到了深深的触动，他私下对同志们说："咱们真是抱着金碗讨饭吃呵！"[④]

促成焦菊隐演剧民族化实践的另一现实因素则与1956年4月昆剧《十五贯》进京演出引起轰动，毛泽东、周恩来强调要向民族戏曲学习有关。周恩

① 转引自《朋友们的关怀》，《戏剧报》1956年5月号。
② 转引自《朋友们的关怀》，《戏剧报》1956年5月号。
③ 田汉：《面向广大演员、提高创作与演技水平，为完成祖国建设服务》，《戏剧报》1956年5月号。
④ 参见陈世雄《三角对话：斯坦尼、布莱希特与中国戏剧》，厦门大学出版社2003年版，第172页。

来在《十五贯》演出成功后发表的重要讲话中说："我们的话剧，总不如民族戏曲具有强烈的民族风格，中国话剧还没有吸收民族戏曲的特点，中国话剧的好处是生活气息浓厚，但不够成熟……"[①] 毛泽东于1956年8月24日在怀仁堂与部分音乐工作者谈话时，也强调了艺术的民族化问题，他说："艺术的基本原理有共性，但表现形式要多样化，要有民族形式和民族风格""说中国民族的东西没有规律，这是否定中国的东西，是不对的。中国的语言、音乐、绘画，都有它自己的规律。"[②]

正是在个人艺术理想与社会现实语境双重作用下，焦菊隐开始了话剧借鉴戏曲的艺术实践，而郭沫若《虎符》的应时推出则是不可忽视的内在动因，为其实践提供了难得的大显身手的平台。这首先与郭沫若戏剧本身的风格特点有关，不是所有的话剧都可以进行戏曲化尝试。焦菊隐说："《龙须沟》很难用戏曲的形式来表演，不能想象，丁四演成'开口跳'，赵大爷演成'架子花'……而像《虎符》这样的历史戏，却可以吸收戏曲的形式来表演。因为作者笔下的历史上的英雄人物，不是通过生活细节来表现的，而是通过集中地突出人物的主导思想、巨大的激情和最感动人的行为所表现的。"[③] 他还指出，虽然同是历史剧，像夏衍的《秋瑾》《赛金花》就不可以采取戏曲表现手法，而"《虎符》虽不是以戏曲形式写的，但适于运用戏曲的形式来演出。这样，主题、矛盾才更突出，色彩才更鲜明。"[④] 从作品的美学风格来说，历史剧《虎符》感情浓烈、抒情性强，剧中有如姬大段的内心独白和情感抒发，如墓前独白、匕首颂等，还插入各种形式的独唱、对唱、群唱等，整个戏剧意境开阔、气势雄浑，由于郭老是诗人写剧，激情澎湃，诗意盎然，其戏剧呈现出浪漫主义的诗剧特色，与中国传统戏曲的抒情写意很相近（钱穆所谓"抽离现实"）。而从创作层面来说，《虎符》围绕"窃符救赵"的历史典故展开叙事，情节引人入胜，人物个性鲜明，戏剧结构是线性的开放式结构，讲究故事的前因后

① 参见《论焦菊隐导演学派》，文化艺术出版社1985年版，第75页。

② 参见《毛泽东同音乐工作者的谈话》，《党和国家领导人论文艺》，文化艺术出版社1982年版，第11页。

③ 焦菊隐：《关于话剧汲取戏曲表演方法问题》，《焦菊隐文集》第3卷，文化艺术出版社1988年版，第393页。

④ 焦菊隐：《关于话剧汲取戏曲表演方法问题》，《焦菊隐文集》第3卷，文化艺术出版社1988年版，第394页。

果、波澜起伏，语言饱满有力，尤其是戏剧采用了历史题材，如郭老自己说的属于古装剧范畴，接近中国观众的欣赏趣味，这一切都使它适合采用戏曲的方法来演出。正如田汉在《话剧要有鲜明的民族风格》一文中所指出的："中国的传统戏曲有它的话剧要素，传统戏曲的表现方式有许多是可以批判地吸收到话剧表演上来的。特别是表演历史戏，传统戏曲有其极为精美丰富的经验的。话剧工作者通过演历史剧更便于接受传统，便于向传统表现方法学习，这样会使表现力更丰富，也帮助我们创造新的方式。这不单是容许这样做，而且是值得提倡的。"[①]《虎符》向戏曲学习和借鉴主要在以下几个方面展开，目标则是对当时话剧演出中的自然主义倾向的有力的反驳。

1. 舞美设计的写意性。众所周知，斯坦尼体系是现实主义的表演体系，强调演出的逼真性，要求演员认识到"第四堵墙"的存在，演员在舞台上"真实地生活"着，观众置身台下仿佛是透过锁钥在看"邻人的生活"。因此其舞台布景要求再现生活的原貌，强调舞台设计的真实性，这在20世纪50年代的话剧舞台美术中已成了普遍的原则。但问题是，郭沫若的《虎符》不是以客观再现为主的现实主义戏剧，而是以主观抒情为主的浪漫主义戏剧，其意境深远、雄浑、恢宏，且其舞台生活历史久远，很难完全复现。为此，焦菊隐决定在《虎符》演出中向戏曲的舞美设计思想学习，一是布景简化、虚拟，突出人物的表演；二是多用象征、暗示，激发观众的想象力。例如在《虎符》演出中首次使用黑色天幕来作为整个舞台背景，就是受戏曲写意化布景的启发。而第一幕魏太妃寝居起居室的布景，也只在舞台上陈设一尊青铜方鼎、屏风几案和几件坐垫，力求虚实结合、简单抽象，其他景物结合演员的表演，让观众展开想象。

2. 戏剧节奏感的加强。针对话剧舞台演出"平""瘟""拖"等弊病，焦菊隐在《虎符》中有意识地采用了戏曲的锣鼓点以强化戏剧的节奏感。而演出的节奏感是戏曲表演的根本原则，因为戏曲以"乐"为本位[②]。焦菊隐说："（戏曲）它的表演富有强烈的音乐性——即节奏，特别是在内在的节奏：人

① 田汉：《话剧要有鲜明的民族风格》，《戏剧报》1957年第8期。

② 参见董健：《论田汉的编剧艺术》，《剧本》1998年第12期。

物思想感情活动也是有节奏的。不但表演本身有节奏，就连场次的安排，舞台的调度，以及服装色彩的搭配，也都有强烈的节奏。”[①] 在导演《虎符》时，他就通过用京剧锣鼓点迫使演员有节奏感，用一种外在的强制的办法使演员就范。著名导演夏淳曾指出：“焦先生并不想使之成为一种演出形式，而只是作为一次试验，经过这个试验，焦先生要演员了解戏的节奏的重要性，节奏是戏的灵魂，但同时要使演员进一步了解节奏是蕴藏在戏的内涵之中的，是在人物的心理动作、人物的相互交流、相互矛盾之中表现出来的。”[②] 在《虎符》的演出中，根据情节的发展和人物内心的需要，锣鼓点时而舒缓，时而紧张；时而高昂，时而低徊；时而急促，时而悠长，这就要求演员的言语动作能够与之协律合拍，避免演出因过分的生活化而趋向随意化和散漫化，而要学会对自己的形体动作和台词腔调进行适当控制和拿捏。当然，郭沫若戏剧本身为试验提供了极大的可能与方便，即如《虎符》一剧，其情节安排张弛有度，有悬念、有照应、有动作、有抒情，场面转换力求动静搭配、悲喜交错，人物内心情感则有起伏变化，这为锣鼓点的运用提供了与之匹配的试验田。

3. 戏曲程式的运用。针对一些演员对斯氏体系的误解，即认为斯坦尼只讲体验，不要体现，而造成话剧舞台形体动作不够鲜明突出的弊端，在《虎符》中焦菊隐还大胆运用一些戏曲的程式动作，如水袖、台步等，追求形体动作的美感，力求在艺术实践中将体验与表现统一起来。而这与郭沫若戏剧中的人物行为举止也是相符的，因为郭老剧中人物多为历史上的英雄人物，如《虎符》中信陵君、唐雎、侯嬴等人都是历史上叱咤风云的人物，生性豁达豪放、举止洒脱、风流倜傥，用戏曲动作造型更符合其英雄壮举，能够展示其英雄形象。同时，鉴于郭沫若历史剧文言与白话相交织，语言优美如诗、气韵生动，所以演员对话中还直接采用了戏曲的韵白（构成外在的节奏感）。据说对于戏曲程式在话剧中的直接搬用，开始演员很不适应，非常反感这一套，认为比较做作、生硬、僵化，甚至到了排练不下去的程度，后来是剧院书记赵起扬代表党组织出面做说服动员工作，讲话剧民族化的意义，演员才同意继续排

① 焦菊隐：《略论话剧的民族形式和民族风格》，《焦菊隐文集》第3卷，文化艺术出版社1988年版，第481页。

② 夏淳：《焦菊隐和他的“中国学派”》，《探索的足迹》，中国戏剧出版社1994年版，第105页。

戏。①

但总的说来,《虎符》的艺术探索还比较机械生硬,还只是外在表层的结合,没有达到内在精神的真正的融合,从《龙须沟》的侧重再现到《虎符》的侧重表现,其间的转变和过渡还不自然。作为一位经验型导演,焦菊隐自己对此也是有清醒的认识的,他说:"坦白地说,《虎符》在音乐方面试验是最少的也是最差的。"因为锣鼓点运用明显与话剧整体风格不协调,他自己提出的改进设想是:"要吸收又必须同时进行创造。现在凡是大家感觉不错的地方都是有了某些创造劳动,生硬的地方就是硬搬的,没有进行消化工作的。"②对《虎符》的探索大家褒贬不一,有的对焦菊隐强迫演员学习戏曲非常不满,还给他起了一个绰号:"面人焦",意思是说他把演员当面人来捏。但更多的是对他的探索给予肯定与鼓励,这包括院长曹禺和一大批艺术家在内。著名演员刁光覃说:"路子正确,吸收戏剧传统特点用于话剧,有些动作尚未和谐,但将来一定可以搞好。"③剧院书记赵起扬则表态说:"这是我们剧院艺术创造上的一件大事,新的尝试,我主张要大胆地吸收,钻进去了才能有选择。"④

二、《蔡文姬》:民族化实践的成长

《虎符》是人艺演剧民族化的起步,尽管有这样那样的缺点和不足,但毕竟指明了艺术探索的方向,1959 年《蔡文姬》的上演则是沿着这一方向"钻进去"以后结出的硕果。就剧作本身来说,《蔡文姬》较之《虎符》抒情性更强,因为在蔡文姬身上有郭老自我情感的投射,郭沫若在《〈蔡文姬〉序》中说:"我不想否认,我写这个剧本是把我自己的经验融化了在里面的。""蔡文姬就是我——是照着我写的。"⑤其创作充满灵感和激情,一气呵成、大气磅

① 参见周瑞祥:《好书记——记精明强干的内行领导者赵起扬》,《秋实春华集》,北京出版社 1989 年版,第 52 页。

② 焦菊隐:《关于话剧汲取戏曲表演手法问题》,《焦菊隐文集》第 3 卷,文化艺术出版社 1988 年版,第 403 页。

③ 参见《北京人民艺术剧院大事记》第 1 集(油印本)。

④ 参见《北京人民艺术剧院大事记》第 1 集(油印本)。

⑤ 郭沫若:《〈蔡文姬〉序》,《郭沫若论创作》,上海文艺出版社 1983 年版,第 464 页。

礴。故事内容则极为简单明朗，写的是历史上文姬归汉的故事，几乎没有大的贯穿始终的戏剧冲突，只有小的误会和局部的内心冲突，戏剧结构则是开放式的，穿插了很多抒情性场景，不像《虎符》有客观的历史事实的描摹和跌宕起伏的故事情节，有激烈的政治斗争和尖锐的人物冲突，有计谋，有悬念。《蔡文姬》可以说主要是写情，抒发蔡文姬的离别之情、曹操爱才惜才之情以及二人所具备的杰出的诗人才情，戏剧外在情节淡化，却突出内在的情感节奏，其戏剧语言具有高度的文学性，优美、晓畅、抒情性强，有着郭老一贯的诗人气质，尤其是剧本中还出现了戏曲中常有的后台“伴唱”的抒情形式，具有丰富的情韵因素。陆炜在《中国当代戏剧史稿》中指出：“注重情韵是中国戏曲从剧本文学到舞台演剧的更深入的美学特征。这一特征的表现是：一场戏甚至一部戏的追求目标，不是冲突的紧张和事件生活气氛的再现，而是某种情韵的营造和表达。如元杂剧《汉宫秋》就是以描写汉元帝送别王昭君时的怅惘和回宫后的凄凉的情韵作为直接的艺术目标的。显然，导演、表演对情韵的追求，需要剧本方面的基础。焦菊隐排演《蔡文姬》的艺术追求，集中点就在于情韵的表现。这种追求是以该剧本具有高度抒情性为基础的。”[①] 据说，焦菊隐看到《蔡文姬》剧本后异常激动，说这是他二十年来梦寐以求的剧本[②]，为他汲取戏曲精华提供了不可多得的范本。

在《蔡文姬》排练前，焦菊隐就要求大家明确《虎符》在学习传统戏曲方面的优点与不足，并提出《蔡文姬》的排演要融会贯通地把戏曲表演糅到话剧中来。首先就把以前感到生硬的锣鼓点去掉，在戏曲表演方法和程式运用中则力避刻板，强调具备三个条件，即朱琳在《学习·探索·体会》中所说的：“一、充实的内心体验，明确的行动线。二、外部动作的准确性，手、眼、身、法、步的运用要切合人物的性格和思想感情。三、纯熟的外部技巧的锻炼，要达到能消化，能运用自如。首先要神似，更要形神兼备。”[③] 这就把表现和体验有机结合在一起，更加得心应手。例如在四幕二场，蔡文姬在心急如焚

① 董健、胡星亮主编：《中国当代戏剧史稿》，中国戏剧出版社 2008 年版，第 33 页。

② 参见傅雪漪：《〈蔡文姬〉与〈胡笳诗〉》，《〈蔡文姬〉的舞台艺术》，上海文艺出版社 1981 年版，第 95 页。

③ 朱琳：《学习·探索·体会》，《〈蔡文姬〉的舞台艺术》，上海文艺出版社 1981 年版，第 25 页。

的情景中，求见曹操为董祀申辩时的演出。只见朱琳把双袖平举置于身后侧，并采用戏曲"急急风"的程式急跑上场，双袖随之飘动，这个形体动作很好地渲染了文姬的急迫心情，因其程式与人物的性格和情感相融合而受到导演的肯定。再如四幕二场文姬为董祀辩白申冤的一场戏，这场戏既需要听文姬大段据实力争、声情并茂的台词；又需要看曹操、曹丕、周近三个人物随之产生的心理反应，导表演就巧妙地借鉴了戏曲表现手法，把大段台词表演和背躬戏结合在一起，造成了此呼彼应、节奏明快、使观众目不暇接的舞台效果。

总之，《蔡文姬》是在对《虎符》扬弃的基础上的一次成功的实践。如果说《虎符》的探索还停留在对戏曲外在动作的简单模仿中，到了《蔡文姬》则力求转到学习戏曲的创作原则和审美精神上来。具体说，则表现为以下几个方面：

1. 诗的意境的渲染。针对郭老这种浪漫、抒情、写意风格的话剧，焦菊隐曾指出："演出更不可以一览无余，没有诗的意境。"[①] 在《蔡文姬》舞台设计之初，焦菊隐就提出"四个统一"的美术设计原则，即"似与不似的统一；形似与神似的统一；生活真实与艺术真实的统一；有限空间与无限空间的统一"。[②] 在他的启发下，《蔡文姬》的舞台布景力求在有限的时空中表现出无限的时空，重神似、轻形似，虚实结合，充分调动观众的想象，其舞台布景共存于演员的"无实物表演"和观众的自由联想中，而戏剧诗的意境，正是透过舞台意象，给观众以联想。

焦菊隐说："和表演一样，戏曲舞台美术也特别强调尊重观众想象力在演出中所起的重要作用。它尽量用最少的东西，激发观众想象力的最大活跃，使观众通过他们活跃的想象，参与到舞台生活中来，补充丰富舞台上的一切，承认台上的一切。"[③] 例如《蔡文姬》第二幕，文姬归汉上路时的场面处理，景象开阔，意境深远，在节奏上则运用渐强、对比、停顿、迂回、突变等诸多手法，一波三折。最后，观众在目送文姬渐行渐远中，深刻体会文姬"人欲去、

---

① 焦菊隐：《焦菊隐戏剧论文集》，上海文艺出版社1979年版，第12页。

② 苏民等：《忆焦菊隐同志导演〈蔡文姬〉》，《〈蔡文姬〉的舞台艺术》，上海文艺出版社1981年版，第14页。

③ 焦菊隐：《略论话剧的民族形式和民族风格》，《焦菊隐文集》第3卷，文化艺术出版社1988年版，第473页。

情未了”那种牵肠挂肚的复杂心境，可谓情景交融、令人回味。其他如第三幕主人公的几个梦境也是由演员的表演、灯光、舞美及观众的想象共同营造的，如诗如幻。著名画家叶浅予曾数次观看《蔡文姬》演出，对其诗情画意赞叹不止，他说：“《蔡文姬》的舞台艺术形象之美，简直胜过宋画《文姬归汉图》。”[①]

2. 欣赏者与创造者共同创造。过去话剧表演由于强调生活化和自然化而漠视观众的反映，斯坦尼就要求演员在舞台上要有一种“当众孤独”[②]感，而《蔡文姬》的演出力求承认观众的存在，强调舞台演出与观众的交流，戏剧欣赏则是建立在“假定性”基础上由表演与观众共同完成的。例如，在话剧演出中，观众往往看不到演员的眼睛，焦菊隐曾批评说：“可是我注意到你们在表演‘听’和‘看’的时候，总是面对面，鼻子对鼻子说话，交流得很真实，就是两个人的眼睛，观众差不多都看不见。你们的戏都是间接送给观众的，没有直接送给观众。”[③]在《蔡文姬》的演出中就强调向戏曲学习，首先重视演员眼神的运用。刁光覃在总结他塑造曹操一角的经验时就写道：“我有一个习惯，也是从传统中学来的，那就是：尽可能让观众看到我的眼睛……切莫自然主义地对待表演艺术。”[④]当演到曹操险些错杀董祀而说出：“我有些轻率！”以及赞美左贤王：“是个杰出的人物！”时，刁光覃都把眼睛让观众直接看到，用丰富多样的眼神把人物的“精气神”传送给观众，观众则在与演员交流中了解人物生动复杂的心理世界。同样，在第一幕当表演蔡文姬两次听别人讲话而引起心理强烈波动时，朱琳也是运用眼神来把蔡文姬内心不断地变化，

---

① 转引自蒋瑞：《焦菊隐的艺术道路》，《中国话剧艺术家传》第2辑，文化艺术出版社1986年版，第326页。

② 对“当众孤独”斯坦尼这样描述：“……现在你所体验到的心境，在我们行话里就叫着‘当众孤独’。是当众的，因为我们大家和你在一起；又是孤独的，因为小小的注意圈把你和我们大家隔离开了。在成千观众面前表演的时候，你可以一直索居在孤独里，像蜗牛躲在壳里一样。”（[苏]斯坦尼斯拉夫斯基：《斯坦尼斯拉夫斯基全集》第二卷，林陵、史敏徒译，中国电影出版社1958年版，第133页）

③ 转引自《论民族化（提纲）诠释》，《演员于是之》，王宏韬、杨景辉编，北京十月文艺出版社1997年版，第248页。

④ 刁光覃：《演员、观众及其它》，《刁光覃、朱琳论表演艺术》，蒋瑞、王宏韬编，中国戏剧出版社1991年版，第4页。

递送到观众的心里去①。刁光覃后来进一步总结说：“从自己演戏、看戏的过程中，我也感觉到，剧场效果，或者说剧本、人物的最高任务，单靠表演是不能完成的，应当把观众的理解、联想估计在完成剧场效果的因素之内。”②

3.“有戏则长”“无戏则短”与“以少胜多”“以多胜少”。这都是中国传统戏曲描写人物的方法，其要旨在突出人物、刻意写情，切合中国传统戏曲的抒情本体。即凡是与人物内心世界有关、矛盾冲突激烈的地方就“有戏则长”，以近乎“雕琢”的功夫，力求演深、演透、演足。反之，“无戏则短”、一笔带过。所谓“以多胜少”也指与刻画人物有关者，要细，不放过任何一点细微的矛盾冲突，且要有浓郁的情感、细致的过程。譬如人物的思想感情变化，在生活中是瞬间的事，而舞台上却渲染很长，演出时间大于实际生活时间。反之，“以少胜多”则指与刻画人物思想、内心冲突无关者，该简就简，演出时间小于实际生活时间。焦菊隐说：“从突出人物讲，传统戏曲是非常注重揭示人物的内心世界的。它主要是通过许多细节和行为来展现人物的思想活动。它善于用粗线条的动作勾画人物性格的轮廓，用细线条的动作描绘人物的思想活动。”③郭沫若的《蔡文姬》就是以抒情见长的戏剧，所以舞台演出时淡化故事情节，而重在彰显人物的内心情感。凡是突出人物思想情感、内心冲突的地方就“有戏则长”“以多胜少”，这包括第一幕中文姬去留两难（“哀乐两均”“去住两情难具陈”）的矛盾心情，第二幕中文姬离夫别子难分难舍的依恋心情，第三幕中文姬深夜在父亲墓前独白、排解内心苦闷之情，第四幕中曹操赏识爱才和作为一个杰出诗人的才情，以及文姬为营救董祀，在言谈举止中散发出的迫切焦虑之情，最后全剧结尾中的“有情人终成眷属”、骨肉团聚的欢快心情。以上这些

① 梁秉堃在《深文隐蔚 余味曲包》中这样写朱琳眼神的运用：“在听左贤王讲到汉朝副使周近表示‘如果不让蔡文姬回汉朝，曹丞相就要大兵压境，荡平匈奴’时，她第一次把目光正面对着观众，睁大了惊异的眼睛来回转动一下，仿佛是在说：‘啊！怎么会采取这种办法！’当听到左贤王担心真有大兵随后，南匈奴会弄得和北匈奴三郡乌恒一样时，她第二次把目光正面对着观众，先把视线凝固起来，忽而又很快转动一下，继之收敛目光，低下头来，从而表达出不安、怀疑、相信和苦恼的复杂心境。当左贤王拉着蔡文姬的手，表示自己极为为难和痛苦时，她第三次把目光正面对着观众，开始定住视线，然后逐渐收缩起来，微微点着头，以深沉和肯定的眼神告诉观众，蔡文姬决心要找董祀当面问个水落石出。”（《人民戏剧》1981年第1期）

② 刁光覃：《演员、观众及其它》，《刁光覃、朱琳论表演艺术》，蒋瑞、王宏韬编，中国戏剧出版社1991年版，第4页。

③ 焦菊隐：《略论话剧的民族形式和民族风格》，《焦菊隐文集》第3卷，文化艺术出版社1988年版，第485页。

"情感戏"在剧中都得到大力地渲染和浓墨重彩地抒写，而由蔡文姬所作的《胡笳十八拍》的旋律则贯穿其中，较好地烘托和渲染了剧中人物丰富复杂的内心世界。反之，与人物情感、性格、心理无关的内容，则"无戏则短""以少胜多。"例如第一幕中左贤王与周近的冲突、第四幕中曹丕向文姬的透密等都是侧面交代或暗示，能省则省、极为简略。

据说，在《蔡文姬》的排练中，人艺还特地请了北昆剧院的专家来进行指导，开展了民族戏曲表演技巧的培训和学习，演员们勤学苦练，甚至提出了"达到戏曲专业演出水平"的豪迈口号[①]。这为《蔡文姬》民族化实践的成熟奠定了坚实的基础，但不可避免地也存在着顾此失彼的问题，即戏曲专业表演不可避免地遮蔽了话剧相对写实化的舞台演出（实际上，该剧只要把一些抒情性台词段落改成唱词，就可以当戏曲演出），整部戏难逃"话剧戏曲化"的嫌疑。高行健在比较焦菊隐和林兆华学习戏曲表演方面的不同之处时就曾指出："我以为焦先生的试验尚未摆脱戏曲的程式，因此仍不免流露出戏曲表演的痕迹。"[②]王元化在《和新形式探索者对话》中说："恕我冒昧地说，他们在这以前也有过失败，最明显的就是《蔡文姬》的演出。我不知道究竟应该归咎于写得不好的剧本所带来的局限呢，还是由于导演和演员没有积累足够的经验，把传统戏曲表演手法加以消化，以致处处露出生拼硬凑的痕迹，成为与'话剧加唱'式的京剧相反的'京剧减唱'式的话剧。"[③]他更推崇《茶馆》在民族化探索中的贡献和意义。

三、《武则天》：民族化实践的纠偏

如果说《蔡文姬》的上演标志着人艺向戏曲学习和借鉴已到了炉火纯青的境界，几可乱真，却又烙有"话剧戏曲化"的痕迹，那么郭沫若《武则天》的演出才是合理的纠偏。《武则天》是根据话剧特点来学习和借鉴戏曲，绝无

① 参见李醒：《〈蔡文姬〉排演琐记》，《〈蔡文姬〉的舞台艺术》，上海文艺出版社 1981 年版，第 22 页。
② 高行健：《戏剧艺术革新家林兆华》，《林兆华导演艺术》，林克欢编，北方文艺出版社 1992 年版，第 4 页。
③ 王元化：《和新形式探索者对话》，《文艺报》1981 年第 1 期。

喧宾夺主之嫌。它有力地告诫我们：话剧学习戏曲是丰富、发展自己而不是丢掉本性、丧失自我。正如焦菊隐所说："话剧向戏曲学习，主要目的有两个：一是丰富并进一步发展话剧的演剧方法；二是为某些戏的演出创造民族气息较为浓郁的形式和风格。"① 同时，焦菊隐明确提出了戏曲融通于话剧的原则，即"丝毫也不意味着取消话剧的特色，是化过来，而非化过去。"②

郭沫若的《武则天》是一部现实主义为主导的话剧，按照郭老自己的说法，这个戏是为武则天翻案，以近乎考据的形式，歌颂武则天德化天下、抑制豪强、改善民生、任人唯才、广开言路的美德，作者不惜以剧中人物之口直接引用史实来加以说明和颂扬。剧本后还附有郭沫若研究历史的心得文章《我怎样写〈武则天〉》《重要资料十四则》《武则天生在广元的根据》等，说明武则天确有其能其德。而戏剧也主要围绕宫廷斗争和平定叛乱来安排情节，有明确的历史时代背景，主要的人与事大多真实可信，且故事来龙去脉清楚，生活气息浓厚，总之其写实风格显著。当然内中也不乏郭老剧中常有的浪漫抒情色彩和诗化意境的渲染。这种戏剧就要求立足话剧的特点来吸收戏曲。焦菊隐说："由于《武则天》的内容和方法所决定，这一次我就必须最大限度地使用话剧的写实形式，通过这样的形式来体现戏曲表演的精神。"③ 首先舞台美术要力求写实。《武则天》的设计者在《剧本·导演·舞台美术》中就曾指出："我们认为《武则天》的舞台美术表现形式应该比《虎符》《蔡文姬》要更真实一些，细致一些。""这个戏需要浓郁的生活气息，在舞台形象上要求反映人与物（环境）的合理关系，要求表演与布景的密切结合……几经反复，使我们理解到，《武则天》的演出风格应该是在精雕细刻之中保持一种清雅流畅的抒情意境。"④ 为此，他们通过前景为数较少的真实道具和多种样式的屏风，结合后景比较虚拟而雄浑的宫廷外景，来布置整个舞台。近景为实，远景为虚，以实为主，实中带虚。应该说，这种设计理念、方法与剧本整体风格是统一

---

① 焦菊隐：《焦菊隐文集》第 4 卷，文化艺术出版社 1988 年版，第 15 页。

② 焦菊隐：《焦菊隐文集》第 4 卷，文化艺术出版社 1988 年版，第 15 页。

③ 参见《焦菊隐戏剧论文集》，上海文艺出版社 1979 年版，第 148 页。

④ 辛纯等：《剧本·导演·舞台美术》，《攻坚集》，中国戏剧出版社 1982 年版，第 450—454 页。

和谐的，而结合剧本的风格特点和导演的艺术要求来设计舞台布景已成了人艺舞美工作者的行为准则。实际上，不但舞美如此，音乐设计也遵循这样原则。1962 年 4 月 13 日，焦菊隐在与曲作者樊步义关于《武则天》配乐的谈话中也同样指出："这个戏不同于《蔡文姬》，现实主义手法更多一些，人物方面，诗的因素不如《蔡文姬》浓，理智更多一些。《武则天》布景写实、生活化，衣服的设计也较细致，更接近生活……关于音乐的要求，原则上也如此。"[①] 同时，《武则天》在表演方法上也基本遵循写实的风格，就以武则天的扮演为例，如果说蔡文姬是一个情感丰富、才气横溢的女诗人，武则天则是一个目光远大、励精图治、政治贤明的女性统治者形象，其性格是处事不惊、果敢沉毅、恩威兼施，所以在表演方法上宜用话剧的近乎生活化的本色表演，而不要用戏曲的夸张、烘托和渲染。郭沫若在给导演焦菊隐的信中就强调指出："武则天应尽量表现出大人物的风度，出以自然，不要矜持。除掉必要的地方，不要太动声色。"[②] 同时，《武则天》的台词也应该力求生活化，焦菊隐在《排演〈武则天〉的一些想法》中就指出："《武则天》的表演风格是写实的，形体动作也不要求接近戏曲，而是着重运用传统戏曲表演的精神，也就是以精确的形体动作表达思想感情。这样，这个戏的台词就不能像《蔡文姬》那样处理，不能有丝毫腔调，不能'朗读'，而要'说'出来。其中不少政论性的长段台词，都要说得真实自然。"[③]

当然，《武则天》与《蔡文姬》在风格样式上虽然不同，但二者在学习戏曲的精神与原则方面也有相通之处，这突出表现在遗貌取神、诗的意境的创造、虚实结合，追求欣赏者与创造者的共同创造等方面。焦菊隐指出："如果给《武则天》的写实风格的表演，喷上一层生活细节和浓郁感情的薄雾，我想整个演出就会更有味道。作家着力写重大的政治斗争，我们就着力表演人物的生活细节；作家着力写人物的政治思想和人生哲学，我们就着力去表演他们的感情和他们之间的感情关系。这也许更能体现作品的神貌，更能体现作

① 参见北京人艺博物馆档案资料。

② 郭沫若：《郭沫若致焦菊隐的信》，《新文学史料》1980 年第 2 期。

③ 焦菊隐：《排演〈武则天〉的一些想法》，《焦菊隐文集》第 4 卷，文化艺术出版社 1988 年版，第 48 页。

家的风格。"① 为此，在《排演〈武则天〉提示摘记》中，他就明确要求："婉儿写诗，应学习戏曲表演，形体动作和眼神都要简捷、明确，拿笔的姿势要正确而美。婉儿写诗的这'四看'，神情不同，节奏也有变化。此时，从宫廷深处传来一阵阵单调的琴声，以烘托气氛。"②《武则天》第二幕第二场对母子生离死别之情的渲染，也突显了诗的意境。这里有必要指出的是，在《武则天》的表演上焦菊隐还进一步提出"语言性的形体动作"实验，即要求演员的演出能像戏曲那样，通过人物的一招一式、举手投足、一个眼神、一个神态说出比有声的语言更响亮、更准确、更复杂的语言，以精确的形体动作表达人物的思想感情，生动地体现出人物的性格，体现人物关系。他认为这样才会使人物政论风趣、不枯燥，使写实的表演染上浓厚的浪漫主义色彩，追求艺术的"形"与"神""虚"与"实""写意"与"写实""表现"与"再现"的高度融合。这就难怪蒋瑞在《焦菊隐的艺术道路》中指出："如果说,《蔡文姬》的舞台艺术形象近似大笔泼墨、气势豪放的写意画,《武则天》的演出有如一幅清新委婉、弦外求音的工笔画。"③

总之，经过郭沫若三个戏剧的演出实践，人艺在演剧民族化上的探索日趋成熟，且更加合理与辩证。焦菊隐在《〈武则天〉导演杂记》中曾对郭沫若三个戏的演出进行过认真的总结，他说："我在导演《虎符》的时候，较为生硬地采用了戏曲的程式化的动作，也采用过一些锣鼓经，加以适当的变化。导演《蔡文姬》略能懂得消化，但没有完全抛开戏曲的形式。由于《武则天》的内容和写作方法所决定，这一次我就必须最大限度地使用话剧写实的形式，通过这样的形式来体现戏曲表演的精神。戏曲的宝藏是很丰富的，我只能从几点上摸索起。由表及里是学习戏曲的必然过程。"④

如果我们在北京人艺实践的基础上进行必要的理论提升，可以发现，北京人艺在演剧民族化实践中积累了不少宝贵经验：**（1）演剧民族化与作家作品**

① 焦菊隐：《焦菊隐戏剧论文集》，上海文艺出版社 1979 年版，第 150 页。

② 焦菊隐：《排演〈武则天〉提示摘记》，《焦菊隐文集》第 4 卷，文化艺术出版社 1988 年版，第 55 页。

③ 蒋瑞：《焦菊隐的艺术道路》，《中国话剧艺术家传》第 2 辑，文化艺术出版社 1986 年版，第 328 页。

④ 焦菊隐：《〈武则天〉导演杂记》，《焦菊隐文集》第 4 卷，文化艺术出版社 1988 年版，第 109 页。

风格的一致性。创作与演出有深刻的精神联系与对应关系，不是所有的作品都要借鉴戏曲，焦菊隐就说过："感情活动强烈，全剧气脉贯串，诗意浓厚的作品，比较适合采取戏曲的手法，来突出它的文学性，诗的意境和情感的优美。"[①] 焦菊隐在郭沫若三个戏剧的处理上力求"一剧一格"就是注意了创作与演出的"门当户对"，即导表演在进行二度创造时，必须深入地了解作品的特色或写作风格，并采取与之相适应的表现方式，使演出与剧作浑然一体。他说："我们剧院曾经演出过郭沫若同志的三个剧本，即《虎符》《蔡文姬》和《武则天》。从舞台演出形式上看，各有不同，好像导演每次都有新的处理。实际上，这都是由剧本内容和具体写法所决定了的。内容决定形式，不同剧本内容要求不同的表现形式，这是一条根本性的艺术规律。"[②] **（2）人艺民族化实践和现代化追求的同步性。**这是从世界戏剧发展的宏观视角立论的，因为20世纪以来西方戏剧的发展趋向是由写实走向写意，1928年6月在纽约出版的《戏剧艺术月刊》（*Theatre Arts Monthly*）上有一篇论到中国戏剧的文章说："容易看到的是，同时中国剧在由象征的变为写实的，西方剧在由写实的变而为象征的。"[③] 而有着国际眼光和海外学术背景的焦菊隐提出向传统写意戏曲学习和借鉴正是顺应了世界戏剧的大潮。所以康洪兴在《论北京人艺美学追求的现代性》中说："笔者认为，正当他们在殚精竭虑地吸收传统戏曲的美学精髓而致力于话剧'民族化'的时候，实际上也是孜孜不倦地推进我国话剧的'现代化'。"[④] **（3）民族化不仅限于形式，更重要的是表现民族内容。**民族形式的创造为的是反映民族现实，表现民族精神与民族性格。别林斯基曾说："真正的民族性不在于描写农妇的无袖长衣，而在于具有民族精神。"[⑤] 焦菊隐在关于演剧民族化的著名理论文章《略论话剧的民族形式与民族风格》中也说："固然，民族风格是要通过某种程度的民族形式才能被表现出来的，然而，没有

---

① 焦菊隐：《略论话剧的民族形式和民族风格》，《焦菊隐文集》第3卷，文化艺术出版社1988年版，第466页。

② 焦菊隐：《排演〈武则天〉的一些想法》，《焦菊隐文集》第4卷，文化艺术出版社1988年版，第39页。

③ 转引自余上沅《中国戏剧之途径》（1929年）。

④ 康洪兴：《论北京人艺美学追求的现代性》，《探索的足迹》，中国戏剧出版社1994年版，第269页。

⑤ [俄]别林斯基：《别林斯基论文学》，梁真译，新文艺出版社1958年版，第79页。

民族生活内容，就不能有表现民族文化和民族精神面貌的形式。"[1] 而郭沫若戏剧正是以表现民族精神和民族性格为核心内容的，如爱国主义精神、"杀身成仁、舍生取义"的自我牺牲精神以及"轻生死、重然诺"的民族美德等，人物性格也大都体现出民族特有的精神生活方式和文化心理结构，所以人艺演剧民族化追求实际上做到了内容与形式的有机融合，并没有刻意形式化。**（4）要处理好话剧与戏曲不同文体之间的关系，切不可认为话剧民族化就是话剧戏曲化。**因为话剧和戏曲之间有质的区别，话剧不是戏曲的一个剧种，二者有着不同的创作原则和美学体系。话剧借鉴戏曲首先要立足于话剧本位，是在话剧基础上的丰富与创新，其目标是建立具有民族特色的现代话剧，而不是带有话剧形式特点的民族戏曲，与五四时期的改良戏曲更是风马牛不相及。因此，从某种意义上说，话剧也要话剧化，戏曲也要戏曲化。同时，话剧向戏曲学习，不是满足于一招一式的学习，重要的是学习戏曲的原则和精神。当然，焦菊隐演剧民族化的探索主要向戏曲学习，这只是民族化探索和追求中的一种，还可以有其他探索的途径和方式。比如可以向民间艺术学习，学习和汲取评书、快板、民谣、杂技等非物质文化遗产的精华，注意演出的地域色彩等。这一点焦菊隐也曾指出过，他在《略论话剧民族形式和民族风格》一文中就指出："传统的戏曲表演形式，对于加强话剧的浓厚的民族风格，不是非此不可的。"[2] 这就拓宽了我们艺术探索的视野。

值得一提的是，郭沫若戏剧除了对北京人艺演剧民族化作出杰出贡献外，在人艺演剧艺术的其他构成方面也发挥了重要影响。如从郭沫若戏剧起，北京人艺在创作方法上有了多元化尝试，不再局限于现实主义的一隅，而有了主观抒情的浪漫主义风格，著名学者顾骧指出："'人艺风格'组成因素的现实主义，是以客观再现与主观表现相结合的审美思维为基本特征的。这是北京人艺 40 年来一贯的艺术追求，并且取得了举世瞩目的成功。"[3] 正是因为有了郭沫若戏剧的浪漫主义演出实践，北京人艺的现实主义才走向了开放和多

① 焦菊隐：《略论话剧的民族形式与民族风格》，《焦菊隐文集》第 3 卷，文化艺术出版社 1988 年版，第 463 页。
② 焦菊隐：《略论话剧的民族形式与民族风格》，《焦菊隐文集》第 3 卷，文化艺术出版社 1988 年版，第 463 页。
③ 顾骧：《客观再现与主观表现相结合》，《探索的足迹》，中国戏剧出版社 1994 年版，第 190 页。

元，为北京人艺后期能够吸收现代派乃至后现代戏剧艺术（例如北京人艺后期以林兆华为代表的舞台实践），从而为走向更大的开放和多元打下了良好的基础。同时，郭沫若戏剧对演员的培养也不可忽视，如对演员基本技能的训练、内心情感的抒发、表演节奏感的把握以及人物塑形美的追求等都有潜移默化的影响。即以后者而论，著名演员黄宗洛就曾自述："我有造型的瘾，几乎达到走火入魔的程度。"[①] 刁光覃、朱琳等也曾提及学习戏曲演出对其形体塑形、情感体验等方面的影响，这就突破了话剧表演因追求真实性和生活化而过于缺乏形象性的弊端，董行佶则特别注意声音和形体的表现力，在北京人艺是出了名的"表现派"，他公开宣称："戏，是演给观众看的。""体验是为了体现，在体现形象时，应该讲究形式美。"[②]

此外，郭沫若戏剧对人艺舞美工作者也是一个不小的挑战与锻炼，舞台美术不能满足于客观的原貌再现，而要表现出剧本的文学气质和美学神韵，在总体氛围的渲染上追求风格化。布景如何由琐碎走向简洁，由写实走向写意，更富于抽象化和符号化，这对舞台设计人员既是一个舞美观念的转变和解放（要能打开思路，不拘泥于话剧舞台"真实论"陈规和"模仿说"的限制），同时在舞美实践上也提出高难度的课题，人艺舞美工作者就是在解决难题中得到了培养和锻炼，增长了才干。而从世界舞美设计的发展方向看，舞台美术的写意化和象征化是流行的趋势。著名设计家阿庇亚就指出："真森林搬上舞台不见得是森林，但，即或用六根方柱子，而能表现出树林的阴森潮湿的感觉，就会是森林了。""不要去创造森林的幻觉，而应去创造处于森林气氛中的人的幻觉。"[③] 同样，戈登·克雷也使用象征主义舞台设计，重视舞台气氛意境的营造，提倡暗示、联想，而不依样画葫芦地照搬现实。他说："我们称之为剧场布景……绝无必要去追求舞台幻觉。例如我们不要画一棵树，或制作一棵假树，要求做到色彩和质感都逼真。正像在教堂里，他们不会复制一个像原物一样的木头十字架。无疑地，耶稣是被钉在一个普通的粗糙木架

① 参见《论话剧导表演艺术》第 2 辑，张仁里编，中国戏剧出版社 1985 年版，第 164 页。

② 参见《论话剧导表演艺术》第 2 辑，张仁里编，中国戏剧出版社 1985 年版，第 164 页。

③ 转引自吴光耀：《西方演剧史论稿》上，中国戏剧出版社 2002 年版，第 353 页。

上的，但十字架一进教堂就成为一个珍贵的艺术品，绝不是写实主义的。"①戈登·克雷与阿庇亚被认为是20世纪初舞台设计一场写意的改革运动的先驱者，对20世纪的戏剧舞台艺术发展产生了深远的影响。所以我们有理由说，正是在郭沫若戏剧的挑战中北京人艺舞美工作者得以与时俱进、与世界舞美设计保持发展的同步性。

① 转引自吴光耀：《西方演剧史论稿》上，中国戏剧出版社2002年版，第396页。

第二章

北京人艺对郭沫若戏剧创作与演出的作用

1959 年，为庆祝中华人民共和国成立十周年，首都的话剧舞台上可谓百花齐放、群芳争艳，而焦菊隐导演的郭沫若新编历史剧《蔡文姬》尤其光彩夺目、备受关注。人艺艺术家们以精美的舞台表现形式充分发挥了郭沫若戏剧的文采诗情和美学风格，观众为之倾倒，陶醉于《蔡文姬》独特的艺术魅力之中。郭沫若在看完演出后，十分激动地对焦菊隐说：“你在我这盖茅草房的材料基础上，建起了一座艺术殿堂。”① 郭老的话当然不无自谦，但确实表达了他对北京人艺的一片真情实感。张庚在《〈蔡文姬〉的舞台艺术》一书的序言中说：“《蔡文姬》是北京人民艺术剧院有名的保留剧目。它之所以给人们难忘的印象，郭老纵横洋溢、气势磅礴的文学风格固然有以致之，但是我觉得如果没有焦菊隐先生深厚的导演功力和演员们对于作品的深入体会和体现能力，如朱琳同志、刁光覃同志所达到的那样，郭老的文学风格和艺术意图就无从体现在舞台上。一个剧院，一方面要有愿意为它提供剧本的有独创性的作者，同时也还必须有能够理解作者，并把作者的创作意图和文学风格形象化在舞台上的导演和一个具有共同理想的创作集体，其中包括表演艺术家和舞台美术家。三者俱备，就会产生一系列经得起考验的保留剧目来；并由此奠定一个剧院特有的艺术风格、工作方法以至于演出体系。”② 客观地说，北京人艺对郭沫若戏剧的创作 / 演出均有显著作用，功不可没。

---

① 转引自蒋瑞：《焦菊隐的艺术道路》，《中国话剧艺术家传》第 2 辑，文化艺术出版社 1986 年版，第 326 页。

② 张庚：《〈蔡文姬〉的舞台艺术·序》，上海文艺出版社 1981 年版。

一、北京人艺对郭沫若戏剧创作的影响

在北京人艺演出的郭沫若的三个戏中，《虎符》属于旧作，中华人民共和国成立前、后曾被多个剧团演出过，其定稿有没有吸收北京人艺艺术家们的创作智慧，已无从考证。但需要说明的是：北京人艺的《虎符》的演出使郭沫若对北京人艺有了认识和了解①，加深了进一步合作的兴趣和愿望，最终郭老与北京人艺在长期合作中成为艺术上的知音。1959年，记者就《蔡文姬》的创作访问郭沫若时，有这样一段对话："记者询问郭老，他觉得《蔡文姬》适宜用什么形式演出。他说过去《虎符》的演出很别致。《蔡文姬》很多地方需用后台歌唱《胡笳十八拍》来展示蔡文姬的心理过程。郭老说，《虎符》演出后，有一次焦菊隐同志曾谈起用帮腔来表现人物的心理活动，他在《蔡文姬》中采用了这个手法，焦菊隐同志一定会很高兴。"②这说明《蔡文姬》写作时，郭老与北京人艺的合作已经上了一个新台阶，演出对创作有影响，创作对演出有考虑（创作时已经顾及到演出的需要，"帮腔"的设计可以说是量身定做的）。于是之在《探索的足迹》中也曾回顾说："经过半年多的探索、排练，《虎符》演出了。尽管有些不同意见，但仍然获得了相当大的成功，更鼓舞了剧作者——郭沫若从此与剧院结了缘，先后于1959年、1962年又写了两部新作《蔡文姬》《武则天》，交给北京人艺、交给焦菊隐排。这两部戏的演出，都超越了《虎符》，获得了圆满的成功，成为焦菊隐实践话剧民族化的精品。"③以上内容实际上反映了"演出——作品——演出"的一种良性互动的循环过程。

《虎符》是在郭老与北京人艺合作前完成的，其戏剧创作与人艺关联性不大，但新编历史剧《蔡文姬》和《武则天》则是在郭老与北京人艺亲密合作

---

①《虎符》演出后，郭沫若给予此剧高度评价，说："演得好，处理得好。布景、灯光、效果都很好。剧本改得好，省略与增加都是恰到好处，导演的手法点石成金。整个地说，作为作者，我感到光荣！"（转引自张帆著《走近辉煌》，中国戏剧出版社2007年版，第47页）

② 焦菊隐还对郭老说："这种手法在电影中是常采用的，但在话剧中恐怕还是新的手法。采用这种手法还有一个好处，可以免去一人在台上吃力地唱，一个人不唱，在场上无人帮腔也容易冷场。"参见郭沫若：《谈〈蔡文姬〉的创作》，《郭沫若论创作》，上海文艺出版社1983年版，第478页。

③ 于是之：《探索的足迹》，《演员于是之》，王宏韬、杨景辉编，北京十月文艺出版社1997年版，第329页。

中诞生的，其创作过程离不开北京人艺的支持和帮助，其戏剧创作／演出的成功更是离不开北京人艺艺术家们的助力，这已经是不争的事实。因为中华人民共和国成立后，郭沫若长期担负着繁重的政务，负责科学、文化和国际交往等方面的领导工作，历任政务院副总理兼文化教育委员会主任、中国科学院院长，全国人大常务委员会副委员长。也就是说，1949 年以后，郭沫若的主要角色是一位社会活动家，文学家的角色已经淡化或处于次要与服从的地位，他已经难以静下心来集中全部精力来搞创作，他的个人创作的完成需要集体的帮助和智慧。加之，他对戏剧舞台不是太懂行，对焦菊隐和北京人艺又是充满依赖与信任，所以，每次郭沫若来到北京人民艺术剧院朗读他的剧本，他都虚心听取导表演艺术家们的建议，在创作过程中更是虚心接受来自北京人艺方面的修改。

据余思回忆："郭沫若的《蔡文姬》剧本出来后，有关文化领导部门及戏剧界的几位著名人士在总体肯定的同时，也提出了意见。这些意见可归纳为以下三点：①对曹操的歌颂有些过分；②台词中现代语汇太多；③涉及民族关系的问题应再慎重考虑。意见传到周恩来总理那里，周总理指示'戏要演出，但要改一改'。由于郭沫若要出国访问，总理指定先由北京人艺提出修改方案。"[①] 焦菊隐和《蔡文姬》剧组参考了各方意见，对《蔡文姬》一剧作了认真修改，得到了郭沫若本人的认可，在给包括曹禺、焦菊隐等人艺艺术家在内写的一封信里，郭老这样说："您们改的剧本，我仔细斟酌了几遍，认为改得很好。我很感谢您们。特别是以下几点，我觉得改得特别好。①把呼厨单于的性格改来和右贤王去卑有别，很好。②对周近的处理让蔡文姬来进请，加以宽宥，使得面面圆到。③第五幕让蔡文姬说出在三年前早已知道左贤王的壮烈之死，而感到哀痛，三年后心境平复了，改得很好。④《贺圣朝》一诗改为《重睹芳华》（这是我改定的名称），不仅更富有诗意，而且和全剧情调更合拍。这些都改得很好。当然其他的删改都好或都有必要，您们是费了苦心的。凡所删改，除极少处无关宏旨的地方，我都尽量采纳了，只是在笔调

① 余思：《剧院与剧作家的双向互促》，《中国戏剧》1997 年第 11 期。

上略略修改了一些，以求全剧笔调和风格的统一。"[①] 此信可见郭沫若对北京人艺修改的慎重与感激，而在《〈蔡文姬〉序》中，郭沫若再次感谢了北京人民艺术剧院的同志们对他提出的许多宝贵意见，甚至说："因此，这部《蔡文姬》应该说是一部集体创作。"[②] 如果我们把《郭沫若全集》中《蔡文姬》的定本翻开来考证，就会发现郭沫若最后与读者见面、正式出版的文学本中已经吸收了以上修改。这种文学剧本生成性特征应该引起研究界的高度重视，它说明剧本最后之"完形"已经蕴含了舞台艺术家们的创造力，而我们过去研究中恰恰忽视了它们的存在。实际上，戏剧文学的经典化是通过舞台演出实现的，经历一个否定之否定的辩证演进（打磨）过程。王季思在《全元戏曲·前言》中指出："戏曲实质是群体创作的产物，先由作者写出脚本，后经演员二度创作，搬演上舞台，才成为观众欣赏的对象。戏曲创作以描写人生客观过程为主，以代言体的叙事方式为其特征。生活场景的丰富性、语言的通俗性，以及观赏的群体性等因素，使戏曲文本难以像诗文那样不容许他人加工改动，相反，加工改动往往成为戏曲文本在流传过程中的常见现象。……戏曲的剧本，有所变，有所不变，可变因素与不变因素并存，是为戏曲文本在流传过程中的一大特色。"[③]

戏曲如此，话剧亦然。《武则天》的创作同样如此，郭沫若在《〈武则天〉序》中说："自初稿写出到现在，快两年半了。这期间接受了不少同志的意见，进行了很多次的修改。目前的这个本子，基本上可以作为定稿了。戏剧本是形象化的综合艺术，剧本的产生往往要经过演出，才能定型。舞台的限制是应该尽可能严格遵守的。这个剧本的改定，得力于北京人民艺术剧院的帮助很大，特别是导演焦菊隐同志费了很大的苦心。我和同志们斟酌了多少遍，我要特别感谢他们。"[④] 在北京人艺还流传着"一字之师"的文学掌故，说的就是著名表演艺术家于是之对郭沫若戏剧的修改。即于是之在说郭沫若戏剧中

---

① 郭沫若：《〈蔡文姬〉序》，《郭沫若全集》文学编第8卷，人民文学出版社1978年版，第119页。

② 郭沫若：《〈蔡文姬〉序》，《郭沫若全集》文学编第8卷，人民文学出版社1978年版，第119页。

③ 王季思主编：《全元戏曲》第一册，人民文学出版社1990年版，第9—10页。

④ 郭沫若：《〈武则天〉序》，《郭沫若全集》文学编第8卷，人民文学出版社1978年版，第125页。

的一句台词："你是个没有良心的东西"时，感觉很别扭，认为过于书面化，不符合舞台演出口语化的要求，而自作主张，把这句话改成"你这个没有良心的东西"，显得简短有力。郭沫若听了以后心服口服，说："你这一改，使此句充满了生气和力量，你真是我的'一字之师'啊！"

这里有必要指出，创作与演出相互影响的复杂的动态过程，即郭沫若在戏剧创作时接受人艺的建议和修改，在他修改的基础上，人艺进行舞台演出的再创造；而在观看人艺彩排或演出时，郭沫若又会提出自己作为一个作家对舞台处理的看法和意见，并反馈于人艺；同时，在观看演出时作者也会对自己剧本的缺陷和问题有了新的认识和发现，引起作家对自己作品的再一次推敲。比如说有些人物形象不鲜明，有些地方没有写到位，有些细节还存在疏漏和破绽，有些内容还不适合舞台演出需要而必须加以修改等，经过创作 / 演出的多次互动，戏剧才最后成形。例如郭沫若 1962 年 7 月 6 日晚看过《武则天》后有了新的认知和启发，于次日给焦菊隐写信，就剧本不完备处提出自己的意见，计有 13 条之多。有关于戏剧情节安排的，例如第 5 条指出："郑十三娘在三幕二场向武后坦白时也应当把上官仪父子的阴谋点穿一下，这样才能解开报私仇的疙瘩。"第 11 条又直接提出情节上的改动："三幕一场中提到郑十三娘向裴炎要砒霜，可以改变为裴炎提出。"有对演员表演的意见，如第 3 条指出："在裴、骆交谈时，郑十三娘避在长椅背后去了，表情上的变化，观众很难注意到。可否把裴、骆的地位改到舞台的另一边，让郑十三娘面向观众，多做些表情？请考虑。"第 7 条又指出："有些地方台词说得太快了一点，（例如武后下十三道敕令时就太快，有人说上官婉儿写字，比打字机还快）念檄文时，似乎还可再慢一些，要念出点调子来。"第 8 条再次指出："骆在牢的一场，在我认为是很好的戏。在那场戏里要能展示出诗人的内心世界和彻底转变。骆和赵的说白，在声调上要更有内涵一点才好。"而更主要的是对自己剧本存在问题的发现，例如第 2 条指出："郑十三娘的转变，观众仍然有人觉得有些突然。在裴、骆下场、赵再出场间的郑十三娘的独白中，我觉得可以把上官仪的名字点出。我加的独白中，只混合地提了'他们'，听的人一滑就过了，也容易误会为裴炎、徐敬业，请改为'原来上官仪父子也都是想做皇帝的人'"；再如第 6 条："郑十三娘对武后的认识，三幕一场时比二幕一场时要有所不同，我在剧中没有显示出这个量变的过程。"①

郭老的这些好的建议自然被人艺艺术家们采纳，使舞台艺术有了明显的改进。与此同时，舞台演出中的一些出色的发挥与再创造，又反作用于郭沫若剧本的再修改。郭沫若的《武则天》最初发表于 1960 年《人民文学》第 5 期上，经过人艺的舞台处理和观众见面后，作家又根据剧本演出效果对初稿进行了修改，所以其最后的定稿实际上已经吸收了导表演艺术家的智慧。我们不妨对比一下《武则天》的初稿和现在《郭沫若全集》所收录的《武则天》的定稿（参见《郭沫若全集》文学编第八卷，人民文学出版社 1978 年版），会发现两者有如下不同：1. 初版本结构比较庞杂，而定本显得简明清晰。初本比定本增加了不少人物，如英王哲、相王仁、薛仲璋、唐之奇等人物，这些人物在定本中已不复出现。而且初本共有五幕，而定本却只有四幕，初本中的第五幕在定本中被整个删去。2. 初本中有不少对武则天历史事实的介绍和交代，多是借人物之口侧面叙述的，显得臃肿不堪而有"掉书袋"之嫌疑，而定本中这些内容大多被削减和省略。例如初本第一幕增加了裴炎在同党面前对武则天控诉和揭发的内容，实质是对武则天的间接颂扬和褒奖。初本第二幕一场则有上官婉儿与英王哲吟诗作乐的对话，显示上官婉儿的才情与生活情趣；第二幕二场中穿插了大量歌颂武则天圣德贤明的成分，例如写历史上武则天大义灭亲的故事，尤其是大段引用武则天在上元元年（674 年）所建言的十二事的文本内容，使剧本显得冗长、拖沓，此外二场中还有武后与高宗议论《肇论》的内容，为的是增加剧本的政论色彩。初本第三幕中增加了武则天在处理政变和平定暴乱之余，与上官婉儿谈诗、吟诗、赏诗的全过程，虽能反映武后的临危不乱、镇定自乐，但仍欠情理，且过长。初本第四幕二场，增加了对骆宾王被捕的描写，即插入一个倒叙的场面，通过舞台暗转来交代故事情节，但也增加了舞台布景的困难。以上这些较定本增加的内容在定本中被全部去除。主要是这些内容或是叙述成分多，缺少舞台动作，演出时可

① 以上参见《郭沫若全集》文学编第 8 卷，人民文学出版社 1978 年版，第 272—274 页。

能枯燥无味；或是内容冗长，舞台节奏缓慢、拖沓，情节的集中性不足、冲突的紧张性不强；或是过于文学化，舞台演出时很难处理等，总的说来，定本较之初本，很好地吸收舞台演出的经验和智慧，其质量有了很大的提高与改进。郭沫若在《学习，再学习——与青年剧作者的一次谈话》中坦言："我写成一个剧本后，也有一种劳动的快感，常常自我陶醉。但过了一些时间，再看看又不满意了。特别是戏剧作品，要经过舞台创造才能定型。要听听导演、演员的意见，还要听听观众的意见。不仅听，好意见还要善于吸收，才能改好。"①

总之，就戏剧这门综合艺术来说，舞台是检验创作质量和效果的试金石，很多戏剧从初本到定本都经过了不断的修改，而后剧本才有了长足的进步与提高。所以郭沫若在《〈武则天〉序》中就曾感慨地说："据我自己的经验，文章的多改、多琢磨，恐怕还是最好的办法。改，改，改！琢磨、琢磨、再琢磨！铁杵是可以磨成针的。"②而就文学 / 演出互动的整个轨迹看，则经历了修改、演出、再修改、再演出的螺旋式上升过程，正是在多次反复学习、相互借鉴和汲取中，文学与剧场的合作走向和谐与成熟。

二、北京人艺对郭沫若戏剧演出的再创造

众所周知，剧本是文学而戏剧是艺术，剧本若不能搬上舞台，就永远不能完成它的艺术价值和效能。萧伯纳在《剧作家的观点》中说："作家，无论是莎士比亚还是萧伯纳，都是跛腿的家伙，需要依靠演员——演出人的天才与发明来帮助他们越过墙梯，如何增减，如何穿插删节，直到取得有效的结果，在他看来，是演出的问题。"③郭沫若的戏剧创作只能反映其文学价值，如何使其戏剧由阅读的价值变为舞台的价值，即怎样给剧本一个舞台上的生命，那就是导表演的任务了。北京人艺对郭沫若戏剧演出堪称杰出的再创造赋予了

① 郭沫若：《学习，再学习——与青年剧作者的一次谈话》，《郭沫若论剧作》，上海文艺出版社 1983 年版，第 523 页。

② 郭沫若：《〈武则天〉序》，《郭沫若全集》文学编第 8 卷，人民文学出版社 1978 年版，第 125 页。

③ ［英］乔治·萧伯纳：《剧作家的观点》，《西方名导演论导演与表演》，杜定宇编，中国戏剧出版社 1992 年版，第 143 页。

郭沫若戏剧以“另一生命”，使得郭沫若戏剧能够在舞台上熠熠生辉、光彩照人，给观众以精致的美的享受而步入“艺术殿堂”。其成功的做法是：

1.追求与剧本风格相统一的演出风格。焦菊隐在《与兄弟团体探讨导演艺术问题》一文中就说过：“从形式和内容的关系这个角度来看，作为导演，拿到文学剧本之后，首先要注意它的风格特色，找适当的演出形式，发挥其中精华，揭示剧本的主题思想。”他还说：“导演的构思和计划，无论多么活跃新颖，一定要符合剧本的内容和风格。”[①]北京人艺在对郭沫若剧本进行舞台处理时首先就注意其剧本鲜明的艺术风格，力求形成与剧本风格相统一的演出风格。为此，他们有时不惜“篡改”作家的创作意图。例如《蔡文姬》一剧，郭沫若在剧本中曾标明是一出“五幕历史喜剧”。这不仅因为剧本最后是大团圆的结局，更主要的是此剧不同于其新中国成立前以悲剧艺术形态为主要风格的戏剧创作，它可以说是一出以歌颂为主而不是以揭露和批判为主的赞美喜剧，《蔡文姬》直接颂扬了曹操的文治武功、德行天下、爱才惜才、兼听则明等美德。郭沫若在《〈蔡文姬〉序》中曾明确说：“我写《蔡文姬》的主要目的就是替曹操翻案。”[②]他还专门写了一篇《替曹操翻案》的历史研究文章发表在1959年3月24日的《光明日报》上，也就是说，郭老的《蔡文姬》的主人公不是蔡文姬而是曹操，这与戏剧题目有偏离。但焦菊隐却认为，为曹操翻案“这只能是作者的创作动机之一，不能是这个戏的主题。”在戏剧中，曹操固然是一个特殊重要的人物，“然而无论如何通过一出戏就要给曹操作出全面的历史评价，这是不可能的。作为一出剧中的曹操，首先是一个迎文姬归汉的曹操，是一个爱才的具有诗人气质的汉朝丞相，这样他才能和其他人物协调地生活在一起，才能适应并增添出这出戏所特有的诗意的气氛、情调。”[③]所以焦菊隐大胆地提出这出戏要以蔡文姬为主角，从“悲剧”风格入手，重在写情。他说：“没有前三幕《胡笳十八拍》的哀怨悲愤，也就没有《重睹

---

① 焦菊隐：《与兄弟团体探讨导演艺术问题》，《焦菊隐文集》第4卷，文化艺术出版社1988年版，第43—44页。

② 郭沫若：《〈蔡文姬〉序》，《郭沫若全集》文学编第8卷，人民文学出版社1978年版，第4页。

③ 参见苏民等：《忆焦菊隐同志导演〈蔡文姬〉》，《〈蔡文姬〉的舞台艺术》，上海文艺出版社1981年版，第13页。

芳华》的幸福之感。甚至可以说，前三幕的哀怨悲愤愈深，后两幕的幸福之感就愈容易被观众感受到。”所以焦菊隐“十分强调抓住抛儿别女的悲剧情调，予以形象的渲染处理。”他甚至对全体演员说：“《胡笳十八拍》是打开我们创作思路的一把钥匙。”[①]为此，他还别出心裁地把蔡文姬的《胡笳十八拍》作为贯穿全剧的抒情旋律和诗眼，或作伴唱、或作行吟、或作人物内心独白，使全剧洋溢着浓郁的诗意。焦菊隐曾明确指出：“作家自己先动情，读者才能动心。导演自己先动情，然后才能在舞台这种画布上，画出动人心魄的人物来，这就是诗意。”[②]

焦菊隐这样处理是因为他较好地领会了郭沫若戏剧的精神特点，为的是突出其鲜明的浪漫主义的抒情风格，让戏剧由“颂德”意向、“翻案”主题，回到人的本位上来，着力表现人性、人情，由客观翻案回到主观抒情，不以社会政治的需要来遮蔽和削弱其文学艺术上的魅力和价值。我个人认为，郭沫若的三种创作身份对于我们理解其历史剧有很大帮助，一是诗人身份。郭老本质上是个诗人，在五四时期，他的浪漫主义诗歌创作被认为开创了一代诗风，其特色是大胆的想象、奇特的夸张、充沛的激情和澎湃的语言。而他正是从诗歌创作转向戏剧创作的，这使得他的戏剧也具有其一贯的浪漫主义特色，诗与剧达到了和谐的统一。二是历史学家。郭沫若也是一位具有丰富历史知识的学者，曾在日本苦心钻研历史与甲骨文达十年之久，对历史上很多历史人物的生平经历、功过是非至为熟稔，这使他很自然地喜欢以历史题材创作戏剧，其戏剧不乏历史的考据、历史知识的介绍以及历史研究成果的展示。三是政治家。郭沫若同时是一位政治活动家，早年写过《请看今日之蒋介石》的檄文，参加过南昌起义，倡导过无产阶级文学，1937 年回国后任政治部第三厅厅长，以笔为旗与国民党卖国投降政策作不懈斗争，新中国成立后更是长期担任要职，戏剧创作也是他政治谋略的工具和现实斗争的需要，“古为今用”成了他创作策略。这三种身份集于郭老一身，其影响并不平均，

---

① 参见苏民等：《忆焦菊隐同志导演〈蔡文姬〉》，《〈蔡文姬〉的舞台艺术》，上海文艺出版社 1981 年版，第 13 页。

② 焦菊隐：《焦菊隐文集》第 4 卷，文化艺术出版社 1988 年版，第 127 页。

而常常有所侧重和纠缠。可以这样说，其新中国成立后创作的《蔡文姬》与《武则天》不乏对当时社会贤明政治的影射与奉承，两则剧都是翻案剧，对历史人物都有不同程度的拔高，过于考虑和现实政治的"对号入座"使剧本不可避免地带上了某些政治色彩。董健在《田汉传》中曾一针见血地指出："在当时中国的政治操作中，'唯上'最安全，最讨好；'从下'则有险，讨嫌。郭沫若深谙此道，故其《武则天》在政治上十分安全。同是为武则天翻案，田汉的《谢瑶环》以'为民请命'为主题，走了一条'唯下'的路……郭沫若则以'歌颂明君'为主题，走了一条'唯上'的路。"[①]就《蔡文姬》一剧创作本身而言，与剧名相符，自始至终都是围绕蔡文姬来写的，曹操则处于次要地位，全剧共四幕，曹操前三幕均未出场，只是通过其他人物的口作一些侧面介绍，而缺少戏剧所需要的"动作"，到了第四幕曹操才出场，但戏份并不足，形象也有些游离，可以说，仅以"翻案"立剧、以曹操为核心缺乏说服力。应该说，焦菊隐的艺术处理正是让郭沫若戏剧回到艺术本身，它充分体现了导演在剧本演出中的能动作用，如果照剧本来演，以政治压抑（遮蔽）审美，其舞台演出的效果必将大打折扣。焦菊隐在《和青年导演的谈话》中就曾指出："导演要忠实于剧本，但也不能狭隘地理解为只是表现作者在作品中的思想，导演在构思时就要有所删改，有所强调，有所发挥，通过自己独特的舞台艺术处理，力求把剧本的主题思想表现得更高、更鲜明、更强烈。"[②]

2. 根据演出需要对剧本的艺术处理。这首先体现在对剧本生动的鲜明的形象展示上。众所周知，剧本的表现媒介是抽象的语言符号，作者是通过文学语言在读者心灵中唤起形象和想象，感染读者，而戏剧的表现媒介则是活生生的演员，通过演员言行举止及各种舞台艺术手段赋予作品以形象可感的形式，给观众以强烈的视听享受[③]。波兰著名戏剧家格洛托夫斯基说："剧本本身不是戏剧，只有通过演员使用剧本，剧本才变成戏剧——就是说，多亏语调、

① 董健：《田汉传》，北京十月文艺出版社 1996 年版，第 832 页。

② 焦菊隐：《和青年导演的谈话》，《焦菊隐文集》第 4 卷，文化艺术出版社 1988 年版，第 233 页。

③ 日本戏剧家河竹登志夫在《剧场与观众》中指出："戏剧的具体要素，大致可分为视觉、听觉两类。视觉方面有演员的形体、动作，及服装、布景、各种道具的色彩、照明、造型的线、面与结构；听觉方面有演员的语言、喊叫、音乐及其他音响效果。"参见［美］艾·威尔逊等著《论观众》，李醒等译，文化艺术出版社 1986 年版，第 310 页。

多亏音响的协调、多亏语言的音乐性能，剧本才能变成戏剧。”[①] 法国著名导演和舞台设计家加斯东·巴蒂也指出：“一个剧本的台词不可能将事说尽，它可能做到的只是那些可以用语言表达的事物。超过这个限度就开始了另一个领域，一个神秘、沉默的领域，人们把它称之为气氛、环境（anbiance）高潮，或随你怎么称呼它都行。它才是导演者的工作想要表现的东西。”[②] 像其他所有的舞台艺术一样，导演艺术首先是形象思维的艺术，在戏剧舞台上，形象源自于演员的表演，受制于舞台空间的处理。例如《蔡文姬》一剧就是通过借鉴戏曲的造型，以及灯光、舞美、音乐等舞台上各种物质陪衬来加强话剧的艺术表现力，突出话剧舞台的审美魅力。苏民、刁光覃、蓝天野在《忆焦菊隐同志导演〈蔡文姬〉》中曾列举了第一幕左贤王“我要把我的全家杀尽”这段戏的舞台处理。左贤王由于听了周近的“大兵压境荡平匈奴”的威胁言辞，并自信地认为识破了汉朝“先礼后兵”的惯用伎俩，对曹操要文姬归汉的动机产生了误解，内心造成了极大的矛盾和不安，在这样的情形下，文姬又提出了“让我带走一个”儿女的要求，这时左贤王再也按捺不住内心的狂躁和烦闷，在一段激烈的台词之后，任情地喊出：“……谁也不准带走！不然，我要杀人！我要把我全家杀尽！”随着这个惊人的宣布，左贤王大转身大步冲向台前，拔刀出鞘，急促抖动的音乐伴奏，烘托出全场人物的惊愕紧张的心情。这时，赵四娘一声高呼：“左贤王！请您息怒吧！”文姬、胡儿、赵四娘扑上去跪下按住左贤王的刀，全场的胡婢和胡兵也都同时跪下，在这个大动作的场面调度的同时，音乐出现了最强音。接着便是寂静——令人感到窒息的静场，然后，像长吁一口气一样的抒情音乐旋律轻轻地融解开场上的凝固的气氛，左贤王缓缓收刀入鞘，全场人物心情随之放松下来，左贤王颤抖地扶起文姬，自己却禁不住热泪盈眶，并猛然地背过身去。苏民等对此进一步分析指出：“它通过音乐、台词、大幅度动作和场面调度的紧密配合，把主要人物的内心矛盾大大激化起来，把富有戏剧性的思想感情，通过这许多有表现力的手法，组成一个有鲜明节奏的舞台形象，展示给观众，使观众得到那种内

---

① [波兰]耶日·格洛托夫斯基：《迈向质朴戏剧》，魏时译，中国戏剧出版社1984年版，第11—12页。

② 参见《西方名导演论导演与表演》，杜定宇编，中国戏剧出版社1992年版，第534页。

容和形式相一致的美的满足。"[①] 剧作者可能是一笔带过的地方，演员却要用眼色、神情、举止全部填足。同样，《虎符》的演出也因其高度的舞台艺术成就博得郭沫若本人的称赞。在几次观看《虎符》的连排和公演后，郭沫若高兴地说："整个地说，作为作者，我感到光荣！焦先生改得好，夷门桥一场有南画风味，处理得好。省略与增加都是恰到好处。"他还夸赞道："演得好，处理得好，布景、灯光、效果都好，剧本改得好，导演手法点石成金。"[②]

其次，导、表演根据舞台演出的需要对剧本作适当的取舍、丰富与补充。黑格尔在《美学》中提到表演和戏剧文学的关系时说道："演员不仅要深入体会诗人和所演的人物的精神，才可以使自己内心和外表的个性完全和这种精神相称，而且还要凭他自己的创造性去弥补缺陷，填塞漏洞，找出剧情的转变。"[③] 剧场是戏剧剧本的一面镜子，通过剧场之舞台演出和观众反应可以照见剧作本身的全部光辉和阴影，所以导、表演根据舞台演出的需要对剧本作适当的取舍、丰富与补充是必要的。前文提到，《武则天》一剧的演出，人艺艺术家们对剧本进行了大幅度的"缩水"，这不仅表现在剧本出场人物的减少，戏剧由五幕缩减成四幕，而且很多关于武则天的历史事件和历史功德的介绍也尽可能省去，因为这些考据知识多为其他人物间接说明，缺少戏剧演出必要的舞台动作，如果不加削减，会使戏剧冗长、枯燥、拖沓，直接影响到戏剧的接受效果。除了对剧本实行"减法"外，有时也需要执行"加法"，二者更常常交替使用。例如《蔡文姬》四幕一场的演出就对曹丕的形象进行了丰富和补充。在四幕一场的文学剧本里，曹操听信周近所说，董祀与左贤王关系不一般，且一路上与蔡文姬关系暧昧不清后，大为恼怒，令董祀自裁。这时，周近退场，问曹操："蔡文姬夫人如何交代？"曹操回答："容我再考虑，（向曹丕）子恒，关于她的情况你可以好好查询一下。"然后剧本四幕二场即写曹丕透露消息给文姬，三场则写文姬晋见曹操，当面澄清事实真相。而演出时，焦菊隐把周近的询问改为曹丕来说，即写曹丕请示父亲："文姬夫人何时召

---

① 苏民等：《忆焦菊隐同志导演〈蔡文姬〉》，《〈蔡文姬〉的舞台艺术》，上海文艺出版社 1981 年版，第 17 页。

② 余思：《剧院与剧作家的双向互促》，《中国戏剧》1997 年第 11 期。

③ [德] 黑格尔：《美学》，朱光潜译，商务印书馆 1996 年版，第 274 页。

见？”这一改动，不仅更加合理（由周近提出显然不妥），而且使曹丕的形象一下子丰满起来，显示了他的沉着、冷静和机智，他也不再是戏中可有可无的陪衬，而是对事件的转机发生作用的关键人物，他的话实际上在暗示父亲不能仅听一面之词，而要有人证实证，难怪焦菊隐说曹丕是全剧的“戏胆”。[①]而且这一改动，还省去了四幕二场这出戏（即写曹丕去向蔡文姬核实事情的真相），而把戏直接跳到第三场演出，因为四幕二场戏对于观众来说已经心知肚明——由于四幕一场的闭幕处理，使观众联想到曹丕一定会查询此事，而文姬听到消息后，必然有所行动，省去四幕二场会使戏的节奏更加简洁明快。此外，如果我们把《蔡文姬》的文学本与演出本进行对照还会发现，除了以上提及的改动外，演出本中还对《胡笳诗》的运用作出更改，使其更加丰富多彩。在文学本中，《胡笳诗》是以“后台合唱、音乐伴奏”的形式出现。演出本则把《胡笳诗》作为蔡文姬的内心独白，来表现人物的心情，配以昆曲伴唱形式出现。在具体演出时，为了使剧本在舞台上血肉丰满，人艺艺术家们还非常注意细节的运用，例如在《武则天》三幕二场，写武则天命令宫娥退下，郑十三娘下跪请罪、呈上《讨武后檄文》前，焦菊隐精心设计了一出过场戏，即插入武则天梳洗打扮的一段生活戏，这一日常细节既符合武则天“善修饰”的史书记载，同时，也反映出武则天成竹在胸、临危不惧的大政治家风度，而这一延宕也反衬出规定情境的紧张气氛 ，达到了“此时无声胜有声”的艺术效果。

总之，以上事实有力地说明，郭沫若的戏剧创作离不开北京人艺的帮助和修改，使其剧本不仅具有优美的文学性，也具有鲜明的戏剧性，更适合舞台演出的需要，而北京人艺的舞台演出也充分展示了郭老戏剧的风采和魅力，确立了郭沫若戏剧在中国当代戏剧演出史上重要地位。

---

① 参见董行佶：《诱人的难题——创造曹丕追记》，《〈蔡文姬〉的舞台艺术》，上海文艺出版社 1981 年版，第 68 页。

中篇

老舍与北京人艺

在本书的绪论中我们说到，老舍与北京人艺的关系类似于契诃夫与莫斯科艺术剧院，不把老舍这种“新型戏剧”研究透彻，就无法解释他与北京人艺之间独特的互动关系。为了更好地说明这一点，在中篇关于“老舍与北京人艺”的论述之前，我们不妨先从世界戏剧史上著名的《海鸥》演出的剧坛掌故说起。

众所周知，契诃夫的《海鸥》是一部举世公认的经典名剧，但当时契诃夫写完《海鸥》时却不这样自信。他把稿子先送给莫斯科皇家剧院的领袖演员连斯基看，连斯基回了他一封信，信是这样写的：“你知道我对你的才气估价有多么高，你也知道我对你的情感有多么深。可是，正是为了这样，我才不得不极坦白地对你说。以下是我最友谊的忠告：停止为剧场写作，这完全不是你本行以内的事。”[①] 意思是契诃夫不适合写剧本，这当然极大地打击了契诃夫写作剧本的信心，但更大的打击还在其后。后来，当时颇负盛名的莫斯科小剧院同意演出他的《海鸥》，然而首次演出即遭到惨痛的失败。第四幕末尾，当特里波列夫在台后自杀，阿尔卡基娜听到枪声问：“怎么回事？”而铎尔恩回答说是他的乙醚瓶子炸了一个的时候，观众哄堂大笑，在全剧演完以后，全场报之以嘘声。传说这次演出结束之后，契诃夫就在那刮着冷风的秋夜里，在河堤之上，漫游了很久，结果，伤了风，引起肺病，以致促短了他的生命。第二天早晨，他什么人也没有去找，就悄然离开了彼得堡，并发誓不再为剧院写戏。他还给家里发去如下一则电文：“这出戏轰然跌落了。剧场里有一种侮慢而沉重的空气。演员们演得愚蠢可憎。这次的教训是：一个人不应该写戏。”[②]……再后来是丹钦科的赤诚感动了契诃夫，丹钦科在给契诃夫的信中说：“对于你，俄国剧场的观众，是十分漠视的。你的戏必须有一个有趣味的文学家，能懂得你的戏的演出美，而同时又是一个巧妙的导演，才能演得出。我觉得我自己是这样一个人。”[③] 在丹钦科的一再恳求下，契诃夫终于同意让莫斯科艺术剧院重新演出《海鸥》。在排演中，莫斯科艺术剧院高度重

---

① 转引自［苏］丹钦科：《文艺·戏剧·生活》，焦菊隐译，中国戏剧出版社 1982 年版，第 54 页。

② 转引自［苏］丹钦科：《文艺·戏剧·生活》，焦菊隐译，中国戏剧出版社 1982 年版，第 58 页。

③ 转引自［苏］丹钦科：《文艺·戏剧·生活》，焦菊隐译，中国戏剧出版社 1982 年版，第 122 页。

视契诃夫戏剧的独特性，力求在外形的深度上、在日常生活的抒情本质上以及表演的本色含蓄上下功夫。而莫艺的演出情形也颇具戏剧性，在演出的初夜，当第一幕演完幕落以后，观众席里竟鸦雀无声达数分钟之久，台上的演员感到非常的紧张，以为演出失败了，奥尔加·克妮碧尔甚至失望得哭出声来。然而，就在这个时候，却由观众席里爆发出暴风雨般的掌声。演出成功了，演员们快活得流了眼泪，大家互相拥抱。丹钦科在《文艺·戏剧·生活》中说："艺术剧院的历史，虽然在时间的顺序上开始于《沙皇费多尔》的初演，可是它的真正第一页，应当由《海鸥》的演出算起，因为这个新剧场及其革命的意识，只是从契诃夫起才明朗确定了的。"[①] 正因为契诃夫剧作奠定了莫斯科艺术剧院成功的基石，从此，自然界海鸥的图案就成了莫斯科艺术剧院的标志。

对这则掌故作出学理上的分析，大概可以引申出这样几个话题：(1) 为什么连斯基要契诃夫别再写剧本了？这是因为契诃夫的剧本和人们常识中的剧本不一样，他背离了当时普遍接受的"戏剧法则"，即契诃夫的戏剧不追求情节的曲折紧张和外在动作的强烈夸张，而追求戏剧事件的生活化和剧本的内在抒情性，丹钦科就曾指出："契诃夫所写的人物，和一般剧作家替旧型演员们所写的人物比起来，中间有一道很宽的鸿沟。这里所谈的，不是一般剧作家认为重要的那种对主角、尤其是对女主角的粉饰问题。契诃夫的人物，都是简单的人物，谈着最简单的话，用着最简单的语言，生活在日常生活的环境中。"[②] 这就难怪旧型演员出身的连斯基不能接受和理解他的剧作。事实上连契诃夫自己也不自信。(2) 为什么同样一个剧本，演出的结果竟会如此不同呢？为什么历史悠久且拥有当时俄罗斯最优秀演员的小剧院演出竟会遭到惨败，而像莫斯科艺术剧院这样一个在当时是年轻的剧团演出竟会得到那么大的成功呢？这是因为小剧院的排演制度和导演方法出了问题。莫斯科小剧院和所有俄罗斯旧型剧场一样，都习惯排演那种情节性强、冲突激烈、内容空洞、讲究明星演员个人表演的戏，当遇到契诃夫这么一种文学性强、内部动作多于外部动作的戏时，他们还用以前的那套排演方法来进行舞台处理当然就不

① 转引自［苏］丹钦科：《文艺·戏剧·生活》，焦菊隐译，中国戏剧出版社 1982 年版，第 3 页。
② ［苏］丹钦科：《文艺·戏剧·生活》，焦菊隐译，中国戏剧出版社 1982 年版，第 18 页。

行了，失败是必然的。而莫斯科艺术剧院在丹钦科的带领下，较好地领会了契诃夫剧本独特的美学风格和艺术魅力，从生活真实出发，从体验剧本里人物的内心思想情感出发，大胆抛弃旧式舞台的陈规俗套的虚假表演，力求形成具有自己特色的演剧风格，斯坦尼斯拉夫斯基说："要演契诃夫的戏，首先必须挖掘到他的金矿的所在地，感受他那与众不同的真实感和魅人的魔力支配，相信一切，然后和诗人一起，沿着他的作品的精神路线，走向自己的超意识的神秘大门。"① 这就保证了契诃夫剧作演出的成功。这一方面说明作家离不开剧院，正是由于莫斯科艺术剧院的成功演绎才使得契诃夫的《海鸥》光彩夺目、声名远播。否则，《海鸥》这部杰作就会被打入冷宫，契诃夫也会被埋没，他的戏剧天才将不会被世人发现；另一方面说明作家的剧本作为先在性和可约束性因素也同样影响着剧院，作为一种全新的戏剧范型，契诃夫的剧作要求有与之适应的演出方式，这就必然会导致导表演体系的变革。实际上，斯坦尼体系的形成离不开契诃夫剧作的刺激和启发，斯坦尼在《我的艺术生活》中说："契诃夫给舞台艺术以内在真实，这种内在真实，便是作为日后被称为斯坦尼斯拉夫斯基体系的那种东西的基础，这种体系必须通过契诃夫才能完成，或者说这体系是通到契诃夫去的一道桥梁。"② 焦菊隐在《契诃夫戏剧集》译后记中则说过这样一句意味深长的话："必须坦白地承认，我的导演工作道路的开始是独特的，不是因为斯坦尼斯拉夫斯基才略约懂得了契诃夫，而是因为契诃夫才略约懂得了斯坦尼斯拉夫斯基。"③（3）最后我想也还有个观众接受问题。莫斯科小剧院的观众已经习惯了那种明星制表演和轻松刺激的情节剧，看戏对于他们来说是茶余饭后的消遣和娱乐，或者说是生活的一种放松与点缀，一旦遇到契诃夫这样需要思考和严肃认真对待的戏剧即感到不适应，他们已经日益固化的欣赏习惯和审美趣味受到了强有力地挑战。在这方面，莫斯科艺术剧院的观众，由于丹钦柯这位文学掌门的影响和熏陶的缘故，他们的文学素养普遍较高，观众在感官愉悦的同时能上升到精神领域对

① ［苏］斯坦尼斯拉夫斯基：《斯坦尼斯拉夫斯基全集》第 1 卷，中国电影出版社 1958 年版，第 264 页。
② ［俄］斯坦尼：《我的艺术生活》，瞿白音译，上海译文出版社 2005 年版，第 316 页。
③ 焦菊隐：《契诃夫戏剧集·译后记》，《焦菊隐文集》第 3 卷，文化艺术出版社 1988 年版，第 292 页。

话的高度。

《海鸥》演出的掌故对我们的启发是巨大的，它生动形象地说明了作家与剧院之间的互动关系，作家影响着剧院，剧院也反过来影响着作家，契诃夫与莫斯科艺术剧院的良性互动关系已经成了世界戏剧学习的典范。在我国，老舍与北京人民艺术剧院的互动关系则可以说是它的另一个版本，二者有着深刻的精神联系。老舍与契诃夫颇为相近，他们在写戏之前都是知名的小说家，都是以小说家的身份开始写作剧本的，二人的剧本都是那种单纯朴素、情节淡化、以潜伏的内心冲突见长的“生活化”戏剧，且二者戏剧都不同程度地表现出悲喜交融的美学风格和现实主义特色。老舍自己虽然没有直接说受到契诃夫作品的影响，但他读了很多的俄国作品却是不争的事实。而人艺著名导演焦菊隐与斯氏体系的关系则更见深刻，早在20世纪40年代初，当他在重庆翻译契诃夫戏剧和丹钦科的“回忆录”时，他便一步步地接近了斯坦尼斯拉夫斯基。在1947年导演《夜店》和1950年导演《龙须沟》时，他就直接用斯氏体系来指导排演，他的“心象说”便是他结合中国实际创造性地学习运用斯氏体系的结晶。后来他更是在斯氏体系的基础上吸收古典戏曲的精髓，力求建设具有中国特色的演剧体系。而更为巧合的是，早在北京人艺建院之初，焦菊隐和曹禺、欧阳山尊、赵起扬等所谓人艺“四巨头”有过一段长达“十八小时的谈话”，谈话的宗旨就是想把北京人民艺术剧院办成像莫斯科艺术剧院那样的剧院。老舍与北京人艺的互动关系在中国戏剧界已经传为文坛佳话，北京人艺的老院长曹禺就曾说过：“北京人艺的一半生命是老舍先生浇灌的。”① 舒乙在《老舍和“人艺”》的一篇短文中也说：“‘人艺’（北京人艺的简称——引者注）在老舍先生的创作生活中占据着重要位置。谈‘人艺’离不开老舍，谈老舍也离不开‘人艺’。”② “（这是一种）互相尊重、互相信赖、互相学习、互相支持的关系，这里凝聚着友情、崇敬、体贴、关切，对创新的追求，对新高度的渴望和艰苦的探索与实践。”③ 他进一步说：“在‘人

① 曹禺：《〈茶馆〉的舞台艺术·序》，北京人民艺术剧院《艺术研究资料》编辑组编，中国戏剧出版社1980年版。

② 舒乙：《老舍和“人艺”》，转引自《秋实春华集》，周瑞祥等编，北京出版社1989年版，第63页。

③ 转引自余思：《剧院与剧作家的双向互促》，《中国戏剧》1997年第11期。

艺’的财富中，‘人艺和老舍’这五个字，是最值得研究的课题之一。”①

受《海鸥》演出的剧坛掌故启发，我想分三章来论述“老舍与北京人艺”的关系：第一章，必须讲清楚老舍的剧本是什么样的剧本，因为较之郭沫若、曹禺的戏剧，老舍戏剧对导表演及观众来说更为独特，难以把握，接受起来也有障碍。我打算从跨文体创作角度来研究老舍戏剧的独特性，即我认为老舍戏剧的独特性是由小说创作带来的，只有把老舍小说和戏剧“打通”来研究，才能准确地把握他剧本的独特性。第二章则论述老舍戏剧创作对北京人艺的影响。老舍这种风格独特的剧本必然要求北京人艺采用独特的导表演方法，正如苏珊·朗格在《情感与形式》一书中所说：“剧本具有首要作用，它提供了指令形式。”②这就必然对北京人艺的导表演及演剧风格的形成产生深远的影响。第三章则论述北京人艺对老舍戏剧的影响。北京人艺对老舍剧本的舞台处理不是被动的，而是能动的，而老舍的戏与契诃夫的戏相类似，更需要导、表演的创造性发挥才能光大其艺术魅力，这反过来又对老舍的戏剧创作和剧本演出产生影响。

---

① 舒乙：《老舍和“人艺”》，转引自《秋实春华集》，周瑞祥等编，北京出版社1989年版，第67页。

② ［美］苏珊·朗格：《情感与形式》，刘大基等译，中国社会科学出版社1986年版，第73页。

第一章

跨文体写作与老舍戏剧的独特性

迄今为止，在老舍的小说与戏剧的研究中存在着严重的割裂现象，研究小说的不涉及戏剧，研究戏剧的也不顾及小说。有些文学史更是"腰斩"老舍，现代文学史只讲他的小说，当代文学史只讲他的戏剧，只注意其中的断裂，却不注意二者之间的连续。这里被忽视的一个客观的事实是：老舍是一个跨文体写作的作家，早在他写作戏剧之前就已经是一个成熟的小说家，作为一种"前结构"，他的小说思维必然对他的戏剧创作产生影响。

洪忠煌、克莹在《老舍话剧的艺术世界》一书中就指出："老舍是从文学走向戏剧的。在这一点上老舍与有些剧作家有所不同，比如洪深、曹禺就是从表导演艺术走向话剧创作的，也就是一直在话剧领域里活动的'纯戏剧家'。而老舍涉足戏剧则是'半路出家'。这一点决定了老舍的话剧天然地带有来自文学、小说的特征。"① 事实上，只有把老舍的戏剧与小说"打通"了来研究，我们才能进一步解答其戏剧研究中产生的一系列新问题。比如：老舍戏剧的独特性何在？是怎么形成的？老舍戏剧的京味、幽默、史诗性等美学风格是不是突然冒出来的、空穴来风？老舍创作了二十多部剧作，只有《茶馆》和《龙须沟》的前半部成功（所谓"一个半戏剧"），其他均不突出，这其中当然有政治原因，但有没有文体把握上的原因？从写小说走向写戏剧的作家非老舍一人，为什么其他作家浅尝辄止，大多不成功，而老舍却能"打一口深井"，这其中有没有他的小说在为他带来限制的同时又带来创作上的便利的原因？

① 洪忠煌、克莹：《老舍话剧的艺术世界》，学苑出版社1993年版，第1页。

……我个人觉得，不从跨文体写作角度来谈，就无法回答上述问题。我们首先从戏剧与小说文体比较谈起。

第一节　戏剧与小说的文体比较

关于戏剧与小说的文体比较，很多戏剧理论和编剧方面的专著都或多或少地有所谈及，但大多比较零碎和散乱。在这一节里我也不想展开来谈，我拟把这些只言片语的说法作一个整合，并作出自己的理解，以达到一个目的：即小说与戏剧作为不同的文体，有不同文体的艺术规定性和基本风貌，小说不是戏剧，戏剧不是小说。但这种规定性也是相对的，不同文体之间可以交叉与沟通，即小说中可以有戏剧性，戏剧也可以小说化。

我们首先来比较二者的差别，我想，要比较戏剧与小说的差别，有必要先谈一下戏剧所受的限制。戏剧最通俗的定义：戏剧是由演员扮演人物、当众表演故事的艺术。和小说相比，戏剧受到种种限制：

一、时间的限制。小说故事在时间上应无限制，而戏剧的演出时间是一定的，一般是两小时到三小时。所以，表面看来，戏剧故事的心理时间可以完全自由，实际上这种心理时间仍受到物理时间的限制，故事在舞台上的直观呈现一定要在两小时到三小时之内完成。作者对故事情节的支配必须考虑到舞台演出的需要，往往在人生的过程中，截取最短的片段，或是少数几个片段来表现。

二、空间的限制。小说或口述故事的叙述形式，在场地的变更上完全没有限制，戏剧的故事就不一样了，因为戏剧是把事件发生的空间直接在舞台上呈现出来，舞台所能呈现的空间是有限的，不能太多。过去话剧的舞台造型多为镜框式的，有所谓“第四堵墙”的存在，现在有了旋转舞台、升降式舞台、T 型舞台、全包围舞台、半包围舞台以及各种人造的和人为的舞台等新式舞台出现，使剧场环境成为演剧经验的一部分，但演出空间仍受到固定场地的限制。舞台布景变化太多不但耗费大量的人力与财力，也会影响演出的自然流程。

三、媒介的限制。小说是用文字或语言来表现，表现的媒介物是文字或语言，而戏剧的媒介物是演员，或者说演员的身体和言语。正如黑格尔在《美学》中所指出：“戏剧表现所用的材料（媒介）就是活的人。”① 演员这一媒介的特殊性还在于他既是创造的材料，又是创造工具，还是创造者这三位一体的统一②。与影视演员面对镜头拍摄和机械录制不同，戏剧演员是在舞台上当众表演，承受更大的心理压力，演员对于观众，又是渴望，又是害怕，对其演技的挑战和要求更高。苏联戏剧家泰伊洛夫指出：“由于戏剧艺术的材料特性，人体的不能经久不变的性质，使其具有一定时间的限制，由此而已经排练完成的舞台作品，假使它不想淹没无闻，就必须立刻在观众前演出，而不能拖延年月。”③

四、接受的限制。叙述的故事是提供给私人阅读的，阅读的方式可以完全自由，情绪也可以随意调节，易卜生在《诗人的任务》一文中说：“一本小说，可以自个儿在家里，腿搁在壁炉架上，消消停停地看，不同于要在两千名观众前演出的剧本。”④ 观众走进剧场看一出戏的情形是与读小说不同的，它是一种集体欣赏，正如美国戏剧家威尔逊在《论观众》中所说：“对观众来说，戏剧是一种集体经验。”⑤ 读者看书可以跳过冗长的或枯燥的部分不读，但观众看戏却无法跳着看，所以戏剧的故事必须一开始就引起观众的兴趣，并且要牢牢控制观众、维持这个兴趣到戏剧的终结，如果观众一感乏味，他可以随时

① [德]黑格尔：《美学》第3卷下，朱光潜译，商务印书馆1997年版，第101页。

② 张庚在《戏剧艺术引论》中说：“表演是一种艺术，也和别的艺术一样，有创作艺术的人，有创作艺术时所用的材料。画家用颜料、画笔、画布这些材料来创作成一张画，而演员却用自己的身体和内心的感情来创作一个剧中人。表演艺术的特点，是艺术家和他创作艺术时所用的材料合为一体。他用他整个自己来创作，这是哪一种艺术都没有的。同样，我们还可以说，表演的艺术是演员一面创作着，观众就一面在欣赏着。这也和别的艺术不同。别的艺术都是创作完了才让人去欣赏，而表演呢，因为创作的材料就是创作者自己，也就只能一面创作，一面让观众欣赏了。”（张庚：《戏剧艺术引论》，文化艺术出版社1981年版，第124页）

③ [苏]泰伊洛夫：《论观众》，参见[美]艾·威尔逊等著《论观众》，李醒等译，文化艺术出版社1986年版，第132页。

④ [挪威]易卜生：《诗人的任务》，《外国现代剧作家论剧作》，中国社会科学出版社1982年版，第8页。

⑤ [美]艾·威尔逊：《论戏剧》，《世界艺术和美学》第2卷，文化艺术出版社1983年版，第278页。

离开，这就会影响戏剧演出的现场效果。实际上，接受效果的限制是由戏剧欣赏环境的限制决定的，周宪在其博士论文《布莱希特与中国当代戏剧》中就指出："戏剧是所有艺术样式中最具有现场效果和群体互动性的艺术样式，因其剧场性和活人面对面地交流，使得戏剧比其他任何艺术更具有直接性和大众性。"①

正是由于戏剧与小说所受的限制不一样，使得二者有着各自的艺术形态特征，二者的文体不同可以归纳如下：

一、容量不同。小说比较自由，不受时空限制，所以容量大，篇幅也比较长；而戏剧则要求情节单纯集中、不枝不蔓，追求舞台演出所要求的那种集中性和概括性。这一点黑格尔在《美学》中就曾说过："戏剧在广度上比史诗要窄，戏剧不适合于扩展到史诗的广度，而戏剧只是突出生活冲动的一点场面。"② 贝克在《戏剧技巧》中也说："选择和压缩是一切戏剧艺术的基础。"③ 董健在《戏剧艺术十五讲》中进一步指出：戏剧"在舞台上露出的只是生活海洋中的'冰山一角'，其高度集中、高度概括又不因这集中与概括而限于空洞、抽象，功夫全在这'冰山一角'的选择及这一角与'水下'深层之有机联系的建立上"。他还说："长度、容量不同，还是比较外在和表面上的差异，最根本的不同在于戏剧的情节是由显在部分与潜在部分构成的，而史诗和长篇小说的情节则全是显在的。"④

二、节奏不同。小说的主体语汇流程呈平铺状，速度比较缓慢，而戏剧则进展较快，呈跳跃状。阿契尔在其《剧作法》中说："我们可以称戏剧是一种激变的艺术，就像小说是一种渐变的艺术一样，正是这种发展进程的缓慢性，使一部典型的小说有别于一个典型的剧本。"⑤ 实际上，当亚里士多德在《诗学》中说戏剧行动必须有开端、有中部、有结尾时，他所想到的，也正是显示这种节奏的必要性。狄德罗在《论戏剧诗》中对戏剧节奏有过一段形象

① 参见周宪《布莱希特与中国当代戏剧》，南京大学博士论文，1998 年。

② [德]黑格尔：《美学》第 3 卷下，朱光潜译，商务印书馆 1997 年版，第 68 页。

③ [美]乔治·贝克：《戏剧技巧》，余上沅译，中国戏剧出版社 1985 年版，第 19 页。

④ 董健、马骏山：《戏剧艺术十五讲》，北京大学出版社 2004 年版，第 121、127 页。

⑤ [英]阿契尔：《剧作法》，吴钧燮、聂文杞译，中国戏剧出版社 1983 年版，第 33 页。

的描述："这是从山顶掉下来的一块大石头，速度随着下降而增长，由于遇到了障碍，它还到处跳跃。"[①] 戏剧节奏说实际上对戏剧情节结构提出了更高的要求，戏剧情节不仅要单纯集中，更要具有动作的一致性[②]，情节的展开要能指向一个目标、一个意志、一个行动，要能"从高潮看统一性"。[③] 同时，情节的发展必须保持一定的张力和变化（节奏不是匀速的），这就需要戏剧中有冲突（动作与反动作），有悬念、突转和发现，有阿契尔所谓的"危机"和劳逊所说的"平衡的破坏"。否则情节一枝蔓，节奏就受影响。

三、叙述与展示的不同。这是由小说和戏剧两种文体的媒介决定的，小说的媒介是语言，以叙述为主，诉诸读者的智力和想象，而戏剧的媒介则是演员的身体和言语，以直观展示为主，诉诸观众的视觉和听觉。演员很少像（叙述体戏剧例外）叙述故事那样插入作者的观感、发表议论，戏剧作为一种代言体，更不能变相地把小说作者的叙述、描写放进人物的口中去说。所以高尔基在《论剧本》一文中说："剧本（悲剧和喜剧）是最难运用的一种文学形式，其所以难，是因为剧本要求每个剧中人物用自己的语言和行动来表现自己的特征，而不用作者的提示。"[④] 叙述与展示的不同带来的另一个区别是小说倾向于表现过去时，而戏剧则表现现在进行时。英国戏剧理论家马丁·艾思林说："……任何叙述形式都趋向过去已发生而现在结束了的事件，那么戏剧的具体性正是发生在永恒的现在时态中，不是彼时彼地，而是此时此地。"[⑤] 苏珊·朗格在《情感与形式》一书中也说过同样意思的话："文学的模式是回忆的模式，而戏剧的模式则是命运的模式。"[⑥] 所以戏剧中表现过去发生的事件往往比较棘手，以前多靠人物叙述回顾，现在也有直接用舞台表演或播放电影、幻灯片来回顾了。

---

① [法]狄德罗：《论戏剧诗》，《狄德罗美学论文选》，张冠尧等译，人民文学出版社 1984 年版，第 145 页。

② 别林斯基在《诗的分类》中指出："动作的单纯、简要和一致（指基本思想的一致），应当是戏剧的最主要的条件之一；戏剧中的一切都应当追求一个目的、一个意图。"[俄]别林斯基：《诗的分类》，《西方文论选》下卷，伍蠡甫主编，上海译文出版社 1979 年版，第 382 页。

③ [美]约翰霍华德·劳逊：《戏剧与电影的剧作理论与技巧》，邵牧君译，中国电影出版社 1978 年版，第 205 页。

④ [苏]高尔基：《论剧本》，《高尔基文学论文选》，孟昌、莒葆华译，人民文学出版社 1960 年版，第 243 页。

⑤ [英]马丁·艾斯林：《戏剧剖析》，罗婉华译，中国戏剧出版社 1981 年版，第 10 页。

⑥ [美]苏珊·朗格：《情感与形式》，刘大基等译，中国社会科学出版社 1986 年版，第 356—357 页。

四、综合与单一、集体创造与个人写作的区别。戏剧是一门综合艺术，而小说则是单一的语言艺术。王朝闻在《美学概论》一书中说："综合艺术是戏剧的重要特征。戏剧艺术本身具备着语言、美术和舞蹈等各种艺术样式的因素，中国戏曲则还包括音乐、舞蹈等艺术种类的特点和因素。由于各种艺术的综合性质，戏剧艺术要遵循极为复杂的、互相制约的许多艺术部门的特征，它本身具备着多方面的审美价值。"[①]此外，小说创作是寂寞的工作，具有私人化的特点。戏剧就不同了，一出戏的问世是编剧、导演、演员乃至于观众共同作业的结果，就像一条生产流水线，缺一道工序都不行，集体智慧赋予一出戏以生命。英国戏剧理论家马丁·艾斯林说："戏剧是最具有社会性的艺术形式：就它的性质本身来说，是一种集体的创造；因为剧作家、演员、舞美设计师、制作服装以及道具和灯光的技师全都作出了贡献，就是到剧场看戏的观众也有贡献。"[②]张庚在《戏剧艺术引论》中说："集体这名词的意思，有两个要点：其一，当然是一个以上的人集合在一起；另一，则是在一道的人必须是为一个共同目的而工作。如果集合在一起的人，并无任何共同目的，各人管各人的事，甚至各人有意无意地毁损了他人的工作，这一群人只能称是乌合之众，却不能称为集体。"[③]

最后，我还有必要提及一下黑格尔给戏剧所作的美学定位，从中也能看出戏剧与小说的区别。黑格尔把诗分成三类，即叙事诗（史诗或小说）、抒情诗和戏剧诗，他说："在各种语言的艺术之中，戏剧体诗是史诗的客观原则与抒情诗的主体性原则二者的统一。"[④]这是从哲学高度指出了小说与戏剧的分别，即戏剧除了具备史诗的客观实体性因素以外，还具备人物行动的主体性因素。实际上，黑格尔还是突出了戏剧是"活的人"表演这一特征。

以上我们具体分析了小说与戏剧文体的不同。从中不难看出：戏剧与小说有着各自的文体界限，有这种文体要求的一些法则和基本稳定的样式特征，

---

① 王朝闻：《美学概论》，人民出版社 1981 年版，第 273 页。

② [英]马丁·艾斯林：《戏剧剖析》，罗婉华译，中国戏剧出版社 1981 年版，第 27 页。

③ 张庚：《戏剧艺术引论》，文化艺术出版社 1981 年版，第 38 页。

④ [德]黑格尔：《美学》第 3 卷下册，朱光潜译，商务印书馆 1997 年版，第 241 页。

左拉就曾比较指出：“小说家不受时间和空间的限制：情节可以写得枝蔓旁逸，只要他高兴，分析一下人物可以花上一百页篇幅；环境描写爱铺陈就铺陈，叙事要压缩就压缩，写过的可以旧事重提，地点也可以变换二十处，总之，作家在处理题材上是绝对的主宰。剧作家则不同，受到严格的约束，要遵循种种法则，只能在严重阻碍之间逶迤前进……正由于这个原因，才像我前面说的，戏剧成为墨守成规的最后堡垒。”① 从戏剧所受的限定和需遵从的法则出发，我们就能明白作为戏剧基本法则的“三一律”或所谓亚里士多德式“戏剧体戏剧”是有它存在的理由的。狄德罗在《关于〈私生子〉谈话》一文中就指出：“三一律是不易遵循的，但却是合理的。”② 就读者或观众接受角度而言，正是由于戏剧这一文体有自己特定的结构形态特征，人们亦产生了对戏剧文体的特殊期待和一些约定俗成的看法，比如情节的相对集中，戏剧性的冲突，人物的行动性、情节发展的“高潮说”等。正是人们有了这些思维定式，所以往往对一些突破戏剧法则的新型戏剧产生误解和怀疑，例如，连斯基就认为契诃夫不会写戏，契诃夫自己也不自信，老舍在写完《龙须沟》时则胆怯地问：“这还像一出戏吗？”③《茶馆》出来以后，包括李健吾在内的很多学者都指责《茶馆》的“非戏剧”倾向，认为其结构有毛病，这才有了老舍的辩解：“我的写法多少有点新的尝试，没完全叫老套子捆住。”④……这种在写作中因突破戏剧文体界限而受到误解和抱怨的例子还有很多，这里不再赘述。苏联戏剧家尼·奥赫洛普柯夫就曾愤懑地指出：“有这样一些‘艺术行家’，在他们看来，戏剧只有一条创作道路。他们打算把这条道路变成人人必须遵守的永远有效的艺术法规。他们衡量一切剧院的创作只用一个公式。这里我真想同左拉一同疾呼：‘当我听到批评家们板着面孔宣称‘这是戏剧，这不是戏剧’时，我总是大吃一惊。他们有何根据呢？一个公式是不能囊括一切艺术

① [法]爱弥尔·左拉：《作家要争取观众》。参见[美]艾·威尔逊等著：《论观众》，文化艺术出版社 1986 年版，第 69 页。

② [法]狄德罗：《关于〈私生子〉谈话》，《狄德罗美学论文选》，人民文学出版社 1984 年版，第 45 页。

③ 转引自焦菊隐：《导演的艺术创造》，《焦菊隐文集》第 3 卷，文化艺术出版社 1988 年版，第 20 页。

④ 老舍：《答复有关〈茶馆〉的几个问题》，《老舍全集》第 17 卷，人民文学出版社 1999 年版，第 542 页。

的！”①

中外艺术实践的事实告诉我们：各种艺术形式的界限并不是一道铜墙铁壁。莱辛的《拉奥孔》一书专门研究“画与诗的界限”，从题材、媒介、心理功能、艺术理想等方面突出地指出画和诗的分别，但也没有抹杀画和诗的联系，即所谓“画中有诗、诗中有画”。同样，戏剧与小说也有它文体相通的一面，比如都符合亚里士多德的“模仿说”，都具有“客观原则”，都要用故事、性格描写和对话等共通要素来写作（小说可以说是戏剧的近邻）。所以，别林斯基在《诗歌的分科和分类》一文的最后指出：“虽然所有这三类诗歌，都是作为独立的因素，彼此分离地存在着，可是，当出现在个别的诗歌作品里的时候，它们相互之间不是经常划着明显的界限的。相反，它们常常混杂在一起而出现，因此，有的按照形式来看是叙事的作品，却具有戏剧的性质，反之亦然。”② 事实上，一些有革新精神的剧作家都善于将不同的美学因素和艺术方法融汇到戏剧领域里来，从而突破传统的戏剧规则，莎士比亚如此，契诃夫、布莱希特如此，老舍亦如此。莎士比亚的戏剧结构吸收了小说叙述的线性特征，一反古希腊戏剧所遵守的“三一律”模式，而采取“开放式”戏剧结构，大胆地突破了戏剧的时空限制。契诃夫则是用小说的方法来写剧本，他在写给苏沃林的信中说：“剧本我已经写完。强劲的开始，平静地结束——违反戏剧艺术的一切法规。像一部小说。”③ 苏联作家米哈依尔·罗申就认为：契诃夫之所以能写剧本是因为他小说风格十分简洁，没有拖泥带水的描写。④ 可以说，正是由于契诃夫的戏剧与小说文体上的沟通，才使得他的戏剧成为苏联前所未有的崭新的艺术形式，并由此促发斯坦尼斯拉夫斯基对舞台导表演体系的变革。而布莱希特标举“记叙性戏剧”（又称“史诗剧”），实际上是把更明显的小说因素注入了戏剧之中，使得戏剧不仅限于展示和表演，而可以像小说

① [苏]尼·奥赫洛普柯夫：《论假定性》，[美]艾·威尔逊等著《论观众》，李醒等译，文化艺术出版社1986年版，第140页。

② [俄]别林斯基：《诗歌的分类和分科》，《别林斯基选集》第3卷，满涛译，上海译文出版社1982年版，第23页。

③《契诃夫与戏剧》，莫斯科艺术出版社1961年版，第83页。转引自童道明著《戏剧笔记》，中国戏剧出版社1993年版，第16页。

④ 参见童道明著《戏剧笔记》，中国戏剧出版社1993年版，第14页。

一样的叙述，布莱希特的戏剧常常在舞台上增加一个叙述人，通过他来交代时代背景，介绍故事情节，并对舞台上发生的人和事作适当的评价和议论，从而达到他所追求的间离效果。老舍所谓"新的尝试"也是把小说的优长带到戏剧中来，正是小说对他戏剧创作的影响和冲击才使他"没有完全叫老套子捆住"。这使我想起莱辛的一句名言："不是规则创造天才，相反，天才时刻都可能突破规则。"① 应该指出，戏剧与小说文体沟通的意义和价值是明显的，这种文体之间的沟通较好地克服了戏剧文体的局限性，丰富了戏剧的自身存在，拓展了戏剧的创作空间，更加充分地发挥了作家的创造才能，同时也让读者强烈地感受到艺术探索的无限多样的可能性。莎士比亚、契诃夫、布莱希特、老舍等作家的成功都有力地证明了这一点。当然，从其他艺术中吸收营养是可以的，却不能丧失自己的艺术本性，而且吸收不是模仿，不是生吞活剥，而是要经过消化，经过再创造。

自古希腊以来，世界戏剧的发展一直处于对亚里士多德式戏剧的固守、膜拜和突破、超越之中。一方面，亚里士多德式"戏剧体戏剧"仍继续存在和发展着，并出现了三个高峰：古希腊戏剧（如索福克勒斯《俄狄浦斯王》等）、17世纪古典主义戏剧（以法国为代表，如莫里哀《伪君子》等）、19世纪易卜生的社会问题剧（如《玩偶之家》等）；另一方面，亚里士多德式"戏剧体戏剧"也不断被突破和超越，"三一律"中时间一致和空间一致早在文艺复兴时期就被突破；亚氏所说的"悲剧的主人公必须是帝王将相"也早已被戏剧实践所否定；悲剧和喜剧两种美学定位也不再独立而可以交融，出现了狄德罗所倡导的"严肃戏剧"；亚里士多德在《诗学》中曾把悲剧定义为非叙述的②，但现在戏剧也可以叙述，产生了布莱希特的"叙述体戏剧"；荒诞派戏剧则出现了反情节反动作的戏剧（不是取消动作，而是反传统戏剧动作）……世界戏

① [德]莱辛：《汉堡剧评》，张黎译，上海译文出版社1981年版，第3页。莱辛还感叹："——唉，你们这些制定普遍规则的人，是多么不懂得艺术啊！你们是多么缺乏创造样板的那种天才啊！你们根据这些样板制定规则，而天才却可以随意超越它们。"（[德]莱辛：《汉堡剧评》，张黎译，上海译文出版社1981年版，第252页）

② 亚氏这样给悲剧下定义："悲剧是对于一个严肃、完整、有一定长度的行动的摹仿；它的媒介是语言，具有各种悦耳之音，分别在剧的各部分使用；摹仿方式是借人物的动作来表达，而不是采用叙述法；借引起怜悯与恐惧来使这种情感得到陶冶。"[古希腊]亚里士多德：《诗学》，罗念生译，人民文学出版社2008年版，第19页。

剧就在亚里士多德式戏剧（戏剧体戏剧）和非亚里士多德式戏剧（非戏剧体戏剧）的两极之间发展着。当今戏剧的发展似乎更在两个方向上展开:（1）纯化。越来越突出戏剧的本体特性，而抛弃非戏剧的成分和因素。最典型的要数格洛托夫斯基的“贫困戏剧”，他采用否定法，最后不能否定的是演员与观众，强调观演之间的直接交流，而忽视编剧、舞美、灯光等其他艺术成分。（2）杂糅。戏剧向各种艺术吸收营养，如小说、电影、曲艺、杂技、舞蹈等以丰富自身的存在。这种杂糅除了文体上的互渗①以外，还有现实主义、现代主义乃至后现代主义等不同美学风格的戏剧杂交融合。应该说，这两种方向都有各自独特的价值，也有自身存在的偏颇，前者力求张扬自己的艺术个性，却有表现手段单一之嫌；后者追求戏剧的多元化和丰富性，但也有丧失戏剧本体特性的可能，戏剧艺术应是在二者的张力下向前发展。

第二节　老舍小说中的戏剧性

在中国现当代文学史上，以小说家的身份写作剧本的不只老舍一人，如叶圣陶、王统照、路翎、沈从文、茅盾、丁玲、萧红、张爱玲、徐訏等都写过戏剧，他们的剧作大多不成功，有的浅尝辄止，而老舍却“打了一口深井”，取得了小说家和戏剧家双峰并峙的成就。这其中的原因何在？除了老舍的勤奋钻研以外，有没有他的小说创作给他带来的便利，使他在跨文体写作时多了一份积淀和铺垫？这马上使我们注意到这样一个客观事实：在中国现当代作家中，老舍的小说被改编成戏剧、电影、电视剧之多是首屈一指的，几乎无人能比。有别人替他改编的，如他的小说《骆驼祥子》被改编成话剧、评剧、

① 莱辛在《汉堡剧评》中曾这样说：“人们最终会怎样看待体裁的混杂呢？在教科书里人们尽量准确地把它们区分开来，但是，如果有一位天才为了达到更高的目的，把多种体裁集中于同一部作品里，人们便会把教科书抛诸脑后，而去探讨是否达到了这种更高的目的。一部欧里庇得斯的剧作，既不完全像小说，又不完全像戏剧，与我何干？不妨称它为杂种吧；只要这杂种比起你们那万无一失的拉辛等人的最合乎规则的作品来，能使我得到更多的快乐和启迪，也就够了。难道因为骡子既非马又非驴，就不成其为最有用的驮兽了吗？”（［德］莱辛：《汉堡剧评》，张黎译，上海译文出版社1981年版，第255页）

电影、戏曲，《正红旗下》也被李龙云改编成话剧，《四世同堂》《鼓书艺人》被改编成电视连续剧，小说《月牙儿》《二马》《赵子曰》《老张的哲学》《我这一辈子》《离婚》《阳光》《不成问题的问题》被改编为电影；也有他自己改写的，像短篇小说《马裤先生》被他改写成独幕剧《火车上的威风》，1935 年 9 月发表的《断魂枪》被他改写成三幕四场话剧《五虎断魂枪》，长篇小说《鼓书艺人》被他改写成话剧《方珍珠》等。所有这一切都说明：他的小说中有戏剧性[①]的因子，适合于改编，并因此得到编剧、导演的青睐。因为电影、电视剧按照英国戏剧家马丁·艾思林的看法也是戏剧之一种，他在《戏剧剖析》中说：“戏剧（舞台剧）在 20 世纪后半叶仅仅是戏剧表达的一种形式，而且是比较次要的一种形式；而电影、电视剧和广播剧等这类机械录制的戏剧，不论在技术方面可能有多么不同，但基本上仍是戏剧，遵守的原则也就是戏剧的全部表达技巧所由产生的感受和领悟的心理学的基本原则。”[②]这种大戏剧观已经被学界所接受，即认为电影、电视、舞台剧有共通的艺术要素和审美规律，例如三者都是综合艺术，都需要集体创造，在有限时空内通过演员的表演来展示故事内容，有一定的情节性，观演体制相同、接受心理相通等。

具体来说，老舍小说中的戏剧性主要体现在以下几个方面。

一、情节的单纯与集中

从老舍的小说创作经验谈中，我们不难看到：老舍对情节结构的控制和重视有一个发展过程。写处女作《老张的哲学》时是“在人物与事实上，我想起什么就写什么，简直没有个中心。”[③]接下来写《赵子曰》，“在结构上，从《赵子曰》起，一步一步的，确是有了进步，因为我读的东西多了，《赵子曰》

---

① 按照董健教授在《戏剧艺术十五讲》中对“戏剧性”的专题研究，文学中的戏剧性，是建立在动作性和冲突性基础上的，具体表现为集中性、紧张性和曲折性三个艺术特征。参见董健、马俊山著《戏剧艺术十五讲》，北京大学出版社 2004 年版，第 65—80 页。

② [英]马丁·艾思林：《戏剧剖析》，罗婉华译，中国戏剧出版社 1981 年版，第 4 页。

③ 老舍：《我怎样写〈老张的哲学〉》，《老舍全集》第 16 卷，人民文学出版社 1999 年版，第 164 页。

已比‘老张’显得紧凑了许多。”[①] 然后是《二马》，“《二马》在一开首便把故事最后的一幕提出来……先有了结局，自然是对故事的全盘设计已有了大概，不能再信口开河。”[②] 到了《离婚》，“这回我下决心要把人物都拴在一个木桩上”，“写过了六七本十万字左右的东西，我才明白了一点所谓的技巧与控制。”[③] 从《离婚》开始，老舍的小说结构技巧越来越娴熟。

与茅盾小说的开阔繁富相比，情节的单纯和集中是老舍小说结构的显著特色。以代表作《骆驼祥子》为例，其情节结构是以祥子为中心，以祥子买车的“三起三落”为发展线索，一线串珠地组织构思，安排情节，显得不枝不蔓，紧凑集中，落笔谨严，布局妥帖。就是《四世同堂》这样长达 80 余万字的长篇巨构也显得脉络清楚、集中统一。它以小羊圈胡同中的祁家四代人为中心，呈辐射状展开。时间是抗战时期，地点是北京城南的小羊圈胡同，主要集中写的人物也是小羊圈胡同中的祁家、冠家和钱家，整部长篇小说集聚性特点很鲜明。这里有必要指出的是：老舍短篇小说的写作对他情节概括和集中的驾驭能力影响至大，因为他的短篇小说多为长篇小说的材料压缩而成。他在《我怎样写短篇小说》一文中说：“事实逼得我不能不把长篇的材料写作短篇了，这是事实，因为索稿子的日多，而材料不那么方便了，于是把心中留着的长篇材料拿出来救急。不用说，这么由批发改为零卖是有点难过的。”[④] 他的中短篇小说《月牙儿》《阳光》《断魂枪》《新时代的旧悲剧》等都是由长篇材料压缩而成的，是从纷繁复杂的情节故事和人物关系中提炼而来，这使他的小说创作大多显得紧凑集中，概括力强。老舍还多次讲到生活积累和写作提炼的关系，他说：“有了极丰富的资料，深刻的认识，才能说到剪裁。我们知道十分，才能写出相当好的一分。小说是酒精，不是掺了水的酒。”[⑤] “要写作，脑子里就得有一个人的队伍。认识许多人，也许才能够创造一个人。”[⑥]

---

① 老舍：《我怎样写〈赵子曰〉》，《老舍全集》第 16 卷，人民文学出版社 1999 年版，第 169 页。

② 老舍：《我怎样写〈二马〉》，《老舍全集》第 16 卷，人民文学出版社 1999 年版，第 171 页。

③ 老舍：《我怎样写〈离婚〉》，《老舍全集》第 16 卷，人民文学出版社 1999 年版，第 190—191 页。

④ 老舍：《我怎样写短篇小说》，《老舍全集》第 16 卷，人民文学出版社 1999 年版，第 195 页。

⑤ 老舍：《怎样写小说》，《老舍全集》第 16 卷，人民文学出版社 1999 年版，第 744 页。

⑥ 老舍：《我的经验》，《老舍全集》第 18 卷，人民文学出版社 2008 年版，第 48 页。

二、故事的传奇色彩

我国清代戏剧理论家李渔就有戏"非奇不传"的说法，他在《闲情偶寄》中说："古人呼剧本为'传奇'者，因其事甚奇特，未经人见而传之，是以得名。可见非奇不传。新，即奇之别名也。若此等情节，业已见之戏场，则千人共见，万人共见，绝无奇矣，焉用传之！是以填词之家，务解'传奇'二字。"① 最早指出老舍小说中有传奇色彩的是郑振铎，关于这一点老舍自己曾作过分析，他说："郑西谛（即郑振铎——引者注）说我的短篇有传奇的气味！无论题材如何，总设法把它写成个'故事'。这个话——无论他是警告我，还是夸奖我——我以为是正确的。在这一点上，还是因为我老忘不了康拉德——最会说故事的人。"②

老舍小说创作有一个很明显的特征就是：故事性。他在《怎样写小说》一文中就曾指出："大多数的小说里都有一个故事，所以我们想要写小说，似乎也该先找个故事。"③ "我们写小说的动机，有时候不是源于有个故事，而是有一个或几个人。……不过无论是先有故事，还是先有人物，人与事总是分不开的。世界上大概很少没有人的事，和没有事的人"。④ 对"人"与"事"关系的把握和处理是老舍写作的一个重心，而老舍由于受英国作家康拉德的影响（康拉德在创作中善于把单调的海上日常生活与主人公的特异性格和传奇般的遭遇结合起来加以描写，具有一种赋予平凡的现实题材以传奇色彩的天才手腕），同时也接受了《三侠五义》《五女七贞》之类的中国旧派小说的传承，这使得老舍的小说特别注重故事的传奇色彩。

具体来说，老舍小说中"传奇的气味"表现在两个方面：

1. 情节的"非常"性质。短篇小说《兔》中的小陈就是个"兔子"即男

① 李渔：《闲情偶寄》，《中国古典戏曲论著集成》第7卷，中国戏剧出版社1959年版，第55页。

② 老舍：《一个近代最伟大的境界与人格的创造者》，《老舍全集》第16卷，人民文学出版社1999年版，第513页。

③ 老舍：《怎样写小说》，《老舍全集》第17卷，人民文学出版社2008年版，第322页。

④ 老舍：《怎样写小说》，《老舍全集》第17卷，人民文学出版社2008年版，第322页。

妓，为了能从票友走上前台，他不得不做黑脸大汉的玩偶，以寻求保护和支持，小说写了他奇特的悲剧人生。《断魂枪》中的沙子龙则是武林高手，有名的“神枪沙”，由于火车、快枪出现的缘故，沙子龙的镖局改成客栈了，他身上放了肉，即至他的徒弟在外练摊，受到别人的挑衅，他也不和别人过招，不向外人传授“五虎断魂枪”。只是在夜深人静之际，他才一气把六十四枪刺下来，“用手指慢慢摸着凉滑的枪声，又微微一笑，‘不传！不传！’”。小说写出了武侠这一传统技艺在现代科技面前的落寞，以及掌握这种技艺的人在时代潮流中的失落。童话体长篇小说《小坡的生日》则写了主人公小坡梦入“影儿国”的历险奇遇。短篇小说《上任》写了官匪一家，亦官亦匪的故事。《月牙儿》则写了母女被逼为娼的生活经历，而小说《柳屯的》更是非常夸张地写了一个外号叫“柳屯的”女人的泼辣蛮横，可以说横行乡里，其所作所为令人咋舌……徐德明在《中国现代小说雅俗流变与整合》一书中指出，老舍的《兔》等小说“都是传统文化范型中的材料，是其他新文学作家不愿也难能的对象；同时，也是旧派小说家仍然以陈旧的、社会集览的肤浅态度津津乐道的对象。”[①]也即讲老舍的小说在选材方面具有旧小说的演义、通俗、奇异的特点。老舍在《“五四”给了我什么？》一文中曾坦言：“没有‘五四’，我不可能成为作家。‘五四’给我创造了当作家的条件。首先是我的思想变了……我还是我，可是我的心灵变了，变得敢于怀疑孔圣人了！这还了得！倘若没有这一招，不管我怎么爱好文艺，我也不会想到跟才子佳人、鸳鸯蝴蝶有所不同的题材”[②]。但与鸳鸯蝴蝶派等旧派小说家不同的是，“老舍以现代社会的态度，采用世界文艺的高明手段，创造性地实现了传统诗学文化的现代转型。”[③]

2. 情节的曲折多变。老舍小说中的情节大多曲折紧张、富于变化。即以短篇小说《抱孙》为例，篇幅短小却写得错落有致。王老太太受传宗接代的封建意识的影响，特别想抱孙，王少奶奶有了身孕——“大喜”。百般侍候，王少奶奶“连嘴犄角都吃烂了”，结果难产，请尼姑来念催生咒也无济于事

---

① 徐德明：《中国现代小说的雅俗流变与整合》，社会科学文献出版社 2000 年版，第 279 页。

② 老舍：《“五四”给了我什么？》，《老舍全集》第 14 卷，人民文学出版社 2008 年版，第 36 页。

③ 徐德明：《中国现代小说的雅俗流变与整合》，社会科学文献出版社 2000 年版，第 279 页。

——“大悲”。后来，好不容易送到医院，经剖腹产，大人保住了，孙子诞生了——又“大喜”。但为了能为孙子“洗三”，王老太太不顾医院的阻拦，把儿媳和孙子接回家，大摆酒席，宴请宾朋，结果孙子感冒发了烧，儿媳肚子裂了缝，两人都死了——又“大悲”。情节忽悲忽喜、飘忽不定。同样，《骆驼祥子》中祥子买车的“三起三落”也使情节高低起伏，人物的命运亦随之大起大落。小说《黑白李》的结尾则让人感到突兀。结果死的不是白李，而是黑李，原来黑李知道了弟弟的行动计划，把自己眉毛上的黑痞子烧去了，代替弟弟参加了暴动。在情节戏剧性突转的同时，也让我们对兄弟二人包括作者本人的思想有了更加深入的认识和发现（老舍无意于宣传革命，他还是写文化伦理）。小说《柳屯的》结尾也是如此，当作者与“柳屯的”构成矛盾冲突时，“柳屯的”却出人意料地被县里拿去了（当然，这降低了冲突的性质和意义，在我看来是败笔）。此外，像《浴奴》《爱的小鬼》《不成问题的问题》《恋》《一筒炮台烟》等小说都有情节曲折多变的特点和倾向。

三、通过冲突来刻画人物

戏剧通过冲突来刻画人物已经成为戏剧家的共识。黑格尔在《美学》中说：“因为冲突一般都需要解决，作为两对立面斗争的结果，所以充满冲突的情境特别适宜于用作剧艺的对象，剧本是可以把美的最完美最深刻的发展表现出来的。”[①] 相对地，小说刻画人物则要自由得多，它可以叙述，可以描写，叙述可以用第一人称视角，也可以用全知全能的视角或多重复合视角；描写则可以用语言动作描写，也可以用心理描写；可以直接描写，也可以间接描写，并不一定要像戏剧那样通过冲突来写人。但老舍的小说却特别喜欢运用冲突来刻画人物。

早在长篇小说《二马》中，他就特别设计了两组冲突：一组是老马和小马新旧两代人的冲突，引发了对历史转折时期新旧两代人无可调和的撞击的思

① [德]黑格尔：《美学》第1卷，朱光潜译，商务印书馆1997年版，第260页。

考，通过揭示他们的不同心态，鞭挞了旧势力对新事物的扼杀，反映了新生力量的挣扎；另一组是马氏父子与温都、玛丽母女的横向的不同民族文化的冲突和比较，为“国民性”问题的思考找到了一个迥异的参照系，批判了中华民族的劣根性，指出老马“好歹活着吧”的混世哲学“便是中国半生不死的一个原因”。通过冲突写人，在老舍的《离婚》《骆驼祥子》《四世同堂》《鼓书艺人》等很多作品中都有突出的表现，例如《骆驼祥子》第十四章写了虎妞为了和祥子的结合而与她父亲刘四发生的冲突，一个青春已逝抓住祥子不放，一个由于门第观念不同意虎妞下嫁祥子，冲突是不可避免的，而众人围观、碍于情面，使二人都不甘下风，不愿服软，冲突几乎到了剑拔弩张的地步，最后虎妞离家出走。其他的如《离婚》中老李夫妇之间的冲突，《鼓书艺人》中鼓书艺人与黑暗势力之间的冲突,《正红旗下》中的旗人与“吃洋教的”渣滓之间的冲突等。

值得一提的是，老舍小说中的冲突，不但有人与人之间的冲突，还写了人物自身的内心冲突。如《离婚》中的老李和《骆驼祥子》中的祥子都陷入不能自拔的内心冲突中。最典型的则要算《四世同堂》中瑞宣的形象刻画，作为祁家的长房长孙，他既有从老一代市民身上留下来的性格特征，又接受了前辈所不曾接受过的新式教育，这就使他的内心和行动都充满了矛盾冲突。他善良、正直，具有爱国思想却又软弱忍从，受着传统文化思想的束缚；他既想尽孝，又想尽忠，只得在不能两全的境地中优柔寡断、苦闷不已。这种内心冲突的力量与莎士比亚笔下的哈姆莱特的格言“to be or not to be , that is the question”所体现的力量是惊人的相似的。

四、善写人物对话

话剧以“话”成剧，对话是表现冲突、刻画人物、展开情节的基本手段。黑格尔在《美学》中就说过：“全面适用的戏剧形式是对话，只有通过对话，剧中人物才能达到自己的性格和目的。”[①]小说中的对话就不这样突出了，直接引语的减少在现代小说中已成了普泛化的趋向。但善写对话却是老舍的特长，他有很多小说是靠对话来展开情节、塑造人物的，例如《五九》《同盟》等小说几乎通篇是人物对话，而叙述人的语言反而缩减和淡化了。必须指出，善写对话在老舍来说是有自觉意识的。在《越短越难》这样一篇谈小说创作经验文章中，老舍就说过：“短篇小说介绍人物的手法，似乎与话剧中所用的手法相近——一些动作，几句话，人物就活生生地出现在我们眼前。当然，短篇小说并不禁止人物的形容，可是，形容得多，就必然显得冗长无力。我认为，用话剧的手法介绍人物，而在必要时点染上一点色彩，是短篇小说描绘人物的好办法。”[②]这个“话剧的手法”就是指通过对话写人。

具体说来，老舍小说中的人物对话描写有这么三个特点：

1. 性格化。老舍特别强调人物对话的性格化，他说：“小说中人物对话很重要。对话是人物性格的索隐，也就是什么样的人说什么样的话”，“写对话的目的是为了使人物性格更鲜明，而不只是为了交待情节。”[③]

我们来看《骆驼祥子》中的一段人物对话，即写虎妞找到曹先生的门上来，骗祥子说自己已经有了身孕，祥子立刻被蒙住了，此时虎妞与祥子有一段对话：

“你没主意呀？”她瞭了祥子一眼，眼中带出怜爱他的神气。

他没话可说。

“赶到二十七呀，老头子的生日，你得来一趟。”

“忙，年底下！”祥子在极乱的心中还没忘了自己的事。

“我知道你小子吃硬不吃软，跟你说好的算白饶！”她的嗓门又高起来，街上的冷静使她的声音显得特别的清亮，使祥子特别的难堪。“你当我怕谁是怎着！你打算怎样？你要是不愿意听我的，我正没工夫跟你费唾沫玩！说翻了的话，我

① [德]黑格尔：《美学》第3卷下册，朱光潜译，商务印书馆1997年版，第259页。

② 老舍：《越短越难》，《老舍全集》第16卷，人民文学出版社1999年版，第381页。

③ 老舍：《人物，语言及其他》，《老舍全集》第16卷，人民文学出版社1999年版，第315页。

会堵着你的宅门骂三天三夜！你上哪儿我也找得着！我还是不论秧子（即不管是谁——引者注）！”

“别嚷行不行？”祥子躲开她一步。

“怕嚷啊，当初别贪便宜呀！你是了味（即满意了——引者注）啦，教我一个人背黑锅，你也不挣开死 ×× 皮看看我是谁！”

“你慢慢说，我听！”祥子本来觉得很冷，被这一顿骂骂得忽然发了热，热气要顶开冻僵巴的皮肤，浑身有些发痒痒，头皮上特别的刺闹着慌。

“这不结啦！甭找不自在！”她撇开嘴，露出两个虎牙来。“不屈心，我真疼你，你也别不知好歹！跟我犯牛脖子，没你的好儿，告诉你！”

在这段对话中，虎妞和祥子的性格可以说昭然若揭，虎妞既威逼又利诱，既温柔又粗野，反映了她泼辣和诡计多端的性格。祥子首先是发蒙，然后是想躲避，最终抵挡不住虎妞的进攻，只好就范投降，反映了祥子吃软怕硬、有点犯傻的性格。这段对话几乎到了闻其声见其人的地步。

2. 动作性。对话的动作性是戏剧语言的特殊要求，小说中的对话并无此要求。但老舍小说中的对话除了性格化外，也不乏动作性。关于对话的动作性，奥·威·史雷格尔有过一段形象的说法：“在戏剧里，作者不是以自己的身份说话，而是把各种各样交谈的人物引上场来。然而对话不过是形式的最初的外在基础。如果剧中人物彼此间尽管表现了思想和感情，但是互不影响对话的一方，而双方的心情自始到终没有变化，那么，即使对话的内容值得注意，也引不起戏剧的兴趣。”① 别林斯基在《诗的分类》中也明确指出：“戏剧性不在于对话，而在于对话者彼此的生动的动作。譬如说，如果两个人争论着某个问题，那么这里不但没有戏，而且也没有戏的因素；但是，如果争论的双方彼此都想占上风，努力刺痛对方性格的某个方面，或者触动对方脆弱的心弦，如果通过这个，在争论中暴露了他们的性格，争论的结果又使他们产生新的关系，这就已经是一种戏了。”② 也就是说，戏剧语言的动作性不是指说话这一

① ［德］奥·威·史雷格尔：《戏剧艺术与文学教程》，《古典文艺理论译丛》第 11 册，古典文艺理论译丛编委会编，人民文学出版社 1963 年版，第 229—230 页。

② ［俄］别林斯基：《诗的分类》，转引自《艺术特征论》，汪流等编，文化艺术出版社 1984 年版，第 448 页。

行为本身，而是指它在戏剧中有助于改变人物关系，推动戏剧冲突和剧情发展。我们前面引述的祥子和虎妞的一段对话既是性格化的，也可以说是动作化的，双方都在影响着对方，作用着对方，尤其是虎妞的话，具有突出的心灵进攻性。这方面例子还可以找出不少，例如《新时代的旧悲剧》中陈廉伯跟他妻子商量纳妾一事的一段对话：

"说，把小凤接来好不好？你也好有个伴儿。"

廉伯太太还是笑着，一种代替哭的笑："随便。"

"别随便，你说愿意。"廉伯坐起来。"不都是为了我，你也好有个帮手；她不坏。"

她没话可说，转来转去还是把心中的难过笑了出来。

"说话呀"，他紧一板："愿意就完了，省事！"

"那么不等二弟先结婚啦？"

他觉出她的厉害。她不哭不闹，而拿弟弟来支应，厉害！……他立起来，找帽子，不能再在这屋里多停一分钟。

"上哪儿？这早晚！"

……

从这段对话中我们能感受到双方都在试探着对方，影响着对方，只不过一个直接些，一个委婉些罢了。一个步步进逼，穷追猛问；一个闪烁其词，巧妙化解。这种富于动作性的对话无疑能改变人物关系，推动故事情节向前发展，同时也给读者一种身临其境的直观感。

3. 舞台性。这里的舞台性是指老舍小说中的对话十分注重腔调和节奏，非常上口、动听。这与戏剧舞台的要求倒是相通的。这一方面与他用北京方言来写，采北京人活口语有关，北京话是十分注重腔调美的，鲁迅就曾用响亮的京腔和绵白的吴语并举；另一方面与他自身重视语言的锤炼有关。在老舍的创作经验谈中，有大量文章是讲语言锤炼的，如《对话浅论》《人物、生活和语言》《文学创作和语言》等。他非常注意语言的音乐性，他说："我留神语言的自然流露，远过于文法的完整；留神音调的美妙，远过于修辞的选择。

……语言的本来文法，在此万不能移动；话语的音节腔调之美，在此须充分的发扬。”① 老舍还有一个习惯：诵读，他写了一篇小说之后总是喜欢把小说朗读给别人听，这也保证了其小说语言的悦耳动听。在《我怎样写〈骆驼祥子〉》一文中，他就不无自豪地说：“《祥子》可以朗诵。”②

以上我们从四个方面分析了老舍小说中的戏剧性。孤立起来看，每个方面我们都能在其他作家作品中找到，但同时拥有这四个方面的因子则为老舍小说所特有了。除此以外，老舍小说中的戏剧性还表现在他的小说善于通过特定的场景来写人。他说过：“写小说和写戏一样，要善于支配人物、支配环境（写出典型环境、典型人物）。”③ 他的小说《月牙儿》《阳光》等都是在大量的戏剧场景中展开情节、塑造人物的。而场面的描写和运用增加了小说叙述的空间性和即时性，极具戏剧效果（注：在戏剧中，场面可以看作戏剧冲突的基本构成单元，戏剧即是通过场面来刻画人物）。赵园在《北京：城与人》一书中指出：“老舍的叙述本质上是现时态的，他追求表现的直接性，那种‘历历如在目前’的现场性，情境的逼真性。”④ 同时，老舍小说中就有富于夸张意味的喜剧、令人窒息的悲剧和让人哭笑不得的悲喜剧，这都便于在影、视、剧改编时的直接挪置。

老舍小说中的戏剧性无疑为他以后从事戏剧创作提供了帮助，奠定了一个坚实的平台，使老舍与其他由写小说出发而改写戏剧的作家相比，有了一份得天独厚的积淀和便利。我们在他的经典剧作《茶馆》中是不难领会到他由来已久的传奇味（例如“太监娶媳妇”“两个兵丁合娶一个老婆”“活人自祭”等）、以及对话的俏皮生动、人物的鲜明突出等。可以说，老舍能够成为戏剧大师与他小说创作的积累和支撑是分不开的，他先前的小说创作无疑为他日后的戏剧创作提供了支援背景。同时，老舍小说中的戏剧性对小说本身也有重要意义和价值，如别林斯基所说：“戏剧因素理所当然地应该渗入到叙事因

① 老舍：《人、物、语言》，《老舍全集》第16卷，人民文学出版社1999年版，第304页。

② 老舍：《我怎样写〈骆驼祥子〉》，《老舍全集》第16卷，人民文学出版社1999年版，第205页。

③ 老舍：《人物、语言及其他》，《老舍全集》第16卷，人民文学出版社1999年版，第312页。

④ 赵园：《北京：城与人》，北京大学出版社2002年版，第53页。

素中去，并且会提高艺术作品的价值。"① 这种戏剧性使老舍的小说创作更加生动形象、故事精彩、可读性强、很能"抓"住读者，且雅俗共赏、通俗易懂，为他的小说增添了一份别样的艺术魅力，也使老舍成为现代文学大家中最具大众化和通俗化色彩的作家，彰显了他在中国现代文学史上的独特地位。

那么，老舍小说中的戏剧性产生的原因何在呢？我个人认为至少有两点：**（1）与他的阅读接受有关。**从他 1945 年发表的《写与读》中，可以发现他阅读接受的重点是小说与戏剧。他阅读了大量的古希腊史诗和悲剧、喜剧，但丁文艺复兴时期的戏剧，近代的英法小说，回国后又阅读了大量的俄国文学作品……这种对小说与戏剧阅读接受的交叉性、融通性，也为他的小说和戏剧创作提供艺术的互鉴性，使他的小说创作自然而然地包含了戏剧的因子，而后创作话剧，也很自然地吸收了小说的一些优长。这里还有必要提及的是，二三十年代，老舍在大学教书时，曾经开设《文学概论》课，在他 1930 年至 1934 年间写的《〈文学概论〉讲义》中就设专章论述了戏剧和小说，从论述中可以看出老舍对戏剧和小说特点的认识和把握是准确的。他说："史诗重叙述、言语，戏剧重表现、重动作。"② "戏剧不是要印出来给人念的，而是要在舞台上给人们看生命的真实。因此戏剧是文艺中最难的。世界上一整个世纪也许不产生一个戏剧家，因为戏剧家的天才，不仅限于明白人生和文艺，而且还必须明白舞台上的诀窍。"③ 对于文体之间的互通性，老舍在《〈文学概论〉讲义》中也有过论述，他说："史诗是要有对话的，可是好的史诗中能否缺乏戏剧的局势？抒情诗有时候也叙事，诗剧里也有抒情的部分，这样看这三种的区别只是大体上的，不能极严密。"④ 他还说："文学形式虽不同，可是并非界划极严，因为文艺都是一母所生的儿女，互有关联，不能纯一。"⑤ **（2）与他受到良好的戏剧熏陶有关。**老舍小时候就喜欢去小茶馆听说书，到北京天桥看"蹭戏"，常为"苏三起解""水漫金山"所迷醉，他自己也能唱几句

① ［俄］别林斯基：《别林斯基选集》第 3 卷，满涛译，上海译文出版社 1980 年版，第 23 页。
② 老舍：《文学概论讲义》，《老舍全集》第 16 卷，人民文学出版社 1999 年版，第 89 页。
③ 老舍：《文学概论讲义》，《老舍全集》第 16 卷，人民文学出版社 1999 年版，第 140 页。
④ 老舍：《文学概论讲义》，《老舍全集》第 16 卷，人民文学出版社 1999 年版，第 135 页。
⑤ 老舍：《文学概论讲义》，《老舍全集》第 16 卷，人民文学出版社 1999 年版，第 89 页。

西皮和二黄[①]。再加上他是满族人，满族人靠皇饷生活，即使再穷，也不准干其他的营生，所以他们特别讲究“生活的艺术”，说唱艺术很是发达。胡挈青在《老舍和曲艺》一文中回忆说：“老舍小时候，满族人中还有很多人会吹拉弹唱，不少家庭中有三弦、八角鼓这类简单的乐器，友人相聚的时候，高兴了就自弹自唱起来，青年人也往往以能唱若干大鼓或单弦而自傲。当时的茶馆里，曲艺节目是必不可少的。”[②]抗战爆发以后，老舍热心于通俗文艺的宣传与创作，与鼓书艺人富少舫、富贵花等艺人过从甚密。老舍小说中就有许多以票友、戏子生活为题材的作品，如《鼓书艺人》《兔》等，这都说明老舍的传统戏剧修养相当深厚，他小说中有戏剧性存在也就顺理成章。

第三节　否定之否定的创作道路

我个人认为，老舍的小说创作对于他以后的戏剧创作来说是一把双刃剑。他小说中的戏剧性和小说中的一些优长，理所当然地为他日后写戏剧带来了便利和支援背景。但他长期以来形成的小说思维定式也为他戏剧创作带来了限制和不利之处，这从他曲折艰难的戏剧创作道路就可以看出，他的戏剧创作走过了一段否定之否定的创作历程，先是不会写戏，“以小说的方法去述说”；到拼命强化戏剧性，排斥和否定小说；再到吸收小说的长处，化“不利”为利，从而创造性地完成自己独特的文体创作——“小说体戏剧”的成型。

一、不会写戏，“以小说的方法去述说”

老舍 27 岁开始写小说，40 岁写剧本，据他自己说：“对于话剧的一切，

① 潘子农在《老舍写剧始于重庆》中回忆说：“老舍夙爱京剧，擅演老旦戏，每逢聚会，往往被大家缠着唱一段助兴。对大鼓曲艺也极喜爱，曾为富少舫（艺名小药旦）、富贵花父女编写过不少抗日鼓词，风靡一时。”（参见潘子农：《舞台银幕六十年——潘子农回忆录》，江苏古籍出版社 1994 年版，第 111 页）

② 胡挈青：《老舍和曲艺》，《曲艺》1979 年第 2 期。

我都外行，我之所以要写剧本是因为（一）练习练习；（二）戏剧在抗战宣传上有突击的功效。”[①] 这大体上是可信的，老舍当时负责中华文艺界抗敌协会的日常工作，宣传抗战责无旁贷，而戏剧从文体上来说，由于它具有公开化公共性的特点，是宣传的最有效的形式（抗战戏剧的繁荣是有目共睹的，当时很多小说家都被吸引到戏剧领域里来一试身手）。所以在宋之的、赵清阁、应云卫、章泯等戏剧界朋友的鼓励下，老舍当然跃跃欲试了，而且老舍本人也有各体文写作的兴趣和实践（他写过小说、古典诗词、现代诗、话剧、戏曲、相声、数来宝、散文等，这在现代作家中也是较为突出的，可惜学术界对他文体实验重视不够）。

但正如老舍自己所说，他写戏剧是个“十成十的外行”，在这之前他写了13年小说，从未涉足戏剧。至于小说中有戏剧性也还是小说，与真正的戏剧创作是两码事。而戏剧这种文体被贝克、高尔基等人称为“困难的艺术”[②]，阿契尔在《剧作法》中就指出：“一本小说，一当它清清楚楚地写了出来以后，就马上凭它本身的价值存在下去。白纸黑字的书写是创作者和欣赏者的头脑之间唯一的媒介物。就连印刷出版这件工作，也只不过是扩大了它所可能具有的吸引力，而并没有改变它原有的性质。然而戏剧，在它能够对大家发挥它应有的吸引力之前，却必须先通过一架高度复杂的机器——剧场，这架机器的种种严格的条件对大多数新手来说，是一个令人目眩神迷的秘密。”[③] 老舍刚开始写戏即遭遇困难在所难免。他在《记写〈残雾〉》中十分生动形象地叙述了自己初次写戏的痛苦和艰难。戏的第一幕写得相当顺，第二幕即感到困难，才发现“剧本是另一种东西，绝不是小说、诗歌的姐妹，而是另一家人”。[④]

---

① 老舍：《写给导演者》，《老舍全集》第9卷，人民文学出版社1999年版，第203页。

② 贝克在《戏剧技巧》中说：“编剧是一门极为困难的艺术，并且就任何一种意义上来说它都是生活的再现，或者是过去生活、现实生活或想象中的生活美化了的表现；随着岁月的流逝，戏剧杰作越来越多，编剧工作也就变得越来越困难了。”（[美]乔治·贝克《戏剧技巧》，中国戏剧出版社2004年版，第492页）高尔基在《给大剧院剧目组》中则说：“戏剧形式是文学中最困难的一种形式。……除了文学才能而外，戏剧还要求有造成愿望或意图的冲突的巨大本领，要求有用不能反驳的逻辑来迅速解决这些冲突的本领，而且指导这个逻辑的，并不是作者的随意任性，而是事实、人物性格和情感本身的力量。（高尔基：《给大剧院剧目组》，《艺术特征论》，汪流等编，中国戏剧出版社1984年版，第485页）

③ [英]威廉·阿契尔：《剧作法》，吴钧燮、聂文杞译，中国戏剧出版社1983年版，第4页。

④ 老舍：《记写〈残雾〉》，《老舍全集》第16卷，人民文学出版社1999年版，第679页。

到了第三幕既要照前又要顾后，则感到难以为继，而“人物老不肯动”。最后，第四幕简直无法收场，只好匆匆作结。所以文章结尾老舍感叹道：“剧本难写、剧本难写，在文艺的大圈儿里，改行也不容易呀！”①《残雾》是老舍戏剧的处女作，从作品的主题立意来说还是有一定深度的，它并没有随波逐流地，平面化地表现全民抗战的热情和英勇杀敌的行为，而是比较深入地表现抗战生活中的阴暗面，刻画了一群民族败类和渣滓的丑恶嘴脸。但在戏剧的形式上，作品无疑是有缺陷和漏洞的，剧本的中心事件是：荒淫无耻的冼局长，为女色所诱，与日本女间谍徐芳蜜同流合污，最后被捕。这本是个有“戏”可写的故事，但老舍却写得散乱不堪、“戏”味不足。首先，两个主人公在第一幕都没有出场，直到第二幕后半场徐芳蜜上场，戏才真正开始，这之前写了大量的家庭琐事，铺叙得太多，这样戏的进展就显得缓慢、拖沓。其次，情节结构的随意性。全剧剧情发生的地点和场面的转换，有时较为随意，缺乏内在的必然性。作者似乎只是把一些丑态拼凑到一起，着意描绘一幅群丑图，且用力平均、主干不突出，事与事之间偶然性的巧合较多，不是由此至彼地演进与展开。最后，人物对话叙述太多，作者把小说中属于作者描写和议论的话也放进人物嘴中去说，且把人物的内心状态也顺便交代出来，这就使戏中的人物对话特别显得冗长，行动性不强。而这一切又都和老舍开始写作剧本时小说的思维惯性在起作用有关，他后来在《闲话我的七个话剧》中自己作了原因分析：“我的第一个剧本《残雾》，只写了半个月，不会煮饭的人能煮得很快，因为饭还没熟就捞出来了！在那时候，我以为分幕就等于小说的分章，所以写够一万字左右，我就闭幕，完全不考虑别的。我以为剧本就是长篇的对话，只要有的说便说下去，而且在说话之中，我要带手儿表现人物的心理。这是写小说的办法，而我并不知道小说与戏剧的分别。我的眼睛完全注视着笔尖，丝毫也没感到还有舞台那么个小东西，对故事的发展，我也没有顾虑到剧本与舞台的结合，我愿意有某件事，就发生某件事，我愿意叫某人出来，就叫他上场。”②

① 老舍：《记写〈残雾〉》，《老舍全集》第16卷，人民文学出版社1999年版，第681页。

② 老舍：《闲话我的七个话剧》，《老舍全集》第16卷，人民文学出版社1999年版，第208页。

必须指出，老舍这种不注意戏剧技巧，仅凭小说写作的经验和方法来写戏剧的创作情形，在他以后的剧本《国家至上》《张自忠》《面子问题》《大地龙蛇》《归去来兮》这五部剧作中一直延续着。《国家至上》是老舍与宋之的合写的，老舍写一、二幕，宋之的写三、四幕，两相比较可以看出，一、二幕在组织戏剧冲突的干净利落上明显不如三、四幕，情节节奏也不及后半部来得快。看得出，老舍还是喜欢像小说那样从容地叙述与交代剧情及人物关系，还没有学会在行动中来说明与交代。四幕话剧《张自忠》也是典型的"以小说的方法去述说"的例子。全剧为了全方位刻画张自忠的英雄形象，不但写了他行军打仗的事例，还写了他的治军方法，对百姓态度等方方面面的事情，这样张自忠形象是全面了，但全剧显得松散、琐碎、不集中。设若精心写一个战役或围绕一件事来刻画他而把其他的品格穿插其中写，要比这种散点透视的写法好得多。而且全剧没有贯穿始终的冲突，作者在一、二幕中设计了墨子庄这个人物，是想让他与张自忠构成爱国与叛敌的冲突，但冲突不激烈，而且这个冲突到了后两幕就消失了。全剧大量的是通过铺垫、白描、侧面交代、细节描写和穿插来刻画人物的性格，而这些又都是小说的写法。所以老舍自己在总结《张自忠》写作的经验教训时说："我老是以小说的方法去述说，而舞台需要的是打架。我能创造性格，而老忘了'打架'。我能把小的穿插写得很动人（还是写小说的方法），而主要的事件却未能整出整入的掀动、冲突。结果呢，小的波痕颇有动荡之致，而主潮倒不能惊心动魄地巨浪接天。"[①] 讽刺喜剧《面子问题》则简直可以视作"在客厅里朗诵"的对话体小说，剧中没有曲折的故事，也没有贯穿的冲突，亦没有多少动作，只是通过几个生活场景，勾画了国民党官僚佟景铭处处讲面子的丑态，此剧完全可以和张天翼先生的小说《华威先生》相提并论。三幕话剧《大地龙蛇》的结构更是幼稚，由于作者找不到足以表现"东方文化"的故事，只好"戏不够歌舞凑"，作者用"拼盘"的形式将歌舞穿插其间，计有四支短歌、两个大合唱、六个舞蹈，且到了第三幕剧情已无进展，只是一味地对未来展望，所以此剧

① 老舍：《闲话我的七个话剧》，《老舍全集》第16卷，人民文学出版社1999年版，第210页。

至今尚未演出。应该说，五幕话剧《归去来兮》从剧本创作在思想和艺术达到的成就来说，可以视为老舍抗战时期戏剧的代表作。这部剧作也不正面表现抗战，而是把焦点对准抗战后方的一个士绅家庭，写出了乔绅一家的市侩气和庸俗气息，歌颂了大儿媳吕以美和二儿子乔仁山的爱国进取精神。从结构上来说，此剧相对完整，每一闭幕都有点效果，每个人下场都有点交代，前后剧情也能照应，但仍存在细节太多、穿插太多等小说影响的痕迹，对技巧重视还不够。

以上我们具体分析了老舍早期6部戏剧普遍存在的“不会写戏，以小说的方法去述说”的共同倾向。这种倾向带来的弊端是明显的，例如戏剧普遍比较沉闷，结构比较松弛，缺乏一定的张力和节奏感，戏剧性不足，剧场性不强等。所以老舍故友罗常培在1944年写的《我与老舍》一文中也说：“受陪都戏剧氛围的感染，他也写了几本戏——《残雾》《国家至上》《面子问题》《归去来兮》《大地龙蛇》等都是我数得上来的。就对话的漂亮来说，现在的作家似乎很少赶得上他，然而舞台技巧的缺陷，例如《大地龙蛇》我也不愿为他讳言，所以直到现在他还攻不进剧国的壁垒。”[①] 老舍自己也曾心生感慨地说：“剧本是多么难写的东西啊！动作少，失之呆滞；动作多，失之芜乱。文字好，话剧不真；文字劣，又不甘心。顾舞台，失了文艺性；顾文艺，丢了舞台。我看哪，还是去写小说吧，写剧本太不痛快了！处处有限制，腕上如戴铁镣，简直是自找苦吃。”[②] 当然，老舍“以小说的方法去述说”也给他的剧作带来一些独到之处和明显的优点：（1）选材立意的深刻性。作者绝不表面化简单化地描写抗战，而是写抗战的复杂性和深刻性。例如写战争涌动下的暗流（例《残雾》）、写战争对人的改造和影响（例《国家至上》），以及在战争中反思民族文化（例《大地龙蛇》）等，反映了作者作为小说家所带来的一贯的对生活的独特思考和认识。（2）鲜明的戏剧人物形象。《残雾》中冼局长的好色贪财，《面子问题》中佟秘书的只顾面子不干实事及其内心的空虚无聊，《国家至上》中张老师的性情耿直和暴躁，《归去来兮》中乔绅的庸俗市侩，《张自忠》中张

---

① 罗常培：《我与老舍》，《老舍印象》，宋炳辉编，学林出版社1997年版，第73页。

② 老舍：《闲话我的七个话剧》，《老舍全集》第16卷，人民文学出版社1999年版，第210页。

自忠将军的果敢、刚毅、赏罚分明等，都给我们留下深刻难忘的印象。不但主要人物生动形象，一些次要人物也能“立”起来，如《残雾》中杨茂臣夫妇的谄媚巴结，《面子问题》中方正心夫妇的贪得无厌、虚伪做作，《归去来兮》中的吕以美神经兮兮又异常清醒等都很形象。（3）善写对话。这一时期戏剧中的对话虽然行动性不强，但普遍做到了性格化，闻其声知其人，而且对话中有生活气息和幽默色彩。

最后，有必要指出的是，老舍早期戏剧“戏”味不足，总是喜欢“以小说的方法去述说”，除了与他受小说创作思维定式的影响，以及他不懂舞台的诀窍，写得比较仓促等因素有关以外，还与他对戏剧技巧有意规避有关。他在《闲话我的七个话剧》一文中说：“跟我写小说一样，我向来不跟别人跑，我的好处和坏处总是我自己的……对于戏剧，理当研究技巧，因为没有技巧便不足以使故事与舞台巧妙地结合。可是，我认为，过重技巧则文艺容易枯窘，把文字视为故事发展的支持物，如砌墙之砖，都平平正正，而无独立之美。我不愿模仿别人，而失去自己的长处。而且，过重技巧，也足使效果纷来，而并不深刻，如旧戏中‘硬显子’，处处有板有眼，而无精彩之处。我不甚懂技巧，也就不重视技巧，为得为失，我也不大关心。”①从这段文字中我们不难看出，他一开始就想走一条不同旁人的独特的戏剧道路，这是他的艺术个性使然。

二、强化戏剧技巧，排斥和否定小说

然而在老舍接下来的四部剧作中，他又尝试了另一种写法，即强化戏剧技巧，抛弃小说的“做法”和优长，这似乎又走向另一个极端。四幕剧《谁先到了重庆》颇像一部间谍片，紧张刺激。这里有美女、有英雄，有情场、有战场，有更多的巧合和误会，情节错综复杂，结构是典型的高潮式结构，而贯穿戏剧始终的冲突是爱国与卖国的斗争，即英雄吴凤鸣和汉奸管一飞之

① 老舍：《闲话我的七个话剧》，《老舍全集》第16卷，人民文学出版社1999年版，第214页。

间的较量，可以说是一部典型的情节剧。所以老舍在《闲话我的七个话剧》一文中，在谈完前六部话剧不重视戏剧技巧以后，笔峰一转说："不过，《谁先到了重庆》这本戏，仿佛可拿出一点技巧来。是否技巧？我不敢说。反正我用了复壁，用了许多支手枪，要叫舞台上热闹。这一回我的眼睛是常常要注意舞台的。"①

应该说，这种尝试并未就此结束，在接下来写的《王老虎》《桃李春风》和《五虎断魂枪》中仍有情节剧的特征存在。与赵清阁、萧亦五合著的《王老虎》也是典型的抗战宣传剧，写王老虎迫于生计，和为了摆脱与弟弟及柳条儿的三角关系外出谋生，后在车站被抓去当兵，再后来升了官，在同村姑娘玉姑的开导下，有了爱国思想，平息了一场抢纱厂的叛乱，然后把部队带上前线跟日本人打仗。其间还穿插写了老虎弟弟和玉姑哥哥成了汉奸，王老虎大义灭亲的故事。最后玉姑与王老虎相约：等抗战胜利后结婚。其间情节的巧合与搞笑冲淡了主题的严肃性。四幕剧《桃李春风》（与赵清阁合作）也是头绪繁多、情节复杂，硬是把一个甘守清贫、笃志教育的教师与抗战爱国和叛变的故事联结在一起，情节编织的痕迹很明显。英文话剧《五虎断魂枪》（作品应为40年代末在美国纽约写成，后被发现，由舒悦译成中文）本是由他的小说《断魂枪》改编而成，但却在小说的基础上凭空添了许多令人瞠目结舌的情节。写了王大成（即沙子龙的化身）的女儿恋上革命者宋民良，徒弟李昌元又恋上王大成的女儿，李昌元还做了政府的爪牙，于是有三角恋爱的情感纠葛，有革命与恋爱的冲突，革命与反革命的冲突，有武打，有枪声，最后死的死、走的走。而小说主要表现的生命个体在历史进程中的落寞与无奈这一主题在戏剧中却变成了次要的内容，这样就把一个韵味深长的小说写成了一个非常俗套的情节剧，实在令人感喟不已。

从以上的分析中我们可以看出，老舍接下来写的4部情节剧都是失败之作，它给人最大的启发是："戏"有了，而老舍自己却丢失了，由他长期小说创作中所形成的独特个性不见了。这一点老舍自己也是清醒的，他是个经验

① 老舍：《闲话我的七个话剧》，《老舍全集》第16卷，人民文学出版社1999年版，第214页。

型作家，几乎每写一部作品都要总结自己创作的得失和甘苦。实际上，在他写完《谁先到了重庆》以后，他就认识到这种尝试的弊端，他说："我可是觉得，在人物方面，在对话方面，它都吃了点亏。我不懂技巧，多半是弄巧成拙，反把我的一点点长处丢失了，摹仿之弊大矣哉！"①

至此，老舍在戏剧创作中经历了两次痛苦的尝试，张扬自己的艺术个性而不重视戏剧技巧，使他"攻不进剧国的壁垒"。而重视戏剧技巧，抛弃小说的优长，又使他创作平平、丧失自我。我们从老舍的自述中能真切地感受到他的苦恼和焦虑，正是在这种自我折磨和反思中，他走出了一条新路。

三、吸收小说的优长，完成自己的独特创造

新中国成立后，老舍的戏剧创作开始试探着走一条新路，不再写那种模仿戏、通货式的戏，他试图把小说创作的优长带到戏剧中来，突破戏剧的文体限制，却又不失戏剧本体特性，从而创造性地完成自己独特的"小说体戏剧"的创作。当然这是有个过程的，这个过程可以用驼峰形来描述。第一个文体突破和创造即小驼峰是《龙须沟》，第二个文体突破和创造即大驼峰是《茶馆》，在这中间、前后有好几部剧作由于政治对文体创作的干扰，大多不成功，有的甚至跌入了低谷。

（一）《龙须沟》的文体突破和创造

中华人民共和国成立后，老舍写的第一部剧作是《方珍珠》，是由他的小说《鼓书艺人》改写而成的，它还是接续那种突显自己的长处的路子走。跟以往戏剧作品不同的是，他这次有意识地把小说中的京味带到戏剧中来，他在《暑中写剧记》中说："我要充分利用自己所惯用的语言——北京话，期望台上说的是活的言语，而不是泛泛的台词。②"他新中国成立前的戏剧除了一

① 老舍：《闲话我的七个话剧》，《老舍全集》第16卷，人民文学出版社1999年版，第214页。
② 老舍：《暑中写剧记》，《老舍全集》第17卷，人民文学出版社1999年版，第193页。

部《谁先到了重庆》以外，都是以重庆为背景来写的，谈不上什么京味（在《谁先到了重庆》这部情节剧中，也没有京味）。看来新中国成立后老舍是更加有意地突显自己的个性，但在这同时，他并没有忽视戏剧技巧。在《暑中写剧记》中，他就提醒自己："主要的角色不多，以免我掌握不好，反落个大而无当。"[①] 并在这篇文章里他开始大谈戏剧的构思和结构技巧。其原因一方面与他已经写过 10 篇剧本，开始对这种文体有了一定的实践经验有关；另一方面与他 1946 年 5 月到 1949 年 10 月在美国讲学之余，看了不少戏（他在致吴祖光的信中说："由西雅图，到华盛顿，再到纽约，一路走马观花，一共看了两次舞剧，三次广播剧，两次音乐剧和八次话剧，曹禺兄看得更是多一些。"），结交了不少戏剧界朋友有关。这期间他还与叙述体戏剧的创始人布莱希特会晤过。而且我觉得，在写作戏剧之前看了大量的戏，与写了戏剧之后再去看戏，感觉和注意点是不一样的。

但《方珍珠》结构上的缺陷是明显的，即新中国成立前与新中国成立后所谓的对比式结构，目的是为了歌颂人民政府，写光明与赞歌。其造成的危害是巨大的，前面写旧艺人在旧社会的悲剧命运，后面写旧艺人在新社会被改造成新人，成了民间艺术家。前后两个主题、两种矛盾冲突，舞台氛围也极不一致。而且老舍对新中国成立后艺人生活并不熟悉，只好写家庭内部先进思想与落后意识的斗争，和在舞台上开大会。造成这种局面的原因与政治对他的影响分不开，在新中国成立后作家中跟政治跟得紧的，老舍要算一个。这一方面与老舍的出身和经历有关。他是满族人，满族人在辛亥革命排满以后，生活异常艰难，到了衣不蔽体的地步。政治对满族人身心的冲击是巨大的，所以作为满族人，他对政治是非常敏感的。老舍在新中国成立前从来没有公布自己的满族身份，到了新中国成立后才说出来，才敢在作品中标明人物的满族身份。此外，他父亲死于庚子事变八国联军的炮火，他自己也差点被八国联军刺死，这也使他有反帝爱国的政治热情（老舍的性格外圆内方，一些生活事件对他的刺痛，他一辈子都念念不忘，到了晚年，在写了以义和

---

① 老舍：《暑中写剧记》，《老舍全集》第 17 卷，人民文学出版社 1999 年版，第 193 页。

团抗击八国联军反帝爱国为主题的《神拳》后，他还在后记中说："不管剧本写得好坏，我总算吐了一口气，积压了几十年的那口气！"[①])。另一方面也与新中国成立初期社会现实对他的影响有关。他的回国是周总理邀请的，他在国外生活很艰难，回国后生活上受到无微不至的照顾，政治上给他地位和荣誉，家人生活得很好，政府也确实在为人民办事，所有这一切都使他感恩戴德，真诚地歌颂人民政府。但政治是否像他想象的那么美好与纯真，革命是否也有像高尔基所说的"在唤起人们的美好感情的同时，也唤起了非常阴暗的本能"，[②] 作品跟政策紧了，政策错了，怎么办？这些都是老舍始料不及的。在老舍新中国成立后的创作中，政治对他的影响是巨大的，可以说无处不在（我个人认为，新中国成立后老舍与政治的关系经历了真诚的歌颂——随波逐流——苦闷和怀疑——戴着面具说话——彻底地绝望这几个阶段，这里不再展开）。但同时必须注意到老舍毕竟是一个有世界眼光和独特个性的作家，作品也毕竟是作家个人心智的果实，所以在政治与艺术之间也不是一边倒，其间有冲突和斗争，有时政治压倒艺术，有时艺术也战胜政治，而且其中也有某种妥协和博弈。

《方珍珠》只是接续上自己早先的路，并开始注意把小说的优长与戏剧的本体特性结合起来，但在戏剧文体上还没有取得突破。真正文体突破和创造是从《龙须沟》开始的，老舍自己说："在我二十多年的写作经验中，写《龙须沟》是个最大的冒险。"[③]《龙须沟》的文体结构已经很难说是开放式或锁闭式或横剖面式结构了，拿传统的戏剧框框来套它已经套不住了。其文体特点如下：

1. 以人带事，突出人物。老舍在关于《龙须沟》的创作分析中说："这个戏不必是个戏，因为戏中必须有个好故事，而好故事未必能与臭沟相结合。……假如我能写出几个人来，他们都与沟有联系，像沟的一些小支流，不就由人物的口中与行动中把沟烘托出来了吗？他们的言语与动作不必是一个完

① 老舍：《〈神拳〉后记》，《老舍全集》第 11 卷，人民文学出版社 1999 年版，第 645 页。

② [苏] 高尔基：《不合时宜的思想》，余一中、董晓译，江苏人民出版社 1998 年版，第 47 页。

③ 老舍：《〈龙须沟〉的写作经过》，《老舍全集》第 17 卷，人民文学出版社 1999 年版，第 246 页。

整故事的联系者，而是臭沟的说明者。”[①] 他又说：“这个剧本里没有任何组织过的故事，没有精巧穿插，而专凭几个人物支持着全剧。没有那几个人物就没有那出戏。”[②] 老舍这种以人带事、突出人物的艺术主张与实践无疑是对亚里士多德“戏剧体戏剧”的突破。在情节与人物的关系上，亚氏一直认为最重要的是情节，在他所说的戏剧六个成份即情节、性格、言语、思想、戏景、唱段中，他也把情节放在第一位。他说：“六个成分里最重要的是情节，即事件的安排；因为悲剧所摹仿的不是人，而是人的行动、生活、幸福；悲剧的目的不在于摹仿人的品质，而在于摹仿人的行动”[③] “因此，情节乃悲剧的基础，有似悲剧的灵魂；‘性格’则占第二位，悲剧是行动的摹仿，主要是为了摹仿行动，才去摹仿行动中的人。”[④] 亚氏为什么把“情节”放在第一位，我个人认为有三点原因：（1）模仿说的影响；（2）纯戏剧文体的考虑。情节第一才能保持戏剧的完整和节奏感，而人物第一则不行。《诗学》第八章中说：“有人认为只要主人公是一个，情节就有整一性，其实不然；因为有许多事件——数不清的事件发生在一个人身上，其中一些是不能并成一桩事的；同样，一个人有许多行动，这些行动是不能并成一个行动。”[⑤]（3）与他所处的时代有关。董健在《戏剧艺术十五讲》中指出：“在他那个时代，人还没有从‘历史’中突显出来，‘历史’和‘神’决定一切，所以亚氏不可能把人摆在第一位。”[⑥] 但是，随着人从“历史”和“神”中突显，近代戏剧早已突破这一文体界限，把“人”放在第一位。而老舍由于受到小说创作的影响，也充分认识到人物的重要性，小说创作对人的重视带来了他戏剧观念的变革和突破。他在小说与戏剧的创作经验谈中多次重申人物的重要性：“创造人物，当然指的是小说、剧本而言。一首诗、一篇散文并不一定如此。小说、剧本非写出人物来不可。”[⑦] “主要的

---

① 老舍：《暑中写剧记》，《老舍全集》第 17 卷，人民文学出版社 1999 年版，第 196 页。

② 老舍：《〈龙须沟〉的人物》，《老舍全集》第 17 卷，人民文学出版社 1999 年版，第 248 页。

③ [古希腊]亚里士多德、[古罗马]贺拉斯：《诗学·诗艺》，罗念生、杨周翰译，人民文学出版社 1997 年版，第 21 页。

④ [古希腊]亚里士多德、[古罗马]贺拉斯：《诗学·诗艺》，罗念生、杨周翰译，人民文学出版社 1997 年版，第 23 页。

⑤ [古希腊]亚里士多德：《诗学》，陈中梅译，商书印书馆 2004 年版，第 78 页。

⑥ 董健、马骏山：《戏剧艺术十五讲》，北京大学出版社 2004 年版，第 137 页。

⑦ 老舍：《文学创作和语言》，《老舍全集》第 18 卷，人民文学出版社 1999 年版，第 141 页。

是创造人，无论写小说写剧本都如此。得眼睛老看着这个人。事情不平凡，固然很好，事情差一点，而人站得起来，仍是好作品，人第一。”[①] 可以说，“人第一”是老舍小说与戏剧沟通的基石。

2. 多人多事。《方珍珠》只写了方珍珠一家，而《龙须沟》则写了丁四一家、程疯子一家、王大妈一家，还写了赵老头、刘巡长、冯狗子、刘掌柜等多个人物。《方珍珠》以方珍珠为主人公，而《龙须沟》主人公有多个，刻画的是群像，没有一个处于中心地位的人物，而且每个人物都有他们的故事，作者并没有突出一条主线来写，而是平均用力。这种多人多事的特征是对传统戏剧“一人一事”的突破，传统的戏剧理论认为，戏剧可以描写许多事件，乃至错综复杂的事件，但其中必有一个事件是主要事件（主线），主要事件是贯穿戏剧的始终，并规定或制约其他事件的。亚里士多德提出情节的完整、整一也就是强调这一点。我国戏曲理论家李渔也说过：“一本戏中有无数人名，究竟俱属陪宾；原其初心，只为一人而设。即此一人之身，自始至终，悲欢离合，中有无限情由，无穷关目，究竟俱属衍文；原其初心，又只为一事而设。此一人一事，即作传奇之主脑也。”[②] 所以对“一人一事”的强调成了中外戏剧共同要求，但老舍却突破了它。

3. 没有贯穿始终的冲突。受多人多事的影响，老舍的《龙须沟》也没有贯穿始终的冲突。通行的说法认为：人与沟的冲突可看成潜在的主要冲突，但这种冲突到了最后已不复存在。同时，我认为，单纯的人与沟（自然）的冲突并不构成真正的戏剧冲突，其理由是劳逊的一句话：“由于戏剧是处理社会关系的，一次戏剧性的冲突必须是一次社会性的冲突……戏剧性冲突也是以自觉意志的运用为依据的，戏剧的基本特征是自觉意志在其中发生作用的社会性冲突。”[③] 在《龙须沟》中，所有的人只有一时的矛盾，谁跟谁都不死挣着劲儿矛盾到底，可以说小冲突不断，大冲突没有。而且这些小冲突之间也不是互为因果，牵一发而动全身的，这和传统戏剧也有区别。传统戏剧一般都

---

① 老舍：《本固枝荣》，《老舍全集》第 18 卷，人民文学出版社 1999 年版，第 106 页。

② 李渔：《困情偶寄》，《中国古典戏曲论著集成》七，中国戏剧出版社 1980 年版，第 14 页。

③ [美]约翰•霍华德•劳逊：《戏剧与电影的剧作理论与技巧》，邵牧君译，中国戏剧出版社 1978 年版，第 207 页。

有贯穿始终的冲突，可以有其他多组冲突，但必有一个主要冲突，其他次要冲突的不断发展、碰撞最后引起主要冲突的激化、爆发。但这一特征又被老舍突破了。

4. 面式和线式相结合的结构特征[①]。很多学者都把老舍的《龙须沟》《茶馆》的结构与夏衍的《上海屋檐下》、曹禺的《日出》混为一谈，认为都是横剖面式结构或称之为“人像展览式”结构[②]。现在的中学教学参考书也采用这一权威说法。但我认为，《龙须沟》及以后的《茶馆》除了具有横剖面式特征以外，还有明显的线式特征，而这一特征在《日出》《上海屋檐下》中却不明显。《日出》和《上海屋檐下》只选取一个生活剖面来写，在这一剖面上时间进展是很快的，《日出》剧情发展的前后时间在一个星期之内，《上海屋檐下》的时间则更为集中，它的三幕戏写的是一天的生活：从上午八时至夜晚。而《龙须沟》的时间拉得很长，从新中国成立前写到新中国成立后，这是因为《龙须沟》不只写了一个剖面，而是三个剖面：新中国成立前一个剖面、新中国成立初修沟一个剖面、新中国成立后沟修完成一个剖面，三个剖面之间有一定长度的时间间隔，作者用主题与人物的一致把这三个剖面贯穿起来。可以用下图来表示：

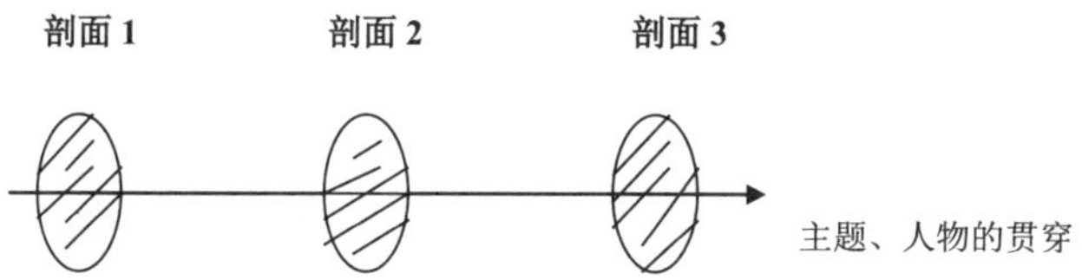

所以说《龙须沟》或《茶馆》是横剖面式结构（或人像展览式）是不准确的，没有把它与《日出》《上海屋檐下》的结构区分开来，应是面式和线式

① 霍洛道夫在《戏剧结构》（华东师范大学出版社 1981 年版）中提出两种戏剧结构：锁闭式和开放式。顾仲彝在《戏剧编剧理论与技巧》（中国戏剧出版社 1981 年版）中又加了一种，即人像展览式结构或横剖面式结构。按照丁罗男教授在《二十世纪戏剧整体观》（文汇出版社 1999 年版）的说法，锁闭式可称为点式，开放式称为线式，横剖面式可称为面式。

② 参见冉忆桥：《带笑的葬歌》，《上海师范大学学报》1980 年第 1 期。

的结合。同时，我还有一种感觉，每一剖面即是一部戏，三幕戏即相当于三部横剖面式戏的组合。这就便于我们理解老舍戏剧独特的"第一幕"现象，即学术界对老舍《龙须沟》和《茶馆》的第一幕比较称道，曹禺称赞《茶馆》的第一幕是"古今中外戏剧中罕见的第一幕"[①]，焦菊隐也对老舍的第一幕倍加推崇。实际上老舍的第一幕即是一部戏，其特点是：上手较快，情节发展迅速，冲突迭起，尤其是第一幕就有高潮。而传统多幕剧的第一幕则主要是交代剧情，说明人物关系，设置悬念，为戏剧冲突的发展奠定基础，戏剧冲突的高潮和精彩之处应当在后几幕才出现。正如阿契尔在《剧作法》中所说：第一幕任务在于"清楚而明快地写出它的引子，然后就及时地表明问题的焦点。"[②] 而老舍的第一幕相当于一部构思精巧、引人入胜的独幕剧。当然，三部横剖面式戏的组合需要剧作者有较强的概括能力和组织能力，尤其是需要有独幕剧创作的深厚功底，没有大手笔是做不到的。

以上我们从四个方面分析了《龙须沟》的文体突破，这种突破与修沟这样棘手的题材所提供的契机有关；另一方面也与他坚持不模仿别人，把小说的长处带到戏剧中来有关。可以说，在《龙须沟》中小说与戏剧两种不同的文体有了创造性的融合与沟通，一种可以称之为"小说体戏剧"的雏形已经诞生。《龙须沟》的缺陷在于：受政治影响，为了给北京市政府歌功颂德，结构上仍有对比痕迹，前后两个主题，两种性质的矛盾冲突，到了戏的第三幕，人物已不再行动，只是一味地感谢，最后在"毛主席万岁"声中结束。同时，三个剖面的选择也有问题，尤其是后两幕没有区分开来，也不典型。但《龙须沟》文体突破和创造无疑为下一个驼峰即《茶馆》的成功奠定了坚实的基础。当然，两个驼峰之间还有一道明显的凹陷。

（二）政治对文体创作的干扰

本来按照《龙须沟》这样的探索写下去，人们有理由相信，老舍必将很

---

① 曹禺：《〈茶馆〉的舞台艺术序》，北京人民艺术剧院《艺术研究资料》编辑组编，中国戏剧出版社1980年版。

② [英]威廉·阿契尔：《剧作法》，吴钧燮、聂文杞译，中国戏剧出版社1964年版，第144页。

快地写出更多更好的作品，但实际情形并非如此。老舍接下来写的几部剧作《一家代表》《生日》《春华秋实》《青年突击队》《西望长安》《红大院》等剧作，不仅没能保住原先的水平，而且还出现了艺术滑坡的现象。究其原因，主要是“左”的思潮在作怪。新中国成立初期的三场大规模的群众性的批判运动（关于电影《武训传》的讨论、对《红楼梦》研究的批判、对胡风文艺思想的批判），给文坛带来了不可低估的负面影响。它直接导致了对文艺与政治关系的片面理解，即强调文艺为政治服务、直接表现党的方针政策等，而在这股潮流中，老舍更是身先士卒、唯恐落后。可以说，政治对老舍的影响已达到了“身体化”的程度。[①] 胡挈青在《老舍剧作选》后记中回忆他说：“他曾经在全国人民代表大会的讲台上大声地说过：‘我本是个无党派的人。可是，今天我有了派。什么派呢？歌德派。’他把自己称为歌颂共产党的功德的‘歌德派’，把自己的作品叫作‘遵命文学’。”[②]

政治对这一时期老舍戏剧创作的影响表现在以下几个方面：

1. 对政策的图解和公式化的写作。党内强调民主政治，老舍有《一家代表》；政府大搞“三反五反”运动，老舍就有《春华秋实》；国家号召开展劳动竞赛，老舍写了《青年突击队》。骗子“李万铭”事件发生后，罗瑞卿希望把它搬上舞台，老舍立马写了《西望长安》，比《人民日报》发表的题为《一个大骗局的前前后后》（1956 年 3 月 1 日第二、三版）的详细报道还早两个月。同时，在具体写法上也出现写运动过程的概念化公式化套路。《春华秋实》就写了“三反五反”怎么发动、怎么检举揭发、怎么打虎、怎么又斗争又团结的过程，最后是给运动作总结。《青年突击队》也写了劳动竞赛的过程。后来的《红大院》也是写“城市人民公社”成立的过程。

2. 露骨的歌颂和理想化的描写。在《一家代表》中，程壮生就说：“妈，多看看毛主席！中国有多大，他的心有多大；世界上有什么新思想，他就有什么新思想。”像这样的感激赞叹在他的多部剧作中都出现。同时受“两结合”

① “身体化”：它标示一种控制深嵌于个体心身的意会层面。参见布尔迪厄：《实践与反思》，中央编译出版社 1998 年版，第 26 页。

② 胡挈青：《老舍剧作选·后记》，《老舍剧作选》，人民文学出版社 1987 年版，第 375 页。

创作的影响，老舍新中国成立后的剧作开始有了理想化的描写，写光明和畅想。例如《红大院》中对"共产主义大楼"和"人造卫星"的遐想与议论，这与它过去小说所追求的"贴近生活的原生形态，显示出生活冷峻严酷的一面，朴素本色的现实主义"[①]形成鲜明对比。例如《骆驼祥子》的结尾就弥漫着绝望低沉的气氛，据老舍自己回忆，作品发表后，"就有工人质问我'祥子若是那样地死去，我们还有什么希望呢？'我无言以对。"[②]由于老舍没有为工人阶级指明前进的道路，致使有的学者认为老舍的创作还停留在批判现实主义，而没有达到革命现实主义的高度。

3. 不敢写冲突、写悲剧，也不敢讽刺。20 世纪 50 年代苏联文坛曾流行的"无冲突论"一度时期也直接影响着中国当代文坛。即认为社会主义制度下不存在敌我冲突，只有人民内部矛盾，而人民内部矛盾是非对抗性质的，并不构成真正的冲突。而且这种矛盾可以在党的领导下通过"团结——批评——团结"的方法得到圆满的解决，先进力量即使在矛盾斗争的过程中，可能产生失败和痛苦，但最后终究会得到胜利。因此，就很难用悲剧样式来反映人民内部矛盾。这种"无冲突论"和"社会主义无悲剧论"也直接影响着老舍的创作，在他那些写运动过程的公式化的剧作中，无冲突的影响是明显的，为了增加紧张性，只好在戏剧最后人为设计敌我矛盾，而新中国成立后老舍没有写一个悲剧也是事实。同时政治的魔掌使以幽默见长的他也不敢讽刺，这在《西望长安》这部讽刺剧中非常明显，本来讽刺的对象应该是官僚干部，而不是李万铭，这才有警醒作用，但老舍却不敢讽刺党的干部，这就有了讽刺的错位和讽刺力度的不足[③]。事实上，老舍自己在《谈讽刺》一文中就指出："拥护我们的社会制度不等于隐瞒某些人某些事的丑恶与不合理。""文艺追求

---

① 樊骏：《认识老舍》，《文学评论》1996 年第 6 期。

② 老舍：《〈老舍选集〉自序》，《老舍全集》第 17 卷，人民文学出版社 1999 年版，第 202 页。

③ 老舍好友赵清阁曾直率地批评《西望长安》缺乏幽默感，像一出"活报剧"。老舍在回信中辩解道："'活报'不正确。戏虽没写好，但是新尝试，此种戏尚无前例。对干部们的讽刺不够，正因为它是新喜剧——与古典讽刺文学不同。古人可否定一切，故讽刺深入。我们不能那样办。我们必须讽刺坏的那一部分，而不能全盘否定，以致使人有反对或怀疑我们的社会制度的感染，那不行。此剧极难写，但给创作上开辟了一条道路，它也许像'活报'，但是一种新的'活报'。"（转引自傅光明著：《书信世界里的赵清阁与老舍》，复旦大学出版社 2012 年版，第 127 页）从中可见老舍当时写作此剧的艰难和顾虑。

并阐明真理，不该敷衍、粉饰。为了真理，我们歌颂先进的人物，鞭挞落后的人物。”①

（三）《茶馆》——成功的“小说体戏剧”

1957年《茶馆》的成功问世可以说是偶然的，也可以说是必然的。说它是偶然的，是因为《茶馆》的前身是《人民代表》，也是配合政策宣传的戏，要不是北京人艺的艺术家们的提醒和建议，也许就不会有《茶馆》的诞生（具体分析放在以后讲）。说《茶馆》的成功是必然的，则基于以下几个方面的原因。

1. 找到了自己的艺术立足点。北京人艺的艺术家们要他专以《人民代表》的第一幕茶馆为背景和内容写，也就是让他回到了自己熟悉的生活。他自己就曾说过：“从我解放后写的那些剧本来看，旧人写得好一些，新人就不那么好。原因是我和工农兵接触得不多，对他们的生活、思想感情不熟悉、不了解。这样，写起来就非常困难。”②而《茶馆》是写他所熟悉的旧社会的人和事，这就使他找到了自己的艺术立足点③。董健在《关于十七年当代文学的评价问题》中说：“作家和某项科学的研究者不同，他首先是对‘全社会’进行观察和体验。但是，对生活材料的占有和选择，对社会人生观察、描写的角度，各个作家互不相同，他们历史地形成了各自特有的优势。只有避其所短，发扬优势，才会成为有独创性的作家，这就是所谓每个人都有自己的‘艺术立足点’。”④可见，找好自己艺术立足点对一个作家创作来说至关重要，老舍自己就深有感触地说：“最近我写完了一部新剧《茶馆》，刊登在新的双月刊《收获》上。”“我在描写他们时恢复了我的‘个人风格’，而且写起来轻车熟路。这又

---

① 老舍：《谈讽刺》，《老舍全集》第17卷，人民文学出版社2008年版，第680页。

② 老舍：《文学创作和语言》，《老舍全集》第18卷，人民文学出版社1999年版，第141页。

③ 老舍在《热爱今天》中说：“十年来，我写了十多部话剧剧本。其中，除了《茶馆》一剧，其作的剧本都写的是随时发生的事情。北京市政府为劳苦大众去修龙须沟了，我就写了《龙须沟》；曲艺演员得到了解放，我就写了《方珍珠》。此后，《春华秋实》《青年突击队》《西望长安》《红大院》《女店员》和最近写的《全家福》，都是如此，都写的是眼前发生的事情。”（《老舍全集》第18卷，人民文学出版社2008年版，第55页）我个人认为，“写今天”是老舍新中国成立后创作走向衰败的不可忽视的原因。

④ 董健：《关于十七年当代文学的评价问题》，《文学与历史》，江苏文艺出版社1992年版，第292页。

一次向我表明，充分理解素材有多么重要。我写起过去仍比写现在更得心应手。"①

2. 政治环境的宽松和主体精神的张扬。1956 年，中国社会政治环境有了一定程度的好转，在社会领域提出大鸣大放，开展批评与自我批评；在文化领域毛泽东提出了"百花齐放、百家争鸣"的方针，允许不同风格和形式的作品开展竞赛，戏剧界出现了"第四种剧本"②。政治环境的宽松（短暂的"小阳春"）也带来了老舍的真情勃发，1956 年下半年到 1957 年上半年，他写了《论悲剧》《谈讽刺》《自由与作家》等一批含有自己对艺术独立思考的理论文章，提出社会主义还应有悲剧存在，还需要讽刺以及作家创作自由等一系列在当时亟待突破的理论问题。在创作谈《谈"放"》中，他说："某些东西不能写，某些东西不能唱，某些东西不能画。这种现象，实际上是反映了我们民主生活还不太够。"③《茶馆》写成以后，有人建议在戏剧中增加一条"红线"以增强故事性，他反驳说："有人认为此剧的故事性不强，并且建议，用康顺子的遭遇和康大力的参加革命为主，去发展剧情，可能比我写的更像戏剧。我感谢这种建议，可是不能采用。因为那么一来，我的葬送三个时代的目的就难达到了。抱住一件事去发展，恐怕茶馆不等被人霸占就已垮台了。我的写法多少有点新的尝试，没完全叫老套子捆住。"④后来周恩来总理认为《茶馆》的三个时代选得不够典型，劝老舍改动，但老舍仍拒绝修改，这些都反映出老舍主体精神的张扬，否则，《茶馆》早就面目全非了。

3.《龙须沟》文体突破和创新奠定的基础。《茶馆》仍是接续着《龙须沟》那条路子走。《龙须沟》演出的成功给老舍带来了空前的荣耀（老舍因之在北

---

① 老舍：《作家谈写作》，《老舍全集》第 14 卷，人民文学出版社 1999 年版，第 650 页。

② "第四种剧本"的得名源于剧作家刘川署名"黎弘"发表于 1957 年 6 月 11 日《南京日报》的一篇评论。刘川在这篇题为《第四种剧本》的文章中，尖锐地批评了当时剧坛流行的公式化、概念化的弊病，指出："记得有人说过这样的话：我们的话剧舞台上只有工、农、兵三种剧本。工人剧本：先进思想与保守思想的斗争。农民剧本：入社和不入社的斗争。部队剧本：我军和敌军的军事斗争。除此而外，再找不出第四种剧本了。这话说得虽有些刻薄，却也道出了公式概念统治舞台时期的一定情况。"与此相对照，他热情称赞《布谷鸟又叫了》《洞箫横吹》等剧以清新的风格在艺术创造上对这"三个框子"所作的突破，并认为，就其"提出问题的独特性和表现方法的独创性而言"，它们是当时话剧舞台上的重要收获，是"当之无愧的'第四种剧本'"。参见黎弘：《第四种剧本》，《南京日报》1957 年 6 月 11 日。

③ 老舍：《谈"放"》，《老舍全集》第 14 卷，人民文学出版社 1999 年版，第 712—713 页。

④ 老舍：《答复有关〈茶馆〉的几个问题》，《老舍全集》第 17 卷，人民文学出版社 1999 年版，第 542 页。

京市人民政府委员会和各界人民代表会议协商委员会的联席会议上，荣获“人民艺术家”的荣誉奖状），这就更加坚定了他文体突破和创造的信心。《龙须沟》写作时，他还说“是个最大的冒险”①，他还胆怯地问：“这还像一部戏吗？”到了《茶馆》的面世，他已经敢大胆地宣告：“我的写法多少有点新的尝试，没完全叫老套子捆住。”②

《茶馆》的文体特征与《龙须沟》相同，也具有以人带事、多人多事、没有贯穿始终的冲突以及面式和线式相结合的文体特征。只不过与《龙须沟》相比较，《茶馆》显得更完美、更严谨、更成功。《茶馆》的时间跨度更长，长达50年之久，写了50年的中国社会历史变迁，而《龙须沟》前后只有几年时间，线的特征仍不明显。《茶馆》的出场人物更多，达七十多人，远远超过《龙须沟》的出场人数。《茶馆》的三个剖面的选择也比《龙须沟》好，时代特征更典型。同时，三个剖面之间也很统一和协调，除了主题一致、动作一致（即每个人物都在“挣扎”）、地点一致外，作者还采用了主要人物自壮到老、次要人物父子相承以及用增加叙述人的方法来贯穿全剧。这就使其结构比《龙须沟》更加紧凑。值得一提的是，除了以上的区别以外，《茶馆》在文体上比《龙须沟》还多了一个特征，即叙述体特征。作者让大傻杨作为一个说书者贯穿始终，他既是说书者，又是剧中人，每一幕之前都有他一段快板词，交代剧情，发表议论，这种手法无疑与布莱希特叙述体戏剧相近。

总之，如果说《龙须沟》具有“小说体戏剧”的雏形的话，那么，《茶馆》可以说是一部成功的“小说体戏剧”。这里，对“小说体戏剧”的命名稍作解释。所谓“小说体戏剧”即指与传统“戏剧体戏剧”不同，此种戏剧已带有小说文体的特点，在这种戏剧里，我们前面讲的小说与戏剧的文体区别和限制已经被突破和超越。比如第一点，容量不同。现在这种“小说体戏剧”的容量已经相当大了，可以说在反映生活的广度和深度上，并不比小说逊色。陈瘦竹在《论老舍剧作的艺术风格》一文中就指出：“这样一种结构形式，足以扩大舞台容量，开拓形象的深度，在反映生活的丰富性和多样性上，能使

① 老舍：《〈龙须沟〉写作经过》，《老舍全集》第17卷，人民文学出版社1999年版，第246页。

② 老舍：《答复有关〈茶馆〉的几个问题》，《老舍全集》第17卷，人民文学出版社1999年版，第542页。

戏剧接近小说，而比小说更鲜明突出。"[①] 再来看第二点，节奏不同，老舍的"小说体戏剧"的节奏不再是激变了，而具有渐变的特征。李健吾在指责《茶馆》的结构缺陷时说过这样一段话："叫作三幕其实不如叫作三场，因为它们只是真实地、生动地反映了三个场面。幕也好、场也好，它们的性质近似图卷，特别是世态图卷。甚至于一幕之中往往也有这种感觉。在说明动荡时代与公寓生活上，这是一种社会相。毛病就在这里，本身精致，像一串珠子，然而一颗又一颗，少不了单粒的感觉。单粒的感觉，就戏剧来说，显然属于致命的遗憾。我们希望个个场面能成为一种动力，形成前浪赶后浪的气势，不止于绚烂的画面（平面）的感觉。"[②] 这段话正好是对《茶馆》文体渐变特征的形象说明，李健吾还是用传统"戏剧体戏剧"的特征来要求它，自然看到不足和毛病。最后再看第三点叙述与展示的不同。老舍的"小说体戏剧"已经不止于展示，还增加了叙述成份了。这无疑又是小说带来的。

当然，说《茶馆》是成功的"小说体戏剧"，并不是说《茶馆》就至善至美了，它还存在诸多不足。比如说仍有政治影响的痕迹（写学生运动，对康大力到西山的暗示与交代等），第二、三幕也不如第一幕紧凑，有闹剧和漫画色彩，最后卜局长的三个"好（蒿）！"仍是小说思维的遗留物，对全剧来说是一个"蛇足"等。

《茶馆》也只是昙花一现，随着 1958 年反右倾运动的开展和深入，老舍又被迫回到"政策戏"的路向上去，这就有了《女店员》《全家福》《红大院》等戏。在这些戏中，我们再也寻觅不到属于他自己的独特风格了。这是老舍和他的那个时代的悲剧。

① 陈瘦竹：《论老舍剧作的艺术风格》，《陈瘦竹戏剧论集》下，江苏教育出版社 1999 年版，第 1611 页。
② 李健吾：《读〈茶馆〉》，《人民文学》1958 年第 1 期。

第四节　老舍戏剧与小说的沟通

在前面的论述中，我们主要从文体角度具体分析了老舍的小说创作对其戏剧文体写作的冲击和突破，使他完成了“小说体戏剧”的独特创造。但老舍的小说与戏剧的沟通远不止这些。由于老舍身兼小说家和戏剧家的双重身份，作为小说家出身的老舍，在观察与描写生活上所特有的角度、眼光和思维特点必然对他的戏剧创作发生潜移默化的影响，从而使他的戏剧带有鲜明的小说家写戏剧的特色。老舍的小说和戏剧在创作层面（如题材、主题、人物和语言）和美学层面（如现实主义、幽默、京味和史诗性）都存在着互文性特征。即他的戏剧文本的产生是建立在此前的、已先期存在的小说文本的基础上的，小说文本为戏剧文本的生成提供了原材料和动力。关于互文性，热拉尔·热奈特曾给了一个狭义定义：“一种两篇或多篇文本中的共现关系。”[①] 克里斯特瓦（Julia Kristeva）也指出：“每篇作品都是一些引语的拼凑物，是对另一文章的吸收和改变。文本间性的概念代替了主体间性概念”[②] 这种文本间的互文性可以以明显的形式出现，比如引用、抄袭、未指明的借用，也可以以非明显、间接、隐含的方式体现。我们不难求证出老舍戏剧与小说的互文性特征。

一、老舍戏剧与小说的创作沟通

（一）题材：从小说到戏剧

通读老舍的戏剧和小说，就会发现老舍戏剧中的不少题材都来源于小说，

① 转引自［法］弗兰克·埃夫拉尔著《杂闻与文学》，谈佳译，天津人民出版社 2003 年版，第 48 页。

② 转引自［法］达维德·方丹著《诗学——文学形式通论》，陈静译，天津人民出版社 2003 年版，第 132 页。

给人一种似曾相识之感。有的戏剧人物可以从小说中找到出处，有的戏剧情节则和他的某些小说有着惊人的相似之处。而在他的25部话剧中就有3部是他的小说的另体处置。三幕剧《五虎断魂枪》的主要情节材料来源于他的小说《断魂枪》，虽然改动较大，增加了革命＋恋爱的情节套路，但小说情节的框架和痕迹依然存在。如时代对王大成（沙子龙的化身）的镖局的冲击、陈向吾（小说中孙老者的化身）用激将法想跟王大成学五虎断魂枪等都与小说相同。话剧《方珍珠》也取自长篇小说《鼓书艺人》，不仅是全剧人物关系的格局和情节的轮廓相似，而且剧中有些重要的场面也相同。所以洪忠煌和克莹在《老舍话剧的艺术世界》一书中说：“从人物命运与情节安排的表层面貌来看，的确可以认为话剧《方珍珠》是小说《鼓书艺人》的续篇。”①《方珍珠》与《鼓书艺人》最大的不同是采用了对比结构，写了人物命运在新社会的发展和变化。独幕话剧《火车上的威风》也是由他的短篇小说《马裤先生》改写过来的，讽刺了一个不讲公共道德、十分自私、浅薄的马先生，情节与小说相似，有的对话直接引自小说，只是在戏剧的结尾改动了一下，让马先生坐错了车，来了一个戏剧性的突转。

除了以上3篇直接由他的小说改写而成外，小说创作更是为他的戏剧提供了大量的素材来源（小说的情节、人物、时代面影等进入他的戏剧创作中）。以《茶馆》为例，《茶馆》中写了裕泰茶馆的关闭、改良的失败和旧有美德的沦丧。在此之前与此情节相仿佛的小说就有：《新韩穆烈德》中写了田记兴隆号的倒闭，《老字号》中写了“三合祥”的垮台，《牛天赐传》中写了牛老者经营的失败，可以说一脉相承。《茶馆》第三幕中写了明师傅、邹福远和卫福喜三人的生活遭遇。明师傅原是办一二百桌满汉全席的手儿，现在去蒸窝窝头，邹福远和卫福喜一个是说评书的，一个是唱戏的，但都叫流行歌曲给顶垮了。戏剧通过三人写了传统技艺在时代面前的无奈和尴尬，这跟《断魂枪》《老字号》的情节构思也极为接近——《断魂枪》中的沙子龙就是生活在传统中国向现代转型阶段，他曾经是江湖上叱咤风云的“神枪沙”，却因为火车、

① 洪忠煌，克莹：《老舍话剧的艺术世界》，学苑出版社1993年版，第67页。

快枪的出现而不得不改行做客栈的老板，小说写他在新时代面前所遭遇的“断魂”般的失落感。《老字号》也写了“三合祥”老一套的经营方式最终抵不过以新的经营方式管理的“天成号”商店的竞争，最终倒闭的无奈事实。最为称奇的是，《茶馆》第二幕写两个兵丁合娶一个媳妇的故事更是与他的短篇小说《也是三角》惊人相似。短篇小说《也是三角》就是叙述两个“从前线溃退下来”的士兵用遣散费合娶一个老婆的故事，其中有的情节场面与戏剧几乎完全相同。同样，在《龙须沟》中，丁四是祥子一类的人物，刘巡长则和《我这一辈子》中的巡警相似，都能在小说中找到原型，而且通过小说中的人物形象定位还可以帮助我们理解戏剧中的人物形象。比如在老舍的小说中所有的巡警都是有人情味的，老舍从不把他们写成坏人，同样《龙须沟》的刘巡长也是。老舍把《龙须沟》中的刘巡长性格规定为：“能说会道、善于敷衍、心地很正。”但后来有人对此提出批评，认为旧社会的巡警是政府统治人民的工具和爪牙，本质上是坏的，所以演出时把刘巡长变成两个人，旧社会的巡警是坏蛋，新社会的则是好人，这其实是败笔，不了解老舍对人物的一贯把握，也使戏剧显得松散。

总之，在老舍的戏剧中有不少情节（人和事）取自小说或在小说中被反复表现过，这就使老舍把它们运用到戏剧中来的时候显得驾轻就熟、得心应手。他的戏剧成功的背后有小说在支撑着。

（二）文化反思和思想启蒙

《茶馆》发表以后，就不断地被误读，对它的主题进行错位理解。先是张庚指责作品中有挽歌情调，他说：“我觉得这个戏里的根本之点，在于作者悼念的心情太重。他对旧时代里的某些旧人却有过多的低徊凭吊之情。凭吊也是人之常情，未可厚非，但相比之下，对于那些也是生活在旧时代，但却在其中热情蓬勃地斗争着，甚至付出了自己生命的人们仿佛有些冷淡了。”[①] 张庚的意思是《茶馆》中对旧人物和旧的东西表现过多、过于同情，而革命的政

① 张庚：《〈茶馆〉漫谈》，《人民日报》1958年5月27日。

治主题却有些淡化了，这实际上是用社会政治眼光来看剧本，而完全忽视了老舍作品中一贯的文化反思和思想启蒙的主题。用社会政治视角来批判和否定文化伦理视角无疑是犯了严家炎在《中国现代小说流派史》中所说的"异元批评"或"跨元批评"[①]的错误。但这种错误还在继续。接着就有人指责《茶馆》"红线不足"，建议老舍用康顺子的遭遇和康大力参加革命为主线，去发展剧情。后来周总理看了《茶馆》，也对《茶馆》的三个时代的选择不满意，认为不够典型，不能代表旧民主主义的历史特征，建议老舍改动一下。而且两次指出，《茶馆》这样的剧还应该告诉青年：历史的动力是什么，什么人才能代表历史前进的方向。[②]他仍是从社会政治视角来要求《茶馆》。实际上，《茶馆》表现的仍是老舍小说中一贯表现的主题：文化反思和思想启蒙，他的戏剧不仅从小说中汲取有用的素材，而且也延续着小说一贯的独特的思考。

老舍自己说《茶馆》的主题是"埋葬三个时代"，但谁埋葬？这是一个无主句，并没有说共产党来埋葬三个时代；又如何埋葬？它不是从社会政治角度来埋葬，而是从文化思想角度来埋葬。文化反思和思想启蒙可以说是老舍小说中倾力最多、关注始终的主题，自处女作《老张的哲学》始至未完成的绝唱《正红旗下》，我们都可看到老舍对国民劣根性的批判和对传统文化的反思。《老张的哲学》中所反映的老张的"钱本位而三位一体"的市侩哲学；《二马》中写了马则仁得过且过、"好歹活着吧"的混世哲学，以及中国人生下来就像个老人，缺乏血性和英气的"出窝老"现象；《猫城记》中剖析了猫国人的自私、保守、贪婪、嫉妒、自相残杀的性格弱点；《四世同堂》中写了炮火落在家门口都要为自己祝寿的祁老人，以及因袭的文化重负对瑞宣的负面影响；《正红旗下》则对旗人文化所表现出的"文化过熟"现象作出了深刻的反思……樊骏在《认识老舍》的长文中说："他主要是从文化角度切入社会现实以至于整

① 严家炎在《走出百慕大三角区》一文中说："所谓'异元批评'或'跨元批评'，就是在不同质、不同'元'的文学作品之间，硬要用某'元'作固定不变的标准去评判，从而否定一批可能相当出色的作品的存在价值。譬如说，用现实主义标准去衡量现代主义作品或浪漫主义作品，用现代主义标准去衡量现实主义作品或浪漫主义作品，用浪漫主义标准去衡量现实主义作品或现代主义作品，如此等等。这是一种使批评标准与批评对象完全脱节的，牛头不对马嘴式的批评，犹如论斤称布、以尺量米一样荒唐。可惜，21世纪以来，我们不少人恰恰在进行着这类批评，多少笔墨就耗费在这类争论上。"（参见严家炎：《中国现代小说流派史》，人民文学出版社1995年版，第329页）

② 参见胡絜青：《周总理对老舍的关怀和教诲》，《人民戏剧》1978年第2期。

个人生的……老舍在作品中特别注意挖掘人物与生活的丰富复杂的文化内涵，并且通过文化上的‘自我批判’寻求民族新生，履行思想启蒙的职责。”[①]

在《茶馆》中也同样如此。《茶馆》中的王利发待人接物圆滑变通，谁也不得罪，明哲保身，正如他自己所言：“在街面上混饭吃，人缘儿顶要紧。”见人就“多说好话、多请安，讨人人的喜欢”，直至临终前为了安慰孙女对他处境的担忧还在说“我？爷爷会说好话呀”。这种处处谨慎，讨好以换取生存可能的顺民哲学并没有给他带来好的结局，最终还是落得个上吊的下场。作者对王利发是既有同情，也有批判的。在刘麻子、二德子、唐铁嘴等反面人物身上作者更是写出了他们的劣根性，像人贩子刘麻子的心狠手辣、贪婪卑鄙，唐铁嘴的无耻、麻木；二德子的欺软怕硬、蛮横无知以及宋恩子、吴祥子的“有奶便是娘”等。老舍总是习惯用“文化”来分割人，多数反面人物如刘麻子、唐铁嘴等并不一定是和反动政权直接挂钩的人，我们难以对他们作阶级划分，即使是那两个特务，老舍也不是只写他们的“政治”，而是刻画了这种人的灵魂和他们赖以生存的整个社会。在《茶馆》中，作者还通过松二爷这个人物对旗人文化作出反思。松二爷是一个生命沉沦在“生活的艺术”中不能自拔的多余人，即使自己已经穷困潦倒了，仍要提着鸟笼泡茶馆，追求生活的雅致和精巧，即他自己在剧中说的“我饿着，也不能叫鸟儿饿着”，最终饿死后，连棺材都是常四爷给他化缘化来的，其文化批判的力量让人触目惊心。

至于张庚所指责的挽歌情调，实际上是与作者文化心理的复杂性有关，即老舍一方面对传统文化采取批判态度，另一方面又对传统文化、传统美德不由自主地流露出一种亲近感和难分难舍的依恋之情。值得一提的是，来自小说中的文化反思和思想启蒙的主题，除了影响老舍的《茶馆》以外，在他的《大地龙蛇》《龙须沟》第一幕中有关人物以及《神拳》等作品中都不乏表现。他在为《大地龙蛇》所作的序言中说：“一个文化的生存，必赖它有自我的批判，时时矫正自己，充实自己；自傲，固执的拒绝更进一步，是自取灭亡。在抗战中，我们认识了固有文化的力量，可也看见了我们的缺欠——抗战给文

① 樊骏：《认识老舍》，《文学评论》1996年第5期。

化照了‘爱克斯光’。”① 当然，受政治影响，老舍的不少剧作都放弃了他所熟悉和反复表现的主题，而采用了社会政治视角去写政策、写运动，“石压笋斜出”——这是政治对艺术的扭曲。

（三）“三笔两笔画出个人来”和“开口就响”“话到人到”

在前一节里，我们讲过“人物第一”“突出人物”是老舍小说与戏剧沟通的基石，无论是小说创作还是戏剧创作，老舍都一再重申要重视人物的刻画，把人物性格塑造放在文学创作的第一位，反对传统小说和戏剧重事轻人的写法。在他的小说和戏剧中，有不少作品即是以人物作为题目的，小说中如《老张的哲学》《赵子曰》《骆驼祥子》《文博士》等；戏剧中如《张自忠》《方珍珠》《女店员》《秦氏三兄弟》等，可见他对人物刻画的重视。老舍作品中对人的关注，一方面与他所受的近代资产阶级文艺影响有关；另一方面也与他受到基督教和佛教的影响有关，他是基督徒，且受宗月大师影响也笃信佛教，而基督教是关注人的灵魂拯救的②；佛教也是用来度人的。

老舍的小说不仅为戏剧提供人物原型，其戏剧以描写“过去时态”的人物形象为最成功，而且在人物刻画的方法与技巧上面更是对戏剧人物塑造产生了直接的影响。

1.“三笔两笔画出个人来”。老舍在《〈龙须沟〉的人物》中说：“我写惯了小说，我知道怎样描写人物，一个小说作者，在改行写戏剧的时候，有这个方便，尽管他不太懂舞台技巧，可是他会三笔两笔画出个人来。”③ 所谓“三笔两笔画出个人来”指的便是小说中常用的白描。老舍的《龙须沟》《茶馆》等剧出场人物众多，有的人物上场只说几句话就下台，因此不可能像传统戏剧那样对每个人物的个性特征作出详细而周到的描绘，也不可能把人物放在戏剧冲突的发展过程中逐步揭示其性格，他只能在人物一上场便勾勒出他的性格特点，三言五语就勾勒出一个人物的轮廓来，这就使他的人物塑造

---

① 老舍：《〈大地龙蛇〉序》，《老舍全集》第9卷，人民文学出版社1999年版，第377页。

② 他的小说《大悲寺外》《歪毛儿》等就是直接表现人的灵魂拯救的。

③ 老舍：《〈龙须沟〉的人物》，《老舍全集》第17卷，人民文学出版社1999年版，第249页。

多用小说中的白描手法。李健吾在《读〈茶馆〉》一文中说："我们只要听一听沈处长那个终始的'好（蒿）！'就能领会到我们敬爱的剧作者何等深入他的白描。"[①] 这方面例子很多，坐在角落里的马五爷只三句话："二德子，你威风啊！""有什么事好好地说，干吗动不动地就讲打""我还有事，再见！"（外加一个画十字架的动作）立刻把一个得势的洋奴的形象给突现出来。

必须指出，老舍戏剧中"三笔两笔画出个人来"与老舍在小说与戏剧创作中惯用的"冰山创作"原则有关（这是我借鉴海明威的说法套用的——笔者注），即他是在通晓人物一生全貌的情况下，选择最能表现他个性的言语和动作即"闪光点"来刻画人物。他说："依我的十多年写小说的一点经验来说，我以为写小说最保险的方法是知道了全海，再写一岛。"[②] 他还说："也许在戏里，只写他的青年时代，但也需要知道他的中年和老年，不怕写得少，就怕知道的少，只有把人物看全了，才能把部分写好。作家的笔下一定要有富裕。《茶馆》中的人物，有时只说那么几句话，观众觉得他们还像个人，就因为我们知道他们一辈子的事情，而只挑选了一两句话让他说。"[③]

2."开口就响""话到人到"。老舍曾经说过："我没有写过出色的小说，但是我写过小说，这对于我创造（请原谅我的言过其实！）戏剧中的人物大有帮助。从写小说的经验中，我得到两条有用的办法：第一是作者的眼睛要老盯住书中人物，不因事而忘了人；事无大小，都是为人物服务的。第二是到了适当的地方必须叫人物开口说话；对话是人物性格最有力的说明书。"[④] 前面在讲老舍小说中的戏剧性时，我们就说过老舍在小说中很善于写人物对话。通过人物对话刻画人物性格。同样，在话剧创作中，老舍也十分重视对话的性格化，往往人物一开口，便显出他的性格来。

老舍在《对话浅论》中就说："在话剧对话的时候，我总期望能够实现'话到人到'。这就是说，我要求自己始终把眼睛盯在人物的性格与生活上，以期

① 李健吾：《读〈茶馆〉》，《人民文学》1958 年 1 月号。

② 老舍：《三年写作自述》，《老舍全集》第 16 卷，人民文学出版社 1999 年版，第 694—695 页。

③ 老舍：《人物、生活和语言》，《老舍全集》第 18 卷，人民文学出版社 1999 年版，第 155 页。

④ 老舍：《戏剧语言》，《老舍全集》第 16 卷，人民文学出版社 1999 年版，第 331 页。

开口就响，闻其声，知其人。"①老舍写得好的戏剧都能做到这一点，例如《茶馆》一开幕，唐铁嘴上场说的话："王掌柜，捧捧唐铁嘴吧！送给我碗茶喝，我就先给您相相面吧！手相奉送，不取分文！（不容分说，拉过王利发的手来）今年是光绪二十四年，戊戌。您贵庚是……"这句话就把唐铁嘴的职业特点和无赖性格都表现出来了，同时也顺手儿点出剧本的时代背景。"开口就响"的关键不在于"说什么"，而在于"怎么说"，老舍说："说什么可以泛泛交代，怎么说却必须洞悉人物性格，说出掏心窝子的话来，说什么可以不考虑出奇制胜，怎么说却要求语出惊人。"②

（四）语言的俗而雅

老舍是公认的语言大师，他的小说语言具有通俗易懂而又简洁含蓄（即所谓俗而雅）的独特风格，其语言艺术上的成就在现代文坛是备受称赞的。当他转行写戏剧时，他也很自然地把小说中的这种俗而雅的语言风格带到戏剧中来，使其戏剧语言卓尔不凡。

具体说来，"俗"在老舍戏剧语言中表现在两个方面：

1. 口语化。与小说一样，在戏剧语言的运用上，老舍也十分注意采群众的活口语入剧，始终保持口语的"俗白"本色，力求给演员提供新鲜、自然、生活化的台词。由于他关注的对象是处于社会底层的市民阶层，其戏剧语言很少有吊书袋式的长句子，一般都比较简短、鲜活，富有浓郁的生活气息。例如《龙须沟》中二春的台词："好家伙，差点儿摔了两个好的。地上真他妈的滑。"这可以说就是大白话。有时作者更直接采用俗语入句，如"横挑鼻子竖挑眼""过了这个村可没有这个店"等。

2. 地方性。即老舍在戏剧中运用的是京腔京韵的北京话，北京人独特的方言俚语、习惯句式、说话语气、特殊词汇、称谓和语言表达方式等，都赋予剧作以鲜明的北京地方特色。比如老舍戏剧中语言的儿化韵用得特别

① 老舍：《对话浅论》，《老舍全集》第16卷，人民文学出版社1999年版，第342页。

② 老舍：《话剧的语言》，《老舍全集》第16卷，人民文学出版社1999年版，第324页。

多，在他的一些剧作中还广泛使用了北京话中常见的人称代词“您”和“咱们”，一些后缀助词如“着了”“来着”“哪”“啦”，以及一些语气助词如“庶”“喝”“哟”“得”等，都使其戏剧语言具有浓郁的地方色彩。很少有舞台上常见的所谓“话剧腔”。

在保持语言鲜活自然、通俗易懂的基础上，老舍更是对口语化和地方化的语言进行有意识加工改造，使其不堕入低劣粗鄙的泥淖中去，而具备“雅”的格调和品位。这里的“雅”，不是“典雅”，而是“俗中求美”“俗中求诗”。即他所说：“戏剧语言要既俗（通俗易懂）而又富于诗意，才是好语言。”[①]具体说来，老舍主要是从含蓄美、哲理美和音乐美三个方面去创造话剧语言的诗意的。

1. 含蓄美。所谓“含蓄美”，即言简意赅，台词虽少，蕴含丰富，没有因为是老百姓的语言就直言无隐、一览无余。而要能做到“话里有话，稍有含蓄”“给观众以弦外之音，好像给舞台上留了一些空隙，耐人寻味。”[②]例如：《茶馆》中庞太监与秦仲义的一段对话就具有旁敲侧击、暗中使劲、简洁含蓄的效果。同样，《龙须沟》中，冯狗子向程疯子赔礼时，程疯子说的一句话：“回来！你伸出手来，我看看！（看手）啊！你的也是人手，这我就放心了，去吧！”也令人回味无穷。从这普通的一句话中可看出程疯子内心藏有多少委屈和愤懑，同时又包含着对冯狗子恢复人性的善意规劝。北京话还具有“绕着脖子骂人”的特点，这也赋予了其戏剧“话中有话”的特殊效果。京派作家萧乾在《京白》一文中曾举例说：“北京话更讲究损人——就是骂人不带脏字儿。挨声骂，当时不好受。可要挨句损，能叫你恶心半年。有一年冬天，我雪后骑车走过东交民巷，因为路面滑，车一歪，差点儿把旁边一位仁兄碰倒。他斜着瞅了我一眼说：‘嗨，别在这儿练车呀！’一句话就从根本上把我骑车的资格给否定了。还有一回因为有急事，我在人行道上跑。有人给了我一句：‘干吗？奔丧哪？’带出了恶毒的诅咒。买东西嫌价钱高。问少点儿成不成，

---

① 老舍：《语言、人物、戏剧》，《老舍全集》第16卷，人民文学出版社1999年版，第308页。

② 老舍：《戏剧语言》，《老舍全集》第16卷，人民文学出版社1999年版，第334页。

卖主朝你白白眼说：'你留着花吧。'听了有多窝心。"① 王朝闻在《你怎么绕着脖子骂我呢》一文中就指出《茶馆》语言也具有明恭维暗糟蹋、冷嘲热讽的特点，例如："有没有不打仗的新闻"。

2. 哲理美。 老舍在《语言、人物、戏剧》中说："戏剧语言还要富于哲理，含有哲理的语言，往往是作者的思想通过人物的口说出来……这种闪烁着真理光芒的语言，并非只是文化水平高的人才能说的。一般人都能说。"② 早在老舍写小说时，他就喜欢在小说中安插进富有哲理性的语句，给读者留下很深的印象。如"新制度与新学识到了我们这里便立刻长了白毛，像雨天的东西发霉。"（《猫城记》），"人若是兽，钱是兽的胆"（《月牙儿》），"穷人的命，他似乎看明白了，是枣核儿两头尖：幼小的时候能不饿死，万幸；到老了能不饿死，很难。只有中间一段，年轻力壮，不怕饥饱劳碌，还能像个人儿似的"（《骆驼祥子》），"你不自轻自贱，人家就不能看轻你"（《鼓书艺人》）等都用通俗朴实的语句表达作者对社会和人生的一种感悟和理解。在老舍的戏剧中，哲理性的语句也不断出现，如《茶馆》第一幕写了一个卖耳勺的老人进剧场说的一句话："这年月呀，人还不如一只鸽子呢！"就道出了当时社会的某些本质。其他的如"穷人哪，没别的，就有个扎挣劲儿""打人是不对的，老老实实地挨打也不对""我爱咱们的国呀，可是谁爱我呢！""今天王大帅打李大帅，明天赵大帅又打王大帅""好容易有了花生仁，牙齿又没了""谁给饭吃，咱们给谁效力"等都深入浅出、启人深思。

3. 音乐美。 在老舍小说的戏剧性一节中，我们就提到老舍小说中的对话非常注意音乐性，他喜欢读小说给别人听，注意用词造句的平仄声韵，到了他写话剧，这一优长更加发扬光大了，因为戏剧是各种艺术形式中最依赖语言直接效果的一种形式。他说："话剧中的对话是要拿到舞台上，通过演员的口，送到观众的耳中去的，由口到耳，必涉及语言的音乐性。我们往往似乎忘了方块儿字是有四声或更多的声的。字声的安排不妥、不幸，句子就听起

---

① 萧乾：《京白》，《中国现代文学经典》第2册，朱栋霖、汪文顶主编，北京大学出版社2007年版，第243页。

② 老舍：《语言、人物、戏剧》，《老舍全集》第16卷，人民文学出版社1999年版，第307页。

来不大顺耳，有时候甚至念不出。”① 为此，老舍写作时“总是一面出着声儿，念念有词，一面落笔。”② 写完之后还要朗读给北京人艺的导演和演员们听，务求朗朗上口。

老舍戏剧语言既俗又雅的特点得到了曹禺、周扬、郭沫若等很多专家学者的好评。王朝闻在《你怎么绕着脖子骂我呢》一文中说：“老舍的语言达到了所谓言简意赅、经得起吟味、雅俗共赏的极致。”③

最后还有必要指出的是，老舍戏剧中还有大量的作家叙述语言，即剧作家的“提示语言”，这是小说的“遗迹”，更可见老舍的小说语言对其戏剧的影响。这些“提示语言”包括作者对时代背景、生活环境的描绘和交代，每幕开头对人物外形及其性格特征的介绍，以及在戏的进行中穿插着的对人物表演的某些提示。这些本来是应该用动作演出的东西，而不是靠平面的描述所能济事的，但对老舍这样从小说过来、特别注重剧本文学性的作家来说，却喜欢在这方面下功夫。读老舍的《茶馆》和《龙须沟》的幕启以及地点布景等介绍文字跟读他的小说别无二致，和小说叙述语言一样，他的戏剧中的“提示语言”也具有俗而雅的特点。

二、老舍戏剧与小说的美学沟通

（一）现实主义

美国著名戏剧家加斯纳说：“现实主义和剧作上的任何非现实主义风格一样，毫无疑义，也是一种‘风格’”④。老舍小说创作中的现实主义特色是有目共睹的。樊骏在《认识老舍》中对老舍小说中的现实主义特色有非常精辟而详尽的论述，他把老舍的现实主义与茅盾、巴金、曹禺的现实主义相比较，指出：“茅盾的作品多为革命现实主义……巴金的现实主义往往笼罩着浪漫主

---

① 老舍：《戏剧语言》，《老舍全集》第 16 卷，人民文学出版社 1999 年版，第 339 页。

② 老舍：《戏剧浅论》，《老舍全集》第 16 卷，人民文学出版社 1999 年版，第 342 页。

③ 王朝闻：《你怎么绕着脖子骂我呢》，《人民戏剧》1979 年第 6 期。

④ ［美］约翰·加斯纳：《托比·柯尔编〈剧作家论剧作〉导论》，《外国现代剧作家论剧作》，朱虹等译，中国社会科学出版社 1982 年版，第 2 页。

义色彩。从30年代到40年代，曹禺剧作中的光亮越来越耀眼，给人们激励和信念。这种饱和着理想情愫的方法，被人称为诗化的现实主义。"[①]而老舍的现实主义却是"贴近生活的原生形态，显示出生活冷峻严酷的一面，朴素本色的现实主义。"[②]樊骏从两个方面展开分析了老舍的这一特色：（1）"写真人真事真景""坚持按照实际见闻与切身体验之所得，并且主要根据自己对于客观事物的观察感知，反映生活和塑造人物，而有意无意地排斥其他因素的介入。"[③]（2）"摒弃幻想的成份与理想的光照，而力求不加涂饰地凸现生活本身的严峻与残酷。"[④]在对这两个方面具体分析的基础上，他还进一步指出："这样的现实主义，在现代中国的作家中较为少见，而更接近于西欧19世纪的批判现实主义，尤其是与陀斯妥耶夫斯基、狄更斯等人的现实主义有些相似之处。"[⑤]

必须指出，樊骏对老舍现实主义的分析仅限于他新中国成立前的小说创作，对新中国成立后老舍戏剧中的现实主义并没有放在视野考察之内，这就有跛足或残缺的弊端，实际上并不能全面而完整地"认识老舍"，我们不妨"接着说"。老舍新中国成立后的戏剧仍然保留着他创作中一贯的现实主义特色，并没有随着国家性质的改变而放弃这一创作方法，表现在他的戏剧创作中十分注重典型环境中的典型人物的刻画，无论是表现新社会还是反映旧社会的作品，他都力求再现历史的具体的现实生活，并且他的目光仍一如既往地关注下层人民的命运，写了他们在旧社会的挣扎和辛酸，也写出了他们新社会命运的可喜变化，从中不难看出特定时代的面影。但如果把老舍新中国成立后戏剧中的现实主义与新中国成立前创作中的现实主义作一比较，便会发现其中某些明显的变化。由于老舍新中国成立后对新社会的人和事认识不足、缺乏了解，也由于政治对老舍创作的影响和干扰，这一时期他的很多戏剧作品都是来自政策的图解。他有时也下去体验生活，但体验生活与生活体验是

① 樊骏：《认识老舍》，《文学评论》1996年第6期。
② 樊骏：《认识老舍》，《文学评论》1996年第6期。
③ 樊骏：《认识老舍》，《文学评论》1996年第6期。
④ 樊骏：《认识老舍》，《文学评论》1996年第6期。
⑤ 樊骏：《认识老舍》，《文学评论》1996年第6期。

两回事，一种是有了政策、观念和构思去找材料来论证；一种是在生活中真正有了感受和思考以后的自然流露。所以他的很多作品不是像过去那样来自于他对生活的直接感知和独特思考，而是来自党的政策和红头文件。在这些作品中看不出他的“主观战斗精神”，以及这种主观战斗精神对现实题材的“突进”和“肉搏”，而更多的是盲从、遵命，从中可看出对生活的粉饰以及内容的空洞和虚假，这就直接影响了他的现实主义创作的深刻性。老舍在1961年写的《题材与生活》中对此有过坦诚的反思：“我过去写新题材没有写好，这与生活有关。我从题材本身考虑是否政治性强，而没想到自己对题材的适应程度，因此当自己的生活准备不够，而又想写这个题材的时候，就只好东拼西凑，深受题材与生活不一致之苦。”[①] 同时，老舍新中国成立后的作品也不再像过去那样只是描写人民的苦难，而是写出了他们的觉醒和反抗，出现了方珍珠、赵老头、常四爷这样有了强烈反抗性格的人物形象，作者在作品中也开始给人物指明出路，写希望与光明。胡挈青在《〈大鼓艺人〉和〈方珍珠〉》一文中就基于这一点指出：“《大鼓艺人》（即《鼓书艺人》——引者注）是一部现实主义作品，《方珍珠》则是一部革命浪漫主义和革命现实主义相结合的力作。”[②] 在他的有些作品中更表现了作者露骨的歌颂、廉价的乐观和无原则的空想，由于过分突出政治，有些作品中的人物就有平面化的特征，人成了空壳。

在老舍的《文学概论讲义》中，曾提到过现实主义。他指出，现实主义作家“都毫无顾忌地写实，写日常的生活，不替贵族伟人吹嘘；写社会的黑暗，不论怎样的黑暗丑恶……写实主义的好处是抛开幻想，而直接地看社会。”[③] 但在他新中国成立后的戏剧作品中，我们却看到他有所顾忌的写实，替贵族伟人吹嘘，畅谈幻想，戴着有色眼镜看社会。除了《茶馆》等极少数作品尚具有他早期现实主义的真实性和批判精神外，其他作品都与严格意义上的现实主义有一段不小的距离。马森在《两度西潮下的中国现代戏剧》一书中指出：“现代话剧发生以来，我国的剧作家一心向往西方的写实主义剧作，也奋力

---

① 老舍：《题材与生活》，《老舍全集》第18卷，人民文学出版社1999年版，第44页。

② 胡挈青：《〈大鼓艺人〉和〈方珍珠〉》，《剧本》1979年第2期。

③ 老舍：《文学概论讲义》，《老舍全集》第16卷，人民文学出版社1999年版，第108页。

起而仿效，由于对西方写实主义不尽了然，以及改革社会、拯救国家的心理过于急迫，以致没有写出几本及格的写实作品，大多数的剧作都不过汲取了写实主义的外貌，精神上却是出于浪漫主义的抒情方式加上理想主义的理想内容。对于这样的剧作，我称之为'拟写实主义'或'伪写实主义'（Pseudo realism）的作品。"①按照马森的说法，老舍新中国成立后大部分戏剧作品包括其成名作《龙须沟》在内，都只能说是"拟写实主义"的作品。

值得一提的是，老舍的这种创作局面和情形在"十七年"文学中是具有普遍性的。受苏联文学影响，也由于自身的政治考虑，"十七年"文学在提倡"现实主义"时都加了许多人为的修饰语，对"现实主义"这一创作方法进行阉割和限制：1953 年 9 月，第二次全国文代会正式确认以社会主义现实主义作为文艺界创作和批评的最高标准，1958 年毛泽东提出"革命现实主义和革命浪漫主义相结合"的创作方法，其结果都使现实主义这一概念本身受到改造以至置换。

（二）幽默

樊骏在《认识老舍》一文中说："老舍最为突出的特点、最为主要的成就，也是别人最难以企及之处，是他的幽默艺术。这在他的创作个性与艺术风格中，在他的整个创作中，常常起到了画龙点睛的作用。"②老舍小说的幽默艺术有个否定之否定的创作过程。他的早期作品《老张的哲学》《赵子曰》《二马》还带有为幽默而幽默，甚至于流于油滑的特征，曾受到指责。《二马》发表以后，老舍曾一度"故意禁止幽默"，写了《小坡的生日》和《猫城记》，却又发现自己的艺术个性有可能失落，所以到了他的代表作《离婚》开始，他又"返归幽默"。但这时的幽默已不再追求表面的笑料，不再停留在早期较低层次的幽默水平上，而是力求在幽默中能透出略带悲剧意味的严肃内涵，取得了悲喜交融、笑中有所思的艺术魅力。樊骏在《认识老舍》中就明确指出老舍的

① 马森：《中国现代戏剧的两度西潮》，台湾文化生活新知出版社 1991 年版，第 178 页。

② 樊骏：《认识老舍》，《文学评论》1996 年第 5 期。

幽默是“带有悲观色彩的幽默艺术”[①]；汤晨光在《老舍与现代中国》一书中也指出：“老舍的幽默本质上是无奈和哀伤的变相表现和宣泄。”[②]老舍小说中的这种悲喜交融的特色最突出地体现在他的批判国民劣根性的作品中。

在老舍新中国成立后的戏剧作品中，他的这种独特风格的幽默已不多见，尤其是他的那些纯粹“写今天”的作品，已看不出他早先的幽默风格。陈瘦竹教授说老舍在这些戏剧中独创了一种“赞美的喜剧”或“愉快的喜剧”，[③]但我认为，这种“赞美的喜剧”若把其外壳打开后，已经没有真正的喜剧性。真正能保留他这种悲喜交融风格的剧作是《茶馆》，此外，在《神拳》和《龙须沟》第一幕中也部分地存在。就《茶馆》来说，其悲喜交融的特点表现在两个层面：**（1）喜中含悲**。在他笔下人物那幽默的言行中我们是能咂摸出令人心酸的悲剧况味的。例如，在第二幕中，唐铁嘴说：“大英帝国的烟，日本的‘白面儿’，两大强国侍候着我一个人，这点福气还小吗？”唐铁嘴的话无疑是令人发笑的，但在笑的背后我们又有一丝苦味，因为从他的话里我们读出了帝国主义对中国的经济侵略，而我们的国民却对此麻木、无耻。这不令人悲哀吗？表面的轻松掩饰不住作者内在焦虑的沉重。**（2）悲中含喜**。戏剧第三幕结尾写活人自祭的场面，常四爷、王利发、秦仲义在悲哀的境遇下相会，反省自己的一生，王利发悬梁自尽，茶馆渐渐沦为一块墓地，这是令人感伤的。但我们从他们的诉说中感到一些嘲弄性质，反映了他们对自己悲剧的一些觉醒、一些愤慨，从这一点看来也是令人欣慰的。王利发的死未尝不可看作是对他那种“顺民哲学”的否定，是对他旧有生活的一种告别。从这点看来，悲剧中也含有喜剧性。

迄今为止，关于《茶馆》的美学定位一直存在分歧。一种意见说它是悲剧。曹禺在《〈茶馆〉的舞台艺术》一书的序言中就说：“《茶馆》是一个无可奈何的悲剧。”[④]以焦菊隐为首的北京人艺似乎也将其处理成悲剧，戏剧在“三个

① 樊骏：《认识老舍》，《文学评论》1996年第5期。

② 汤晨光：《老舍与现代中国》，湖南师范大学出版社2002年版，第8页。

③ 陈瘦竹：《论老舍剧作的艺术风格》，《陈瘦竹戏剧论集》下，江苏教育出版社1999年版，第1629页。

④ 曹禺：《〈茶馆〉的舞台艺术·序》，北京人民艺术剧院《艺术研究资料》编辑组编，中国戏剧出版社1980年版。

老人撒纸钱自奠"的悲凉气氛中结束；另一种意见认为它是喜剧。以老舍戏剧的两部研究专著为代表。冉忆桥、李振潼在《老舍剧作研究》中说："从主调上看，我们认为《茶馆》是出喜剧"。[①] 洪忠煌、克莹在《老舍话剧的艺术世界》中也指出："《茶馆》整个来看是一种喜剧的（讽刺的和幽默的）风格。"[②] 他们都对曹禺的说法和北京人艺的艺术处理质疑，其理由如下：（1）援引马克思的一句经典名言作为他们的理论支持，即马克思说过："历史不断前进，经过许多阶段，才把陈旧的生活形式送进坟墓。世界历史形式的最后一个阶段就是喜剧，……历史为什么是这样呢？这是为了人类能够愉快地和自己的过去诀别。"[③] 因此王利发他们最后的告别是一种喜剧。（2）老舍的文学本结束在沈处长的三个"好（蒿）！"上，是喜剧。而后来北京人艺演出时删去了这一结尾，他们认为这是错误的。（3）用契诃夫《樱桃园》的剧坛掌故来类比。契诃夫就不满意莫斯科艺术剧院演出时的感伤情调，而一再强调《樱桃园》是一部喜剧。

从老舍幽默的一贯特征来说，我个人更倾向于把《茶馆》定为悲喜剧。从《茶馆》"埋葬三个时代"的主题和弥漫在剧中的幽默色彩来看，说《茶馆》是悲剧无疑不对。悲剧不悲剧，不全看结局，而要看它给读者心灵的影响和感受，在《茶馆》的悲剧结尾中，是有喜剧因子的，并不令人感伤和绝望。而研究老舍的两部专著则过于强调喜剧的一面，没有考虑到它悲喜交融的风格特征，即它悲剧意味的另一面，也是有欠缺的。马克思的话当然有道理，但并不是普遍的法则，告别是愉快的，告别的方式却是令人沉重的，不能拿马克思的一句话来当令箭。北京人艺删去沈处长的戏，我认为是舞台艺术处理的需要，沈处长的戏是小说手法的遗留物，删去它，反而使戏更紧凑。其做法本身并不错。这里的关键在于怎样演出这种带有悲剧色彩的结局，是过分伤感、低沉呢？还是让戏剧的演出基调更明朗、更向上、更让人看到希望一些？人艺的演出处理显然是后者而不是前者。《樱桃园》的问题就在于莫斯

① 冉忆桥、李振潼：《老舍剧作研究》，华东师范大学出版社 1988 年版，第 235 页。

② 洪忠煌、克莹：《老舍话剧的艺术世界》，学苑出版社 1993 年版，第 210 页。

③ [德]马克思：《黑格尔法哲学批判导言》，《马克思恩格斯选集》第 1 卷，中央编译局，人民出版社 1972 年版。

科艺术剧院在演出时的过分伤感，这才有契诃夫的过度反应。要注意他的说话语境，实际上契诃夫戏剧的“含泪的笑”的艺术特色是世界公认的。所以我个人认为还是悲喜剧定位最好，上述两方面的意见分歧也正说明悲喜剧的一个特点，即悲剧和喜剧的模糊性。

关于老舍作品中带有悲剧色彩的幽默特点形成的原因，不少研究者都作了分析，比如说他幼年的生活磨难所形成的对人生的悲观看法（老舍自己说过：“您看我挺爱笑不是？因为我悲观”这样的话），作为满族人喜欢苦中作乐的天性，以及老舍创作中情感与理智的双重态度等，这里不再赘述。但我还想提两个原因以引起注意：**（1）与老舍关注的特殊对象世界有关**。他的作品多取材于市民社会，关注的是市民阶层的命运，老舍把自己也当作市民中的一员，市民阶层的人物既不像悲剧那么崇高，又不像喜剧那么丑陋，更由于我们就是其中的一员，当我们嘲笑他时，马上就指涉到自我，这样就带有自嘲性质，因此并不纯粹，所以狄德罗把悲喜剧又称作“市民剧”。（狄德罗旨在扩大戏剧表现生活的领域，而黑格尔则警告正剧有超脱戏剧领域流于散文化的危险，他说：“处于悲剧和喜剧之间的是戏剧诗的第三种主要体裁，它的重要性较差，虽然在这种体裁里，悲剧和喜剧的区别力求调和，或者至少可以说，双方并不把自己作为互相完全对立的东西孤立起来，而是互相联系在一起，构成一个具体的整体。”“但是整个说来，这种中间性类型的界限要比悲剧和喜剧不稳定，在这里，部分地说，还有或者超出真正戏剧类型、或者沦为散文的危险。”①）**（2）与作者创作时日神精神影响有关**。这是就创作者的生理和心理而言。日神精神表现为秩序、和谐、梦、情感与理智的平衡和抑制。尼采在《悲剧的诞生》中说：“作为德行之神，日神要求它的信奉者适度以及——为了做到适度——有自知之明。于是，与美的审美必要性平行，提出了‘认识你自己’和‘勿过度’的要求。”②老舍的创作很少有酒神式的冲动和迷

① ［德］黑格尔：《美学》，转引自《艺术特征论》，汪流等编，文化艺术出版社 1984 年版，第 430 页。

② ［德］尼采：《悲剧的诞生》，周国平译，生活·读书·新知三联书店 1996 年版，第 15 页。

狂，而呈现出创作的非激情状态和中年沉稳的心态[①]，其作品也有形式化和美感的纯净化特征。喜欢修改，自称"写匠"，创作中也表现出情感与理智的平衡等。

（三）京味

老舍好友罗常培在《我与老舍》的回忆文章中说，1926年，他曾把老舍的第一部长篇小说书稿《老张的哲学》转呈鲁迅，鲁迅即有"地方色彩颇浓厚"的评语[②]。1930年代中期，李长之在《文学季刊》发表了《离婚》的书评，也指出老舍非常"适地"地"用北京的话，写北京的人物。"[③]此后也有一些零星论文涉及老舍创作的地域色彩和语言的地方特点……但真正对老舍京味进行广泛关注和深入研究的还是新时期以后，随着苏叔阳、陈建功、邓友梅、汪曾祺、刘心武、韩少华等一批京味小说作家的出现，对老舍小说中的京味的研究越加重视和深入，出现了宋永毅的《老舍与中国文化观念》、赵园的《北京：城与人》等专著。同时，作为一位跨文体写作的作家，老舍也自觉或不自觉地把小说中的京味色彩带到其戏剧中来（创作主体的一致性使他小说与戏剧的沟通有了实现的可能，从而表现出某种共同性来）。并且，无独有偶，几乎与京味小说作家出现的同时，在戏剧界也出现了苏叔阳、李龙云、刘锦云、何冀平、过士行、中杰英等一批追随老舍的京味戏剧作家群。但相较而言，对老舍戏剧中的京味研究要明显滞后得多，仅有的研究老舍戏剧的两部专著都只提到老舍的取材特点、民俗内容和语言的京味特征，还没有抓住"京味"的核心特征。

具体说来，老舍戏剧中的京味主要表现在以下三个方面：

1. 取材上的地域性。和小说一样，老舍的戏剧多取材于北京市民社会的生活场景，聚焦于大杂院、茶馆和胡同。新中国成立后他写的15部剧作中，

---

① 老舍在《我怎样写〈赵子曰〉》中说："因为穷，所以做事早；做事早，碰的钉子就特别多，不久，就成了中年人的样子。"（老舍：《我怎样写〈赵子曰〉》，《老舍全集》第16卷，人民文学出版社1999年版，第169页）

② 罗常培：《我与老舍》，《老舍印象》，宋炳辉编，学林出版社1997年版，第72页。

③ 《文学季刊》1934年创刊号。

除《西望长安》和《神拳》外，全是以北京为地点，连《西望长安》和《神拳》也各有一幕是发生在北京的。老舍在戏剧中还塑造了不同类型的北京人形象，涉及三教九流、各行各业，这些不同职业人物的活动，以及所展示的寻常世相，为读者提供了丰富多彩的北京画卷。同时，老舍在戏剧中还喜欢表现北京的各种地方民俗，例如《茶馆》中就有“吃讲茶”的民俗，“旗人礼仪”的民俗，“老年间的丧葬”民俗等，这些民俗除了具有很高的民俗学价值外，更为作品增添了浓厚的地方色彩。

2. 北京文化的展示。京味绝不是一个题材特征，也不是北京方言荟萃和耍贫嘴，而是一个风格层面的东西，其核心特征还在于作品中的北京文化的展示。温儒敏在《论老舍创作的文学史地位》一文中对北京文化有非常精辟的揭示，他说：“北京长期作为皇都，形成了帝辇之下特有的传统生活方式和文化心理习惯，以及与之相应的审美追求，迥异于有更浓厚的商业气息的‘上海文化’。老舍用‘官样’一语来概括北京文化特征，包括讲究体面、排场、气派、追求精巧的‘生活艺术’；讲究礼仪，固守养老抚幼的老‘规矩’，生活态度的懒散、苟安、谦和、温厚等。”①“北京文化”在老舍戏剧中有全方位的展示，上面提到的民俗就是一种文化现象，是民族历史和文化心理的重要组成部分。而且文化是个大范畴，职业中有文化，器物中也有文化，而在戏剧中，老舍更喜欢通过人来写文化。《茶馆》中王利发的“顺民哲学”就是传统文化熏习而成，松二爷的个性特征也打上了旗人文化的烙印。而由于老舍情感与理智的双重态度，他和北京文化也呈现出复杂的精神联系，既不由自主的陶醉、欣赏，又对他的“文化过热”导致的负面性进行反思和批判。值得一提的是，新时期京味小说与京味戏剧的兴起与新时期文学单一的政治视角与教化功能被突破有关，在一片“文化热”的浪潮中，一些敏锐的作家们开始以深邃的文化眼光来审视自己民族的命运，因此，老舍与后起的京味小说作家以及京味戏剧作家的联系更可看作是一种文化联系，即对北京文化的认同。

3. 语言的地方色彩。这一点在前文已讲过，老舍大量加工运用北京市民

---

① 温儒敏：《论老舍创作的文学史地位》，《老舍与二十世纪》，关纪新等编，天津人民出版社 2000 年版，第 16 页。

俗白浅易的口语，同时又在俗白中追求讲究精致的美，这也是北京文化的特征。北京话也是一种方言，而方言可以看作语言共同体的文化组成部分，反映着其所产生的特定人群的生活方式和思维方式，方言对地域文化，特别是对审美文化感情的维系，或许比任何其他因素都更持久、更坚韧。英国学者帕默尔在《语言学概论》中说：“使用一种语言就意味着某种文化承诺，获得一种语言就意味着接受一套概念和价值，在成长的儿童缓慢而痛苦地适应社会成规的同时，他的祖先积累了数千年而逐渐形成的所有思想、理想和成见也都铭刻在他的脑子里了。”[①] 语言是文学的材料，就如石头与铜是雕刻的材料一样，但语言不像石头那样仅仅是惰性的东西，而是人的创造物，故语言带有某一语种的文化传统。

老舍京味风格产生的根源无疑与他是经验型作家、喜欢采用文化视角和对北京的挚爱有关，同时也与他受到英国作家狄更斯、哈代、康拉德、威尔斯等人的影响有关。他在《景物的描写》中说：“就是那富于想象力的狄更斯与威尔斯，也时常在作品中写出他们少年时代的经历，因为只有这种追忆是准确的、特定的、亲切的，真能供给一种特别的境界。这种境界使整个故事带出独有的色彩，而不能用别的任何景物来代替。在这种境界的作品里，换了背景，就几乎没有故事；哈代与康拉德都足以证明这个。”[②]“北京”在老舍作品里也同样达到了“换了背景，就几乎没有故事”的地步。

老舍戏剧中的京味突出地体现了老舍戏剧的民族化成就，其浓郁的地方色彩、深厚的文化蕴涵，鲜明的民族性格，以及京腔京韵的语言等，都让国内外观众强烈地感受到戏剧鲜明的民族特色。这就难怪 1980 年《茶馆》出国演出时，被外国专家称为“东方舞台上的奇迹”。

（四）史诗性

老舍戏剧的史诗性突出地体现在其代表作《茶馆》身上，这种美学特征

---

① [英]帕默尔：《语言学概论》，李荣等译，商务印书馆 1983 年版，第 148 页。

② 老舍：《景物的描写》，《老舍全集》第 16 卷，人民文学出版社 1999 年版，第 234 页。

的形成更是与小说的影响分不开。

关于史诗性，黑格尔在《美学》中有非常精辟的阐述，他说："史诗以叙事为职责""须用一件动作（情节）的过程为对象，而这一动作在它的情境和广泛的联系上，须使人认识到它是一件与一个民族和一个时代的本身完整的世界密切相关的意义深远的事迹。"① 把这种对一个民族、阶级、时代具有重大而深远意义的历史事件和历史人物，凭借艺术手段和媒介，赋予审美对象以相应的叙述形式，"就形成了正式史诗的内容和形式。"② 应该说，在相当长的时间里，史诗性都只存在于某些史诗体裁如长篇巨制的小说或叙事诗里，戏剧对它往往感到无能为力，因为戏剧容量和篇幅较小，很难承载厚重的历史内容，而且戏剧多是非叙述的……但老舍的《茶馆》在反映生活的广度和深度上可与叙述体作品相媲美，它是对特定历史和社会的一种宏大叙事，从内容到形式都具备史诗性的美学特点（"史诗性"不仅可以涵盖叙事文学中史诗作品的特质，他也可以超越叙事文学作品的体裁限制，而渗入其他文学艺术体裁）。

1. 内容上的编年史特征。在回答记者为什么单单要写一个茶馆时，老舍指出："茶馆是三教九流会面之处，可以容纳各色人物。一个大茶馆就是一个小社会。这出戏虽只有三幕，可是写了 50 来年的变迁。在这些变迁里，没法子躲开政治问题。可是，我不熟悉政治舞台上的高官大人，没法子正面描写他们的促进与促退。我也不十分懂政治。我只认识一些小人物。这些人物是经常下茶馆的。那么我要是把他们集合在一个茶馆里，用他们生活上的变迁反映社会的变迁，不就侧面地透露出一些政治消息吗？这样，我就决定了去写《茶馆》。"③《茶馆》的时间跨度长达 50 年，写了三个时代即戊戌政变后的清末社会、北洋军阀统治时期、抗战后国民党统治时代，通过"茶馆"这样一个小小的角落，表现了 50 年来中国社会历史的变迁，其编年史的特征特别明显。为了表现丰富的历史画卷，单单采用描述个别人物或个别家庭的命运

① [德]黑格尔：《美学》第 3 卷下册，朱光潜译，商务印书馆 1981 年版，第 107 页。

② [德]黑格尔：《美学》第 3 卷下册，朱光潜译，商务印书馆 1981 年版，第 107 页。

③ 老舍：《答复有关〈茶馆〉的几个问题》，《老舍全集》第 17 卷，人民文学出版社 1999 年版，第 542 页。

方式来表现史诗性的题材和主题，往往是难以适应的。为此，作者采用了以人带事、多人多事的手法，通过塑造群像（社会众生相）的方法和采取三个横剖面连缀式结构来反映广阔的社会背景和时代风貌。虽然《茶馆》中的人和事并不是重大题材、重要人物，但由于人物都被置于急骤的历史变革和激烈的社会冲突之中，他们都自觉或不自觉地被时代矛盾和历史冲突所裹胁和波及，身不由己地被卷入历史潮流的漩涡之中，他们的行为动因无不与历史潮流和时代矛盾息息相关，每个人物的一言一行、一举一动都打上了特定的民族、时代的烙印，人物的命运也随时代的变化而发生改变，具有客观必然性。这就赋予了在一般情况下不具备史诗内容的事物和人物活动以史诗的色彩（从英雄史诗到平民史诗的变化，与老舍的平民意识分不开）。

所以，1980年，《茶馆》在日本演出时，东惠美子在《希望青年们看看这个戏》一文中就指出：“我特别希望年轻的朋友们能好好看看这个戏。以从清朝末期到解放前夕的时代为背景，描写埋葬旧社会、迎接新中国的斗争生活，这是一部活生生的中国现代史诗。单从了解中国这个角度来说，这个戏也是很值得一看的。”①

2. 形式上的史诗剧特征。从形式结构来说，《茶馆》无疑与布莱希特的史诗剧相近。《茶馆》在国外演出时，西方人士就认为：“《茶馆》一剧在形式上的异国情调要比内容上稍少一些，这是因为该剧在很大程度上效仿了西方话剧，特别是叙事诗剧的讲述方式与贝尔托德·布莱希特的剧作十分相似。”②例如没有统一的戏剧冲突，有意淡化戏剧性，多人多事，以人带事，情节的片段性（每一幕的“故事”多半都带有点独立性）。尤其是其结构上的叙述性，在《茶馆》中它的叙述特点主要体现在大傻杨这个说书人身上，剧中通过他的出场来交代故事背景，串连起三个时代。大傻杨既是剧中人，又是叙述者，既介绍时代背景，又对世事进行评论，如“王掌柜，动脑筋，事事改良讲维新。（低声）讲维新，白费力，胳臂拧不过大腿去。”这就产生了类似布莱布特的间离效果。胡挈青在《〈茶馆〉载誉归来后给我们提出的问题》一文中也指出，

① 《难忘的二十五天——“茶馆”在日本》，周瑞祥等编，北京出版社1985年版，第125页。

② 《东方舞台上的奇迹》，[德]乌苇·克劳特编，文化艺术出版社1983年版，第49页。

《茶馆》“为史诗剧提供了一个典范。”①

以上我们把老舍的戏剧创作和小说创作联系起来放在一个“大文学”的背景下来考察，为的是克服目前学术界对老舍研究普遍存在的“视域（Horizon）过窄”的弊病，阐释学代表人物加达默尔就曾指出：“一个根本没有视域的人，就是一个不能充分登高远望的人，从而就是过高估价近在咫尺的东西的人。”② 这对我们是富有启发意义的。通过全面地多方位地考察，我们不难发现老舍的戏剧与其小说在文本创作上的多元沟通，正是由于他把小说创作的优长，以及在小说创作中长期形成的积累和思考较好地吸收到戏剧创作中来，才使得他的戏剧别具一格、特色鲜明，并最终成为中国现当代戏剧史上成就卓著的“这一个”。

---

① 胡挈青：《〈茶馆〉载誉归来后给我们提出的问题》，《文艺研究》1981年第1期。

② ［德］汉斯—格奥尔格·加达默尔：《真理与方法》上卷，洪汉鼎译，上海译文出版社1999年版，第388页。

第二章

老舍戏剧对北京人艺的影响

在前面一章中，我们主要从跨文体写作的角度具体分析了老舍戏剧的独特性。由于小说创作对老舍戏剧的影响，使其剧作无论在创作层面还是在美学层面都呈现出迥乎其他作家的独特个性。而正像《海鸥》演出的剧坛掌故所启示我们的（《焦菊隐文集》中曾反复提到《海鸥》初演的失败和后来成功的经验教训所带给他的刻骨铭心的感受），这种独特风格的剧本必然要求北京人艺用独特的导表演方法加以舞台处理，从而内在地接受来自文学对剧场的影响。苏联著名导演梅耶荷德就曾说过这样一句话：“新的戏剧是从文学中萌生出来的。在戏剧形式的革新过程中，文学总是发挥着先锋作用。契诃夫在排演《海鸥》的莫斯科艺术剧院成立之前，就写出了《海鸥》。列尔贝尔格和梅特林克也早在排演他们剧本的剧院之前出现……文学提示了戏剧。”[①]同样，北京人艺也是在老舍等作家作品的“提示”下形成自己的导表演特色和演剧风格的。而老舍这种“新型戏剧”对北京人艺影响更加独特和深远，高鉴在《北京人艺风格的文化成因》一文中就指出：“北京人艺的作家群也是以北京人为主，其中最具代表性的是老舍。他的剧作样式直接催生了人艺风格，他的语言（方言）、结构（庭院式）模式一直影响至今，并为人艺所特有。”[②]

在新中国成立后老舍的戏剧创作中，有6部剧本是由北京人艺演出的，它们分别是：1951年的《龙须沟》、1953年的《春华秋实》、1956年的《青年突击队》、1958年的《茶馆》与《红大院》、1959年的《女店员》。其中《龙须沟》

① 中国戏剧出版社编辑部编：《戏剧理论译文集》第10辑，中国戏剧出版社1988年版，第253页。

② 高鉴：《北京人艺风格的文化成因》，《探索的足迹》，中国戏剧出版社1994年版，第248页。

《茶馆》与《女店员》(加上梅阡根据老舍小说改编的《骆驼祥子》)已成为北京人艺的保留剧目，不断被演出。老舍这些剧本作为先在性和可约束性对北京人艺的导演、表演及其演剧风格的形成产生了深远的影响。

第一节　老舍戏剧对北京人艺导、表演的影响

苏联著名导演格·托夫斯托诺戈夫在《导演是一门专业》一文中说："我们这行专业的崇高伟大之处，在于它的力量和智慧，还在于自觉自愿的约束自己。我们想象的边界是受作家限定的，超越这些界线，就应该作为对作者的背叛和背离而受到谴责。"[①]这句话清楚地阐明了作家创作对舞台导演的影响作用。事实上，真正有成就的导演都非常注意作家作品的重要性。焦菊隐自然也不例外[②]。老舍戏剧对北京人艺导演的影响，首先就表现在导演焦菊隐对作家及其文学作品的重视上。作为北京人艺演剧学派的代表人物，焦菊隐十分重视和老舍、郭沫若、曹禺、田汉等剧作家搞好关系，在他们之间建立了一种互相尊重、相互合作的关系。

他在《导演·作家·作品》一文中就提出导演工作需要"三种体验"，即"一是体验生活，为艺术创作找到根据。二是体验演员，为指导和帮助演员创造人物形象找到钥匙。三是体验作家，体验他的创作个性；体验他在写作当时的思想感情状态，亦即内心创作状态；体验他的创作动力、创作激情，在他内心视象中酝酿和诞生人物形象的契机。导演体验了这些，才能在舞台上把戏

① ［苏］格·托夫斯托诺戈夫：《论导演艺术》，杨敏译，文化艺术出版社1992年版，第9页。

② 北京人艺网站"大事记"一栏记载：1956年7月3日下午，全院会。赵起扬主持，焦菊隐副院长和曹禺院长先后作报告。焦副院长报告的主题是"关于剧院12年发展规划(草案)的说明"。焦菊隐重点谈了剧目规划问题。他指出：这是最主要的，是剧院的生命线……他还强调说明了与作家关系的重要性，要求做到使作家成为剧院最好的朋友，要争取作家乐意为剧院写戏，为我们的演员写戏。

处理得‘从心所欲，不逾矩’”。① 可见他对剧作家研究的重视。每次老舍到北京人艺朗读剧本时，他都提醒演员注意老舍朗读时的表情和声调，平时他也抓住各种机会多和老舍接触与沟通。在体验作家的同时，他非常注重对作家剧本的文学把握，他在《导演·作家·作品》中谈导演四戒时就有“戒不学习文学”和“戒不精读剧本”这两戒，他说：导演“首先要能掌握住剧本的主题，用‘灵魂的眼睛’去看清文学作家的意图，看清文学作家笔下的生活和人物，才能和剧作的思想与感情打成一片，而去自由地发挥他的‘内在创造力’。”② 他还说：“戏剧是用动作、声音、线条、色彩、运动、姿态、节奏诸因素所组成的艺术。它不仅借文学的助力而存在，它是为着表现‘文学’的。”③ 为此，他大量阅读剧作家的作品，不仅阅读老舍的戏剧，还阅读老舍的小说，注意对作家作品的分析和研究。笔者在人艺资料室查阅《龙须沟》《茶馆》等剧目档案时，就发现在焦菊隐的排演谈话记录中，有许多是关于剧本分析的，涉及剧本的创作主题、矛盾冲突、人物分析等方方面面的内容。在正式排演之前，不忘举行研究剧本、研究人物性格的座谈会。他还十分注意对作家戏剧风格的把握，他说：“剧作家的风格是不同的，曹禺的剧本刻画细致，更接近生活；夏衍的剧本淡雅，在主要之处点几笔，形成所谓淡中有浓厚的味道；田汉的剧本有诗的磅礴，但火药气更‘冲’一些。”④ 而他受契诃夫的影响，更喜欢老舍这种独特个性的剧本，他说：“在个人的爱好上，偏爱老舍先生这一类清爽、明朗、简朴、有劲儿、不啰嗦、不废话，很像出身于劳动人民自己口里或自己笔下的作品。”⑤（我个人认为，老舍、焦菊隐、于是之等都是平民艺术家，这为编、导、演成功合作奠定了基础）在他导演处理上就十分注意对风格不同的作家剧作，运用不同的形式、方法和技巧，调动不同的舞台手段加以体现。即使对同一作家的不同作品他也绝不雷同化处理。

焦菊隐对文学的重视一方面与他跟老舍、曹禺、郭沫若等作家长期合作

---

① 焦菊隐：《导演·作家·作品》，《焦菊隐文集》第4卷，文化艺术出版社1988年版，第126—127页。

② 焦菊隐：《焦菊隐戏剧论文集》，上海文艺出版社1979年版，第36页。

③ 焦菊隐：《〈刑〉及其演出》，《焦菊隐文集》第2卷，文化艺术出版社1988年版，第61页。

④ 焦菊隐：《关于讨论“演员矛盾”的报告》，《焦菊隐文集》第4卷，文化艺术出版社1988年版，第119页。

⑤ 焦菊隐：《我怎样导演〈龙须沟〉》，《焦菊隐文集》第3卷，文化艺术出版社1988年版，第7页。

有关，另一方面还与他曾受到契诃夫、丹钦科和斯坦尼斯拉夫斯基的影响有关。他翻译过《契诃夫戏剧集》，认识到作家风格对剧院演剧风格的影响和作用，尤其是他翻译了丹钦科的《文艺·戏剧·生活》一书，丹钦科对文学的高度重视给他留下深刻的印象。后来他在契诃夫、丹钦科的影响下逐步认识斯坦尼，而斯坦尼所强调的"最高任务"和"贯串动作"也使他对文学有足够重视。

新中国成立后焦菊隐导演艺术的发展历程可以分为两个阶段：第一个阶段（1950—1956）是实践斯坦尼体系阶段；第二个阶段（1956—1966）是将斯坦尼体系与民族戏曲美学相融合追求中国导演学派阶段。在这两个阶段中，老舍的戏剧创作对其影响极大，前者是《龙须沟》奠定了他实践斯氏体系的基石，后者则有《茶馆》在其中作出杰出贡献，产生深远影响。1950 年，老舍把《龙须沟》剧本交给人艺时，人艺的许多演员都对演好此剧极为担忧，因为《龙须沟》被普遍认为是个缺乏戏剧性的剧本，认为极难搬上舞台，连老舍自己也再三询问焦菊隐："这还能像一出戏吗？"[①] 对此，焦菊隐本人也有清醒的认识："由于故事没有曲折，缺乏所谓戏剧性，又由于人物没有明确的历史背景，人物之间缺少明确的关系，总之，由于完全摆脱了传统的编剧方法，在舞台上演起来恐怕就很难了，导演起来恐怕更有困难。"[②] 但焦菊隐并没有被困难所吓倒，他看到了老舍剧作的独特价值。他认为："最有'戏剧性'的剧本，表面上总是最单纯朴素，而内在却澎湃着最大的活力，最有分量的思想与情感的。"[③] 从这一点看来，老舍的剧本无疑与契诃夫的戏剧颇为相近（弱化外部动作，突出内在的真实，结构散文化等），所以焦菊隐决定用斯坦尼体系来导演此剧。当然，焦菊隐用斯坦尼体系导演此剧也有另外一层考虑，即新中国初期戏剧界普遍存在着脱离生活的程式化表演倾向。北京人艺的前身是原中央戏剧学院话剧团和原北京人民艺术剧院话剧团，而这两支剧团又都是由文工团发展而成，演员早先大都是"半路出家"，在长期的战争环境和流动

---

① 转引自焦菊隐：《导演的艺术创造》，《焦菊隐文集》第 3 卷，文化艺术出版社 1988 年版，第 20 页。

② 焦菊隐：《导演的艺术创造》，《焦菊隐文集》第 3 卷，文化艺术出版社 1988 年版，第 19 页。

③ 焦菊隐：《导演的艺术创造》，《焦菊隐文集》第 3 卷，文化艺术出版社 1988 年版，第 22 页。

的演剧生活中，不可能受到严格的艺术训练和系统的业务学习，很多演员的表演都是模仿外国电影（特别是美国电影，例如向号称“千面人”的保罗穆尼学习表演技巧）而形成的。其结果形式主义倾向极为严重。而老舍这种剧本是以生活化见长的剧本，没有强烈的外部动作和引人入胜的戏剧冲突，用过去那种单一的讲究个人表演的老套子去演肯定要失败的。所以焦菊隐向剧组提出要在舞台上再现“一片生活”和“消灭演戏感觉”①的艺术目标，提倡学习借鉴斯坦尼斯拉夫斯基戏剧体系。当时扮演主角程疯子的于是之在1950年8月的一页日记中就曾写道：“我希望通过这个角色开始走进斯坦尼之门。”②为此，焦菊隐首先带领演员深入生活，每人发两个笔记本，记下自己体验生活分析剧本的心得、收获，他则每周到剧院一次讲解他看了“演员日记”后所发现的带普遍性的问题。焦菊隐还不间断地约一两个演员到他家里去个别谈话。在体验生活基础上，他要求演员结合剧本写角色自传，同时排练生活小品，经过由内而外和由外而内的反复练习，演员才能深入地把握住人物形象。正是由于在《龙须沟》的舞台艺术的创造中，自始至终坚持“从生活出发”、注重“内心体验”，追求“逼真地再现生活”，它的演出才获得了巨大的成功。当时，戏剧界给予了高度评价，认为它是“五四以来戏剧艺术——特别是导演艺术最高成就之一。”③

《龙须沟》的成功，不仅给焦菊隐带来了莫大的荣誉，而且对他整个导演艺术道路都产生了深远的影响。焦菊隐的导演生涯最早可追溯到30年代末。从他导演夏衍的话剧《一年间》开始，他先后导演了曹禺的《雷雨》《日出》，莎士比亚的《威尼斯商人》《哈姆雷特》等多部剧作，但大多反响平平，他似乎还没有找到能够发挥自己个性特点和艺术才华的导演方法。直至1947年4月他在深入了解斯氏体系基础上用斯坦尼的方法排演《夜店》（即高尔基的《底层》）才获成功，引起观众的好评。但由于《夜店》是在新中国成立前“非常时期”上演的，所以影响的范围极为有限。真正给焦菊隐带来广泛声誉，可

① 焦菊隐：《导演的艺术创造》，《焦菊隐文集》第3卷，文化艺术出版社1988年版，第70页。
② 转引自蒋瑞编：《〈龙须沟〉的舞台艺术》，中国戏剧出版社1987年版，第174页。
③ 参见杜澄夫等编：《焦菊隐戏剧散论》，中国戏剧出版社1985年版，第466页。

以算得上他的成名作的还是《龙须沟》。排演《龙须沟》时，焦菊隐还是北京师范大学文学院院长，他是以业余导演身份应邀导演《龙须沟》的，此前他的导演实践也莫不如是。《龙须沟》一炮打响以后，他被调到北京人民艺术剧院任常务副院长，从此才开始他一生中职业导演的生涯，并最终成为具有自己风格特点的导演艺术大师。可以说，没有《龙须沟》，就没有一代导演大师焦菊隐，也许焦菊隐将会是另外一种人生轨迹。

从 1956 年开始，焦菊隐尝试着把斯坦尼体系与中国传统戏曲融合起来，力求建立具有中国特色的导演学派。这是因为他认识到：《龙须沟》的导表演处理在改变演员长期染成的旧的舞台习气与不良的表演程式是有作用的，也是正规化的剧院艺术所必须的训练和养成教育。但事物不能走向另一极端，如果过分强调体验、讲究表演的生活化又会导致舞台节奏的拖拉、松散，演员表演上的“温吞水”现象——不瘟不火，缺乏激情，尤其是缺少鲜明的形体的美感以及对观众的艺术感染力，这种现象在 1956 年第一届全国话剧会演中得到了集中暴露，引起与会的外国专家的十分中肯的批评，这使焦菊隐很自然地想到中国戏曲的种种长处：饱满的情绪、铿锵的节奏、优美的造型、视听的愉悦，所以他立志向中国传统戏曲学习，开始演剧民族化的实践，实现自己早年的梦想。前文讲过，焦菊隐最早从事话剧借鉴戏曲的实践是从郭沫若的《虎符》开始，采用了戏曲的锣鼓点和韵白，但比较生硬，还只是外在表层的结合，没有达到内在精神的真正的融合，所以褒贬不一。后来在《茶馆》《蔡文姬》等剧中才较好地在斯坦尼体系基础上化用戏曲，完成自己独特性的创造。例如在《茶馆》中除了人物的出场采用了戏曲的“亮相”以及戏曲的表演动作如手、眼、身、法、步等程式与手法外，还力求避免《虎符》的机械、肤浅与幼稚，而使外在的程式能与人物的内心思想和情感有机地结合起来，表演更加的妥帖自然、得心应手。同时，《茶馆》非常注重虚实结合、内蕴丰富而又含蓄隽永，以及舞台意境的营造等戏曲美学精神的追求。以虚实结合而论，《茶馆》出场人物众多，在人物命运结局的处理上就颇见功力，因为中国观众喜欢追根问底，希望故事情节圆满，有头有尾，重视人物所谓的“下场”。在《茶馆》的舞台演出中，我们看到，主要人物的命运结局是实写的，交代分明。例如王利发、秦仲义、常四爷三人，可谓着墨较多，最后又别出心裁地让他们在茶馆聚会，总结一生经验，抒发人生感叹，每个人都对观众说出了自己郁闷已久不得不倾吐的"心里话"；有的人物的命运则是虚写的，通过别人的描述，间接地交代人物的结局，例如松二爷的最后结局是常四爷介绍的——饿死后，连棺材都是常四爷化缘化来的，一个出身相对优越的旗人竟死得如此凄凉和落寞，令人唏嘘不已。同样，唐铁嘴、庞太监等人物的"下场"也是侧面交代的。而有些次要人物的后史则忽略不计，仅靠暗示手法含蓄点明，例如卖耳勺老人、村妇、马五爷等人物的命运观众通过他们的言行是不难想象的。同时，导演对《茶馆》中很多蕴含哲理的台词也都做了强化或有节奏地停顿，例如："好容易有了花生仁，可是牙齿又没了。""我爱咱们的国呀，可谁来爱我呢？"等一些话，言已尽而意无穷，深得中国传统美学的韵味，含蓄朴实，令观众回味、咀嚼。而《茶馆》的整个舞台设计也十分注意戏剧意境的营造，通过摆设、服饰、音响、道具等来渲染特定时代氛围，给观众以联想，尤其是抒情性场面的营造较好地继承了戏曲美学注重情韵的传统，通过情韵来传达剧作的思想，含蓄深沉、耐人寻味。

必须指出，《茶馆》能够让焦菊隐这样实践与其剧本有关（并不是所有的剧本都可以）。夏淳在《〈茶馆〉导演后记》中说："《茶馆》是一个民族特点极为浓厚的剧本，它的排演适合于在学习传统戏曲方面下一番功夫，甚至就可以运用一些传统戏曲的表现手法来处理。我同焦菊隐同志谈了这样的意图，我们取得了一致的认识，他并且作了具体的提示。"①《茶馆》到西欧和日本等国演出，更是产生了世界性的影响，它的成功标志着焦菊隐导演风格的真正形成。总之，从排演《龙须沟》到排演《茶馆》，焦菊隐的戏剧观念和导演艺术发生了重大转变：从实践斯坦尼体系到将"体系"与民族戏曲审美相融合形成自己的导演风格。在这一转变中，老舍的剧目起到了触媒、催化剂和载体的作用。李渔说过："诚恐剧本不佳，则主人之心血、歌者之精神皆施于无用之地。"②可以说，焦菊隐的导演艺术是在老舍剧作的演出实践中日益巩固和发

① 夏淳：《〈茶馆〉导演后记》，《剧坛漫话》，中国文联出版公司1985年版，第158页。
② 李渔：《闲情偶寄》（插图本），杜书瀛评注，中华书局出版社2007年版，第100页。

展起来的，他的导演道路的转折和艺术风格的形成更与老舍戏剧分不开。

最后我还想指出的是，焦菊隐除了对剧本重视，力求以舞台剧本为出发点和基础来进行自己的戏剧实践和艺术追求以外，他还十分注重戏剧理论的总结。例如，围绕《龙须沟》的导演实践，他就写了《我怎样导演〈龙须沟〉》和《导演的艺术创造》等经验文章，他的著名的“心象说”理论①也是在排演《龙须沟》中诞生的。他说：“我们永远不能抛弃理论，因为理论是人类文化、思想、经验的归纳（它不是思想、经验的开始，而是一个新行动的参考）。没有理论，则实践也许会走错了路子。然而提倡研究与读书，并不是否定实践之重要性与主要性。理论是为了实践的，但抛弃理论，只谈实践，那只是一个不完全的实践。”②多卷本《焦菊隐文集》就涉及演剧艺术、文艺创作、戏剧教育、剧场建设等多个方面。所以曹禺在《论北京人艺演剧学派》一书的序言中就高度评价了焦菊隐这一点，他说：“一个剧院，要重视剧目建设，人才建设，但也要重视理论建设，焦菊隐是很重视理论建设的。他不但是一位博学多识的导演，而且是一位学者。正确的理论，可以使我们头脑清醒，把定方向，少走弯路，更可以使我们于浮躁多变的时潮中具有艺术卓识。”③可以说，在焦菊隐那里，由剧本到实践再到理论是一脉相承的。

在谈过老舍戏剧对导演焦菊隐影响之后，我们再接着谈它对北京人艺演员的影响。我们马上注意到一个事实：老舍本人曾多次亲自为演员讲解过自己作品，并直接指导过演员的表演。在北京人艺档案室里有关《龙须沟》的档案中，就有老舍先生亲自署名的一篇文章，题目叫《〈龙须沟〉人物介绍》，

① 焦菊隐的“心象说”要求演员在进入人物创造时，必须先在自己心中形成心象，建立心象。用焦菊隐的话说：“先要角色生活于你，然后你才能生活于角色。你必须先把你心中的那个人物的‘心象’培植发展起来，从胚胎到成形，从朦胧恍惚到有血有肉，从内心到外形，然后你才能生活于它。否则，你所生活的只是一个概念的幻想。”（《焦菊隐文集》第3卷，文化艺术出版社1988版，第73页）这就是说，演员要通过各种渠道、方法和准备（包括生活和艺术上的准备）深入研究、体验剧中人物的生活，并在自己心里产生包括人物声音、眼神、手势、步态以及其他形体特征等内在意象，即心象。然后通过刻苦练习，缩小以至泯灭演员自身与人物之间的距离和界限，最后实现由“心象”到“形象”的演变。焦菊隐还特别指出：“‘心象’在你心里的出现和人物创造的完成，都不是突然的。其发展也不是按照逻辑的顺序的。当你的角色开始生活于你的时候，最初只是一点一滴的出现：有时候是一只眼睛，有时候是一个手指，有时候只是他对于某事物的一刹那的反应。它不但不马上整个出现，就连这一点一滴的东西也绝不是按照顺序次第出现的。而且，这种出现还是恍惚迷离的，时而飘忽消逝，时而又闪耀出来。”（《焦菊隐文集》第3卷，文化艺术出版社1988年版，第73—74页）

② 焦菊隐：《献给桂林人》，《焦菊隐文集》第2卷，文化艺术出版社1988年版，第52页。

③ 曹禺：《论北京人艺演剧学派·序》，于是之等著，北京出版社1995年版。

这篇介绍就有很强的可操作性。例如关于丁四嫂的人物介绍："样子：细高挑，扁脸，大嘴片，瘦而挺结实。身上不甚干净。小衫很短，钮子不一定扣得对，露着点肉没关系。爱拖着鞋，有时打赤脚。说话：说话急里蹦跳，连片子嘴。可是心中并不那么厉害。举动：大手大脚的，张牙舞爪。遇到点事，乃变松懈。"再例如程疯子的人物介绍："样子：长脸、身瘦长、发长、指细、白脸。眼亮，经常不抬眼皮；但抬眼时，眼珠发死。口微张。似欲发笑，乃减少其丑，无论穿大衫或短衣，均细长，干净。裤脚系飘带。说话：音缠绵，不徐不急。唱亦不急促，仅以手缓缓作势。举动：温柔文雅，不慌不忙。"可以说，这个极为具体的人物介绍对导演、对演员都是一份有用的演出指南。在北京人艺里，导演和演员都喜欢听老舍先生朗读剧本（例如有据可查的，1950年8月9日晚，老舍到北京人民艺术剧院朗读新创作的剧本《龙须沟》，8月28日下午，继续到北京人民艺术剧院朗读《龙须沟》剧本，1952年7月11日，在家中向欧阳山尊等念新修改出来的剧本《两面虎》第1幕等多次）。老舍先生读剧本不但把人物的语气、神态读出来，而且还常常边读边做示范动作，如读《茶馆》时为演员比画黄胖子揉眼睛的动作、松二爷请安动作，对演员都有很大帮助。同时，在排演过程中，老舍还边看边指点演员，讲解人物，分析角色，英若诚就回忆说："老舍先生最早指出我所演的人贩子中的问题，说：'你这个人物伶牙俐齿是对的，但觉得你不够坏。'他又加了一句'我不是让你去演那个坏'，我琢磨了好几天，什么叫'坏'？又为什么不能演那个'坏'呢？"[①]后来英若诚认识到刘麻子并不觉得自己坏，他有自己的一套人生哲学，对自己干的营生他是理直气壮的[②]。舒乙在《老舍和"人艺"》一文中就记载了排演《龙须沟》时，北京人艺的演员请教老舍先生时，老舍的指点："'二姑娘说话跟蹦豆儿似的——太快！''您呀，有工夫可以念念我的《四世同堂》''您演这个角色，阳刚别太甚了，阴柔要多一点''你等着，这回就这样了，下回我

① 转引自陈徒手著《老舍：花开花落有几回》，《人有病，天知否：一九四九年中国文坛纪实》，人民文学出版社2000年版，第89页。

② 老舍在《勤有功》中说："对于可憎的人物，我也由他的可憎之处，找到他自己生活得也怪有滋味的理由，以便使他振振有词，并不觉得自己讨厌该死。"（《老舍的话剧艺术》，文化艺术出版社1982版，第208页）

给你专门写一个角色，一准演得过瘾'"[1]等。

同样，1958年3月5日，老舍在看完《茶馆》连排之后，来到演员中间，针对表演中存在的一些问题，也集中谈了自己的看法："王掌柜的口要'老'点，少年老成，能干得不得了。穿灰大褂的不要坐在房口，这样没人敢进茶馆来。松二爷的话要'润'，说得有滋有味，寻着人叫好的意思，恍然自得。……"[2]。这些来自剧作者的看法无疑对演员的表演极有价值。这里值得进一步指出的是，除了老舍本人帮助指导过演员以外，老舍的剧本更是培养演员的沃土，是演员成长的温床。北京人艺的很多演员都是因为演老舍的剧作而得到提高，一举而踏入了戏剧艺术大门，成为戏剧界"健将"的。我想从以下两个方面来讲老舍的戏剧对北京人艺演员的影响。

一、老舍戏剧对北京人艺演员表演技艺的培养。这种培养主要表现在演员对舞台人物形象的把握和塑造上。应该说，只要是现实主义的戏剧，都要求演员塑造鲜明的人物形象，但老舍剧作的独特性使它较一般剧作对演员提出更高的要求和挑战，从而培养和锻炼了演员。因为老舍的剧作不靠情节取胜，没有贯穿始终的戏剧冲突，而是以人带事，多人多事，人物在老舍剧作中占有突出的地位，是他小说和戏剧沟通的基石，老舍在《我的经验》一文中说："我写的戏也许故事性不强，可是总有几个人物还能给人一些印象，因为我在构思的时候是先想到人物，到心中有了整个的一个人了，才下笔去写。"[3]所以，老舍的戏人物演活了，则全戏皆活；反之，人物演砸了，则全戏皆完，会成一盘散沙、枯燥无味。而老舍戏剧中的人物并不好演，以《茶馆》为例，人物众多，达七十多个，有的人物出场只有三言两语，甚至只有一句话（如卖耳勺的老人的话），要在这简短的台词中把人物"竖"起来，实属不易。由于剧本时间跨度较大，三个主要角色要在三幕之中，由二十多岁的青年一直演到七十多岁的老人即由小演到老。而几个重要配角则父子相承，第一、二幕的父亲和第三幕的儿子要由同一个演员来扮演，即由老演到小。还

① 舒乙：《老舍和"人艺"》，《秋实春华集》，周瑞祥等编，北京出版社1989年版，第65页。

② 参见北京人艺1958年《老舍先生看茶馆连排意见》记录手稿。

③ 老舍：《我的经验》，《老舍全集》第18卷，人民文学出版社2008年版，第47页。

有次要的角色则要由一个演员在不同的幕中扮演几个不同的剧中人，这些对演员表演来说都是高难度的挑战。老舍在《看〈茶馆〉排演》一文中说：“《茶馆》这出戏，当作剧本读一读也许很有趣，拿到舞台上去可真不好演。首先是青年演员们对剧中的一二两幕的生活不易了解，表演起来自然有些困难。同时，剧中人多事繁，有的人物须经过青年、中年、老年三个时代；有的人物出场只有一两句台词，说得好呢，全场活跃，说不好呢，全场减色。由青年到老年的角色，固然不易表演，就是只说一两句话的角色，也须下很大的功夫，才能恰到好处。是的，这出戏不大好演。”但在这篇文章最后他又对演员提出了殷切的希望：“戏吃功夫，演员才真长本事。”① 实际上，在北京人艺，从导演到演员都十分注意老舍戏剧中的人物形象塑造。焦菊隐的“心象说”谈的就是演员塑造人物的方法和规律，即“先要角色生活于你，然后你才能生活于角色。”② 提出生活——心象——形象三位一体的塑造人物方法。演员于是之说：“演老舍先生的戏，塑造不出鲜明性格的形象，简直就不能够完成他的任务。……老舍先生的戏所以吸引人、主要靠人物，靠一个个观众似曾相识的人物，这样就迫使演员们要下大功夫，从老舍先生的文字空隙中捕捉那人物的音容，使他所写的人物先活在自己的心里，再用自己的形体呈现于观众面前。这样的演员工作是艰苦的，这样艰苦的工作偏又是演员们最喜欢做的。”③ 在北京人艺，根据老舍先生的剧本，演员们在舞台上塑造了许多血肉丰满、令人难忘的人物形象，如王利发、程疯子、丁四嫂、庞太监、松二爷、常四爷等，即使是跑龙套的配角也能做到“一个是一个”、毫不含糊。而为了演好老舍先生的戏，塑造好老舍剧中的角色，演员们确实下了不少功夫，也长了不少本事。其中以下几点特别引人注目：

1. 讲究体验生活。老舍的戏剧以“生活化”著称，与情节性见长的“戏剧体戏剧”不同，老舍的这种“小说体戏剧”更接近于日常生活，这就要求演员能熟悉和了解剧中生活。否则，没有生活，单靠演技，就显得浮泛与空洞。

---

① 老舍：《看〈茶馆〉排演》，《老舍全集》第17卷，人民文学出版社1999年版，第533页。

② 焦菊隐：《导演的艺术创造》，《焦菊隐文集》第3卷，文化艺术出版社1988年版，第73页。

③ 于是之：《老舍先生和剧院》，《于是之论表演艺术》，中国戏剧出版社1987年版，第44页。

英若诚在谈到老舍的戏剧人物时就曾感慨地说："这些人物从生活中提炼出来，没有现成的舞台程式可循，这就逼得演员们不得不抛弃那些表演上的'套子'，到生活中去寻找养料。多少舞台上令人难忘的形象，例如程疯子、丁四嫂、庞太监、虎妞，都是从生活中一点一滴地汲取来、创造成功的。正如演员们说的'老舍先生的戏，没有深厚的生活基础写不出来，没有深厚的生活基础也演不好。'"[①] 北京人艺演员们体验生活是出了名的，排《龙须沟》时，演员们就直接到臭气熏天的龙须沟去深入生活，和龙须沟周围的群众拉家常、套近乎，注意了解他们的内心感受，观察他们的日常表现；排《茶馆》时，演员们又学会了泡茶馆、养鸟、串胡同。演员童超为了演好庞太监，就专门去太监居住的地方观察体验，注意他们乖僻的性情、老太太的腔调和特异的形体动作，从多方面下苦功夫，才把庞太监活灵活现地演出来。《茶馆》在西欧演出有评论说："童超所扮演的庞太监奇异地反映了他体态的臃肿、女性化的特性和意淫的变态心理。"[②] 受到观众的好评。北京人艺还流行一句近乎绕口令的话："我们舞台上需要的是生活里面常见而舞台上不常见的，我们不需要生活里面不常见而舞台上却常见的。"强调向生活学习的重要性，克服舞台陋习。

2. 写好人物自传。老舍戏剧刻画人物的特点是"三笔两笔画出个人来"，人物出场哪怕只有几句话都形象毕现，"开口就响""话到人到"。实则这几句话是老舍在对人物一生知根知底的情况下精心挑选出来的，即他所说的"我们知道他们一辈子事情，而只挑选了一两句话让他说"[③]（前文讲过，他的小说和戏剧在创作时都采用"冰山原则"，十分讲究人物塑造的控制艺术）。这样，演员要想在这二、三句对话中塑造出鲜明的人物形象就需要对人物的前史有个清晰的了解。写人物自传是北京人艺演员们常用的方法，对此，老舍十分赞赏。他在《人物不打折扣》一文中说："还有一件事，也值得说一说，在我把剧本交给剧院之后，演员们总是顺着我写的台词，分别给所有的人物去作小传。即使某一人物的台词只有几句，预备扮演他（或她）的演员也照着这

---

① 英若诚：《老舍先生与北京人艺》，《剧本》1979年2期。

② ［西德］乌苇·克劳特：《东方舞台上的奇迹——〈茶馆〉在西欧》，文化艺术出版社1983年版，第55页。

③ 老舍：《人物、生活和语言》，《老舍全集》第18卷，人民文学出版社1999年版，第155页。

几句话，加以想象，去写出一篇小传来。这是个很好的方法。这么做了之后，演员便摸到剧中人物的底。不管人物在台上说多说少，演员们总能设身处地，从人物的性格与生活出发，去说或多或少的台词。某一人物的台词虽然只有那么几句，演员们却有代他说千言万语的准备，才会这么说那几句话。假若演员不去拟写人物小传，而只记住那几句台词，他必定不能获得闻声知人的效果。人物的全部生活决定他在舞台上怎么说那几句话。”① 于是之的《程疯子自传》就从程疯子的家庭出生写起，一直写到剧本故事发生以前的几十年的生活经历，对程疯子的思想性格、个人爱好、生活变故、没落原因都作了详尽而又扼要的描述，这就为他演好程疯子奠定了坚实的基础。

3. 注重艺术修养。老舍的戏剧文学性强，需要演员具有良好的艺术修养。因此，北京人艺的演员在体验生活、写好人物自传的同时还十分注重提高自己的文学修养。为了准确理解老舍戏剧中的人物，演员们做了大量案头工作，不但读其剧本，还读其小说，读其创作经验谈和各种研究老舍的专著。他们还抓住机会，就人物形象的塑造多次请教老舍，老舍也毫无保留地贡献出自己的想法和智慧，《茶馆》中老舍还为每位主要演员的扮演人物都写了一个四言体的素描，例如常四爷（郑榕饰）——“说打就打，/ 有些骨气。/ 直言无隐，/ 哪怕入狱？”王利发的老年时代（于是之饰）——“为做顺民，/ 心机用尽。/ 顺民不行，/ 悬梁自尽。”宋恩子（林连琨饰）和吴祥子（李大千饰）——“贵族爪牙，/ 就是他俩。/ 狗仗人势，/ 一点不假。”唐铁嘴（张瞳饰）——“嘴是资本，/ 奉承为先。/ 低三下四，/ 为吸大烟。”小二德子（马群饰）——“狐假虎威，/ 小小恶霸。/ 本领家传，/ 软欺硬怕。”② 这些人物素描通俗易懂、准确到位，能够很好地帮助演员理解和把握人物。此外演员们还阅读大量有关作品时代背景、地方风俗等方面的文章。笔者在北京人艺档案里看到一份《〈茶馆〉参考资料索引》，里面就包括金受申《北京话语集》、贾逸君《甲午中日战争》、荣孟源《中国近代革命史略》、潘英陞《帝京岁时记胜》、

---

① 老舍：《人物不打折扣》，《老舍全集》第 16 卷，人民文学出版社 1999 年版，第 371 页。

② 老舍：《〈茶馆〉群像》，《〈老舍全集〉补正》，张桂兴编著，中国国际广播出版社 2001 年版，第 522—525 页。

老舍《老舍短篇小说选》等近二十本著作和报纸图片等资料，供演员阅读，为的是帮助演员对剧本的理解。而由于老舍和焦菊隐在剧本分析方面的现身说法、循循善诱，北京人艺演员们对剧作的理解和角色的定位都很准确，表演起来也就得心应手。于是之说："我觉得，演员创造人物的过程，实际上也可以说是反复研究剧本的过程：不只是当把剧本放在桌上，逐字逐句地去玩味的时候是研究剧本，就是在排练场里，导演和演员们的共同的工作，也是研究剧本。不同的只是有时是坐在那里研究，有时是在行动中研究罢了。说真的，对于剧作家来说，导演和演员是他们的读者当中的最仔细的读者。"①除了文学修养以外，北京人艺演员们还注重各种姊妹艺术修养。《茶馆》排演时采用了戏曲的手法和套路，这就逼得演员们去向古典戏曲学习，北京人艺的许多演员如刁光覃、朱琳、林连昆、董行佶、英若诚等在戏曲表演方面都堪称行家里手。同时，以于是之为代表的北京人艺艺术家们在历史、书画、音乐、舞蹈等方面都有很好的艺术功底，在于是之和老舍的交往过程中，就有书画上的相互馈赠和诗词上的唱和，于是之的散文也颇具老舍先生的文风：词浅意深、含蓄隽永，其创作的散文《幼学纪事》已选入了高中语文教科书。这就难怪有人说北京人艺可以称得上学者型剧院。于是之就说过："我尊重有书生气的、学者化的同行们，在他们面前我自惭形秽；学习之心油然而生。我最害怕演员们的无知，更害怕把无知当有趣。演员必须是一个刻苦读书并从中得到读书之乐的人。"②这和眼下一些只凭脸蛋、身段，以为背背台词就可以演戏的所谓无文（起码的文化）无知（各方面的知识素养）无德（职业道德）的"三无"演员形成鲜明的对照。而从长远的眼光来看，演员的艺术修养比演技更为重要，曹禺就曾为"眼高手低"这一成语作过辩解："一个人眼高手低是很正常的现象，只有眼高手才能高，眼低手也一定会低。这应当是褒义词，而不是贬义词。"③

4. 苦练表演艺术。北京人艺的演员不是只讲体验不讲体现、只注重案头

---

① 于是之：《我们所喜欢的和不喜欢的》，《戏剧报》1956年9月。

② 于是之：《我所尊重的和所反感的》，《于是之论表演艺术》，中国戏剧出版社1987年版，第116页。

③ 转引自梁秉堃著《平民演员——我说于是之》，华夏出版社2001年版，第32页。

工作不注重表演技巧的，焦菊隐的"心象说"理论中，由"心象"到"形象"的关键是练。于是之在《焦菊隐先生的"心象"学说》一文中就指出："我觉得'从内到外'和'从外到内'，并不是两种截然不同的创作方法。在一个角色的创作中，它们差不多都是结合着使用的。"① 北京人艺演员既"从内到外"地去练，也"从外到内"地去练，演员平时十分注重表演基本功训练。这包括两个方面：一是台词的练习；二是形体的训练。就老舍的语言来说，他是语言大师，他的语言都非常通俗易懂而又简洁含蓄，具有口语化、地方化而又兼具含蓄美、哲理美、音乐美的特点，这对演员台词练习是个绝好的培养。英若诚在《老舍与北京人艺》一文中说："对我们演员来说，老舍先生的语言艺术也有着不可估量的影响。想用'话剧腔''舞台腔'去演老舍先生的戏是根本办不到的。这就又一次逼我们去向群众学习，向生活学习。"② 同时，为了在舞台上塑造出难忘的人物形象，北京人艺的演员们也非常注重形体练习，他们都讲究对人物眼神、手势和步态的特点的把握和运用，以求准确反映人物的外部性格特征，于是之在《茶馆》中就精心设计了王利发扎挲着手贴"莫谈国事"的动作，给观众留下了深刻的印象。在北京人艺的许多戏中我们都看到演员借鉴戏曲身段的表演动作，都有板有眼、精彩到位。

这里还要提及的是，从《龙须沟》开始，北京人艺就采用编演小品的方法来训练演员表演技术，组织演员把体验生活获得的素材（内心体验与外部特征）用编演小品的方法描述出来，起到了很好的效果，焦菊隐舞台处理的有些方法就是受到演员小品的启发而直接运用的。通过小品练习，大大促进了演员对人物和人物关系的深刻感受，在未进入正式排戏前，使人物在演员的心中活起来，用行动记录、描绘并获得人物准确的自我感觉。而一旦进入排练或演出，这些小品就成为种种景象，浮现在眼前，从而激起演员真挚的感情，推动人物更积极地在舞台上行动。例如《茶馆》中演"秦庞斗嘴"的

① 于是之：《焦菊隐先生的"心象"学说》，《于是之人生漫笔》，北京同心出版社 2007 年版，第 115 页。
② 英若诚：《老舍与北京人艺》，《剧本》1979 年第 2 期。

演员在台下排演的小品“鹌鹑斗”[①]，当时就广受好评，它是在演员对生活、人物观察体验的基础上想象结构出来的，加深了演员对人物关系的理解。关于做小品的意义和目的，焦菊隐曾这样说：“做小品，就是为了摸索研究和体验人物和人物之间的关系。做的时候不要受剧本表面内容的限制，而是要根据剧本提示的规定情境，尽量发挥自己的想象。做的时候要放开，要大胆地设想人物和人物的关系。最后由导演调整，以达到丰富剧本的目的。”[②]

以上我从四个方面分析了北京人艺演员为了演好老舍戏中的人物所做的种种努力。可能有人会说这四点也可以说是演员向斯坦尼体系学习、受斯坦尼体系影响而造成的，不能说就是老舍的贡献，但“斯氏体系”只是一个理论，而演员是要在实践中培养的。也许有人还会说，不光是老舍剧作需要演员这样做，其他作家也有类似要求，不能都归功于老舍。但我想特别指出的是老舍剧本的独特性使它更加要求演员这样做（不同剧作对演员的要求是不一样的）。而且北京人艺演员是从《龙须沟》开始起步，然后才把这样的做法扩大开来去演其他作家的戏的。英国著名导演哈利·格兰维尔-巴克就指出：“剧作家工作方式与演员创作方法之间的关系是值得加以探索和研究的。任何艺术作品的基本素质是它的同一性。那么，对于一部上演的舞台剧，要想使它成为一出所宣称的好戏，似乎应遵循这样的原则：演员应依据情况许可，通过使用与剧作家的方法相近的手段，在理解和意图方面继续剧作家已经开始的进程。一部上演的舞台剧是否能成为一件令人满意的艺术品，这要取决于这种同一性存在的程度，这大概是不会错的。”[③] 最后我还想指出的是，以上这四

① 1958年排练《茶馆》的时候，扮演秦二爷的蓝天野同志和扮演庞太监的童超同志曾设计了这样一个小品练习，命名为《鹌鹑斗》。时间在戊戌政变之前，也在剧中事件发生前。一天，秦同庞都到裕泰茶馆来。秦曾托刘麻子买一只鹌鹑，正好刘今天送来。庞一见，也想要，一是觉得那只鹌鹑漂亮，也想养着玩；同时也有一种心理：“什么好玩艺儿都得归我，秦仲义这么个年轻小财主不配玩！”他想要，但不屑于亲口对秦讲，而让刘去找秦，表示多加几倍钱也要！秦就是故意不让。刘左右为难了半天。最后，还是把鹌鹑卖给了秦二爷。秦当着庞的面，付出比预订高几倍的价钱买下了那只鹌鹑，然后，命仆人托着放鹌鹑的笼子，把它恭恭敬敬地送给庞。秦这么做，明明是侮辱庞。庞接过鹌鹑笼，回身递给王掌柜，不动声色地命令：“小王，拿去给我炸了吃！”坐在旁边的秦二爷却哈哈笑起来，说：“庞总管，您好雅兴！”这一段精彩的小品，使演员找到了人物关系的依据和人物的自我感觉，因而很容易就从人物思想性格、相互关系的体验中领会导演处理那段戏的意图，使舞台形象真实生动。（参见《茶馆的舞台艺术》，北京人民艺术剧院《艺术研究资料》编辑组编，中国戏剧出版社1980年版，第213—214页）

② 焦菊隐：《重排〈关汉卿〉提示散记》，《焦菊隐文集》第4卷，文化艺术出版社1988年版，第315页。

③ [英]哈利·格兰维尔-巴克：《一出戏演出中多种因素的统一》，参见《西方名导演论导演与表演》，杜定宇编，中国戏剧出版社1992年版，第153页。

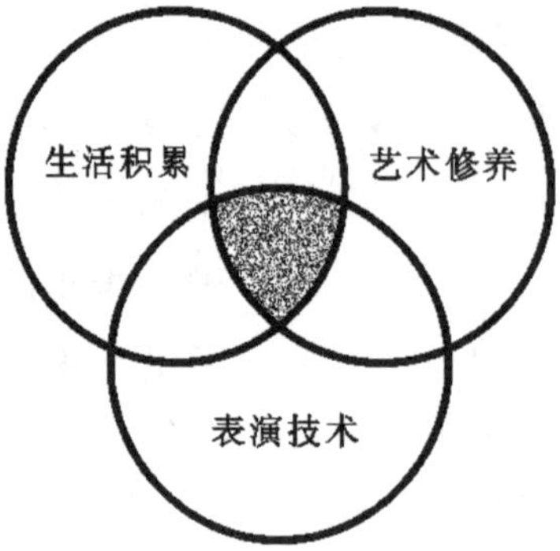

图 2-1

点不是孤立的，而是一个整体，如果我们把 2、3 点加以合并，即把写好人物自传也看作演员艺术修养的一部分，可以用一个示意图来表示（如图 2—1）。三个圆圈示意表演创作不能缺少的三个方面因素：表演技术、生活积累、艺术修养，三环相交的中心阴影部分则意味着演员创作的最佳状态和演员才艺的精彩之处。北京人艺的演员正是具备了这三环相交的素养和才华，才诞生了一大批表演艺术大师，如于是之、刁光覃、朱琳、舒绣文、叶子、蓝天野、郑榕等。而这一切跟老舍戏剧的培养分不开。英若诚就不无感激地说：“我们是舒先生培养出来的演员。舒先生与北京人艺的关系犹如契诃夫与莫斯科艺术剧院。”①

二、老舍戏剧对北京人艺演员艺术成长道路的影响。北京人民艺术剧院是由成立于 1950 年元旦，以李伯钊为院长的前北京人民艺术剧院（可称“老人艺”）的话剧团与原中央戏剧学院的话剧团合并组建的一个专业话剧院。它的成员，有的来自解放区的新文艺工作者，有的是抗敌演剧队的成员，有的是新参加革命的青年学生……组成非常复杂。他们当中大多数人没有受到过良好的专业训练，在思想和技巧上都显现出某些盲目性和混乱情况。应该说，很多演员真正受到专业训练、走上正规的艺术道路是从排演老舍的《龙须沟》开始的。很多年以后，优秀表演艺术家叶子回忆那一段艺术实践，就曾感慨地说：“那个时候我虽然已经演了多年的戏，也懂得一些表演方法，但像那样按艺术创造规律去深入研究剧本，体验生活，创造人物，还是头一次。”②可以说，北京人艺许多有才华的演员，是从多次上演老舍剧作中逐渐成长起来的，从而形成了自己的表演风格，在艺术上取得了卓越成就。不少演员的艺术生涯是和老舍紧紧连在一起，以于是之为例，梁秉堃在《平民演员——我说于

① 英若诚：《老舍与北京人艺》，《剧本》1979 年第 2 期。

② 参见秦瑾、蒋瑞：《焦菊隐传》，《中国现代戏剧电影艺术家传》，李辉、李润新等编，江西人民出版社 1981 年版，第 12 页。

是之》中就指出："解放以后，是之连续演了老舍的 5 出戏：《龙须沟》《青年突击队》《骆驼祥子》《女店员》和《茶馆》，这里面有使他成名的程疯子，有他最喜欢的老马，也有证明他达到高峰的王利发，可以说，他的艺术生命是紧紧地与老舍的名字连接在一起的。"[①]1950 年排演《龙须沟》时，于是之刚刚 23 岁，由于他成功地实践了焦菊隐的"心象说"，他塑造的程疯子一炮打响，为他以后的艺术道路奠定了很好的基础。但接下来他却走了弯路，他在《雷雨》中扮演的周萍和在《青春之歌》里扮演的余永泽都失败了，这与他不能进入人物角色的内心世界有关（他的出身经历、生活积累、个人性格、平民情怀使他本能地喜爱演老舍这样的"平民"戏剧，而不适合演那些带有"小资"色彩的戏）。为此他曾十分苦恼，一度时期想转行，后来，在扮演《骆驼祥子》中的老马时，他终于又找到了艺术感觉，老马风雪中"出场"一段戏受到评论界的一致好评，这使于是之又恢复和巩固了以前的艺术基础，增强了对自己表演能力的信心。到了扮演《茶馆》里王利发的时候，于是之已经形成了自己含蓄自然、严谨淳厚的表演风格，已经成了杰出的表演艺术大师。所以于是之不无感激地说："从《龙须沟》到《茶馆》塑造了我。"[②]

北京人艺有些演员则是在排演老舍的戏剧中扩大了自己的戏路。例如表演艺术家叶子就是一个典型的例子，叶子在新中国成立前就出了名，她当时演的都是漂亮的女主角，是《秦良玉》《赛金花》《日出》《新梅萝香》《北京人》《茶花女》的主演，在抗战后方成都、桂林一带是赫赫有名的话剧大明星。但从排演《龙须沟》开始她突破了过去那种明星制的演出套路，而扮演粗野、泼辣的穷人。为了演好丁四嫂，叶子把自己的嗓子都练哑了，她自觉地克服以前的自我表现、展示自我的习气，而注重生活化的本色表演，因此在艺术上有了真正的突破，实现了由偶像演员向性格演员的转变。后来她更是敢演《日出》中的翠喜这样一类在有些人看来是"下三烂"的角色。她在回顾自己的艺术生涯时说："有的人，一辈子老演一路角色，演自己，岂不很冤枉！"[③]

---

① 梁秉堃：《平民演员——我说于是之》，华夏出版社 2001 年版，第 3 页。

② 转引自梁秉堃著《平民演员——我说于是之》，华夏出版社 2001 年版，第 2 页。

③ 转引自洪忠煌、克莹著《老舍话剧的艺术世界》，学苑出版社 1993 年版，第 58 页。

应该说，是老舍的剧作开阔了她的视野，把她引上现实主义艺术的广阔道路。和叶子有些类似，蓝天野也是在演老舍的戏剧中，戏剧观念发生了深刻的变化。作为一个演员，蓝天野有着非常好的条件：外形、声音、气质都相当不错，他自己为此也很得意，自觉不自觉地在舞台上“展览”起自己，结果他演的《钦差大臣》中的医院院长和《明朗的天》中的庄政委都失败了。到了演《茶馆》中的秦仲义时，在导演启发下，他才有意识地改变自己，认识到像《茶馆》这样的剧本是不能靠夸张过火的表演来演出的。于是他认真地体验生活，了解时代背景，明确人物关系，准确地把握人物个性，终于取得了第一次真正成功。无论是第一幕中少年秦仲义的风流倜傥、自命不凡，还是第三幕中老年秦仲义的语讷行艰、自嘲自叹，他都表演得非常到位。蓝天野在《创造·生活·回忆》一文中自我总结说：“从十几岁开始业余演戏，我作为演员的条件、气质曾不断受到称赞……然而，在专业从事演剧以后，恰恰在《茶馆》排练之前的那几年中，剧院安排调度上的一些原因，带来了我表演上的惶惑，我演了一些角色，大半是性格特征不清晰，或干脆说就是概念化的角色，我不自觉、也不自愿地增添了盲目性，展览本色的表演多起来了，就是在这种状态下，参加了《茶馆》的工作。往后，我懂得了一条：演员要有好的气质，但不能光靠这个本钱吃饭，话剧表演艺术要以塑造鲜明人物形象见长，这是要花大功夫的一门艺术科学。演员要尽可能多方面熟悉生活，要懂得人，要有丰富的文化素养。”[①] 蓝天野正是在排演老舍戏剧中，对戏剧艺术规律有了新的认识，从此走上了成功的艺术道路。

最后我还想提及一下人艺演员“乐演小角色”现象，这也跟老舍戏剧的培养分不开。众所周知，老舍戏剧人物众多，不但有主要角色，还有大量的次要的小角色（有的角色出场只说一句话）。这在有些剧院中，演员们是不愿意去演的，因为这些小角色在戏中所占分量较轻、地位较低，很难出彩。但人艺演员认识到老舍戏剧的独特魅力，都乐演小角色，擅演小角色，在他们看来，戏不分轻重，角色不分大小，都要严肃对待。从艺术的完整性来说，

① 蓝天野：《创造·生活·回忆》，《〈茶馆〉的舞台艺术》，北京人民艺术剧院《艺术研究资料》编辑组编，中国戏剧出版社1980年版，第238页。

小角色同样不可轻视。所以即使演小角色，演员们也一样体验生活、阅读剧本、写人物传记、苦练基本功，力求“一个是一个”。对于演员来说，演小角色也可以磨炼自己，小角色往往也不见得好演，因为戏中占的篇幅少，没有更多的展现的余地，小角色一出台就须做到形神毕现，才能引人入胜。这对演员的演技和修养提出了更高要求。在人艺，不但一般演员愿意演小角色，而且一些名演员也愿意在剧中跑龙套，当配角。例如舒绣文以前是红透大江南北的电影明星，都是在影片中扮演重要角色，但到了北京人艺后，在导演的开导下，她就乐于在戏剧中扮演小角色。她这种不挑角色、不摆架子的作风在人艺起到了良好的示范作用，北京人艺很多名演员如刁光覃、童超、黄宗洛等都在老舍的戏剧中扮演过小角色，著名表演艺术家刁光覃就曾在《茶馆》中扮演一名始终背向观众的普通茶客。黄宗洛在《红花・绿叶・小草》中说：“我演了多半辈子的戏，从来不是红花，偶而有幸配绿叶，多半演的是一些没名没姓的很不起眼的群众角色……虽然如此，我对自己所扮演过的形形色色的小人物还是十分珍视，因为每个形象都渗透着我的心血和劳动，起到它充实生活图画的一分作用。”① 在《茶馆》里，黄宗洛扮演提着画眉鸟的松二爷角色，在剧中顶多是个配角，出场时他全身的嘀里倒挂，当他用阴阳怪气的公鸡嗓说道：“我饿着，也不能叫它饿着”时，观众都发出会心的微笑，寥寥数语给观众留下极其难忘的印象。“乐演小角色”现象使人艺演员之间很少有其他地方剧院演员中普遍存在的钩心斗角、拉帮结派、争风吃醋的现象。大家都团结敬业，才美不外现，显得朴实无华，有素质有修养。这使我想起斯坦尼斯拉夫斯基在《演员的道德》中的一句名言：“有人问我：对于演员的嫉妒、钩心斗角、渴望担任主要角色、渴望占据首席等，该怎么办呢？我回答说：要无情地把钩心斗角、嫉妒者从剧场里驱逐出去，挂名演员也是同样。不满意他们角色分量的人应该记住：没有小角色，只有小演员。谁要不爱自己心中的剧场，而爱剧场中的自己，也同样要被驱逐出去。”②

---

① 黄宗洛：《红花・绿叶・小草》，《论话剧导表演艺术》（第 2 辑），张仁里编，中国戏剧出版社 1985 年版，第 179 页。

② ［俄］斯坦尼斯拉夫斯基：《演员的道德》，许珂、郑雪来译，文化艺术出版社 1954 年版，第 28—29 页。

第二节　老舍戏剧对北京人艺演剧风格的影响

关于北京人艺演剧风格，虽然也曾有过各种不同侧面的理论概括，但现在基本趋于一致，即"现实主义、民族化、完美的整体感，这是构成北京人艺风格的三大要素。"[①]1992年，中共中央办公厅调研室在《光明日报》上发表了《构筑国家级艺术殿堂的成功之路——关于北京人民艺术剧院的调查》一文，以政府身份对北京人艺风格作出权威归纳，即"人艺的风格是在50年代排演老舍、曹禺、郭沫若、田汉等杰出作家的剧作中形成的，已故的导演艺术家焦菊隐等为其创立作出了不可磨灭的贡献，这就是坚持现实主义道路，追求话剧的民族化，强调演出的整体性，塑造鲜明深刻的舞台形象。"[②]此外，北京人艺的"京味"风格也是一个争论不休的话题。北京人艺的"京味"风格是在演出老舍的戏剧中形成的，后来在演京味戏剧家李龙云、苏叔阳、何冀平等人的剧作中发扬光大了。应该说，"京味"的存在是一个不争的事实，为什么不把它归纳进去呢？这是因为不少学者认为仅仅谈京味会以偏概全，不是对北京人艺整体风貌的概括，北京人艺除了演出老舍作品而外，还演了曹禺、郭沫若、田汉等其他作家作品，谈京味似乎局限了北京人艺。

北京人艺演剧风格的形成，自然与北京人艺总导演焦菊隐有关，在研究北京人艺的几部专著中对此都有详尽的分析，这里不再赘述。但我想提醒的是，一个剧院风格的形成，依赖于它所上演的剧目，尤其是经久不衰的保留剧目，作家作品的风格对北京人艺演剧风格也产生了不可忽视的影响。J.L.斯泰恩就说过："戏剧的阐释力这一永久性的秘密在于它的'风格'。即作家、演员或观众的'观察的方式'。我们必须假定，风格就是那种在剧本中和在演出

① 张帆：《时代的遗憾》，《北京人民艺术剧院院刊》2001年第1期。

② 中共中央办公厅调研室：《构筑国家级艺术殿堂的成功之路——关于北京人民艺术剧院的调查》，《光明日报》1992年1月6日头版。

中应该完全保持一致的唯一因素，因为它在戏剧这种交流方式中是绝对不可缺少的。”[①] 马丁·艾思林在《戏剧剖析》中也谈到作者风格对演员的影响，他说：“演员体现并表达作者提供的剧本。看起来他们有充分的自由，按自己喜欢的方式去演。但这只是在某种程度上说才是对的。因为作者拥有一种强有力的手段来使演员按照他所希望的表达方式去做。这种手段就是风格。”[②] 于是之对此更是深有体会，他在《老舍先生和剧院》一文中指出：“剧院离不开作家，但作家的作用绝不限于为剧院提供剧本。一个成熟的作家，必然会以他的剧作，他自己的文学风格影响剧院，培养演员，促使剧院逐步形成自己的演出风格。”[③] 这里我们不妨分门别类地谈一下老舍的戏剧创作对北京人艺演剧风格的影响，从中我们不难看出二者内在的逻辑关联。

一、现实主义

北京人艺现实主义演剧风格是从排演《龙须沟》开始形成的，所以学术界一致认为,《龙须沟》奠定了北京人艺现实主义演剧风格的基石。前文讲过，在《龙须沟》一剧的导表演处理上，焦菊隐采用了斯坦尼斯拉夫斯基这一科学的现实主义的演剧体系，要求演员深入生活、讲究体验，写好自传，塑造鲜明的人物形象，力求在舞台上再现“一片生活”。但这一演剧体系的采用又与《龙须沟》剧本的独特性和老舍的现实主义风格有关。《龙须沟》是一个新型剧本，没有一般剧本里的巧妙布局，也没有强烈紧张的外部动作，有的只是一片真实的生活。它是一部现实主义的作品，以对现实生活的巨大热情、真实感人的艺术形象、浓郁的生活气息和地域色彩而赢得盛誉。这样的剧本无疑要求采用现实主义的舞台处理。我们可以试想，如果北京人艺排演的处女作不是老舍的《龙须沟》，而是梅特林克的《闯入者》《群盲》或者贝克特的《等待戈多》、尤奈斯库的《秃头歌女》等作品，恐怕焦菊隐就不能轻易地

① ［英］J.L. 斯泰恩：《现代戏剧的理论与实践》（一），译者周诚等，中国戏剧出版社 1986 年版，第 2 页。

② ［英］马丁·艾思林：《戏剧剖析》，罗婉华译，中国戏剧出版社 1981 年版，第 28—29 页。

③ 于是之：《老舍先生和剧院》，《于是之论表演艺术》，中国戏剧出版社 1987 年版，第 44 页。

采取斯氏的心理——形体的现实主义演剧体系，舞台上也根本难以形成现实主义的特色。焦菊隐在《略论话剧的民族形式和民族风格》一文中就说过：“某一出戏的演出形式和风格，根据剧本的不同条件和要求，可以和另外一出戏的演出形式和风格不同，必须这样做。甚至同一个剧本，在不同导演的处理下，也会出现很不相同的形式和风格，但是，这一切，首先要由剧作者的风格来决定。”①

北京人艺的现实主义演剧风格正是在排演老舍、曹禺等作家的现实主义作品的基础上形成的。众所周知，现实主义文学作品的主要特征是塑造典型环境中的典型人物，非常注意生活细节的真实性和具体性，在这方面，以焦菊隐为首的人艺艺术家们做得尤为出色。

1. 重视典型环境的展示。老舍的作品时代感强，“面”的特征明显，人物身上都打上了特定时代的烙印。因此，在演出时，焦菊隐就非常注重对作品时代环境的渲染和烘托，1951 年 8 月 30 日，焦菊隐对《龙须沟》的舞台布景提出 10 项要求，强调演出的客观性，其中第 5 条就指出：“远处要有工厂的烟囱，借此介绍出这个环境的复杂性。”②《龙须沟》一剧的舞台设计较好地再现了老舍作品本身的生活实感，譬如《龙须沟》第一幕的时代发生在新中国成立前。舞台上呈现的是一处典型的北京旧式杂院，衬景上则高高地悬着一个当铺的“当”字，为了更好地突出时代氛围，北京人艺艺术家们巧妙地运用了各种音响效果：无线电收音机不断放送着的旧社会流行的歌曲音乐，各种商品广告、物价行情的声音，邻居铁匠作坊传来的打铁声，以及过路卖菜的、卖破烂、卖大块猪血的吆喝声，打小鼓的、算命瞎子的鼓声等，充分渲染了旧社会生活氛围。焦菊隐说：“我为什么不让剧情从一开幕就有层次呢？却偏偏一开幕就叫人有混乱和嘈杂之感，有不知道先从哪里看起、听起之感呢？因为不这样，观众就不会首先掉进这些劳动人民所生活的环境和氛围之中。观众掉不进生活里，便不会被戏所带着走，也就不会被戏所感动。”③同时，人

① 焦菊隐：《略论话剧的民族形式和民族风格》，《焦菊隐文集》第 3 卷，文化艺术出版社 1998 年版，第 465 页。

② 参见北京人艺博物馆档案资料。

③ 焦菊隐：《导演的艺术创造》，《焦菊隐文集》第 3 卷，文化艺术出版社 1998 年版，第 32 页。

物的穿着打扮、言谈举止也散发出特定时代的色彩，这就使观众感到身临其境，一下子“晕”进剧本特有的时代环境中去。

2. 讲究演员表演的生活化和性格化。在演老舍的戏剧时，焦菊隐明确要求演员向生活学习、向群众学习，反对用卖弄技巧的手段去演戏、去展览，而力求做到表演的“生活化”。最典型的例子是焦菊隐在《龙须沟》初演以后对叶子表演不真实的批评。他在写给于是之、叶子的信中严厉地指出：“丁四嫂的声音为什么变得那么尖、那么亮、那么柔呢？……这里看不出反动政治的压迫，看不出四嫂是怎样苦的劳动的人，看不出她是一个被精神与物质的苦难所煎熬成为嗓音像破砂锅一般的人来了！此外，今晚的丁四嫂，处处是柔情，看不出这一个直爽而又没有涵养的女人的挣扎性来了。我所看见的，只是演员在力求美化她的人物，以致甘心放弃了她的表演的政治任务。”① 这种对演员表演的性格化和生活化的要求是很严格的。《龙须沟》演出时，北京人艺曾请龙须沟的劳动人民和修沟的工人来看戏，请求他们的批评，但他们异口同声地肯定舞台上的人物都是他们自己而不觉得是演出来的。②

3. 注重生活细节的表现。这方面例子很多，在北京人艺流传着许多口头禅，如“演戏是演‘人’不是演‘戏’”“没有小角色、只有小演员”以及“演戏就是演细”等。舒乙在《戏，曾是她的生命——记叶子》一文中就列举了叶子在《龙须沟》中表演丁四嫂的一个细节：“她能把一双袜子演出三个样儿来：第一幕里袜子全在脚面上嘟噜着，又破又脏又邋遢，证明她又穷又忙又没起色，无精打采地过日子；第二幕解放了，把袜子提了起来，因为有了像点样的裤子，但怕地面的水把裤脚弄湿，便把袜子套在裤脚外面，鼓鼓囊囊的；第三幕，修了沟，生活有盼头，买了双带颜色的新袜，一露面就先让别人瞧她的脚：‘你看袜子多抱脚啊！’表示她由衷的喜悦和满足。”舒乙接着感叹说：“真琢磨到家了。其实剧本里第三幕写的是‘新鞋真抱脚’。她小改一下，前

---

① 焦菊隐：《〈龙须沟〉演出致于是之、叶子的信》，《焦菊隐文集》第3卷，文化艺术出版社1998年版，第502页。

② 参见焦菊隐：《导演的艺术创造》，《焦菊隐文集》第3卷，文化艺术出版社1998年版，第44页。

后呼应，于细微处见真功夫，真是精益求精。”①

可以说，由排演《龙须沟》所奠定的现实主义风格在北京人艺一直保留着、实践着、发展着、深化着，从它50年代保留剧目《雷雨》《茶馆》《武则天》等和新时期的《小井胡同》《狗儿爷涅槃》中都可以看出这一主脉的涌动。北京人艺也演了一些现代主义剧作如《等待戈多》《推销员之死》《贵妇还乡》等，但其演出剧目的大部分剧作是现实主义作品，它也以擅长演现实主义作品见长，形成了严谨、自然、含蓄、淳厚的现实主义演剧风格。

最后我想指出的是，北京人艺现实主义演剧风格也存在局限性和值得反思的地方，即这种以剧本和剧作家的风格为基础，经过从导演到全体演职人员的再创造，而最终呈现在舞台上的现实主义风格，也不幸承袭着一些现实主义剧作本身所带来的缺点和局限（如果导表演缺乏现实主义突进所需要的主观战斗精神）。在前面一章中我讲过，新中国成立以后，老舍戏剧中的现实主义与新中国成立前相比已有了明显的变化，不可避免地打上“左”倾政治的烙印，他的很多创作只能说是拟现实主义剧作，丧失了现实主义的真实性和批判精神（例如《春华秋实》《青年突击队》《红大院》等作品）。作为北京人艺现实主义演剧风格奠基作的《龙须沟》也明显地留有政治影响的痕迹，最后在一片颂扬式的欢呼声中结束。这种负面影响给北京人艺带来的结果是：北京人艺演了一大批配合政策的“运动戏”，如50年代末期演出的《烈火红心》《高炉火花》《红旗飘飘》《云泉战歌》（焦菊隐对《云泉战歌》的评价是：“政治上刚及格，艺术上只能给20分”②）等，都是配合政策宣传的时事戏，其现实主义精神已丧失殆尽。众所周知，“戏剧是提高国家水平最富有表现力和最有效的工具之一，是衡量一个国家的伟大或衰弱的温度计。”③所以几乎每个国家都建有代表国家形象被赋予政治宣传重任的国家大剧院。北京人艺作为国家大剧院一直享受着特殊的政治、经济待遇，同时也就受到更多的体制上

---

① 舒乙：《戏，曾是她的生命——记叶子》，《我的风筝》，陕西人民出版社1998年版，第201页。

② 参见北京人艺博物馆档案资料。

③ [西班牙]费特列戈·加西亚·洛尔伽：《戏剧必须对观众施加影响》，参见[美]艾·威尔逊等著《论观众》，李醒等译，文化艺术出版社1986年版，第85页。

的规训和限制，这使其在特定年代不由自主地会以牺牲自我为代价来迎合现实政治的需要，从而造成了自身主体性和艺术创造精神的萎缩，创作了一批极不成功粉饰现实的戏（现在已出版的几部研究北京人艺的专著中，只谈保留剧目，而恰恰忘了其他已经上演过的很多垃圾剧目，只谈优点，不谈缺点，这都是偏颇的），这是人艺需要特别警醒的地方。马丁·艾斯林就曾指出：戏剧的仪式性使它“成为一种极端政治性（因其突出的社会性）的艺术形式。”① 北京人艺由于和政府领导的特殊关系和在文化部门的特殊地位，使它经常受到中央/地方领导人的眷顾与厚爱，需要接受来自某些中央/地方领导的直接指示，这其中有好的，但也有许多只是一种干扰，是外行领导内行。由于来北京人艺看戏的各级领导不止一位，每位领导都习惯发表自己看戏的观感和意见，这些各不相同的意见也常常弄得剧院无所适从。但奇怪的是，北京人艺的艺术家们对此却缺乏应有的清醒的认识，陈徒手在《老舍：花开花落有几回》中说：“笔者在采访中发现，至今仍让人艺老艺术家们感念的，是老一代领导人与他们之间艺术来往的密切关系和感情联系，把这些看成他们一生中抹不去的珍贵记忆。他们往往愿意看到艺术的感情层面的东西，而忽略去那种领导旨意中的负面、强迫、外行、粗糙的东西，忽略当时为之苦恼、惊慌、无奈的被迫感受。”②

二、民族化

应该说，演剧民族化的提出和实践不自焦菊隐始，20世纪40年代，国统区和大后方在关于“民族形式”的论争中，马彦祥就指出要将话剧民族化从编剧延伸到舞台，贺孟斧在执导吴祖光的《风雪夜归人》时也就曾有过借鉴戏曲表演的尝试，但真正全面而系统地将演剧民族化作为自己理想和实践追求的，还是焦菊隐。焦菊隐明确提出：“我们要有中国的导演学派、表演学派，

① ［英］马丁·艾斯林：《戏剧剖析》，罗婉华译，中国戏剧出版社1981年版，第22页。

② 陈徒手：《人有病、天知否——一九四九年后中国文坛纪实》，人民文学出版社2000年版，第57页。

使话剧更完美地表现我们民族的感情、民族的气派。"[①] 前文讲过，焦菊隐的演剧民族化的实践从1956年《虎符》开始，运用了戏曲的锣鼓点和一些程式化的动作如水袖、台步等。据说，开始演员很不适应，非常反感这一套，甚至到了排练不下去的程度，后来是剧院书记赵起扬代表党组织出面做说服动员工作，讲话剧民族化的意义，演员才同意继续排戏。[②]《虎符》的探索并不成功，还仅仅停留在采用一些戏曲的外在程式和套路上，只是戏曲外在表现形态的简单模仿。到了《茶馆》和《蔡文姬》的出现，才真正达到借鉴戏曲的美学原则和审美精神的地步。在《茶馆》的导表演处理上，对戏曲的借鉴有技巧上的学习和运用。如宋恩子和吴祥子出场采用了戏曲的"亮相"手法，刘麻子和康六对话时以幕后鼓声来衬托人物的心情，第一幕中"秦庞斗嘴"的戏也采用了戏曲中的对白，把秦庞二人暗中较劲的语言像一句一个锣那样的有节奏地表现出来，最后在"哼哼、哈哈、哼哼、哈哈哈"中结束。除此之外，更有话剧和戏曲内在精神的融合，表现在舞台调度上的节奏和韵律、演员表演上突出人的表现，讲究虚实结合、以形传神，场面的冷热相济以及对诗化意境的追求等。例如，《茶馆》最后一场，三个饱经沧桑的老人撒起纸钱自奠，满台都是飞舞的纸钱，三个老人颤颤巍巍地走成直行，互相道别，说了不能再见的"再见"，最后王利发一个人缓缓地拿起椅子上的腰带走向幕后，舞台显得那么空旷和寂寞[③]，透出一种诗的意境。而整个《茶馆》的演出也达到诗的高度和境界。众所周知，西洋古典文学把戏剧划入诗的范畴，我国古典戏剧也是诗，所以焦菊隐把对戏剧诗的追求作为话剧与戏曲的融通点。董小玉在《中西戏剧体诗化的比较透视》中指出："西方古典戏剧以诗学为本体，诗学是西方戏剧美学的最高规范。西方戏剧主叙述写实、重情节，强调模拟再

---

① 焦菊隐：《谈话剧接受民族戏曲传统的几个问题》，《焦菊隐文集》第4卷，文化艺术出版社1988年版，第13页。

② 周瑞祥：《好书记——记精明强干的内行领导者赵起扬》，《秋实春华集》，北京出版社1989年版，第52页。

③ 《茶馆》第三幕结尾只剩下王掌柜一个人，没有一句台词，这样的处理在历来的话剧中都是少见的，可是它却产生了意想不到的效果，以意境和氛围感人。英若诚在《重演〈茶馆〉的一些感想》中说："我们其他演员都在幕边上等着谢幕，真是大气都不敢出。那么大的剧场，一千多观众，鸦雀无声，一动也不动，真是了不得的事，这不是常见的现象。这不能不说是现实主义的力量。"参见英若诚：《重演〈茶馆〉的一些感想》，《〈茶馆〉的舞台艺术》，中国戏剧出版社1993年版，第257页。

现，注重表现人的行动、人的命运。可以说，西方古典戏剧是叙述的‘客观’的‘人’的史诗。中国古典戏曲以曲论戏，渊源仍然是诗。但中国戏曲主抒情写意、重意境，主要采用诗、乐亲合的形式，强调虚拟性的表现、执着于情调的玩味，表现中国戏曲文化的乐舞精神和人的诗化情趣。可以说，中国古典戏曲是表现的‘主观’的‘自我’的抒情诗。”① 以此观之，北京人艺的演剧实践较好地实现了戏剧美学再现与表现的融通，虚实结合，形神兼备，主客观世界在戏剧舞台上水乳交融，浑然一体，完成了中西戏剧本体诗化的互通与整合。田本相在《以诗建构北京人艺的艺术殿堂》一文中说："他（焦菊隐——引者注）的演剧美学思想是北京人艺演剧学派的美学基石。他的演剧美学体系的核心，或者说最具创意的地方，是他的戏剧诗的思想，是对戏剧诗、对戏剧诗意和诗的境界的向往和追求。也就是说，他把话剧艺术恢复到和提升到诗的本位和高度。在他的演剧体系和实践中跃动着诗人的激情和诗性的智慧。他不但以诗去建构一出戏的艺术殿堂，更以诗来建筑北京人艺的艺术殿堂。"②

《茶馆》能够向戏曲学习和借鉴自然与老舍剧本的民族化特点有关。因为并不是所有的剧本都可以运用戏曲。焦菊隐就说过："如果是郭沫若同志的剧本，或者是田汉和阳翰笙同志的某些剧本，更多地运用一些戏曲形式，也许更能体现作者和作品的风格；如果是夏衍、曹禺和陈白尘等同志的剧本，更多地发挥话剧自己的特点，也许更能符合于作者和作品特性的要求。"③ 他在《关于话剧汲取戏曲表演手法问题》一文中更是直接指出："能不能运用戏曲形式，不在于剧本所表现的生活、人物和故事的时代远近，而在于剧作家的写作方法和作品的风格形式。"④《茶馆》是一个植根于东方艺术丛林里的戏剧奇葩，除了用民族语言表现民族性格和民族心理、塑造众多中国人形象（如茶馆掌柜、太监总管、相面的、说媒拉纤的、评书艺人、善扑营当差的等，不一而足）

① 董小玉：《中西戏剧体诗化的比较透视》，《海南师范学院学报》1997 年第 4 期。

② 田本相：《以诗建构北京人艺的艺术殿堂》，《文艺理论与批评》1992 年第 6 期。

③ 焦菊隐：《略论话剧的民族形式和民族风格》，《焦菊隐文集》第 3 卷，文化艺术出版社 1988 年版，第 466 页。

④ 焦菊隐：《关于话剧吸取戏曲表演手法问题》，《焦菊隐文集》第 3 卷，文化艺术出版社 1998 年版，第 394 页。

以外，整部戏剧有着鲜明的地域特色，如北京方言的运用、北京民俗的展示（“吃讲茶”、说书、看相、养鸟、逗乐、礼仪以及旧北京的“丧葬”等风俗习惯），作品兼具深厚的传统文化积淀（如叙述者大傻杨对中国说唱艺术的借鉴、结构上子承父业的艺术处理等），融入了传统戏剧美学的精神。在此基础上，以焦菊隐为首的北京人艺艺术家们成功地开展了“中国学派”演剧风格的探索，周巍峙在《“决不弱于世界上任何人”》一文中说“长期以来，焦菊隐先生不断尝试如何把外国的话剧理论同中国传统的表演方法相结合，以摸索出一条中国自己的话剧表演道路。《茶馆》可以说是他多年探索的结晶。《茶馆》的人物造型、舞台调度、节奏控制等诸方面都不露痕迹地吸收了中国传统戏曲艺术的长处，是具有浓郁的民族风格和时代特色的地道的中国话剧。”①《茶馆》在法国演出时，不少人取下了同声翻译耳机，因为演员突出个人表现的精湛表演已经超越了语言的障碍，他们能够通过视听，直观感受并理解剧情。西德学者马尔蒂那·蒂勒帕波则赞誉《茶馆》为“东方舞台上的奇迹”，他说：“这些人物，他们的谈吐、动作都属于这座《茶馆》。在演员身上，流动着的是老舍剧中人物的血液——这些都是一个古老的文化的表现，尽管其话剧只有 70 年的历史。”②

也就是说，老舍戏剧的内容和形式给导演提供了民族传统表演风格的可能和条件，它的民族化成就的取得与老舍的剧本分不开，是编剧、导表演以及舞台美术人员的集体功劳，《茶馆》是以其戏剧文学和舞台演出的整体艺术成就征服世界的。王元化在《和新形式探索者对话》中就高度肯定了这一点，他说：“我要毫不犹豫地说，它（指《茶馆》——引者注）在我国话剧史上写下了最美的篇章，确立了我国话剧表演具有民族风格的独创性。这种在艺术形式或表演手法上的探索和尝试及其取得的成就是不可等闲视之的。如何把古老传统的戏曲表演方式引到话剧中来，使它毫无斧凿的与话剧反映今天时代和社会的要求达成默契，融为有机的浑然整体，从而出现一种令人触目惊心的崭新形式，却是一桩极复杂极艰巨的工作。这绝非朝夕之功，也不可能

① ［西德］乌苇·克劳特：《东方舞台上的奇迹——〈茶馆〉在西欧》，文化艺术出版社 1983 年版，第 5 页。
② ［西德］乌苇·克劳特：《东方舞台上的奇迹——〈茶馆〉在西欧》，文化艺术出版社 1983 年版，第 60 页。

一蹴而就，而需要编剧、导演、演员、美工等犹如一人般的通力合作，在探索过程中绞尽脑汁，流出大量的汗水。”①

《茶馆》在北京人艺演剧民族化的实践和追求中的价值在于：

1. 它和《蔡文姬》《关汉卿》等作品一道被认为是人艺民族化探索的成熟的标志，代表着人艺民族化的最高成就和水平。同时，因其独具的京味风格（注：京味本身就是民族化的标志性特征），《茶馆》又是最能代表北京人艺风格的戏，已成为北京人艺的专利和名片。

2. 它是北京人艺民族化实践取得世界性影响的作品，为北京人艺带来了极大的荣誉，标志着北京人艺以其自身特色而在世界剧坛占有一席之地。作为保留剧目，《茶馆》在国内久演不衰，有着很好的社会反响；同时《茶馆》也是中国当代话剧走出国门的第一剧②，以其民族化成就被西方同行所认可，在西欧和日本的巡演中取得很好的社会效果，引起外国戏剧界的轰动，被称为“东方舞台上的奇迹”。这是《蔡文姬》等剧无法比拟的，所以在这个意义上，也可以说，《茶馆》奠定了北京人艺民族化演剧风格的基石。

最后我想说的是，老舍的《茶馆》不仅是民族化的，而且是现代化的，例如作者的现代意识（文化反思和国民性批判）、作品形式的现代性（史诗剧的形式）以及现代技巧的运用（象征、荒诞、内心独白等）。《茶馆》在西欧巡演时，《莱茵晨邮报》登载的文章说：“一个茶馆的掌柜，点头哈腰，竭力去适应不同的政治倾向，曲意与军警宪特和腐败的政客周旋，这是一个欧洲人很容易同本国的历史联系起来的人类经历。”③在他们看来，演员们“用他们激动人心的话剧给我们打开了一扇门，展示了对我们来说还是十分陌生的文化，但就其人类的共性来看却又似乎是极其熟悉的境界：人们在战争、动荡、暴力

---

① 王元化：《和新形式探索者对话》，《文学沉思录》，上海文艺出版社1983年版，第11页。

② 1980年9月19日，《茶馆》出国演出团召开全体会，曹禺、赵起扬、夏淳做出发前动员。曹禺说：“话剧是第一次出国，你们第一位的任务是把戏演好，把戏‘打红’。出去一次，总希望你们学点东西。要争取多看看别人的戏，德国、法国、瑞士的话剧水平都是很高的，应该多看点、多学点。回来做一个实实在在的报告，写出有内容的文章来，向祖国汇报。这才是真正的收获。”（参见曹树钧：《曹禺晚年年谱》，安徽大学出版社2016年版，第25页）

③ [西德]乌苇·克劳特：《东方舞台上的奇迹——〈茶馆〉在西欧》，文化艺术出版社1983年版，第66页。

和普遍的愚昧自欺中经受的苦难是相同的。"① 同时,《茶馆》的形式结构西方人也不觉得陌生,西方观众认为:"《茶馆》一剧在形式上的异国情调要比内容上稍少一些,这是因为该剧在很大程度上效仿了西方话剧,特别是叙事诗剧的讲述方式与贝尔托德·布莱希特的剧作十分相似。"② 所以我们不要对民族化作偏狭理解,那种认为"越是民族的就越是世界的"说法本身就缺乏一种民族的自觉意识和开放意识,这种说法是站不住脚的(有人说这句话是鲁迅说的,但翻遍《鲁迅全集》也找不到此话的出处。实际上这是一种以讹传讹的错误说法。鲁迅只是在讲丁延庆版画时说过这样一句话:"有地方色彩的东西,倒容易成为世界的,即为别国所注意。"③ 他讲的实际上是文化传播学的问题,并不是民族化与世界化关系的定论)。同样,邹红在《焦菊隐戏剧理论研究》一书中也认为,焦菊隐演剧民族化的探索是和现代化相融合的,是现代化方向上的民族化。④

三、完美的整体感

北京人艺演剧风格中的完美的整体感也是和排演老舍剧作所受的培养和锻炼分不开,因为老舍剧作在结构上的新特点加大了演出整体感追求的难度。在前面一章我们分析过,老舍剧作大都有强烈的时代感,他的剧作《龙须沟》和《茶馆》更具有编年史的特点,尤其是《茶馆》的史诗性美学风格更为独特和少见。如何在有限的时空内呈现不同时代的典型环境,使其具有特定时代的本质特征,不仅需要导演、演员的努力,也需要舞美、灯光、音响等舞台工作人员的通力合作。同时,老舍的剧作以人带事、人物众多,招之即来,挥之即去,人物上场、下场跟走马灯似的,更有许多生活化的群众戏的场面。演得不好,会使舞台嘈杂不堪、观众眼花缭乱,这都需要人艺有一个良好的

① [西德]乌苇·克劳特:《东方舞台上的奇迹——〈茶馆〉在西欧》,文化艺术出版社 1983 年版,第 59 页。
② [西德]乌苇·克劳特:《东方舞台上的奇迹——〈茶馆〉在西欧》,文化艺术出版社 1983 年版,第 49 页。
③ 鲁迅:《致陈烟桥》,1934 年 4 月 19 日,见《鲁迅全集》第 13 卷,人民文学出版社 2005 年版,第 81 页。
④ 参见邹红著《焦菊隐戏剧理论研究》,北京师范大学出版社 1999 年版,第 303—329 页。

舞台调度和有序的整体安排，既要生活化，又不能造成混乱。这方面北京人艺积累了丰富的舞台经验，其中有两点特别引人注目：

1. 重视和舞台美术人员的合作。焦菊隐十分重视和舞台美术人员的合作，从不把他们看成局外人，在和演员研究剧本时，他都要把剧组所有的舞台美术人员请来，使他们对剧本有较深的了解，剧组人员也和演员一道体验生活、阅读剧本、写舞台设计构想。焦菊隐说："舞台工作人员一定要和导演、演员一样的投入集体的工作过程中，一出戏的上演才能完整。没有布景、灯光、音响效果、道具、服装乃至事务组织者的剧务，这出戏还能想象吗？演员们所创造的角色，还能是完整的吗？"[①] 焦菊隐对舞台设计的一贯要求是："一、要烘托表演，突出人物思想性格……二是适合剧本的风格特点。"[②] 例如《茶馆》的第一幕，舞台美术家就在焦菊隐的启发下，巧妙地安排了 8 张茶桌把几十个人物和多段散碎的戏连贯起来，不仅把茶桌用活了，而且突出了每一个人物形象。音响效果的运用更是精妙，如茶馆内茶座的人声、跑堂的吆喝声、厨子里的煮面炒菜声、街前的叫卖声、天空中的鸽哨声以及各种交通工具的响声等几十种音响交织在一起，真实生动地再现了特定时代的历史氛围。全剧灯光的设计则以蓝色为主，同时适当地配以白光，以突出旧时代的日暮途穷之感，奠定全剧的基调。

这就难怪 1980 年《茶馆》在德国曼海姆民族剧院演出时，曼院的艺术家对《茶馆》所体现出的话剧艺术整体魅力赞叹不已，说："看了《茶馆》有一个很深的印象，就是整个演出非常协调，演员之间配合默契，台上幕后互相接应，并且演员也参加舞台工作，这在德国是办不到的。"[③] 值得一提的是，在北京人艺，李秀雯的舞台服装设计和化妆艺术、洪吉昆的道具制作，甚至拉大幕的杜师傅的拉幕手艺，都为人称道，都有一手绝活儿，为舞台演出的成功做了大量的幕后工作。

2. 善演群众戏。在北京人艺的处女作《龙须沟》第三幕中就有群众场面，

---

① 焦菊隐：《我怎样导演〈龙须沟〉》，《焦菊隐文集》第 3 卷，文化艺术出版社 1988 年版，第 17 页。

② 焦菊隐：《排演〈茶馆〉第一幕谈话录》，《焦菊隐文集》第 3 卷，文化艺术出版社 1988 年版，第 421 页。

③ 转引自张帆著《走近辉煌》，中国戏剧出版社 2007 年版，第 169 页。

即三元茶馆那场戏，有各种职业的修沟群众在其中出入。为了使演出真实可信，焦菊隐在群众戏演员编排的小品基础上，设计了二十多个群众角色，每个群众角色都能不借台词就让观众看出他的职业，如赶大车的、扛大个的、木匠、磨刀的、打铁的、修理自行车的和商店伙计等（一些群众演员的扮演者如黄宗洛、李婉芬、李翔等还各自写了"人物小传"），这就把老舍的作品具体化和形象化了。这些群众角色穿着打扮、一招一式，都能显示他们的职业和性格特征，整个戏的演出富有浓郁的生活气息和完美的整体感。笔者在北京人艺博物馆中就见到《〈龙须沟〉群众演员动作总谱》的文字记录，几乎每个群众演员的动作及其相互配合、穿插都有严格规范，力求像音乐一样整齐协调，难怪两位欧洲的导演专家看后称赞说："这是国际上罕见的第一流的群众场面处理！"[①] 同样,《茶馆》第一幕也是群众戏的场面，为了烘托大茶馆的生活氛围，除了剧本中有姓有名的角色外，导演又补充了 20 多个茶客的角色，并对茶桌的安排以及每个茶桌茶客的动作、语言都作了精心的设计和安排。大幕一拉开，我们看到，在舞台上放着的 8 张桌子旁，坐了各式各样的人，有下棋的、唱戏的、代写书信的、私下交易珠宝的、谈论养蝈蝈的门道的……一个个都像模像样、旁若无人地谈话、动作，每一张桌子都发出音响，一片嘈杂，令人目不暇接，扑面而来的是清末民初旧式茶馆中的生活气息。接着，导演巧妙地通过一位卖福音书的人的穿插引导观众的目光一桌一桌地看过去，声音的起伏也以他的活动为标志，这就使群众场面显得错落有致、忙而不乱，最后让他向马五爷行礼，又使观众对马五爷有所注意……整个演出酣畅淋漓、浑然一体。焦菊隐在《和青年导演的谈话》一文中曾总结其排演群众戏的经验，他说："有的同志曾问我如何排群众场面。我从工作的经验中得知，排群众场面，就是要在群众中能见到每一个人，在集体当中的每个人要有个性，不要忽略群众中每一个个体形象。所以我排戏，不但要求主要角色有戏，对演群众的演员也要求他们一样要创造角色，要设计潜台词、要跟对方交流适应，就是在乱吵中也要每个人都有台词，思想感情要具体、态

① 《焦菊隐戏剧散论》，杜澄夫等编，中国戏剧出版 1985 年版，第 466 页。

度要明确。”①

四、京味

关于北京人艺的京味风格尽管争论不已，却是客观存在的，这是老舍戏剧对北京人艺的独特贡献。因为老舍戏剧具有鲜明的京味风格，表现在浓郁的地方色彩、民俗风情的描绘、北京文化的展示以及京腔京调的语言等。这都要求演员能熟悉北京的风土人情、演出北京特有的地方文化来，会说一口流利的“京片子”……这并不是一件容易的事，不是一两个月突击就能做到的，有些东西例如文化，需要长期浸染才能在一举一动中恰如其分地表现出来，而独特的文化韵味，是演不出来的，因为它是从人的内心深处散发出来的，所以一个外地人例如上海人要做到这一点有时比登天还难。在这方面北京人艺却有着得天独厚的条件，据舒乙在《北京话——北京人艺的特色》一文中统计：“在北京人艺的本院作者、导演、演员中北京人占的比重很大。7 名本院作家里，有 6 位是北京人，占 85%；10 名导演中有 5 位是北京人，占 50%；53 名著名演员中有 40 位是北京人，占 75%。”② 这为北京人艺京味风格的形成提供了客观基础。北京人艺的几代艺术家，身处京华，耳濡目染，对北京人的生活、心理、言谈举止揣摩得很透彻，他们懂得北京的平民百姓的生活方式、喜怒哀乐，很容易把写北京人的戏演得恰到好处。此外，北京人艺京味风格的形成更是离不开老舍的悉心培养，是在排演老舍的戏剧实践中形成的。

演员郑榕回忆老舍对他们的指导说：“他（指老舍——引者注）说，《茶馆》要演出文化来，那时候人们把精力、聪明、才智搁在茶馆里，是那个时代悲剧的东西。”③ 北京人艺很多演员学会了养蝈蝈、斗蛐蛐，请安、养鸟、品茶等老北京人特有的文化习性，平时大家在一起都能“侃”，说话也很幽默，一举

① 焦菊隐：《和青年导演的谈话》，《焦菊隐文集》第 4 卷，文化艺术出版社 1988 年版，第 225 页。

② 舒乙：《我的思念——关于老舍先生》，中国广播电视出版社 1999 年版，第 80 页。

③ 转引自陈徒手著《老舍：花开花落有几回》，《人有病、天知否——一九四九年后中国文坛纪实》，人民文学出版社 2000 年版，第 88 页。

一动都官样大方，力求在日常生活的潜移默化中深得北京文化的神韵。在《龙须沟》中，演刘巡长的李大千是外地人，北京话说得不流利，听起来不舒服，也难表现出北京老警察的味道，他为此非常焦虑。后来是老舍先生帮助了他。他在《刘巡长的创造过程》中说：“幸好剧作家老舍先生经常来排练场，他除了要及时地修改剧本之外，还主动地承担了辅导我们几个经验少而‘京白’不纯的演员。按规定好的时间，每天到老舍先生的家里去，老舍先生亲自辅导我，讲解刘巡长的生活经历、性格、思想、工作情况以及对人对事的态度等。他边说边比画，就像谈他认识多年的一位朋友。在台词方面，他从语气、节奏、轻重音，到如何准确地表演人物的思想感情，一句一句地耐心教我，一直到我学得有点‘意思’了为止。每当我告辞的时候，老舍先生总是站起来，用他那淳厚的男中音，幽默地说一句‘巡长，您明儿个还得来！’”①为了表现出老舍作品的京味来，北京人艺演员下了不少功夫，这就难怪饰演松二爷的黄宗洛说：“我们不少演员的风格、京味，是在老舍的作品里熏陶出来的。”②在老舍作品的舞台处理上，焦菊隐更加有意突出戏剧的地方色彩，这从舞台布景、道具制作、音响效果、民俗表现等方面就可以看出，他还多次请“北京通”金受申讲北京的历史掌故、民俗风情。演员在舞台上也力求演出人物身上特有的文化来，一口北京话说得有板有眼、流利顺畅。

这里值得指出的是，读老舍戏剧感受到的京味是远远不及看人艺演出时所感受到的京味效果的，京味读是读不出来的，要听——北京话是特别注重腔调的；要看——演员说话时的形体表现、举止动作，坐在剧院里才能感受到那么强烈浓郁的京味。所以京味小说比京味戏剧在京味的直感和生动性上要差得很多。而京味戏剧能演遍全国，海派戏剧却常常受挫，则与北京话的特殊身份地位有关。它既是北京方言，又和普通话相接近，普通话是以北京方言为基础的，这就使北京话具备了双重身份，既是地域的，又是普遍的，不像以上海话、四川话作为语言基础的方言戏剧有交流上的障碍。这就使北京人艺的“说话”艺术既保留方言的生动性、亲和性，又能被广大观众所认可

① 李大千：《刘巡长的创造过程》，《〈龙须沟〉的舞台艺术》，蒋瑞编，中国戏剧出版社1987年版，第148页。

② 转引自陈徒手著《人有病，天知否——一九四九年后中国文坛纪实》，人民文学出版社2000年版，第91页。

和接受。

我个人觉得应该把“京味”归入到北京人艺演剧风格中去，因为尽管“京味”是在排演老舍戏剧中形成的，在后来的京味戏剧中发扬光大了。但实际上北京人艺在演其他作家戏剧时也有意无意地表现出京味的特征来，这是北京人艺和其他地方剧团在演同一出戏时不一样的地方。这恐怕与“京味”文化已渗透到演员的“魂儿”有关，它如影随形、无处不在，已经成为剧院的诗性灵魂和艺术基因，铸入北京人艺艺术家的生命之中。另外一个事实是：北京人艺剧目中不仅京味戏剧说北京话，其他有些外国戏和现代戏也说北京话（例如《哗变》等），它有意识地把自己的特点带到其他戏剧中去。即使演出外国戏剧，北京人艺也用自己特有的阐释、风格和表现方法，把它们在舞台上呈现出来。如果说把京味归纳进北京人艺演剧风格是以偏概全，那么现实主义、民族化等风格也都是以偏概全，北京人艺也演了非现实主义戏剧和没有融合戏曲美学特征的戏剧。我个人认为应把北京人艺剧目分成风格戏和非风格戏，而非风格戏又可包括一些政策戏、外国戏和探索戏等，这样看得更清楚一些。总之，北京人艺不仅是国家大剧院，也是一个有地方色彩的剧团，地方性也是特色性，其鲜明的特色性为世界所注目和认知。尤其在经济全球化的时代，我们既要注重文化的人类性和共通性，也要保持文化的多元性与相对性，正是在这个意义上，我认为京味应该是北京人艺演剧风格不可或缺的有机组成部分。有学者指出：“在我国主要有三大演剧流派，以北京人艺、中国青艺为代表的京派戏剧；以上海人艺为代表的海派戏剧，以辽宁人艺为代表的关东戏剧。”[①] 应该说，这三大演剧流派的形成与地域文化的影响密不可分[②]。

最后，老舍的《茶馆》让北京人艺演遍全国、走向世界，但中国其他剧团和世界其他国家却很少演它，这除了与该剧阵容强大（英若诚就曾指出：

---

① 谢俊华、孙浩等编著：《中国话剧艺术的一颗明珠——辽宁人民艺术剧院 40 年》，中国戏剧出版社 1994 年版，第 341 页。

② 例如辽宁人艺擅演农村戏，在演出情调上，追求关东情趣、地域风韵、乡土气息，以取得欢快活泼、雅俗共赏的审美效果；上海人艺则大胆创新、敢为人先，立足小市民日常生活和现代都市文明，关心市民阶层的物欲、情欲等有限价值的直接满足，重视他们的娱乐消费，追求世俗化和商业化。

"《茶馆》并不是很容易演的戏。光有几个一流的演员完不成这个任务。这需要一个真正的剧团。"①)、对演员要求很高以外，很大原因是其中的京味特色，其他剧团难以表现出来，也难以与北京人艺媲美。应该说，老舍戏剧特色与北京人艺的艺术禀赋、审美气质、文化修养、演剧风格的切近和相通，促生了北京人艺善演老舍戏的功夫与本领。1993 年 8 月，当与于是之一起登长城的柯文辉问及他"想过扮演修这段长城的戚继光么？"于是之这样回答说："不成，气质不对，演不了，我没有那么宽的戏路子，也没有英雄气概和军旅生活。演戏如同上这烽火台一样，差三步两步的劲头儿，就达不到上边的境界！"②于是之的这句话可以说意味深长，它形象地告诉我们：一个演员乃至一个剧院都有基于自身素养的个性特色和艺术追求，既要知晓自身所长，又要知其所止，更要树立特色立戏（院）的意识，这或许是成功的奥秘之一③。总之，如果说曹禺的戏全国各地的剧院都能演，且各有特色和业绩，而老舍的《茶馆》等剧，别的剧院却很少演、很难演，即使演了，其内在的神韵和气质也出不来，这好像成了一条不成文的规律。老舍的夫人胡挈青说："国内上演《茶馆》的话剧团体，据我所知，只有北京人民艺术剧院一家，它的导演、演员、设计，阵容很强，对老舍的风格很熟悉，和老舍有着十几年融洽的合作关系。老舍本人在他所写的剧本之中，对《茶馆》也是比较满意的；他尤其夸奖北京人民艺术剧院的导演和演员，说他们把这个戏真正演活了。"④

以上我们从四个方面分析了老舍戏剧对人艺演剧风格的影响。当然，北京人艺演剧风格的形成除了受益于老舍戏剧以外，其他作家对人艺演剧风格

---

① 《〈茶馆〉导演、演员访问记》，[西德]乌苇·克劳特：《东方舞台上的奇迹——〈茶馆〉在西欧》，文化艺术出版社 1983 年版，第 170 页。

② 柯文辉：《于是之的一个侧影》，《于是之人生漫笔》，于是之著，同心出版社 2007 年版，第 293 页。

③ 梁秉堃后来在《走进茶馆》一书中对此作过精到的分析，他说："现在看来，任何一个有理想有志向的演员，都非常希望自己能够扮演众多类型的、又是成功的人物形象。这是正常的事、无可厚非的事。特别是自己年轻的时候，这种'什么角色都想演'和'什么角色都能演'的想法更是强烈。应该说，这是自信心的表现。而且，尝试多种风格的剧本，多种类型的角色，对于青年演员的培养和提高都是大有好处的，可以通过实践发现他们的创造才华和方向。然而，我们也不能不承认这样一个事实——由于生活积累（也许这是第一位的）、创造特点、爱好兴趣、个人性格，以及包括身体条件等方面的局限，经过一定的实践之后，自己会逐步认识到，一个演员不是什么样的角色都可以扮演，都可以创造成功的，或者说都可以创造很成功的。从那时开始，他们反而能够把创造人物的类型缩小，懂得了什么样的角色适合于自己。"（梁秉堃：《走进茶馆》，同心出版社 2009 年版，第 140 页）演员如此，剧院亦然。

④ 胡挈青：《关于老舍的〈茶馆〉》，《戏剧艺术论丛》1980 年第 2 辑。

也产生影响，如现实主义风格与曹禺剧作的排演分不开；民族化特色也有郭沫若、田汉剧作的内在影响。这里特别需要指出的是：人艺对剧目建设高度重视，它有一套相对完整的剧目体系。从《龙须沟》开始，人艺就实行保留剧目演出制度，即把一些好的成功的能够代表剧院风格的剧目保存下来，轮换上演。可以说，剧院的保留剧目是剧院的活的历史和它走过的道路的记录。它不仅指剧作，还包括导演、表演、舞台设计等的技巧和方法，这为剧院艺术积累和提高以及剧院风格的形成奠定了坚实的基础，在培养新一代导演和演员，以及唤回老观众、赢取新观众等方面成效显著。赵寻在《〈雷雨〉舞台艺术》的序言中说："戏剧史上往往可以看到，一个地方小剧种，因为受到广大群众欢迎的保留剧目增多，变成了全国性的大剧种。也有的在历史上盛极一时的老剧种，因为它的剧目不能适应时代的需要，在群众中保留不下去，渐趋没落甚至消亡。因此，保留剧目不仅是一个剧种的财富，更是赖以发展的生命。"[①] 而北京人艺正是因为具有自己杰出、丰厚，且久演不衰的保留剧目，才真正奠定了自己在全国龙头老大的地位，并凭着这一点在世界剧坛打响了自己的品牌，其演剧风格的形成也可看作是中国戏剧对世界戏剧的贡献。

① 赵寻：《〈雷雨〉舞台艺术·序》，上海文艺出版社 1982 年版。

第三章

北京人艺对老舍戏剧的影响

俗话说：巧妇难为无米之炊（这米还不能是霉变的），但另一方面，再好的米遇不到巧妇的话，也不能变成色香味俱全的米饭，这实际上是一个问题的两个方面。苏轼《题沈君琴》诗曰："若言琴上有琴声，放在匣中何不鸣？若言声在指头上，何不于君指上听？"这首诗未尝不可看作是对老舍与北京人艺关系的一个形象譬喻。

老舍的戏剧作为先在性和可约束性直接影响着北京人艺的导表演等舞台实践，对他们演剧风格的形成作出了应有的贡献。但是我们也要看到：导演和演员在依赖剧本的同时也有自身的主观能动性，他们绝不是剧本的奴隶。就导演来说，苏联著名导演梅耶荷德就说过："导演艺术是独创性的艺术，而不是从属性的艺术。"① 焦菊隐也说过："导演在舞台上必须体现作家的文学风格。这并不等于抹杀导演自己的艺术风格。一个导演在处理剧本的时候，如果没有他自己的艺术特性，而那个演出居然能有精彩之处，是难以想象的。"② 他还用"助产士"和"孕妇"来进一步形象地说明导演的独创性，他说"（导演）既是一个给别人接生的助产士，又是那个受助的孕妇。他是助产士，因为剧作家的创造，通过他才能有形象地出现在观众的面前；他是那个孕妇本身，因为活在观众面前的人物和出现在舞台上的生活，已经不再是剧作家的文学作品，而完全是导演艺术家所创造出来的艺术作品了。"③ 而就演员来说，他当然

① [苏]梅耶荷德：《梅耶荷德谈话录》，童道明译编，中国戏剧出版社1986年版，第36页。

② 焦菊隐：《略论话剧的民族形式和民族风格》，《焦菊隐文集》第3卷，文化艺术出版社1988年版，第466页。

③ 焦菊隐：《导演的艺术创造》，《焦菊隐文集》第3卷，文化艺术出版社1988年版，第22页。

要依赖剧作家，同时也要依赖导演，但演员绝不是戈登·克雷所认为的是导演手中的傀儡[①]，这只把演员看成与布景、道具之类一样的死的材料，而忘记了演员是“活的人”在表演的特性。在第一章讲戏剧与小说文体比较时，我们就指出演员是创造者、创造工具和创造对象的三位一体，既是客体，又是主体。演员表演也是一门创造性艺术，他影响着导演，也影响着剧作家。别林斯基在《莎士比亚的剧本〈哈姆雷特〉》（副标题：“莫哈洛夫扮演哈姆雷特一角”）一文中就指出演员表演对于深化理解剧本的作用，他说：“这场戏的深刻而且凝住的力量，不是在读剧本的时候，而是在看戏的时候，才被我们理解和感觉到：伟大演员在这场戏里向我们解释了莎士比亚，如果不通过这位演员，这场戏的隐藏的压溃灵魂的力量就不能被人充分地理解。”[②] 从现代阐释学的观点来说，剧本是剧作家对生活的一次阐释，导演的构思是对剧本的第二度阐释，演员又是对剧作家的创造和导演的构思的第三度阐释，每一种阐释都是一种“视界融合”，都会存在着“误读”，是历史的真实和历史理解的真实的统一。这种理论或许更有助于我们看清、理解导演与演员的创造性。单就北京人艺与老舍的特殊关系来说，北京人艺不仅对老舍剧作的舞台呈现产生创造性的影响，而且还直接参与和影响老舍的戏剧创作。

第一节　北京人艺对老舍戏剧创作的影响

在第一章里，我们分析了老舍的小说对其戏剧创作的影响，使其剧作呈现出非戏剧体戏剧的小说化倾向，那么老舍戏剧除了主要受小说的影响以外，

---

① 20世纪初，戈登·克雷曾基于他的“剧场艺术”理论，要求演员完全听命于导演，甚至不惜下“驱逐令”。他说：“取消了演员，你也就取消了一种手段，而声名狼藉的舞台写实主义就是靠这种手段产生和兴旺起来的。再不会有一个活人使我们陷入到生活实际与艺术的联系之中……演员必须走，代替他的将是无生命的人物——我们可以把他称作超级傀儡……”（[英]戈登·克雷：《论剧场艺术》，文化艺术出版社1986年版，第172页）

② [俄]别林斯基：《莎士比亚的剧本〈哈姆雷特〉》，《别林斯基选集》第1卷，上海文艺出版社1963年版，第537页。

还有哪些因素影响其戏剧创作呢？人们马上会列举出戏曲、曲艺等通俗文艺对他创作的影响，却很少有人会想到北京人艺。事实上，北京人艺对老舍戏剧创作的影响远远比上述因素来得大、来得直接。迄今为止，在中国现代戏剧研究中，戏剧文学的研究和戏剧舞台实践的脱节是研究界的通病。人们只是想当然地认为，剧作家一定是躲在"象牙塔"内闭门造车，剧作写出来以后发表在刊物上，剧作家就算完成任务了。然后剧院某天看到了发表在刊物上的剧作，怦然心动，再把它在舞台上演绎出来……实际的创作情形并不是这样。

在中国现代戏剧史上，很多剧作家都和剧院保持密切的接触和联系，甚至工作、生活在一起，有很多剧作并不是先发表再演出的，而是先演出再发表的，经过多次正式演出后，剧本才"固化"下来；也有所谓即兴创作的，作家真正定稿的作品已经凝聚了许多人的智慧，这其中就有来自剧院剧场对作家作品的影响（这方面例子很多，例如田汉戏剧创作和南国剧社的密切关系①）。就老舍来说，从剧本写作的开始到最终定稿，整个创作过程和修改过程都和北京人艺发生直接或间接的联系，在1959年写的《我的经验》一文中，老舍就曾总结说："看排戏是作者学习的好机会。一个剧作者应有丰富的社会生活，还须有戏剧生活——对前台后台都熟悉。跟导演、演员和舞台工作者能够打成一片是必要的。"②他还把自己的剧本戏称为"民主剧本"，他说："我没有详细考虑过舞台上所需的安排和应有的效果，我不知舞台是怎么一回事。我常对导演和演员说这句笑话：我写的是民主剧本，请随便改动吧。这给了他

① 田汉戏剧创作与南国社表演之间也存在着互动关系。田汉曾说："（他早期的）这些戏每每是发现了好的演员才想到演什么戏最出色，才想到写什么戏，才想到这戏应该是哪种题目，要捉牢哪种人生相。"（田汉：《在戏剧上的我的过去、现在及未来》，见《南国的戏剧》，上海萌芽书店1929年版）例如他的《南归》是根据青年演员陈凝秋的恋爱经历写的；《苏州夜话》中卖花女的形象则有演员唐叔明的身世显影……这些剧本多反映青年男女在现实生活中痛苦的遭际，他们对未来有天真的向往，可是残酷的现实却让他们备感失落和迷惘，流于幻灭和感伤。可以说，田汉早期的不少戏剧作品正是演员们台下生活、思想、心理的真实写照和生动反映。反过来，田汉的戏剧创作对演员的表演也产生深远的影响，田汉说过他早期作品特色是"情盛于理"，这同样也是整个南国剧社的表演风格。与剧本风格相一致，演员的表演往往热情有余、冷静不足，他们在舞台上喜欢即兴演出，重视情绪的体验，表演夸张热烈、随心所欲而不加控制。例如南国明星演员陈凝秋演到痛心处，常痛哭流涕、情不自已，几乎连戏都演不下去。南国社舞台表演的缺点是：不重视对情感的理性操纵，在"体验"的同时"表现"不足。

② 老舍：《我的经验》，《老舍全集》第18卷，人民文学出版社2008年版，第50—51页。

们便宜行事之权，可也给他们增加了困难。”[①] 具体地说，北京人艺对老舍戏剧创作的影响表现在以下几个方面。

一、对作家剧本的选择和诱导

剧院对作家剧本有选择权，上演不上演某一个剧目不是作家说了算，而是剧院说了算，它可以根据自身的风格特色、演员构成情况、导演的艺术追求，乃至某一时期剧院的政治任务、经济情况或者观众需求来决定剧本的取舍。老舍有些剧本是由剧院请他写的，例如《龙须沟》的写作缘起，最早是北京市长彭真同志的一份提案，即彭真市长在当时北京市各界人民代表会议上提出，要以反映城市建设面向基层市民这个基本方针为题材创作一部剧本。代表会议确定后，委托北京人艺老院长李伯钊贯彻执行，李伯钊就把这个任务交给了刚由美国回来的老舍。[②] 当然，这里也考虑到老舍回国后饱满的政治热情，有过剧本写作的经验和基础，以及对北京市民社会熟悉等多方面因素。而老舍的《春华秋实》和《青年突击队》这两个剧本则是他自己有创作的热情和想法，经和北京人艺商量后，在北京人艺鼓励和支持下创作的。此外，老舍虽是知名的大作家，也曾有过被北京人艺退稿的遭遇。舒乙在《退稿记》一文中就提到，老舍曾经写过一部剧作，内容是关于勤俭节约的，主角是一大群家庭妇女，因不符合 1960 年特别强调阶级斗争的政治气候而被退稿。[③] 于是之也曾回忆，一次，由于老舍先生给北京人艺写的戏达不到排演水平，他受剧院委托向老舍先生退稿，老舍先生脱口而出：“写戏，哪能写一个成一个？不成就扔进纸篓，再另写！”在《十年笔墨》一文中，老舍总结说：“我本来不大会写剧本。十年来，我一共写了十多本话剧与戏曲。其中有的被剧院演用，有的扔掉。我是在学习。出废品正是学习过程中难以避免的。失

① 老舍：《我的经验》，《老舍全集》第 18 卷，人民文学出版社 2008 年版，第 50 页。

② 参见李滨《赤诚丹心图大业、胆识兼备育人才——忆老院长李伯钊同志》，《秋实春华集》，周瑞祥等编，北京出版社 1989 年版，第 48 页。

③ 舒乙：《退稿记》，《我的风筝》，陕西人民出版社 1998 年版，第 388 页。

败一次就长一次经验。因此，即使失败了，也不无乐趣。不怕失败，就会长本事。”①

剧院对作家剧本的选择对作家的影响是巨大的。它或者肯定作家作品，增强作家的创作信心和创作动力；或者否定作家作品，迫使作家作出修改和转向；同时，它也会鼓励你写某一题材和某种风格的戏，这对作家的创作就有一个导向作用。所以，从某种意义上说，老舍戏剧取得的成就是和北京人艺的催促和诱导分不开的。

二、分享经验的写 / 演关系

前面讲过，在演员排演时，老舍常把自己创作经验和对人物的看法提供给演员，同样，在老舍写作时，演员也把自己的一些生活经验、体验生活时所积累的一些创作素材（当然也包括对老舍戏剧创作的直接建议，放在下面讲）提供给老舍，为老舍创作提供力所能及的帮助。

老舍写作《龙须沟》时，李伯钊亲自把治理龙须沟的施政计划等材料交给老舍（具体事宜是由王松声到民政局拿出来经李伯钊转交的）。为了支持老舍创作《龙须沟》，北京人艺做了大量细致而又艰巨的工作，因老舍腿脚不便，就特别从北京人艺给他派一个助手叫濮思温，由濮思温每天上午往龙须沟跑，把他耳闻目睹的东西向老舍汇报，只有遇到老舍特别感兴趣的，他才亲自和濮思温一起去访问。濮思温在《老舍先生和他的〈龙须沟〉》一文中说：“因为先生腿疾很重，那次去后（指 1950 年 7 月 15 日，老舍与李伯钊、濮思温等一起到龙须沟、金鱼池及新忠庙等实地采访——引者注）就由我每天上午往龙须沟跑，把耳闻目见统向先生汇报，下午就常常可以听到先生谈某些构思和想法。”“《龙须沟》中的人物，大部分我不知道他们的出处，只有其中少部分知道一点儿影子。如像赵大爷，他大概就是老舍先生和我们一起见到的那位，以摆摊为业的大胡子治保委员，而程疯子这个人物，种子的契机，则

① 老舍：《十年笔墨》，《〈老舍全集〉补正》，张桂兴编著，中国国际广播出版社 2001 年版，第 532 页。

是听了我的汇报，在先生脑海里与旧存的人物捏合在一起形成的。”[①] 当时北京人艺还动员演员深入生活，为老舍写作提供大量生动的素材。老舍就曾感激地说：“演员们体验生活深入细致且形象，把我的一双脚变成了几十双脚。”[②]

在中外戏剧史上常出现这样的情形，由于剧作家与演员、导演密切接触，了解他们的生活和要求，有时候演员也会成为剧作家创作灵感的源泉。老舍有没有这种情况，现在还找不到直接证据，但北京人艺演员喜欢把自己的生活经历、思想感情讲给老舍听，老舍也乐意与演员交朋友，对演员亦十分了解，他曾多次表示要为演员度身写戏，所以在他写作中汲取演员身上某方面的因子、在剧中人物塑造上考虑到个别演员的表演特长，这种情况还是可能存在的。

三、对老舍剧本写作的建议

北京人艺艺术家们具有良好的文学修养，有着自己对剧本的独到的看法和见解，在老舍朗读剧本给他们听，并向他们征求意见时，他们常常能对老舍剧本写作提出良好的建议。以《茶馆》为例，不是北京人艺艺术家们的建议，这部经典名著也许就可能出不来。《茶馆》脱胎于老舍一个未上演的剧本——《人民代表》，是老舍有感于新中国第一部宪法的正式颁布而作。剧本仍采用新旧对比结构，前几幕写旧中国的“国会议员”和“国会大选”，最后一幕写新中国成立后的民主选举，意在歌颂新中国的民主政治。在老舍向北京人艺朗读剧本时，曹禺等敏感地注意到其中第一幕茶馆里的戏非常生动精彩，气魄很大，人物众多，且个个栩栩如生。二十几分钟的戏，生活气息浓郁，情节动人，色彩斑斓，是大手笔的写法。而其他几幕相对较弱。经过商量，曹禺、焦菊隐等北京人艺艺术家们建议，以剧本第一幕的茶馆场面为基础，发展成一个多幕剧，通过茶馆生活的变迁来反映现代中国社会的变迁。于是有了《茶

---

① 濮思温：《老舍先生和他的〈龙须沟〉》，《戏剧艺术论丛》1980年第2期。

② 转引自李滨：《赤诚丹心图大业、胆识兼备育人才——忆老院长李伯钊同志》，《秋实春华集》，周瑞祥等编，北京出版社1989年版，第48页。

馆》的前本——《秦氏三兄弟》，全剧分四幕六场，依次选取戊戌政变、辛亥革命、1927 年大革命、解放战争四个历史时期作为茶馆生活变迁的背景，不再写新中国成立后的生活，这就改变了歌颂新中国民主政治的创作意图。剧本主要描写了秦伯仁、秦仲义、秦叔礼三兄弟迥异的人生道路，否定了维新改良、实业救国的道路，于人物的悲剧命运中揭示只有革命才能救中国的道理。写完以后，老舍又一次读给北京人艺艺术家们听，但大家仍对第一幕第二场茶馆那场戏兴趣最大[①]，最后，形成统一意见，干脆请老舍按第二场的路子重写一个以茶馆为中心的戏，于是有了《茶馆》的诞生。《秦氏三兄弟》的第一幕第二场成了《茶馆》的第一幕，秦氏三兄弟只保留秦仲义一个人的戏，四幕六场变成三幕，时代剖面的选择也发生变化，并且在结构上不再以一个家庭为中心联结故事，而是以人带事、多人多事，呈现出“小说体戏剧”的特征。总之，在北京人艺艺术家的提醒和建议下，《茶馆》放弃了原先的歌颂贤明政治的初衷，而转向了对历史与人的思考，艺术上也有了大的变动。在《茶馆》写作过程中，老舍曾多次请剧院的导演、演员到家里去听剧本，为的是征求意见。据梁秉堃在《平民演员——我说于是之》中记载：“最早全剧的结尾是落在一个说书人身上，此人是革命者，以说书进行宣传，不幸被官方发现，王利发为了掩护说书人跑掉，自己中弹身亡。有一次，听完剧本谈意见的时候，是之犹豫再三以后，又底气不足地发表了意见，希望全戏最后一小段是写几个老头话沧桑。……几天以后，老舍先生竟然按照这个意见把剧本写出来了，而且不是一小段戏，是王利发、常四爷和秦仲义三个老头掏着心窝子谈感悟，谈人生最后的感悟。”[②] 这就把一个政治性很强的结尾引到艺术轨道上来，让老舍回到自己创作的艺术立足点。

同样，《龙须沟》的写作也得到了北京人艺的指点和帮助。老舍在《〈龙须沟〉写作经过》中说：“这本戏很难写，多亏了人民艺术剧院的领导与工作者给了我许多鼓励与帮助，才能写成。他们要去初稿，并决定试排，我和他

① 北京人艺领导和艺术委员会在首都剧场前厅二楼聆听老舍亲自朗读《茶馆》，读完第一幕曹禺就预言式地赞叹：“这能出一部警世之作”“够古典水平。”（参见余思：《剧院与剧作家的双向互促》，《中国戏剧》1997 年第 11 期）

② 转引自梁秉堃著《平民演员——我说于是之》，华夏出版社 2001 年版，第 90 页。

们又讨论了多次，把初稿加以补充和修改……焦菊隐先生抱着病来担任导演，并且代作者一字一句地推敲剧本，提供改善的意见，极当感激！”[①]《龙须沟》中根据北京人艺艺术家的意见所作的修改很多。例如于是之在《程疯子自传》中把程疯子定位为“拉单弦的旗人”，老舍先生看了以后，还据此调整自己剧本中的角色定位，即由“原来是有钱人，后因没落搬到龙须沟来”改为“原是相当好的曲艺艺人，因受压迫，不能登台，搬到贫民窟来。”事实上，只要听听《龙须沟》中程疯子的说唱式的曲艺语言，就可以知道这个定位是准确的。

当然，事物都是一分为二的，人艺对老舍写作的建议有好的，也有不好的。老舍写作《春华秋实》时，曾将《春华秋实》的初稿（当时叫作《两面虎》）读给剧院的几位年轻人听。于是之说：“我们的直觉是爱演这个戏，因为在听的当中，我们已经喜欢上了戏里的几个角色。可是，谁又知道我们每个演员的心里还藏着一个‘批评家’呢？等到向老舍先生提意见的时候，演员的我们便让了位，这位‘批评家’就挺身而出起了作用：建议要写检查组的活动，似乎不如此便不足以说明‘党的领导’；建议要写工人的斗争活动，也好像不如此便不足以表现‘群众力量’，等等，不一而足。而那些意见究其本质，不过是让作家不要写人物，而去报道、图解一个运动的过程罢了。”[②]其结果：剧本吸纳过多的意见，像个拼盘，各方的意见都照顾到了，而老舍自己没有了。再加上写《春华秋实》时，因为和当时“三反、五反”运动联系较紧，老舍对政策吃不透，当时中央领导周恩来、彭真、胡乔木、周扬等都曾关注过此剧，一次次直接过问剧本的修改，参与排演的加工，结果使老舍与剧组都不堪重负、痛苦不已。老舍为了写作此剧，花费了将近一年时间，前后大拆大改，从头到尾重写了10遍，相当于创作了10部话剧，总字数达到50多万字。这一切都充分说明：作家在吸纳意见时，一定要有自身的主体性，要以我为主，去占有、去挑选、去消化，不能人云亦云，而要采取“拿来主义”的科学态度。

总之，由于作家与剧院的亲密关系与合力作用，导表演一般享有作家作品的最初接受者的特殊待遇，他们是剧作家直接倾听与有效沟通的接受者，

① 老舍：《〈龙须沟〉写作经过》，《老舍全集》第17卷，人民文学出版社1999年版，第247页。

② 于是之：《我们所喜欢的和不喜欢的》，《剧本》1956年第9期。

相对来说，剧评家与普通观众的接受要滞后得多，且间接得多，影响力要远远逊色于导表演的接受。同时，由于舞台实践者与剧作家在艺术生产和接受中享有的特殊的位置和作用，他们都可以看作彼此的核心层接受者，有着充分的话语权。

四、"演"而后"改"

关于剧本的修改，曹禺先生曾经说过这样一段发人深省的话："我认为剧本跟小说不一样，小说可以定稿，剧本永远定不了稿，因为它的生命在于演出。剧作家的创作，仅是戏剧创作的一个重要的部分，此外，它还需要导演、演员、观众共同完成。剧本的修改，最靠得住的，是演出之后的修改。演员改、导演改、观众改，使它慢慢好起来。剧本是活的东西，只要这个剧本还在演出，还有生命力，它就是不断创造，不断地改。"[①] 老舍本人更是深有体会地说："我也有个好处：导演与演员们要求我修改剧本，我会狠心地把自己以为是得意之笔的地方删掉，补上舞台上所要求的东西。这足见我在写戏的时候，因为眼睛没有注视着舞台，把力气用错了地方。舞台的限制并不是因个人的愿望而消失。我的确是极关注笔下的人物，但是我忽略了人物在舞台上如何发挥威力。一出好戏，人物出来进去正如行云流水，极其自然，使观众感到舒服。我没有这个本领。我喜欢叫谁上来就上来，叫谁下去就下去，这个'自由主义'破坏了戏剧的完美。"[②] 新中国成立后，老舍的剧本无一例外地都作了修改。从初版本到最后的定稿有明显的不同和变化。这其中有很多是老舍根据剧本演出情况所作的修改。因为有些问题只有到剧本搬上舞台以后才能发现，同时也要根据舞台演出效果对剧本加以丰富和补充。

《龙须沟》演出以后，老舍坚持要出文学本和舞台本，以便两相参照（注：文学本由上海晨光出版公司 1952 年 2 月第 1 版，为单行本；舞台本即演出本则在《人民戏剧》1951 年第 3 卷第 1 期"增刊"上发表，署名老舍原著、焦

① 曹禺：《曹禺谈〈雷雨〉》，《曹禺研究专集》上册，王兴平等编，海峡文艺出版社 1985 年版，第 188 页。
② 老舍：《我的经验》，《老舍全集》第 18 卷，人民文学出版社 2008 年版，第 50 页。

菊隐改编）。但老舍的文学本已不是原稿的照搬，而有意识地借鉴了舞台本对原稿作了改动。他在《龙须沟》文学本序言中说："龙须沟有两种不同的本子：一种是依照我的原稿印的，一种是北京人民艺术剧院的舞台本。现在，我借用了一部分舞台本中的对话与穿插，把我的原稿充实起来，为是教找不到舞台本的也可以勉强照这个本子排演。因为我只借用了一部分材料，所以这一本在情节上还不与舞台本完全相同。至于舞台布景的说明，在原稿中本来没有，这次我全由舞台本借用过来。我应当向北京人民艺术剧院致谢！"①

这里我们以《茶馆》为例，具体考察一下其版本的变化。《茶馆》剧本最初发表于 1957 年 7 月《收获》创刊号上，到了 1958 年，老舍作了一次修改，出了一本《茶馆》单行本，由中国戏剧出版社发行。1959 年，人民文学出版社出版《老舍剧作选》时，老舍又对 1958 年版本作了修改。新时期以来老舍《茶馆》的版本基本上以 1959 年版本为基准。如果我们对照 1957 年《茶馆》初版本和 1959 年《茶馆》修改本就会发现，老舍有好几处是根据剧本演出情况作了修改，大致有以下几处：

1.1957 年初版本没有大傻杨这一说书人出现，而到了 1959 年修改本则有了大傻杨这一幕间人，并在书后附录了大傻杨唱数来宝的唱词。实际上，大傻杨这个角色是在北京人艺排演时，导演和演员考虑到舞台时间跨度较长，为了把三个不同历史时代联结起来，而建议作者增加的一个类似报幕员的人物，穿插在每幕之间。老舍欣然接受这个建议，并且以他独特的构思创造了一个说数来宝的乞丐。他既是报幕者，又是剧中人，幕前出来说一段数来宝介绍历史背景和剧情，随着剧情发展，这个人物也是一年不如一年，日渐衰老和贫困，老舍给他起名叫大傻杨。由于演出时效果很好，老舍在 1958、1959 年修改本中都新增了这一角色。

2.1959 年修改本在 1957 年初版本第一幕结尾处增加了一个隐喻性的尾声（注：1958 年版本中没有）。即在康顺子昏过去，庞太监气急败坏地叫嚷："我要活的，可不要死的！"后，增加了茶客甲的一句话："[静场] 茶客甲：（正

① 老舍：《龙须沟·序》，上海晨光出版公司 1952 年版。

与乙下象棋）将！你完啦！"这本是演员排练生活小品时想到的，后来被焦菊隐肯定下来，以使剧本幕与幕之间有个较好的有力的"停顿"。焦菊隐在《导演手记》中说："'闭幕'对于导演比对于作家更为重要。用我们的术语说，'闭幕'是'导演的停顿'。'停顿'是'导演的节奏'里边的重要部分，'停顿'主要是为了表现生活中内在的和外在的矛盾。……'停顿'能充分地表现出矛盾即将有新的发展，事物即将有新的变化，新的矛盾可能产生，悬而未决的问题亟待解决等等，它能使观众急切地等待、期望，产生悬念。所以，它能帮助导演突出地强调主题，强调人物的思想活动，加强戏剧气氛。"①，同时这个结尾也有象征意义。王朝闻在《你怎么绕着脖子骂我呢》一文中，就认为它有三关性："第一是指它直接表现棋势的定局；第二是指它暗示受害者的命运；第三是指它象征腐朽的清王朝。"② 老舍很欣赏这样的处理和解释，在出版修改本时，就加入了这一句。

3.1959 年修改本较 1957 年初版本增加了革命气息。这当然跟当时"山雨欲来风满楼"的政治形势有关，但跟演出也不无关系，1958 年北京人艺演出时受制于当时特殊的时代氛围已经适当地增加了革命气息，如对学生运动的表现等，而且《茶馆》发表以后，受到各方面的指责比较多，老舍不得不考虑方方面面的因素，作了下面的修改：（1）第二幕中将"公寓住客"改为"二三学生"。（2）第二幕结尾处在刘麻子被当作"逃兵"被一军官命令"绑"后又加一个如下的尾声："吴祥子（对宋）：'到后面抓两个学生！'宋恩子：'走！'（同往后疾走）"。（3）第三幕中康顺子同周秀花谈"活命之路"时，在周秀花台词中加了向往八路军游击队在北京西山的两句话："周秀花：'大婶，您走您的，谁逃得出去谁得活命！''喝茶的不是常低声儿说：想要活命得上西山吗？'"（上述加着重号者为修改本所加，暗示只有共产党才能救中国，康大力他们最终的出路是去西山投靠八路军）（4）1959 年修改本把第三幕中段评书名手邹福远对反动道会庞四奶奶不满的话作了修改，强调了人民群众的愤慨和反抗。1957 年初版本是："邹福远：'我还能不知道！东霸天的女儿，在娘

① 焦菊隐：《导演手记》，《焦菊隐文集》第三卷，文化艺术出版社 1988 年版，第 365 页。

② 王朝闻：《你怎么绕着脖子骂我呢》，《人民戏剧》1979 年第 6 期。

家就生过，……得，别细说，咱们积点口德吧！’”1959年修改本则为：“邹福远：‘我还能不知道！东霸天的女儿，在娘家就生过……得，别细说，我看这群混蛋，都有点回光反照，长不了！’”（用以强调人民群众的愤怒和反抗）（5）1959年修改本在第三幕结尾处秦仲义控诉历代反动派的台词中，删去了他也办“银号”的台词，为更突出他“实业救国”的民族资本家身份：“秦仲义：‘日本人在这儿，说什么合作，把我的工厂就合作过去了。咱们的政府回来了，工厂也不怎么又变成了逆产，仓库里（指后边）多少货呀，全完！还有银号呢，人家硬给加官股，官股进来了，我出来了！（以上带点的句子删去）哈哈！’。”（6）全剧结尾小刘麻子向沈处长报告霸占茶馆的妙用时，加了一句，以突出这一特务机关的反动性：“小刘麻子：‘……有我在这儿监视着三教九流，各色人等，一定能够得到大量的情况，捉拿共产党！’”（此句中带点的为修改本所加）总之，我们现在看到的都是修改本或定本，像1978年人民文学出版社出版的《老舍剧作选》就是采用1959年的修改本作为选本，后来的《老舍全集》也是以1959年修改本为定本。所以很多读者可能都不知道其中的版本变化，我们能够看到的只是现成性而不是生成性的这么一个存在，其间大量的历史信息给抹去了。

以上，我们从四个方面分析了北京人艺对老舍戏剧创作的影响，这些影响中虽然也有消极的一面，但整个来说，正面的积极的影响占有主导地位，因为人艺的艺术家不仅是一般的所谓懂戏的内行，而且也真正熟悉和了解老舍，知道如何珍惜和发挥他与众不同的才情。这里特别需要指出的是：在老舍戏剧独特个性形成过程中，北京人艺所起的至关重要的作用。《龙须沟》是老舍第一次文体突破和创造，他自己说是“最大一次冒险”，他当时对自己这种探索也很不自信，是北京人艺的成功演绎才让他吃了一颗“定心丸”，使他认识到自己这种新型剧本的独特价值。这就是说，成功的剧本演出是对作家剧本写作的一种肯定和鼓励，同时，也是对作家探索的认可与认同。后来的《茶馆》能接续上这条探索的路子走，也是因为“早在《龙须沟》演出时，老舍发现北京人艺的导演和演员把剧中一个没有多少戏的茶馆场面搞得十分精彩，这在他心里留下了很深的印象。"[①]即老舍写《茶馆》时，已经知道他这种风格的戏，北京人艺能够把它演好，这就坚定了他艺术创造的信心和动力，并最终写成标志自己成熟风格的戏——《茶馆》。《茶馆》出来以后，包括李健吾在内的很多学者都指责《茶馆》的"非戏剧"倾向，对于种种责难（包括有人建议在戏剧中增加一条"红线"以增强故事性），老舍都没有接受，他非常固执而自信地辩解道："我的写法多少有点新的尝试，没完全叫老套子捆住。"[②]无疑，他的这种坚持和自信与北京人艺杰出的舞台阐释所给他的心理支持有关，即他的剧作由于北京人艺精心的舞台创造而熠熠生辉，他本人也因此受到激励而迸发出新的创作活力。我们可以毫不夸大地说，没有北京人艺，老舍的艺术探索也许会夭折，也许不能最终形成自己的风格。

这里我还想进一步指出的是，北京人艺不仅对老舍戏剧独特个性的形成作出了贡献，而且对老舍其后的京味戏剧流派的诞生功不可没。关于京味戏剧的研究，论者多注意老舍的影响，却常常忽视北京人艺在其中所扮演的角色和所起的作用。事实上，京味戏剧作家大多集中在北京人艺周围。他们的作品也都在人艺舞台上演出，有些作家如李龙云、刘锦云、何冀平等更是北京人艺的专业作家，这些作家与北京人艺有着深刻的精神联系。何冀平谈及《天下第一楼》创作时除了提及老舍外，也说到北京人艺的传承和影响："她（指何冀平）想应该继承的是人艺36年来尽心致力于中国民族话剧的创造，富有诗情画意，洋溢着中国民族情调的以现实主义为基础的创造"。[③]北京人艺鼓励和扶持京味作家写作京味风格的戏，也为这些戏的演出提供广阔的舞台，京味作家也知道北京人艺擅演京味戏，所以他们创作的作品也多给北京人艺演，这就形成了集聚效应和良性循环，在戏剧界产生了广泛的影响，作为一个鲜明突出的戏剧现象为观众和同行所瞩目。新时期以来，在北京人艺舞台上演出的京味戏剧有：苏叔阳的《左邻右舍》、李龙云的《小井胡同》、刘

---

① 黄会林、赵建勋：《伟大的作家、杰出的剧院》，《秋实春华集》，周瑞祥等编，北京出版社1989年版，第69页。

② 老舍：《答复有关〈茶馆〉的几个问题》，《老舍全集》第17卷，人民文学出版社1999年版，第542页。

③《天下第一楼辩——中戏老同学侃大山记》，《戏剧报》1988年第11期。

锦云的《狗儿爷涅槃》、何冀平的《天下第一楼》、过士行的《鱼人》《鸟人》、中杰英的《北京大爷》、郑天纬的《古玩》等，多部表现不俗，所以我个人认为“京味戏剧流派”完全可以称之为“北京人艺戏剧流派”。

总之，北京人艺与剧作家之间的关系是双向的，我们既要看到剧作家对北京人艺的影响，也要看到北京人艺对剧作家戏剧创作的影响，任何强调一方而忽视另一方的做法都是偏颇的。老戏剧家刘厚生先生就曾这样说：“由于他们（指老舍等戏剧家——引者注）都是新中国成立前久已成名的剧作家，我们当然应该说，是他们的作品哺育了北京人艺；但是，我们也有理由说，正是因为有了北京人艺这个剧院，这个长期合作的集体，才‘挤’出了老舍的《茶馆》《女店员》，曹禺的《胆剑篇》（还有后来的《王昭君》）、郭沫若的《蔡文姬》《武则天》田汉的《关汉卿》这样的大作……我们可以不胆小地说，除了别的客观和主观条件以外，是北京人艺演出实践推动、促进了几位老剧作家登上了一个新台阶，甚至是自己创作的高峰。”①

第二节　北京人艺对老舍戏剧的二度创造

剧本只是作家的一度创作，它还必须经过导表演的二度创作才能呈现在舞台上，与观众见面。在剧本与观众之间还有一个中介，那就是舞台，导表演艺术处理的好坏直接关系到剧本的舞台生命，即剧本能否在舞台上“立”起来，也关系到剧本能否得到观众的认可，即观众对剧本的接受问题。经过观众的三度创作整个一出戏才最终完成。黑格尔说过：“舞台表演确实就是作品好坏的试金石。在健康的或艺术趣味高的听众这个最高裁判官的面前，单凭所谓漂亮的词藻，铿锵的声调而没有戏剧的真实，那是徒劳的。”② 老舍的戏剧能久演不衰、声名远播，除了与一流的剧本有关外，还与北京人艺杰出的

① 转引自余思：《剧院与剧作家的双向互促》，《中国戏剧》1997 年第 11 期。

② [德] 黑格尔：《美学》第 3 卷下，朱光潜译，商务印书馆 1997 年版，第 272 页。

舞台阐释有关，正如于是之所说："（舞台演出——引者注）使老舍先生的长项完全发挥了出来。"①

在第二章里，我们分析了老舍戏剧对导演的影响、对演员的培养及其对北京人艺演剧风格的贡献，这是从问题的一个方面来说的，如果我们来一个"理论反打"，则会发现，正是由于北京人艺这样具有一流导演、一流演员及独特风格的剧院，才使老舍的剧本得到成功的演绎，否则换一个剧院就不会有这样的艺术效果。对此，北京人艺著名导演夏淳就说过这样一句富有思辨色彩的话："一个作家对一个剧院风格的形成，对剧院演员的培养是起着重要作用的。可以说，老舍先生用他的作品培养了我们剧院整整一代人，也使我们有了自己的表演特色。但是，一个作家的作品，如果没有一个懂得他和他的思想，以及他的艺术风格的导演和一批演员，来把它形象地展现在舞台上，那也是不行的。应该说老舍先生的《龙须沟》和《茶馆》能在舞台上有很出色的成就，这和我们的导演焦菊隐先生以及于是之、郑榕、蓝天野、童超、英若诚等这些演员是分不开的。"② 可以说，北京人艺在老舍戏剧的舞台演出方面贡献卓著，我们主要从两个方面谈其对剧本的二度创造。

一、对老舍剧本的形象演绎

焦菊隐曾说："导演在舞台上'重视'原剧本这些形象的时候，他的工具不是文字，而是有机的人体和无机的声、光、颜色，以及点、线、面、体积与节奏气氛等等。导演不能叫观众用想象力去看见人物和生活，必须叫观众的眼睛、耳朵，看见听见这些人物。因此，导演要想把原剧本的主题、题材、人物，通过舞台上的（比写成的剧本中）更具体的形象，传达给观众，他的方法是不同的。"③ 焦菊隐这句话实际上告诉我们：剧作家的"一度创作"和导表演的"二度创作"一个根本不同之处在于媒介物的不同，一为语言，另一

① 于是之：《老舍先生和他的两出戏》，《北京文学》1994年8期。

② 夏淳：《写在重排话剧〈茶馆〉之时》，《剧坛漫话》，中国文联出版公司1985年版，第165页。

③ 焦菊隐：《我怎样导演〈龙须沟〉》，《焦菊隐文集》第3卷，文化艺术出版社1988年版，第1页。

为形象，导演必须注意媒介物的不同特点及其在审美活动中的不同功能，采用与剧作家不同的方法即运用舞台表现手段来对剧本进行艺术处理，致力于艺术形象的直观性、生动性呈现。他在《龙须沟》的演出总结中进一步阐释说："文学作家用三五个字就能在书本子里把真理说得透彻，收到'话到人到'的效果，而在舞台上，导演必须另外添加很多东西，特别是有形的具体的、较多诉之于视觉与感觉的东西，才能刻画得具体而真实。反之，作家用了大段语言描写人物思想，导演在舞台上也许只用某种'情调'或'气氛'就能传达出那言以难尽的东西来。"①

在北京人艺演出老舍剧作中，这种根据舞台艺术需要，采用具体、形象的技术手段来处理老舍剧本的例子很多。例如《茶馆》第一幕里马五爷那段戏，剧本规定这个人物是坐在一个不显眼的地方，在开场不久台上乱哄哄的气氛中，说了三句话就下场了，从此不再登场。而仅凭这三句话，观众并不能了解这个人物的身份和地位，会给人以突兀之感。为了形象地突现马五爷这个人物，给观众以感性直观的印象，导演焦菊隐根据演员童弟的即兴创造，设计了以下一段舞台动作。即当马五爷不屑搭理常四爷，颇为矜持地下场时，走到台正中，幕后突然响起了教堂的钟声，这个洋奴赶快站定，脱帽，背向观众虔诚地在胸前画十字……这时观众才恍然大悟：噢，原来是个吃洋教的！应该说，这是个非常富于表现力的形象设计。像这种成功的形象设计在老舍剧本的舞台处理中还有很多。例如胡宗温演的康顺子由康六拉着进茶馆那场戏也是用形象说话比较成功的例子，康六拉着女儿顺子的手先进茶馆，观众只看见顺子被父亲拉着的右臂，然后顺子很快又将右臂缩回去，也就是"只见其臂，不见其人"。待到刘麻子问康六："人呢？"康六回头一看门外，顺子才出现在观众的眼前。顺子的这一形体动作非常准确地体现了她此时此地的心情：她是多么不愿意跨进这茶馆啊，跨进茶馆就意味着她可能再也见不到她那贫穷却又熟悉和亲切的家，再也见不到她的爸爸、妈妈、弟弟、妹妹，这些曾经与她相依为命的亲人，她将踏入一个无法预知也无法选择的世

① 焦菊隐：《我怎样导演〈龙须沟〉》，《焦菊隐文集》第3卷，文化艺术出版社1988年版，第3页。

界，她本能地对这一世界感到恐惧、感到害怕，舞台这样处理达到了“此时无声胜有声”的地步。当她被刘麻子叫到庞太监面前时，她是侧着身低垂着脸，不敢也不愿看对方，及至刘麻子叫她抬头“见见总管”时，她猛然间见到的是一张又老又丑、男不男女不女、近似怪物般的脸，她只惊叫了半句“我……”，便吓得晕了过去。胡宗温的表演非常准确地把握了人物的内心节奏，能够极大地调动观众情绪，既让观众对顺子倍加同情，又对刘麻子、庞太监产生愤恨，而对康六的感情态度则更为复杂，其舞台艺术效果是文字阅读所达不到的。可以这样比方说吧，剧本只是一块未经开凿的含玉的璞石，通过有才能的导演和演员的精雕细刻，才让它光芒四射。

在《茶馆》的演出中，焦菊隐还运用一些传统戏曲的表现手法来处理剧本，给观众留下了十分难忘的印象。在文学本中，吴恩子、宋祥子在幕启之时就坐在茶馆里，不动声色地审视茶馆里的茶客，在演出中，导演安排他们在一片嘈杂声中上场，大摇大摆地从正门上场，先站在台阶上，目光向四周扫视，并不向自己的位置走去，而是并排迈着方步，一直走到茶馆中央，站定以后，又用锋利的目光一扫在座的茶客，令人不寒而栗。然后，他们两个同时向相反方向一转身，像京戏中龙套出场那样，背向观众，并排向第六桌走去。二德子上场的时候也是如此，他一进门来往门内一站，横眉立目“亮相”，故意要茶客们注意到他。夏淳在《〈茶馆〉导演后记》中还特别提到秦二爷的上场所采用的“亮相”手法，他说：“其中比较着力渲染的是秦二爷的出场，在他出场前，伙计李三听到外面走骡的蹄声，知道是贵客来了，赶紧让卖耳挖勺的老人让开道儿。这时，秦二爷飘然上场，手持马鞭，往大门里的台阶上一站（渐亮的灯光照在他身上，虽是特写，但要让观众感觉不出是故意强加的光），昂首四顾，旁若无人。此时，站在茶馆角落的王利发走了一个大调度，急忙上前向秦请安打千，恭恭敬敬地接过秦二爷手中的马鞭，并向他寒暄。秦二爷走下台阶以后，又给了他几个跑全场的大调度，让茶馆里所有的人都看着他，使观众也对他看足了。而秦二爷这样的动作调度是有根据的，他是房主，到茶馆来是为了察看茶馆是否可以改建为工厂，这几个跑全场的动作，起到‘亮相’的作用，既表现出东家的身份，也把秦二爷当时那种一心‘实业救国’、踌躇满志的态度表现了出来。”[①] 人物上场在剧本里可以说是微不足道的，但在导演手里却做出如此内涵丰富而又生动形象的文章来，这就是舞台的艺术魅力！当然，对于剧本的舞台艺术处理，除了注意运用形象演绎的方法诉之于观众的视听外，人艺导表演们还十分注意舞台的节奏、气氛和场面调度等，这将在下文进一步讲。

二、对老舍剧本的丰富和补充

周扬在《从〈龙须沟〉学习什么》一文中说：“在我们称赞老舍先生在《龙须沟》剧本创作中的成功的时候，必须同时提到焦菊隐先生和许多演员在演出上的卓越成就。焦菊隐先生的导演很好地运用了斯坦尼斯拉夫斯基的方法，这个方法的基本精神就是向生活学习。他在剧情安排和性格描写上对原作作了不少有益的补充，使原作的思想性和艺术性达到了更高的集中和提炼。在这里，导演完成了他的集体的创造性的任务，演员们的表演也是认真的、出色的。”[②] 周扬在这里特别提到了舞台演出在剧情安排和性格描写这两个方面对剧本的丰富和补充，我们不妨展开来分析一下。

如果我们认真对照一下《龙须沟》的文学本和焦菊隐的舞台演出本，就会发现在剧情的安排上，焦菊隐作了很多结构上的改动和舞台上的调度。如把程疯子歌颂修沟的快板移到全剧的结尾，尤其是把原剧的第二幕三场压缩成为第二幕二场，整个去掉了一场戏，插个暗转，以便更能集中表现人民政府工作的积极，叫观众没有等了又等，可是人民政府还不来真修龙须沟的错觉，这样使剧本节奏更加紧凑，剧情推进更加迅速。同时，第二幕第一场中人物出场顺序也发生了变化，文学本是：冯狗子先出场，然后才是院内百姓的出场，舞台演出时掉了过来，先院内百姓出场，即程疯子手捧小鱼缸儿由屋里出来，因为今天是小妞子死后一周年……然后才是冯狗子出场，这样就跟第一幕小

---

① 夏淳：《〈茶馆〉导演后记》，转引自《〈茶馆〉的舞台艺术》，北京人民艺术剧院《艺术研究资料》编辑组编，中国戏剧出版社 1980 年版，第 266 页。

② 周扬：《从〈龙须沟〉学习什么》，《人民日报》1951 年 3 月 4 日。

妞子的死较好地衔接起来，更加自然、合理。

在人物刻画上，人艺艺术家们更是动足了脑筋，很多地方人物处理加深了我们对人物的理解，丰富了人物形象。如第一幕程疯子挨打以后，犯疯病那场戏。文学本是：

疯子：（悲声地）王大妈，丁四嫂，说来说去都是我不好！（颓丧地坐下）想当初，我在城里头作艺，不肯低三下四地侍候有势力的人，叫人家打了一顿，不能再在城里登台。我到天桥来下地，不肯给胳臂钱，又叫恶霸打个半死，把我扔在天坛根。我缓醒过来，就没离开这龙须沟！

娘子：别紧自伤心啦！

二春：让他说说，心里好痛快点呀！

疯子：我是好人，二姑娘，好人要是没力气啊，就成了受气包儿！打人是不对的，老老实实地挨打也不对！可是，我只能老老实实地挨打……哼，我不想作事吗？老叫娘子一个人去受累，成什么话呢！

娘子：（感动）别说啦！别说啦！

疯子：可是我没力气，做小工子活，不行；我只是个半疯子！（要犯疯病）对，我走！走！打不过他们，我会躲！

娘子：（拉住疯子）别再给我添麻烦吧，疯子！

而人艺在舞台演出时这一段是这样处理的（以下参见演出本）：

疯子：（往屋外跑着）我走！我走！咱们惹不起还躲不起！……我走，我走还不行吗？（这时演员犹如困兽冲破牢笼，他浑身发颤，脸上的肌肉也在抽搐，在院子里四下乱转，狂乱地喊）

娘子：（拦他）你说你上哪儿去？

疯子：我找咱四把弟去［"唤头"声——最大的音量］叫四弟看看他程二哥受的这份儿罪，叫他替咱出气！［"唤头"声］

娘子：你又说傻话了不是？四把弟会给咱出气？咱们落到这个份儿上，谁会给咱出气呀？再说——四把弟在哪儿呀？人呢？［"唤头"声］不是多年都没了音信了吗？

疯子：也对，也对，四把弟要是替咱出气，也早就不会跟咱断了来往啦……［“唤头”声渐远］

娘子：还是的呀！求人不如求自己，咱们自己个儿能挣歪就挣歪，得懂打掉了牙往肚子里咽，光这么疯疯癫癫的没有用……

疯子：对，咱们谁也不找，可是咱们哪，给他个海角天涯，也总比这儿强［“唤头”声］走？（往大门口冲去）

娘子：（拼命跑到疯子前头，把大门关好，闩好）我不能让你走，到哪儿也是一样，没有咱穷人的路！

疯子：（更起急了）你让我走，你让我走！［“唤头”声］

娘子：我死也不能让你走……

疯子：（和娘子挣扎着）什么，连你也……？……［爆发，扯起喉咙变了音调地喊］你——让——我——走！

娘子：（绝望地一叫，嘶哑的哭声也迸出来）疯子！……［“唤头”声远去］（哭不成声）

［一大阵凄凉悲惨的寂静。赵老和四嫂都惊慌地探出头来。疯子被这一哭号打动了心弦，狂乱的心情显然被镇压住了，但是他的肢体和脸上的肌肉仍在抽搐着。］

娘子：（在长久的寂静中突然感到惊慌，生怕疯子出了别的毛病，赶紧强抑住哭泣，抬起头来）疯子，你……怎么啦？

疯子：（突然清醒）嗯？没怎么，没怎么。娘子，你，你可别难受，可别哭啦，看再犯了老毛病儿，那可就了不得啦！（找毛巾，递给娘子，叫她擦眼泪）来，坐这儿歇一歇吧。

娘子：（接过疯子递的小板凳来，放在一旁）只要你别再难受，我也就没有什么啦 ，来，你先坐在这儿，我给你擦擦。瞧你这一脑袋冷汗。（疯子坐下）我成天将就将就，就怕的是你这一手儿。往后凡事你可别再憋在心里啦，放敞亮着点儿，这些年不就是你什么都憋在心里，才把你憋得人都变了样儿的吗！心里放宽绰点儿，好好养养精神儿，也出去跟人来往来往，托人找个事儿，也免得受人这份儿气。你看，咱们家里不就是没有男人出去做事，才受人这样的欺负吗？吃得饱吃不饱还是小事儿……

疯子：（又激动起来）我不是不想出去做事啊，可谁瞧得起咱哪。想当初……。（下文与文学本相近，故省略）

北京人艺这一场戏的舞台处理极大地丰富了文学本，可谓匠心独运：（1）增加了人物的行动性，把这一段戏处理得更加紧张、强烈。同时，在冲突中来写一些叙述性交代性台词，使戏不平淡，如把程疯子交代身世的一段放在冲突后面，写疯子向娘子鸣不平，这就很自然、不枯燥。（2）人物对话中凭空添了四把弟这个人，反映了程疯子性格中不切实际的一面，他把自己出气和翻身的希望寄托在早已失去音讯的四把弟身上，加深了我们对程疯子精神状态和思想性格的认识。（3）让娘子卷入戏剧冲突，顺手刻画了她的性格，即在原著着重突出娘子个性泼辣、心直口快一面的同时，也写了她温存细致、耐心开导的一面，这样，人物形象就较为全面和丰富。于是之在《创造"程疯子"日记摘抄》中有这么一则指出："疯子没孩子。两口子见了孩子都特别亲。娘子把母爱移在疯子身上。"[①] 同时，这样处理也让我们感受到夫妻之间相濡以沫的温情，产生了感人的艺术效果。

《龙须沟》的舞台演出除了在剧情安排和性格描写中对原著作了改动以外，人物对话的改动相当大。舒乙在《北京话——北京人艺的特色》一文中指出："在1951年出版的修改过的晨光版原著本中（指《龙须沟》——引者注），属于地道的北京方言一共是136处……舞台演出本则变本加厉，地道的北京方言比原著还多23%，达到了165处。最令人惊讶的是，在136和165之间并不是只有29处不相同，竟有70%不相同！这就是说，舞台演出本对话几乎是重写过的，而且更'土'、更方言化。"[②] 当然，虽然人物对话有这么多不同，但人物性格没有变，老舍在《〈龙须沟〉的人物》中说："对于剧中人物的性格，焦先生完全尊重作者的创造，没有加以改造，因此，舞台剧本与原

---

① 于是之：《创造"程疯子"日记摘抄》，《演员于是之》，王宏韬、杨景辉编，北京十月文艺出版社1997年版，第94页。

② 舒乙：《我的思念——关于老舍先生》，中国广播电视出版社1991年版，第78页。

著虽在某些地方互有出入，可是双方的人物性格是一致的，全剧的情调是一致的。”[①] 所以老舍基本上认可焦菊隐的改动，而北京人艺这样改动的目的完全是为了突出舞台的京味风格，同时也更加口语化、生活化，充满着浓郁的地方色彩，方便舞台的表演。实际上，老舍对人艺在《龙须沟》中的“二度创造”是很欣赏的。《龙须沟》演出成功之后，他写文章说：“北京人民艺术剧院现在演出的《龙须沟》，与我的《龙须沟》的剧本原稿，是不完全一样的。我不十分懂舞台技巧，所以我写的剧本，一拿到舞台上去，就有些漏洞转不过弯儿的地方，这次焦菊隐先生导演《龙须沟》，就是发现了剧本中的漏洞和缺欠，而设法略为加减台词，调动场次前后，好叫台上不空不乱，加强了效果。焦先生的尽心使我感激。”[②]

同样，在北京人艺演出的老舍其他剧作中，都不乏对老舍剧作丰富和补充的实例。这里我还想再举一个例子，在第一章我讲老舍幽默风格时，曾指出老舍的幽默是带有悲剧内涵的幽默，其《茶馆》具有悲喜剧特征。但在研究老舍戏剧的两部专著中都认为是喜剧，指责北京人艺把它处理成悲剧。[③] 实际上这种指责是毫无道理的，如果你看《茶馆》的演出，你就会发现最后人艺的处理并没有把它演成悲剧。

梁秉堃在《平民演员——我说于是之》中记载：“据扮演常四爷的郑榕介绍，排练‘三个老头撒纸钱’这场戏，也是有一个由浅入深的发展过程。开始，三位演员仅就剧本的表面内容，把它完全当作悲剧来处理。排了一段时间以后，是之表示不满意，明确指出咱们‘得闹起来……’。后来，在导演焦菊隐先生的指导下，终于把一场非常独特——活人自己祭奠自己的、可以让观众笑着掉了眼泪来的悲喜剧，完整、完满又完美地表现出来。”[④] 于是之在《演王利发小记》中解释说：“这是他一辈子思想最解放的时候，他用不着再向人请安、作揖，陪笑脸了，再无须讨什么人喜欢了，对于自己的房东，甚至

① 老舍：《〈龙须沟〉的人物》《老舍全集》第17卷，人民文学出版社1999年版，第248页。

② 老舍：《〈龙须沟〉的人物》《老舍全集》第17卷，人民文学出版社1999年版，第248页。

③ 参见洪忠煌、克莹著《老舍话剧的艺术世界》，学苑出版社1993年版，第210页、第279页和冉忆桥、李振潼著《老舍剧作研究》，华东师范大学出版社1988年版，第230—236页。

④ 转引自梁秉堃著《平民演员——我说于是之》，华夏出版社2001年版，第90页。

可以加以奚落了，自己也敢于坦然说出自己的不是，并指名道姓地骂国民党了。这时候，他感到他一辈子从来没有过的痛快。这个片断至王利发上吊自尽，是一段悲剧，但同样不能直接演那个‘悲’。”① 应该说，于是之对老舍剧作的理解是深刻的，“三个老头撒纸钱”这场戏通过自嘲式的语言、明朗的意境和富于个性化的形体动作（强作欢笑地对于“悲”的情感控制）近乎完美地体现了老舍剧作风格的要求，加深了观众对戏剧美学的理解和认识。

以上我们从两个方面具体分析了北京人艺对老舍戏剧的二度创造。应该承认，老舍的戏剧为北京人艺的艺术创造提供了广阔的舞台空间，更利于人艺的导表演艺术家们发挥自己的艺术才华。但同时也要看到，老舍的这种新型剧本更需要靠“演”才能出彩，因为老舍的戏剧没有引人入胜的故事情节，也没有紧张激烈的外部动作，人多事繁，演得不好，会使观众兴趣索然，味同嚼蜡。所以老舍戏剧所取得的成就离不开北京人艺的二度创造，老舍的戏剧影响也主要是人艺演出来的，其演出的重要性丝毫不亚于剧本。正如闻一多在《戏剧的歧途》一文中说：“你把稻子割了下来，就可以摆碗筷，预备吃饭了吗？你知道从稻子变成饭，中间隔了好几次手续，可知道从剧本到戏剧的完成，中间隔着的手续是同样的复杂？这些手续至少都同剧本一样的重要。”② 无疑，北京人民艺术剧院卓有成效的演出，对确立《茶馆》在观众心目中的影响和地位，起到了重要的作用。

这里我们不妨回顾一下《茶馆》的三次演出史，从中可以强烈地感受到舞台演出（即导表演的二度创造）对一个剧本命运的影响。北京人艺对老舍的《茶馆》曾经有三次舞台处理的版本即 1958 年、1963 年、1979 年。1958 年初次演出时，导演基本上没有大动老舍的戏，但迫于时代环境的压力，还是适当增加了学生运动的戏。例如第一幕之前加一些群众戏，展示当时的时代氛围。同时还加了一个卖福音书的人，由他而引起茶客对谭嗣同和江西教案的讨论，暗示晚清时代外国势力的入侵。而结尾加上“将！你完了！”则

① 于是之：《演王利发小记》，《〈茶馆〉的舞台艺术》，北京人民艺术剧院《艺术研究资料》编辑组编，中国戏剧出版社 1980 年版，第 232 页。

② 闻一多：《戏剧的歧途》，《国剧运动》，余上沅编，新月书店 1927 年版，第 60 页。

以象征的方式宣告清政府的死刑。第二幕的结尾改成了宋恩子和吴祥子去后院抓学生。第三幕中，庞四奶奶抓康顺子不像文学本中是出自一个失宠女人的心机，而是变成了挟制康大力这帮八路的政治目的。同时，小宋恩子和小吴祥子的政治觉悟也有所提高，文学本中他们敲诈王掌柜是为了钱，现在却变成了抓人的政治阴谋。同时，小刘麻子和小唐铁嘴大段比较精彩的对话也被精简。对于结尾，据夏淳回忆，他和焦菊隐当时曾想到把剧本结束在“三个老人撒纸钱自祭”上，觉得全剧结尾靠个小处长来说几声“好（蒿）！”，拢不住这样一个极有气势的戏，而且冲淡了主题，但考虑到当时的现实情况，最后还是没有改动。[①] 在这次演出中，焦菊隐和演员们在体验生活，塑造鲜明的人物形象、演剧民族化的追求等方面下了很大功夫，因而首场演出（1958年3月29日在首都剧场正式公演）就一票难求，连演52场，盛况空前。一个署名“小谢”的观众说：“一年前，我初读老舍同志的《茶馆》，就热爱这个剧本。希望很快看到它的演出。前些日子听说北京人艺正在排练，我急于想看到这个演出。早晨八点半，我赶到首都剧场，一个同志陪我到了三楼排练厅。”[②] 看完之后，这位观众高度赞扬了导演和演员们的高超的技艺，一下子就抓住了观众，并感叹自己从中受到了教育。自1958年3月29日第一场演出以来，各大报刊纷纷发表评论文章，高度肯定这出戏，在社会上引起了广泛的反响，正如张庚所说：“老舍先生的《茶馆》最近在北京人艺剧院上演了，很受观众的注意，也成了文艺界私人谈话和集会中间的话题。总之，是最近北京文艺方面比较惹人注目的事件之一。”[③] 但演出没过多久，就引来了一些无端的批评，指责其中有挽歌情调，“红线”不足等，“似乎只看见生活的浪花，没有进入生活的深流，只抓住了浮光掠影的时代面影，没有揭示出惊天动地的时代巨浪”，“没有突出地反映这个社会本质矛盾与推动社会前进的本质的社会力量，没有明确指出人民的必然胜利与远大理想。这应该说是剧本

---

① 参见夏淳著《剧谈导演的艺术处理——在中央戏剧学院的报告》，《剧坛漫话》，中国文联出版社1985年版，第11页。

② 小谢：《旧时代的葬歌——看北京人民艺术剧院排演“茶馆”有感》，《光明日报》1958年4月4日。

③ 张庚：《“茶馆”漫谈》《人民日报》1958年5月27日

的致命弱点。”[①] 并且很快惊动了上层，据陈徒手《人有病、天知否》一书中记载：“文化部某官员 1958 年 7 月 10 日来到剧院，在党组扩大会上，大加指责说：‘《茶馆》的第一幕为什么搞得那么红火热闹？第二幕逮学生为什么不让群众多一些并显示出反抗的力量？……’他发出警告：‘一个剧院的风格首先是政治风格，其次是艺术风格，离开政治风格讲艺术风格就要犯错误！迫于压力人艺只好决定停演。’”[②] 到了 1963 年重排时，心有余悸的焦菊隐花了大力气解决“红线”问题，解决的方法是在第一幕中加进茶客对老百姓砸教堂和谭嗣同讲维新的同情。第二幕加了学生演讲，时代也往后挪几年，挪到“五四”前夕，结尾是“灰大褂”来抓学生，从公寓里抓走演讲的学生。第三幕加强了学生运动的分量，表现“反饥饿、反迫害、反内战”的学生运动的高涨，游行学生高呼口号，结尾是让游行的学生进到茶馆贴标语，常四爷兴奋地张罗着给学生们送开水……（参见北京人艺档案资料）但尽管这样，第二次演出还是有人吹冷风，说这次演出是和“大写十三年”打对台，还被贴上了“怀旧”“感伤”“自然主义”“旧现实主义”等标签，所以戏没演多少场就收了。据考证，再次上演时间为 1963 年 4 月 7 日，报纸上不给宣传，不但没有评论，连个演出的消息也不肯发表。到了 1979 年第三次演出，由于政治形势的好转和思想解放，导表演艺术家的艺术独创性也空前高涨。在对《茶馆》舞台处理时，首先就敢于把“红线”去掉，认为与原作风格不相称，都是附加上去的东西，在结尾时把沈处长那段戏去掉，用撒纸钱自祭那场戏来结束全剧，因为全剧始终贯串着三位老人命运的主题。同时，在剧情的安排上作了某些调整，在老舍剧本的第二幕中是先写两个逃兵同刘麻子谈买媳妇一段戏，然后插入崔久峰同王利发的谈话，接着是宋恩子和吴祥子上场威胁、敲诈两个逃兵，最后是大令上场绑走刘麻子。导演在演出时就注意将崔久峰同王利发的谈话提前安排在两个逃兵上场之前，这就把逃兵和大令的戏贯串起来，使剧本节奏更加紧凑，一气呵成。此外，在《茶馆》的整个演出中还删去了最

① 辽宁大学中文系现代文学教研室：《从〈茶馆〉与〈红大院〉谈老舍创作中存在的问题——兼评关于〈茶馆〉的评论》，《文艺红旗》1959 年第 2 期。

② 陈徒手：《人有病、天知否——一九四九年后中国文坛纪实》，人民文学出版社 2000 年版，第 91 页。

后出场的沈处长、小心眼、车当当、老杨、于厚斋、谢勇仁等好几个角色的戏，使舞台演出更加集中、流畅。所以第三次演出，虽然人马基本上还是1958年初演的人马，但演出的改动加大了，导表演的独创性提高了，1979年的舞台处理是三次演出中公认的效果最好、成就最大的一次。但因为《茶馆》在过去的几十年里一直备受冷落，所以第三次演出开始大家也没有抱多大的希望，只是为了纪念老舍先生八十周年诞辰，没想到结果却轰动一时，包括许多外宾和在中国工作的外国专家和朋友都很赞赏，这些都是导演和演员们所没有意料到的。《茶馆》在沉寂了多年之后终于迎来了它的春天，胡絜青在文中记录了这次演出的盛况："此后，《茶馆》的演出场场满座。前不久，我收到北京人民艺术剧院由天津发来的电报。电报上说，当时他们正在天津演出今年以来的第一百场《茶馆》。《茶馆》演出的上座率也超过了它前两期的记录。"[①]时任中国戏剧家协会副主席的刘厚生先生说："我一直在思索，《茶馆》在中国话剧史上占有一个什么样的地位。我看话剧不算多，但从30年代开始，也看了40多年戏了。依我看，《茶馆》（从剧本到北京人民艺术剧院的演出）毫无疑义地是半个世纪以来中国话剧舞台上出现的第一流作品中最前列的几个之一，是中国话剧史上应该占有突出地位、应该详细描述的作为一个阶段的代表作品之一。"[②]《茶馆》第三次成功复出使其名声大振，还破天荒地被邀请到国外在外国观众面前献演。1980年9月25日，北京人艺组成了78人的《茶馆》剧组，开始首次欧洲之行的巡回演出。这次欧洲演出至11月11日结束，历时近50天，在联邦德国、法国、瑞士三国14座城市共演出25场，受到了欧洲人民的热烈欢迎。在《茶馆》赴欧演出取得巨大成功之后，1983年9月6日至10月5日，应日本话剧界及日中友好协会的邀请，《茶馆》剧组再次赴日本演出。这次演出同样取得了轰动的效果，据日本评论界人士回忆，此次的轰动效果可以和50年代梅兰芳赴日演出相媲美。从《茶馆》三个不同版本的演出遭遇中，我们能强烈体会到"左"倾政治对文艺的干扰和危害，同时，我们也能从中看到导表演的艺术处理对一个剧本来说的至关重要性。

---

① 胡絜青：《关于老舍的〈茶馆〉》《戏剧艺术论丛》1980年第2辑。

② 《〈茶馆〉的舞台艺术》，北京人民艺术剧院《艺术研究资料》编辑组编，中国戏剧出版社1980年版，第258页。

这里特别提及的是,《茶馆》1979 年演出版在国内外演出的轰动对其经典地位的确立所起的作用[①]。《茶馆》是中国当代话剧引以为豪的经典作品,但其经典地位不是一下子就形成的,从它最初发表和演出以来就饱受指责和争议(例如"今不如昔"的"怀旧"情绪;"影射公私合营""反对社会主义"等),受到过极为悬殊的不同评价和对待,这从它在文学史上的地位就可以看出。《茶馆》问世于 1957 年,但是在 1960 年代出版的三部中国当代文学史:《中国当代文学史》(山东大学中文系中国当代文学史编写组,山东人民出版社 1960 年版)、《中国当代文学史稿》(华中师范学院中国语言文学系,科学出版社 1962 年版)、《十年来的新中国文学》(中国科学院文学研究所《十年来的新中国文学》编写组,作家出版社 1963 年版)中都没有重视《茶馆》的存在和价值,只是把《茶馆》作为老舍众多作品中的一部作品简单叙述一下,根本没有花笔墨重点介绍和评论。《中国当代文学史稿》都没有提到《茶馆》这部作品,该书中写道:"在这个时期,老舍以饱满的政治热情,对新中国的历次政治运动作了热情的歌颂。发表了《全家福》《红大院》《女店员》等剧作。这些剧作,都在北京上演过,受到了群众的欢迎与好评。"[②] 而《十年来的新中国文学》中把《龙须沟》和《全家福》作为老舍的代表作来详细论述,只是在论述结束之后蜻蜓点水式地提到了《茶馆》:"老舍的《茶馆》,描写解放前北京的'市民社会',暴露并批判了旧社会的黑暗。是一个受到大家欢迎的剧本。"[③] "文革"之后,在 1980 年出版的《中国当代文学史》(二十二院校编写组,福建人民出版社出版)中,老舍的《龙须沟》是被当作文学史经典来阐述的,认为"在老舍解放后创作的话剧中,《龙须沟》的声誉最高,在国内外产生了巨大的影响"[④],而《茶馆》是作为地位次于《龙须沟》的作品来阐述的,肯定了其思想

① 说明:以下论述与本人指导的研究生蔡丹丹的硕士论文《〈茶馆〉接受研究》有重复和交叉,其实际情况是:该硕士论文因为完成较急借鉴参考了我的研究论文《论〈茶馆〉在国外演出的接受》,但要感谢蔡丹丹帮助我查阅相关资料。《论〈茶馆〉在国外演出的接受》写于 2014 年春节,曾在俄罗斯圣彼得堡大学举办的"远东文学研究第六届国际学术研讨会暨纪念老舍先生 115 周年诞辰研讨会"(2014.6.25—2014.6.29)上宣读。

② 华中师范学院中国语言文学系:《中国当代文学史稿》,科学出版社 1962 年版,第 760 页。

③ 中国科学院文学研究所《十年来的新中国文学》编写组:《十年来的新中国文学》(试印本),作家出版社 1963 年,第 116 页。

④ 二十二院校编写组:《中国当代文学史》,福建人民出版社 1980 年版,第 330 页。

性，认为“《茶馆》的主题是寓于生动的艺术形象之中的，作者善于通过不同人物命运的描绘，揭示时代的本质。”①

随着《茶馆》国内外演出产生的轰动效应，国内学者开始重新审视《茶馆》的艺术价值，胡絜青在《〈茶馆〉载誉归来后给我们提出的问题》中提了四个问题，即在创作上《茶馆》给我们什么启示，在文艺理论和文艺批评上《茶馆》给我们什么启示，如何继承和发扬《茶馆》的现实主义风格和浓郁的民族特色，以及怎么学习老舍在语言和人物塑造上的特点等，《茶馆》的魅力和价值也因此得以重估，其文学史地位迅速得到提升。1981 年出版的《中国当代文学史初稿》（郭志刚主编，人民文学出版社出版）中《茶馆》与《龙须沟》得以同等并置，认为在老舍的整个戏剧创作中，“尤其是《龙须沟》和《茶馆》，是体现老舍戏剧创作的艺术水平和艺术风格的代表作。”② 同样，1984 年出版的《中国当代文学史》（吉林省五院校，吉林人民出版社出版）中，在重点分析《龙须沟》的同时，《茶馆》也占据相当的篇幅和分量，在叙述老舍的一章中，第二节介绍《龙须沟》，第三节介绍《茶馆》，二者平分秋色，指出《茶馆》是“老舍话剧创作中，成就最高、最能代表他的艺术风格的作品，是本时期话剧创作的突出成果，也是当代文学史上具有国际影响的优秀剧目之一。”③1988 年，随着“重写文学史”观念的提出和《茶馆》作为北京人艺的保留剧目在国内外影响的日盛，此后出版的文学史都一致认可《茶馆》的艺术价值，其对《茶馆》的重视明显超过了《龙须沟》，文学史叙述的重点是《茶馆》，而曾给老舍带来个人荣耀的《龙须沟》则相对忽略和边缘化了。洪子诚所著的《中国当代文学史》（北京大学出版社 1999 年版）、陈思和主编的《中国当代文学史教程》（复旦大学出版社 1999 年版）、董健等主编的《中国当代文学史新稿》（修订本）（人民文学出版社 2005 年版）、朱栋霖等主编的《中国现代文学史（1917—2000）》（北京大学出版社 2007 年版）、丁帆主编的《中国新文学史》（高等教育出版社 2013 年版）等都以《茶馆》为重点阐释对象

① 二十二院校编写组：《中国当代文学史》，福建人民出版社 1980 年版，第 327 页。
② 吉林省五院校：《中国当代文学史》，吉林人民出版社 1984 年版，第 383 页。
③ 郭志刚、董健主编：《中国当代文学史初稿》（下），人民文学出版社 1981 年版，第 77 页。

并给予高度评价——"在他的大量剧作中,《龙须沟》,尤其是《茶馆》普遍认为最有价值。"①"老舍的《茶馆》是中国当代戏剧舞台上首屈一指的杰作。"②《茶馆》终于获得文学史上应有的地位,被认为是中国当代话剧的不世之作和里程碑式的作品,代表了中国当代话剧艺术的高峰。

以上我们通过"老舍与北京人艺"的个案考察具体阐释了文学与剧场之间的互动关系。我们分析了这种互动关系的存在、它们之间又是如何互动以及这种互动对老舍戏剧创作的价值和对北京人艺导表演艺术及其演剧风格的形成之价值所在。这是从正面立论对文学与剧场关系的一个回答,即文学与剧场是一个不可分割的互动关系,文学离不开剧场,剧场也离不开文学,文学影响着剧院,剧院也反过来影响着文学。具体说来,老舍与北京人艺的互动关系可以粗略地分为四种:

1. 剧本好,演出好。老舍的《茶馆》就是这种关系的典型代表,一流的剧本,一流的导演,一流的表演,三者通力合作,可谓珠联璧合,妙境天成,使《茶馆》成为中国现代戏剧文学史和演出史上的经典,也为《茶馆》赢得了世界性的声誉。一部《茶馆》作为保留剧目保存下来,老舍、焦菊隐、于是之、英若诚、蓝天野等一批艺术家的艺术生命也就跟着延续下来。这是一种双方受益、锦上添花的理想的互动关系③。

2. 剧本一般,演出较好。即有些剧作本身并不杰出,是好的舞台处理使它产生良好的艺术效果,获得了新的生命。像老舍的《龙须沟》《女店员》等剧,剧本并不是太出色,都存在这样那样的问题和缺陷,是焦菊隐等人艺艺术家对剧本进行了丰富改动以及形象化的艺术处理,而使剧作熠熠生辉的。戏剧史上有许多并不太成熟的剧本是经优秀导演和杰出演员的二度创造"立"在

① 洪子诚:《中国当代文学史》,北京大学出版社1999年版,第167页。

② 陈思和主编:《中国当代文学史教程》,复旦大学出版社1999年版,第83页。

③ 溯石在《焦菊隐和后焦菊隐时代的戏剧"实验"》中指出:"正如'海鸥'终成为莫斯科艺术剧院的院徽,'茶馆'正可谓北京人民艺术剧院的图腾。"(溯石:《焦菊隐和后焦菊隐时代的戏剧"实验"》,《剧本》2015年第6期)

舞台上的[①]。

3. 剧本较好，演出一般。一流剧本如果给二、三流演员去演，其演出效果会大打折扣。就像契诃夫的《海鸥》这么优秀的剧作却让莫斯科小剧院给演砸了一样。同样，老舍的《茶馆》在 1963 年舞台演出时被人为地增加“红线”，把一个很好的剧本给任意扭曲了，结果反响平平、草草收兵。同样一个剧本，因为不同版本的舞台处理，其演出效果竟然反差如此之大，可见文学与剧场关系的复杂性[②]。

4. 剧本差、演出差。老舍共有 6 部剧作在人艺演出，除了《茶馆》《龙须沟》《女店员》成了保留剧目以外，其余三部《春华秋实》《青年突击队》《红大院》都是剧本差、演出差的范例。剧本是政治激情的产物，演员对人物和生活也不熟悉，只是为了政策图解的需要而虚假地演绎，结果自然受到观众的冷遇和历史的淘汰。

从以上四种关系中我们不难看出，文学与剧场的互动关系，有良性互动的，如一、二两种；有劣性互动的，如三、四两种。当然，以上四种区分都是相对的和简单粗糙的，实际的情形远为繁富和复杂，例如剧本一般，演出较好还行，如果剧本很差，即使演出发挥了较好的水平，也无济于事。梅兰芳去世前一年在中国戏曲学院作报告时曾辩证地分析了剧本和演出不可或缺的关系：“写剧本的常说剧本重要，可是没有好演员，就不容易把剧本的精彩发挥出来。演员们往往强调表演重要，这也不对，好演员拿到坏剧本，请问你能演出好戏来吗？而且，有毒素的剧本，越是演得到家，毒素越大。”[③]如果我们再考虑到不同流派的作家作品，同一流派不同风格的作家作品，同一作

① 早在 1928 年沉樱就指出田汉的《湖上的悲剧》若不是演员唐叔明如此“真切的表演”，此剧不会给她深刻地印象，演出效果也会大打折扣。（沉樱：《〈苏州夜话〉给我的印象》，《时事新报　戏剧运动》第 8 期，1928 年 12 月 25 日）。著名戏评家刘念渠也曾举例说：“《屈原》不失为一部好剧本，不是演员金山最初打开了天下，不见得会在舞台上如此成功。有名的《雷电颂》至少是在当时重庆舞台上，是通过了金山的演技才使观众充分感到其震撼力量的。同一剧作家《虎符》中如姬的独白，就大为减色了。”（见刘念渠：《现代的中国演员》，《剧影春秋》第 1 卷第 2 期）而再好的剧本不能搬上舞台，很容易“藏在深闺人不识”，难以得到应有的发展和影响，可见舞台表演对剧本的重要性。

② 1983 年 4 月 23 日，在《小井胡同》上演后，陈白尘在写给李龙云的信中写道：“有的戏是演员捧出来的，有的演员是戏捧出来的，你要争取做后者。”陈老的话耐人寻味。参见李龙云等：《小井风波录》，黑龙江人民出版社 1987 年版，第 111 页。

③ 转引自余秋雨：《戏剧理论史稿》，上海文艺出版社 1983 年版，第 652 页。

家不同特色的剧本，以及不同演员构成和艺术追求的剧院，即把作家作品和剧院再细分，其间的互动就更复杂了。

就老舍与北京人艺关系来说，虽然也有剧本差、演出差的情形存在，但总体来说是一种良性互动关系，这已经是客观的事实。而且对这二者的关系的认识，我们不能仅从互动的一般意义上去理解，即简单地从好马配好鞍或桴鼓相应的角度理解其互动的价值与意义，这还是浅层次的。我个人认为，一定要从形成独特个性的作家作品和独特风格的演剧流派的高度来认识二者互动的价值与意义。在中国戏剧界，戏剧家不在少数，有专业的，也有业余的，创作队伍也很庞大，问题是能像老舍这样有自己独特个性的作家却凤毛麟角。同样，中国的剧院（剧团）林林总总、为数不少，但像北京人艺这样具有独特风格的剧院（剧团）并不多见。更不要说能像人艺这样以中国特色的演剧流派在世界剧坛上发出自己的声音了。大多数作家和剧院没有自己的艺术追求和战略眼光，更缺乏艺术创造的主体精神，尤其是很少能从作家与剧院、诗与剧互动的高度给自己作出个性定位，即没有认识到作家个性和剧院风格的形成之间的内在一致性，这是产生大量的平庸作家和平庸剧院的一个不可小视的原因。刘厚生在《论北京人民艺术剧院对戏剧的贡献》中说："衡量一个剧院在戏剧史上的地位、作用、贡献，最主要的一条当然是要看它的艺术道路和艺术成就：她演出过什么剧目、剧目的思想价值、艺术成就达到什么水平，有什么特色，以及发现、培养了多少优秀的杰出的戏剧艺术家，等等。用我们通常俗语说，就是'出人出戏'的情况。"① 可见剧院建设首先是演出剧目建设，人才培养亦是通过剧目演出这个平台或载体来进行，剧院则是发现和培养剧作家、展示其艺术才华的殿堂。"老舍与北京人艺"合作关系告诉我们：作家要选择成就自己的剧院，剧院也要延请建构自己风格的作家，独特个性的作家与独特风格的剧院是相辅相成的。

① 刘厚生：《论北京人民艺术剧院对戏剧的贡献》，《探索的足迹》，中国戏剧出版社1994年版，第36页。

下篇

曹禺与北京人艺

新加坡艺术家郭宝昆曾对“郭、老、曹”在北京人艺的排名谈了他自己的个人看法，他说：“北京人民艺术剧院号称‘郭、老、曹剧院’，这里含有很大的政治色彩和中国人的谦让性格，因为郭沫若地位高，因为曹禺自己是人艺的院长。实际上，能以大戏剧家身份传戏的只有曹禺。郭沫若的历史剧当时在中国能以风行，出于他那具有时代意义的借古鉴今的历史思考和他的诗化语言，从戏剧艺术来说，成就并不大。老舍的剧作中，能在国际剧坛挺立的只有《茶馆》，而根据史料看来，虽然语言上那都是最精华的老舍珠玑，但是在戏剧结构上却是经过总导演焦菊隐等一大批表演艺术家的搓捏揉塑才有最后的成就。相反的，曹禺的作品不只都是自己的完整创造。而且远在新中国成立前就完成了他的全部重大作品。更何况，曹禺作为北京人艺院长，一直都是剧院的真正艺术指导，在戏剧流派、经典分析、演绎风格上，始终都体现了一位戏剧大师的博大精深的素养。”①应该说，郭宝昆的话不无偏颇，郭沫若戏剧成就也许并不大，但其戏剧风格独特且具有演出史意义，这是不容否认的；老舍戏剧离不开北京人艺的精彩演出，但老舍的戏也成就了北京人艺，使北京人艺有了国内国际声誉。但郭宝昆的话也不无道理，它对曹禺在人艺作用的高度评价是符合客观事实的。作为北京人民艺术剧院院长，曹禺在剧院建设的诸多方面作出了自己的卓越贡献。同时，与郭沫若、老舍他们不谙舞台相比，曹禺本人有着丰富的舞台实践经验，他的演剧思想和戏剧创作对北京人艺的演剧艺术产生了直接而广泛的影响。当然，北京人艺的舞台演绎也是曹禺戏剧演出史上华丽的篇章，它有力地扩大了曹禺戏剧在当代的传播和影响。

① ［新加坡］郭宝昆：《突然截断的奇伟山峰》，《曹禺评说七十年》，刘勇、李春雨编，文化艺术出版社2007年版，第85页。

第一章

曹禺作为北京人艺院长的功绩

1982年，曹禺在为院庆三十周年出版的画册写下的《序言》中说："在三十周年的纪念日中，我感触最深的是，我一半的生命与这个剧院紧紧连在一起。"① 确实，终其一生，曹禺把自己大半个生命都奉献给了北京人艺，奉献给了自己所喜爱的戏剧事业。1952年北京人艺正式成立时，曹禺刚刚40岁，正是人生的盛年，从此他长期担任北京人艺的院长，时间长达44年，将近半个世纪之久，他把自己整个后半生的大部分精力和心血都投注在北京人艺的创建与发展中。曹禺作为院长的特殊性在于：他既是人艺院长，又是杰出作家和天才演员，多重的身份使他成为一位"双肩挑"的懂行的领导，而不是一般的政府官僚。作为一位文学大师，曹禺在北京人艺的地位相当于丹钦科在莫斯科艺术剧院中的位置②，使得北京人艺较其他艺术剧院有着更为浓郁的文学氛围和人文气息。可以说，北京人艺的每一个停伫，每一个转向，步步都能看到曹禺的足迹和影响，在人艺建设的诸多方面都能看出他的不朽功绩。

---

① 参见《演员于是之》，王宏韬、杨景辉编，十月文艺出版社1997年版，第345页。

② 值得指出的是，不少北京人艺艺术家发文，认为赵起扬是北京人艺的丹钦科，这是专指其卓越的管理才能和组织才能言说的。但莫斯科艺术剧院的丹钦科除了上述才能外，还是剧院的文学掌门人，是莫斯科艺术剧院剧目路线的精明倡导人，玛·奥·克涅别尔称"他是文学的驻俄罗斯戏剧的全权使节"。（参见玛·奥·克涅别尔著《论聂米罗维奇-丹钦科导演方法》，周来译，中国戏剧出版社1959年版，第26页），我个人认为曹禺在北京人艺担纲了后者的职能，二者并不矛盾。

一、对北京人艺的规划与设计

田本相在纪念北京人艺50周年的一篇短文中认为："曹禺对于北京人艺的第一个贡献，也是最重要的贡献是同焦菊隐、赵起扬和欧阳山尊一起制定了北京人艺的建院方针。"[①] 在1952年初夏召开的著名的"四巨头"会议上，曹禺等人为剧院勾画的蓝图是："像莫斯科艺术剧院一样，树立向高标准艺术境界攀登的雄心壮志，吸收借鉴其表演经验和艺术管理的长处，继承发扬我国话剧的优良传统，充分调动发挥剧院艺术家们的经验、才智和艺术潜力，通过学习、训练和实践逐步统一创作方法，把艺术家们的热情吸收到为创造具有自己特色的话剧艺术而奋斗的轨道上来。这样就必定能够把北京人艺建设成为一个能获得我国观众喜爱并逐步走向世界的第一流剧院。"[②]

北京人艺的这一规划设计具有以下几个特点：**（1）眼界高远**。从建院起，北京人艺就瞄准世界一流剧院的建设目标而努力奋斗，他们胸怀大志、志存高远，不满足于在国内龙头老大的地位，而希望自己能走出国门，产生国际性的影响和知名度。这实际上对自己提出了更高的挑战和要求，在艺术上他们勤于钻研、刻苦磨炼，不自满、不停滞，努力提高自身素质，向国际一流艺术水准看齐，并想方设法彰显自身特色，扩大自己的影响。应该说，这和曹禺、焦菊隐、欧阳山尊等人的艺术眼光与境界密不可分。就曹禺而论，他曾经在清华大学西洋系就读，有着世界戏剧的知识与视野，他也是一位有远大抱负、不甘于平庸的剧作家，在他晚年的病床上总是放着外国戏剧大师的作品，他的内心一直怀有成为世界戏剧名家的理想和渴求，并为自己写不出高水平的戏剧作品而焦虑与苦恼。这样一位大师的规划无疑赋予了剧院高远的品质和博大的胸襟。**（2）切实可行**。向莫斯科艺术剧院学习和借鉴对北京人艺来说具有可操作性。因为20世纪50年代世界国际关系处于冷战时期，中国关闭了通向西方世界的大门，而与苏联等社会主义国家来往密切，这种

---

① 田本相：《曹禺对北京人艺的贡献》，《北京日报》2002年6月16日。

② 参见《春华秋实》，周瑞祥等编，北京出版社1989年版，第9页。

交往也体现在艺术的切磋和交流上，五六十年代苏联的很多艺术家被邀请到中国传授斯坦尼体系的精华及苏联演剧艺术的经验，北京人艺的很多演员都曾接受这方面的培训与教育。实际上，如果我们再往前推溯，从30年代开始，斯坦尼体系就在中国译介和传播，已经产生广泛而深远的影响，焦菊隐对莫斯科艺术剧院之兴趣和熟稔自不用说，而曹禺受契诃夫的影响也对莫斯科艺术剧院较为熟悉和了解，在剧院体制上，在作家与剧院关系的处理上，在演员的培养上都以莫斯科艺术剧院为学习的榜样，这就为北京人艺的建设与发展提供了一个切实可行的参照标准和实践模式。**（3）定位准确。**在向莫斯科艺术剧院学习的同时，“四巨头”也提出了自身特色的建设问题，即北京人艺建设的最终目标不是莫斯科艺术剧院的“翻版”，而是定位在具有中国特色的艺术剧院，这就有了特色立院的思想和主张，也反映了“四巨头”清醒的超越意识和创新意识。当然这其中作为人艺院长的曹禺功不可没，曹禺一贯的戏剧创作特色即是如此，他总是不甘于凝滞，不断地“苦恼自己”，求新求变，希望不重复别人，也不重复自己。实际上，北京人民艺术剧院就是曹禺创作的一部殚精竭虑的巨著，自然体现了他的创造精神。

总之，一个蓝图的规划与设计看似简单和偶然，实则反映了制定者的胸襟和素质。“凡事预则立”，北京人艺几十年来的艺术实践表明，这种理想蓝图的勾勒是正确而英明的，它是理想的大纛、是前进的方向和制胜的法宝。

二、在剧院凝聚力上的付出与贡献

作为北京人艺的院长，曹禺有强烈的事业心与集体荣誉感，他热爱北京人艺，把北京人艺看作他生命的一部分。他的夫人李玉茹就曾回忆说：“无论什么人，什么时候和他提起北京人民艺术剧院，他总是一下子精神抖擞，如数家珍侃侃而谈；即使他生病住在医院里，人艺的朋友来看他时，哪怕他疲惫不堪，微闭的眼睛也会突然出现神采，精神顿时振奋起来，而朋友走后，他一下子瘫软得一点力气也没有了。”[①]可见他对北京人艺的真情挚爱。而在这个剧院集体的凝聚力的建设上曹禺可谓呕心沥血，因为北京人艺是在原延安中央党校文艺工作研究室，延安中央管弦乐团，抗敌演剧第二、六、九队，祖国剧团等基础上建立起来的，要把这些来自五湖四海、不同艺术观念、不同条件、不同经历又各有千秋的艺术家们团结起来并不是件容易的事，但北京人艺较好地解决了这个问题。曹禺在建院30周年分析北京人艺取得国内国际声誉的原因时说：“我想，最重要的还是一个团结的问题解决得较好。团结是一个艰难细致的工作。北京人艺的成员之间有一种空气，在关键问题出现的时刻，在公和私交战的时刻，他们左思右想，只有抱成一团，才能发展中国的话剧艺术，才有自己终身为戏剧艺术效命的条件。在这一点上，他们是自豪的。无论经过多少惊风骇浪，他们的思想和感情，终究希望北京人艺成为一座话剧丰碑的大剧院。”[②]

应该说，这种团结空气的形成与院长曹禺所起的作用是密不可分的。首先他与剧院其他领导之间形成了相互信赖与相互支持的良好合作关系，他对于焦菊隐和赵起扬的尊重是有目共睹的，曹禺每提到他们就由衷地称赞，他说：“在北京人艺的发展史里，必须提起两个长久被我们记住的名字：焦菊隐和赵起扬。前者是北京人艺的总导演，后者是北京人艺的组织者和创办者之一。”他对焦菊隐的艺术成就给予了极高的评价：“他创造了赋有诗情画意、洋溢着中国民族情调的话剧。他是北京人艺风格的探索者，也是创始者。他不断地思索与实践，专心致志地琢磨构思，沉迷于他所理想的戏剧境界。”“北京人艺之所以成为北京人艺，这位艺术大师奠定了不可动摇的基础，他故去了，死于‘四人帮’的残酷折磨之下。我们追思他锲而不舍的钻研精神。我们怀念他对话剧艺术的理想和对北京人艺所有演员和艺术工作者的深情。我凝神追思，总觉得焦菊隐的灵魂仍在北京人艺的舞台上。今天北京人艺的风格，仍然继承他的创造精神，一天天向前发展。”[③]而他对北京人艺的另一位组

① 转引自梁秉堃著《在曹禺身边》，中国戏剧出版社1999年版，第70页。

② 曹禺：《我爱北京人民艺术剧院》，《文汇月刊》1981年第12期。

③ 曹禺：《我爱北京人民艺术剧院》，《文汇月刊》1981年第12期。

织者——赵起扬也心存感激，他说：“一个戏剧团体必须有一个精明强干的组织者，一个真正的戏剧内行，把各种纷纭复杂的矛盾，一一解决，顺理成章。人事的纠纷，经费的调派，人才的选求，剧院的规划，剧本的挑选，理想的追求，团结千百个心眼在一条轨道上前进。——这一切要一个杰出的组织者。他要有高尚的理想，超越的能力，美好的德行，宽大的胸襟，无限的精力，全心扑在话剧事业上的无私精神。没有这样一个组织者，一个好剧院是办不成的。北京人艺幸运地遇到这样一个百折不弯的组织者。他叫赵起扬。”[①] 从这些评价中，我们可以看出曹禺作为一位大师的坦荡胸怀和高风亮节，他没有任何狭隘的嫉妒心理和争风吃醋的市侩作风，更不存在拉帮结派、钩心斗角的恶劣行径。

其次，曹禺与北京人艺的艺术家及工作人员之间建立了深厚的情谊。在平时的工作中，他待人诚恳热情，没有丝毫的官僚气息，他团结各方面的力量，使大家心往一处想、劲往一处使。他热爱与他通力合作的北京人艺艺术家们和普通工作人员，他说“我是爱这个剧院的。因为我和一些老同志在这个剧院的天地里，翻滚了 30 年。我爱那些既有德行又有才能的好演员、好导演和那些多才多艺的可爱的舞台艺术工作者。我爱剧院里有各种各样性格的工人们。我和他们说笑、谈天、诉苦恼，也不知有多少回了。”[②] 难怪剧院的同志说：“曹禺不能没有人艺，人艺也不能没有他。”甚至还有人说：“曹禺是用他的爱来领导着人艺。”[③] 据梁秉堃回忆，就连一位拉大幕的老工人退休的时候，他也要写上一幅字相送，上面写道：“广沛老友身体健康，感谢你多年的劳绩。”[④] 而他与人艺艺术家们的过从甚密就更不用说了，他关心同志、珍视友谊，与很多演员建立了良师益友的关系，演员董行佶就不无感激地说：“解放后，在您领导的剧院，多次得到您艺术上的帮助，您是我的良师。”[⑤] 著名演员于是之则不无自豪地说：“我们为剧院有这么一位院长感到骄傲、幸福。”后来董行

① 曹禺：《我爱北京人民艺术剧院》，《文汇月刊》1981 年第 12 期。
② 参见《演员于是之》，王宏韬、杨景辉编，北京十月文艺出版社 1997 年版，第 344 页。
③ 参见黄中俊：《曹禺与北京人民艺术剧院》，《中国戏剧》1990 年第 11 期。
④ 参见梁秉堃著《在曹禺身边》，中国戏剧出版社 1999 年版，第 69 页。
⑤ 参见梁秉堃著《在曹禺身边》，中国戏剧出版社 1999 年版，第 75 页。

佶不幸中年早夭，曹禺还亲自为他题写碑文。

最后，曹禺十分注重剧院院风的培养和建设。他说："培养良好的院风也是重要的。每个导演、演员、业务人员及其他工作人员都要有'艺德'，'艺德'要好。我们在舞台上是一个绝对的合作团体。京剧有一句话叫'一棵菜'，很讲究'一棵菜'。在台上，你该怎样，他该怎样，合在一起才成为一个戏。我们对'艺德'非常重视。在演出的后台，规矩很严很严。我每次到后台，都有一种到了神圣之地的感觉。大家没有闲话，所有的演员都在那儿沉默。发挥自己的想象力，进入自己的角色。"① 曹禺提倡的院风是艺德品质、合作精神、整体效应。

三、剧目建设功勋卓著

作为一个文学大师出身的剧院领导，曹禺对剧目建设高度重视，把它看作剧院建设与发展的生命，建院两年后他就提出要重视积累保留剧目，指出"一个名副其实的剧院应该有自己的一批保留剧目。"② 他的眼界与识见使他对上演剧目的选择非常严格，他还提出过"剧院首先是文学院""人艺只能上演第一流的作品"③ 的艺术主张。北京人艺演出的很多外国戏都由他来定夺与把关，例如：《请君入瓮》《贵妇还乡》《推销员之死》等，于是之回忆说："无论哪国的名剧，只要一提起剧名，他就能讲出这个剧好在什么地方，不好在哪儿，还有哪个剧更好。见解的深刻、精当是别人比不了的。所以剧院上演的剧目，一般都要征求他的意见。而他的意见和建议使北京人艺上演的剧目大都能保持一流水平。"④ 于是之还回忆说："他对戏剧文学的品格要求甚严。粗下的东西，他从来是不主张上演的。"⑤ 由于他的特殊身份与潜在影响，人艺把"五四"以来很多中国现代话剧的优秀剧目搬上了舞台，例如：《风雪夜归人》《北京人》

① 曹树钧：《曹禺晚年年谱》，安徽大学出版社 2016 年版，第 91 页。

② 转引自周瑞祥：《远志·奋进·戒骄》，《中国戏剧》1997 年第 5 期。

③ 转引自梁秉堃著《在曹禺身边》，中国戏剧出版社 1999 年版，第 87 页。

④ 参见王卫国：《曹禺和北京人艺》，《探索的足迹》，中国戏剧出版社 1994 年版，第 178 页。

⑤ 参见黄中俊：《曹禺与北京人民艺术剧院》，《中国戏剧》1990 年第 11 期。

《雷雨》《日出》《名优之死》《潘金莲》《压迫》《等太太回来的时候》《三块钱国币》等，北京人艺建立之后，所演的第一出“五四”以来优秀剧目就是曹禺的《雷雨》，开创了新中国话剧舞台上演“五四”以来优秀剧目的先河。与中国当代其他剧院比，中国现代经典戏剧在人艺的演出比重是十分突出和显著的，可以说特色鲜明[①]。

曹禺还充分利用自己的影响力与号召力，动用自己的人际关系，为北京人艺延请了一批著名的剧作家来写戏，例如郭沫若、老舍、田汉、丁西林、夏衍、陈白尘等，这是非常难能可贵而又值得大书特书的事件。于是之就指出：“过去，曹禺多次代表人艺去请郭沫若和老舍为我们写剧本。没有曹禺，我们是无法请到他们的。”[②]郭沫若的《蔡文姬》和《武则天》都是专门为北京人艺写的；老舍的《春华秋实》《茶馆》《女店员》等6个剧本也都是专门为人艺写的。在与田本相的一次交谈中，曹禺就向他回忆说：“文化革命前，我们曾到郭老家向他求教，为北京人民艺术剧院索取剧本。每次郭老都慨然应允，并且在短时间内把剧本给了我们。”[③]郭老不但把过去的剧作如《虎符》等提供给北京人艺演出，而且特地为剧院撰写了《蔡文姬》《武则天》等剧。而曹禺与老舍的关系更不用说，二人曾同时受美国国务院的邀请结伴去美国访问、讲学，在一起工作生活过，有着对文学艺术的共同兴趣爱好，后来老舍的回国，也是曹禺受周恩来总理的委托给老舍写信邀请的。老舍新中国成立后大部分剧作都在北京人民艺术剧院上演，这除了看中焦菊隐等人艺艺术家们的舞台才华外（从“公”的层面讲），也有他与曹禺个人私交的原因。曹禺生前曾担任北京市老舍研究会的会长，在为老舍先生平反的追悼会上，曹禺最后一个离开，而且向老舍先生遗像九鞠躬，可见两人情谊之深厚，这样看来，老舍

---

① 洪子城在《中国当代文学史》中指出：“从后来的事实看，五六十年代的剧作，很少能成为剧院的‘保留剧目’。作为北京、上海等大城市专业剧院（如北京人艺、上海人艺、中国青年艺术剧院、中央实验话剧院等）的‘剧院艺术’标志的，主要是西方古典和我国三四十年代的话剧创作。”（洪子城：《中国当代文学史》，北京大学出版社1999年版，第164页）具体如《威尼斯商人》《一仆二主》《玩偶之家》《万尼亚舅舅》《上海屋檐下》等。其中，曹禺的《雷雨》《日出》《北京人》《家》，是上演次数最多的剧目。50年代之后的作品，只有《茶馆》《关汉卿》等少数的作品，以后仍能经常上演。

② 转引自梁秉堃著《在曹禺身边》，中国戏剧出版社1999年版，第87页。

③ 转引自田本相：《曹禺对北京人艺的贡献》，《北京日报》2006年6月16日。

与人艺合作也就顺理成章。不但老舍在曹禺的感召下为人艺写戏，当代著名戏剧家纷纷为人艺写戏，这成了人艺一个特殊的景观、一道亮丽的风景，大师的力作为人艺的辉煌奠定了基础。

此外，曹禺也重视本院编剧队伍和人才的培养。在曹禺院长亲自关心指导下，北京人艺在全国较早地设立专业作家，让作家进剧院，在剧院体制中设立剧本组（后改创作室），其组织关系直属院长（曹禺亲自负责文学组）。给专业作家提供一切条件和便利，每年都安排他们体验生活，抓好剧目规划，培养出一批高水平的人艺作家群。他们中有：梁秉堃、王志安、刘厚明、刘锦云、高行健、郭启宏、王梓夫、李龙云、何冀平、郑天玮等（另外，还有一大批院内院外的兼职编剧，积极地拓宽剧本园地。院内兼职编剧有：夏淳、梅阡[①]、赵起扬、于是之、焦菊隐、董行佶、英若诚、童超、林连昆、朱琳、蓝天野、李六乙、顾威、任宝贤、苏民、李婉芬、王宣、李醒、邱扬、黄宗洛、朱旭、陈绅、柏森等；国内院外兼职编剧有：苏叔阳、师陀、柯灵、过士行、中英杰、水运宪、白桦、沈西蒙、吴祖光、欧阳予倩、骆宾基、所云平、晏学、绍武、会林、魏敏、孟冰、李冬青、霍达等，此外还改译上演了不少外国戏剧[②]），这么多有一定知名度和创作才华的作家云集剧院，在全国剧团中是绝无仅有的，这自然使人艺有好的剧本作基础，能够立于不败之地，更为剧目建设发挥了坚实的保障作用，也从另一个侧面反映了人艺对戏剧文学的高度重视。作为院长兼著名作家，曹禺还切实履行自己“传、帮、带”的作用，梁秉堃在《在曹禺身边》一书中就具体回忆了曹禺对剧院作家的亲切教诲，他把自己创作的心得体会无保留地传授给剧院的作家们，例如他为编剧制定了三个“不要写”的原则：“言不由衷的话，不要写”“不熟悉的生活，不要写”、“熟悉的生活，但是在没有从中找出你相信的道理来，并且真正想通了的时候，

① 梅阡1981年创作的《咸亨酒店》曾荣获北京市文化局1981年剧目一等奖。

② 演出的国外编剧有：高尔基、莫里哀、契诃夫、布莱希特、贝克特、阿瑟米勒、奥斯特洛夫斯基、莎士比亚、威尔逊等。北京人艺博物馆有关编剧的宣传栏中指出：“在北京人艺建院五十年来上演的三百多部剧目中，有老、中、青不同年龄的编剧，用各自的生花妙笔，为剧院的舞台演出创作了一幕幕悲欢离合、发人深思、激人奋进的作品，对繁荣话剧艺术作出了贡献。”

也不要写。"[①] 此外，就戏剧如何写人、如何重视观众的存在，如何锻炼自己的语言等方面，他都谈了自己的看法。应该说，北京人艺几十年来培养了一批有成就的剧作家，产生了一批高质量的剧本与曹禺的言传身教是分不开的。

总之，北京人艺能成为国际一流剧院，高质量的剧目建设发挥了重要作用，其保留剧目之丰富与优胜是中国其他剧院所望其项背的，也是难以企及的。同时，人艺有严格的保留剧目复排演出的制度和传统，例如老舍《骆驼祥子》一剧 1957 年 9 月 28 日首演，1980 年 3 月 25 日复排，1989 年 3 月 20 日再次复排，人艺还施行了角色担纲的 A、B 制；(例如 1980 年演出中，老马一角的 A 制演员是于是之；B 制演员是任宝贤[②]) 很多演员以前是 B 制演员，到了重新复排时就成了 A 制演员。导演亦复如此，例如《日出》1956 年 11 月 1 日首演，导演是欧阳山尊，1981 年 6 月 20 日复排，导演是刁光覃，2000 年 8 月 20 日再次排演，导演是任鸣。

这既使导表演得到了有效地锻炼，又能保持演剧水平和风格的传承与贯穿。王正在《剧目建设和导演艺术》一文中说："剧目是剧院的生命。没有剧目，剧院的艺术家就无从创造，剧院和社会—观众就失去联系。剧院里就没有色彩、没有生机、没有活力，剧院就不成其为剧院。"[③] 张帆在《翻家底儿，再现昔日辉煌》中则用事实说话："'文革'前北京的重量级话剧表演团体不只北京人艺一家，还有中国青年艺术剧院、中央实验话剧院、中国儿童艺术剧院；部队的有总政文工团话剧院、战友文工团话剧院、空政文工团话剧院、海政文工团话剧院；另外还有煤矿文工团话剧团、铁道文工团话剧团、全总文工团话剧团、中央广播文工团话剧团等。这些剧团，每家都有自己的保留剧目，都有自己的看家好戏。但是'文革'后，他们大都没太重视对保留剧目的再恢复，而是一味地赶时髦，排新戏（当然排新戏并不一定错），然而这些新剧目的创作水平和演出水平多数不及它们过去的保留剧目，这样就使他们失掉了一批自己的老观众，院团也逐渐失去了昔日的光彩。后来，当他们意

① 转引自梁秉堃著《在曹禺身边》，中国戏剧出版社 1999 年版，第 87 页。

② 参见北京人艺博物馆的档案资料。

③ 王正：《剧目建设和导演艺术》，《探索的舞台》，中国戏剧出版社 1989 年版，第 9 页。

识到应该像北京人艺一样抓紧恢复保留剧目时，他们的许多老艺术家都已到了离退休的年龄，想搞时已力不从心，失去了大好时机，也失去了许多老观众。我曾和这些兄弟院团的一些老朋友交换过此看法，他们均表示同意。”[①]

四、对艺术探索鼎力支持

作为一位著名作家，曹禺在创作中一直求新求变，不断地“苦恼”自己，力求使自己每一部剧作都能“试探一条新路”。他说：“无论写什么戏，下一个一定要和上一个不一样，《日出》和《雷雨》的写法不一样，《北京人》又力求从写法、结构、人物种种有所不同、有所创造。”[②] 曹禺所拥有的世界眼光和他接受外来影响的多样性，使他能博采众长、不拘一格。这种创新性和包容性也表现在他作为人艺院长对剧院艺术探索的鼎力支持上。20 世纪 50 年代，当焦菊隐演剧民族化实验遭遇责难，焦氏为此感到困惑和痛苦时，曹禺主动站出来给予他应有的关心和支持。这要从《虎符》的实验演出谈起，《虎符》演出后争议较多，一些艺术评论家包括人艺艺委会的个别同志在内对焦菊隐的戏剧探索给予了批评，焦菊隐自感压力很大，此时作为院长的曹禺的态度就显得至关重要，曹禺是这样表态的：“感觉是戏，调子舒坦，现代剧许多都是温拖，这个戏动作明快，很有可为。最重要的是试验接受民族传统，这是一条新路子。这种做法是现实主义精神与民族传统相融合，应有勇气做拓荒者，我估计观众可以接受，大量地试。”[③] 正是曹禺的肯定和支持，才使焦菊隐有了进一步探索的勇气和动力，并最终结出了戏剧民族化的丰硕的成果。

同样，新时期初，林兆华把高行健的《绝对信号》搬上了人艺的舞台，因其大胆地突破了现实主义戏剧的演剧传统，而呈现出带有意识流色彩的西方现代派戏剧特色，被不少人认为背离了北京人民艺术剧院的风格和传统，在十分困惑的情况下，作者高行健和导演林兆华共同给曹禺院长写了一封信。

---

① 参见张帆著《走近辉煌》，中国戏剧出版社 2007 年版，第 164 页。

② 梁秉堃：《在曹禺身边》，中国戏剧出版社 1999 年版，第 173 页。

③ 参见《北京人民艺术剧院大事记》第 1 集（油印本）。

很快他们就收到了曹禺的回信，在这封回信里，曹禺给予他们更多的理解与鼓励，他说：“北京人艺从不固步自封，不原地踏步，决不应抱着那点成就，就沾沾自喜，不求前进。人老，常易看不到新事物；机构老，也容易看不得新事物。北京人艺决不能仅成为保留剧目的博物馆。它是继承了我国话剧传统，却又不断汲取了新精神、新形式，开拓广阔艺术疆域的地方。我们需要不同的艺术风格、不同风格的剧本来丰富这个剧院的艺术，这将使剧院不致陷于死水一潭。这个剧院当然不抛弃自己通过艰难困苦、奋发创造才获得的所谓的‘北京人艺风格’，但我们决不拒绝新的创造来发展、滋养我们的传统。”①应该说，曹禺院长开放的心态和创新的精神使北京人艺始终充满活力，它有因续的风格戏，也有很多的探索戏；有古典戏，也有时事戏；有中国戏，也有外国戏。其艺术风貌显现出多元共生的色彩，当然又有其一贯的核心精神与追求。著名演员于是之说：“曹禺同志会写戏，又导过戏，演过戏，教过戏，是一位真正懂戏的院长。他是人艺的一把尺子，我们作任何决定都得考虑如果曹禺院长在场的话是否会同意。他坚持现实主义的戏剧创作原则，同时又支持年轻艺术家们的探索。他常说‘条条道路通罗马’，各种手法，各种路子都可以试验。”②这种对艺术探索的支持与兼收并蓄的态度也使人艺的风格不断走向深化与成熟。难怪探索戏剧的杰出导演林兆华不无感激地说：“我是曹禺的学生，我在曹禺领导的剧院中成长起来，我从他的作品和言行中学到了很多东西。如果没有他和其他领导的培养、支持并尽量提供条件，我的任何艺术探索都是不可能进行的。”③

五、对演员艺德、才识等方面的影响

田本相曾这样客观评价曹禺在人艺的作用：“从表面看来，似乎曹禺院长是‘虚’的，但是，有曹禺在，北京人艺似乎就像有着艺术神灵在。他的领

---

① 转引自梁秉堃著《在曹禺身边》，中国戏剧出版社 1999 年版，第 174 页。

② 转引自梁秉堃著《在曹禺身边》，中国戏剧出版社 1999 年版，第 73 页。

③ 参见黄中俊：《曹禺与北京人民艺术剧院》，《中国戏剧》1990 年第 11 期。

导作用对于北京人艺来说是‘大象无形，大音希声’的。”① 应该说这个评价是十分准确和到位的。因为对曹禺的领导才能很多人不敢恭维，甚至不断受到质疑，但实际上，曹禺的作用并不表现在对具体问题的处理和解决上，而是作为一位文学大师和精神导师对剧院方方面面的潜移默化的影响，这是无人可以替代的。

除了上面我们指出的曹禺在人艺发展蓝图的规划、剧院凝聚力的形成、剧目建设、艺术探索等方面所起的作用以外，我们还可以总结出曹禺对人艺演员品德、才能等方面的内在影响。

1. 艺德。曹禺以戏剧为自己的生命，他的一生都奉献给了中国的话剧事业，徐晓钟在纪念中国话剧 90 年主题发言中就情不自禁地说：“中国话剧的许多先辈都对自己的事业怀着苦恋。曹禺同志去世一年了，他在病房里留给我们的最后一句话是这样四个字：‘热爱话剧’！可能，这就是他对话剧的苦恋，并以此激励我们去苦恋话剧！”② 在《我爱北京人民艺术剧院》一文中，曹禺曾这样形容自己对话剧艺术的挚爱：“戏演完了，人散了，我甚至爱那空空的舞台。微弱的灯光照着硕大无比的空间，留念不舍。是否人生如梦，是否我在思索我这一生究竟为什么活着？不，我完全没有这样想过。我感到北京人艺是一块培养多少戏剧人才的园地，也是锻炼多少人才的实验的舞台。他是初春的雪水，夏日的莲花，秋天的黄菊，冬天的霜雪。他贡献给人民以娱乐和教育，人民给予我们以滋养与恩情。”③ 曹禺可以说是人艺一面高高飘扬的旗帜，一种献身艺术的精神象征，指引演员献身话剧舞台，忠诚于艺术事业，起到了身教重于言教的作用。

北京人艺院长刘锦云就说过：“人艺是曹禺大师辉煌业绩的一角。一曰德，一曰艺，是曹禺留给剧院的煌煌基石。……曹老以自身风范告诉我们，于清寒和寂寞中奉献自己，是每一个真正从艺者或曰从真正艺者的必备的品格。人艺的几代艺术家这样地亲躬了，因而才有剧院的繁荣。这是熔有曹老精神

① 田本相：《曹禺对北京人艺的贡献》，《北京日报》2006 年 6 月 16 日。

② 徐晓钟：《走具有中国特色的话剧发展之路——纪念中国话剧九十年》，《剧本》1998 年 2 月号。

③ 曹禺：《我爱北京人民艺术剧院》，《文汇月刊》1981 年 12 期。

的几代人艺人凝聚成的珍贵的艺德，这德理当也必能流传下去。”① 作为一个内行，曹禺懂得导表演在舞台上的辛劳，对他们在艺术上的操劳付出一直给予鼓励和肯定。王育生说：“万先生在看完演出后，有一句口头语：‘剧本好，导演好、演员更好。’这是因为他感觉到自70年代以来，戏剧面临严重困境，举步维艰，但戏剧工作者们在这个岗位上爱业敬业，为了戏剧的保存、发展、创新而努力工作，他对此采取支持态度。”② 北京人艺的艺术家们对艺术的赤诚是有目共睹的，在他们心目中，戏比天大，不少人以剧院为家，对话剧艺术刻苦钻研，甚至达到痴迷的程度，他们中的一些人为了人艺艺术大厦的建造作出了自我的牺牲。曹禺在《探索的足迹》序言中就非常自豪地说：“我感到振奋的是北京人艺涌现了、造就了一批热爱话剧艺术、献身话剧艺术并且受到观众热爱的艺术家们。我对他们的献身敬业的精神，由衷地崇敬。我永远忘不了他们的劳动和创造。”③

2. 才识。即人艺演员对艺术修养和艺术技能的重视，这也与曹禺的提倡与鼓励分不开。他说：“艺术修养的根底儿厚，艺术上的造诣才有可能深。”“作为一个戏剧工作者，除了熟悉和掌握专业的知识和技能以外，对于文学、诗歌、绘画、音乐等各种艺术，都应该了解一些，懂得一些，或者说至少会欣赏吧。”④ 曹禺本人就具备博大精深的文学艺术素养。他酷爱读书，是人艺有名的活字典，很多不常见的戏剧，只要问他，他总能给你满意的解答。英若诚回忆说：“60年代初，我当时应出版界之约，准备翻译挪威剧作家比昂逊的剧本。剧本很难找到，最后还是在清华大学图书馆中找到了，我翻阅到最后一页，在借书人的名单上，竟然是‘万家宝’的名字！（当然还有一位前辈的名字，就是当时他的同学钱钟书）后来，我与曹禺同志谈到此事，他不但谈了比昂逊本人，还向我介绍了这位作家的作品在‘五四’时期，在中国出版翻译情况，根据他的介绍，我们居然又找到了‘五四’时期茅盾同志的译本，大大丰富

① 转引自梁秉堃著《在曹禺身边》，中国戏剧出版社1999年版，第71页。

② 王育生：《正确处理继承与创新的关系》，《戏剧》2000年第4期。

③ 曹禺：《探索的足迹·序》，中国戏剧出版社1994年版。

④ 郦子柏等：《海滨月夜，曹禺闲谈》，《曹禺研究专集》（上册），王兴平等编，海峡文艺出版社1985年版，第206页。

了选集的内容。”[①] 于是之在《我们剧院的骄傲》中说：“我在跟随他写《胆剑篇》时，每每苦思冥想想出一个情节，曹禺总是说‘现成现成’、‘普通普通’，他读的戏多，所以许多我们认为新鲜的情节在他看来却已是陈词滥调了。”[②] 曹禺还直接帮助青年演员提高文化修养，青年演员郑天玮回忆说：“曹老把我叫到身边说：‘你写的每一篇短文我都看了。’我忙问：‘您都看了？’曹老说‘都看了，写得好！不要怕，就这么写。演员一上台演戏，上学的机会就少了，能读书、写文章，这就好，你一定要坚持，坚持。’”[③]

北京人艺的几位出色的导演、演员和舞美艺术家，都能写出一笔有风格的好字，画出好画，作出好文章。他们对文学、历史、绘画、音乐、舞蹈、写作，以及美学等等知识，都有一定的欣赏水平，有的还造诣很深。例如著名演员叶子就是一位修养型演员，她做过戏剧专门学校的表演和台词教师，当过戏剧刊物的编辑，她还当过导演、写过剧本，尤其是她的散文写得非常优美动人，这一切使她底蕴深厚，在她表演时，她对剧本、人物的理解就高人一筹。人艺不少演员都是能写、能演、能导的“多面手”，如刁光覃、苏民、蓝天野、顾威等。曾做过文化部副部长的人艺演员英若诚则精通外语，翻译了《茶馆》《家》《推销员之死》《上帝的宠儿》《哗变》《芭芭拉少校》等剧，为话剧的中外交流作出了重要的贡献。总之，戏剧演员学者化可以说是人艺艺术家们的共同追求，于是之在《一个演员的独白》中说：“作家们终于在议论‘非学者化’的不足了，我是极赞成的。以我的教训为例，没有学问的演员大约是不易取得大成就的。演员比起作家和导演来更容易出名，但不能为一时名利所惑。戏剧必须有市场，但演员决不能当‘商人’。我们必须成为自己所属专业的学者。”[④] 在曹禺、焦菊隐等剧院领导的倡导下，北京人艺的学术研究空气十分活跃。人们在一起交流舞台表演的经验、发表对艺术问题的不同见解，琢磨实践中遇到的难题，相互启发、共同研讨，形成了人人钻研业务的学术氛

① 转引自梁秉堃著《在曹禺身边》，中国戏剧出版社1999年版，第168页。

② 于是之：《我们剧院的骄傲》，《中国戏剧》1997年第5期。

③ 转引自梁秉堃著《在曹禺身边》，中国戏剧出版社1999年版，第75页。

④ 于是之：《一个演员的独白》，《演员于是之》，王宏韬、杨景辉编，北京十月文艺出版社1997年版，第299页。

围。周瑞祥在《远志·奋进·戒骄——老院长曹禺培育的院风》中指出:"为了实现建院的'大志',他(指曹禺)要求把深入生活定为制度,要求艺术人员在生活中锻炼自己认识生活、提炼生活的功力;他无数次地强调要大力培养演员,尤其是青年演员,说'这是为了剧院的前途','重点培养青年演员,这才有盼头'。他多次激动地呼唤要培养出'红得发紫'的演员,导演都要像焦先生那样成为一朵'大花'。"① 为了使演员更好地提高业务素质,1961 年人艺还制定了《有关艺术生产的十项原则》(由赵起扬主持,曹禺等集体讨论通过)对演员提出了具体的培养措施,例如第八条原则指出:"在分配角色时实行 A、B 制,是保证排练演出需要,增加演员的实践机会,促进表演艺术'百花齐放'和质量提高,以及更好地进行劳逸安排的一项重要措施。"并且规定:"经过排练,发现 B 制演员在创造上超过 A 制演员时,导演有权调换。"② 此外,北京人艺还通过各种形式与途径来培养演员的艺术素质③,曹禺本人更是亲自为学员或剧组讲课。

这里有必要指出的是:曹禺的剧本对演员良好品德和修养的形成所起的作用。因为很多演员阅读、演出过曹禺的剧本,对于他们来说这些剧本就是他们人生和艺术的教科书,启发他们对社会人生的思考、陶冶他们的艺术情操,提高他们的人文素养。可以这样说,剧作不仅对演员演技有影响,而且也从思想上教育演员如何做人,对待生活的态度,人生道路的选择等。中西

---

① 周瑞祥:《远志·奋进·戒骄》,《中国戏剧》1997 年第 5 期。

② 参见北京人艺博物馆的档案资料。

③ 建院初期,北京人艺就重视提高创作人员的艺术素质,在排练演出的空隙,组织各种形式的业务学习。1953 年 9 月 1 日到 12 月 31 日,组织演员业务学习班,邀请魏喜奎、曹宝珠、于兰凤、樊如兰、齐聚奎等任教员,并请中央戏剧学院教授孙家琇讲解莎士比亚。1954 年 10 月 1 日,演员业务学习班开课,主要内容是排演《北京人》《上海屋檐下》等剧的片段。1955 年 1 月 6 日起请苏联专家鲍里斯·库里涅夫讲授表演课,后由库里涅夫任艺术指导,排演了高尔基作品《耶戈尔·布雷乔夫和其他的人们》。1956 年 10 月 5 日,决定举办中青年演员训练班,由从中央戏剧学院学成归来的蓝天野、张瞳主持教学,这个表演学习班又被称为表演"回炉班"。其他还邀请了俄罗斯舞蹈家索科尔斯基·巴兰诺瓦来教芭蕾舞,中央戏剧学院蔡若虹教授讲绘画理论,请冯法祀教授讲列宾的画技,李曼宜、谷叶讲西洋发声法;侯宝林先生谈语言、谈喜剧、谈相声如何为包袱设扣,请荀慧生、裘盛戎来讲京剧艺术。赵起扬在《培养演员的断想》中总结说:"这四年的日子过得很不寻常,为了把北京人艺建成世界第一流水平的话剧院,特别是在艺术功底上打好基础,不惜在时间上、经济上进行投资,少排几个戏,没有关系,是应该的,演出阵容上暂时受影响,无大妨碍。没有这四年认认真真、扎扎实实,采取各种办法组织起声势浩大的学习,也就不可能在短时间内就统一了创作方法,也就不可能比较快地在创作上达到了互相默契,更不可能在 1959 年国庆十周年献礼时拿出八个水平比较高的剧目,并已经形成了北京人艺自己的艺术风格。"(参见北京人艺博物馆档案资料)

方戏剧艺术史表明：很多演员是生活方式毁了艺术前程[①]。由演员改行做作家的白峰溪曾这样说："我感激我参加过演出的古今中外剧目的剧作家们，他们的每个剧本都开阔着我的知识领域和思想境地，也感激我所扮演的每个角色，他们的心灵世界都是我可读的人间活书。后来当我自己拿起笔来写戏时，才越来越深地体会到演剧生活给我带来多么大的益处！这是因为我作为演员，不仅是那些名作家们力作的阅读欣赏者，我还必须是他们剧作中的形象和剧作思想的体现者。"[②]

① 例如1918年新剧批评家周剑云就批评一些新剧演员修养不足、智识低下，"生性浮薄，误交匪人，假舞台为渔色之所，视戏剧为淫欲之媒"。参见剑云《晚近新剧论》，周剑云：《鞠部丛刊·剧学论坛》，上海交通图书馆1918年版，第58页。文明戏的堕落除了因为外部社会环境的变化（如辛亥革命的失败）外，也与新剧演员素质参差不齐，演出队伍艺术水准低有关。洪深在《中国新文学大系》戏剧集导言中在分析文明戏的失败时就指出："所谓文明戏，是整个坍塌了，戏与演员，同时退化，同时失败的。"在分析完戏的问题后，直接批评演员生活方式和艺术态度问题："再讲到演员，他们在剧场以外的生活，至少要与他们在台上的无聊的行为，同受责备。有时下了戏台后的罪恶，恐怕影响更要大些。深夜不睡，Wine，Woman and Song，可以使得人，不论做什么行业，都要一败涂地的。他们放任自己，去干了许多在他们头脑清醒不疯狂的时候，所决不会允许自己去干的事，他们不但降低破坏了他们的艺术，而且失去了观众的恭敬好感和同情，也破坏了自己了。"（洪深：《中国新文学大系戏剧集·导言》，上海良友图书印刷有限公司1935年版，第15页）

② 白峰溪：《我所拥抱的民族风情》，《探索的舞台》，林克欢编，中国戏剧出版社1989年版，第29页。

第二章

曹禺戏剧对北京人艺的影响

曹禺作为北京人艺的院长对剧院的建设与发展自然功不可没，北京人艺能有今天的成就和业绩与曹禺在其中的倾情投入与默默奉献有关。曹禺对北京人艺的另外一个贡献是他的宝贵的舞台经验和堪称经典的戏剧创作。新中国成立后，曹禺的《雷雨》《日出》《北京人》《家》《明朗的天》《胆剑篇》《王昭君》等先后在北京人艺上演，《雷雨》《日出》《北京人》等还成了北京人艺的保留剧目，多次在北京人艺的舞台上演出。据北京人艺建院 40 年的统计，上演场次最高为《茶馆》，达 381 场，《雷雨》为 372 场，名列第二，《日出》为 113 场。由于曹禺与北京人艺的特殊关系，使得北京人艺的演员能经常聆听他的艺术指导，他的丰富的演剧经验更是直接作用于北京人艺的演出。而曹禺的戏剧更是锻炼演员的阵地，培养演员的沃土，展示演员才华的载体。他的现实主义创作对北京人艺现实主义演剧风格的形成和发展发挥了重要的作用。

第一节　曹禺的演剧实践及其舞台观

田本相在《苦闷的灵魂——曹禺访谈录》的前言中这样评价曹禺："他是一位难得的伟大的戏剧天才：最初，他被他的导师张彭春发现的，是他的表演天才。看过他的表演的人，都为之倾倒。郑振铎、萧乾、马彦祥等都称赞过他的表演。他也执导过戏，当然写戏是最能展现他的戏剧才华的。”[①] 这提醒我们，曹禺是由舞台演出起步走向戏剧创作的，过去我们对曹禺的研究一直存在偏向，即对曹禺的戏剧创作研究颇多关注，出版的专著也主要集中于曹禺的戏剧文学的研究，而对曹禺的舞台实践的研究用力不足。曹禺在舞台实践上有何作为？人们对曹禺的演剧艺术给予了怎样的评价？作为演员的曹禺，其表演特色和风格何在？他长期的舞台实践对其戏剧创作产生了怎样的影响？他在总结演剧实践经验的基础上所形成的舞台观是什么？[②]这些都是值得我们思考和研究的问题。与郭沫若、老舍截然不同的是，曹禺是编、导、演集于一身的全才艺术家，其影响是多方面的，曹禺的演剧实践及其舞台观为北京人艺艺术实践提供了不可多得的理论指导与践行榜样。

曹禺曾被很多学者称为戏剧天才，他 23 岁时即创作出他的处女作也是代表作——《雷雨》，可谓一鸣惊人、出手不凡。如果我们从创作历程考察可以发现大部分戏剧家或文学家都是一种渐变型的作家，即他们开始的创作往往都很幼稚，后来随着生活积累与写作经验的不断丰富，越写越好，逐渐形成自己的写作风格，创作出自己成熟的作品。而曹禺却是个例外，他属于突变型的作家，一出手就是经典的成熟作品，代表了他戏剧创作的高峰，这乍看起来有点不可思议，实际上与曹禺本人的前期准备有关。曹禺在《〈雷雨〉之前》一文中说：“我不是什么天才。天才是肯勤奋有耐性、勇于苦思冥想、具有丰富的斗争生活和取之不尽的精力的人。写《雷雨》我是经过了十几年的思想和生活的积累，经过 8 年的学徒时期（指 1925—1933 年曹禺 8 年舞台演出实践——引者注）。”[③] 曹禺的舞台演出实践对其戏剧创作影响至大。

应该说，曹禺接触戏剧是很早的，他也因此受到良好的戏剧启蒙。曹禺出身于大变动时代一个封建官僚家庭，3 岁时就由继母抱在怀里出入戏园，观看谭鑫培、龚云甫、陈德霖、余叔岩、杨小楼、裘桂仙、王长林、刘鸿声等

① 田本相：《苦闷的灵魂——曹禺访谈录》，江苏教育出版社 2001 年版，第 1 页。

② 必须指出：马俊山的专著《曹禺：历史的突进与回旋》（中国工人出版社 1992 年版）对此作了初步的开创性质的研究，本书在写作时既有参考，又有拓展。

③ 曹禺：《〈雷雨〉之前》，《剧坛》1981 年创刊号。

名演员的表演；京戏、昆曲、河北梆子、山西梆子、唐山落子等地方戏以及各种曲艺和文明戏的演出（例如"秦哈哈"表演的文明戏）都使他着迷，每次看完戏回来，他都会情不自禁地模仿比弄。他说："那时候我甚至想当一名演员，想一辈子当一个演员。"① 由于对戏剧的迷恋，在他幼小的心灵中很早就播下了戏剧的种子。他从大量的看熟了的戏剧中，注意到了人物性格，注意到了戏剧人物活动的舞台，场景的设置和变化，注意到了戏剧与现实生活的相同相似之处和不同之处，以及它高于生活、吸引观众的独特之处。

中学时代，他就读的南开中学是中国现代话剧运动的摇篮，那里有着良好的艺术氛围、高明的指导老师、正规的戏剧社团、丰富的演出实践。在南开期间，曹禺是南开新剧团的演出骨干和活跃分子，在那里，他几乎不放过任何一次演剧机会，演出过许多反响很大深受观众喜爱的话剧。据崔国良收集整理，曹禺在南开中学的戏剧演出情况如下表②：

曹禺在南开中学戏剧演出统计表

排演日期	剧名	资料来源
1925年	《织工》	《人民戏剧》1977年3期
1927年暑假	《压迫》	南开新剧团略史
1927年9月2日	《爱国贼》	《南中周刊》第26期
1927年9月9日	《压迫》	《南中周刊》第28期
1927年9月30日	《国民公敌》	《南中周刊》第29期
1927年12月18日	《压迫》	《南中周刊》第38期
1928年3月23—24日	《刚愎的医生》	《南开双周》第1卷第2期
1928年4月27日	《换个丈夫吧》	《南开双周》第1卷第4期
1928年10月17日	《娜拉》	《南开双周》第2卷第3期
1928年10月20日	《娜拉》	《天津大公报》1928.10.16
1929年暑假	《争强》	《南开双周》第4卷第1期
1929年10月17、19、26日	《争强》	《南开双周》第4卷第4期
1934年10月17日	《新村正》（改编本）	《南开高中学生·30周年纪念特刊》
1935年12月7、8、15日	《财狂》	《大公报》1935年12月7日

由于曹禺长相清秀、演技出众，其非凡的表演才华使得他在演出剧目中大多担纲主角，例如在丁西林《压迫》的演出中曹禺饰女房客，在易卜生《娜

① 转引自张帆著《走近辉煌》，中国戏剧出版社2007年版，第212页。

② 参见崔国良：《曹禺早期改译剧本及创作》，辽宁大学出版社1993年版，第6页。

拉》(即《玩偶之家》)的演出中他扮演娜拉，其他在《刚愎的丈夫》《新村正》《财狂》等剧中曹禺均是主要角色，是南开新剧团的领袖演员和观众推崇的对象。他对戏剧全身心地投入与杰出的表演才能还得到了著名戏剧活动家张彭春的赏识和认可。张彭春当时任南开中学部主任、大学部教授，是我国最早到西方学习现代戏剧的人，曾做过梅兰芳巡欧演出的艺术顾问，其深厚的戏剧造诣对曹禺影响很大①，他还送给曹禺一套英文版《易卜生戏剧全集》，曹禺曾在《雷雨·序》的结尾中写道："末了，我将这本戏献给我的导师张彭春先生，他是第一个启发我接近戏剧的人"②。在张彭春的悉心指导下，短短几年中曹禺就深谙戏剧演出的神韵，受到了观众和戏剧评论界的一致好评。例如《娜拉》演出后不久，观众就给予了热烈的回应，于飞在《南开演的三个剧》中说："我尤其赞成那位做女客的先生。我的朋友在我未看戏以前叫我注意现在受过教育的新女子是什么样，他说：'你就在那里去看吧！'我细细地看，我不会说什么极文雅的词句，去描写一个'受过教育'的新女子的性格，但是我就觉得演的是我心中所想的那类新女子。"③可见曹禺扮演的人物得到了观众的认可。其他如《压迫》《争强》《新村正》等剧的演出也都受到人们热烈的赞许，而曹禺《财狂》一剧的演出被认为是他演剧生涯的高峰，标志着其表演风格的成熟。著名戏评家萧乾在《〈财狂〉之演出》一文中是这样评价曹禺杰出的表演才能的："所幸这是一出性格戏。莫里哀借韩伯康写出一个悭吝人典型的情态。全剧成败大半由这主角支撑着。这里，我们不能遏止对万家宝先生表演才能的称许。许多人把演戏本事置诸口才、动作、神情上，但万君所显示的却不是任何局部的努力。他运用的是想象。他简直把整个自我投入了韩伯康的灵魂中。灯光一明，我们看到的是一个为悭吝附了体的人，他那缩肩

① 曹禺在接受采访时说："张（彭春）先生对我的影响是带有决定性的，也可以说影响了我一生的命运。我不是注定非搞戏剧不可的。在我中学时代，我的兴趣也是多方面的。当然，我从小喜欢戏，但是，也仅仅是喜欢。到入了南开新剧团，特别是在张先生指导下演剧，那么器重我、培养我，把我的兴趣调动起来，把我的内在的潜力发挥出来，让我对戏剧产生一种由衷的喜爱，成为我的生命中的一个组成部分，直到我愿意，应当说情不自禁地投入戏剧中去，这就是张先生的培育的结果。他确实是我的恩师。"（田本相、刘一军著《苦闷的灵魂》，江苏教育出版社 2001 年版，第 13 页）

② 曹禺：《〈雷雨〉序》，《曹禺研究专集》上册，王兴平、刘思久、陆文璧编，海峡文艺出版社 1985 年版，第 23—24 页。

③ 于飞：《南开演的三个剧》，天津《大公报》戏剧专栏第 1 号，1927 年 9 月 13 日。

抱肘的窘状，那抚腮抓手的彷徨，一声低浊的嘘喘、一个尖锐的哼、一阵咕咕骷髅的笑，这一切都来得那么和谐，谁还能剖析地观察局部呵。他的声音不再为 pitch 所管辖。当他睁大眼睛说'拉咱们的马车'时，落在我们心中的却只是一种骄矜，一种鄙陋的情绪。在他初见木兰小姐，搜索枯肠地想说句情话，而为女人冷落时，他那种传达狼狈心情的繁杂表演，在喜剧角色中，远了使我们想到贾波林，近了应是花果山上的郝振基，那么慷慨地把每条神经纤维都变托给所饰的角色。失败以后那段著名的'有贼呀'的独白，已为万君血肉活灵的表演，将那种悲喜交集的情绪都传染给我们整个感官了。"[①] 由于曹禺演戏出色地成功，在南开中学毕业时，他就荣膺"新剧家"的美名。[②]

进入大学，特别是转学到清华大学西洋文学系之后，曹禺的戏剧活动除了演出以外，还兼做导演。当时曾轰动清华的《娜拉》《马百计》《罪》等都是由曹禺导演的，后来他还陆续导演了《日出》《原野》《前方吃紧，后方紧吃》《正在想》《镀金》《艳阳天》《晴朗的一天》等。据叶子、金淑芝、石羽、陈永倞、张逸生等演员回忆，曹禺的排戏很像他的老师张彭春先生，十分细腻讲究，每句台词为什么这样写，台词的意义是什么，该怎么念，他都给演员讲解并示范，像工笔画一样，不管是动作、台词都是一点一滴地死抠。导演的角色把曹禺推向了更高的戏剧审美境界，如何驾驭全剧，如何开展剧情，如何表现人物个性，如何调度舞台以至于具体到演员的每一句台词，每一个动作，舞台的每一个布景，都需要经过导演的深思熟虑，才能以最具舞台特征的、最具节奏感的形式展现在舞台上。而舞台演出与戏剧创作之间也存在互动关系，在清华大学期间，曹禺写出了他的成名作《雷雨》，可谓一举成名，此后一发不可收拾，陆续创作了《日出》《原野》《北京人》等名篇佳作，奠定了他在中国戏剧文学史上无可替代的地位。但在创作之余，他仍喜欢以导演和演员的身份从事舞台实践，1936 年到南京剧校执教，他还多次登台献艺。1936 年夏，为推进演剧职业化运动，曹禺和马俊祥等组织中国戏剧学会，在

① 萧乾：《〈财狂〉之演出》，《大公报·文艺》第 78 期，1935 年 12 月 9 日

② 《戊辰班毕业同学录》1923 年。参见崔国良著《曹禺早期改译剧本及创作》，辽宁大学出版社 1993 年版，第 6 页。

南京公演《雷雨》，由曹禺执导并主演周朴园，著名导演马彦祥后来回忆说："我看过不下十几个周朴园，但曹禺演得最好，这可能因为他懂得自己的人物，他是个好演员，他懂得生活，不是那种空中楼阁式的，我觉得演周朴园再没有比他更好的了。"[①]1938 年首届戏剧节，曹禺是《全民总动员》导演团成员之一，并扮演富商夏晓仓；1943 年初，曹禺在匈牙利戏剧家巴拉巴拉兹的名著《安魂曲》中饰莫扎特（导演张俊祥，翻译者焦菊隐），这也许是有文献记载的曹禺最后一次演剧[②]。

后来随着创作上的声名鹊起与年龄的渐长，加之个人身高、嗓音变化等原因，曹禺不再登台演出，放弃了成为优秀表演艺术家的理想，而把全部精力投入到戏剧文学创作中来。但凡是看过曹禺戏剧演出的人都忘不了曹禺在舞台上的风采，据曹禺的同代人说："他亲近的朋友，甚至于认为他表演艺术的成就高于剧作，若不是受身材的限制，他真是中国能够演多型角色而艺术修养最高的唯一优秀演员。"[③] 田本相在写《曹禺传》时曾对和曹禺一起工作、生活过的同事、朋友、亲人进行了大量的采访，受访者都对曹禺的表演天才赞不绝口，著名导演鲁韧说："我总觉得曹禺的天才首先在于他是个演员，其次才是剧作家。"[④]

探究曹禺的表演艺术，可以总结出这样几个鲜明特点：

1. 准确把握人物性格。曹禺的演出注重对人物个性的把握，他总是根据人物不同性格来定位自己的角色扮演，这使他演一人肖一人，绝不重复。例如饰演《娜拉》中之娜拉时，他是那样的清纯、活泼；演《争强》中的董事长安敦一时，他却显得那样果敢、沉着，而扮演《新村正》中的吴二爷时，他又是那样的深邃、奸谲和阴险，到了《财狂》中主演韩伯康时，他又成了带

---

① 转引自曹树钧：《曹禺晚年年谱》，安徽大学出版社 2016 年版，第 197 页。

② 据田本相、黄爱华主编的《简明曹禺词典》中记载，曹禺参演和导演的剧目有：《干不了也得干》《马百计》《日出》《少奶奶的扇子》《凤凰城》《正在想》《打渔杀家》（戏曲）《安魂曲》《压迫》《全民总动员》《争强》《李仙娘》《走雪山》（京剧折子戏）《财狂》《国民公敌》《职工》《觉悟》《疯了的母亲》《炸药》《骨皮》《娜拉》《艳阳天》（电影）《原野》《换个丈夫吧》《爱国贼》《黑子二十八》《最前的与最后的》《新村正》《雷雨》《镀金》等，好评不断。（参见田本相、黄爱华主编的《简明曹禺词典》，甘肃教育出版社 2000 年版）

③ 英捂：《曹禺回忆录》，《中央日报》1945 年 11 月 18、25 日。转引自马俊山著《曹禺：历史的突进与回旋》，中国工人出版社 1992 年版，第 43 页。

④ 转引自田本相著《曹禺传》，北京十月文艺出版社 1988 年版，第 87 页。

点神经质的对金钱十分贪婪的守财奴。曹禺还注重对人物性格的多层面性的把握，例如娜拉除了单纯以外，也表现出她的刚强、坚毅的一面；同样，韩伯康的性格也没有简单化，他既可怜又可恨，曹禺力求演出人物性格的复杂性来。

2. 揣摩人物心理。曹禺扮演的人物总是活灵活现，不让人感觉虚假、肤浅，这与他注重人物心理的揣摩有关。他喜欢运用丰富的想象将人物的整个灵魂附入自己的躯壳内，人物外在动作能透出其内在的心理和动机，其表演形神兼备，给观众以入木三分的深刻感。伯克在《〈财狂〉评》中说：“最成功的是万家宝先生，这个久任剧团的主角万家宝，以其丰富的素养，独特的天才，饰剧中主角韩伯康，把一个悭吝人的‘心理’，无论悲哀与快乐，无论疯狂与安逸，都写在自己的眼睛上、字音上、肌肉上、动作上，深深镌刻观众的心版上……几处狂痴的地方更把握到剧中人的灵魂。”① 曹禺在演出间隙曾经写作《在韩伯康家里》一文，在这篇文章里，曹禺不厌其详地对韩伯康内在心理作了极为精细的梳理和分析。曹树钧在《摄魂——戏剧大师曹禺》中就曾描绘了曹禺在《雷雨》中扮演周朴园的舞台表演。第一幕“吃药”一场，曹禺以高超的演技突出了周的凶狠、专制；第二幕“相认”一场，一开始他对侍萍充满怀念，颇有人情味，看见鲁妈关窗的习惯动作引起他的亲切感和对往昔的回忆，脸上浮现眷恋的神情；到了鲁妈暴露她的身份时，他马上“突变”，变得凶狠无情，并拿出支票想堵住她的嘴。在做完这一举动时，曹禺又表演出人物自认为“很有智慧”的样子。曹树钧指出：“这种多方面揭示人物内心的高度修养和技巧，不仅让观众叹服，也使同台演员获得启迪。”②

3. 注重人物的台词和形体。曹禺的戏剧表演很注重人物台词的运用，无论是剧中人物之间的对话，还是人物的独白和旁白，他都花大力气钻研，让人们体会到语言艺术的独特魅力。他说话嗓门很大，底气充足，嗓音浑厚甜润，念起台词来很有韵味，颇能吸引观众的注意，而在人物独白时则讲究语调的抑扬顿挫，注重独白的节奏和声调的变化，有强烈的艺术感染力。例如《财

---

① 伯克：《〈财狂〉评》，《天津益世报》，1935年12月11—12日。

② 曹树钧、俞健萌：《摄魂——戏剧大师曹禺》，中国青年出版社1993年版，第198页。

狂》后半场韩伯康发觉丢掉股票后疯狂的独白，号呼，给观众至深的心理震撼。同时，曹禺的人物表演也注意人物的动作、表情、体态、神态等的精细表现。1927年曹禺《压迫》演出后，好评如潮，当时的《南中周刊》称曹禺的表演："一举一动，微（唯）妙微（唯）肖，滑稽斥白，尽现台上，可称得全场之明星！"①

4. 自我修养的展示。曹禺本人无疑是学者型演员，在南开中学读书时，他就创作了大量的文学作品，有小说《今宵酒醒何处》②，诗歌《雨中》《"菊""酒""西风"》③《四月梢，我送别了一位美丽的行人》④《不久长，不久长》⑤《南风曲》⑥，杂文《杂感》⑦《闲说·偶像孔子》⑧和《中国人，细听着》⑨及翻译小说莫泊桑的《房东太太》⑩和《一个独身者的零零碎碎》⑪，其创作涉及多个领域。当时为了舞台演出需要，他还改译了很多外国戏剧，例如《争强》《财狂》等剧就是他根据中国观众的欣赏习惯改译的，曹禺曾说："我也翻译过一点外国剧本，很获收益，因为翻译比读和演更能深入地学习它（指戏剧）的妙处。"⑫而到了清华大学西洋文学系读书，他更是如鱼得水、博览群书，尤其是戏剧方面的书，从古希腊悲剧、莎士比亚戏剧到易卜生的社会问题剧、契诃夫的现实主义戏剧一直到当时比较前卫的象征主义、表现主义戏剧（例如奥尼尔等作家作品），从古典到现代无不涉猎。总之，曹禺算得上是编、导、演三栖艺术家，深厚的文学修养和艺术功力使他对人物角色的把握与理解比

---

① 转引自崔国良：《曹禺早期改译剧本及创作》，辽宁大学出版社1993年版，第6页。

② 天津《庸报·玄背》第6—10期，1926年9月。

③ 天津《庸报·玄背》第13期，1926年10月31日。

④ 《南开双周》（南中半月刊）第1卷第1期，1928年3月19日。

⑤ 《南开双周》第1卷第2期，1928年3月28日。

⑥ 《南开双周》第1卷第4期，1928年5月14日。

⑦ 《南中周刊》第20期，1927年4月18日。

⑧ 《南中周刊》第25期，1927年5月。

⑨ 《南中周刊》第30期，1927年双十专号。

⑩ 《国闻周报》第4卷第22期，1927年6月12日。

⑪ 《国闻周报》第5卷第7期，1928年2月26日。

⑫ 曹禺：《简谈〈雷雨〉》，《曹禺研究专集》上册，王兴平、刘思久、陆文璧编，海峡文艺出版社1985年版，第81页。

一般演员更加准确而深入，表演起来自然厚实有力、圆润自如。著名演员张瑞芳曾回忆说："和曹禺在一起演戏。我深感文化修养对演员的重要。他虽然偶而登台，但他处理角色的深度，表现出来的精神气质，不是光凭演技可以达到的。"①

在强化自身表演特色的基础上，曹禺形成了自己深刻、精细、浑厚的艺术表演风格。**（1）"深刻"**。指曹禺的戏剧演出注重对剧本整体的体会和分析，例如对剧本主题的理解和挖掘、对人物形象的定位、对人物心理的揣摩、对人物关系的把握等，人物的表演能内外结合、浑然一体，绝不简单化和想当然，且注意与整体语境的切合，从而表演出作品与人物内在的深度来。著名戏评家刘念渠就曾对曹禺扮演的莫扎特形象给予极高的评价，他说："曹禺不仅表现了一个音乐家莫扎特的形象，而且表现了一个受难者的灵魂。……在莫扎特这个人物中，他注入了自己的感受和体验，注入了自己的生命和灵魂，水乳交融地流泻着、迸发着。是这样的，他使人物有了深度。"②**（2）"精细"**。表现在他的语言、动作的运用力求准确到位，有时连人物上场的化妆服饰都精心设计，一丝不苟，务使自己在扮相和体态上与人物身份相吻合。在表演时哪怕人物的一声咳嗽、一举一动他都反复揣摩，力求真实可信、恰到好处；例如在《财狂》一剧的演出中，他为了演好韩伯康喘息的动作，在上场前特地在台下跑了数圈，以使自己表演起来更加真实可信。著名演员石羽回忆说："我们的老前辈，如曹禺同志，就演过多少精彩的戏。我看过他演的《财狂》（即《悭吝人》）和《新村正》等，他是非常认真刻苦的。比如《财狂》最后一段，为了符合剧情和人物的要求，上场前他在后台总是先跑上三圈，然后冲到台上，一下子就叫你相信：他在上场前是经过了一番苦斗，为了他的钱财，已经几乎达到了发疯的地步。两千多观众的场面，鸦雀无声，完全被征服了。"③。演《压迫》时，他把夫妻间很微妙的感情都很细腻地有分寸地表演出来，令

① 张瑞芳：《舞台、银幕生活回顾·续一》，《戏剧艺术》1980年2期。

② 刘念渠：《唤醒人类为幸福搏斗——评〈安魂曲〉和它的演出》，转引自田本相著《曹禺传》，十月文艺出版社1988年版，第314页。

③ 参见张仁里编：《论话剧导表演艺术》第二辑，中国戏剧出版社1985年版，第22页。

观众钦佩倾倒。（3）**"醇厚"**。指曹禺的演剧能让人看出他的修养和功力，偶尔有些动作看起来夸张过火，但却符合人物的内在心理，绝不使人感到浮躁和空乏。更多的时候能看出他对人物情绪的控制，人物在舞台上不是一味地挤情绪、弄表情，更不是大喊大叫，过分发泄自己，而是注意人物情绪的合理变化，有张有弛，极富层次感。同时他还十分注意人物性格的丰富性和复杂性，力求使人物能立体地活在舞台上。总之，曹禺的舞台表演如橄榄和清茶，特别耐人咀嚼与回味。

曹禺的舞台实践对其戏剧创作的影响很大，他说："南开新剧团是我的老师……它使我熟悉舞台，熟悉观众，熟悉如何写戏才能抓住观众。戏剧有它自身的内在规律，不同于小说和电影。掌握这套规律的重要途径，就是舞台实践。因此，如何写戏，光看剧本不行，要自己演，光靠写不行，主要在写作时知道在舞台上应如何举手投足。"① 曹禺丰富的舞台实践为他后来写戏并成为一名杰出的剧作家奠定了良好的基础，曹禺能够一举成名，《雷雨》能够一炮打响都不是偶然的，有着其内在的逻辑必然性。早在《雷雨》上演不久，著名戏评家刘西渭就在他的一篇评论中敏锐地指出："曹禺原即万家宝先生，《雷雨》是一个内行人的制作，虽说是处女作，立即抓住了一般人的注意。《雷雨》现在可以说是甚嚣尘上。"②

具体地说，曹禺舞台实践对其戏剧创作的作用可以归结为以下几个方面：

1. 运用场面思维。在演戏过程中，包括早期外国戏剧的改译中，曹禺对戏剧文体特点有了深刻的理解与把握，他懂得戏剧是由场面连缀而成的，演员在舞台上的表演也分上、下场进行，导演的排演则依照场次来安排，场面是戏剧冲突的基本构成单元。因此他创作时场面思维异常活跃，他的戏剧写作不是根据情节发展的顺序来自然推进的，他率先想到的是一个个十分鲜活的戏剧场景，想到在什么样的场合中人物会有怎样的行动，在哪些场面中安排哪些人物出场，才会有戏剧性。曹禺提及《雷雨》时曾说："我先写的是最

---

① 转引自田本相著《曹禺传》，北京十月文艺出版社 1988 年版，第 88 页。

② 刘西渭：《雷雨——曹禺先生作》，《曹禺研究专集》上册，王兴平、刘思久、陆文璧编，海峡文艺出版社 1985 年版，第 538 页。

吸引我的一些片段：如第三幕四凤对母亲发誓和以后周萍推窗进入四凤卧室的戏。”[①] 而改编巴金《家》时，则从觉新结婚场景开始写起，他说：“剧本构思时，选择了最能够尖锐地表现出觉新、瑞珏和梅小姐的人物关系的场面，这就是为什么他在第一幕中描写觉新和瑞珏结婚的那一天。这时梅小姐走了，觉新要和一个陌生的女人结婚，这个场面很容易把三个人物关系突出地表现出来。”[②] 这就难怪我们看过《雷雨》以后，可能具体的对话和细节都有些模糊了，但像“吃药”“跪誓”“相认”“推窗”等场面还历历在目、难以忘怀。

2. 出色的舞台指示。应该说，绝大多数剧作家并不着意于舞台指示，认为这是导表演分内的事情，作家写得多了反而会吃力不讨好。但曹禺戏剧绝对是个例外，曹禺戏剧的舞台指示特别详细，用力颇多。不仅全面丰富、细致周到，具有高度的文学性，而且对导演和演员有很强的启发性，规范着戏剧的舞台演出。曹禺说：“我写戏时，有个想法，演出自然是最好的，但是如果不准备演，也能叫人读。也就是说，我写的剧本，能读也能演，以前没有人写那么长的舞台指示，我是想多写点，主要也是增加剧本的文学色彩，使读者能够更深入地了解人物，也希望有助导演和演员理解人物，为此，我写的时候，是下了功夫的，是用心写的。”[③] 不用说，曹禺肯下大力气写舞台指示也与他多年的舞台实践经验有关，马俊山在《曹禺：历史的突进与回旋》一书中明确指出：“曹禺的剧作，对舞台环境、人物心理特征和外部形象，以及各种动作的分寸、内涵、谐调与配合，都有非常明确具体的成文规定。这是曹禺形态构造的重要组成部分和美学标志之一。这些长短不等的文字，包裹在核心动作之外，或缠绕着它，极富叙事文学的色彩，近于描写、叙述，或说明、交代，令人起无限的遐思幻想。但它又渗透并贯彻到剧情之中，本身就是戏剧性的。为表导演和舞美工作提供了整体情调的设计指南及具体要求。没有丰富的舞台艺术经验是很难写出来的。”[④]

---

① 曹禺：《曹禺自述》，京华出版社 2005 年版，第 52 页。

② 曹禺：《曹禺同志漫谈〈家〉的改编》，《剧本》1956 年 12 期。

③ 转引自田本相、刘一军著《苦闷的灵魂》，江苏教育出版社 2001 年版，第 102 页。

④ 马俊山：《曹禺：历史的突进与回旋》，中国工人出版社 1992 年版，第 45 页。

3. 人物性格的刻画。关于性格的重要性，亨利克·易卜生说："我总得把人物性格在心里琢磨透了，才能动笔。我一定得渗透到他灵魂的最后一条皱纹。我总是从人物的个性着手：舞台背景、戏剧效果等一切不邀自来，不用我发愁，只要我掌握了人物性格的各个方面。"[①] 曹禺的戏剧演出十分注重人物性格的把握，人物心理的揣摩，同样他写作时也注意鲜活的人物形象的塑造，在他以前的戏剧是人写戏剧，而曹禺是戏剧写人，他笔下的蘩漪、陈白露、愫方、李石清等人物以其独特性和典型性给观众留下了难忘的印象。田本相在《曹禺传》中说："他给他的人物都写过小传。说是小传，而实际上，他对每个人物都写了很多札记。这也许是笨功夫，但可看出他多么重视人物的塑造。"[②] 曹禺在日常生活中，常随身携带一本小册子，他注意观察各类人物，遇到他感兴趣的各阶层人物的说话，及其行动特点，每每记下，以备写作时应用。像他演戏一样，他写人时也注意以下两点：**（1）注意人物心理的描摹。**曹禺说："一切戏剧都离不开写人物，而我倾心追求的是把人的灵魂，人的心理，人的内心隐秘，内心世界的细微的感情写出来。"[③] 曹禺力求写出外在事件与人的内在精神生活的相互联系。以《雷雨》为例，作者力求写出人物的全部心灵奥秘来，以及注意展示戏剧冲突的内向性特征。曹禺喜欢将他的透视力深入到封建家庭精神生活领域，着意于人物灵魂的观察和描写，而不是浮面地描摹人物外在的性格特征。例如作者对周朴园的刻画，除了揭示其作为封建家长所具有的虚伪、专制、残忍的性格特征外，作者还深入到其内心深处，写出了他的复杂的心灵世界。他对侍萍不无思念，他保留了她的照片，牢记着 4 月 18 日是她的生辰，客厅的摆设仍保持着 30 年前的老样子。这不是虚伪，而有着他对初恋的真诚怀念。第四幕开头，经历了一天变故的周朴园主动亲近周冲，可以看出其父爱复苏、略带温情的一面，他的这种非正常的举动自然让周冲感到怪异。最后他命令周萍认母、向侍萍表示忏悔，也反

---

① ［挪威］亨利克·易卜生：《性格的重要性》，《外国现代剧作家论剧作》，中国社会科学出版社 1982 年版，第 175 页。

② 田本相：《曹禺传》，北京十月文艺出版社 1988 年版，第 149 页。

③ 转引自梁秉堃著《在曹禺身边》，中国戏剧出版社 1999 年版，第 88 页。

映出他人性的觉醒。在序幕和尾声中，周朴园把周公馆变卖为教会医院，他本人成了基督教信徒，去看望已经疯了的蘩漪和侍萍，默默承受着人生原罪带来的痛苦。这使得读者在对他憎恶的同时也有一丝悲悯。《雷雨》中另外一个人物形象蘩漪身上则有着过人的意志力，其心理的错综和复杂更令我们触目惊心，她的身上“交织着最残酷的爱和最不忍的恨”①，其内心发展也经历了由常态向变态滑落的轨迹。想想蘩漪为了让周萍在自己身边，居然同意他把四凤接来一块儿过；为了阻止周萍和四凤的出走，不惜唆使自己的亲生儿子和周萍争斗；后来竟不顾廉耻当着众人的面承认与周萍的乱伦关系，可见一个人的情感被逼到什么地步。在蘩漪和周萍的对话中，很多都是来自人物内心深处的独白，表现出强烈的倾诉性和敞开性。曹禺说：“我算不清我亲眼看见多少蘩漪……这类的女人许多有着美丽的心灵，然而为着不正常的发展，和环境的窒息，她们变为乖戾，成为人所不能了解的。”②在剧中，曹禺对女性变态心理的刻画、对人物潜意识深处情欲或遗传因素的揭示无疑是准确而成功的，早在《雷雨》发表不久，郭沫若就曾指出：“《雷雨》的确是一篇难得的优秀的力作。……作者于精神病理学、精神分析术等，似乎也有相当的造诣。以我们学过医学的人看来，就是用心地要去吹毛求疵，也找不出什么破绽。”③与人物精神隐秘的揭示相一致，《雷雨》的戏剧冲突也具有内向性特征。《雷雨》中的戏剧冲突都不是浮于行动事件的表面，而是置于人物的心灵，表现为剧中人之间的心灵交锋与人物内心自我冲突，这是曹禺戏剧冲突的独特之处。因为同时期很多剧作的冲突往往都着眼于人物的社会、政治、阶级、伦理等方面的冲突，而很少注意人物冲突的生理和心理特点。《雷雨》中蘩漪与周萍的冲突共有六场，矛盾冲突都能从其生理和心理找出根据，这里有性的魔力、情爱的欲望、爱与恨的转化、情与理的争衡等，这种来自

---

① 曹禺：《〈雷雨〉序》，《曹禺研究专集》上册，王兴平、刘思久、陆文璧编，海峡文艺出版社1985年版，第18页。

② 曹禺：《〈雷雨〉序》，《曹禺研究专集》上册，王兴平、刘思久、陆文璧编，海峡文艺出版社1985年版，第19页。

③ 郭沫若：《关于曹禺的〈雷雨〉》，《曹禺研究专集》上册，王兴平、刘思久、陆文璧编，海峡文艺出版社1985年版，第544页。

人物内心的意志冲突有着强烈的心灵的进攻性。**（2）写出人物性格的复杂性。**曹禺笔下的人物性格往往错综复杂，以周朴园为例，他既有虚伪、专制、残忍的一面，同时作者也写了他忏悔、温情、不乏人性的另一面，这使得他作品中的人物具有斑驳的特征。而针对读者对《北京人》中思懿怀孕一事的不理解，曹禺是这样解释的："这个人一辈子是很可笑的。那么大的年纪还要生个小孩，看来似乎滑稽，但人生往往如此离奇。所以说，人生是复杂的，人物性格也是复杂的。文清那么恨思懿、爱愫方，但是他出走之前，又使思懿怀了孕。如果说过去生曾霆，那还是可以理解的，怎么又要添第二个孩子呢？这怎么解释？看来很奇怪的。世上的事就是这么复杂。有所谓'怨偶'，夫妻天天吵架，甚至到互相仇视的地步，但是，又在一起生上多少个孩子。"[①] 显然，曹禺力求通过性格的多样性表现人生的复杂性及不可理喻性。曹禺曾对北京人艺的剧作家说："观察人不能只看一眼，要多看几眼。写人不能只写一面，要写好多面。要从他的表面写到他的内心，从他的此一时写到彼一时。"[②] 直到晚年，他还说："我感到人是多么需要理解，又是多么难以理解。没有一个文学家敢讲这句话：'我把人说清楚了！'"[③] 值得注意的是：曹禺剧本中还有数量不菲的小角色，例如《日出》中的小东西、小顺子、翠喜；《原野》中的白傻子、常五；《北京人》中的小柱子、陈奶奶等，曹禺在刻画这些小角色时也注意通过精简的语言表现出他们的性格，使这些小角色在剧中个性鲜明、印象强烈。

4. 本色当行的语言。曹禺的戏剧语言一直为人称道，有人总结其戏剧语言做到了"四化"：口语化、个性化、动作化和诗化。既优美隽永，又本色当行，特别适合演员在舞台演出。而这与他长期舞台演出形成的良好的台词感有关。当田本相采访曹禺，说他的戏剧语言很成功，既简练，又有韵味；既幽默，又深邃，还有潜台词，是一般人不可企及时，他回答说："我的戏剧语言，可能同演戏有关。你如能找到《争强》《财狂》，那是太好了。这两部戏，都是改

① 曹禺：《曹禺同志谈创作》，《文艺报》1957年第2期。

② 曹禺：《曹禺同志谈创作》，《文艺报》1957年第2期。

③ 转引自梁秉堃著《在曹禺身边》，中国戏剧出版社1999年版，第88页。

编的，这种语言的磨炼不是一天两天的事，同舞台感、群众感有关。这个台词该怎么说才能调动群众，才能产生动作，都需要斟酌。”[1]

5. 注意观众的接受。曹禺曾说：“我最推崇我的观众。我视他们，如神仙、如佛，如先知。”[2] 多年的演出实践使得曹禺十分注重观众的戏剧接受，因为戏总要到舞台上与观众见面的，观众的反应直接影响到戏剧的演出效果，观众的认可才赋予戏剧以存在的价值。所以戏剧写作时要有观众意识。在《编剧术》中，曹禺就指出：“至于‘观众’能影响编剧，更是显然的，因为戏是演给观众看的，观众的性质若不了解，很容易弄得牛唇不对马嘴，台上的戏尽管自己演得得意，台下的人瞠目结舌，一句也不懂，这样的戏剧是无从谈起的。”[3] 他还说：“观众是圣人。一个剧作家总要懂得舞台的限制，我觉得剧作家最大的限制是观众。”[4] 曹禺的《雷雨》虽然立意深远，但故事内容却写得非常通俗，这里有阶级斗争，有三角恋爱；有父子反目，有兄弟相仇；有乱伦，有自杀，人际关系错综复杂，人物行为也令人瞠目结舌，情节的戏剧性很强（甚至出现“少爷对丫环始乱终弃”“后母与前妻之子通奸”“同胞兄妹之间乱伦”等文明戏常见的情节模式），适合普通市民观众的欣赏。王蒙在《永远的 <雷雨>》一文中指出：“《雷雨》可说是通俗的经典与经典的通俗。”[5] 到了写《日出》时他已不满足于《雷雨》的“太像戏”，而力求向契诃夫戏剧学习，因为在契诃夫的戏里，“没有一点张牙舞爪的穿插，走进走出，是活的人，有灵魂的活人，不见一段惊心动魄的场面，结构很平淡，剧情人物也没有什么起伏生展，却那样抓牢了我的魂魄。”[6] 但写了几稿，曹禺还是把它烧掉了，因为他认识到：“即便写得出来，勉强得到半分神味，我们现在的观众是否肯看仍是问题。他

---

① 转引自田本相、刘一军著《苦闷的灵魂》，江苏教育出版社 2001 年版，第 102 页。

② 曹禺：《〈雷雨〉序》，《曹禺研究专集》上册，王兴平、刘思久、陆文璧编，海峡文艺出版社 1985 年版，第 17 页。

③ 曹禺：《编剧术》，《曹禺研究专集》上册，王兴平、刘思久、陆文璧编，海峡文艺出版社 1985 年版，第 43 页。

④ 转引自梁秉堃著《在曹禺身边》，中国戏剧出版社 1999 年版，第 102 页。

⑤ 王蒙：《永远的〈雷雨〉》，《曹禺评说七十年》，刘勇、李春雨编，文化艺术出版社 2007 年版，第 77 页。

⑥ 曹禺：《〈日出〉跋》，转引自《曹禺研究专集》上册，王兴平、刘思久、陆文璧编，海峡文艺出版社 1985 年版，第 33 页。

们要故事，要穿插，要紧张的场面。”[①] 所以从观众接受考虑，《日出》增加了情节结构的故事性，内容则涉及上层的黑社会和下层的妓院，情节通俗易懂。同时，戏剧的喜剧效果也明显增强，着意刻画了顾八奶奶、胡四、张乔治等人的丑态，有很多地方采用了古代戏曲中插科打诨的手法，使悲剧场面和喜剧场面相互穿插，戏剧一点都不沉闷。可以说与契诃夫戏剧已经有很大的出入，美国研究者约瑟夫·劳就曾写文章，认为曹禺是“契诃夫不忠驯的信徒”。著名曹禺研究专家田本相也同样指出：“曹禺的《北京人》更具有为他的创作个性所决定的内在的紧张性和复杂性，较之契诃夫的戏剧情韵更多了些‘辣’味。”[②] 而针对谢迪克认为《日出》剧本犯了“重描”（Overemphasis）的毛病，如四次提到电线走火，曹禺是这样解释的：“我想起写《雷雨》，为着藤萝架走了电，我描述了四遍，原因是怕我们的观众在锣鼓喧天的旧场戏里，吃瓜子，喝龙井，谈闲天的习性还没有大改。注意力浮散，忘性太大，于是不得已说了一遍再说一遍。在《日出》恐怕也犯了这种涂而又涂的病，弄不到恰好。”[③] 可见观众本位意识对其戏剧创作有直接的多量的影响。值得一提的是，《日出》由于过分迎合中国观众的欣赏习惯和审美需求还引发了朱光潜先生的批评，他说：“我读完《日出》，想到作剧的一个根本问题，就是作者对于人生世相应该持什么样的态度，他应该很冷静很酷毒地把人生世相的本来面目揭给人看呢？还是送一点‘打鼓骂曹式’的义气，在人生世相中显出一点报应昭彰的道理来，自己心里痛快一场，叫观众看着也痛快一场呢？对于这两种写法我不敢武断地说哪一种最好，我自己是一个很冷静的人，比较欢喜第一种，而不喜欢在严重的戏剧中尝甜蜜。”[④] 他在文章中提及的“打鼓骂曹式”的义气和痛快包括小东西打金八、打王福升以及李石清和潘月亭之间的斗法等，朱光潜作为一个现代知识分子从“戏如人生”的思想高度对此提出质疑，但曹禺是从“人生如戏”的艺术定位来突出其在观众中产生的强烈的戏剧性效果，

---

① 曹禺：《〈日出〉跋》，转引自《曹禺研究专集》上册，王兴平、刘思久、陆文璧编，海峡文艺出版社1985年版，第33页。

② 田本相：《曹禺全集·前言》（第一集），花山文艺出版社1996年版，第11页。

③ 田本相：《曹禺全集·前言》（第一集），花山文艺出版社1996年版，第42页。

④ 朱光潜：《“舍不得分手”》，《朱光潜全集》第8卷，安徽教育出版社1993年版，第489—490页。

二者着眼点不尽相同。针对有些剧本全篇都是对话说教、缺少动作性而导致戏剧枯燥沉闷的弊端，曹禺在《编剧术》中强调指出："话剧感动人的，不是'话'，而是'剧'。剧的重要成分是动作。所以爱好话剧的人跑进剧场，决不是听一幕一幕的话，而是欣赏一幕一幕动作。"①

可以说，普通观众的接受心理、审美期待、兴趣爱好常常是曹禺戏剧创作的出发点。曹禺说："写戏的人最感觉苦闷而又最容易逗起兴味的就是一个戏由写作到演出的各种各样的限制，而最可怕的限制便是普通观众的趣味。怎样会一面真实不歪曲，一面又能叫观众感情愉快，愿意下次再来买票看戏，常是使一个从事戏剧的人最头痛的问题。"② 曹禺戏剧由于考虑观众的接受效果，能够做到经典与通俗融为一体，雅俗共赏，所以有极强的观赏性和极高的票房价值。著名戏剧家刘厚生说："在他之前，话剧处于业余或半业余状态，而从他的戏出来以后，就能够养剧团了。"③

总之，由演到写不是简单的割裂的两种生存状态，而是相互联系的互为因果的接续。曹禺的先"演"为后"写"提供了良好的支撑条件，他在谈到剧作家的条件时曾深有感触地说："我认为一个写剧本的人应当有舞台实践。我从 14 岁起就演话剧，一直演到 23 岁，中间没有停过。这给我舞台感，对一个写戏的人来说，舞台感很重要，要熟悉舞台。"④ 田本相在《曹禺传》中说"（曹禺）正是在这样的演戏生活中通向他自己的创作道路的，可以说是一条最好的达到成功的道路"。⑤

值得指出的是：在长期戏剧实践和创作中，曹禺还形成了自己的舞台观。所谓"舞台观"，是指创作主体，包括剧作家、导演、表演、舞美工作者对戏剧舞台艺术处理的基本观点和主张。它建立在戏剧作为一门综合艺术和集体

---

① 曹禺：《编剧术》，《曹禺研究专集》上册，王兴平、刘思久、陆文璧编，海峡文艺出版社 1985 年版，第 55 页。

② 曹禺：《〈日出〉跋》，转引自《曹禺研究专集》上册，王兴平、刘思久、陆文璧编，海峡文艺出版社 1985 年版，第 31 页。

③ 刘厚生：《我国进步话剧运动产生了曹禺》，《戏剧报》1983 年第 12 期。

④ 曹禺：《和剧作家们谈读书和写作》，《剧本》1982 年第 10 期。

⑤ 田本相：《曹禺传》，北京十月文艺出版社 1988 年版，第 87 页。

创作的基础上，强调“剧本的生命在于演出”①，“场上重于案头”②，舞台是戏剧最终表达之所在，不同于过去单一的戏剧文学观或偏于理论一途的戏剧本体论③。戏剧的“舞台观”主要表现为戏剧创作的舞台意识、导表演对剧本的阐释和演绎、舞台上人物形象的塑造、场景的设计、剧场观众的接受等，是艺术家们在戏剧实践基础上所形成的经验总结和理论升华。

曹禺是中国现代戏剧史上为数不多的集编、导、演于一身的全才艺术家，是当之无愧的世界级戏剧大师。曹禺的舞台观就是他在创作、表演、导演等综合实践的基础上所形成的对舞台艺术本体的认识、见解和看法，因而显得弥足珍贵。1943 年，刘念渠在《演员行列》中曾指出：“十年前，剧作家曹禺曾以演员姿态出现于剧坛，认识、修养与实施使他对于演技有着自己的理论与方法。”④ 曹禺有意识地通过自己作品及其阐释（例如序言、跋、后记、与剧组谈话及各种访谈等）来表明他对舞台艺术的主张与看法，例如曹禺的《雷雨·序》《日出·跋》等既谈创作体会和思考，又谈导表演等舞台实践问题，这在很多剧作家的经验谈中是不多见的。此外，在《编剧术》《我们的表演基本训练的方针和方法》（与金韵之合著）、《自己费力找到真理》等文章中，曹禺也谈到了自己对舞台艺术的理解和体会，具体说来，曹禺的舞台观表现在以下几个方面：

一、舞台演绎以剧本为前提和基础。

在南开中学时，曹禺为了舞台演出的需要曾大量改译外国戏剧，例如《财狂》《争强》LeeDickson.Leslie 和 M.Hickson 合著的《太太！》(Whose Money?) 等，在改译时，他就十分注意忠实于原著，尽管为了观众欣赏习惯

① 曹树钧：《曹禺剧作演出史·自序》，中国戏剧出版社 2006 年版，第 1 页。

② 周贻白：《中国戏剧史·自序》，中华书局 1953 年版，第 1 页。

③ 如黄佐临在《漫谈“戏剧观”》中倡导“写意戏剧观”，提出要突破现实主义戏剧观的限制，尝试多种多样的戏剧手段，创造民族的演剧体系等；20 世纪 80 年代初“戏剧观大讨论”则涉及戏剧的本质，功能，演剧观念等诸多戏剧本体特性的探讨，以及戏剧与政治、戏剧与社会生活、戏剧与观众这些外部关系的论争，涵盖对整个戏剧艺术及其基本规律的看法和见解。

④ 刘念渠：《演员行列》，《戏剧时代》创刊号，1943 年 11 月。

和接受的考虑，好多改译剧本都“中国化”和“本土化”了，但也仅限于人名、场景及一般台词的改动，而剧本的主题、人物的性格、作品的风格特色并没有改变。当他自己作为演员在舞台上表演时，曹禺也肯花大力气分析剧本和人物，他深厚的文学修养使他对剧本主题的理解和人物形象的把握比一般演员来得深刻。后来曹禺走上戏剧创作道路，他很自然地希望导表演能尊重他的劳动，理解他的创作意图和作品的美学追求。但一个不争的事实是：曹禺的剧本在舞台上不断受到肢解和删节，这自然引起曹禺的不满和抱怨。例如《雷雨》的演出从一开始，因各种主客观原因，其“序幕”和“尾声”就被删除，曹禺对此颇有微词。在《雷雨·序》中，曹禺就不厌其烦地交代自己写“序幕”和“尾声”的用意：“简单地说，是想送看戏的人们回家，带着一种哀静的心情。低着头，沉思地，念着这些在情热、在梦想、在计算里煎熬着的人们。荡漾在他们的心里应该是水似的悲哀，流不尽的；而不是惶惑的，恐怖的，回念着《雷雨》像一场噩梦，死亡，惨痛如一只钳子似地夹住人的心灵，喘不出一口气来。”① 曹禺希望导演能理解《雷雨》中“序幕”和“尾声”的作用，正视它们的存在。并由衷地渴望“一位了解的导演（把它）精巧地搬到台上。”他说：“我曾经为着演出“序幕”和“尾声”想在那四幕里删一下，然而思索许久，终于废然地搁下笔。这个问题需要一位好的导演用番工夫来解决，也许有一天《雷雨》会有个新面目，经过一次合理的删改。然而目前我将期待着好的机会，叫我能依我自己的情趣来删节《雷雨》，把它认真地搬到舞台上。”②

但这种情形不但没有得到有效的遏止，反而变本加厉。到了他第二部作品《日出》初演时，整整第三幕（全剧共有四幕）全被导演欧阳予倩删去

① 曹禺：《〈雷雨〉序》，《曹禺研究专集》上册，王兴平、刘思久、陆文璧编，海峡文艺出版社 1985 年版，第 23—24 页。

② 曹禺：《〈雷雨〉序》，《曹禺研究专集》上册，王兴平、刘思久、陆文璧编，海峡文艺出版社 1985 年版，第 23—24 页。

了[1]，这更加引起曹禺的愤慨。他在《日出·跋》中说："这些天我常诧异《雷雨》和《日出》的遭遇，它们总是不得已地受到人们的肢解。以前因为戏本的冗长，《雷雨》被斫去了'序曲'和'尾声'，无头无尾，直挺挺一段躯干摆在人们眼前。现在也似乎因为累赘，为着翠喜这样的角色不易找或者由于求布局紧凑的缘故，《日出》的第三幕又遭遇被删去的命运。这种'挖心'的办法，较之斩头截尾还令人难堪。我想到这剧本纵或繁长无味，作戏人的守法似应先求理会，果若一味凭信自己的主见，不肯多体贴作者执笔的苦心，便率尔删除，这确实是残忍的。"[2] 这里，曹禺提出"作戏人的守法"的问题，即是强调舞台处理应以剧本为基础和出发点，要明了剧本作为先在性与被阐释性对导表演的限制与要求，即"演什么"由剧本提供，"怎么演"也从剧本中得到提示。他说："我也应喊声冤枉，如果我承认我所试用的写法（自然，不深刻，不成熟，我也应该告罪，）我就有权利要求《日出》的第三幕还须保留在戏里。""为着写这段戏，我遭受了多少磨折，伤害，以至于侮辱。我不是炫耀，我只是申述请不要删去第三幕的私衷。""《日出》不演则已，演了，第三幕无论如何应该有。挖了它，等于挖去《日出》的心脏，任它惨亡。如若为着某种原因，必须肢解这个剧本，才能把一些罪恶暴露在观众面前，那么就砍掉其余的三幕吧"[3] 为了《日出》有一个完整的演出，曹禺曾在南京国立戏剧学校毕业班亲自导排此剧，其间，还请来南京作客的张彭春教授指教，辅导学生排练第 3 幕，该剧于 1937 年 4 月 23 日至 25 日在南京香铺营中堂正

---

① 欧阳予倩在《导演的意见》中这样解释说："《日出》比《雷雨》更长，四幕戏占 12 万字，按规矩演总要 5 小时以上的时间才能完。好戏固然不怕长，可是太长不但观众容易疲劳，戏馆也不许可，倘若一天演日夜两场，那就会感到困难。《日出》的主角是不明显的，可是它有一条很显明的主线，这就是现社会经济制度的片影，全剧第一、二、四幕所暴露的已经够残酷了，可是作者还以为不够，再加上一幕第三幕，他的意思大约想写一个三等剧院去和白露的那种半娼妓式的生活相对照，于是表现得更严酷，可是这幕戏奇峰突起演起来却不容易与其他三幕相调和，而为这幕戏所费的气力恐怕比其他三幕还要多。还有一层，南边人装北边窑子不容易像，南边观众听数来宝叫硬面饽饽一类的东西也不容易懂，所以就算导演，为舞台上的效果起见也要费些功夫斟酌一下，因为以上几个理由不得不将第三幕割爱。"（参见《曹禺研究资料》下册，田本相、胡叔和编，中国戏剧出版社 1991 年版，第 705 页）

② 曹禺：《〈日出〉跋》，《曹禺研究专集》上册，王兴平、刘思久、陆文璧编，海峡文艺出版社 1985 年版，第 34—37 页。

③ 曹禺：《〈日出〉跋》，《曹禺研究专集》上册，王兴平、刘思久、陆文璧编，海峡文艺出版社 1985 年版，第 34—37 页。

式公演，被认为“获得了优秀的成绩”①

后来针对导表演对《原野》一剧舞台处理的阉割与曲解（20世纪三四十年代曹禺戏剧演出是在对斯坦尼斯拉夫斯基戏剧体系的学习、模仿和借鉴中进行的，采用的是斯坦尼的心理——形体的现实主义演剧体系，习惯用现实主义一元化演出模式来套《原野》，却对该剧除了现实主义以外所显示出的表现主义一面视而不见或有意规避，《原野》第三幕第一、二、三、四景因其连续表演幻象，往往演出的时候，被导演给删掉）曹禺不断阐释自己剧本的写作意图和新的艺术追求，希望舞台艺术处理能对作家剧本给予尊重和理解，注意其中的复杂性与多元性。1983年5月，曹禺借四川人民艺术剧院重排《原野》的机会，还特地写了一封长信规劝导、表演：“要大胆一些，敢于大改动，不要使人看得想逃出剧场，像作噩梦似的。《原野》是讲人与人极爱和极恨的感情，它是抒发一个青年作者情感的一首诗（当时我才26岁，十分幼稚！）它没有那么多的政治思想，尽管我写时是有许多历史事实与今人一些经历、见闻作根据才写的。不要用今日的许多尺度来限制这个戏，它受不了，它要闷死的。美工是否那样写实（整个剧不要太写实）？可否‘虚’一点？留给人想象。……”②也是希望导表演能够正视《原野》剧作偏向心理探寻的表现主义审美风格，而给予剧本恰切的舞台阐释。后来在接受田本相采访时，他还说：“《原野》并不是故意求新，只是一种大胆的探索，后一部分是表现主义的。非此不能表现仇虎的全部内心活动。我始终不能理解，为什么《原野》不能得到正确的认识。”③

---

① 参见田本相、黄爱华主编：《简明曹禺词典》，甘肃教育出版社2000年版，第295页。

② 转引自钱理群著《大小舞台之间——曹禺戏剧新论》，浙江文艺出版社1994年版，第383页。

③ 田本相、刘一军编著：《苦闷的灵魂——曹禺访谈录》，江苏教育出版社2001年版，第146页。他还愤愤不平地说：“《原野》决不是失败之作，在我死前，一定要写些散文，对我的剧，无论褒的贬的，我都要谈谈，让我自己来盖棺定论。”（田本相、刘一军编著：《苦闷的灵魂——曹禺访谈录》，江苏教育出版社2001年版，第147页）

二、立足心理体验的人物表演

曹禺演戏时十分注重对人物心理的体验与把握，这是他表演成功的法宝。著名演员张瑞芳曾回忆说：“和曹禺在一起演戏。我深感文化修养对演员的重要。他虽然偶而登台，但他处理角色的深度，表现出来的精神气质，不是光凭演技可以达到的。”[①] 曹禺毫不隐瞒自己的演戏心得，曾多次为演员讲戏。郑挹梅在《忆〈雷雨〉在南京首演》中曾回忆说：“记得排到第四幕时，其中有段戏，蘩漪苦苦哀求周萍把她带走，她说着，突然对周萍笑了起来，说：‘你过来，你怕什么？’这样复杂的感情，我难以把握，曹禺帮我细致地分析了蘩漪当时对周萍的态度和心理状态，使我总算把这场戏演下来了。”[②]

对于一些演员热衷个人表现，夸张虚伪的表演，曹禺多次给予善意的提醒与告诫。在《〈雷雨〉序》中，他说：“我看过一次《雷雨》的公演，我很失望，那位演周冲的人有些轻视他的角色，他没有了解周冲，他只演到痴憨——那只是周冲粗狂的肉体，而忽略他的精神。”[③] 接着曹禺花了大量文字分析周冲的心理世界，帮助演员理解周冲在剧中的情感变化、思想状态及其角色定位。要求演员演出时有真实的情感流露，人物的动作能看出人物的内在心理和动机。他在谈及鲁妈、四凤等角色时指出：“没有感情做基石，一味在表面上下功夫更令人发生厌恶，所以应该有真情感。”[④] 曹禺还对《日出》中顾八奶奶、胡四、张乔治等小丑的表演发表自己的看法：“只有演出真实的人物，演出人物灵魂深处的东西，才能使观众的兴趣不停留在对生活的表面现象上。就怕演得既不真实，而又夸张。不去挖掘人物的灵魂，而专在表面的丑化上

---

① 张瑞芳：《舞台、银幕生活回顾·续一》，《戏剧艺术》1980 年第 2 期。

② 郑挹梅：《忆〈雷雨〉在南京首演》，《人民戏剧》1981 年第 4 期。

③ 曹禺：《〈雷雨〉序》，《曹禺研究专集》上册，王兴平、刘思久、陆文璧编，海峡文艺出版社 1985 年版，第 20 页。

④ 曹禺：《〈雷雨〉序》，《曹禺研究专集》上册，王兴平、刘思久、陆文璧编，海峡文艺出版社 1985 年版，第 22 页。

下功夫。”[①]曹禺强调通过充实丰富的戏剧动作，完整准确地展露出角色的精神世界。在他看来，这些丑角也有自己的一套人生哲学，往往并不觉得自己坏，他们对自己的举止表现是心安理得的，所以不要闹剧式地令人作恶地扮演人物，而要贴着人物演。他指出：“一个好演员要把俗的东西，演得不俗，要有化腐朽为神奇，把石头变成黄金的本领。”[②]

为此，曹禺强调演员应对自己的情绪加以控制，不能卖弄做作。他说：“演鲁贵的，他应该小心翼翼地做到‘均匀’‘恰好’，不要小丑似的叫自己头上凸起了隆包，尻上长了尾巴，使他成了只是个可笑的怪物。演鲁妈和四凤的应该懂得‘节制’（但并不是说不用情感），不要叫自己叹起来成风车，哭起来如倒海，要知道过度的悲痛的刺激会使观众的神经痛苦疲倦，再缺乏气力来怜悯……要学得怎样收敛运蓄着自己的精力，到了所谓‘铁烧得最热的时候再锤’，而每锤是要用尽了最内在的力量。”[③]“《雷雨》《日出》《原野》都写得浓。戏一浓，表演就容易过火。我希望演员多在真实、自然上下功夫。”[④]因为他深知，情绪的过度宣泄、表演的过火失当，会让一个戏适得其反、变味走样。

实际上，曹禺希望演员的表演能做到内外一致、形神兼备，反对各执一端、偏向一隅，对当时大部分演员只突出外在表现而看淡内心体验的做法尤为不满，而强调表现与体验的和谐统一、相辅相成。马俊山在《曹禺：历史的突进与回旋》中十分精当地指出：“曹禺的表演艺术思想，既不同于科格兰也有别于斯坦尼斯拉夫斯基，而是摄取了表现和体验两派的长处，再加上自己长期的舞台实践经验推陈出新的产物。”[⑤]

而对于如何演出人物的形象、气质与深度问题，曹禺则多次提到演员要

---

① 曹禺：《自己费力找到真理》，《曹禺研究专集》上册，王兴平、刘思久、陆文璧编，海峡文艺出版社1985年版，第88页。

② 曹禺：《自己费力找到真理》，《曹禺研究专集》上册，王兴平、刘思久、陆文璧编，海峡文艺出版社1985年版，第92页。

③ 曹禺：《〈雷雨〉序》，《曹禺研究专集》上册，王兴平、刘思久、陆文璧编，海峡文艺出版社1985年版，第22页。

④ 曹禺：《自己费力找到真理》，《曹禺研究专集》上册，王兴平、刘思久、陆文璧编，海峡文艺出版社1985年版，第91页。

⑤ 马俊山：《曹禺：历史的突进与回旋》，中国工人出版社1992年版，第108页。

致力于综合素养的提高，要求演员了解时代、社会，要加强阅读，要触类旁通等。他说："作为一个戏剧工作者，除了熟悉和掌握专业的知识和技能以外，对于文学、诗歌、绘画、音乐等各种艺术，都应该了解一些，懂得一些，或者说至少会欣赏吧。"[①]1978年11月29日，曹禺在北京人艺与导演谈《王昭君》一剧时，他当场开列的参考书目达26种，共29篇文章，以此帮助导演和演员理解剧本和人物。

这里有必要指出的是，曹禺戏剧本身对演员演艺的培养功不可没，因为他的戏剧中有多量的不乏实践价值的"舞台提示"，对导表演等舞台实践起到引领与指示作用。郑君里在1942年创作的《角色的诞生》一书中曾大量援引曹禺戏剧的演出实践，搬演过重要角色的演员C小姐（即著名演员舒琇文）就不无感激地说："在曹禺的剧本里，对于每一个初出场的人物都不惮其详地交代他的生平、经历和性格，他从各方面介绍角色种种的特点。我很喜欢这一点，它给我很多的启发。角色还没有开口，他的全部神情就都活现在我的眼前，我的想象已经开始活动，我可以体现出这个角色在什么情境之下，可能有怎么样的反应。同时，在这角色的台词与动作里的许多容易被忽略的细节，经他这么一提醒，马上就会变得非常有生命。"[②] 曹禺通过他塑造的各种鲜活的人物及出色的"舞台提示"规范着演员的戏路、磨砺他们的技艺。

三、以观众为本位的舞台创造。

曹禺在"北京人艺之友联谊会"成立大会的讲话中这样说："我们的圣人孔夫子说：'君子有三畏，畏天命，畏大人，畏圣人之言'。'畏'是个文言词，就是怕。'天命'我们不怕了，'大人'孔夫子没有告诉我们指的什么人，我们也不怕了，但我们'畏圣人之言'，我们还是怕观众，尊重观众，因为你们

---

① 郦子柏、王韧、田文：《海滨月夜，曹禺闲谈》，《曹禺研究资料》（上），田本相、胡叔和编，中国戏剧出版社1991年版，第206页。

② 郑君里：《角色的诞生》：中国电影出版社1981年版，第53页。

在我们心中才是圣人，真正的圣人。"[①] 曹禺戏剧创作的一个突出特点是：它既有文学性又有剧场性，能读又能演，本色当行，这与他熟悉舞台、了解观众，能预设演出效果和接受机制有关。例如，曹禺改编的《家》的第一幕，在洞房之夜觉新和瑞珏大段内心独白的戏之后，忽然从床底下钻出三个闹新房的小孩，逗得观众哈哈大笑，这是因为曹禺善于捉摸观众心理，注意场面冷热相剂，较好地起到了插科打诨的作用。

曹禺的观众本位意识不仅针对戏剧创作而言，导表演等舞台艺术创造同样是如此。他说："一个弄戏的人，无论是演员、导演，或者写戏的，便须立即获有观众，并且是普通观众。只有他们才是'剧场的生命'。"[②] 曹禺很欣赏文明戏中观演之间那种热闹的活泼泼的交流。他强调演员情感的克制，其内在的理路也是考虑到观众的情绪反应。在《〈雷雨〉序》中，他谈到第四幕四凤见鲁妈的场景时，提醒演员要注意情感的分寸，不要让情感的狂风卷扫了自己的重心，希望演员的一举一动应有理性的根据，在表演时切不可大喊大叫，重复地单调地哭泣。他提出这样要求就是考虑到观众情感的承受力和舞台接受的效果，他说："要知道这一景落眼泪的机会已经甚多，她们应该替观众的神经想一想，不应刺痛他们使他感觉倦怠甚至于苦楚，她们最好能运用各种不同的技巧来表达一个单纯的悲痛情绪。要抑压着一点，不要都发挥出来，如若必需有激烈的动作，请记住：'无声的音乐是更甜美'，思虑过后的节制或沉静在舞台上是为人所欣赏的。"[③] 就连舞台布景、灯光、道具、音响等的技术处理，曹禺也要求从观众欣赏出发来考虑剧场效果。冯钦在《〈雷雨〉的效果构想》一文中说："曹禺同志的剧作有着独特的艺术风格——那就是对整个舞台景物、服饰、效果，甚至一件细小的道具都细致入微地描绘出来，读了他的剧作中的舞台提示，在脑子里就会形成一副活生生的画面。因此，曹禺同志的作品中对'效果'这个创造因素，即或一两笔的描写，也都能引

---

① 曹禺：《曹禺的话》（代序），转引自张帆：《走进辉煌》，中国戏剧出版社2007年版。

② 曹禺：《〈日出〉跋》，《曹禺研究专集》上册，王兴平、刘思久、陆文璧编，海峡文艺出版社1985年版，第34—36页。

③ 曹禺：《〈雷雨〉序》，《曹禺研究专集》上册，王兴平、刘思久、陆文璧编，海峡文艺出版社1985年版，第22页。

领观众更好地体会人物的心情，产生联想和回味。”① 演员郑挹梅回忆《雷雨》在南京首演时说：“我在后台，就看到曹禺细致具体地指点舞台工作人员，如何改善雷雨闪电效果、灯光的技术。第三幕蘩漪到杏花巷四凤家窗前，外面正下着大雨，突然一道闪电照亮了她的惨白的脸，这精彩的闪电效果就是经过曹禺指导的。每场演到这儿，听到原来沉静的观众，竟然惊叫出声来，我心里总嘀咕：‘不知自己是什么鬼样子，竟那么怕人。”② 据梁秉堃《在曹禺身边》一书回忆：“不知道有多少次，上演曹禺老师的戏和别人的戏的时候，我看到曹禺老师独自一人或在观众席里，或在边幕旁边，或在侧面灯光下方，全神贯注地看着戏，也全神贯注地看着观众的反应，与观众一起随着剧情的发展而喜怒哀乐。”③，曹禺还经常跟北京人艺工作人员说：“要从观众中去学习技巧。观众是活的，要研究他们为什么在这个地方哭，在那个地方笑，为什么他们在这个地方鼓掌，在另一个地方又一点声音也没有。”“应该从观众的眼睛里，看出什么叫‘紧凑’‘简洁’‘洗炼’，什么叫‘震撼人心’、什么样的文章才是有‘光彩’，有‘音乐性’，有‘节奏’。”④

正因为曹禺戏剧舞台性强，充分考虑观众的接受需要和剧场的演出效果，所以其戏剧一直深受观众的喜爱，不断掀起观演热潮。在《雷雨》诞生之前，中国演剧剧团由于缺少高质量剧本的支撑日益困窘、举步维艰。我国成立最早、影响卓著的爱美剧社团之一——上海戏剧协社，在艰苦挣扎 12 年，先后举行过 16 次公演之后，终因“成员零散”⑤ 及“缺少理想的演出场所和经常闹剧本荒”⑥、“没有固定的经费”⑦ 等原因而风流云散。其他演剧团体的状况也不容乐观。1935 年 11 月成立于上海的中国旅行剧团则以曹禺的戏剧演出为看家本领，获得了职业上的成功，“使中旅一跃独执全国话剧界的牛耳，从一个

① 苏民等编《〈雷雨〉的舞台艺术》，上海文艺出版社 1982 年版，第 336—337 页。

② 郑挹梅：《忆〈雷雨〉在南京首演》，《人民戏剧》1981 年第 4 期。

③ 梁秉堃：《在曹禺身边》，中国戏剧出版社 1999 年版，第 89 页。

④ 梁秉堃：《在曹禺身边》，中国戏剧出版社 1999 年版，第 89 页。

⑤ 应云卫：《回忆上海戏剧协社》，《中国话剧运动五十年史料集》第 2 卷，中国戏剧出版社 1959 年版，第 10 页。

⑥ 陈宪谟：《我在上海话剧运动中的回忆》，《中国话剧运动五十年史料集》第 1 卷，中国戏剧出版社 1958 年版，第 220 页。

⑦ 应云卫：《回忆上海戏剧协社》，《中国话剧运动五十年史料集》第 2 卷，中国戏剧出版社 1959 年版，第 10 页。

四处流浪、朝不保夕的艺术家团体，变成了一个到处受欢迎、受赞誉的红剧团。”[①] 著名演员唐槐秋就曾不无感激地对曹禺说：“万先生,《雷雨》这个戏真叫座儿，我演不少新戏，再没有你的《雷雨》这样咬住观众的。老实说，有这样的戏，才能把剧团维持下去。”[②] 中旅把《雷雨》《日出》带遍大江南北，从30年代一直演到新中国成立初，观众反应热烈，公演场场爆满，座无虚席，剧团收入更是大增，从而促进了中国演剧事业的繁荣，同时也增进了职业话剧剧团的独立艺术品格。著名表演艺术家石挥就曾指出：“曹禺的第一个剧本《雷雨》就支持了中国话剧剧坛好几个年头，继之则《日出》而获得中国文学奖金，再则《原野》大胆地改变了一个方向，在剧本饥荒的中国剧坛里，获得这几个剧本才得重新燃起光辉的火焰，使中国话剧运动有了一个清新的标的。”[③]，关于曹禺戏剧演出在当地产生轰动效应的文字记载很多，1935年秋，中国旅行剧团先后在天津、北京演出，1936年4月中旅回到上海，在卡尔登戏院公演《雷雨》，使之与“各阶层小市民发生关连，从老妪到少女，都在替这群孩子们流泪。而且，每一种戏曲，无论申曲、越剧、文明戏，都有了他们所扮演的《雷雨》”。[④] 著名文史家曹聚仁说：1935年“从戏剧史上看，应该说进入《雷雨》时代”。[⑤] 在“孤岛”时期的1939—1940年间，上海甚至出现过各剧院争相上演曹剧的热闹情景。[⑥] 难怪茅盾后来有“当年海上惊雷雨”之赞。[⑦]1941年1月21—26日，桂林国防艺术社连续6天公演《雷雨》，由焦菊隐导演。当时的评论说：“《雷雨》上演之后，真是轰动桂林”，“分析一下六日来六千多观众的成份，以公务人员占多数，青年学生，职业青年次之，家庭妇女也很多，有的手抱着啜奶的婴孩一直看到深夜十二时，此外军人、商人都不少。这剧可说为各种阶层的人所欢迎”[⑧]。这些材料充分说明，曹禺戏

① 孔庆东：《从〈雷雨〉的演出史看〈雷雨〉》，《文学评论》1991年第1期。

② 参见田本相：《曹禺传》，北京十月文艺出版社1988年版，第166页。

③ 石挥：《为什么在现社会下演〈日出〉》，《中国文艺》第1卷第6期，1940年2月1日。

④ 曹聚仁：《戏剧的新阶段》，《文坛五十年续编》，新文化出版社1976年版，第45页。

⑤ 曹聚仁：《戏剧的新阶段》，《文坛五十年续编》，新文化出版社1976年版，第45页。

⑥ 赵景深：《忆曹禺》，《宇宙》月刊，1945年3月。

⑦ 转引自田本相著《曹禺传》，北京十月文艺出版社1988年版，第168页。

⑧ 龙贤关：《国防艺术社与〈雷雨〉》，《戏剧战线》第1卷第5—6期合刊，1941年4月15日。

剧的观众范围，已经远远超出了文明戏、爱美剧或左翼戏剧，已扩张至市民社会的“各种阶层”。几十年来，曹禺戏剧因其观众接受的多样性和广泛性而被各种剧团搬上舞台，影响遍及大江南北，有力地促进了中国现代戏剧的传播和发展。

曹树钧在《曹禺晚年年谱》中曾全面总结说：“半个世纪以来，他的主要剧作不断再版，在国内话剧剧坛上，不仅演遍了祖国四面八方，而且被改编成京剧、评剧、滇剧、沪剧、越剧、甬剧、庐剧、琼剧等 20 多个戏曲剧种，以及电影、电视、歌剧、音乐剧及舞剧等，深入到县城、小乡镇和穷乡僻壤。在世界剧坛上，曹禺的优秀剧作也成为各国人民心心相通的桥梁，广泛活跃在美国、英国、苏联、日本、德国、罗马尼亚、朝鲜、越南、阿尔巴尼亚、巴西、澳大利亚、埃及、印度尼西亚、马来西亚、新加坡、菲律宾等五大洲 20 多个国家的舞台上，并译成日、英、俄、法、德、印地、朝、越等多种文本。曹禺的杰作不仅在中国人民中获得知音，而且在世界人民中找到了广泛的知音。”①

以上我们从三个方面总结了曹禺的“舞台观”，可以看出以下特点：一是实践性和多元性。曹禺的“舞台观”是建立在他全面多样的戏剧实践基础上的，紧紧围绕“戏剧是一门舞台艺术”这一核心命题，其理论与实践是紧密结合在一起的。作为戏剧全才和通才，曹禺的“舞台观”涉及剧作家、导演、表演、舞台美术等多个艺术门类，他还把观众接受纳入考量范围，注意各门艺术之间的融通与互动，这就使其理论具有多元性和丰富性特点。二是形象性与感悟性。曹禺的舞台理论很多是零散的、片段式的，是他本人看了剧作演出后的直观印象与批评反馈，但也有专门论述编剧理论的文章。他用的方法也不是枯燥艰深的逻辑推理，乃是充满了诗意，充满了情感，极具描述性和修辞性的文学陈述，其形象生动的语句能够直抵读者的内心，使读者心领神

① 曹树钧：《曹禺晚年年谱》，安徽大学出版社 2016 年版，第 209 页。

会。这可能与曹禺偏于激情、直觉与想象的心智特点与创作心理有关[①]，恰如杜勃罗留波夫所言：“所处理的，不是抽象的观念与一般的原则，而是活的形象，思想就在其中而显现。在这些形象中，诗人可以把它们的内在意义——这对于自己甚至是不自觉的，远在他的理智把它们阐明以前，就加以捕足，加以表现。”[②]，直至新时期以后曹禺的理性反思才明显增强，主体精神也更加独立[③]。

作为中国现代首屈一指的戏剧大师，曹禺戏剧在中国现代戏剧文学史、演出史和接受史上都具有举足轻重的地位。曹禺的舞台观亦以其独到的经验和智慧启发并培养了一代又一代的舞台艺术家与观众，至今仍是一笔弥足珍贵的精神财富，具有借鉴意义和推广价值。

第二节　曹禺戏剧对北京人艺演剧艺术的影响

董健、马俊山在《戏剧艺术十五讲》中指出：“尽管如格氏（指格洛托夫斯基——引者注）所说，有时候‘当我们谈到契诃夫的风格时，我们实际上指的是斯坦尼斯拉夫斯基对契诃夫剧作演出的风格’，但这并不足以改变这样一个基本事实：一出戏的演出风格或一个剧团的艺术特色，最终仍然是由剧本而不是导演或演员决定的。”[④]剧本中的一切都是“二度创作”的依据和出发点，从这个意义上说，剧本乃是一出戏的演出基础。曹禺丰富的舞台实践，作为

① 曹禺具有忧郁的诗人气质，他的创作即强调灵感、直觉，场面思维等，例如创作《雷雨》时，开始在他脑海里浮现的是“跪誓”“推窗“等片段，《日出》构思时最初想到的是那句诗：“太阳升起来了，黑暗留在后面，但太阳不是我们的，我们要睡了！”他坦言：“我不是一个太理智的人。”（参见田本相、刘一军编著：《苦闷的灵魂——曹禺访谈录》，江苏教育出版社 2001 年版，第 34 页）“我这个人，对理论没有兴趣，但是，在欣赏作品时，似乎对写得深邃的作品格外喜欢。”（江苏教育出版社 2001 年版，第 77 页）

② [俄] 杜勃罗留波夫：《杜勃罗留波夫选集》第 1 卷，辛未艾译，上海译文出版社 1983 年版，第 348—349 页。

③ 这在田本相、刘一军编著的《苦闷的灵魂——曹禺访谈录》中有多量的体现，“文革”结束以后，他敢说真话，敢于提出问题来思考，并发表自己独立见解，对自己创作中存在的问题和当前不良文艺现象给予批判性反思。当然，受特定语境和自身性格的影响，曹禺也有在“左”的压力下戴着面具说的不无虚假的“违心话”。《苦闷的灵魂——曹禺访谈录》，田本相、刘一军编著，江苏教育出版社 2001 年版。

④ 董健、马骏山：《戏剧艺术十五讲》，北京大学出版社 2004 年版，第 289 页。

天才演员的表演才华，尤其是其杰出的现实主义戏剧成就，对北京人艺演员的培养和现实主义演剧风格的形成与发展产生了不可估量的影响，同时，曹禺戏剧对北京人艺舞台演出完美的整体感和鲜明的民族特色等方面也有积极的建构作用。

长期以来，曹禺一直被认为是中国现实主义戏剧最高成就的代表者，曹禺的研究者都异口同声地说曹禺是选择了现实主义的，他的戏剧中包含着无数深刻的现实主义因子，这已经是不争的事实。贡献和陈留生在《对‘狭之笼’的徒然挣脱》一书中说：“他的剧作博大精深，犹如一个开掘不尽的富矿，在其间的确可以开采出大量的现实主义内蕴。”[①] 著名学者田本相则将曹禺戏剧创作方法与美学风格定义为“诗化现实主义”。[②] 现实主义戏剧当然最适合用斯坦尼心理——形体的现实主义演剧体系来搬演。众所周知，斯氏表演体系与契诃夫戏剧相契合，而曹禺的《日出》《北京人》等剧也与契诃夫戏剧相切近，这使其戏剧能够成为中国表演艺术中实践斯氏体系的范例。“中国斯氏表演体系”的最初理论总结《角色的诞生》（郑君里著）一书，就大量引用了演员们在演出曹禺剧作时的体会，详细说明曹禺戏剧与斯氏体系的内在联系，即强调内心体验，追求戏剧的生活化，表演尽可能与角色接近，从而总结舞台实践经验，构造中国特色的“现实主义演剧体系”。总之，20 世纪三四十年代的曹禺戏剧演出几乎都是在对斯氏体系的学习、模仿和借鉴中进行的，并初步在话剧舞台上创造和确立了曹禺戏剧的现实主义演剧风格。新中国成立后，由于冷战的国际环境存在，中国现代戏剧 / 文学关闭了向西方戏剧 / 文学学习的大门，主要向苏联戏剧 / 文学学习与借鉴，并把斯氏体系奉为圭臬。1956 年斯坦尼的主要著作《演员的修养》和《角色的创造》俄文版被译成中文，不久中文版《斯坦尼全集》陆续问世，斯坦尼体系的学习在中国渐成热潮，

① 贡献、陈留生：《对“狭之笼”的徒然挣脱》，南京大学出版社 1998 年版，第 23 页。

② 田本相：《曹禺的诗化现实主义——〈曹禺全集·前言〉》，《曹禺全集》第 1 卷，花山出版社 1996 年版。

并被当作训练演员的科学方法而倍受推崇[①]。在这样大背景下，北京人艺关于曹禺剧作的演出自然是在斯氏体系指导下排演的，并最终形成了北京人艺的现实主义演剧风格。赵寻在《〈雷雨〉的舞台艺术·序》中指出："曹禺并不是由于他是北京人艺的院长，而是由于他是杰出的剧作家，是以他的作品的现实主义力量领导了剧院的，曹禺各个时期的代表作，全国解放前的《雷雨》《日出》《北京人》，全国解放后的《明朗的天》《胆剑篇》，粉碎'四人帮'后的《王昭君》都曾在这里演出。而《雷雨》，这块中国话剧现实主义传统的基石，也为北京人艺的艺术风格打下了基础。"[②]夏淳是北京人艺排演《雷雨》的权威导演，其风格特点就是真实和细腻：(1)"真实"。指舞台处理把握了历史的真实，创造了浓郁的时代气氛和生活气息。在正式排演前，夏淳就要求导表演一起深入体验有关生活，以"获得更多的感性知识"，"更深刻、更准确地体会作品所提供的素材"，缩短演员与人物之间的距离。他在《漫谈导演的艺术处理》一文中回忆说："当年朱琳、于是之等同志在排《雷雨》的过程中，写出的人物生活日记都有两大厚本"[③]"《雷雨》这样的戏用的是写实的景。"[④]具有明显的生活实感。(2)"细腻"。指演员细致地把握了人物的内心体验，注意人物言行举止的精确表现。在要求演员深入生活，写体验生活的同时，他还要求演员写人物自传，又在这个基础上，采用让演员讲故事的办法（先用第一人称，再用第三人称），让演员熟悉生活、接近人物。在人物形象塑造上，不仅细致地捕捉人物内心深处每一个细微的颤动，人物之间每一次心灵的碰撞，而且对人物外在服饰、举止、神态、语调等，对人物的一投足，一扬眉，一声一息，无不反复推敲，力求在细节上下功夫，真正做到精雕细刻，万无

---

① 马俊山在《论斯坦尼体系对中国话剧现实主义的演剧体系的影响》一文中指出："因为斯坦尼体系内含着中国话剧自身发展所需要的东西——以人为本的心理体验理论，集体创作观念，最高任务和贯穿动作统一说，以及完整的表演技术等等，正好能够满足话剧舞台艺术本土化、正规化、职业化的需要。所以，斯坦尼体系就顺理成章地成了中国话剧舞台艺术走向成熟的理论发动机。"（参见《大戏剧论坛》第1辑，北京广播学院出版社2003年版，第40页）

② 赵寻：《〈雷雨〉的舞台艺术·序》，上海文艺出版社1982年版。

③ 夏淳：《漫谈导演的艺术处理》，《论话剧导表演艺术》第1辑，张仁里编，中国戏剧出版社1985年版，第170页。

④ 夏淳：《漫谈导演的艺术处理》，《论话剧导表演艺术》第1辑，张仁里编，中国戏剧出版社1985年版，第170页。

一失。在《剧坛漫话》一书中，夏淳还不无体会地说：“要塑造好人物，应掌握这个人物所处的时代，剧中的规定情境、他的性格和动作，但是光有这大的方面是不够的，我的体会是要找到比较真实的细节……要找到一些刻画人物的细节不太容易，但是找到了，就可以给演员一把抓住人物的钥匙。凡是成功地扮演了角色的演员都懂得，真实的细节可以帮助他们获得正确的人物自我感觉。”① 夏淳导演的《雷雨》以其高度的现实主义成就见长，左莱就指出：“《雷雨》的舞台艺术是现实主义的精品，是北京人艺的有代表性的保留剧目。如果说1952年焦菊隐先生导演《龙须沟》，为北京人艺现实主义的艺术道路奠定了坚实的基础，1954年夏淳导演的《雷雨》对形成北京人艺现实主义的艺术风格也起了重要作用。”②

实际上，不仅《雷雨》演出如此，新中国成立后北京人艺演出的曹禺剧作均有如此的艺术追求。即强调“从生活出发”，坚持“深厚的生活基础”“深刻的体验”和“创造鲜明的舞台形象”的辩证统一。这种生活化的本色表演对演员的影响极大，于是之在《焦菊隐的“心象”学说》中还由此对斯坦尼的“从自我出发”③ 表示质疑，而强调“自我”也要向“生活”学习（即于是之认为“从自我出发”不及“从生活出发”来得基础深厚、客观自然），他说：“（斯氏所言）‘不要去表演形象’（这一句我同意），‘假设就是你自己，在这样的情境中该做些什么呢？’这后半句话，我就不免怀疑了。不是从理论，而是从实践里。当叫我演一个我并不深知其生活的角色时，我曾经这么‘假设就是我’过，但都收效甚微，弥补的办法不是那被称为‘魔术般的假设’，而是去生活。”④ 于是之在《龙须沟》中扮演程疯子一举成功，但随后他在《雷

① 夏淳：《剧坛漫话》，中国戏剧出版社1985年版，第27—28页。

② 左莱：《夏淳艺术生平述评》，《中国话剧艺术家传》第5辑，文化艺术出版社1987年版，第235页。

③ 斯坦尼斯拉夫斯基原话这样说：“可你知道一条重要的规律，它是这样说的：‘演员不论演什么角色，他总应该从自我出发，诚心诚意地去行动。’如果他在角色里没有找到自我或失掉自我，那就会扼杀角色，使他失去活生生的情感。这种情感只有演员本人。只有他一个人才可以给予他所创造的人物。因此，扮演任何一个角色时，都要用自己的名义，在作者所提供的规定情境中去表演。这样你就首先在角色中感觉到自己。做到了这一点，就不难使整个角色在自己身上成长出来。活的，真实的人的情感对角色的成长来说是一种良好的土壤。”（斯坦尼斯拉夫斯基：《斯坦尼斯拉夫斯基全集》第4卷，郑雪来译，中央编译出版社2012年版，第294页）

④ 于是之：《焦菊隐的“心象”学说》，《演员于是之》，王宏韬、杨景辉编，北京十月文艺出版社1997年版，第233页。

雨》中演周萍却遭遇惨败。他在《痛苦、学习及其它》中反思说："《龙须沟》里的人物几乎都是我童年时的街坊邻居。《雷雨》里的就不行了，特别是周家的人，他们从未在我的生活里露过面。为了排戏，也找了一家名门望族去看了几次，谈了谈，只觉得听着新鲜，引不起我任何举一反三的想象来。戏组里的同志们也用他们所记得的生活启发我，同样无效。现在想起来，我那时就像一块湿劈柴，怎么也燃不起火苗来。"[①]生活的积累没有，想象的翅膀就张不开，于是就完全陷入理性，"从自我出发"也就变成从观念出发，其结果人物塑造刻板俗套，没有那种鲜活的生动性和人物身上应有的复杂性。应该说，北京人艺现实主义演剧风格的基石就是："从生活出发"。这种生活化可以说是全面多向的：不仅包括对剧本描写的社会时代的了解，剧本反映出的生活本身的了解，同时还包括演员对各自扮演的人物生活的具体了解，尤其还包括对作者生活经历和写作背景的了解，去体验作者体验过的生活，张庚就曾指出："剧作者的体验，特别是一个具有生活深度的感情丰富的剧本，一定有剧作者对生活独特的体验做基础，如果导演和演员不下一番功夫去探索这种独特的体验，这样的戏是往往演不好的。"[②]北京人艺的生活体验是由三部分构成即剧本反映的生活、人物在剧本中的生活和作者生活经验，在体验的源头上向前迈进了一步。而北京人艺对生活的体验有直接体验，也有间接体验，这包括书本阅读，人物访问，专家指导等，尤其是人艺演员特别注意对自身生活经历和人生经验的调用、激活和想象，这就使人艺的生活化在广度和深度上超越了一般的现实主义剧院。正是在生活化的基础上强调深刻的体验、精当的表现，以及鲜活的人物形象塑造，才形成了人艺本色、精细、淳厚的现实主义演出风格。

现实主义剧作以生活化为基准和标杆必然要求舞台演出能逼真地再现社会现实，要求导演注意剧本氛围的营造和时代环境的设置。布罗凯特就曾说过，舞台艺术中"真正的写实主义仍有待于融合背景和行动为一体的剧本之

---

① 于是之：《痛苦、学习及其它》，《演员于是之》，王宏韬、杨景辉编，北京十月文艺出版社 1997 年版，第 161 页。

② 张庚：《戏剧艺术引论·前言》，文化艺术出版社 1981 年版，第 4 页。

出现。”[①] 曹禺在《日出·跋》中就恳请导演能演出《日出》的第三幕，并且提出了自己的艺术处理的主张：“我希望他切实地注意这一幕戏的氛围，造成这地狱空气复杂的效果，以及动作道白相关联的调和与快慢。”关于“这些效果”，他进一步说：“必须有一定时间，长短、强弱、快慢、各样不同的韵味、远近。每一个声音必须顾到理性的根据，氛围的调和，以及适当的对意义的点醒和着重。”[②]

北京人艺著名导演欧阳山尊在导演《日出》时不但恢复了《日出》第三幕的舞台生命，免去新中国成立前《日出》演出曾给曹禺带来的“挖心”的痛苦，而且十分注意“宝和下处”舞台气氛的渲染，除了舞台布景的必要装饰外，主要是运用各种音响效果。舞台上呈现的这一幕前景是一条破败不堪的街道，一个典型的北方院落。院子外面始终有各种音响在嘈杂着：姑娘的唱曲声，乞丐沿门唱“数来宝”的声音，漂泊汉嘶哑着嗓子哼一两段二黄的声音，以及各种小买卖人的叫卖声：“硬面饽饽”“落灯啦，落灯啦！”，同时夹杂着妓院里不时传来的诟骂女人、打情卖笑的声音，较为真实地渲染出社会底层的肮脏杂乱的生活环境。同样，《北京人》一剧也特别注意音响效果的运用，曹禺说：“《北京人》中有个大配角，就是我所说的各种音响，音响帮了戏很多忙，创造环境气氛。”[③] 曹禺剧作由于较好地融合了背景与行动，舍得在舞台提示上“下功夫”，给话剧的舞美设计提供了大量的创作灵感和启发，李畅曾指出，《雷雨》等剧“在舞台美术方面，剧作家有详尽的描写，不论在布景、灯光、道具、服装以及时代气氛方面，曹禺都等于在剧本中写了一部布景教科书，并通过它教育了导演和设计者，使他们走向现实主义。”[④]

在具体演出时，导演还十分注意用斯氏的现实主义演剧理论来分析剧本、指导演员，例如戏剧演出注意对剧本的“最高任务”和“贯串动作”的分析（在

---

① [美]布罗凯特：《世界戏剧艺术欣赏》，胡耀恒译，中国戏剧出版社 1987 年版，第 331 页。

② 曹禺：《〈日出〉跋》，《曹禺研究专集》上册，王兴平、刘思久、陆文璧编，海峡文艺出版社 1985 年版，第 39 页。

③ 曹禺：《和剧作家们谈读书和写作》，《剧本》1982 年第 10 期。

④ 李畅：《中国近代话剧舞台美术片谈》，中国艺术研究院话剧研究所编《中国话剧史料集》（1），文化艺术出版社 1987 年版，第 282 页。

斯坦尼斯拉夫斯基的方法论中，研究剧本与揣摩角色的全部过程就是理解演出及每个剧中人的最高任务与贯串动作的过程。按照他在《角色的创造》中的见解，“最高任务”即剧本主题[①]，“贯串动作”则是人物性格中的主导行动，斯坦尼斯拉夫斯基认为，最高任务和贯串动作的学说，是他的体系中最主要的部分)，欧阳山尊的《〈日出〉导演计划》一书即是这种分析的产物。欧阳山尊十分注重从作者的创作意图和剧本的“舞台提示”出发理解剧作的主题和人物，他在《〈日出〉导演计划》一书中说：“《日出》的主题思想是什么呢?作者有意地从老子的《道德经》上摘录了以下几句话放在他剧本的最前边：‘天之道其犹张弓欤！高者抑之，下者举之；有余者损之，不足者补之。天之道损有余而补不足；人之道则不然，损不足以奉有余。’这几句话说明了《日出》的主题思想，换一句话说，它的主题思想是暴露那种‘损不足以奉有余’的人吃人的社会制度以及那帮走向崩溃的荒淫无耻之徒。”[②]欧阳山尊认为：“这就是作者在当时给剧本提出的最高任务。”[③]以此为前提和基础，欧阳山尊又具体分析了人物的贯穿动作，例如他对陈白露贯穿动作的规定是：“玩世不恭，游戏人间，走向慢性自杀。”李石清的贯穿动作是：“用一切方法向上爬，用一切手段抓取金钱和地位，使谁也不敢瞧不起你”。方达生的贯穿动作则是：“要感化陈白露和拯救象小东西这样的被侮辱和被损害的人，要跟金八他们拼一拼。”翠喜的贯穿动作是：“忍着眼泪装着笑脸挨下去，用出卖肉体得来的钱养活一家老小。”[④]……应该指出，这些规定很多是受曹禺戏剧舞台提示的启发而得出的。因为曹禺戏剧中的舞台指示是他多年舞台经验的总结和传达，它能较好地帮助导表演理解剧本和角色。例如《日出》第一幕陈白露出场的舞台提示中就有这么一段：“她的眼明媚动人，举动机警，一种嘲讽的笑总挂在嘴

---

① 斯坦尼曾指出：“除非先找到那个在剧本中占支配地位的思想，否则就没有任何一个导演者能上演那出戏。现时在我们的剧院中，甚至在莫斯科艺术剧院中，一出戏的导演者毫不在乎这种占支配地位的思想，而是将演出完全建立在各种巧妙的导演手法上。这是完全违背舞台艺术的。确实，这样一些巧妙的导演手法通常会博取观众雷鸣般的掌声，这当然是演员所要求的，然而普希金和莎士比亚却并非是为此目的而写作剧本的。”（参见杜定宇：《西方名导演论导演与表演》，中国戏剧出版社 1992 年版，第 502 页）

② 欧阳山尊：《〈日出〉导演计划》，中国戏剧出版社 1983 年版，第 5 页。

③ 欧阳山尊：《〈日出〉导演计划》，中国戏剧出版社 1983 年版，第 12 页。

④ 欧阳山尊：《〈日出〉导演计划》，中国戏剧出版社 1983 年版，第 38 页。

角。神色不时地露出倦怠和厌恶；这种生活的倦怠是她那种漂泊人特有的性质。她爱生活，她也厌恶生活。”可以说这段舞台提示就是陈白露作为“高级交际花”所表现出的似醒非醒、玩世不恭、逢场作戏、游戏人间的性格写照。总之，欧阳山尊导演的二度创造着眼于塑造真实的人物来反映生活、体现主题，他的《〈日出〉导演计划》一书中的导演阐释，力求把最高任务、贯穿动作与各个人物形象的分析有机地联系在一起，这是从剧本出发用斯氏的现实主义演剧体系来分析和导演剧本的成功范例。《〈日出〉导演计划》主要由《剧本分析》《导演构思》《演出本》等三个方面组成，他是这样解释《导演构思》和《剧本分析》的关系的：“《导演构思》是《剧本分析》的继续和发展，《剧本分析》是《导演构思》的基础，而《导演构思》则丰富、补充并在一些地方修正了《剧本分析》。《剧本分析》写的是‘关于什么’；《导演构思》则是回答‘如何用艺术的手段，将《剧本分析》的内容，形象地在舞台上表达出来’的问题，它是一个导演在《剧本分析》的基础上，所看到的具体的‘演出幻象’，也就是他所预见到这个剧本将来搬到舞台上的具体形象和剧场效果。”①

现实主义演剧方法自然以塑造典型环境中的典型人物为信条。马俊山在《论斯坦尼体系对中国话剧现实主义的演剧体系的影响》一文中指出：“人是近代剧的核心。斯坦尼体系的最大特点，就是把人——人物和演员作为全部舞台艺术的基础，理解人、表现人、教育人是斯坦尼终身追求的艺术目标。”②欧阳山尊在《〈日出〉导演计划·再版前言》中也说：“文艺作品主要是写人，写各种各样的人的复杂的和充满矛盾的内心世界，从而塑造出具有不同思想面貌，不同性格特征的有血有肉的人物形象。这是我的信条，也是我的原则，过去未变，现在未变，看来以后也不会变。”③著名导演夏淳则指出：“导演的重要任务就是帮助演员在舞台上塑造鲜明、具体、生动、感人的人物形象。”“导演帮助演员有大量工作要做，包括帮助演员体验人物，帮助他生活

---

① 欧阳山尊：《〈日出〉导演计划》，中国戏剧出版社 1983 年版，第 1 页。

② 马俊山：《论斯坦尼体系对中国话剧现实主义的演剧体系的影响》，《大戏剧论坛》第 1 辑，北京广播学院出版社 2003 年版，第 40 页。

③《欧阳山尊从事文艺工作 70 年纪念文集》，中国戏剧出版社 1999 年版，第 299 页。

于角色之中，寻找准确的动作来表现他的性格，适当处理他的激情等等。这些都是不可缺少的。这些步骤之间有着紧密的联系，都是为一个目的服务，即帮助演员在舞台上塑造出鲜明具体、生动感人的人物形象。"[①] 在"人艺四大导"（即焦菊隐、欧阳山尊、梅阡、夏淳）的精心指导下，北京人艺演员的表演也以鲜明的人物形象塑造为旨归，他们认真阅读剧本，虚心向作者讨教，注意分析人物的性格特征，较好地体现出曹禺戏剧的"人学"价值。像《雷雨》中吕恩扮演的蘩漪、苏民扮演的周萍，《日出》中杨薇扮演的陈白露、于是之扮演的李石清、叶子扮演的翠喜、董行佶扮演的胡四，《北京人》中舒琇文扮演的愫方、蓝天野扮演的曾文清等舞台形象均饱满生动，给观众留下了极其深刻的印象，这些栩栩如生的人物形象至今仍活在中国话剧艺术的人物画廊中。在人物塑造的基础上，不少演员还形成了自己的表演风格，诸如刁光覃的鲜明炽热、情浓形美，于是之的质朴无华、含蓄隽永，朱琳的形神兼备、内蕴十足等，把他们的生命变成所演的每一个形象。

值得指出的是，曹禺戏剧除了对北京人艺现实主义演剧风格的培养与形成发生重要作用外，在北京人艺演出的完美的整体感和鲜明的民族特色方面也有其不可或缺的影响。著名戏剧家刘念渠谈到舞台艺术的整体化时说："演剧艺术要求整个演出的完整。这完整，不是某些个别成功部分的总和，而是全体参加演出的工作者，在同一目标下分工合作的结果"。"只有完整的演出才能充分显示出艺术的力量，使欣赏它的观众得到高度的感染与和谐的印象"。[②] 由于曹禺对戏剧舞台艺术的熟稔，他的戏剧对舞台美术、灯光、道具、音响，以及演员的表演等，都有通盘的考虑和整体的设想，甚至有非常明确的指示。这就要求北京人艺各个方面的艺术家能通力合作，形成一个和谐的演出整体。这不但要求导、表演之间的密切配合，同时也需要舞台美术设计者的会心合作，共同创造曹禺戏剧的舞台生命。冯钦在《〈雷雨〉的效果构想》一文中说："曹禺同志的剧作有着独特的艺术风格——那就是对整个舞台

① 夏淳：《导演要帮助演员塑造鲜明的形象》，《北京人民艺术剧院艺术家丛书·夏淳》，朱以中编，十月文艺出版社 1995 年版，第 116—122 页。

② 刘念渠：《重庆抗战剧运第五年巡礼》，《戏剧月报》创刊号，1943 年 1 月。

景物、服饰、效果，甚至一件细小的道具都细致入微地描绘出来，读了他的剧作中的舞台提示，在脑子里就会形成一幅活生生的画面。因此，曹禺同志的作品中对‘效果’这个创造因素，即或一两笔的描写，也都能引领观众更好地体会人物的心情，产生联想和回味。这样，在处理《雷雨》这出戏的效果上，如何把这些与主题直接关联的音响，紧密地结合人物情感的变化、剧情的发展、气氛的需要来进行艺术上的处理，就显得非常重要了。”[①] 而北京人艺的舞美、音响工作者也紧紧围绕着导演的艺术构想，为全剧演出的和谐、完美、流畅等发挥了自身作用。单就《雷雨》音响的运用来说，他们就费尽心力。宋垠在《〈雷雨〉灯光气氛的设想》中说：“《雷雨》一剧从剧情上看，闪电效果的处理好坏，直接影响着演出效果，因而要仔细体会作者的提示和导演的处理，构思剧中各种闪电的形象，以及阴暗、强弱的变化，起到配合剧情、烘托表演的作用。为此，在闪电的形象上要有‘远闪’‘近闪’‘天边闪’‘云层闪’‘金线闪’等等，依情节的需要，制造必要的气氛；同时配合‘闷雷’‘响雷’‘霹雷’等各种雷声效果，激化矛盾冲突，深化主题，增强艺术的感染力。”[②] 同时，针对曹禺戏剧人物众多、复杂多样、戏份不均的特点，人艺演员在演出时力求做到不挑角色、不抢戏份，著名演员叶子更是突破自身表演的窠臼，敢于演翠喜这样粗野的下等的底层角色，同样，董行佶也是以演“周冲”“胡四”等“小角色”而誉满艺坛的“大演员”。演员之间的默契和团结使人艺的表演真正做到了“不管主角配角，几乎人人有好戏，人人有看头，人人有滋味，人人有各自的特点，整台都是戏”[③] 的极高的艺术境界。

新中国成立后曹禺的戏剧演出还致力于鲜明的民族特色的营造，尽管话剧本身是舶来品，演剧艺术亦是先从斯坦尼那里来的，这个剧种是“洋”的，但北京人艺仍然立足本土创作，注意向中国古典戏曲 / 传统文化学习和借鉴。这首先体现在对舞台诗意风格的追求上。于是之在《我们剧院的骄傲》中明

① 苏民等编：《〈雷雨〉的舞台艺术》，上海文艺出版社 1982 年版，第 336—337 页。

② 苏民等编：《〈雷雨〉的舞台艺术》，上海文艺出版社 1982 年版，第 335 页。

③ 胡挈青：《“市宝”》，《秋实春华集》，周瑞祥等编，北京出版社 1989 年版，第 20 页。

确指出：“他（指曹禺——引者注）是剧作家，更是一位诗人，一位现实主义的戏剧诗人。……他的作品情理交融，诗意浓郁，都鲜明地表现出在追求戏剧的诗的境界。在轰鸣的雷声里，历史走过了60年，许许多多的导演都排过他的戏，他们又何尝不是在追求诗的境界。我认为，多少年来，北京人艺正是由于不懈地去追求这种诗的意境，才有了剧院今天的艺术特色；曹禺的这种追求，直接影响着剧院一代代艺术创作人员的风格。”[①] 在《北京人》演出中，导演就巧妙地运用各种声响，如苏钟的滴嗒声、鸽子飞在天上的哨声、初冬傍晚乌鸦的叫声、水车的吱扭吱扭声、瞎子算命的铜锣声等，舞台显得那么灵动、含蓄而隽永，这对于戏剧浓郁的民族特色的形成与诗的意境的渲染有很大作用。《北京人》导演蔡骧指出：“《雷雨》《日出》《家》……都有许多抒情场面，《北京人》则是作者的最高成就，整出戏像诗，‘诗’‘戏’交融、浑然一体。”[②]《家》的演出则从“新婚”一场开始，着意于民间婚庆风俗的演示，笙箫管笛、细吹细打，把特定的欢乐气氛烘托出来。在《雷雨》《日出》《北京人》《家》等剧中，导演还十分注意对戏剧意象的捕捉与创造，如雷雨、日出等的意象渲染、打夯工人的歌声[③]、棺材、鸟笼和耗子等意象揭示，追求戏剧演出那种特殊的“调子”和“味道”，使曹禺戏剧内在的诗情与画意得到淋漓尽致的发挥。杨义在《中国叙事学》中曾特辟一篇来讲叙事作品中的意象，指出：“叙事作品存在着与诗互借和相通之处，意象这种诗学的闪光点介入叙事作品，是可以增加叙事过程的诗化程度和审美浓度的”[④]。其次，演员表演时也十分注意对民族性格的描摹和人物内在气质的把握，做到既有真情实感，强调人物的内心体验，以显示“灵魂的深”，又学会对情感的合理克制，表演

---

① 于是之：《我们剧院的骄傲》，《中国戏剧》1997年第5期。

② 蔡骧：《〈北京人〉导演札记》，《人民戏剧》1985年5期。

③ 曹禺曾说：“我对社会的新生力量寄予着很大希望，这表现在全剧最后的‘夯歌’中。夯歌的歌词是我创作的。它代表一种新型人物，这就是工人。演出中，一定要谱出一曲好的真正的夯歌，不一定用刊在剧本中的曲谱。这个夯歌要非常响亮、非常快乐、非常有劲，充满着向前的力量。有的演出，闹够了，哭够了，乐也乐够了，胡四等人的洋相也出够了，陈白露也自杀了，唯独对这‘夯歌’不注意。这样的结束，是欠缺的，不完全的。不把夯歌的意境和内在含义表达出来，这个戏等于白演。我总希望，戏的结尾出现一种浩浩荡荡、气势无穷的雄壮声音，震动我们的灵魂，告诉我们，旧的终于死去，新的必然来临。”（曹禺：《自己费力找到真理》，《曹禺研究专集》上册，王兴平、刘思久、陆文璧编，海峡文艺出版社1985年版，第87页）

④ 杨义：《中国叙事学》，《杨义文存》第1卷，人民出版社1997年版，第276页。

力求含蓄自然，能够表现出民族内在的精神气质。如愫方扮演者所表现出的哀静、沉郁以及金子般的心灵，不仅内在的精神气质是东方的，连神情动作也是东方的。曹禺曾说："在风格上。《北京人》受到契诃夫影响……但是,《北京人》和契诃夫的戏剧还是不一样的，因为《北京人》毕竟写的是中国人的思想感情。你可以把《北京人》和《三姊妹》中的人物比较一下，他们的痛苦、他们的悲哀、他们的憧憬和希望是不同的啊！人物的感情表现方式也是不一样的。"[①]这就要求演员表演时必须植根在中国民族的文化传统和人民生活的深厚的土壤中，立足于中国人的国民性特点和行为情感表达方式来塑造人物，尤其注意中国人民抒发情感的习惯、方式、语言、动作、风度、气派等，例如《家》中梅表姐与觉新、瑞珏的相见，都没有那种冲动和过火的情绪宣泄，而是呈现出同病相怜、相濡以沫的温情和欲爱不得的无言的痛苦，令人唏嘘不已，舞台提示也多用"凄笑""静默""凝望""伫立"等来标注。即使对鲁贵、周萍等人的扮演也力求做到艺术的"节制""均匀"和"分寸感"，符合"乐而不淫、哀而不伤"、"戚而能谐，婉而多讽"的中国传统艺术的规范，这种表演的民族化自然便于中国戏剧观众的接受和欣赏。曹禺就曾感慨地说："契诃夫的戏剧，中国是演不出来的，就是演得出，也没有很多人看"，必须"经过消化"，在"融入结合之中，化出中国自己的风格，化出作家自己的风格"，才会演得出，才会有观众。[②]最后，北京人艺演员在演出曹禺戏剧时还十分注意向中国古典戏曲艺术学习和借鉴。本来，曹禺的戏剧创作中就有中国古典戏曲 / 文学的内在影响和纵向传承，例如《雷雨》中周朴园与鲁侍萍在小客厅相会一场，一波三折，欲盖弥彰（周朴园 4 次追问鲁侍萍的身份：1. 周："你—你贵姓？" 鲁："我姓鲁"；2. 周："你姓什么？" 鲁："我姓鲁，老爷"；3. 周："你是谁？" 鲁："我是这儿四凤的妈，老爷"；4. 周："哦，你，你，你是——"，鲁："我是从前伺候过老爷的下人。"），就明显借鉴了中国古典戏曲《庵堂认母》的手法。他曾说："如果我，还有田汉、夏衍、吴祖光这些人，

---

① 曹禺 1982 年 5 月 26 日与田本相的谈话记录。转引自田本相著《曹禺传》，北京十月文艺出版社 1988 年版，第 280 页。

② 曹禺：《谈〈北京人〉》，《曹禺全集》第 5 卷，花山文艺出版社 1996 年版，第 77 页。

没有深厚的中国文化传统的修养，没有深厚的中国戏曲的根基，是消化不了西方话剧这个洋玩意儿的。"[①]北京人艺在演出曹剧时就注意舞台布景的写意性，情节结构的传奇性，场景转换的动静搭配、冷热相济，表演时的虚实结合等，如《日出》演出中悲剧性和喜剧性的交融穿插、陈白露出场时巧妙运用戏曲的"亮相"手法、《家》中第一幕结尾两个小孩床下偷听的"闹剧"烘托（类似戏曲中的插科打诨）等，尤其是演出时对人物内在心理和人物情感性格展示的着力描摹——即按照戏曲表演"有戏则长""以多胜少"的原则，务求演深演透，把戏演"足"。颇如王骥德所说"传中紧要处，须重著精神，极力发挥使透。"[②]这集中体现在《家》中新婚之夜觉新与瑞珏的大段内心独白、《日出》中陈白露自我矛盾心理的深刻展示、《原野》中仇虎在森林中恐惧心理的外化等多个例证，曹禺不止一次说，中国戏曲的特点是"在不重要的地方只几笔带过，在需要大段抒发人物感情的地方抓住不放。"[③]在戏剧语言的锤炼上，北京人艺演员也十分注意其含蓄蕴藉、本色当行的特点，人物台词讲求韵味、节奏，通过迭字、迭词和复沓排比的句式，来达到"美听"的效果，抒发人物的诗意激情。

当然，曹禺戏剧不仅对北京人艺的演剧风格发生直接而深刻的作用，它在培养演员、磨砺技艺等方面也产生了极为重要的影响。别林斯基在论述剧本与演员表演艺术的关系时说："我们说过演员是艺术家，因此，他是自由地进行创造的；但同时，我们也说过，他是依存于戏剧诗人的。这互相密切关联着的自由和依赖，不但是自然的，并且是必要的：只有通过这两个极端的结合，演员才可能是伟大的。"[④]关于曹禺戏剧对演员的培养，著名导演夏淳有过一个很精辟的论述，他说："曹禺大师的剧作半个世纪以来，一直是培育演员的沃土，是使演员成长的温床……我们可以毫不费力地举出几十个，或者上百个演员，都是因为演了曹禺的剧作而得到提高，一举而踏入戏剧艺术之门，成

① 转引自田本相：《曹禺的意义》，《戏剧文学》1997年第6期。

② 王骥德：《曲律》，《古典戏曲美学资料集》，文化艺术出版社1992年版，第193页。

③ 颜振奋：《曹禺创作生活片断》，《剧本》1957年第7期。

④ [俄]别林斯基：《别林斯基选集》第1卷，满涛译，人民文学出版社1958年版，第451页。

了戏剧界的‘健将’的。”① 由于曹禺与北京人艺演员的特殊关系，使得北京人艺演员能够亲身接受曹禺的艺术指导，虚心学习和领会他的演剧思想，而曹禺丰富的演剧经验以及他曾经作为一个戏剧教师所积累的戏剧教育思想②更是毫无保留地贡献于北京人艺的演出。他帮助演员理解剧本，从主题、人物到台词，务求深入领会，有时一句台词他都能讲半天，为什么这么写？它有什么含义？该怎样念，又该怎样动作，对演员的指导可以说细致入微。③ 据于是之回忆，1954 年，在北京东风市场的一个小茶馆里，“有一天，曹禺突然带我们到那里去谈《雷雨》的创作过程。那天他谈得自在，兴致很浓，对我们以后排《雷雨》启发极大。”④

田本相在《曹禺年谱》中曾多次提及曹禺对北京人艺剧组的现场艺术指导，例如：“1954 年 6 月，北京人艺排演《雷雨》《明朗的天》，曹禺在 28 日观看《雷雨》彩排后，提出修改意见。”⑤1981 年，北京人民艺术剧院重新演出曹禺名著《日出》，由于这次演出不是老演员的恢复表演，而是全部由中、青年演员重新排演，引起剧院内外不少同志的担心，怕演不好这个保留剧目，把北京人艺的牌子给砸了。为此，曹禺在排演中给予了“倾心的关注”。在刚刚开始排练的时候，他就和剧组同志谈了数小时，详尽地分析了剧本。剧组赴山东演出前夕，曹禺来到首都剧场看彩排后，又按照本上的记录，逐条谈了意见，从表演套路到音响效果。第二天，他又给导演刁光覃打电话，补充

---

① 夏淳：《培育演员成长的沃土》，《秋实春华集》，周瑞祥等编，北京出版社 1989 年版，第 22 页。

② 在南京国立戏剧学校教书时，曹禺就担任《剧作》《西洋戏剧》《现代戏剧与戏剧批评》等多门课的教学，他重视文学剧本的分析、人物个性心理的把握，注意理论与实践的结合。曹禺的学生、著名演员叶子说：“他讲课时给我的印象是，他对剧本文学的分析理解很深，讲得细致入微，好像把该剧的气氛表演都讲出来了，是个醉心钻研戏剧艺术的人，所以很吸引同学对该剧的兴趣。”他的另一个学生、著名演员石羽说：“万先生教名剧分析，从不作抽象的主题分析，他采取边朗诵边分析边表演的方法，绘声绘色地把学生引进剧本所规定的情景中去，深入到人物的内心世界里去。”（参见曹树钧编著《曹禺晚年年谱》，安徽大学出版社 2016 年版，第 198 页）

③ 曹禺早年受到张彭春严格规范的舞台训练，他后来也把张的这一套用在自己的导表演实践中。新中国成立前在他作为国立南京戏剧专门学校的老师指导学生排戏时，即以细致入微著称。学生们说：“万老师是编剧、导演、演员三位一体的老师。他写的剧本处处体现出他的艺术匠心，写得那么细致，连动作都写出来了。他指导学生排戏，也是这样，独具一格，犹如中国的工笔画。”（转引自田本相著《曹禺传》，北京十月文艺出版社 1994 年版，第 197 页）曹禺把这种作风也带到北京人民艺术剧院。

④ 于是之：《〈茶馆〉排演漫忆》，《演员于是之》，王宏韬、杨景辉编，北京十月文艺出版社 1997 年版，第 124 页。

⑤ 田本相：《曹禺年谱》，《曹禺研究资料》上册，田本相、胡叔和编，中国戏剧出版社 1991 年版，第 59 页。

了许多具体意见，甚至连陈白露服装的颜色，应该戴什么样的花儿，每场如何闭幕等细微之处都谈到了。[①] 于是之也回忆说：“不仅对导演调度、演员表演作详尽的分析，就连陈白露哪一场服装的颜色该改一改，哪一场该戴什么颜色的花儿，她手里酒杯剩下的半杯酒，是不是一口喝完的等等细节，他都谈到了，谈得那么认真。”[②] 曹禺这种在艺术上精益求精的精神也激励着北京人艺演员对艺术的钻研和磨砺，不少演员形成了自己的表演特色。著名演员修宗迪说：“这位在国内外都极负盛名的大剧作家，对排练演出的倾心关注，使我受到的教育，已远远超出剧本本身。”[③] 董行佶在剧院建立 30 周年的贺词中这样表达了对曹禺的感激：“在我 37 年的艺术实践中，有幸演出过您几乎所有的剧本，周冲、胡四、张乔治、白傻子、曾皓、祝希堂、伯禧、温敦，这些栩栩如生的人物，锻炼了我的演戏技能，这些不朽的剧作，又是认识人生的教科书。”[④] 而曹禺的戏剧本身作为先在性和一种艺术接受的“前结构”则直接规范着演员的戏路，成就了一批表演艺术家。北京人艺著名演员濮存昕说：“我们是明星，是有一定表演经验和表演能力的演员，但我们的才华和能力是通过曹禺剧本的演出展示出来的。”[⑤] 于是之在剧院建院 30 周年为曹禺院长写的贺辞中满怀感激地说：“从 30 年代到 80 年代，您用您心血凝结的文字，培育了一辈子又一辈子的演员。今后，还将有大批新人凭您的剧作成长起来。我以我能作为他们当中的一个感到幸福。”[⑥]

具体说来，曹禺戏剧对演员的培养主要体现在以下几个方面：

一、人物塑造的错综性。让 - 保罗 · 萨特在《制造神话的人》中说：“戏剧，像两次世界大战之间人们所想象的，而且也许像今天的美国所想象的，是表现人物的戏剧。分析人物和他们相互之间的矛盾冲突，是戏剧的首要任务。

---

① 参见《依然是人艺风格》，《北京日报》1981 年 9 月 15 日。

② 于是之：《青山不老》，《文艺报》1990 年 10 月 20 日。

③ 转引自王卫国：《曹禺与北京人艺》，《曹禺研究资料》上，田本相、胡叔和编，中国戏剧出版社 1991 年版，第 183 页。

④ 转引自田本相著《曹禺传》，北京十月文艺出版社 1988 年版，第 459 页。

⑤ 《众明星说〈雷雨〉》，重庆电视台《龙门阵》栏目，2005 年 3 月 27 日。

⑥ 转引自田本相著《曹禺传》，北京十月文艺出版社 1988 年版，第 459 页。

所谓‘情境’仅仅是为了达到更加鲜明地表现人物的目的而存在的。”[①] 这就告诉我们在戏剧中人物塑造的重要性。而在具体塑造时则要避免简单化和幼稚病，尤其是不能采用“扁平化”的人物塑造方法。所谓“扁平化”的人物塑造方式，即某种静态的塑造人物的方式，只表现人物单一的性格特征，这种方法很可能导致人物的漫画化和抽象化，人物成了一种“单向度的人”。美国学者勒内·韦勒克、奥斯汀·沃伦在《文学理论》中指出：“‘扁平’的人物塑造方式，即某种静态的塑造人物的方式，只表现一个单一的性格特征，也就是只表现被视为人物身上占统治地位的或在社交中表现出的最明显的特征。这种方法可能导致人物的漫画化或抽象的理想化。”[②] 著名演员李默然在祝贺曹禺先生从事戏剧活动 65 周年的会议中说：“作为一个演员，最怕的是接受极其单一、毫无特色、干巴巴的人物。它无法引起演员的创造欲望，无法让演员展开想象的羽翼，尽管弄到‘搜肠刮肚’的程度，亦无法进入角色……再天才的演员，也无法把剧作中概念的、抽象的、只有符号的人物，演得血肉丰满。尽管观众认识演员和他们的创造比认识剧作家直接，然而一出戏能否成功，首先取决于剧作家提供的原料，这大概是无可非议的。”[③] 前文讲过，曹禺人物塑造和戏剧表演的杰出之处，在于他力求展示人物性格的丰富性和多面性，人物性格不是一两个特点的简单叠加，而是多种力量糅合在一起的结果。著名作家李广田读过《雷雨》后就觉得其中的人物“简直没有办法来判决他们的是非，当然这里并不是没有是非的存在，不过我们是被另一种东西给破除了是非观念，于是不论他们是犯罪的、是无罪的，都赢得我们的同情。”[④] 曹禺的学生后来成了演员的陈永棕回忆说：“万先生教的课很多，他教编剧给我印象最深的，是他讲错综心理、错综感情，他结合着许多剧本许多人物来讲，说这样写出来的东西才不一般化，而这些都是一般戏剧理论书中很难看到的，

① [法]让-保罗·萨特：《制造神话的人》，《外国现代剧作家论剧作》，中国社会科学出版社 1982 年版，第 134 页。

② [美]勒内·韦勒克、奥斯汀·沃沦著：《文学理论》，刘象愚、刑培明等译，江苏教育出版社 2005 年版，第 257 页。

③ 参见洪中：《难得的盛会》，《中国戏剧》1990 年第 12 期。

④ 李广田：《我更爱〈雷雨〉》，《大公报》1936 年 12 月 27 日。

听起来很新鲜。"[1] 以《北京人》中的思懿为例，表面看来她阴险狠毒、人品极差，但她身上也有许多令人同情的东西，她含辛茹苦地支撑着这个行将没落的旧家庭，如果没有她，这个家就完了。曹禺曾说："这个人一辈子是很可笑的，那么大年纪了，又怀孕了，所以说，在她身上，也体现出人生是很复杂的，人性也是很复杂的。……在写法上，我不能按莫里哀那样写，演法也不能按莫里哀那样演。所以写戏本身也很复杂，不能按照一个模子写。在表演上，不能演得那么丑化、夸大，什么都夸张，那不好。"[2] 这就要求北京人艺演员在扮演曹剧人物时能注意表现人物性格的错综性和复杂性，切不可想当然和简单化。例如周萍这个角色的扮演，很多演员都把他塑造成玩弄女性的纨绔子弟形象，他先是与蘩漪私通，继而又玩弄四凤，而忽略了周萍其实也是一个悲剧人物，他同样是封建家庭的牺牲品，周仆园的专制直接造成了周萍性格的卑怯、软弱、空虚和苍白，他最后的自杀也值得我们同情。曹禺在《雷雨》序中说："周萍是最难演的，他的成功要看挑选的恰当。他的行为不会获得一般观众的同情，而性格又是很复杂的。演他，小心不要单调；须设法这样充实他的性格，令我们得到一种真实感。"[3] 但在具体演出时，不少演员还是没有领会作者的创作意图，只是图谱化地演绎人物，这一点连一些著名演员也未曾幸免。王蒙在《永远的〈雷雨〉》中就曾对濮存昕没有表演出周萍性格的复杂性而提出诚恳的批评，他说："周萍也是颓废派，他很痛苦。但此次濮存昕演的周萍，漫画化了，一举一动，观众都笑，连他最后为自杀而开抽屉拿枪也是引起观众一阵哄笑，这太失败。濮存昕是一个优秀的演员，所以把大少爷演成这样的小丑，一个是两极对立的思维模式起作用，二是他还嫩，他不理解那种人格分裂的、自己极其痛苦也不断地给旁人制造痛苦的人物。"[4] 而北京人艺另一演员苏民在扮演周萍时就受到曹禺的启发接近了人物，他在《周萍的"如实我说"》中指出："曹禺同志在 1936 年为《雷雨》写的序言中，在

① 参见田本相著《曹禺传》，北京十月文艺出版社 1988 年版，第 289 页。

② 田本相、刘一军：《苦闷的灵魂》，江苏教育出版社 2001 年版，第 41 页。

③ 曹禺：《〈雷雨〉序》，《曹禺研究专集》上册，王兴平、刘思久、陆文璧编，海峡文艺出版社 1985 年版，第 22 页。

④ 王蒙：《永远的〈雷雨〉》，《曹禺评说七十年》，刘勇、李春雨编，文化艺术出版社 2007 年版，第 73 页。

谈到周萍这个人物时，他说：‘周萍是最难演的……演他的人要设法替他找同情（犹如演蘩漪的一样），不然到了后一幕便会搁浅，行不开。’说得多么好！这既是启发读者理解作品的引言，又是帮助演员接近人物的一篇忠告。”[①] 在这篇文章中，苏民就周萍性格的错综性谈了自己的认识和见解，最后他说：“谁都不会说他（指周萍）是个‘正面人物’，但也大可不必让舞台上只许有两种人，不是‘正面’，就是‘反面’，二者必居其一。”[②]

同样，新中国成立后《胆剑篇》人物形象的塑造也显示了曹禺深厚的艺术功力。作者在最大限度还原历史的同时，又明确“以人带史”“琢磨人物性格，以人物性格写出历史来”[③] 的创作原则。尤其是勾践形象的塑造就十分注意形象的丰富性和复杂性，力戒当时很多作品把勾践刻画成“现代民族解放英雄”的偏向，而是围绕勾践与范蠡、勾践与文种、勾践与农民苦成等多重人物关系，从不同侧面来刻画勾践的性格特征。不但写了勾践的自尊、谦卑、胸怀大志和自强不息的性格特征，也不回避他的多疑、猜忌的性格弱点，这就要求演员在表演人物时切忌简单化，反对类型化地表演，力求演出人物自身丰富多样的内涵来。关于性格塑造的错综性，恩斯特·托勒有过一段精彩的论述，他说：“有一种倾向，艺术家要尽力避免。那就是不要塑造那种黑白分明的形象，要么是魔鬼，要么是天使，或者时而魔鬼，时而天使，这两种情形都是要不得的。塑造人物自有一套严格公允的规律，那就是他们的形象必须符合其内在必然性。”[④] 但在具体演出时，许多年轻演员往往抓住人物的某种性格的基本特征，然后翻来覆去只演这个特征，使形象类型化。这样的性格创造必然肤浅、乏味和虚假。曹禺戏剧中人物性格的错综性对演员准确把握人物，提高表演技能有很大帮助，北京人艺演员在曹禺戏剧的启发下还形成了一个不成文的规矩，即“正戏反演”——演坏人时要设法找他的优点，演好人时则要注意暴露他的缺点。同样，表演聪明人的时候，要找他愚蠢的

① 苏民：《周萍的“如实我说”》，《〈雷雨〉的舞台艺术》，苏民等编，上海文艺出版社 1982 年版，第 268 页。
② 苏民：《周萍的“如实我说”》，《〈雷雨〉的舞台艺术》，苏民等编，上海文艺出版社 1982 年版，第 278 页。
③ 田本相：《曹禺传》，北京十月文艺出版社 1988 年版，第 403 页。
④ [英]恩斯特·托勒：《转变》，《外国现代剧作家论剧作》，中国社会科学出版社 1982 年版，第 234 页。

地方；表演快活人的时候，要找他严肃的地方，这样塑造的人物才立体丰满、真实可信。这方面例子有很多，例如关于方达生的角色定位，曹禺指出："他确实是个书呆子，但不能仅表现他的呆气。"①针对《日出》中潘经理这个"多余者"角色，他同样要求表演切不可简单化："这个人（指潘经理）很坏，但是这不等于在舞台上就要演得丑得要死。一个好演员要把俗的东西，演得不俗，要有化腐朽为神奇，把石头变黄金的本领。"②而在具体演出时，北京人艺演员也确实具备了这种"正戏反演"、不落俗套的本领，使人物形象能"立体地"站在舞台上。例如李婉芬演虎妞与小顺子对手戏时，就没有一味演她的强悍、粗鲁与泼辣。当小顺子想溜时，她堵住了他，然后不紧不慢面带微笑地说："昨儿的车份儿你还没交呢。"然后离开小顺子向前走两步说："人和车厂没有欠份儿的规矩，钱！"很干净利落地把手伸向小顺子，看也不看他一眼。这里，一个浅浅的微笑、两步不紧不慢的距离，就把虎妞演得不俗。

桑顿·怀尔德说："剧本里的性格塑造正像一支空白支票，剧作家将它交给演员，由演员自己去填写——但这张支票并非完全空白，因为有关个性的一系列的指示已写在那里。"③这就告诫演员要从剧本出发，认真倾听作家的意见，从而塑造出内涵丰富、色彩斑斓的艺术形象，于是之在《一个演员的独白》中就指出："演员的创造不能只是演得像了就算，我们所创造的形象，必须是一个文学的形象，可以入诗入画的形象。"④人物塑造的错综性使得北京人艺的舞台演出特别具有层次感，且蕴涵丰富、饱满有力，而观众具体欣赏时也能强烈地感受到这种演出的丰腴醇厚，耐咀嚼、有劲道，回味无穷。

二、人物表演的内向性。早在1937年，《大公报》"文艺奖金审查委员会"就对曹禺戏剧有过这样的评价："他由我们这腐烂的社会里塑造出这么一

---

① 曹禺：《自己费力找到真理》，《曹禺研究专集》上册，王兴平、刘思久、陆文璧编，海峡文艺出版社1985年版，第90页。

② 曹禺：《自己费力找到真理》，《曹禺研究专集》上册，王兴平、刘思久、陆文璧编，海峡文艺出版社1985年版，第92页。

③ [英]桑顿怀尔德：《关于戏剧创作的一些随想》，《外国现代剧作家论剧作》，中国社会科学出版社1982年版，第125页。

④ 于是之：《一个演员的独白》，《演员于是之》，王宏韬、杨景辉编，北京十月文艺出版社1997年版，第466页。

些有血有肉的人物，责贬继之以抚爱，真像我们这时代突然来了一位摄魂者。”对人物内在心理的刻画是曹禺戏剧人物塑造的一个重心，田本相在《曹禺传》中十分明确地指出：“我以为他是继鲁迅之后，在中国现代文学史上最能塑造人的灵魂的作家，最能揭示人的灵魂复杂性和丰富性的作家，一个善于刻画深刻的灵魂的戏剧大师。”[①]应该说，这些评价是符合曹禺的戏剧创作实际的，曹禺自己不止一次说：“作为一个戏剧创作人员，多年来我倾心于人物。我总觉得写戏主要是写‘人’；用心思就是用在如何刻画人物这个问题上。而刻画人物，重要的又在于揭示人物的内心世界——思想和感情。人物的动作、发展、结局，都是来源于这一点。”[②]

这里我们不得不提到曹禺剧本中的“舞台提示”对演员演出的心理提示作用。即他剧本中的“舞台提示”具有鲜明的内向性，注意揭示人物外在动作背后的内在心理和行为动机，给演员表演以深思和启发。例如《雷雨》第一幕幕尾周朴园与周萍的一段对话：

周朴园（突然抬起头来）我听人说你现在做了一件很对不起自己的事情。

周萍（惊）什——什么？

周朴园　（低声走到萍的面前）你知道你现在做的事是对不起你的父亲么？并且——（停）——对不起你的母亲么？

周萍（失措）爸爸。

周朴园　（仁慈地，拿着萍的手）你是我的长子，我不愿意当着人谈这件事。（停，喘一口气严厉地）我听说我在外边的时候，你这两年来在家里很不规矩。

周萍　（更惊恐）爸，没有的事，没有，没有。

周朴园　一个人敢做一件事就要敢当一件事。

周萍　（失色）爸！

周朴园　公司的人说你总是在跳舞场里鬼混，尤其是这两三个月，喝酒，赌钱，整夜地不回家。

---

① 田本相：《曹禺传》，北京十月文艺出版社1988年版，第489页。

② 曹禺：《看话剧〈丹心谱〉》，《光明日报》1978年4月10日。

周萍　哦，（喘出一口气）您说的是——

周朴园　这些事是真的吗？（半晌）说实话！

周萍　真的，爸爸。（红了脸）

在这里，“惊”“失措”“更惊恐”“失色”“喘出一口气”“红了脸”都是对周萍各个时段心理活动的准确提示，一开始周萍因为心虚，误认为周朴园知道了他与蘩漪之间的暧昧关系，而当面罪责，所以非常惊慌，在周朴园一步步言辞逼问下，他的内心越来越紧张与慌乱，精神几乎到了要崩溃的地步，作者用了“失措”“更惊恐”“失色”来描绘他内心紧张加剧的状态，直至最后发现周朴园问的是他在跳舞场鬼混的事，他才放下心来，“喘出一口气”，立马承认自己的过错，但想想刚才自己的慌张表现，又觉得特别不自然，而感到脸红。这种心理提示无疑有助于演员对人物特定心理的揣摩，对剧中人物关系的把握。钱谷融在《曹禺戏剧语言艺术的成就》一文中高度肯定了曹禺剧本“舞台提示”的作用：“这里绝没有会不会限制导演、演员对人物性格的发掘和创造的问题；相反的，只有提供了他们以更丰富的素材，更便于对人物性格的揣摩体会，更有利于他们进行再创造的活动了。”①

曾经饰演过鲁侍萍的林东升就举例说明这种内向性的舞台提示为她进行角色再创造时的心理体验所提供的重要参考。她在《不要忽略剧本中的舞台提示》一文中说：“一个结构严谨的优秀剧本，舞台指示是其中有机的组成部分。因此，要用心体会，理解其中的含意。这对掌握、体验人物在规定情景中的动作和思想情感是很重要的。”②她并且以自己的切身体会举了一个例子，她说：“在排练中，我认为最难演的就是第二幕鲁侍萍与周朴园相认前的那段戏。……第二幕，蘩漪下场后，台上剩下鲁侍萍与周朴园二人。我一直设想此时鲁侍萍的心理动作是：‘快走，快走，不要让周朴园认出自己。’排的时候我就这么演了，可底下的戏就乱了套，因为戏里鲁侍萍并不走，还跟周朴园

① 钱谷融：《曹禺戏剧语言艺术的成就》，《社会科学战线》1979年第2期。

② 林东升：《不要忽略剧本中的舞台提示》，《〈雷雨〉的舞台艺术》，苏民等编，上海文艺出版社1982年版，第309页。

说了好些话。当时排完这场戏，自己觉得没理会角色，真是在那儿‘演戏’。回家后我琢磨着，又翻阅了剧本，并参看了1936年版的老本子，我发现作者所写的舞台提示与我设想的人物思想、行为有矛盾。这给我很大启发。”[①] 她举了三处舞台提示：（1）当鲁侍萍、蘩漪二人一段戏结束后，周朴园上场时，《雷雨》的舞台提示是：“……鲁妈站起，忙躲在一旁，神色大变，观察他。”（2）当侍萍回答完周朴园关于要旧雨衣的吩咐后，在周朴园说话之前，舞台指示有“看她不走”四个字。（3）周朴园问清鲁侍萍是四凤的母亲，便对她说：“那你走错屋子了。”鲁侍萍答应了一声“哦。”接着周朴园问：“窗户是谁叫打开的？”鲁侍萍“很自然地走到窗前，关上窗户”后，舞台指示写道：“她慢慢地走向中门”。根据以上三段戏的舞台指示来看，鲁侍萍此时的心理并不是“快走，快走”，而是“观察他”，“不走”。最后要走也是“慢慢地走”。曹禺的舞台提示启发林东升：作为一个女人，一个弱者，侍萍对周朴园仍心存幻想，因为她被周朴园母亲赶出家门时，周朴园并不在场，她想留下来看看周朴园对她感情究竟怎么样。同时，她心里还埋藏着一个愿望——很想见一面离别了30年的萍儿，所以她主动挑起话由，追忆往事，不断试探着对方，触动着对方，最后又不惜暴露自己的真实身份。这种内心情感的复杂性不是一个“怨”字或“恨”字所能涵盖的。所以难怪林东升最后深有感触地说：“我觉得这些舞台指示真是好极了！它非常有助于我们对人物的理解和体验。由此我觉得当一个演员接受排练角色的任务后，在研读剧本的过程中，万万不可忽视了对人物舞台指示的分析。”[②] 在这里，曹禺通过剧本中的舞台提示把自己对人物情感与心理的理解和把握传达给演员，给演员以深思和启发，使演员能够深入了解人物行动的内在动因，从而有助于演出质量的进一步提高。

总之，曹禺的戏剧创作注意人物心理的刻画，《雷雨》中的蘩漪有过人的意志力，《日出》中的陈白露有多量的矛盾心理展示，《北京人》中的愫方则像一支空谷幽兰，有着美的动人的心灵……同样，曹禺在个人表演时也特别

---

① 林东升：《不要忽略剧本中的舞台提示》，《〈雷雨〉的舞台艺术》，苏民等编，上海文艺出版社1982年版，第309页。

② 林东升：《不要忽略剧本中的舞台提示》，《〈雷雨〉的舞台艺术》，苏民等编，上海文艺出版社1982年版，第311页。

注重对人物内在心理的揣摩，他的心理现实主义表演观也要求演员能有意识地表演出人物的内向性特征。在这方面，曹禺对北京人艺演员是有具体而明确的指导的，他说："《雷雨》《日出》《原野》都写得浓。戏一浓，表演就容易过火。我希望演员多在真实、自然上下功夫。要把人物的灵魂挖掘出来。"①对于陈白露这个角色的把握，曹禺是这样指导的："要演好这个人物，关键不在于这些外露的东西演得够不够，而是要把她的复杂性、内心的矛盾，内在的'苦痛'演出来。否则，只能说演出是失败的。我常说陈白露是很难演好的，指的就是这个人物有它的深度。"②在曹禺的直接启发下，北京人艺演员普遍加强了对人物内在心理的分析，在舞台表演时则力求表演出人物的内在深度，著名演员于是之就指出："（演员的）动作有三要素：我做什么？这样做为什么？如何做？分析动作很必要。但演员的理解和内在的激动、精神和形体要结合起来。"③这里已明确提出对人物心理动作的分析，并把它看成演员动作的有机组成部分。北京人艺演员不但在蘩漪、陈白露、愫方、仇虎、曾文清、觉新等这些心理动作极为繁富复杂的人物身上，演出人物鲜明丰富的内向性来，就连四凤、周冲、花金子、方达生等心理相对单纯的人物也十分注意其心理世界的揭示，张馨在《通往"杏花巷"的路——扮演四凤的点滴体会》中就谈到人物心理捕捉的重要性，她说："我体会到创造角色，捕足人物外部形象的特点固然重要，但更重要的是对人物内心矛盾的体现。要想获得准确的人物自我感觉，只能基于对人物尽可能深刻的分析、理解，对人物复杂的内心矛盾的真实体验。我以为，一个演员，当他和角色有较大距离的时候，必须走一条从外到内、从内到外反复体验的艰巨的路，舍此，别无捷径可寻。"④

三、演员对自身情感的控制。在对人物心理体验和揣摩的基础上，曹禺

---

① 曹禺：《自己费力找到真理》，《曹禺研究专集》上册，王兴平、刘思久、陆文璧编，海峡文艺出版社1985年版，第91页。

② 曹禺：《自己费力找到真理》，《曹禺研究专集》上册，王兴平、刘思久、陆文璧编，海峡文艺出版社1985年版，第88页。

③ 于是之：《十年从艺小结》，《演员于是之》，王宏韬、杨景辉编，北京十月文艺出版社1997年版，第209页。

④ 张馨在《通往"杏花巷"的路——扮演四凤的点滴体会》，《〈雷雨〉的舞台艺术》，苏民等编，上海文艺出版社1982年版，第324页。

还十分强调演员对自身情感的控制，反对卖弄技巧的滥情主义表演。他在对北京人艺艺术家所作的专题讲座中明确指出：“《日出》中丑恶的人物颇集中。演这些人，不要一味夸张，演成闹剧，而要演得准确。确实演出那个社会中的那种人物并不容易。如顾八奶奶吧，这是半殖民地、半封建社会的产物，而不是资本主义社会的产物。要从这一点找准人物的感觉，就不那么容易。这个人物，我是亲眼见过的。演她不要大加夸张。演这个女人，要掌握分寸，需要很高的演技，更要有修养。我看过一些舞台上的顾八奶奶，大多数是怎么丑，怎么俗气，怎么恶心，就怎么演。这样演，就不是顾八奶奶这个人了。对本子上已经写得很足的人物，表演一定要讲究真实，要演得不多不少，恰到好处。”[①] 这就要求演员的表演不能做作、过火、一味地追求情绪化，而要注意理性的克制。马俊山在《曹禺：历史的突进与回旋》一书中就指出曹禺戏剧（包括舞台提示）对导表演的规范作用：“在话剧舞台艺术，特别是表导演艺术尚未完全成熟的三四十年代，剧本对舞台艺术的设想和规范是十分必要的。它可以促进舞台艺术的健康发展，有利于形成正规的风格化演剧体系，增加‘演技的深度’，训练、培养出优秀的表演艺术家”。[②]

正是在曹禺的影响和启发下，著名导演夏淳就要求演员在《雷雨》第二幕“相认”这场戏里，两个人物都要有激情，又都要竭力控制自己的感情，切忌表演情绪。朱琳在《创作札记——我所扮演的鲁侍萍》中说：“我在最初的排练和演出过程中，为鲁侍萍的命运不知流了多少眼泪，有时激动到了不能抑制而放声痛哭的地步。后来当我逐渐加深对人物性格和她的内心世界的理解和体会时，我逐渐地控制和把握了人物的感情，使之更深层内在，我流出的泪水虽不那么多了，但我感到它是在我的心窝里滚滚冲击着……”[③] 同样，胡宗温也有类似的表达，她说：“记得一九五四年初排《雷雨》时，我曾哭得没有控制，曹禺同志提醒我注意要有节制，可我那时并未完全理解。我还错

① 曹禺：《自己费力找到真理》，《曹禺研究专集》上册，王兴平、刘思久、陆文璧编，海峡文艺出版社1985年版，第91页。

② 马俊山：《曹禺：历史的突进与回旋》，中国工人出版社1992年版，第105页。

③ 朱琳：《创作札记》，《〈雷雨〉的舞台艺术》，苏民等编，上海文艺出版社1982年版，第249页。

误地认为，对演员来说，哭就是演悲剧的主要表现手法。经过多年的舞台实践和前辈同行的帮助，我才有了新的认识。"①

而被称为"活蘩漪"的吕恩不但十分注意人物情感的控制，还注意对人物情感的蓄势和过程把关，"在四幕以前几个回合中，她都是欲发又止，始终不愿意和周萍决裂，用了各种手段企图唤起周萍对自己的感情，直到这一切都绝望了，蘩漪才像飞蛾扑火一样，把自己和别人一起推向毁灭的深渊，积郁在她心头的一切，此时此刻像火山爆发一般喷涌而出，使蘩漪这个人物的感情，也使整个戏剧场面推向高潮。"② 前几幕情感越收敛和克制，戏剧高潮期情感的爆发才越强烈和突出。长期以来，关于演员表演理论一直分两派，即以斯坦尼为代表的"体验派"和以狄德罗、哥格兰为代表的"表现派"，前者强调演员与角色的融合，要求演员生活在角色中；后者强调演员对角色的理性监督和情感控制，注意个人演技的展示，二者各执一端，互有长短。总体说来，人艺演员表演追求"体验"与"表现"的结合，主张内外兼修，从人物的心理与形体特征的统一中去创造出富有表现力的舞台形象。

正是因为人艺演员表演的内敛和情绪的节制，使得北京人艺的表演总给人那么含蓄、深沉，耐人寻味，且能激发观众的想象力。这一点在著名演员于是之身上表现得特别明显，于是之表演风格是真挚、质朴、细腻、含蓄，他尤其推崇含蓄的艺术魅力，认为含蓄是艺术的本性，没有含蓄就没有艺术，含蓄能给观众一个艺术"再创造"的空间，所谓"言已尽而味无穷"，含蓄赋予演出以想象和诗意，而"演员艺术的至高境界是进入诗的境界。"③

四、表演技能的磨砺与自我修养的提高。早在 20 世纪 40 年代，程思远、刘念渠等一大批著名表演理论家就认为曹禺戏剧可以培养演员、增进演艺，郑君里在 1942 年创作的《角色的诞生》一书曾大量援引曹禺戏剧的演出实践，几十年来，许多著名演员和导演都曾经受到过曹禺戏剧的洗礼和锻炼，这已

---

① 胡宗温：《生活·想象·人物》，《〈雷雨〉的舞台艺术》，苏民等编，上海文艺出版社 1982 年版，第 285 页。

② 孙葳、郭美春：《吕恩和她的表演艺术》，《回首我的艺术人生》，吕恩著，中国戏剧出版社 2006 年版，第 332 页。

③ 转引自童道明：《是之四题》，《演员于是之》，王宏韬、杨景辉编，北京十月文艺出版社 1997 年版，第 413 页。

经是不争的事实。例如曹禺戏剧对唐槐秋领导的中国旅行剧团艺术家的培养和锻炼（像象唐若青、陶金、赵慧深、王荔、姜明、章曼萍……），其他一些职业剧团的演员如江村（饰曾文清）、张瑞芳（饰愫方、瑞珏）、赵蕴如（饰曾思懿）、舒绣文（饰丁大夫）、唐若清（饰陈白露、四凤）等，当然也不能不提及到新中国成立后对北京人艺演员表演技能的训练。

以“形体训练”著称的“贫困戏剧”大师格洛托夫斯基就说过：“演员的个人表演技术是戏剧艺术的核心。”[①]曹禺戏剧对演员表演技能的磨砺是有目共睹的，这包括：**（1）对演员台词的训练。**曹禺长期的舞台实践使他对戏剧语言的运用高度重视，曹禺戏剧中的语言像日常口语一样的朴素自然而又简洁优美，念来顺口，听来悦耳，他尤其喜欢运用迭字和复沓排比的句式增强语句的节奏感，显得抑扬顿挫。于是之曾回忆说：“他（指曹禺——引者注）常看着笔记本琢磨台词，他对每一个词的轻重、分寸，都具有一种语言的敏感。推敲每一个字，每一句台词的韵律感。他很讲究味道，他会唱京剧，他的语言韵律感、节奏感很强。《雷雨》的台词是可以按京剧的拍板来朗诵的。”[②]而曹禺本人也对北京人艺演员的台词练习提出了高要求，他说：“我希望我们的话剧演员，一定要下功夫说好台词。不少演员也讲究台词的抑扬顿挫，但就是不能把话清楚地送到最后一排。有的演员嗓门挺大，但是咬字不清；声音越大，字越不清。”[③]在曹禺的影响下，著名导演夏淳就注重演出中台词的魅力展示，他在《生活为我释疑——导演〈雷雨〉手记》中说：“曹禺同志的剧本，台词写得非常精彩，有性格，时代感强，还富有文学性。因此我们很注重在台词上下功夫，不仅要求演员掌握人物的愿望与动作，表达人物的性格，并且能念出曹禺同志的剧本的独特的韵味。”[④]

曹禺的《胆剑篇》中有一段勾践颂胆的独白，和郭老的《雷电颂》有异

---

① ［波兰］耶日·格洛托夫斯基：《迈向质朴戏剧》，魏时译，中国戏剧出版社1984年版，第5页。

② 于是之在南开大学曹禺学术讨论会上的发言记录，1985年10月5日。转引自田本相著《曹禺传》，北京十月文艺出版社1988年版，第408页。

③ 曹禺：《自己费力找到真理》，《曹禺研究专集》上册，王兴平、刘思久、陆文璧编，海峡文艺出版社1985年版，第92页。

④ 夏淳：《生活为我释疑——导演〈雷雨〉手记》，《〈雷雨〉的舞台艺术》，苏民等编，上海文艺出版社1982年版，第15页。

曲同工之妙，整个独白大约是80行，包含着角色巨大的思想矛盾和激情，对演员的台词功力可以说是一个巨大挑战。它需要演员既要有好的嗓子、扎实的台词功底，又要注意语句节奏和情感色彩，避免在台上对观众一味“干说”。应该说，勾践的扮演者刁光覃具备了这些条件和素质，整个“独白”跌宕起伏、惊心动魄而又诗意盎然、回味无穷，完全靠台词的“威慑力”征服了观众。值得指出的是，北京人艺对台词的重视由来已久，剧院曾多次邀请发声专家讲课和训练，让演员学习吐字归音的技法，后来更是演出以“对话”见长的纯“话”剧《哗变》，展示语言的独特魅力，令观众惊叹不已。因为北京人艺的演员深知，作者的语言中包含着思想、情绪和艺术等方面的异常巨大的感染力，要使语言流畅地从自己心底倾吐出来，在他们嘴里成为“自己的”语言，这样的语言才是有分量的、充实的、富有生命力的。**（2）动作表演的练习**。在准确揣摩人物心理的同时，人艺演员还通过小品演练、外形模仿、特征动作的把握来提高自己的舞台艺术表现力，力求把体验与体现有机结合起来。朱琳在《创作札记——我所扮演的鲁侍萍》中曾提及了小品练习对她们理解人物关系、表现人物心理的作用，她们把有关人物身世的各个方面的故事都编成小品去做，例如关于侍萍和周朴园年轻时情感和生活故事就编了几段小品：一是侍萍在给周朴园那件烧破的纺绸衬衣上绣一朵梅花的情景；第一次也是唯一的一次拍照片的情景；侍萍正在梳妆打扮，周朴园摘了一朵盛开的红花走进来，轻轻地为侍萍插在头上，侍萍从镜中看见周朴园的情景；还有，周朴园在教侍萍写字、念诗的情景；侍萍在为即将出生的周萍缝衣绣鞋的情景；以及侍萍被赶出家门，痛苦之极，几次想要寻死，又几次想去找周朴园的情景……这些小品技能训练使演员逐渐理解了人物，使演员用行动记录、描绘并获得了人物的准确的自我感觉。除了小品训练外，曹禺戏剧中就有大量的人物表情、动作的提示，其中蕴含着曹禺丰富的演剧经验。如对人物“笑”的提示语，在曹禺戏剧中就有苦笑、奸笑、强笑、冷笑、狂笑、假笑、谄笑、微微地笑、骄傲地笑着、轻蔑地笑、和蔼地笑着、凄然地笑、愉快的笑、尖声笑两声、大笑、笑望、忽然笑起来以及嘲笑、怪笑、鄙笑、伶俐地笑着、欢笑，等等。具体到人物身上又各有不同，如鲁贵的笑主要是奸笑、假笑和谄笑，周萍的笑主要是强笑，蘩漪的笑主要是冷笑、轻蔑的笑、尖声的笑、大笑和狂笑，等等，都十分符合人物的性格和当时的心理状态[①]。这种精细的动作表现对演员表演技能的提高自然十分有益，使北京人艺的舞台表演能形神兼备，张弛有度、准确到位，在演员形体艺术中能看出其日常训练的深厚功力。孙葳、郭美春在《吕恩和她的表演艺术》中就分析了吕恩在“吃药”一场的精彩的动作表现：“她看到周萍一步步走近她，快要下跪时，她突然立起，急骤地端起药碗，说：‘我喝，我现在就喝！’急促地喝了一大口，实在喝不下去，有个小停顿——可是喝不下去也得喝呀！在众目睽睽的注视中，她一口一口地吞下这苦水，直至喝完。精神上的压力使她身体颤抖，心想不能让周朴园看到自己像一个斗败了的公鸡。喝完药，她稍稍稳定了一下身体和神经，开始慢慢向自己房中走去，走到舞台近门三分之二的地方，实在憋不住这委屈，想哭，不能！不能让他们看到自己的眼泪。她把掏出的手帕捏在手心里走得稍快一点儿，她走出了客厅，关好门，从门里传来一阵压制不住从肺腑深处吐出来的一串哭声。”[②]难怪胡挈青曾高度评价说：“北京人艺的演员征服观众的武器不是脸蛋，不是名气，不是千篇一律地大喊大叫，他们靠的是演技和修养，这是高人一筹的真本事。”[③]

关于曹禺对北京人艺演员艺术修养的提高所产生的潜移默化的影响，前文已讲过，主要是从“身教重于言教”的角度立论的，写了曹禺作为人艺院长对剧院学术空气形成和艺术素养提高所起的作用。这里值得一提的是：曹禺在剧本演出时对演员综合素养所提的要求。他在 1981 年 2 月 17 日在北京人艺剧组的谈话中说：“对于那个社会，今天年纪轻一点的同志们知道得太少。但是对于那个黑暗、复杂的社会不了解，要演好《日出》是艰难的。我希望年轻同志看看当时或更早一点报纸、杂志、画刊；鲁迅、茅盾、巴金的小说；左联青年作家描写旧社会的诗歌、小说、戏剧与报告文学，还有清末的谴责

① 参见俎广甫：《曹禺戏剧中的舞台提示研究》，扬州大学 2008 级中国现代文学硕士论文。

② 孙葳、郭美春：《吕恩和她的表演艺术》，《回首我的艺术人生》，吕恩著，中国戏剧出版社 2006 年版，第 333—334 页。

③ 胡挈青：《市宝》，《秋实春华集》，北京出版社 1989 年版，第 20 页。

小说《二十年目睹之怪现状》《官场现形记》等。……这些作品所反映的社会与《日出》所反映的，自然不完全一样，但是将会有助你了解当时社会的黑暗。"[①]这就要求演员要加强文学作品的阅读，通过作品了解社会与时代，感受文学的独特魅力，对此，周冲的扮演者董行佶就深有体会地说："周冲生活的时代早已成为过去，可是，不设法回到那个时代的生活中去，就无法理解这个人物，也无法展开想象，为此，我们又读了很多书。这个间接生活来源很重要，也很丰富。记得我读了五四运动史，读了丁玲、胡也频、柔石……许多那个时期的作家作品，收获很大。在我的手记中，曾记下了许多感受。"[②]在阅读作品同时，北京人艺演员还学会写创作札记、演出日记等，尤其是人物小传的写作为演员更好把握人物作用很大。因为探讨一个复杂的戏剧形象，必须要对人物出场的"前史"有所了解，舞台上这段生活，仅仅是他（她）过去生活的继续，是他（她）全部生命历程中的一段插曲。而要有角色的远景和演员的远景，就不能没有相反的远景，即不能没有回顾。陈白露出场的"舞台指示"就交代了她的"前史"，演员根据这个"前史"写的人物小传，能够帮助演员更好地了解她的成长经历和心路历程，对于演员了解人物的来龙去脉、外形和精神面貌，以及为她以后进行角色再创造帮助很大。除了必备的文学修养以外，其他姊妹艺术修养如戏曲、音乐、舞美、绘画等对演员扮演人物也不可或缺，例如演《北京人》中曾文清的演员对古代的琴棋书画最好能有了解，因为从中能透出人物清逸潇洒甚至带点迂腐的儒雅气质，而曾文清正是封建文化的牺牲品，古代文化赋予了他超凡脱俗的品质，却使他丧失了谋生的手段和本领，最终成了一个"生命的空壳"。关于艺术修养在演出中的作用，于是之曾说过这样的话："同样的剧本，同样的角色，两个演员具有同样多的生活素材，创造出来的人物也有深浅之分、高下之分、文野之分。生活一般多，排练时间一般长，对这角色合适程度两人也一样，可那人演得就有味，这人演出来就一碗白水。这个区别就在于演员的修养，不只是思想

① 曹禺：《自己费力找到真理》，《曹禺研究专集》上册，王兴平、刘思久、陆文璧编，海峡文艺出版社1985年版，第86页。

② 董行佶：《一场春梦》，《〈雷雨〉的舞台艺术》，苏民等编，上海文艺出版社1982年版，第287页。

的修养，特别是姊妹艺术的修养。”[①] 曹禺则举例说：“一些话剧界的著名演员也是如此。北京人民艺术剧院的好演员于是之同志，写得一手好书法，蓝天野同志的绘画也算不错。但也有另外一种演员，虽然很有名气，演起来有时却相当的平庸。孙道临同志就不同了，他所扮演的角色真实、脱俗，在他那朴素无华的表演风度中，渗透着演员深厚的文化修养和艺术造诣。”[②]

① 于是之：《生活·心象·形象》，《演员于是之》，王宏韬、杨景辉编，北京十月文艺出版社 1997 年版，第 228 页。

② 郦子柏等：《海滨月夜，曹禺闲谈》，《曹禺研究专集》上册，王兴平、刘思久、陆文璧编，海峡文艺出版社 1985 年版，第 207 页。

第三章

曹禺戏剧的演出史及舞台处理的得与失

新中国成立后，曹禺共创作3部戏剧，分为《明朗的天》《胆剑篇》和《王昭君》，都是由北京人艺演出的，其中《胆剑篇》是他与梅阡、于是之合作完成的，可以看作是北京人艺编、导、演通力合作的结晶。总的说来，作为一个有着丰富舞台实践经验的作家，曹禺不像郭沫若、老舍那样在写戏时需要接受导、表演等舞台艺术的指导和完善，但他仍高度重视演出对剧本修改的作用，他说："剧作家的创作，仅是戏剧创作的一个重要的部分，此外，它还需要导演、演员、观众共同完成。剧本的修改，最靠得住的，是演出之后的修改。"①

除《胆剑篇》和《王昭君》的初本较之定本几乎没有改动外，《明朗的天》的定本较之初本已经有很大改动，这里就有北京人艺舞台演出对创作的检视和反馈作用。初版于《人民文学》1954年9月号的《明朗的天》是四幕八场剧，而《曹禺全集》的定本为三幕六场剧，整整少了一幕两场戏；初版中的一些人物如容丽章、戴美员、陈亭、陈亮、戴鹤飞、CC戴以及Nancy等在定本中都被全部删去，使得剧本更加集中紧凑；此外，初版中一些时代性政治性很强的话语在定本中也被大量删去，同时，作者有意识地增加了一些日常生活的场景。

客观地讲，北京人艺对曹禺戏剧的影响更多体现在其"二度创造"中，它关系到北京人艺把怎样一个曹禺戏剧的舞台形象推介给广大观众。通过曹

① 曹禺：《曹禺谈〈雷雨〉》，《曹禺研究专集》上册，王兴平、刘思久、陆文璧编，海峡文艺出版社1985年版，第188页。

禺戏剧在北京人艺的演出史，可以考察曹禺戏剧在中国当代的传播、接受和影响情况，而北京人艺对曹禺戏剧舞台处理的经验与教训、成就与局限、问题与思考也值得我们特别关注。

新中国成立后，曹禺戏剧再一次成为中国正规化的剧场艺术的范本，由于曹禺与北京人艺的特殊关系，北京人艺成为新中国成立后曹禺戏剧演出的主阵地。曹禺戏剧在北京人艺的演出情况如下：《雷雨》：1954年、1959年、1979年、1989年、1997年、2000年、2004年（导表演情况见下文）；《日出》：1956年①、1981年②、2000年③；《原野》：2000年④；《北京人》：1957年⑤、1987年⑥、1990年⑦；《明朗的天》：1954年⑧；《胆剑篇》：1961年⑨；《王昭君》：1979年⑩；《家》：1984年⑪；《蜕变》：1985年⑫，其中《雷雨》《日出》《北京人》早已成为北京人艺的保留剧目，被不断复排演出。整体来看，在北京人艺前期（1949—1976时期），北京人艺对曹禺戏剧的舞台处理都表现出对经典作品的应有的尊重，舞台演出的客观性较强，侧重于对曹禺戏剧的社会、时代、现实内涵的解读和再阐释，演出风格往往都是现实主义的，这一阶段，导、表演的特色鲜明，但主体性尚未完全张扬，往往得在此失也在此。新时期以后

---

① 1956年11月，北京人艺演出《日出》，欧阳山尊导演，柏森副导演，主要演员有：杨薇（饰陈白露）、叶子（饰翠喜）、董行佶（饰胡四）等。

② 1981年6月，北京人艺再次演出《日出》，导演刁光覃。主要演员有：严敏求（饰陈白露）、李挺栋（饰潘月亭）、修宗迪（饰李石清）、刘静荣（饰顾八奶奶）等。

③ 2000年9月，北京人艺第三次演出《日出》，导演任鸣。

④ 2000年9月，北京人艺第一次排演《原野》，导演李六乙。

⑤ 1957年6月演出，焦菊隐任总导演，欧阳山尊为副总导演，导演田冲，副导演林婧。主要演员：舒琇文（饰愫芳）、蓝天野（饰曾文清）、叶子（饰思懿）、董行佶（饰曾皓）、刁光覃（饰江泰）等。

⑥ 1987年6月，北京人艺演出《北京人》，导演夏淳，主要演员有：罗历歌（饰愫芳）、冯远征（饰文清）、张瞳（饰曾皓）、王姬（饰思懿）、马星耀（饰江泰）等。

⑦ 同上，复排。

⑧ 1954年12月《明朗的天》演出，导演焦菊隐，主演有刁光潭、叶子、董行佶、杨薇、童超等，后参加第一届全国话剧观摩演出，获得了剧本创作、导演、演员一等奖。

⑨ 1961年10月，北京人艺演出《胆剑篇》，导演为焦菊隐、梅阡，主要演员有：刁光覃（饰勾践）、童超（饰夫差）、苏民（饰范蠡）、董行佶（饰伯嚭）等。

⑩ 1979年7月，北京人艺首演《王昭君》，导演为梅阡、苏民，副导演林兆华，主要演员有：狄辛（饰王昭君）、蓝天野（饰呼韩邪）、董行佶（饰温敦）、赵蕴如（饰孙美人）等。

⑪ 1984年4月，北京人艺演出《家》，导演为蓝天野，主要演员有罗历歌、陈浩等。

⑫ 主要演员有狄辛等，以上曹禺戏剧演出资料参考了钱理群《大小舞台之间——曹禺戏剧新论》一书的附录《曹禺戏剧演出年表》以及北京人艺博物馆档案资料。

（1976年至今），随着西方社会文化思潮的涌入，对曹禺戏剧的处理更加多元和复杂，一方面一些演出仍坚守人艺的传统风格，强调"演出经典，需经典的演出"①；另一方面，一些导演也力求突破名剧的传统的演出形式，对名剧大刀阔斧地改动和处理，导表演的主体精神日益凸显，但由此暴露出来的对经典的解构主义态度，也引发人们对经典演出的争鸣和思考。

以《雷雨》的演出史为例，迄今为止，北京人艺主要的《雷雨》演出有7次，分为1954年、1959年、1979年、1989年、1997年、2000年和2004年，除了2000年和2004年由顾威执导外，其余5次导演均为夏淳。即使顾威执导的《雷雨》，基本上也是对夏淳导演艺术的恪守，这使北京人艺的《雷雨》在演剧风格上能保持连续性。

1953年，全国第二次"文代会"后，北京人艺决定选排一个五四以来的优秀剧目。经过讨论决定首先排演《雷雨》，导演为夏淳，副导演柏森，主要演员有：郑榕（饰周朴园）、朱琳（饰侍萍）、吕恩（饰蘩漪）、胡宗温（饰四凤）、于是之（饰周萍）、李翔（饰鲁大海）、董行佶（饰周冲）、沈默（饰鲁贵）等。夏淳一开始就想突破此前中国旅行剧团的演出范式（中旅的演出，代表了三四十年代《雷雨》演出的权威水平）"不想落入前人窠臼，而且认为现在再演《雷雨》一定不能停留在30年代的水平上。"②力求站在新的时代高度重新演绎《雷雨》。夏淳在《生活为我释疑》中说："这个剧本之所以如此的吸引人，恐怕不完全因为它是一出动人心魄的家庭悲剧，有那么曲折的情节和引人入胜的故事。而是因为作者以伟大的现实主义的气魄概括了一个使人窒息、使人郁闷、使人不能忍受的悲剧时代。"③"可是我们在一九五四年排戏之初，竟想在'阶级斗争'这个题目上做些文章，总想加强鲁大海的反抗性、不妥协性与思想的进步性，总想突出鲁大海与周朴园、周萍之间的矛盾。仿佛只有这样做才足以看出我们是以阶级的观点来研究剧本的，才足以表示我们是革命的。同样是从这样的观点出发，我们又想让服侍萍再坚强些，'觉悟'再

① 顾威：《读不尽的〈雷雨〉》，《中国戏剧》2000年第11期。
② 夏淳：《生活为我释疑》，《〈雷雨〉的舞台艺术》，苏民等编，上海文艺出版社1982年版，第9页。
③ 夏淳：《生活为我释疑》，《〈雷雨〉的舞台艺术》，苏民等编，上海文艺出版社1982年版，第9页。

高一些，更有劳动人民的骨气一些。”[①]“再有一个例子，就是我们曾经讨论过，争辩过这个戏里谁最坏？大家觉得除了周朴园，就是周萍最坏，把他定为将来的周朴园。我们还十分认真地把周、鲁两家人分成左、中、右，左派里第一个就是鲁大海，周家的是蘩漪，然后嘛是周冲……”[②]

按照这样的逻辑演出，《雷雨》就会成了一场不折不扣的政治演出，好在《雷雨》排演不久，周恩来就十分关心，他说：“你们怎么理解这个戏的主题呢？要知道这个戏的主题是反封建，《日出》是揭露资产阶级的，《原野》是写农民的，主观意图好的。”[③]这样，周总理的话就为《雷雨》在新中国成立后的演出指明了方向，此前周扬也曾说过类似的话，他说“《雷雨》和《日出》无论是形式技巧上，在主题内容上，都是优秀的作品，它们具有反封建反资本主义的意义。”[④]所以周总理的话与周扬的文章就成为这次排演的主要参考资料之一，而这与北京人艺总导演焦菊隐在1942年导演《雷雨》时的理解也是不谋而合的[⑤]。于是，《雷雨》便以“反封建”的面目出现在北京人艺的舞台上，“把工人阶级和资产阶级的矛盾推到后景位置上，把反封建的主题鲜明、肯定地摆到前景上来。”[⑥]应该说，这与新中国成立前中国旅行剧团社会问题剧的定位相比主题上更加突出了，“使原来的剧本中不甚明显或隐晦的积极社会意义得到鲜明突出的艺术表现；削弱某些部分，使原来剧本中消极的因素减少，从而使主题思想得到充分的发挥。”[⑦]北京人艺新的演出成就更主要体现在现实主义风格上。孔庆东在《从〈雷雨〉的演出史看〈雷雨〉》中指出：“（中旅的演出）在人物与情节的关系上，更重视情节。这是剧团的商业性质所决定。特

---

① 夏淳：《生活为我释疑》，《〈雷雨〉的舞台艺术》，苏民等编，上海文艺出版社1982年版，第16页。

② 夏淳：《生活为我释疑》，《〈雷雨〉的舞台艺术》，苏民等编，上海文艺出版社1982年版，第16页。

③ 参见吕恩著《周总理永远活在我的心中》，《周总理与北京人艺》，刘章春、于文萍等编，中国戏剧出版社2008年版，第62页。

④ 周扬：《论〈雷雨〉和〈日出〉》，《曹禺研究专集》上册，王兴平、刘思久、陆文璧编，海峡文艺出版社1985年版，第565页。

⑤ 1942年初，焦菊隐在桂林为国防艺术社导演了《雷雨》。焦菊隐认为《雷雨》“从外形上讲，编剧技巧，全属于假古典主义”，而从内容上讲，则“发现它是属于自然主义，尤其是左拉创始的生物体系的自然主义的产品。”焦氏即是“站在自然主义立场来排演《雷雨》”，并自称是“为了反封建的目的而上演《雷雨》”。（参见焦菊隐：《关于〈雷雨〉》，《焦菊隐文集》第2卷，文化艺术出版社1988年版）

⑥ 夏淳：《生活为我释疑》，《〈雷雨〉的舞台艺术》，苏民等编，上海文艺出版社1982年版，第16页。

⑦ 安冈：《谈〈雷雨〉的新演出》，《戏剧报》1954年第8期。

别是后来，演员的表演已经程式化，全靠技巧而缺乏激情了。这使观众关注'事'更甚于关注'人'。"[①] 而北京人艺避免了中旅由于在野的演出所带来的娱乐化和程式化倾向，坚持斯坦尼的强调体验、重视生活的现实主义演剧体系，从重情节转向重人物，例如蘩漪的形象被赋予了新的解释，安冈在《谈〈雷雨〉的新演出》中指出"蘩漪在解放前的舞台上常常被歪曲为一个由于生理苦闷而精神失常、歇斯底里的女人""把《雷雨》演成所谓'乱伦大悲剧'"而现在的演出则强调"尽管她是这个资产阶级的主妇，但作为一个妇女，她是被压迫者，甚至受到了两代的欺侮""（蘩漪）毕竟是在封建专制下被压迫被损害的女性，是封建时代的牺牲者，她无非想获得作为一个人的生活权利。"[②] 总之，由于"生活基础比较扎实，同时在导、表演方面坚持不违背生活的真实，不违背人的自身的逻辑。"[③] 演出获得了空前的成功。左莱在《夏淳艺术生平述评》中指出："1954 年夏淳导演了《雷雨》，被誉为'新时代的新演出'。"[④]

1959 年，北京人艺第二次排演《雷雨》，作为国庆十周年献礼演出，导演夏淳，新增替的演员有苏民（饰周萍）、狄辛（饰蘩漪）、童超、李大千（饰鲁贵）。这次所排的《雷雨》一直演到 60 年代初。由于特定时代影响，这次排演的时代政治气息更为浓郁，阶级性、时代性、斗争性有了显著提高。郑榕（饰周朴园）在《我认识周朴园的过程》一文中回忆说："周朴园对鲁侍萍的爱，在初期上演阶段我还是一半承认、一半保留的……到 1962 年再度上演时，由于'左倾'思潮的影响，阶级斗争的弦越绷越紧，只想加强表现阶级本质，别的方面全不顾了……"[⑤] 例如周朴园与鲁大海见面一场的处理，"是作为两个敌对阶级的代表人物在进行一场你死我活的斗争，丝毫也不能有什么父子之情"，周朴园的形象"剩下来的只不过是一具'虚伪'加'残暴'的躯壳而已。"[⑥] 鲁大海也被塑造成先进工人阶级的典型形象。难怪钱理群对于《雷

① 孔庆东：《从〈雷雨〉的演出史看〈雷雨〉》，《文学评论》1991 年第 1 期。
② 安冈：《谈〈雷雨〉的新演出》，《戏剧报》1954 年第 8 期。
③ 夏淳：《生活为我释疑》，《〈雷雨〉的舞台艺术》，苏民等编，上海文艺出版社 1982 年版，第 15 页。
④ 左莱：《夏淳艺术生平述评》，《中国话剧艺术家传》第 5 辑，文化艺术出版社 1987 年版，第 231 页。
⑤ 郑榕：《我认识周朴园的过程》，《〈雷雨〉的舞台艺术》，苏民等编，上海文艺出版社 1982 年版，第 335 页。
⑥ 郑榕：《我认识周朴园的过程》，《〈雷雨〉的舞台艺术》，苏民等编，上海文艺出版社 1982 年版，第 335 页。

雨》演出的“阶级斗争新模式”发出如下感慨：“这样的《雷雨》舞台生命形态，恐怕只能说保留了《雷雨》部分‘躯壳’（‘躯壳’本身也发生了极大变化），生命内核已经发生了质的变化——可以称得上是经过了‘脱胎换骨’的改造。但改造的结果，与其说仍是曹禺的生命创造，不如说已经是另一部新的‘时事戏’。”①

粉碎“四人帮”后，1979年2月，北京人艺第三次排演了《雷雨》，导演夏淳，新增替的演员有：英若诚（饰鲁贵）、张馨（饰四凤）、吕中、谢延宁（饰蘩漪）、林东升（饰侍萍）。导演夏淳这样明确他的导演设想：“从整体的处理上看自然一如既往，但由于大家都比较彻底地摆脱了“左”倾思想的羁绊，思想开始得到了解放，所以排练中对一些问题都较顺畅地得到解决。我们力求在以下两个问题上有更明确、更深刻的体现：一、还剧本以本来面目（主要指时代气息、对人物的解释和某几段戏的处理）；二、更鲜明、更准确地掌握和表现戏的主题。”②夏淳这次仍是从“反封建”主题切入，可以看出其导表演艺术处理的连续性，只不过受时代精神的影响，在反封建内涵上，他侧重对封建家长制的批判。他说：“我们说《雷雨》是一部伟大的现实主义作品，就是因为它通过一个家庭概括了旧中国的一个社会、一个时代……家长制这个东西直到今天，还相当顽固地影响着我们的家庭、社会，甚至国家。《雷雨》的现实性和深刻性就在这里。所以从它发表的时候起，经过40余年直到今天，仍能保持住它演出的生命力，其道理也正在于此。”③这样，在重演的《雷雨》里，周朴园成了“封建家长制的典型”，因为“抓住反封建这个主题，便会清楚地看到，周朴园是这个戏中的关键人物。周朴园就是这样一个出身于封建大家族的资产阶级，是一个封建主义的卫道者，是一个封建专制的典型。”④1979年的演出把周朴园与蘩漪的矛盾冲突作为主要冲突，其性质是封建专制主义与个性解放的民主要求的对立与冲突，而过去的演出则多以周朴

① 钱理群：《大小舞台之间——曹禺戏剧新论》，浙江文艺出版社1994年版，第328页。

② 夏淳：《生活为我释疑》，《〈雷雨〉的舞台艺术》，苏民等编，上海文艺出版社1982年版，第15页。

③ 夏淳：《生活为我释疑》，《〈雷雨〉的舞台艺术》，苏民等编，上海文艺出版社1982年版，第15页。

④ 夏淳：《生活为我释疑》，《〈雷雨〉的舞台艺术》，苏民等编，上海文艺出版社1982年版，第19页。

园与鲁侍萍的冲突为主要冲突，为的是突出上流社会与下层人民之间的矛盾和对立，这样戏剧演出的重心就有了转变，反封建的意义更加凸显。与文学本相比，1979 年的舞台本减少侍萍要四凤开抽屉的神秘事情，删去舞台指示不合理的地方，如蘩漪关窗时可以看见她在流泪水。舞台本强调周萍自杀的枪是周朴园给的，而不是鲁大海，也没有文学本中鲁大海为四凤和周萍说情，要母亲放他们走的细节。文学本最后写周朴园承认鲁大海是他的儿子说："我丢了一个儿子，不能再丢第二个儿子。"演出本删去这句话。在人物形象的处理上，1979 年的《雷雨》演出毕竟受新时期思想解放思潮的影响，不再仅仅从社会、政治、阶级的角度"单向度"地来塑造人物，而力求从人性视角、人学高度等多侧面地立体地刻画人物，使人物形象更加丰富复杂、生动饱满。例如在蘩漪形象的把握上，夏淳就指出："蘩漪和其他人物的关系，不能只一味强调她'雷雨'的火辣辣的性格"，"尽力在演出中使观众能多方面去认识蘩漪"，并"使观众在看完戏以后的深思中，能唤起对蘩漪的同情。"① 对于周萍也不再解释为"玩弄女性，自私自利"的公子哥儿，而有了新的认识："周萍也是个有争议的人物，把他解释为玩世不恭、不负责任，一个又一个地去玩弄女性，只顾自己，不顾别人的坏蛋。过去我们也曾有过这种倾向，但是这样看周萍是不准确的、不公正的，也是无补于对主题的阐述的。因为他无论如何也是封建礼教下的牺牲者，这恐怕是不可否认的。"② 周萍的空虚、苍白、忧郁、无能都是封建家长制造成的，他的悲剧结局也值得我们同情。于是对周萍就有了新的舞台处理："我们这次对周萍的处理是与过去有所不同的。第一，他对四凤不是玩弄，是他在痛苦中找到了精神上的安慰，至少他现在是爱着她的。第二，周萍对蘩漪不是厌烦了想抛弃她，而是他怕，他没有勇气再把这种关系继续下去。"③ 同样，对周朴园这一人物，扮演者郑榕也"像对待一个新角色那样重新面对（周朴园）这个人物，发现了他的真诚，发现了他心理的孤独，体味到了这个人身上的悲剧性，只有这时，才使人物准确完

① 夏淳：《生活为我释疑》，《〈雷雨〉的舞台艺术》，苏民等编，上海文艺出版社 1982 年版，第 15 页。

② 夏淳：《生活为我释疑》，《〈雷雨〉的舞台艺术》，苏民等编，上海文艺出版社 1982 年版，第 21 页。

③ 夏淳：《生活为我释疑》，《〈雷雨〉的舞台艺术》，苏民等编，上海文艺出版社 1982 年版，第 22 页。

整。”① 例如周朴园也有他的人性和温情、有他的喜怒哀乐，他对侍萍的怀念不是虚伪的，而是真诚的，他与周萍、周冲的关系中也有略带父爱的温情的一面等。由于导表演自觉地践行现实主义的精神与风格，把人当成真正的人来演，一定程度上消解了主题的阶级性和斗争性，演出获得了一致的好评。

总之，从 1954 年到 1979 年人艺先后三次演出《雷雨》，其艺术处理既有着一致性，如反封建的主题定位和现实主义的风格追求，同时受时代氛围、观众接受及导表演艺术理解等影响，在三次演出中又表现出明显的差异性。赵寻在《〈雷雨〉的舞台艺术·序》中就指出：“风格作为艺术的表现形式是服从内容的，随着时代的前进，思想与艺术水平的提高，北京人艺的风格也在不断发展。他们演出的《雷雨》，不但力求突破 30 年代《雷雨》演出的艺术局限，就是 1954 年、1957 年和 1979 年三度排演，也在思想与艺术的不断探索中有所前进有所创新。他们的经验说明，艺术风格是不能僵化的，如果像‘样板戏’那样刻板了、定型了，创造停止了，艺术枯萎了，风格也就消失了。”②

但从接下来人艺的四次《雷雨》演出来看（即 1989 年、1997 年、2000 年和2004年），在演出风格上似乎没有多大的突破和发展，还是立足于反封建、还是限制在现实主义的演出框架内。1989 年北京人艺四度排演《雷雨》，导演夏淳，主要演员有：顾威（饰周朴园）、郑天玮（饰四凤）、龚丽君（饰蘩漪）、周铁贞（饰侍萍）、濮存昕（饰周萍）、高东平（饰周冲）、韩善续（饰鲁贵）。这次演出是“在不改变原有人艺模式——反封建主题阐释与现实主义风格的基础上，力图在对人物性格及人物关系的阐释、处理上有所创新。”③ 例如周朴园不再穿长袍马褂，而是西装革履，导演有意强调他资本家的社会身份以及留学德国的履历，他的性格中也融入了“温情脉脉”的色素。同样，蘩漪的形象更强调她的郁闷和悲苦，“减弱着观众对蘩漪的厌恶感，使人们在同情

① 郑榕：《我认识周朴园的过程》，《〈雷雨〉的舞台艺术》，苏民等编，上海文艺出版社 1982 年版，第 335 页。
② 赵寻：《〈雷雨〉的舞台艺术·序》，上海文艺出版社 1982 年版。
③ 钱理群：《大小舞台之间——曹禺戏剧新论》，浙江文艺出版社 1994 年版，第 404 页。

之中，不由得增添一丝爱怜。"[①] 这次演出起用了大批年轻演员，青年演员以生命意识体验角色，从爱与恨的原欲人性来阐释人物的行为动机，对生命的热爱与苛求是四凤的行动主线，性意识在周萍的行动中也起着一定作用。总之，1989 年的《雷雨》演出有意"淡化人物的社会身份和道德评价"而把更大精力放在人物内在心理的揭示上，"深掘到每个人物内心底层，表现出他们的灵魂上的自我搏斗"，这无疑增加了本次演出反映生活的广度和深度。[②] 孔庆东在《从〈雷雨〉的演出史看〈雷雨〉》中高度评价说："除了没有序幕与尾声外，在很大程度上与作者的原意有所契合。"[③] 总之，在北京人艺，夏淳因为长期执导《雷雨》，浸淫多年，不断探索和追求，因而他成了《雷雨》演出的权威导演，在他手上形成了《雷雨》演出的"人艺风格"。值得一提的是，1997 年，为了纪念曹禺先生逝世一周年，缅怀这位戏剧大师为中国现代话剧事业所作出的贡献，北京人艺还复排上演了曹禺的《雷雨》，仍由夏淳导演，风格与气度不变，据《北京日报》报道："大幕拉开，人艺四代演员同台演出，《雷雨》深刻、动人的故事，演员精湛的表演再次折服了在场的 1300 余名观众""此番复排演出《雷雨》，73 岁的郑榕、74 岁的朱琳再次出山与这些中青年演员一起同台演出，使我们领略到名剧、名演员的风采。"[④]

到了 2000 年和 2004 年，《雷雨》演出的导演变为顾威，他曾在夏淳导演的《雷雨》里扮演周朴园，对夏淳导演特色至为熟稔，其《雷雨》演出的艺术处理更多表现为对夏淳导演风格的恪守。2000 年《雷雨》演出，导演顾威，主要演员有：韩善续（饰鲁贵）、郑天玮（饰四凤）等，顾威在《读不尽的〈雷雨〉》中说："自夏淳老师 4 年前去世后，这次是《雷雨》第三度复排。复排始终遵循'两个尊重'的原则：尊重剧本，尊重导演。依 1989 年夏淳老师导演的演出版本，不做重大删改，更不为'市场''出新'考虑'发展'，而把力气往剧本里边使，不往外边使。""对夏淳老师 1989 年的整体处理、舞美设计、

① 田珍颖：《重排〈雷雨〉有新意》，《北京晚报》1989 年 11 月 10 日。
② 转引自钱理群著《大小舞台之间——曹禺戏剧新论》，浙江文艺出版社 1994 年版，第 405 页。
③ 孔庆东：《从〈雷雨〉的演出史看〈雷雨〉》，《文学评论》1991 年第 1 期。
④ 徐雪梅：《〈雷雨〉再次折服观众》，《北京日报》1997 年 12 月 24 日。

主要调度，尤其是对人物的解释，大体基本不变。夏淳老师导演了大半辈子曹禺的戏，而在1989年又以非凡的胆识，勇敢地超越自我，对全剧及人物作了许多重要的新的解释，为真正回归《雷雨》的本体精神进行了努力、有效、艰难而又细致的探索。10年过去了，这些新解释并未过时，在北京及外地的百多场成功演出，足以佐证。对于经典，不能够也不应该随意性地、趋时性地乃至媚俗性地'适应时代'。过去,《雷雨》演出就有过被某些时代政治干扰的教训，这个教训在今天仍然有意义，甚或是更要紧的意义。"[①]2000年《雷雨》演出保持了几十年前的原汁原味，让观众再次感受到人艺传统的艺术魅力，叶廷芳在《艺术生命的蓬勃朝气》中指出："（2000年《雷雨》）整个戏看起来很完整，悲剧气氛浓郁，艺术神韵凝重。戏中韩善续的表演是相当出色的，他把鲁贵这个身为奴才却缺乏人格、没有骨气的角色演得活灵活现。郑天玮演的四凤也是光彩照人的，最令人震撼的是当四凤违背自己的誓言最后还是与周萍幽会而被母亲发现时，她那一声撕肝裂胆的拼命哭叫，令观众全身震颤。凝重的艺术神韵是这出戏的基本美学特征，它较好地体现了以焦菊隐为代表的'北京人艺风格'。"[②]

2004年《雷雨》的演出，导演仍为顾威，杨立新饰演周朴园、龚丽君饰演蘩漪、夏立言饰演鲁侍萍、王斑饰演周萍、白荟饰演四凤、王大年饰演鲁贵。新版《雷雨》仍遵循写实主义路线，顾威对重排《雷雨》提出的要求则是"规规矩矩的重现经典"。但也要求演员在表现人和人性以及人对命运的挣扎上下大气力，相对于1954年和1989年《雷雨》演出，2004年版《雷雨》被有关媒体称为"第三版"或新版，其演出再次受到戏迷和媒体的高度评价。《北京日报》评价说："昨晚，是《雷雨》在北京人艺的第439场演出。尽管观众对《雷雨》的故事、人物甚至台词都非常熟悉了，但是带有鲜明人艺演剧风格的现实主义表演还是深深吸引了观众。像第一幕中的劝蘩漪喝药、第二幕中周朴园与侍萍相认、第三幕四凤向母亲发誓永不见周家人等经典片段，都让观众感受到了不朽的魅力。第三代演员中有不少都是近一两年才进入人艺的新

① 顾威：《读不尽的〈雷雨〉》，《中国戏剧》2000年第11期。

② 叶廷芳：《艺术生命的蓬勃朝气》，《中国戏剧》2000年第11期。

人，但是他们在老艺术家的帮助下，较好地完成了对人物的理解和塑造……他们让观众看到了北京人艺宝贵传统和风格在青年一代演员们中薪火相传的希望。”[①]另据2004年8月4日搜狐网报道：曾在第一版中扮演主要角色的郑榕、苏民和胡宗温三位老艺术家日前都表示对新版《雷雨》比较满意。观众们则普遍认为，新版《雷雨》的推出是值得纪念的喜事，因为这出名剧滋养了中国整整几代戏剧人，也证明中国戏剧后继有人。但也有不少人认为，整体上，新版《雷雨》演员的功力还是没能超过前两版，有的演员“表演太过，没有韵味。”[②]

以上我们梳理了《雷雨》在北京人艺的演出史，作为北京人艺的保留剧目，《雷雨》不断被人艺搬上戏剧舞台，与观众见面，它也是曹禺戏剧中扮演次数最多的经典剧目。通过对《雷雨》演出史的考察与审视，同时结合曹禺其他戏剧的演出，我们不难剖析北京人艺在曹禺戏剧舞台处理上的得与失。

北京人艺对曹禺戏剧舞台处理的突出成就首先在于现实主义的成功演绎。钱理群在《大小舞台之间——曹禺戏剧新论》中指出：“曹禺戏剧对人物性格内在、客观发展逻辑的着意强调，对人物内心活动微妙处的用心体察，现在通过斯氏表演体系的精心雕琢，得到了惟妙惟肖的逼真体现：这意味着，在戏剧舞台上创造与确立了曹禺戏剧精细的现实主义风格。——这一风格，在新中国成立以后，北京人民艺术剧院的演出中得到更大的发展。”[③]在《雷雨》等戏剧排演实践中，北京人艺逐渐形成了一套特色鲜明、行之有效的现实主义演出范式。首先，注重生活体验（包括直接体验和间接体验）。1954年，首次排练《雷雨》时，导演、演员、舞美设计人员等就花费了大量的心血和劳动。剧本写的背景是天津，大家就到天津去访问、参观，体验生活。为了感染时代气息，大家就研究了北京图书馆所藏的当时的许多画报、杂志，选读了与剧情有关的中外小说，并邀请了一些前辈作报告，讲解“五四”时代青年人的思想状况，以及当时资产阶级人物的生活和精神状态，为进入排练场作了

① 孙戊：《第三代〈雷雨〉：震撼人心受好评》，《北京日报》2004年7月23日。

② 搜狐网2004年8月4日新闻。

③ 钱理群：《大小舞台之间——曹禺戏剧新论》，浙江文艺出版社1994年版，第226页。

充分的准备。夏淳还“经过张学铭先生的介绍”认识了北洋军阀时代的内阁总理朱启钤，“并结识了他家所有的成员。他们很热情的介绍了他们家庭的情况，他们的生活、历史……，还把以前各个时期的照片、服装、手饰等都拿出来给我们看，这对我们的帮助是非常之大的。同时他们家的家具、陈设等也为我们提供了许多创造的依据。”① 这些准备工作为以后导演沿着现实主义的道路进行二度创造打下了一定的基础。其次，由感性上升到理性，夏淳在《生活为我释疑——导演〈雷雨〉手记》中写道：“演员如何把体验生活所得不断积累起来呢？首先，我们要求演员写创作日记，要求演员把从生活中所获得的东西都记下来，哪怕是一个问题，一点感受都记下来。……除此之外，还要求演员写人物自传，又在这个基础上采用让演员讲故事的办法（先用第一人称，再用第三人称）讲述，这一些做法，目的是要求演员逐渐的接近人物，体会人物，懂得人物，从而掌握人物。大量的案头准备工作，使演员产生了要求动起来的强烈愿望。”② 从感性上升到理性，能有效地调动起演员的生活记忆，丰富演员的想象与联想，“在演员心中孕育着、打算怎样体现角色的具体形象”即形成“心象”，从而增强创造的欲望。最后，再由理性指导实践。通过“戏剧小品”练习，以“促进对人物和人物关系的深刻感受”，例如饰鲁侍萍的朱琳就曾做过鲁侍萍与周朴园在后花园初会，周朴园在下房里教鲁侍萍识字，以及鲁侍萍在书房中边研墨边陪伴周朴园作诗填词的小品。力求把“内心体验”与“形体表现”结合起来，并通过“内”与“外”的多次互动，最终进入角色。应该说，曹禺的其他戏剧如《日出》《明朗的天》《胆剑篇》《王昭君》等都严格遵循这种现实主义的演出程序和范式。欧阳山尊的《〈日出〉导演计划》就对《日出》的时代背景、主题价值、艺术手法、戏剧气氛、矛盾冲突以及剧中 20 多个人物的性格特征、贯穿动作等作了详尽的分析。此外，书中还画了 150 余幅舞台调度图，并标明角色所处的位置和在台上的行动路线。可以说，该书是中国话剧人学习和运用斯坦尼体系的经典力作。在此基础上人艺还致力于鲜明的民族特色的营造。钱理群曾总结说：“以北京人艺演

---

① 苏民等编：《〈雷雨〉的舞台艺术》，上海文艺出版社 1982 年版，第 14 页。

② 苏民等编：《〈雷雨〉的舞台艺术》，上海文艺出版社 1982 年版，第 14—15 页。

出为代表的曹禺戏剧演出的新规范，是40年代所建立的曹禺舞台生命形态的继续与发展，但有了更为明确的目标：现实主义与民族化的结合，创造具有中国民族特色的现代话剧新体系；有了更自觉的理论指导与追求：把民族戏曲传统与斯坦尼斯拉夫斯基体系以及西欧一些戏剧理论融合起来，追求'从生活出发''从自我出发'与'从人物出发'三者的互相补充、辩证统一。"①

其次，在曹禺剧本舞台演出的再创造上，北京人艺呕心沥血，作出了自己的贡献。正如格洛托夫斯基所言："剧本本身不是戏剧，只有通过演员使用剧本，剧本才变成戏剧——就是说，多亏语调，多亏音响的协调，多亏语言的音乐性能，剧本才能变成戏剧。"②北京人艺演员可以说是用自己的演技来补充作者的构思，通过使用与剧作家的方法相近的手段，在理解和意图方面继续剧作家已经开始的进程，让纸上的文字富有血肉和灵魂。为了演出需要，北京人艺对曹禺剧本做了大量的修正、丰富、再阐释和形象演绎工作。以《日出》为例，在曹禺的文学本中，其第三幕结尾小东西自杀那场戏就过于琐碎，偏重于剧本阅读的文学性，根本不适合在舞台上表演。欧阳山尊在《〈日出〉导演计划》中就曾指出其中的不合情理之处："譬如第三幕结尾小东西的自杀那场戏，作者让她当着观众把头伸进绳套里去，又当着观众把脚下的椅子踢倒，使身体悬空挂起来，还让她就这么挂着等那个作为效果的小曲唱完，再由她那悬空着的脚上掉下一只鞋来，然后才闭幕。我认为这样做是不需要的，演出时必须将后面一段删去。只要等小东西爬上椅子，准备将头伸进绳套时就可以闭幕了。"③《日出》剧本这一段结尾读起来很有兴致，也很刺激，但表演起来很难操作，而且正如亚里士多德在《诗学》中所提及的，舞台上不能展示过于暴力和血腥的场面，贺拉斯在《诗艺》中指出："有许多情节不必呈现在观众眼前，只消让讲得流利的演员在观众面前叙述一遍就够了，例如，不必让美狄亚当着观众屠杀自己的孩子，不必让罪恶的阿特柔斯公开地煮人肉吃，不必把普洛克涅当众变成一只鸟，也不必把卡德摩斯当众变成一条蛇。

---

① 钱理群：《大小舞台之间——曹禺戏剧新论》，浙江文艺出版社1994年版，第301页。

② [波兰]耶日·格洛托夫斯基：《迈向质朴戏剧》，魏时译，中国戏剧出版社1984年版，第11—12页。

③ 欧阳山尊：《〈日出〉导演计划》，中国戏剧出版社1983年版，第55页。

你若把这些都表演给我看，我也不会相信，反而使我厌恶。”[①] 张庚在《戏剧艺术引论》中也指出：“血、杀人、恐怖、性的刺激等，虽是吸引观众注意的手段，却不是最适宜于戏剧的手段，常常不是作为艺术创作的戏剧手段。”[②] 所以欧阳山尊的删改是必要的。同时，鉴于《日出》的开头比较沉闷，为了能增强戏剧的悬念，引起观众的好奇心，“在陈白露与方达生走进这间屋子来以前，需要加一小场戏，那就是‘小东西’偷偷地逃进这间房间来”[③] 即剧本原先开头是方达生和陈白露的一场对话，方劝说陈不要这样生活下去，跟他离开这里，陈有所触动，但仍希望方留下来看看她的生活，然后，小东西才上场。而演出时顺序调过来，小东西先上场，躲在沙发后面，似乎在偷听方、陈的对话，这就引起观众的兴趣，很有戏剧性。观众可能会发问：这个小东西是谁？她偷偷地溜进陈白露的房间来干什么？方、陈不知道有外人在场他们又会谈些什么？他们谈话的内容被别人偷听了会不会产生不好的效果？接下来他们会不会发现小东西的存在？这些问题和联想自然增加观众的好奇心，也使舞台气氛更加紧张。为了突出《日出》的批判性，1959 年 10 月，北京人民艺术剧院为庆祝新中国成立十周年演出《日出》时，又作了一处重要的修改，那就是将陈白露自杀的直接原因从“还不清欠债”改为“不甘心被金八污辱”，这样也“就使全剧高潮更为深刻，更具社会意义”[④]。即将第四幕结尾时陈白露向张乔治借钱的一大场戏删去了，增加了黑三来传话：金八要在晚上找陈白露陪他“美美儿乐一乐”。问题尖锐地摆在陈白露面前，要么向金八出卖自己的灵魂和肉体，要么就是用死来反抗。陈白露采取了后者。此外，在《日出》《雷雨》等剧的视听处理上，北京人艺也做足了文章。譬如《雷雨》三幕起誓一场戏，屋外响着雷，鲁妈苦于无奈，借着“雷”来逼四凤起誓，这时雷声效果配合着戏的情节发展和人物内心的激烈变化，处理得极有层次感。四凤想心事时是隐隐的雷声，母女交谈时是阵阵闷雷、滚雷，直到四凤被逼跪在地上发誓：

① ［意大利］贺拉斯：《倾听观众的要求》，转引自［美］艾·威尔逊等著：《论观众》，文化艺术出版社 1986 年版，第 59 页。

② 张庚：《戏剧艺术引论》，文化艺术出版社 1981 年版，第 150 页。

③ 欧阳山尊：《〈日出〉导演计划》，中国戏剧出版社 1983 年版，第 60 页。

④ 欧阳山尊：《〈日出〉导演计划》，中国戏剧出版社 1983 年版，第 4 页

"那——那天上的雷劈了我！"这时一道闪光划破了天空，霹雷大作，直贯头顶，使戏达到了顶点。此时闪电雷鸣的艺术效果与后来蘩漪伫立在窗口时的"立闪"就不同了。宋垠在《〈雷雨〉灯光气氛的设想》中进一步指出说："每段戏利用什么样的闪电都要精心安排设计。既要考虑和表演、人物的心理发生作用，又要与导演对戏的节奏要求相吻合。决不能因为剧本以《雷雨》命名，而不加选择地乱用雷声、闪电。"①

北京人艺在曹禺戏剧舞台处理中所暴露出来的问题有以下几个。

一、主题理解的政治化。总是从社会、时代、政治的视角来理解曹禺的戏剧，而对曹禺戏剧主题的多义性重视不够，这实际上是对经典的丰富性和复杂性的一种阉割。以《雷雨》为例，《雷雨》的主题应该有三个层面：一个是社会的政治的层面，表现反封建和个性解放的主题；一个是宗教的文化的层面，《雷雨》故事本身就表现出强烈的原罪意识、忏悔意识和救赎意识；一个是形而上的哲理的层面，表现作者对人的生命存在的关注、对人类本性的思考以及对生命本体的终极关怀等，三者有机交织、共融共通。正是主题的多义性使得《雷雨》长盛不衰，有了永久的艺术生命力。不了解这一点，我们对《雷雨》主题的解读就会犯简单化和片面化的弊病。而北京人艺前后 7 次执导《雷雨》，皆定位在"反封建"的思想主题。对曹禺剧作所体现出的文化意蕴和尤其是超现实的命运悲剧明显关注不够②。1982 年，经过"文革"历练的曹禺再度发声谈及《雷雨》时，仍坦诚而固执地指出："我写戏不是从主题出发，而是从生活和人物出发的。我写《雷雨》时，并没有明确要通过这个戏去反封建，评论家后来说这里有反封建的深刻主题，我承认他们说得很对，但我写作时不是从反封建主题出发的。"③可见对《雷雨》的政治实用性理解已

① 宋垠：《〈雷雨〉灯光气氛的设想》，《〈雷雨〉的舞台艺术》，苏民等编，上海文艺出版社 1982 年版，第 335 页。

② 国外有《雷雨》"命运版"，1989 年 12 月罗马尼亚诺塔拉剧院演出的《雷雨》就立足"命运"弄人的主题，年轻的导演亚历山大德鲁·达比萨在剧中别出心裁地增加了一个不讲话的角色。这个角色第一幕开启时，蘩漪、周萍幽会时，他出现在暗处，暗示这里在"闹鬼"。第三幕，蘩漪"扣窗"，他在雷雨中出现，体现这是一个诡秘的报复；四凤、周萍触电之前，他又出现了，以展示悲惨，侍萍向天怒号，蘩漪痛不欲生，他也幽幽地出现在一旁……这个角色的脸上画着京剧花脸脸谱，身穿《三岔口》刘利华那样的黑色短靠，在一旁手舞足蹈……（参见曹树钧：《曹禺剧作在世界舞台上》，《戏剧》2000 年第 3 期）

③ 曹禺：《和剧作家们谈读书和写作》，《剧本》1982 年第 10 期。

经远离作者的本意。而在欧阳山尊对《日出》的导演阐释中，突出的也是《日出》的“批判资本主义制度与资产阶级思想”的意义，这与《雷雨》的“反封建”主题一样，成为对于《日出》主题的规范性解释，反映出时代政治对戏剧演出的影响。演出大大强化第三幕下等妓院里的戏，对正面人物给予更多的肯定和突出，“不让方达生有书呆子气，而突出他的勇敢、正直和善于思考”而且用他贯穿全剧。同样，《北京人》对愫芳形象的塑造在突出她的善良外，还着意刻画她的“坚定意志”和对真理的追求，使全剧有了浓厚的喜剧性。而袁任敢、袁园、瑞贞“观众可以从他们身上感知时代的力量，得出‘反封建束缚，争取自由的斗争必然胜利’的结论。”[①] 至于曹禺新中国成立后写的戏，如《明朗的天》《胆剑篇》《王昭君》，由于受特定时代的影响，剧作本身时代政治气息就强，而北京人艺演出也难逃政治的魔掌。

张光年是这样评价《明朗的天》的戏剧演出的：“这是一个成功的、情绪饱满的演出，富于战斗性和说服力的演出，经过导演、演员及其他剧场艺术人员的共同创造，把剧本中蕴藏着的新的爱国主义和人道主义精神，作者对工人阶级及其政党、对新中国的新人物和新事物的强烈的爱，对美帝国主义和蒋匪帮、对美帝影响下的资产阶级知识分子的反人民思想的强烈的政治情感征服了观众，激发了人们心灵的共鸣。”“作者通过形形色色的剧中人物的创造，体现了现实主义的党性和爱憎分明的精神。……以此为基础，《明朗的天》的现实主义，就显然有别于批判的现实主义，而是属于社会主义现实主义的范畴了。”[②] 作为一个著名的文学批评家，张光年在肯定其政治性的同时也敏感地觉察到其中存在的问题：“遗憾的是，董观山究竟没有被投入剧情冲突之内，没有展示他的心灵活动的机会；而且对于第二幕第三场的不恰当的描写，在损害凌士湘的同时，也多少损害了董观山这个人物。”“如果作者采取了这场戏里陈洪友的正当建议，不把座谈会搬到家里来，删去那些灰色的无益的争论，而代之以家庭式的夫妻、父女、师生、朋友之间的亲切的意味深

---

① 蔡骧：《〈北京人〉导演杂记》，《人民戏剧》1980年5期。

② 张光年：《曹禺的创作生活的新进展》，《曹禺研究专集》下册，王兴平、刘思久、陆文璧编，海峡文艺出版社1985年版，第1203页。

长的对话，那对于充实人物的心灵、性格，推动剧情的开展，或许会有更多的好处。顺便说一说，作者对凌士湘的妻子容丽章、女儿凌木兰、亲密的学生和助手何昌荃等正面人物的描写，是不能令人满意的。”[①] 吕荧在《评〈明朗的天〉》中也指出：“戏剧的主要缺点，可以说，因为剧中现实生活和人物形象的刻画比较失之简略，缺乏深刻的内容。例如剧里的中心人物凌士湘，作为一个科学家，他的思想和性格，他的生活态度和工作精神，都需要有更具体更深刻的描写；可是现在我们仅能从他和别人的谈话里知道一个大概。……当斗争主要地不是在生活基础上进行，而是在思想概念中进行的时候，戏剧中的风暴就不容易最有力地震动观众的心弦了。”[②] 对此，曹禺自己是有认识的，1955 年，在谈到《明朗的天》中坏分子的刻画时，他说：“在揭露这些人物的丑恶时心怀顾虑，不敢放手地让人物生活在自己的生活里，让他们按照自己的发展规律去思想、行动，却由作家来支配，指使和限制他们，使他们过着四平八稳的生活。”[③]《明朗的天》以外，其他两部戏剧《胆剑篇》和《王昭君》都存在类似问题，都是主题先行，为社会现实服务，反映作家浓厚的工具理性意识的戏。

在谈及《王昭君》的写作时，曹禺就这样写道：“我现在想写的王昭君，是力图按照毛主席在‘六条标准’中提出的‘有利于民族团结’的指示精神去考虑的。关于写这个戏，周总理指示我的基本精神是：民族团结，文化交流。我要写一个比较符合历史真实的剧（当然不能完全符合，因为历史剧不只是‘历史’，还有个‘剧’字，要有戏剧性）。王昭君是个笑嘻嘻的而不是哭哭啼啼的王昭君，一个促进民族团结的王昭君，一个可能为周总理赞成的王昭君。”[④] 从中不难看出《王昭君》创作的现实功利性，对此，曹禺后来是有认识

① 张光年：《曹禺的创作生活的新进展》，《曹禺研究专集》下册，王兴平、刘思久、陆文璧编，海峡文艺出版社 1985 年版，第 1212 页。

② 吕荧：《评〈明朗的天〉》，《曹禺研究专集》下册，王兴平、刘思久、陆文璧编，海峡文艺出版社 1985 年版，第 1217 页。

③ 《曹禺谈〈明朗的天〉的创作》，《文艺报》1955 年第 17 期。

④ 曹禺：《关于话剧〈王昭君〉的写作》，《人民戏剧》1978 年第 12 期。

和反思的[①]。而北京人艺也基本上按照曹禺既定的政治主题来演出和处理的，极力突出昭君出塞的政治意义，为此，不惜把历史人物现代化。这就难怪王季思、萧德明在观看演出后提出了中肯的批评："话剧《王昭君》的不足之处，是后半部分对王昭君和呼韩邪单于两个形象的塑造在某些方面有拔高倾向，令人难于信服。"[②]同样，《胆剑篇》中作者也以"人民群众是历史的创造者"这一马克思主义的唯物史观来设计苦成的形象，剧中，苦成有多个英雄壮举，如冒死献稻谷，舍命保剑库等，尤其是全剧演出的高潮场面——通过苦成献胆，点化勾践"一时强弱在于力，千古胜负在于理"的社会真理，远远超出一个古代下层人民应有的的思想意识和认知水平，难免给观众以虚假和失真的感受。曹禺也曾深刻反思说："文艺和政治，它们不是两个门户，政治就在真实的生活里边，反映了真实，政治就在里边，就不要再定什么题目了，就不一定在那里高喊什么政治口号、政治观点了。……我们总是写出那些'合槽'的东西，'合'一定政治概念的'槽'，一个萝卜一个坑，这是出不来好作品的。"[③]

值得指出的是，对剧本的政治化解读与北京人艺生存发展的文化生态环境有关。受制于"十七年"特殊的精神气候，"十七年"戏剧与时代政治之间有着密切的依附关系。而北京人艺作为国家大剧院的政治身份和行政体制，使它必须接受来自上级部门的政策性意见，包括一些领导人所习惯的对剧本的政治指示，履行它理应承担的政治宣传的作用，这种外部环境的影响不可

① 曹禺在《和剧作家们谈读书和写作》中说："写东西如果先有主题，然后搜集材料再写下去，在我说来是很费劲的，我已经试过几次，结果都失败了。我想写作要有对生活的真实感受，逼得你非写不可，不吐不快，然后写出来的东西才是浑然一起的。剧本的思想，评论家能分析出很多道理，而我个人的写作经验，写作总是在个人不得不写这种劲头上然后开始写。"（曹禺：《和剧作家们谈读书和写作》，《剧本》1982年第10期）他在1980年5月23日接受田本相采访时也说："现在是束缚太多了，也许领导的意思倒不一定是那样，但是不知怎么搞的，就使作家陷入圈圈里边。我写《雷雨》时，也不怕人说，也不怕人批评，现在是多方面的顾虑。我觉得创作是不能勉强的，是自然涌流出来的，不能勉强要表现四个现代化，要表现这个，要表现那个。"（田本相、刘一军著《苦闷的灵魂》，江苏教育出版社2001年版，第25页）

② 王季思、萧德明：《〈王昭君〉的历史风貌和时代精神》，《曹禺研究专集》下册，王兴平、刘思久、陆文璧编，海峡文艺出版社1985年版，第1283页。

③ 田本相、刘一军：《苦闷的灵魂》，江苏教育出版社2001年版，第33页。

小觑。① 洪子诚在《中国当代文学史》中指出：“戏剧不仅是一种交流‘工具’，它本身就是交流。作者、导演、演员集体创作并与观众共同体验一种人生经验，合力构造一个想象的世界，接受者的参与表现得更为明显。因此，强调文艺对政治的配合和文艺的教诲宣传效用的革命文艺家，总是十分重视这些样式。”② 如果我们回到历史现场，不难看出，剧场和剧院不是简单的同一关系，在权力关系上，剧场仍要服从“剧院”的领导，剧院掌控人事权、经济权和话语权，把握剧场艺术的方向，它的背后则是文化领导权。

主题理解的政治化，虽然突出了曹禺戏剧的社会意义，但却忽视了经典文本的开放性与多样性，实际上是把曹禺戏剧狭隘化了，著名演员石挥就认为曹禺剧本“底子厚实、内含无穷尽的创作天地，对导演和演员都提供了极其丰富的创作想象，……今年演过了，明年再演，还有东西可找，后年再演还有东西可挖。”③ 对于北京人艺来说，曹禺戏剧仍是一个蕴含丰富的巨大的宝藏，有待它进一步深入的挖掘。

二、现实主义一元化演出模式的限制。长期以来，曹禺被主流评论定位为一位杰出的现实主义戏剧大师，甚至在相当长一段时期内，人们总是习惯于把他的剧作诠释为“社会问题剧”。曹禺的研究者都异口同声地说曹禺是选择了现实主义的，并认为他是中国现实主义戏剧最高成就的代表者。同样，北京人艺对曹禺戏剧的舞台处理也基本局限在现实主义的演出框架内，著名戏剧家刘厚生在《我所认识的夏淳》中就指出：“看夏淳导演的戏，特别是近十年的戏，再读他的某些文章，我很自然地得到一个印象：夏淳是一个坚持现实主义创作思想，走现实主义创作道路的导演。即使说他是现实主义‘正统派’也不为过。自然，北京人艺许多导演都是如此，这也成为北京人艺艺术风格的主流。”④ 老院长曹禺在回顾建院历程时也指出，建院后他们四位在艺术

① 戏剧由于具有仪式性、公开性、公共性等特点，使它相对于其他文体更容易成为意识形态的载体和政治教化的工具。历史地看，从 1949、1959 到 1969 再到 1979 年，几乎每十年就有标志性的戏剧作品出现，政治运动也多有戏剧运动参与，例如中国辛亥革命时期的文明新戏、左翼戏剧、抗战戏剧和“文革”样板戏都属此类，这是一个耐人寻味的政治文化现象。

② 洪子城：《中国当代文学史》，北京大学出版社 1999 年版，第 163 页。

③ 石挥：《看话剧演出有感》，《解放日报》1956 年 10 月 5 日。

④ 参见朱以中编《北京人民艺术剧院艺术家丛书·夏淳》，北京十月文艺出版社 1995 年版，第 5 页。

上抓的第一个大举动就是统一创作方法。他自问自答说：怎样统一创作方法呢？“第一点就是深入生活”；“第二点就是要全面的深入的学习斯坦尼斯拉夫斯基的体系”；“第三点就是要创造中国的北京人民艺术剧院的特色，要吸收中国民族戏曲、曲艺的各种表演手法、表演手段。”[①]在剧院统一创作方法过程中，现实主义一元化演出模式因曹禺戏剧的演出而定型，却对曹禺戏剧所显示出来的非现实主义却视而不见或有意规避。实际上，曹禺戏剧本身的创作方法是多元化的，既有现实主义，也有浪漫主义、象征主义、表现主义等超现实性的存在，这使其作品本身呈现出无比的丰富性。田本相曾把曹禺的现实主义谓之“诗化现实主义”[②]。我个人认为，这个概念并不能准确界定其特征，因为其创作方法是开放多元的，不是一元的。以《雷雨》为例，从周冲、鲁大海等人物身上不难看出其饱和着诗情和想象的浪漫主义色彩；从蘩漪、周朴园等人的内在心理的描摹和冲突的内向性特征中不难看出其表现主义的因子，而自然界的雷雨在剧中除了渲染氛围、建构情节外，更富有浓郁的象征意蕴。曹禺把多元创作方法凝聚在一起的内核是他的自在自然的生命哲学，即曹禺的创作始终关注人的生命存在，把人当作真正的人来写。而探究曹禺多元创作方法的成因，则与作者接受外来影响的多样性息息相关，[③]所以仅仅从现实性角度来演出《雷雨》往往在解蔽的同时也遮蔽了一些客观存在的内涵。迄今为止，北京人艺的《雷雨》演出一直没有序幕和尾声，都在一个现实主义圈圈内打转。为了规避故事的超现实性，《北京人》中象征着远古时代的“北京人”（机器化人工装的“中国猿人”）总是不出场，《日出》演出也在戏剧的批判性上大做文章，曹禺的其他戏剧演出也常是如此，都严格恪守斯坦尼现

---

① 转引自张帆著《话说北京人艺》，百花文艺出版社 2004 年版，第 20—21 页。

② 田本相认为：“他（曹禺）走了一条诗与现实结合的，富有民族个性的现实主义戏剧创作道路……他把其诗人的创作个性同中国社会现实结合起来，形成了他诗化现实主义戏剧美学风格的特色。”田本相把这种特色概况为以下几个方面：首先，诗与现实的融合所呈现出来的突出特色，即以诗人般的热情拥抱现实；其次，诗与现实的融合所带来的另一特色，是曹禺总带着理想的情愫去观察现实和描绘现实；因此，我们把他的现实主义称之为诗意真实。诗意真实，是他的现实主义美学风格的突出特点。再次，曹禺的诗化现实主义的艺术重心，在于倾力塑造典型形象，特别是探索人的灵魂，刻画人的灵魂放在最重要的地位上，写出人物心灵的诗。最后，还必须指出，他的现实主义剧作的民族独创的特征。（以上参见田本相：《曹禺全集·前言》，第一集，花山文艺出版社 1996 年版，第 3—9 页）

③ 参见笔者论文《论〈雷雨〉的超现实性》，《文学评论》2009 年第 2 期。

实主义表演体系，这就过于局限和狭隘。钱理群在《大小舞台之间——曹禺戏剧新论》中说："曹禺戏剧舞台生命形态的初步确立，从另一个角度，却未尝不可以视为曹禺戏剧生命某种程度上的狭窄化；这就是说，当中国的导演与演员试图按照斯氏表演体系去实现曹禺戏剧生命的舞台再现时，他们似乎找到了一种合适的表演模式，却没有料到，同时又自觉不自觉地用斯氏体系限制了曹禺戏剧生命的多元化的呈现与发展。正如本书反复论证的那样，曹禺的目的是要给中国现代话剧提供发展的多种可能性，因此，他的戏剧吸收范围极为广阔，他孜孜追求多种观念、多样手法，多副笔墨的融合；而现在，得到较为完美的舞台体现的，仅是现实主义，写实性（部分写意）、舞台幻觉……这一方面，而曹禺戏剧中的表现主义、写意性与舞台假定性……这些方面都没有得到应有的体现。在这方面,《北京人》的演出颇有代表性……导演、演员显然是将《北京人》作为现实主义悲剧来处理；而《北京人》里剧作家苦心设计的非现实的描写，时空重叠的结构，以及由此产生的喜剧性却没有进入导演、演员的接受视野。"① 曹禺本人对戏剧的实用主义有过反思，他说："我不大赞成戏剧的实用主义，我看毛病就出在我们的根深蒂固的实用主义上。总是引导剧作家盯在一些具体的问题上，具体的目标上，这样，叫许多有生活的人，有才能的人，不能从高处看，从整个的人类，从文明的历史，从人的自身去思考问题，去反应社会，去反应生活。我们太讲究'用'了，这个路子太狭窄。"② 富于启示意义的是，丁小平 1982 年为天津人民艺术剧院导演《雷雨》，就突出了其表现主义和象征主义色彩，他"大胆突破传统《雷雨》演法的束缚，果敢运用了现代派戏剧的手法、技巧。在舞台布置上采用斜平台与框架结构，用空黑的背景来象征宇宙像一口残酷的井"，"为了造成曹禺所期望的'欣赏的距离'，在首尾安排了'空镜头'来代替'序幕'和'尾声'，用沉寂郁闷的空场开头，以雷雨交加消失所有布景结尾"。③

总之，北京人艺不能只限定在现实主义特色内，它要有自己的既成模式，

① 钱理群：《大小舞台之间——曹禺戏剧新论》，浙江文艺出版社 1994 年版，第 237 页。

② 田本相、刘一军：《苦闷的灵魂》，江苏教育出版社 2001 年版，第 32 页。

③ 转引自孔庆东：《从〈雷雨〉的演出史看雷雨》，《文学评论》1991 年第 1 期。

又要突破模式。这首先要有一个开放的戏剧观，黄佐临在《漫谈“戏剧观”》中说：“我们中国的话剧创作好像受到这个戏剧观（按：即现实主义戏剧观）的残余所约束，认为这是话剧唯一的表现方法。突破一下我们狭隘的戏剧观，从我们祖国‘江山如此多娇’的澎湃气势出发，放胆尝试多种多样的戏剧手段，创造民族的演剧体系，该是繁荣话剧的一个重要课题。”①

应该说，新时期以后，受西方文艺思潮的影响，北京人艺上述的两个缺点似乎得到了有力的克服和扭转，导表演的视野开阔了，主体精神也得到了极大的彰显，尤其是敢于对经典戏剧作出多元化解读。在“后焦菊隐时期”，北京人艺演剧艺术风格的嬗变是明显的，那就是突破斯坦尼现实主义演剧的限制和定式，主要转向对西方现代派戏剧乃至后现代戏剧的学习和借鉴。全国第一出小剧场话剧《绝对信号》就是由北京人艺演出的，更加注重对人的“内宇宙”的探索和揭示，《野人》则追求“完全的戏剧”以及主题的复调性，《车站》《哈姆雷特》《贵妇还乡》《无常·女吊》《中国孤儿》等剧更与后现代荒诞派戏剧有深刻的精神联系。但在突破创新的同时北京人艺也存在着由一个极端滑向另一个极端的倾向，那就是在新时期探索戏剧的大背景下，不同程度地将现实主义与公式化、概念化等同，视斯坦尼—易卜生模式为陈旧、僵化的同义词，对经典戏剧进行大胆地解构。例如 2000 年由任鸣执导的《日出》就大胆突破了 1956 年欧阳山尊版和 1981 年刁光覃版这两个经典版本的限制，力求上演一出现代版的《日出》。除第三幕保留原著 30 年代的面貌外，其一、二、四幕的时代则改为 2000 年，这样整个剧作的时代发生了置换和倒错。任鸣在接受记者采访时说：“过去在解释《日出》时主要围绕着阶级斗争，而这次在突出人物性格命运和人的生存状态的同时，把经济因素也强调了出来，在今天的时代，从商品的、经济的角度解释这个戏，观众能更深刻地理解商品社会里人与人之间的关系。”②该剧的演出具有浓郁的当代气息，一开场，陈白露出入的交际舞厅变成了“迪厅”；第一、二、四幕的大饭店布景类似现在的五星级酒店，金碧辉煌，第三幕又回到 30 年代灰暗的妓院，都由旋

① 黄佐临：《漫谈“戏剧观”》，《戏剧美学论集》，上海文艺出版社 1983 年版，第 25 页。

② 《导演任鸣谈新版〈日出〉》，《人民日报》2000 年 9 月 23 日。

转舞台交替变换；剧中还出现了"嗨""帅哥"之类的新词以及英文歌曲、笔记本电脑等时髦物品，并加上了流行音乐、伴舞等现代娱乐手段。任鸣这样解释说："我脑子里最初的概念还是想走写实的路子，从人物刻画到舞台布景都走现实主义，忽然有一天，我想到，《日出》当中有许多东西是跨越时空的，无论是表现过去、今天还是未来，都是有特殊意义的，排一部现代版的《日出》也许更有魅力。"[①] 相比现代版《日出》而言，同年演出的《原野》更为前卫和超前，由李六乙导演的《原野》是小剧场戏，也是北京人艺首次排演《原野》，这个"2000年实验演出本"，更加强调现代感和实验性，观众对此争议很大，褒贬不一。在公演前夕，李六乙就说他导演的《原野》是一次"新观念"下的实验，并且是对《原野》的一次"发现"。在接受记者访问时，他说："在第三幕里发现了曹禺的现代意识，这里有一个轮回，即仇虎与金子出逃后，他们永远也跑不出那个黑森林，总是回到原地。这一点在过去表现得非常少，主要是那时的戏剧观念还不允许表现，大家也不知如何在舞台上来展现这种空灵和自由。据此，他'特意加强了对人永远也走不出一种怪圈、人永远逃脱不掉的社会压力、命运压力这种轮回的表现'。"[②] 李六乙说："我们不注重讲述一个完整的故事或是一个人的命运，我们只是选取了原剧作中的几个片段，通过一种特殊的方式把它们串联起来，在一种近乎虚拟的空间内表现人的一种生存状态""我这次改动看起来是离曹禺很远，背离了曹禺原作的结构方式和解读方法。但是我继承和延续了曹禺原作的精神，我觉得这才是对曹禺的最好的纪念。"[③] 在李六乙的《原野》布景中再也找不到曹禺笔下的阴森、可怖、带有神秘气息的自然界原野景象，其舞台布置是这样设计的：在没有观众的一侧墙壁上悬挂着八九台彩电，轮番播放着电影《原野》的片段，以及火山爆发、外国影片的剪接，还有特意拍摄的不断划过麦浪的一只大手……墙的右下方，有一把银色的座椅停在幽暗的角落里，似乎它是焦母的座位，而在墙的左下方，是一台冰箱，上面放着各种洋酒，在舞台的中间位置，左边是一

① 刘章春、任鸣：《对现代版〈日出〉的思考》，《中国戏剧》2000年第11期。
② 转引自田本相：《也谈新版〈原野〉和〈日出〉》，《中国戏剧》2000年第11期。
③ 转引自田本相：《也谈新版〈原野〉和〈日出〉》，《中国戏剧》2000年第11期。

个不断旋转的玻璃桌面，紧靠着它的是一只银灰色的抽水马桶，从马桶中可以掏出可口可乐的饮料来，最显眼的是一张床，一张铺着白色床单的双人床，似乎这床为金子所专用，又有着性的暗示与联想……整个舞台景象纷乱斑斓，令人瞠目结舌[①]。在故事叙述上，李六乙导演的《雷雨》也是碎片化的，没有完整的、富有逻辑性的故事叙述，实验版《原野》更热衷于对原著的解构和拼贴，连原著的语言都在很大程度上被代替了。这就难怪著名曹禺研究专家田本相一针见血地指出："这是一次非经典、非《原野》、非文本的解构主义的演出，也可以说是一次带有后现代色彩的演出。"[②]孙洁在《解构主义的遮羞布》一文中也对《原野》对经典的解构与消解给予了质疑与批评："从《原野》演出所表现的意义解释中，人们并没有发现它比作者要表现的意义更丰富更多义，而是相反，它只是不停地重复一个简单的略显苍白的意义，而且通过一种混乱的不确定性假象来掩饰意义的单一性。"[③]

2000年是曹禺先生90周年诞辰，北京人艺举办了"曹禺经典剧作展"。现代版《日出》、实验版《原野》加之经典版《雷雨》(顾威执导的《雷雨》虽是新版，但仍是经典演出)同时推出，一下子引起人们对"舞台如何重现经典"的争鸣和思考。《中国戏剧》杂志特地组织一批导演、学者发文讨论，他们有：顾威、李六乙、田本相、孙洁、童道明、叶廷芳等；《文汇报》也组织在京一批专家以座谈会形式各抒己见，这些专家有：万方、徐晓钟、田本相、叶廷芳等，并在2000年9月17日《文汇报》上以《今天，我们如何重现经典》作专题报道。其他一些报刊杂志也登载了关于经典阐释理论思考的文章。

从各方讨论的观点和曹禺经典戏剧的演出实践来看，北京人艺大致形成了两派：一派主张对经典应有的尊重，"演出经典，需经典演出"。[④]导演顾威说："中国话剧经典剧作，本就屈指可数，科学对待，尤其要紧。对待这些稀世珍树，人们只有浇灌培土，治病灭虫，开拓生长空间，修剪维护之义务，

---

① 转引自田本相：《也谈新版〈原野〉和〈日出〉》，《中国戏剧》2000年第11期。

② 转引自田本相：《也谈新版〈原野〉和〈日出〉》，《中国戏剧》2000年第11期。

③ 孙洁：《解构主义的遮羞布——议实验戏剧〈原野〉》，《中国戏剧》2000年第11期。

④ 顾威：《读不尽的〈雷雨〉》，《中国戏剧》2000年第11期。

而没有迫害摧残，截枝捋叶，偷梁换柱，穿钉涂漆的权力。对待经典，更要尊重；因其内在生命力，更要注意阐发。”“科学的态度应是实事求是，‘实事’是剧本本体，‘求是’是挖掘阐发本体精神。抛弃或肢解本体，搞无本之木，虚无以对，对大师，对观众乃至对自己，都不是负责任的态度；抛弃本体精神，或阴奉阳违，夹挟私货，或形神全非，为所欲为，无实事求是之意，有哗众取宠之心。”①曹禺研究专家田本相也指出：“任何一部剧作，都是一定历史时代的产物，特别是一部经典剧作，在某种意义上说，都有其不可增删和更动的美的古典性和凝固性。但是，今天北京人艺演出的《日出》和《原野》却让人有‘改良’和‘革命’的感受，它把原著的这种美‘改’掉了、‘革’没了”。②另一派则强调导演对经典戏剧的再阐释再创造，以前述任鸣、李六乙为代表。鼓励对经典戏剧的多元化的解读。著名导演徐晓钟在讨论中说：“我支持北京人艺的作法，在纪念曹禺 90 周年诞辰的时刻，以不同风格推出剧作家三台重要剧作的演出。《雷雨》是剧院传统的演法，说明剧院对传统的尊重。《日出》和《原野》则表现剧院努力与今天的年轻观众拉近距离的实践，寻求与年轻观众的对话，说明人艺有发展传统的战略眼光。《日出》的导演采用了时代模糊化的处理，舞台上的展现形成了多义性，出现了有意思的戏剧演出陌生化的效果，使观众加深了解曹禺作品中对社会的评价和批判，拓宽人们的思索面。第三幕回到原来的 30 年代，使演出样式更加别致。现在舆论对李六乙创作的批评比较激烈。我认为，他在扎扎实实地做与传统戏剧原则完全不同的新形式的试探，为拓宽戏剧表现的可能性在努力。对他的创作得失的估价应放在这个前提下进行。《原野》的实验是把原剧本拆开了，又借助多媒体为黏合剂，把剧本重新组接、拼贴起来，他是有想法的。我希望评论《原野》是帮助年轻人发现问题、总结经验、找到有价值的东西，以关心戏剧为出发点。”③

我个人认为，这两派观点并没有根本对立，也都是“以关心戏剧为出发

① 顾威：《读不尽的〈雷雨〉》，《中国戏剧》2000 年第 11 期。

② 参见唐斯复：《今天，我们如何重现经典》，《文汇报》2000 年 9 月 17 日。

③ 参见唐斯复：《今天，我们如何重现经典》，《文汇报》2000 年 9 月 17 日。

点”，只是出发的前提有差别。前者是防止对于经典的随意性解读，要求注意经典的客观性和先在性，对于北京人艺传统格局和气度要有一定的传承，在传承基础上创新，田本相说：“如果是尝试，似乎也不是不可以试试的，但是，如果把它说成什么创新，那就不见得了。创新不是随意的果实，更不是无知的产物，我们赞成导演对每一个戏都有独到的阐述，但必须建立在对原著深入研究的基础之上，而不是浅薄的即兴发挥。”[①] 可见他并不反对创新；后者是针对过去人艺模式的狭隘化和单一化的弊端，强调经典戏剧也要与时俱进，让经典焕发新的生命力，为此要特别鼓励创新，不能一味守旧、泥古不化，同时，徐晓钟也在多个场合强调对人艺传统的尊重（我个人认为，人艺传统中也包含着反传统的传统）。实际上只要把这两种观点有机结合起来，就能解决经典的传承和发展问题。在经典面前，既要反对顶礼膜拜、踏足不前、不敢越雷池一步的保守心态，也要反对借创新之名对经典戏剧的任意解构、拼贴，无视经典的态度，既要防止对经典诠释不足（Under—interpretation）的问题，又要避免过度诠释（Over—interpretation）的倾向，未来戏剧的发展应是在二者的张力下进行。所以正确的做法是：一方面我们要敬畏经典，发扬光大经典的内涵，展示经典超越时空的恒久的艺术魅力，另一方面我们也要与时俱进传承经典与发展经典，使它切合现代生活的需要。韦勒克、沃伦在《文学理论》中指出：“一件艺术品的全部意义，是不能仅仅以其作者和作者的同时代人的看法来界定的。它是一个累积过程的结果，亦即历代的无数读者对此作品批评过程的结果。”“对历史派的学者来说，如果能从第三时代的观点——既不是他的时代，也不是原作者的时代的观点——去看待一件艺术品，或去纵观历来对这一作品的解释与批评，以此作为探求它的全部意义的途径，将是十分有益的。”[②]

① 参见唐斯复：《今天，我们如何重现经典》，《文汇报》2000年9月17日。

② ［美］韦勒克、沃伦：《文学理论》，刘象愚等译，江苏教育出版社2005年版，第36—37页。

结 语

对文学与剧场辩证关系的思考

以上我们分上、中、下三篇具体分析了"郭、老、曹"与北京人艺之间的互动关系，我们看到，"郭、老、曹"与北京人艺的双向影响是各有所长、互有成就的。如果谈北京人艺演剧民族化的创建之功应提到郭沫若，他的戏剧对北京人艺演剧民族化路向的探索、确立、完善作出了卓越的贡献；如果谈对北京人艺风格影响之独特和深远，理应推老舍，他使北京人艺有了浓郁的地域特色，只有北京人艺能够演好老舍的戏，这几乎成了北京人艺的"绝活"和"看家本领"。同时在老舍与北京人艺双重推动下，在中国当代戏剧史上还产生了一个新的戏剧流派——京味戏剧。而要谈到对北京人艺影响之全面和丰富，则首推老院长曹禺，这也是不争的事实。他在剧院建设的诸多方面都贡献了自己的心血，他的演剧经验和戏剧创作更是直接作用于北京人艺的演剧艺术，反哺于同他命运与共的剧院。

因为"郭、老、曹"三位大师的戏剧风格不同，使得他们与北京人艺的双向互动存在着明显的差异性与不平衡性，但也有共同的规律性，即多样中的统一，三者共同参与了北京人艺演剧流派和演剧风格的建构。例如就北京人艺戏剧演出的诗意性而论，演郭沫若戏剧呈现给观众的是理想浪漫的色彩、抒情的氛围、开阔而又写意的景象；演老舍戏剧呈现给观众的是精深的哲理、含蓄的对白、形神兼备的意境；演曹禺戏剧呈现给观众的则是诗意的象征、人物内在心理的挖掘、工笔画般的精雕细刻以及优美生动的语言等。就北京人艺民族化来说，郭沫若、老舍、曹禺的戏剧都塑造了民族形象、刻画了民族性格，但老舍、曹禺戏剧更多的是对民族劣根性的批判性反思，对小人物悲剧命运的描摹；郭沫若戏剧则是对民族伟大精神的弘扬以及由此形成的悲壮风格。同时他们的戏剧创作大都汲取了中国传统戏曲/美学的精髓，例如意境、意象、传神、写意、虚实以及地方色彩的渲染、民间艺术的运用等，这为北京人艺演剧民族化实践提供了基础和发挥的可能。再如就创作方法来说，三者都有现实主义创作的共同性，但郭沫若戏剧不乏浪漫主义抒情色彩，曹禺戏剧更多心理现实主义的况味，而老舍戏剧则多古典批判现实主义精神，这使得北京人艺的现实主义更加的多元与开放。而具体到作家创作对演员的培养来说，郭沫若戏剧对演员的形体表现、情感抒发等方面发挥过不小的作用，老舍戏剧对演员的培养亦可谓功勋卓著，他的戏剧要求演员有深厚的生活体验、文学/文化修养，舞台演出力求淳厚自然、含蓄严谨。曹禺戏剧则在人物心理的分析、人物性格错综性的把握、人物关系的处理以及戏剧台词的训练等方面对演员影响深刻而长久。

总之，在具体合作中，北京人艺充分展示了“郭、老、曹”与众不同的个性才华，诸如郭沫若戏剧的浓烈的抒情、充沛的气势、诗与剧的融合；老舍戏剧的市井风情、哲理意蕴、凡人小事以及通俗幽默、京腔京韵；曹禺戏剧的强烈的戏剧性、对人性的深层解剖和诗化风格等，让观众感到剧艺的不同风采和魅力。三个剧作家和一个剧院的关系，既有“分”又有“合”，其总体一致性与差异性最终统摄在“北京人艺演剧学派”的建立中，而他们三人的合力作用也共同成就了北京人艺独特的演剧风格。焦菊隐就曾这样说：“我们当然不能简单地把郭沫若、老舍、曹禺、田汉等著名作家的个人风格归于北京人艺演剧学派的流派风格中去，更不能说他们都属于北京人艺演剧学派，但是，他们本人和他们的剧作的风格，对于北京人艺风格的创造和形成，无疑起到了极为重要的作用。他们的个人风格，经过导演和演员的再度创造，经过一系列审美的中介环节的转化，或作为触媒，或作为载体，或作为材料与要素，一般都会同他们的剧目一起，程度不同地融会到北京人艺演剧学派的总的风格中去。这无论在理论上，还是在实践上，都是无法否定的。”①

但是，这种文学与剧场的双赢格局到了北京人艺后期却出现了某种偏向，这尤其表现在以林兆华为核心的“后焦菊隐时期”的戏剧探索中。从北京人艺前、后期的艺术发展来看，前、后期艺术实践是有着内在的一致性的，表现在：**（1）创新意识的一致性**。前期焦菊隐演剧民族化实践自然是艺术的创新追求，而后期林兆华的创新意识和发展愿望更为强烈，他想突破现实主义演剧体系的限制，突破北京人艺的传统，不断地求新求变。林兆华可以说是一位艺术的“垦荒者”，具有尝试几乎所有舞台艺术表现手法的想法和勇气，他的创造力无限地飞扬，希望一次次地超越自我。他说：“艺术创造永远是寻找、发现、变革、突破、否定、超越。创新固然不一定都会取得成功，但都原原本本地重复前人的传统，还要我们后人做什么？”②**（2）对中国戏曲艺术的吸收和借鉴的一致性**。与焦菊隐向民族戏曲取精用宏保持一致，林兆华也十分注意在借鉴民族戏曲基础上进行新的艺术探索。在谈到《绝对信号》的舞台实践时，他就说到：“我们想取戏曲艺术之所长来丰富话剧的艺术表现手段，我们想沿着焦先生的路子，在导、表演（包括剧作法）上，为发展我们民族的现代戏剧，建设我们中国的话剧艺术学派，探索出一些新的经验。”③他还说：“中国戏曲舞台上的空间意识，曾是我最感兴趣的课题。”④“舞台上的一切都是通过演员来实现的，时空变化、景物、气氛都能表现出来，跋山涉水、上天入海无所不能。”⑤在他执导的高行健的戏剧中，往往在近乎戏曲的光光的舞台上，只运用最简朴的舞美、灯光和音响手段，来创造出真实的情境。如《绝对信号》中，运用灯光实现现实与回忆的切换，通过表演来展示人物的内心世界。“环境随着人走，人在景也在，人无景也无。”⑥他承认舞台的假定性，

① 焦菊隐：《关于讨论“演员的矛盾”的报告》，《焦菊隐文集》第4卷，文化艺术出版社1988年版，第118页。

② 林兆华：《反省》，《〈红白喜事〉的舞台艺术》，中国戏剧出版社1987年版，第91页。

③ 林兆华：《〈绝对信号〉的艺术探索》，中国戏剧出版社1985年版，第6页。

④ 林兆华：《并非他山之石》，《林兆华导演艺术》，林克欢编，北方文艺出版社1992年版，第288页。

⑤ 林兆华：《〈绝对信号〉的艺术探索》，中国戏剧出版社1985年版，第104页。

⑥ 林兆华、高行健：《再谈〈绝对信号〉的艺术构思》，《〈绝对信号〉的艺术探索》，中国戏剧出版社1985版，第111页。

力求给演员自由表演的空间。**（3）对观众重视的一致性。**林兆华继承焦菊隐“演员与观众共同创造”说，指出：“戏剧的实质是演员与观众的交流。对未来戏剧的探索最核心的问题是观众与演员的关系。”[①]早在排演《绝对信号》时，他就表示：“这次搞小剧场试验，有个很强烈的愿望，就是了解观众。看看他们喜欢什么样的表演？演员与观众能不能直接对话？观众是旁观者还是参与者？……我准备在演出结束后与观众座谈，直接听取观众意见，打破表演者与欣赏者的界限，沟通演员与观众之间的联系，听取观众的心声，真正了解观众才会产生好的戏剧”。[②]他的戏剧注重观演之间的交流与互动，力求突破“第四堵墙”的束缚，舞台空间极为自由和开放，演员可以走下舞台，观众可以参与演出，他还高度重视舞台演出的仪式性和游戏性。

当然，北京人艺后期演剧艺术风格的嬗变也是明显的，那就是突破斯坦尼现实主义演剧体系的局限，主要转向对西方现代派戏剧乃至后现代戏剧的学习和借鉴。林兆华就说；“我经常想的另一个问题——中国的戏剧文学、表、导演、舞台美术有不同的流派吗？我看有，也没有！过去只知道一个主义，叫现实主义，一个体系叫着斯坦尼斯拉夫斯基体系。十几亿人口的大国，戏剧流派五花八门都是不够……现实主义可以永世流传，可戏剧多一些主义有什么不好！”[③]《绝对信号》有意识地吸收了西方意识流文学和表现主义戏剧的长处，是一出典型的“心理剧”。《野人》则受到阿尔托“残酷戏剧”的影响，注意视觉、肢体、声音、空间、意象等“非文学”“非语言（台词）”的舞台呈现对观众的强烈感染作用，以致有人反对说：“北京人艺几十年形成了自己的独特风格、传统，这样的戏不要在人艺的舞台上演。”[④]《车站》则是对荒诞派戏剧大家贝克特《等待戈多》的戏仿（有人称其为“中国的《等待戈多》”），它没有完整的故事与情节结构，着意于戏剧的抽象性、哲理性的艺术探索。《中

---

① 林兆华：《再谈〈绝对信号〉的艺术构思》，《〈绝对信号〉的艺术探索》，中国戏剧出版社1985年版，第29页。

② 《〈绝对信号〉的艺术探索》，中国戏剧出版社1985年版，第121页。

③ 林克欢编：《林兆华导演艺术》，北方文艺出版社1992年版，第42页。

④ 林兆华：《自问自答》，参见过士行：《坏话一条街——过士行剧作集》，中国广播电视出版社1999年版，第315页。

国孤儿》则把法国伏尔泰的剧作《中国孤儿》(话剧)与中国古典戏曲《赵氏孤儿》(戏曲)两种异质的东西，并列、交错地展现在同一个演出空间里，产生了一种奇妙的间离(verfremdung effect)与拼贴(collage)的艺术效果，令人匪夷所思。而由他执导的《哈姆雷特》则对莎士比亚经典戏剧进行了大胆的解构，其夸张、变形、怪诞手法的运用令人瞠目结舌，它通过角色互换的手法质问哈姆雷特的复仇动机，得出“人人都是哈姆雷特”的人类学命题等。总之，伴随着20世纪80年代以来中国对外开放政策的实施和全球化进程的加快，北京人艺后期的艺术探索比前期更加开放和多元，它从20世纪50年代主要向苏联戏剧和中国传统戏曲学习借鉴转向对西方现代与后现代戏剧的汲取(也包括中国戏曲，即有些学者所谓的“东张西望”[①]，在纵横两个层面同时展开)，眼界与视野更加开阔与宽广，创造性更强。它力求与世界戏剧展开积极对话，保持发展的同步性和共时性，使得中国现代戏剧越来越走向现代、面向世界。这种艺术探索突破了斯坦尼演剧体系一统天下的局面，在民族戏曲艺术和西方现代演剧流派的继承与借鉴中开辟自己的新路，拓展了舞台艺术空间，丰富了戏剧表现手段，增强了导表演的主体精神，使得中国话剧舞台异彩纷呈、充满活力，同时也给观众带来多样的审美愉悦。所以我们有理由说，北京人艺后期的戏剧实践对中国现当代戏剧的丰富与发展功不可没，它是中国当代戏剧改革与发展的引领者和强力场。

但毋庸置疑，北京人艺后期存在的问题也是显豁的，从文学与剧场关系的独特视角来看，林兆华戏剧探索的最大问题恰恰在于对剧本文学的不够重视。在他执导的一些戏中，其剧本的命运恰如格洛托夫斯基所言“被当作假借的依据来对待，进行篡改和更动，把它压缩到一无所有。”[②]有些经典的阐释已经远离文学名著，形象和意义都被篡改了，戏剧风格也就成了单纯的导

---

① “东张西望”一说由上海著名导演胡伟民提出，它形象地描述了中国新时期话剧对东西方戏剧的多元借鉴及其呈现的中西兼容并蓄的艺术特征：“向东看——从东方戏剧，尤其是从祖国古典戏剧遗产中吸收养料；也向西看——对世界各国的戏剧流派进行研究分析，从中择取对自己有用的东西。”(胡伟民：《导演的自我超越》，中国戏剧出版社1988年版，第6页)

② [波兰]耶日·格洛托夫斯基：《戏剧就是对峙》，《迈向质朴戏剧》，魏时译，中国戏剧出版社1984年版，第44页。

演风格。林兆华在回答他为何排《哈姆莱特》时曾这样说："1989年，我为什么排《哈姆莱特》？政治我不感兴趣，《哈姆莱特》里的宫廷斗争我不敢兴趣，这没意思。……历史的偶然性非常有意思。不知道什么时候历史把你推到一个王者的地位，也不知道什么时候一个小的风波又把你推到了一个小丑的位置。那么哈姆莱特明天可能是国王，对不对？他有可能这样，国王明天有可能是个小丑。所以哈姆莱特演着演着可以是国王，国王演着演着可能是哈姆莱特。有的时候国王演着演着突然变成一个小丑了，就戏中戏的一个小丑了。这换位的东西就有极强的形式感。哈姆莱特怎么突然变成国王了？怎么突然他又演小丑了？有些戏剧评论家说，怎么看不明白呀？这个很强的形式感实际上在替我讲话，就是我刚才跟你说的，我没有必要替莎士比亚讲话。我今天排《哈姆莱特》是替我说话，我今天排《理查三世》是替我说话，我不替莎士比亚说话。"① 可见莎士比亚的戏剧只是他改编的触媒，原著作者没有存在感，这个哈姆莱特已经不再是莎士比亚戏剧中的《哈姆莱特》，而是林兆华的《哈姆莱特》，是林兆华本人一个独立的艺术创造了。从严格意义上来说，这已经不能说是改编了，而是他重新编排的一种戏剧，类似于鲁迅的《故事新编》，"只取一点因由，随意点染，铺陈一篇""叙事有时也有一点旧书上的根据，有时却不过信口开河"②。就戏剧改编来说，改编者当然不是"搬运工"，可以有自己想要传达的东西和想象空间，但仍需遵守合理合情合法的原则，"二度创作"应以"一度创作"为基础和前提。总之，在林兆华的很多戏剧探索中，导演被赋予了绝对的自由与权力，他对舞台创新的刻意追求和对舞台形式的过分迷恋，同时也就削弱了文学在戏剧艺术中的作用。林兆华坦言："有人又说我搞形式主义，就让他们说去吧。艺术怎么能没形式呢？是我们多年教条的结果：先有主题，内容决定形式。这个东西我坦率地说应该彻底推翻。"③ 他的合作者高行健在《戏剧艺术革新家林兆华》一文中曾这样说："我也还应该说，我们之间的讨论，绝少思辨。我们也几乎从不讨论一部剧作的

① 转引自魏立新编著：《做戏——戏人说戏》，文化艺术出版社2003年版，第52页。

② 鲁迅：《故事新编·序言》，《鲁迅全集》第2卷，人民文学出版社1981年版，第342页。

③ 林兆华：《戏剧的生命力》，《文艺研究》2001年第3期。

主题，人物的性格、情节、矛盾冲突诸如此类的问题，可以说把这种令人头疼的文学分析都从我们的讨论中排斥出去了。这也同时是他自己的工作方法。他无论是自己作导演构思，还是在排戏期间，也不要求演员去做这类分析角色的案头工作。”①2000年11月，林兆华作为总导演编排了鲁迅的《故事新编》，剧中以鲁迅原作《铸剑》贯穿，穿插了嫦娥奔月、大禹治水、女娲补天、出关、非攻、采薇等几个故事，采用的是演员即兴创作的方法，没有现成的文学剧本，林兆华在接受采访时说：“这个戏是导演与演员共同创作，注重对鲁迅精神的感应与体验，所追求的是内在与外在的结合。演出没有文本，属于即兴创作。主要发挥演员自身的创造力，通过自我对文学作品的感受，释放出一些东西来。”②问题是：不是所有演员都有较高的文学素养与才能，并能释放出一些东西来，释放什么？怎么释放？演员释放的东西是否在同一水平上，其内在逻辑性何在？观众在感受强烈的视角冲击及其震惊效应后能否理解所表现的内容？这些林兆华都不做考虑，反正就这么演了，看你的感悟力吧。孙葳在《求疵篇》中则进一步分析指出：“作为导演的林兆华，他的艺术感受力是一流的。在感受力的两个层次中，我以为他对艺术媒介的感受力（舞台语言）高于他对生活、对艺术的深层感受力。当他遇到像《绝对信号》这类他能够把握的剧本时，就显现不出他的矛盾、他的不足。当他面对像《山脉》、像《太平湖》这类内涵复杂，又不成熟的剧本时，他就只剩下招架之功，难以给剧本以补救和丰富。”③这说明林兆华在对那些文学性较强、内涵丰厚的剧本的体验、解读和升华上还不能够应付自如，戏剧演出的超越性和精神向度的提升上还存在欠缺，与焦菊隐等前辈艺术家相比，文学理论修养有待提高。因为戏剧的文学性不仅是对作家的要求，也包含对导演、表演及舞台美术工作者内在的文学素养的要求。正如苏珊·朗格所说：“只有转变为诗人的画家（或建筑师、雕塑家）才能够理解剧作家在其剧本中通过文字表达出来的指令形式，并进而把这种指令形式变成人们能够看见的形式。而把整个作品——文字、布景、

① 高行健：《戏剧艺术革新家林兆华》，《林兆华导演艺术》，林克欢编，北方文艺出版社1992年版，第2页。

② 林兆华、张驰：《林兆华访谈》，《戏剧文学》2003年第8期。

③ 孙葳：《求疵篇》，《林兆华导演艺术》，林克欢编，北方文艺出版社1992年版，第152页。

事件——引向创造的最后阶段的正是那些集演员、诗人于一身的人。"① 对于林兆华来说，形式创新如何与文学内容结合起来，赋予作品以思想性和深刻性，以及现代主义艺术（包括后现代艺术）如何与现实主义艺术结合起来，使其探索不偏向抽象的一隅而能符合中国观众的欣赏习惯，应是他最需反省的地方。孙葳在《求疵篇》中就建议说："戏剧活动，是戏剧家的实践活动、生命活动、心理活动的结晶。戏剧品位的高下，总是由戏剧家心灵的深度和广度决定的。林兆华要加强的，正是这种超越性的深层的感受力。"②

而由此产生的相关问题是：**（1）对戏剧理论的漠视**。林兆华一直对艺术的直觉顶礼膜拜，对自己的艺术感悟充满自信。他说："我总觉得艺术创造的经验是总结不得的，更是不能推广的，每一部作品只能是这一个的创作冲动。狗儿爷'涅槃'不了，艺术家创作的每部作品，都应该是一次'涅槃'。我迷恋禅宗的思维方式，更相信'顿悟'说，我们之所以搞不出大作品，可能与艺术的悟性太少，杂性太多有关。"③ 直至 2002 年他还不改初衷，直言："我怕繁繁琐琐、枯枯燥燥、反反复复的理论，对于戏剧理论界的状况我也比较失望，我做戏真的是不靠理论。我特别尊重我的感觉。"④ 难怪刘锦云对林兆华有一个评价："不学有术"⑤ 他的良好的艺术感受力确实给他的艺术创新带来灵性和活力，但对戏剧理论的漠视又使他的探索难免浮躁和贫乏，更缺乏深沉持久的艺术创造力。余秋雨在《林兆华印象》中就曾中肯地指出："一种真正强悍的艺术，必然包裹着足够的精神内核。为此，对林兆华来说，或许还要让自己的艺术追求达到更高的理性自觉。一个现代导演艺术大师，必定会以自己一系列作品，向社会提供自己对人类、对人生、对民族的深刻理解和独特思考。从这个意义上说，他们是广义上的哲学家。"⑥ 曹禺总结北京人艺成绩时也指出："一个剧院，不但要重视剧目建设、人才建设，而且要重视理论建设。

① [美] 苏珊·朗格：《情感与形式》，刘大基译，中国社会科学出版社 1986 年版，第 376 页。

② 孙葳：《求疵篇》，《林兆华导演艺术》，林克欢编，北方文艺出版社 1992 年版，第 153 页。

③ 林兆华：《涅磐》，《文艺研究》1988 年第 1 期。

④ 林兆华：《戏剧的生命力》，《文艺研究》2001 年第 3 期。

⑤ 转引自马中俊：《揣测林兆华》，《林兆华导演艺术》，林克欢编，北方文艺出版社 1992 年版，第 226 页。

⑥ 余秋雨：《林兆华印象》，《林兆华导演艺术》，林克欢编，北方文艺出版社 1992 年版，第 59 页。

焦菊隐是很重视的，他不但是一位博学多识的导演，而且是一位学者。这点，很重要，我们一些导演，开始还可以，搞着搞着就不行了。导演是不能玩花活的，可是导演又是最容易玩花架子的。正确的理论，可以使我们头脑清醒，把定方向，少走弯路。"[①] 理论是舞台艺术的实践指南和智力支撑，跟着感觉走最终会造成自我的迷失。**（2）艺术探索恒常性的欠缺。**林兆华导演艺术的特点是开放、多向和自由，这不但表现在戏剧观念上，也表现在创作方法和形式追求上。他说："我从不按照某一种戏剧观念、某一体系、流派去排戏。每搞一部戏，我总希望摸索出新的东西，是过去舞台不常见的。"[②] "我是自由戏剧观，我对各种流派没有抗药性，我也不受各种流派的束缚。"[③] 所以他的戏剧在让人觉得新奇诡异的同时，也让人感到不可捉摸、把握不定，杜清源谓之"无定向的走向"[④]。但过分的自由和"无定向"并不是一件好事，其结果，戏剧舞台充满了无限的可能性，却失去了艺术应有的恒常性。杜清源在《无定向的走向》中就曾指出："频繁地变换舞台样式，不利于一个新生的舞台样式的精致化和丰满化。没有一个相对稳定的发展和精耕细作的培育，它的个体难以获得茁壮和健全。林兆华创建舞台形态所显露出来的这些弱点，个中原因与此不无关系。"[⑤] 杜夫海纳在《美学与哲学》中就指出一味创新所潜藏的艺术危机，这同样适合林兆华："那就是不断求新，不断地求新。发明的不断增加，不断地加速风格的衰退与更替。在不断增加的发明之中，存在着某种狂热的东西。在历史迷宫中迷路的艺术家，当他决定创作时，更多地致力于行为，而不是他的产品。由于这个缘故，他创作带有仓促性，有时还有粗野性，仿佛作品永远不过是个尝试，在这种无休止的求新活动当中，一个艺术阶段很快就成为过时。只要这种冒险既奇特而又激动人心，那么它所留下的痕迹是什么都无关紧要。"[⑥] 总之，北京人艺后期以林兆华为核心的戏剧探索由于缺

---

① 曹树钧：《曹禺晚年年谱》，安徽大学出版社 2016 年版，第 135 页。
② 林兆华：《杂乱的导演提纲》，《林兆华导演艺术》，林克欢编，北方文艺出版社 1992 年版，第 278 页。
③ 林兆华：《戏剧观要在实践中革新》，《戏剧学习》1985 年第 3 期。
④ 杜清源：《无定向的走向》，《林兆华导演艺术》，林克欢编，北方文艺出版社 1992 年版，第 89 页。
⑤ 杜清源：《无定向的走向》，《林兆华导演艺术》，林克欢编，北方文艺出版社 1992 年版，第 89 页。
⑥ [法] 米盖尔·杜夫海纳：《美学与哲学》，孙非译，中国社会科学出版社 1985 年版，第 187—188 页。

少文学的助力，过于看重物质技术和形式探索，理论修养和艺术的定力不够，使得后期北京人艺戏剧博大有余，精深不足；匠心独运却难有大师的风范，在戏剧艺术的“厚度”“高度”和“深度”上都有欠缺，有的戏剧虽曾轰动一时，但经不住时间的汰洗，更难以出现像前期的《茶馆》《蔡文姬》《雷雨》这样堪称一流的超越时空的保留节目。而尤为值得警醒的是，曾经引以为豪、令人羡慕的剧院作家群在1990年代的消失已是令人痛心的事实，[①] 它不能不引起有识之士的担忧和不解。

从北京人艺前、后期艺术实践的对照/对比中，我们再次确认了戏剧文学与剧院剧场通力合作的重要性。这里值得我们进一步总结与思考的是：“郭、老、曹”与北京人艺具有典范性的合作在中国现当代戏剧史中占有一个什么样的历史地位，其价值与意义何在？对这个问题的回答不仅需要从它的内部出发，看它自身的成就与和谐程度，更主要的是把它放置到中国现当代戏剧发展史这个大的背景中，看清它在“全景”中所处的位置，才能说明其意义与贡献。列宁就曾指出：“为了解决社会科学问题”，“最可靠、最必需、最重要的就是不要忘记基本的历史联系，考察每个问题都要看某种现象在历史上怎样产生，在发展中经过了哪些主要阶段。”[②] 对“郭、老、曹”与北京人艺成功合作的定位与评价，显然也必须放在特定的历史环境中，放在“基本的历史联系”中进行考察。

在中国早期话剧——文明新戏时期，文学与剧场的关系极为幼稚和简单，二者都处于贫乏的自发的生存状态。众所周知，话剧在中国是“舶来品”，当时的戏剧演出大多没有剧本，只有幕表，即剧情的分幕概要。排戏时，只要把角色分配好，把剧情和上下场次序说一说，就全靠演员在台上临场发挥。

---

① 张帆在《消逝的作家群》中开门见山地说：“这是一个过去时的话题，如今的北京人艺已然没有在职的作家‘群’了，说来令人惋惜令人痛心”，由于北京人艺历届领导的重视，北京人艺曾有一个实力雄厚的作家群，张帆在介绍了蓝荫海、梁秉堃、王志安、郭启宏、刘锦云、李龙云、何冀平、王梓夫、高行健九位北京人艺代表作家后，不无遗憾地指出：“我只想通过这篇短文告诉广大观众和读者在北京人艺的历史上曾有过这样一个作家‘群’，一个了不起的作家‘群’，一个令同行和观众羡慕的作家‘群’，一个曾经为北京人艺立过大功的作家‘群’。但是今天它已不复存在了，而且不光是形式上的不存在。造成这样的结果，一言难尽……”（参见《话说北京人艺》，张帆著，百花文艺出版社2004年版，第103—106页）

② 列宁：《论国家》，《列宁选集》第4卷，中共中央马恩列斯编译局编，人民出版社1995年版，第43页。

这使得文明戏的表演往往流于做作、过火，所谓的“抽胸咽声假装哭泣，吹须瞪眼以示愤怒，油腔滑调表示风流，插科打诨为了搞笑”。与幕表制相适应，演员演出实行“角色分派制”，包括老生、小生、旦角等，为了配合宣传，进化团等文明戏团体还创造了“言论派”角色，这都使得表演越来越定型化和模式化，表演的定型刻板不利于性格化的人物形象的塑造，也与新兴话剧的生活化与思想现实性背道而驰，戏剧演出则粗糙不堪。

所以文明戏的衰败和堕落固然与社会政治形势的变化有关，也与戏剧文学性的缺乏不无关系。到了1920年代，有识之士在倡导戏剧观念现代化时，就把废除幕表制、建立剧本制，提高戏剧文学性作为戏剧建设的重要方面。爱美剧运动的倡导者陈大悲不无愤慨地说：“十余年的戏剧革命乱哄哄地闹了一阵。请问编剧的人才在哪里？创作的剧本有几种？讨论编剧的书籍有几种？”① “从不重视剧本，到没有成文剧本，最后所谓的‘新剧巨子’，竟至于不知剧本之为何物”。② 傅斯年也指出：“十年以前，已经有戏剧的萌芽；到现在被人摧残，没法振作，最大的原因，正为没有剧本文学作个先导。所以编制剧本，是现在刻不容缓的事业。”③1929年梁实秋曾致信北平大学艺术学院戏剧系主任熊佛西，认为中国的戏剧运动，既不在宣传，也不在实验，而在努力创作“像样”的剧本，并劝熊佛西“在创作上多努力，贡献当更大”。④20年代，不仅在文明戏时期就活跃在舞台上的一些人，如欧阳予倩、陈大悲等人致力于戏剧创作，而且一些留洋归国的文学家，如田汉、郭沫若等也加入了戏剧创作行列，这极大地推动了戏剧文学的发展。所以洪深在《中国新文学大系戏剧集·导言》中说“在那个年代，戏剧在中国还没有被一般人视为文学的一部门。自从田、郭等写出了他们底那样富有诗意的、词句美丽的戏剧，即不在舞台上演出，也可供人们当作小说诗歌一样捧在书房里阅读，而后戏剧在文学史上的地位，才算是固定建立了。”⑤20年代爱美剧运动已对剧

① 陈大悲：《〈编剧的技术〉绪言》，《戏剧》第2卷第1期，1922年1月。

② 陈大悲：《爱美的戏剧》，晨报社1922年版。

③ 傅斯年：《再论戏剧改良》《新青年》第5卷第4号，1918年10月15日。

④ 梁实秋：《通信》，《戏剧与文艺》第1卷第3期，1929年。

⑤ 洪深：《中国新文学大系戏剧集导言》，《洪深文集》第4卷，中国戏剧出版社1959年版，第64页。

本价值有所重视，这一时期的剧本创作，光是编辑成集的就有几十多种，并且形成了新文学第一批剧作家，如欧阳予倩、田汉、洪深、郭沫若、丁西林、陈大悲、白薇、向培良等。这一时期在戏剧观念和创作方法上都有突破和创新。话剧的各种体裁、样式，如现实剧、历史剧、悲剧、喜剧、正剧、独幕剧、多幕剧、诗剧、散文剧等，都有不同程度的发展，尤其是独幕剧的创作，在艺术上已臻成熟。但这一时期文学与剧场还是处在隔膜的状态，一方面作家的创作不考虑舞台，也缺乏舞台实践经验，属于文人自娱性质，那些文学性强的剧本也禁不起演出，所以这一时期改译作品较多；另一方面当时在舞台上叱咤风云的人物多是文明戏的演员，他们只注意剧场演出效果，对剧本文学性关注不够。正如《中国现代戏剧史稿》一书中所指出："一些文学家写的剧本，在刻画人物、揭示主题上较注意，但大多忽视演出的特点。一些有舞台实践经验的剧作家，又往往偏重演出的需要，不在剧本的文学性上下功夫。如陈大悲的一些剧本，还带着文明戏没落时期的遗风，片面迎合观众心理，追求以离奇和刺激性的情节获取演出的效果。"[①] 闻一多先生在《戏剧的歧途》中说："这几年来我们在剧本上所取得的收成，差不多都是些稗子，缺少结构，缺少戏剧性，充其量不过是些能读不能演的 Closet drama 罢了。"[②] 如白薇的诗剧《琳丽》长达二百页，通篇是诗体对话，如不改写是很难搬上舞台的，只能当作一首长篇叙事诗来读。这种案头剧的倾向也表现在向培良、杨骚、郭沫若等人身上。田汉领导的南国社的戏剧演出则过分依赖演员个人的表演天赋和现场发挥，缺少艺术磨炼，演出质量难以保证。陈白尘在回忆南国社时说："当时演员们，都没有受过任何演技训练，他们对于观众的艺术感染力与其说凭籍于演技，毋宁说是凭籍于饱满的真实感情的自然爆发。"[③] 南国社的剧本创作和演出都很随意和仓促，对演员太放任，"舞台上常常发生无政府状

① 陈白尘、董健主编：《中国现代戏剧史稿》，中国戏剧出版社 1989 年版，第 120 页。

② 闻一多：《戏剧的歧途》，《晨报·剧刊》第 2 号，1926 年 6 月 24 日。

③ 陈白尘：《从鱼龙会到南国艺术学院》，《中国话剧运动五十年史料集》第 2 辑，中国戏剧出版社 1959 年版，第 13 页。

态"[1]，其即兴演出的方式与文明戏相近，虽然历史地看"向前迈了一大步"。[2]总之，这一时期戏剧文学性和演出水平有了程度不等的提高，但普遍对戏剧文体的认知不足，在戏剧艺术的综合性与创作的集体性上还相当欠缺和薄弱，这与戏剧这种文体较难把握以及话剧"草创期"的举步维艰有关。

20世纪30年代戏剧由左翼戏剧和民主主义作家戏剧汇聚而成，左翼戏剧创作虽然在内容上富有革命性和战斗性，但普遍缺乏戏剧性，不能产生感人的艺术力量。究其原因在于左翼剧作家片面强调文艺的宣传作用而忽视了艺术审美的追求。鲁迅曾批评冯乃超的剧本《同在黑暗的路上走》只是偷儿和野雉的对话，缺少"动作"，"连报章记事都不如"，[3]这是很有道理的。张庚批评洪深的"农村三部曲""观念大于形象"的特征时也指出："和一篇农村问题的论文没有途径上的差距"[4]。当时大多数剧作家只能运用独幕剧形式和改编西洋剧，缺乏驾驭规模宏大、人际错综、冲突复杂的多幕剧的艺术功力。应该说，以曹禺为代表的民主主义作家的戏剧创作彰显了30年代戏剧创作的实绩，《雷雨》的出现更是具有划时代的历史意义。沈从文在《伟大的收获》中指出：在《雷雨》出现以前，中国话剧虽然已经有了四分之一世纪的历史，但"把创作剧本约略数一数，大大小小总共算来，却数不出30个单行本，剧本写作者和导演者也还达不到30人。"[5]曹禺《雷雨》《日出》等作品的出现标志着中国话剧文学的成熟，朱栋霖在《论曹禺的戏剧创作》导言中指出："他高度的戏剧文学成就对我国现代话剧文学样式的成熟起了决定性作用，奠定了这个'五四'以来新生文学样式在我国的地位。"[6]20世纪30年代在戏剧文学步入成熟的同时，导、表演艺术水平也有显著提高，导演制在中国话剧界初

---

① 朱镶尘：《给田汉——关于南国社在沪第二次公演》，《戏剧的园地》第1卷第3期，1929年8月。

② 郑君里在《角色的诞生》一书中就指出："然而，从历史的观点看，南国社的唯情的演技强调演员以真挚的态度感应角色，强调创造角色的情绪生活的重要性，突破了文明戏遗留下来的庸俗的、僵化的、过火的演技，却是向前迈了一大步。"（见郑君里《角色的诞生·新版自序》，中国电影出版社2001年版）这说明南国社在奠定话剧文学地位的同时对中国话剧演剧艺术也作出了自己应有的贡献。

③ 鲁迅：《三闲集·文艺与革命》，《鲁迅全集》第4卷，人民文学出版社2005年版，第84页。

④ 张庚：《洪深与"农村三部曲"》，《光明》第1卷第5期，1936年8月。

⑤ 沈从文：《伟大的收获》，《大公报》1937年1月1日。

⑥ 朱栋霖：《论曹禺的戏剧创作》，人民文学出版社1986年版，第2页。

步确立，出现一大批优秀的导演和演员，导演如洪深、章泯、应云卫、唐槐秋、马彦祥等；演员如袁牧之、金山、赵丹、陈凝秋等。1924年4月，洪深为上海戏剧协社执导的《少奶奶的扇子》演出成功标志着中国现代话剧的艺术形态的确立。章泯则被认为“在完善现代话剧的导演制度、创造现实主义的舞台艺术上，是继洪深之后又一杰出的开拓者。”[①] 他运用斯坦尼斯拉夫斯基体系指导演员创造角色，先后导演了《娜拉》《钦差大臣》《大雷雨》《罗密欧与朱丽叶》等剧，都获很大成功，有力地推动了话剧的发展。唐槐秋于1933年组织的中国旅行剧团则是“五四”以后第一个职业剧团，它在全国各地巡回演出，扩大了话剧影响，提高了舞台表演水平。1935年1月中国舞台协会在上海演出《回春之曲》，被认为是演员表演艺术“结束前期开启后期的一个转折点。”[②]1937年春上海五大剧团联合公演的《大雷雨》《复活》《生死恋》等剧获得好评，一位当时在沪考察中国戏剧的美国著名戏剧理论家说：“业余剧人表演艺术水平的高超与导演的优良，实予我一个深刻的印象。我曾在世界各国看过不少戏剧，但我可以老实说，我在上海所见的话剧，可以列入我所看过的最好的戏剧中。”[③] 但这时的文学与剧场基本上还处于割裂状态，作家与剧场各自为阵，少有关联，更谈不上互动，演出的剧目中也以外国名剧所占份量居多，原创剧目少，不少剧目都是“急就章”，剧院没有自己的规划，更谈不上自身风格的造就。

40年代戏剧是伴随着抗日战争与解放战争一起度过的，由于戏剧文体所具有的公开性和大众性的特点，戏剧成为整个文学艺术领域里最活跃、最有成就的战线。《中国现代戏剧史稿》中指出：“如果说20年代和30年代，诗歌、小说的创作都在戏剧之上的话，那么，抗日战争时期，戏剧文学创作成就却是处在领先地位的。”[④] 这一时期，不仅早有成就的剧作家创获不断，新辈剧作家大显身手，就连老舍、茅盾等从不涉足戏剧的小说家也转向戏剧创作。同

① 葛一虹主编：《中国话剧通史》，文化艺术出版社1990年版，第137页。

② 张庚：《中国舞台剧的新阶段》，《文学》第5卷第6号（1938年12月）。

③ 田禽：《论中国的戏剧理论建设》，《中国戏剧运动》，商务印书馆1944年版，第25页。

④ 陈白尘、董健主编：《中国现代戏剧史稿》，中国戏剧出版社1989年版，第456页。

时，导、表演艺术也得到了长足的发展和更大的提高，尤其表现在对斯坦尼体系自觉的学习和运用上。洪深在《抗战十年来的戏剧运动与教育》中写道："中国的戏剧工作者，在演技方面的研究与学习，大都以斯坦尼斯拉夫斯基的表演体系为中心"，"中国新演剧有长足的进步，受到斯坦尼的教导为多，诚为不容否认的事实。"① 抗战初期，话剧为了广泛发动群众，还来不及文学上的打磨，以通俗剧和即兴演出见长，出现了街头剧、广场剧、茶馆剧、游行剧等多种艺术形式。随着毛泽东《在延安文艺座谈会上的讲话》的发表，文艺"为什么人服务"和"如何为"的问题成为大家关注的重心，并引发话剧界关于"民族形式"的讨论，在创作与演出上同时开启话剧民族化的尝试和探索，力争创造出"新鲜活泼的、为中国老百姓所喜闻乐见的中国作风和中国气派"（毛泽东语）的话剧作品。在创作上则有意识地对民族民间文化形态加以吸收和利用，写实话剧模式因此得到改造与发展，即"促使从西方引进的话剧这一形式，也扎根在中国的土壤中，不断被民族化，而成为中国现代戏剧形态的主要代表。"② 总之，40年代话剧因其现代化与民族化高度结合的艺术追求取得了不俗的业绩，但由于处在战争和救亡的特殊的社会环境下，文学与剧场的合作还不够充分和精致，二者的关联充满了偶然性和随意性，谈不上自觉性和主动性，更多是为了宣传的实际需要走到一起，而不是为了艺术的磨炼与提高，更谈不上共同的艺术理想和追求。因而以整体性著称的剧场艺术还是暴露出不少问题，在流动的演剧生活中，剧场的简陋和粗糙自不用说，更谈不上布景、灯光、服装、化妆、音乐、表演、导演等各个艺术部门的精研。熊佛西在总结抗战以来话剧的成就与不足时曾呼吁："戏剧艺术的发展，始终应该以剧场为中心，这是戏剧史昭示我们的事实。没有剧场，编剧不会好，演出和演技不会进步，观众不会看戏。所以我们可以说'剧场决定一切'"。③ 熊佛西看到剧场建设在戏剧艺术综合性和整体性上的作用，但在40年代动荡的环境下建设剧场近乎痴人说梦。

---

① 洪深：《抗战十年来的戏剧运动与教育》，《洪深文集》第4卷，中国戏剧出版社1960年版，第207页。

② 陈白尘：《中国新文学大系（戏剧集）·序》（1937—1949），上海文艺出版社1990年版，第19页

③ 熊佛西：《战时戏剧》，《抗战四年》，中央军事委员会政治部编印，1941年8月。

只有到了中华人民共和国成立后，在安定和谐的社会政治环境中，文化建设得到了高度重视，一大批艺术剧院（团）成立，中国话剧开始向专业化、正规化方向发展，向建设高水平的剧场艺术进军。《中国当代戏剧史稿》一书指出："话剧专业化、正规化建设，在中国话剧史上具有里程碑的意义。中国话剧还从来没有过这么大的专业队伍和这么稳定的生存条件。立足于剧场艺术建设的剧团大规模地出现，标志着中国话剧已经迈向一个新的阶段，进入成熟的建设期。"[①]像北京人艺这样生存了几十年的剧院在新中国成立前是很难做到的，也是不可想象的，这是非常有利于剧场艺术的渐进与发展的。同时，北京人艺地处首都北京，有各级领导人的直接关怀，有国家经济、政策方面的扶持，更有社会各界的关注与厚爱，这些良好的外部环境，加上北京人艺所具有的得天独厚的条件以及自身不懈地努力和追求，才结出了文学与剧场合作的硕果。"郭、老、曹"与北京人艺的成功合作在中国现当代戏剧文学史与演出史上都占有重要的地位，标志着中国现代戏剧在文学与剧场关系处理上的成熟和文学 / 剧场双赢格局的真正形成，在戏剧艺术的综合性、整体性和戏剧创作的集体性上达到了一个新的高度，也表明中国现代戏剧对话剧文体的认识与把握进入了全面、成熟和辩证的新阶段。

这种双赢格局的形成，一方面对"郭、老、曹"戏剧创作产生深远影响，使这些老作家能焕发青春，续写当代传奇，扩大了"郭、老、曹"戏剧在中国当代剧坛的传播和影响；另一方面也直接促生了北京人艺演剧艺术和流派风格的成熟，如《中国话剧通史》所言："各国的戏剧史，都离不开各国卓有成效的剧院的发展史。"[②]北京人艺非凡的演剧艺术和独特的演剧风格极大地推进了剧场艺术的繁荣和发展，它是中国现当代戏剧剧场艺术的一座高峰或一座艺术丰碑，为建设社会主义国家级艺术院团提供了理论支撑和实践范式，更是我国各级艺术剧团学习的榜样，其国内和国际的影响必将被载入中国乃至世界戏剧史册。《中国话剧通史》曾高度评价说："北京人艺的建设与发展并非完美无缺，也不可避免地受到某些错误思潮的影响，但从主体建设上，已经

---

① 董健、胡星亮主编：《中国当代戏剧史稿》，中国戏剧出版社 2008 年版，第 10 页。

② 葛一虹主编：《中国话剧通史》，文化艺术出版社 1990 年版，第 419 页。

构成光辉的戏剧殿堂，可以与苏联莫斯科艺术剧院、法国的法兰西喜剧院相比美，在中国话剧史上写下了重要的篇章，并汇入世界戏剧文化宝库。”①

这里特别要指出的是，“郭、老、曹”与北京人艺成功合作所具有的典范性也对戏剧艺术的根本问题：文学与剧场的关系的处理提供了宝贵的经验，对于纠正该问题上所存在的理论上的混乱和实践上的偏向具有可资汲取的借鉴意义。以此为鉴，我们可以对世界戏剧发展中文学与剧场的关系问题作出必要的清理与反思。

从世界戏剧及其理论发展来看，“诗”与“剧”在早先是不可分割、互为一体的，“剧”源于“诗”，“诗”离不开“剧”。亚里士多德的《诗学》就把戏剧看成诗之一种，开创了后来西方文论的一个传统。继亚氏之后，19世纪德国著名美学家黑格尔在《美学》中也称戏剧为“戏剧体诗”，同时又指出戏剧是一种特殊类型的诗，是史诗原则和抒情诗原则的统一，他们虽然侧重戏剧的文学价值，但并没有否定戏剧艺术作品的表演价值。亚里士多德在《诗学》中总结出的“悲剧六成分”既有偏于文学方面的“情节”“性格”“思想”，也有偏于表演方面的“言语”“唱段”“戏景”。黑格尔在《美学》中也指出：“要通过演员的表演，诗人的意思才会明白，诗人的一切最深奥的意图和一眼不易看出的巨匠手腕才会揭示出来，成为可以理解的生动现实。”② 只是到了近代，人们对文学与剧场关系的认识产生了种种错误的偏向，他们把文学与剧场人为的分离开来，或强调文学而轻视剧场，如作者中心论；或强调剧场而放逐文学，如导演中心论、演员中心论，结果造成了理论上的混乱和实践上的偏向。这里，我们不妨对文学与剧场关系中这两种错误倾向作出批判性的反思。

一、强调文学而轻视剧场。这在一批对文学十分看重的学者和作家中有很大的市场，认为文学可独立舞台而存在，戏剧只是剧本的物质反映，演剧形态以遵从剧本的规范为主，即所谓的“作者中心论”。梁实秋在《戏剧艺术辨正》一文中说：“现今最流行的误解，以为戏剧是各种艺术的总合，以为舞

① 葛一虹主编：《中国话剧通史》，文化艺术出版社1990年版，第425页。

② ［德］黑格尔：《美学》第1卷，朱光潜译，商务印书馆1997年版，第278页

台指导员、布景人、化装者均与戏剧作者占同样之重要，同为戏剧上不可少之成分。殊不知戏剧之为物，固可演可不演，可离舞台而存在。”他还说：“戏剧是戏剧，舞台是舞台，没有戏剧当然就没有舞台；没有舞台，则仍可有戏剧。”① 朱光潜在《悲剧心理学》中也有类似的说法，他说“……独自阅读剧本优于看舞台演出的剧，它既能避免由于用真人作媒介而产生的幻觉，也能避免对演员取批判态度。表演中一个笨拙的举动或朗诵中一个微小的失误，都会破坏全场的戏剧效果；阅读剧本却绝没有这样的危险。许多悲剧的伟大杰作读起来比表演出来更好。”② 同样，美国当代戏剧家爱德华·阿尔比在《为什么读剧本》中也指出：“通过观赏表演看戏与通过阅读剧本看戏，是不同体验吗？当然不同。那么前者是一种更完整、更圆满的体验吗？不，我并不这么认为。自然而然地，这些年来我读的剧本越多，在阅读剧本时将文本转化成表演的功夫就到家。尽管如此，我仍确信这么说是正确的：没有任何表演能超越一部优秀剧作本身，何况绝大多数的演出无论在心智还是表演上都不充分。”③ 对此，梁实秋曾经比较了阅读莎士比亚剧本与观看莎士比亚戏剧演出的不同感受，并分析观看演出不如阅读剧本的原因：“（一）在剧场里，观众甚多，吾人势必陷于‘群众心理’之内，此时只可受情感之冲动，甚难单独地清醒地了解戏剧之真义，更难领略其艺术的成分。（二）在舞台上，有演员的动作，有化装布景的装点，在在均足引诱我们的注意，使我们不能尽全福的精力去体会戏剧作家的使命。（三）舞台有物质的限制，甚难充分的表现戏剧作家原有之意象。吾人读剧则有想象的充分的自由，而舞台上的具体的表现，直接的可以限制我们的想象，间接的即妨碍对作品的了解。有此三项理由便可证明有些戏剧宜诵读不宜排演，并非无因。”④ 梁氏的观点与朱光潜、阿尔比有重合的地方，但亦有丰富和补充，强调文学重于剧场。而俄国唯美主义批评家尤·伊·艾亨瓦尔德则更是走向极端，他在 1911 年发表的《否定剧场》一书

① 梁实秋：《戏剧艺术辨正》，《国剧运动》，余上沅编，新月书店 1927 年版，第 28、41 页。

② 朱光潜：《悲剧心理学》，安徽教育出版社 1997 年版，第 48 页。

③ [美]爱德华·阿尔比：《为什么读剧本》，《新剧本》2002 年第 6 期。

④ 梁实秋：《戏剧艺术辩证》，《晨报副镌》1926 年 7 月 29 日、8 月 5 日。

中认为，只有把剧本放在书桌上，灯下单独一人阅读，远避五光十色的喧嚣的剧场，作者与读者的"两个灵魂才能在静穆、隐秘之中达到理想的融合"。他甚至坚持说："剧场是艺术的一种虚妄而不正当的样式，一般说来，它并不属于高雅艺术的大家庭。"[①] 在20世纪20年代的德国，当表现主义戏剧以"先锋""革命"的姿态显示出追求舞台性的明显倾向时，其反对者就以强调戏剧的文学性来与之抗衡，宣扬只有"供阅读的戏剧"在艺术上才是完善的，而其舞台呈现则只不过是一种低级的"时间与空间交配的杂种"。[②]……以上这些说法都表现出对剧本文学的重视和不同程度轻视剧场的倾向。

对于上述说法，我们当然应该看到其中所含的正确的合理一面，比如说强调剧本的独立价值，其在文学史上的存在和地位，强调阅读剧本和观看演出是不同的体验，二者不能互相代替等。然而其偏颇之处也是不言而喻的，戏剧当然需要阅读[③]，可以在文学史上存在，但戏剧不止于阅读，不止于在文学史上存在，它还应该演出，应该在演出史上存在，强调一面而忽视另一面都是偏颇的。美国著名戏剧理论家马修士在1923年出版的一本戏剧论著中说："戏剧作家，无论其为真正诗人，或逢场作戏，其写戏时盖无不望其排演，由演员扮演，在剧场中举行，有观众注视；是故其所写之戏剧，亦总是自觉或不自觉的被彼时彼地之演员剧场与观众所影响、所支配。"[④]哈密尔顿在《论戏剧》中说："剧作家创作戏剧时，要受三个影响的束缚，为一般文艺家如诗人、小说家等所无。各时代剧场的物质设备对于剧的构造和形式有很大的影响。观众有意识或者无意识的要求，对于剧作家的描写、内容、题目也是一个重大的决定力。最后，演剧者——优人——的范围和限制，使剧作家的最大努力

① 转引自董健、马骏山：《戏剧艺术十五讲》，北京大学出版社2004年版，第69页。

② 董健、马骏山：《戏剧艺术十五讲》，北京大学出版社2004年版，第69页。

③ 法国戏剧符号学家于贝斯菲尔德在《阅读戏剧》中指出："虽说戏剧不能'阅读'，但人们却又无论如何要读剧本：首先是那些无论以什么名义参与到戏剧实践之中的人们，不管是业余爱好者还是专业人员或是忠实的观众，他们都会转向或回到文本，犹如回归本源或某种参照一样。其次是文学专业人员及其爱好者（如教师、中小学生、大学生等）要读剧本，在法国尤其如此，既然从中世纪到20世纪的法国古典文学作品中的大部分是剧本，诚然，人们更喜欢在舞台上学习、表演或观看他人表演这些作品，然而演出乃是稍纵即逝、无以存世的东西，唯有文本才经久传世。"（[法]于贝斯菲尔德著《戏剧符号学》，即《阅读戏剧》，宫宝荣译，中国戏剧出版社2004年版，第2页）

④ 转引自梁实秋：《戏剧艺术辩证》，《晨报副镌》1926年7月29日。

——性格创造，也受到极大的影响。”① 也就是说，剧作家写作，除了考虑到观众接受的因素外，最重要的是考虑到舞台演出的需要——剧本付诸舞台的可行性、可视性与可感性。比如要注意到时空的相对集中，要把剧本限制在一定长度之内，以使每次戏剧演出最好不超过两至三小时，有经验的剧作者还不忘在剧本中写舞台提示，作者写作时更是如李渔所说的“以身代梨园”② 等。歌德就重视剧本的可上演性，他说：“一部写在纸上的剧本算不得什么回事。诗人必须了解他用来进行工作的手段，必须把剧中人物写得完全适应要扮演他们的演员……为舞台上演而写作是一种特殊的工作，如果对舞台没有彻底了解，最好还是不写。”③ 同时，作家剧本写作的好坏、其适合演出的程度及其剧场效果如何也都需要放到剧场里来检测，在剧场里作家才能发现自己写作中存在的问题，苏联作家斯·米哈尔科夫在《剧作家的学校》中就论述了作家与剧院联系的必要性，他说：“与剧院在创作上的联系还教导我们：剧本中任何一个角色，都不能当作不重要的事物来处理。有时，作者毫不经意地在一两场之内随随便便就加进了一个毫无特性的‘人物’，而以后这个‘人物’又无声无息地从剧本中消失了。但是，如果剧作家到了排演场，那么他就会看到，接受了这个微末的、无足轻重的小角色的演员，却是把自己在剧中的任务看得与主要演员的任务同等重要、同等严肃的。他同样去寻找角色的‘种子’，同样找寻贯穿动作和思想。因为在排演场上的，已经不是‘人物’，而是男女演员了，他们对待工作不是‘随随便便’的，而是一心想用出自己的全部本领的。”④

很显然，剧本的写作不以阅读和文学史上的存在为最终目的，同时也期望演出和在演出史上存在，不能把文学与剧场人为地割裂开来，而应该注意到二者之间的贯通与互动。法国戏剧符号学家于贝斯菲尔德指出：“戏剧文本

① [英]哈密尔顿：《论戏剧》，张伯符译，上海世界书局1931年版，第70—71页。

② 即李渔在《闲情偶寄》中说，写戏时要“设身处地，既以口代优人，复以耳当听者。”“笠翁手则握笔、口却登场，全以身代梨园，复以神魂四绕；考其关目，试其声音，好则直书，否则搁笔：此其所以观听咸宜也。”（李渔：《闲情偶寄》，《中国古典戏曲论著集成》第7卷，中国戏剧出版社1959年版，第55页）

③ 转引自余秋雨：《戏剧理论史稿》，上海文艺出版社1983年版，第413页。

④ [苏]斯·米哈尔科夫：《剧作家的学校》，张文元译，《戏剧报》1955年1月。

以其声音、音响形式出现在演出内部，它具有双重存在，首先它先于演出，然后它伴随演出。”[①]因此一部文学剧本必须同时具备文学性和剧场性。史雷格尔说：“很明显，戏剧诗的形式不是通过叙述，而是通过对话来体现它的行动的，因而它要求剧院作为它的必要的补充……人人看得见的演出形式对戏剧来说是必不可少的……，一个剧本必须从两点上来衡量——剧本表达诗意的程度，剧本适于演出的程度。”[②]所以梁实秋把戏剧和舞台割裂开来分为两谈的说法是站不住脚的，而俄人尤·伊·艾亨瓦尔德的“否定剧场”的看法及前引德国人之见更是一种偏激的表现。至于朱光潜、爱德华·阿尔比等人所抱怨的演出不如剧本阅读效果好，这倒是可能的，尤其对于他们这些思想比较深邃、情感比较强烈、想象比较丰富的学者和作家来说，这种情形就更常见。但正像观赏演出的体验不能代替阅读体验一样，反过来说阅读体验也不能代替观赏演出的体验，而在泰特罗看来，不懂舞台演出的人，阅读理解的深度也会受影响，他说：“戏剧依赖为演出而设计的一个本文或情节。我们可以把戏剧当作文学作品来阅读，我们也提到过戏剧文学，但是除非我们能在阅读时想象它演出的情形，否则我们就不能真正读解它。确实，如果不知道怎样编排一场演出，我们就根本不能阅读它，不能理解它。因为戏剧是声音的和视觉的，甚至叙事的声音，当它存在时，也表现为一个可见的叙述者的声音。”[③]并非人人皆具有将文字语言转换成视听语言的天赋和本事，更不具有虚构一场舞台演出所必须的特殊想象力。余上沅在《论戏剧批评》中就认为：“剧场能够叫你的想象力更加丰富。你有了想象，戈登克雷、莱因哈特、柯乐芬、亚庇亚、斯坦尼斯拉夫斯基、巴克斯特、科克兰、伯恩哈特、罗西、杜丝，等等，等等，都在那里用想象，假使你以为若干艺术家打伙儿吐出来的心血，还不够营养你的想象；帮助你‘体会戏剧作家的使命’，你偏说独自关起门来作诵读还要丰富些，这有什么办法？”[④]就大多数观众来说，阅读效果不如欣

---

① [法]于贝斯菲尔德：《戏剧符号学》(即《阅读戏剧》)，宫宝荣译，中国戏剧出版社2004年版，第7页。

② 转引自[英]阿·尼柯尔著《西欧戏剧理论》，徐士瑚译，中国戏剧出版社1985年版，第73—74页。

③ [爱尔兰]泰特罗：《本文人类学》，北京大学出版社1995年版，第93页。

④ 余上沅：《论戏剧批评》，《晨报副镌》1926年8月26日。

赏效果的情况大量存在，更有阅读和演出互为参照和辅助的情况存在，不能把特定范围和条件下形成的特殊的戏剧规律，上升为戏剧的普遍规律，这会犯以偏概全的错误。总之，强调文学性而否定剧场性是一种画地为牢的做法，是片面的、错误的。

二、强调剧场而放逐文学。应该说，前面分析的强调文学而否定剧场的所谓“作者中心论”早已过时，这种论点现时已很难被人接受，接替它的是“演员中心论”和“导演中心论”。这又从一个极端滑向另一个极端，即强调剧场而放逐文学。本书绪论部分曾对这股贬斥文学的戏剧思潮有过描述，这里进一步展开分析与探讨。具体说来，这股思潮的理论主张和实践追求不外两个方面：**（1）取消剧本，以形体动作代替有声语言，强调演出的自由和自发性。**阿尔托反对戏剧演出对剧本的屈从关系，他说：“……不应该继续依赖剧本，把它视为权威和神圣的；至关重要的是要结束戏剧对剧本的依附关系，恢复一种介乎姿势和思维之间的独特语言的概念。”[①]在《残酷戏剧及其重影》一书中，他非常困惑地说：“在戏剧中，话语至高无上，这个概念根深蒂固。戏剧仿佛只是剧本的物质反映，因此，戏剧中凡是超出剧本的东西均不属于戏剧的范畴，均不受戏剧的严格限制，而似乎属于比剧本低一等的导演范畴。但戏剧如此从属于话语，我们不禁要问，难道戏剧没有它自己的语言吗？难道它不可能被视作独立的、自主的艺术，如同音乐、绘画、舞蹈一样吗？”[②]阿尔托从原始的巴厘戏剧中看到了形体动作的独特魅力，认为这才是“纯戏剧”，因而否定语言戏剧。阿尔托说：“舞台是一个有形的、具体的场所，应该将它填满，应该让它用自己具体的语言说话……我所指的有形的具体的语言，只有当它所表达的思想不受制于有声语言时，才是真正的戏剧语言。”[③]阿尔托把形体动作也看成戏剧语言之一种，称为形体语言，主张用它代替过去盛行的有声语言。总之，取消剧本，让演员摆脱有声语言的束缚和限制，其目的就是为了削减剧本的文学性，而突出导表演的中心地位和能动作用。**（2）不重视**

---

① 转引自吴光耀：《西方演剧史论稿》下，中国戏剧出版社2002年版，第798页。

② ［法］安托南·阿尔托：《残酷戏剧及其重影》，桂裕芳译，中国戏剧出版社1993年版，第36页。

③ ［法］安托南·阿尔托：《残酷戏剧及其重影》，桂裕芳译，中国戏剧出版社1993年版，第32页。

作品的精神内涵，而注重演员的表演技能和对观众的感官刺激。阿尔托愤慨地责问道：“谁说戏剧生来是为了澄清性格，是为了解决人的、感情的、眼前的、心理的种种冲突——正如我们当代戏剧所充斥的那样呢？”①他还说：“观众最初是通过感官来思想的，而普通心理剧则首先着眼于观众的理解力，这是十分荒谬的。”②阿尔托实践了从各种途径来对观众感官进行刺激的方法，使观众达到一种近乎催眠的状态。他认为戏剧的功力在于使观众入戏，观众不再是外在的冷漠的欣赏者，因而在理想的剧场中，舞台与观众席融为一体。格洛托夫斯基则对演员的形体表演进行了十分艰辛的训练和实验，二者都主张取消戏剧文学的人文内涵，希望通过演员的肉身表演来召回观众。

很显然，这股贬斥文学的戏剧思潮与20世纪反理性的后现代思潮的影响③有关，同时也受到相对原始的东方戏剧的启发④以及在影视挑战面前对戏剧本体特质的寻找与重视⑤有关。它在丰富戏剧的表现手段、拓展戏剧的表现空间、重视观演关系以及发挥导表演的创造性方面都是极有价值的，但其存

① [法]安托南·阿尔托：《残酷戏剧及其重影》，桂裕芳译，中国戏剧出版社1993年版，第64页。

② [法]安托南·阿尔托：《残酷戏剧及其重影》，桂裕芳译，中国戏剧出版社1993年版，第81页。

③ “形体戏剧”对语言作用的怀疑与20世纪后半期后现代主义思潮的推波助澜有关。在利奥塔《后现代状况》一书的后记中翻译者就指出：“后现代主义的核心之一是解构逻各斯中心主义传统……它怀疑一切叙述的表现，强调不确定性和非连续性。指证语言表征的危机性，因此还具有强烈的颠覆性——既颠覆传统文本的叙述，也颠覆以话语形成的秩序。”（[法]让—弗朗索瓦·利奥塔：《后现代状况》，岛子译，湖南美术出版社1997年版，第218页）我们不难看到，在形体戏剧中，戏剧人物要么不用语言，要么语言颠三倒四、支离破碎、不知所云，语言不是用来传达意义，而只是一种音响的效果，这都是对语言的一种解构。而由此所表现出来的平面化、肢体化、形式的拼贴、现象的碎片以及意义的丧失等特征也都可以从后现代理论中找到思想支援。

④ 1931年，阿尔托在巴黎海外殖民地博览会上看到了印尼巴厘剧团的演出，东方仪式的那些诱使舞蹈演员处于恍惚、迷离状态的特色，给他深深的触动，使他看到西方戏剧过分依赖言词的局限性。阿尔托这样分析说：“与具有心理学倾向的西方戏剧相反，东方戏剧具有形而上学倾向，其中大量密集的动作、符合、姿态、音响构成了导演和舞台语言，这语言在意识的各个领域，在各个方向发挥其全部有形的诗意的效力，它必然推动思想采取深刻的态度，而这就是我们称作的活跃的形而上学。”（[法]安托南·阿尔托：《残酷戏剧及其重影》，桂裕芳译，中国戏剧出版社1993年版，第40页）而在《迈向质朴戏剧》一书中，格洛托夫斯基则明确指出：“特别激励我的是东方戏剧的技巧训练——尤其是中国的京剧、印度的卡塔卡利，还有日本的‘能’剧。”（[波兰]耶日·格洛托夫斯基：《迈向质朴戏剧》，魏时译，中国戏剧出版社1984年版，第6页）

⑤ 20世纪后半期，戏剧日益受到影视等影像艺术的挑战，观众大量流失，几乎到了走投无路的地步。在这种情形下，格洛托夫斯基开始思考什么才是戏剧的特质，他对戏剧采用否定法，最后不能否定的东西就是演员与观众，他说：“没有演员与观众中间感性的、直接的、‘活生生’的交流关系，戏剧是不能存在的。”（[波兰]耶日·格洛托夫斯基：《迈向质朴戏剧》，魏时译，中国戏剧出版社1984年版，第9页）所以他提出“贫困戏剧”，认为演员的个人表演是戏剧艺术的核心，期望通过演员的肉身表演来召回观众。同样，阿尔托提倡“形体戏剧”也是戏剧出现危机后对以前以话语为中心的文学性戏剧（主要是现实主义戏剧）的一种反驳，是对西方以亚里士多德《诗学》为代表的理性主义戏剧传统、美学思想乃至思维方式的质疑和反叛。

在的问题和缺陷也是明显的，以下我们针对它的两个表现来进行一番辨正。

20 世纪贬斥文学的戏剧思潮表现之一是：**取消剧本，以形体动作代替有声语言，强调演出的自由和自发性**。这当然有其可理解的一面，它强调了导演、演员的二度创造对一部戏剧完成的重要性。但问题是：取消剧本，以形体动作代替有声语言，而强调演出的自由与自发性，也就否定了一切的先在性和可约束性，这又如何衡量演员表演的妥当性和高超性？如果我们看别林斯基的戏剧评论和莱辛的《汉堡剧评》，就会发现他们对演员的表演和导演构思的评价很多都是结合剧本来谈的。布罗凯特在《世界戏剧艺术欣赏》中说："在进行工作时，一个态度严谨的批评家会遇到以下三个问题：了解剧本，依其隐含的目的来判断它的效果，与估定它的最终价值。""批评家应当尽量从脚本与演出两方面去评量一出戏剧，而不宜有所偏废。……了解剧本之后，我们就可以从演出是否达成剧本的意向这一层上去评价了。"① 实际上，取消剧本，并不说明编剧不重要，不过是剧作家的重要与责任已经部分或全部地转移到了导演和演员身上（董健在《戏剧艺术十五讲》中特别提到了四种"转移"情况②）。同时，我个人认为，导表演不能代替作家，不是所有的导演和演员都具有剧作家的素质，"闻道有先后、术业有专攻"，毕竟导演和演员的艺术思维与剧作家的文学构思并不相同。布罗凯特就曾指出："演员固然可以不依赖剧作家而从事他的行业，他可以即兴表演他的语言与动作；也就是说，他可以做他自己的剧作家，但是，除非他的即兴作品等级达到极优异的水准，他们是不可能持久地吸引人们的注意力。通常，要维持吸引力，一场演出必须包含某种结构，借此来叙述一个故事，来显现一个角色的性格，或来阐明一种

① ［美］布罗凯特：《世界戏剧艺术欣赏》，胡耀恒译，中国戏剧出版社 1987 年版，第 22—23 页。

② 这四种"转移"情况是："有些导演一身而二任，自编自导，也是可以的。这是容易造成'导演中心论'、贬低剧作家的一种情况。还有一种情况是，一开始并没有剧本，只凭一个提纲，戏就演出了，到了演出比较成熟之后，作者才把剧本写定，这同样不能说明编剧不重要，一开始的提纲正是戏剧文学构成的基础框架。第三种情况是，戏剧的思想、情节、人物都存在于演员的身上，以手口相传授，不用剧本，也无提纲，如中国一些民间戏曲。仅凭这一点也不能说明剧本文学不存在。其实这里存在的是一种'隐形剧本'或者说是一种口头文本。没有这个文本，演员的动作、演技就成了无源之水、无本之木，这时演员本身就是剧作家了。还有第四种情况，编剧并非独立自主的创作者，只是单纯为演员写本子的人，业内一般称之为演员的'书记'，中国京剧中这种情况较多。如齐如山是附属于梅兰芳的，他的本子（如《天女散花》等）就是专为梅兰芳之演出而作，而且也只有靠演出而存在，观者只知有梅而不知有齐也。恰恰是这种弱化文学的倾向对京剧健康发展极为不利。"（参见董健、马俊山著《戏剧艺术十五讲》，北京大学出版社 2004 年版，第 124 页）

意念，随着演出的延长，故事、人物或意念也必须进一步的纠结发展。而当这种种要求都成功地达到的时候，演员的地位就愈发趋向于剧作家的地位了。而从另一方面说，最能够构想一连串有趣事件的人，未必正好是最能够在观众面前演出这些事件的人。”① 随着社会分工越来越细，那种百科全书式的通才和全才越来越少，很多人都只能成为某个部门的专家。这里我还想澄清一个误解，即有些戏剧在即兴演出以后也有一个舞台记录，也就是演出本。所以一些导表演包括一些学者都认为他们不是不要文学而是非常重视文学的，有文字记录为证！这就把演出本和文学本混为一谈，而没有注意二者之间实质性的区别：文学本注重文学的精神内涵，而演出本顶多是一个剧本舞台处理的技术实录；文学本追求永恒性，而演出本则是一次性的；文学本是一种个性化的创作，而演出本是一种技术性的操作。所以苏联导演格·托夫斯托诺戈夫在《戏剧的即兴创作》一文中，告诫人们不要采用别的剧院的演出本，他说：“当有人要求允许把我们创造的《静静的顿河》在其他剧院的舞台上演出时，我回答说，我并不反对，但是要预先警告，这未必有什么意义。我们的舞台改编本只是预先考虑为我们剧院用的，它与在大话剧院演出的主题思想和形象有着紧密的联系，它对别的演出来说可能不是有机的。要不准确地按我们一样演出，要不放弃这一舞台改编本，重新写一个新的演出本，否则非驴非马。” ②

众所周知，戏剧（剧本）是文学的一环，在古希腊均名之为诗，有抒情诗、叙事诗和戏剧诗。进入文艺复兴之后，一部文学史便成为诗，小说与戏剧鼎足三分的局面，只要翻一翻世界各国文学史，不难发现该国戏剧所占比重为何。我们可以想象没有了莎士比亚的英国文学史会是怎样的单薄与无力。尼柯尔在《西欧戏剧理论》中就曾提及：16 世纪意大利流行的即兴喜剧（由于没有剧本存世）“在今天只不过是一个影子、一种梦幻罢了。”③ 取消了剧本，也就取消了戏剧在文学史上的存在与地位（同样，取消有声语言也是放逐文

① ［美］布罗凯特：《世界戏剧艺术欣赏》，胡耀恒译，中国戏剧出版社 1987 年版，第 5 页。

② ［苏］格·托夫斯托诺戈夫：《戏剧的即兴创作》，戈兆鸿译，《戏剧艺术》1986 年 2 期。

③ ［英］尼柯尔：《西欧戏剧理论》，徐士瑚译 中国戏剧出版社 1985 年版，第 78 页。

学的标志）。而这种存在与地位恰恰是不可抹杀的，尼柯尔说：“伟大剧作的大部分力量就在于它们的诗，这里用的是诗这个字的一般涵义，以适用于一切富有想象的创作；并且，正是它们的这些优美的诗才使它们经历了漫长的岁月——从创造它们起，直至今日——作为充满生气的东西被保存下来。”[①] 歌德评论莎士比亚时也说：“莎士比亚的名字和功绩是属于诗的创作史的领域，要是我们把他的功绩全部放到舞台上去的话，这是对过去和未来时代的一切舞台诗人的一种不公平的办法。”[②] 这都说明戏剧文学的重要性。

20 世纪贬斥文学的戏剧思潮的另一表现是：**不重视作品的精神内涵，而注重演员的表演技能和对观众的感官刺激**。这里首先要明确的是：戏剧是伎，还是艺？伎带有技术性，艺有很多精神层面的东西，有伎才有艺，但光有伎没有艺，品位就低。如果戏剧是艺的话，就不能没有文学的参与（否则充其量只是一些戏弄）。我国《礼记・乐记》一书中说：“是故，德成而上，艺成而下；行成而先，事成而后，是故先王有上有下，有先有后，然后可以有制于天下也。”[③] 曹禺也曾指出：“脱离了思想感情，技巧便是‘把戏’。‘把戏’可以互相抄袭哦，因此世上有许多坏剧本。这些剧本的特点，是一般化、平庸，没有真实的思想感情。观众时常被那些‘把戏’闹得眼花缭乱，根本不知道作者想说什么。”[④] 文学在戏剧艺术中的作用可以简单归纳为以下几个方面：（1）意义的生成与建构。即作品是作者有意识、有目的地写出来的，作者通过自己的创作，总想表达什么。比如它会告诉读者自己对社会和人生的认识与思考，以及对生活的独特理解与发现，在作品中表现人文精神、生命内涵和生活哲理，希望带给读者灵魂上的震撼与精神上的启迪，这是与文学作品的意识形态特征相符的。所以剧本的文学性首先就体现在意义的生成与建构上，文学性强的作品大多有极高的人文内涵与思想价值，以及对观众精神向度的提升。我们确立剧作家在戏剧中的重要位置，首先就要确立内容在艺术

---

① ［英］尼柯尔：《西欧戏剧理论》，徐士瑚译，中国戏剧出版社 1985 年版，第 78 页。

② ［德］歌德：《说不尽的莎士比亚》，《莎士比亚评论汇编》上，中国社会科学出版社 1979 年版，第 297 页。

③ 《礼记·乐记》，《礼经》，中州古籍出版社 1991 年版，第 378 页。

④ 梁秉堃：《在曹禺身边》，中国戏剧出版社 1999 年版，第 89 页。

中的主导作用，承认剧场有义务和权利满足现代观众精神上的需要。（2）人学的高度。正如高尔基所言：“文学是人学”。文学主要表现对象应该是人——斑驳多样的生命个体并有着丰富复杂的灵魂的人。读者阅读作品往往首先对作品中人的命运感兴趣，很容易与主人公产生情感上的共鸣，并在别人的镜像中看清自己、反思自我。故而有成就的剧作家绝不以事压人，不使自己作品流于肤浅的故事情节的编造上。阿契尔在《剧作法》中就指出：“有生命力的剧本和没有生命力的剧本的差别，就在于前者是人物支配情节，而后者是情节支配人物。”① 而对人的刻画又离不开对人的灵的世界的抚慰和审视，作家又被称为人类灵魂的工程师，这使得文学艺术能够像宗教一样发挥对人的灵魂的关怀与拯救作用。萨特在《文字生涯》中就说：“当我以为自己献身于文学的时候，实际上我接受了神职。”② 戏剧艺术的本质就是在于对人的生存状态、性格特征、精神世界和人类命运的诗性展示。（3）叙事的功力。文学以人为中心，但人与事是不好截然分开的，人的性格、品质体现在他所做的事中。文学属于时间艺术，它需要作者具备独到的叙事功力，如何使作品情节流畅且富有想象性和创造力常是作者感到特别费力的地方。因而一些文学功底差的戏剧影视作品常常漏洞百出，叙事结构存有破绽和差错，观众对剧情自然产生怀疑与不信任感，这就影响接受效果。（4）语言的魅力。文学是一门语言艺术，高尔基说过：“文学就是用语言来创造形象、典型和性格，用语言来反映现实事件、自然景象和思维过程。”“文学的第一个要素是语言。”③ 语言是我们阅读作品所呼吸的“空气”，具有直接现实性。文学性自然离不开语言的魅力展示上，而话剧以“话”成剧，语言在塑造人物、烘托气氛、展示剧情，表现主题等方面都具有不可替代的作用。一些具有高度文学性的剧本大多具有非凡的语言才华，例如莎士比亚的戏剧语言具有诗性般品质，那种精美的诗化的语言、大量的华丽的辞藻、天才的生动的比喻以及充满人生感

① ［英］威廉·阿契尔：《剧作法》，吴均燮等译，中国戏剧出版社 1964 年版，第 20 页。

② ［法］让 - 保罗·萨特：《文字生涯》，施康强等译，转引自《萨特文集·导言》第七卷文论卷，人民文学出版社 2000 年版，第 17 页。

③ ［苏］高尔基：《论文学》，孟昌、茑葆华、戈宝权译，人民文学出版社 1978 年版，第 332 页。

悟的哲理意蕴令观众如痴如醉。契诃夫戏剧的语言是那样朴素、含蓄、隽永。尤其他在对话之中，采用出色的停顿和重复，使其戏剧充满了含义丰富的潜台词。他还喜欢让人物互不相关对白，自顾自地诉说，让我们体会到人物丰富和复杂的内心世界。我国戏剧家曹禺也同样堪称语言大师，他的剧中人物语言高度口语化、个性化、有丰富的潜台词，同时又具有突出的心灵进攻性，给观众以强烈的内心震撼。总之，文学在戏剧这门综合艺术中具有举足轻重的作用，戏剧艺术的丰富、发展与提高离不开文学的助力，缺少文学的戏剧将有沦为技术化的趋向，现代戏剧作为一门艺术，其核心和灵魂正在于它的文学因素。韦勒克、沃伦在《文学理论》中说："今天，诗和小说多半是由个人阅读的。但是，戏剧却仍然像古希腊人的戏剧一样是一种综合艺术，它的核心当然是文学，这是无疑的。"① 苏珊·朗格则从符号学角度指出：尽管从艺术分类的角度来看，戏剧不是文学，但"戏剧是一种诗的艺术，因为它创造了一切诗所具有的基本幻象——虚幻的历史。戏剧实质上是人类生活——目的、手段、得失、浮沉以至于死亡——的映象。它具有一种幻觉经验的结构，这正是诗作的主要产物。""从本质上讲，戏剧就是一首可以上演的诗。"② 总之，文学是一个意义生成的过程，剧本规范着演员体验的深度和高度，戏剧艺术如果失去了来源于文学的感动力，即使技术操作如何的光彩夺目，也恰如丧失灵魂的生命的空壳。所以董健在《戏剧艺术十五讲》中说："莎士比亚创作的戏剧可以有无数的导演去导，无数的演员去演，也可以有各式各样的导、各式各样的演，但莎士比亚只有一个，他无与伦比，更无人可以替代。好的戏剧应首先是一部内容深刻、丰富的文学作品，包孕着一个完整的文学世界。"③

值得进一步指出的是，阿尔托等人一味强调戏剧对观众的感官刺激和现场反应，但戏剧是否仅作用于观众的感官直觉？回答也是否定的。布莱希特就曾提出戏剧要作用于观众的理智，不赞同共鸣说，他说："观众不该被人从

① [美]韦勒克、沃伦：《文学理论》，刘象愚等译，江苏教育出版社2005年版，第270页。

② [美]苏珊·朗格：《情感与形式》，刘大基译，中国社会科学出版社1986年版，第354—457页。

③ 董健、马俊山：《戏剧艺术十五讲》，北京大学出版社2004年版，第123页。

他的世界诱入到艺术的世界，不该被人诱骗，相反，他应该被带到现实世界，并怀着清醒的理智。"① 黑格尔也说过："尽管如此，艺术作品却不仅是作为感性对象，只诉之于感性掌握的，它一方面是感性的，另一方面却基本上诉之于心灵的，心灵也受它感动，从它得到某种满足。"② 他在《美学》中对德国歌剧专在场面的富丽堂皇上下功夫，少有精神表现提出批评，认为西方近代歌剧是真正艺术衰颓的标志，他说："如果在布景、服装、器乐这些艺术上费尽全力，真正的戏剧内容就不会受到认真对待，我们也就会觉得自己仿佛置身于《天方夜谭》的气氛里了。"③ 从戏剧的功能定位来说，戏剧除了情感宣泄和娱乐功能以外，还有认识功能和教育功能（布莱希特就强调戏剧的宣传教育作用）。从观众的欣赏接受来说，观众的欣赏既包括视听享受，也包括因剧中主题、人物、情节等而带来的精神愉悦（现今一些先锋戏剧都在强化观众的物理参与，把观众拉进剧场，突出观演之间的互动，此时观众已不是一个普通观众而是一个兼具演员特性的特殊的观众。其实，在我看来，精神参与比物理参与更重要。日本戏剧家河竹登志夫就指出："观众的创造性参与，并非把观众作为强大的物理性参与者。因为现在往往错误地把和观众的感情交流与共鸣，同物理性混淆起来""把观众强行拉进戏剧，其结果，恰恰走向创造性参与的反面。""观众以何种形式参与，只有让观众自己自由选择，才不至于失却戏剧原本所具有的意义。"④ 美国戏剧家艾德温·威尔逊也表达同样的观点："想把观众裹进到戏中来，这个意图是由这样一个可贵的冲动直接导致的：热切希望使戏剧变得更直接、更紧张。但他忽略了艺术赖以发挥作用的形式……艺术不是生活，而是生活的反映——这是一种特殊的创造，或对生活进行概括，或像镜子一样反映生活……这个过程的一个基本因素乃是艺术家所创造的客体或事件——如一张画、一个雕像、一段舞蹈、一场音乐演出、一场戏剧演出——和观众之间必须保持一定距离。在戏剧中，正如在其他艺术

① 余秋雨：《戏剧理论史稿》，上海文艺出版社 1983 年版，第 639 页。

② [德]黑格尔：《美学》第 1 卷，朱光潜译，商务印书馆 1997 年版，第 44 页。

③ [德]黑格尔：《美学》第 1 卷，朱光潜译，商务印书馆 1997 年版，第 275 页。

④ [日]河竹登志夫：《剧场与观众》，[美]艾·威尔逊等著《论观众》，李醒等译，文化艺术出版社 1986 年版，第 298 页。

中那样，这种距离是必须的。”[①]）。观众的鼓掌也分为两种：既为表演技能而鼓掌，也为剧中的情节内涵而鼓掌。只偏重感性而轻视理性的进一步发展必将滑入宗教和神秘主义的泥淖（格洛托夫斯基晚年就大搞所谓“艺乘”，一种类似印度瑜伽的东方神秘主义的套路）。

这里，我们还要充分认识到20世纪戏剧“纯化”理论的危害。在影视艺术的挑战面前，许多戏剧理论家和实践家都在寻找戏剧的特质。阿尔托从巴厘戏剧中寻找到所谓的“纯戏剧”，格洛托夫斯基采用否定法，最后不能否定的东西就是演员和观众，布鲁克在《空的空间》中说：“我可以选取任何一个空间，称它为空荡的舞台。一个人在别人注视之下走过这个空间，这就足以构成一幕戏剧了。”[②] 对戏剧特质的寻找和强调无疑是有意义的，戏剧理所当然应该张扬自己的个性，但张扬自我不等于把许多戏剧的有机构成部分给去掉，这无益于戏剧的发展。也许从构成戏剧艺术的要件来说，演员艺术最不可或缺，因为作者与导演都是后加的，但构成论不是中心论的理由，存在的即是合理的，后两者的加盟（成为专职）对戏剧艺术来说无疑是一种丰富与提高。所以，我想问的问题是：我们现在所需要的是一部合格的戏剧呢（即达到一部戏的基本艺术条件）？还是一部内蕴生动、整体和谐的优秀的戏剧？要成为优秀的戏剧就必须在保持自我的同时向各门艺术学习和借鉴，从而丰富自己、完善自己，过分的“纯化”不是一件好事。同时，当代戏剧的革新和发展越来越重视过去戏剧传统，阿尔托、格洛托夫斯基许多看似非常先锋的创新，都是从原始的东方戏剧中吸收灵感和启发，以至于布鲁克断言：“复兴戏剧的每个企图都要求助于民间艺术的源泉。”[③] 这无可厚非，退是为了进。但必须注意一点，艺术探索的目标绝不是逆转戏剧艺术的车轮，倒退到戏剧传统本身，尤其是回到像巴厘戏剧这种前艺术、前语言的状态中去，而是应该在更高层次上的重复。黑格尔就指出：“戏剧是一个已经开化的民族生活的产品”[④]，它

① ［美］艾德温·威尔逊：《戏剧经验》，《世界艺术与美学》第二辑，文化艺术出版社1983年版，第281页。

② ［英］彼得·布鲁克：《空的空间》，刑历译，中国戏剧出版社1988年版，第3页。

③ ［英］彼得·布鲁克：《空的空间》，刑历译，中国戏剧出版社1988年版，第74页。

④ ［德］黑格尔：《美学》第3卷下册，朱光潜译，商务印书馆1997年版，第243页。

"无论在内容上还是在形式上都要形成最完美的整体，所以应该看作诗乃至一般艺术的最高层。"① 由无声语言向有声语言的过渡和转变，以及剧本的出现、导演的诞生都应该被看作是戏剧艺术的发展和进步，这是不容置疑和否定的。后现代戏剧作为一种多元化的戏剧探索是可以接受的，它对传统的"以文学为基础"的戏剧的突破和反思所表现出来的创新意识也是值得提倡和鼓励的。但在对传统反动的同时缺乏对传统的有效吸收与合理的继承却是值得批判的。彼得·布鲁克在《空的空间》一书中十分清醒地指出："戏剧需要永恒的革命。然而不负责任的破坏却是有罪的，它会产生强烈的反作用和更大的混乱。"②

总之，与强调文学而否定剧场一样，强调剧场而放逐文学也是一种跛足的艺术，其根本危害在于：它将导致戏剧艺术走向表演技术化、核心思想贫困化的歧途。正是因为此，董健在《中国戏剧现代化的艰难历程》中呼吁："召回戏剧文学——戏剧舞台除了种种物质的表现手段，还必须靠文学负载其精神。"③ 值得一提的是，西方戏剧界在 20 世纪 80 年代也开始意识到剧本择取对演出的重要性，对后现代戏剧进行必要的匡正，重新皈依戏剧传统。"导演们各种实验都转了一圈，这才发觉声、光、色、演出环境和肢体表现虽然有趣，最有意味的还是语言，就又回到传统的剧场里来，拣回扔掉的剧本。"④

以上我们主要分析了文学与剧场关系中的两种错误倾向，强调文学而否定剧场与强调剧场而放逐文学都是一种艺术的偏执。所谓"作者中心论""导演中心论""演员中心论"都对都不对。在第一度创作即剧本的写作过程中，当然剧作家起着决定作用。在第二度创作中，导演无疑是把一出戏搬上舞台的总指挥，功不可没。而一出戏只有通过表演才能以物质的可视可听可感的形式呈现在观众面前，自然又是以演员为中心了。所以这三论都是有一定道理的，各自都有不可取代的作用。但其根本的缺陷在于形而上学倾向，以自我为中心而否定其他，把导演、作者、演员三者对立起来而不是联系起来考

① [德]黑格尔：《美学》第 3 卷下册，朱光潜译，商务印书馆 1997 年版，第 240 页。

② [英]彼得·布鲁克：《空的空间》，刑历译，中国戏剧出版社 1988 年版，第 105 页。

③ 董健：《中国戏剧现代化的艰难历程——20 世纪中国戏剧回顾》，《文学评论》1998 年第 1 期。

④ 高行健：《另一种戏剧》，《没有主义》，香港天地图书有限公司 2000 年版，第 189 页。转引自胡星亮：《当代中外比较戏剧史论》，人民出版社 2009 年版，第 386 页。

虑问题，这种孤立的、单一的、排他性思维对于戏剧这样一门以综合艺术和集体创作为本体论要素的艺术来说，其错误是明显的或者说是致命的。余上沅早在1926年在《演剧的困难》一文中就曾说过："在一切艺术里面，戏剧要算是最复杂的了。编剧一部独立起来，要算一种艺术，导演、表演、布景、光影、服饰独立起来，也各自要算一种艺术；还不论戏剧与建筑、雕刻、诗歌、音乐、舞蹈等等艺术的关系。一部做到了满意，戏剧艺术依然不存在；要各部都做到了满意，而其满意之处又是各部的互相调和，联为一个有机整体，绝无彼此抢夺的裂痕，这样得到的总结果才叫作戏剧艺术。"[①] 苏联著名导演格·托夫斯托诺戈夫则进一步指出："剧院的灾难恰恰是从把戏剧艺术赖以生存的三大支柱——剧作家、导演、演员——互相对立而开始的。真正的剧院是戏剧艺术的这些基本创造者的和谐结合。"[②] 实际上，作者、导演和演员之间并不构成实质性的对立和冲突，三者是可以统一的。苏联戏剧家格·尼·古里叶夫在《导演学概论》一书中指出："如果总想争论什么是戏剧中最主要的，那也是十分不必要的繁琐的考证。重要的是要弄清楚，剧作家、导演和演员的主要作用都是在什么地方、什么时候、以什么方式表现出来的。这样我们就会看到，每一个人在演出的一定阶段上各有主要的意义，在演出中完成着不同的任务。"[③] 高尔基在1935年谈到导演与剧作家的关系时也中肯地指出："我觉得，应该谈的不是某种用来划分导演和编剧权限的分界线，而是要谈怎样才能使他们的工作融合为一个整体，从而产生最良好的效果……应当使在同一个方向上工作的两种力量达到这样一种和谐一致的结合。它们甚至不应该是平行发展的力量，而应该是彼此交融的力量。"[④] 美国著名导演阿瑟·霍普金斯也指出："对于一出戏的诞生我的体会是，它逐渐变成一个个体并变得具有个性特点，各种不同的演员就是它的器官和肢体。我看到的不是10个或20个演员在走来走去，看到的只是由10或20个部分组成的一个整体在运

---

① 余上沅：《演剧的困难》，《晨报副镌》1926年6月第57期。

② [苏]格·托甫斯托诺戈夫：《导演是一项职业》，《现代西方艺术美学文选·戏剧美学卷》，童道明主编，春风文艺出版社、辽宁教育出版社1989年版，第138页。

③ [苏]格·尼·古里叶夫：《导演学概论》，王爱民等译，陕西人民出版社1983年版，第42页。

④ 转引自谭霈生、路海波著《话剧艺术概论》，中国戏剧出版社1986年版，第116页。

动。只要它能正常运动，我完全不去意识到它的各个部分。"① 从系统论的观点来看，戏剧是一个复杂的动态系统，它包括戏剧创作、演出、接受的整个过程，其中作者、导演、演员、观众都是一种互相联系、协调综合的关系。系统论有一条首要的原则，即整体性原则，整体高于单个性，也大于各部分之和。这是对三种"中心论"观点的一剂清醒的良药②。高行健在《对一种现代戏剧的追求》中曾这样表达他对"一种新的戏剧"的期待："戏剧的繁荣曾经有过仰仗文学家的时代，观众那时候是听到雨果、席勒、易卜生的名字才到剧场去的。戏剧也曾有过明星的时代。人们到剧场里来欣赏的是像梅兰芳这样的名旦的表演，并不知道打本子或改本子的是何许人。现代的戏剧则是导演的时代。导演们雄心勃勃，剧场成为他们自我表现的天地。……可以期待的应该是作家、导演和演员们合作的时代。如果就此取得共同的认识，一种新的戏剧就诞生了。"③

总之，正如俄国戏剧家乌·哈里泽夫在《作为文学之一种的戏剧》中所说："戏剧有两个生命，它的一个生命存在于文学中，它的另一个生命存在于舞台上。"④ 我国古典戏曲理论家王骥德则把"可演可传"作为戏剧评价的双重标准，他在《曲律》中说："其词格俱妙，大雅与当行参间，可演可传，上之上也；辞藻工，句意妙，如不谐里耳，为案头之书，已落第二义；既非雅调，又非本色，掇拾陈言，凑插俚语，为学究、为张打油，勿作可也。"⑤ 吕天成在《曲品》中援引其舅祖父孙鑛提出的衡量传奇作品的标准，即著名的"南戏十

---

① ［美］阿瑟·霍普金斯：《抓住观众》，参见《西方名导演论导演与表演》，杜定宇编，中国戏剧出版社1992年版，第178页。

② 有人认为，从实践操作层面来看，作者、导演、演员三者组合中往往会出现精神气场最强势的一方，"作者中心""导演中心"和"演员中心"都是历史上客观存在的戏剧现象，三强并存的理想状况并不多见。但这并不妨碍我们在理论探索和实践追求上呼吁和倡导一种理想范式。我个人认为，作为"最完美的整体"（黑格尔语）的戏剧，即使做不到强强组合，也要努力达成和谐组合，尽量避免戏剧艺术单一的畸形发展。在具体运作中，切勿独尊一方，赋予某一个人以特权，以致突出某一部分而压倒其他部分，破坏整体结构的协调和适中。

③ 高行健：《对一种现代戏剧的追求》，中国戏剧出版社1988年版，第66页

④ ［俄］乌·哈里泽夫：《作为文学之一种的戏剧》俄文版，莫斯科大学出版社，1986年，第250页，转引自董健、马骏山著《戏剧艺术十五讲》，北京大学出版社2004年版，第66页。

⑤ 王骥德：《曲律》，《古典戏曲美学资料集》，文化艺术出版社1992年版，第193页。

要”[①]也包括文学方面的要求和演出方面的要求，不可偏废。同样，我国现代戏剧家曹禺也曾说过类似的话，他说：“我写剧本，经常希望它像小说一样吸引读者坐下来读读，有点兴味……我不赞同‘书斋剧本’，即只为了读、不为演的剧本。剧本还是为了演出写的。但如果它也能吸引读者翻翻，岂不更好吗？”[②]所以戏剧有两种存在方式：一是剧本；二是舞台。前者的媒介是语言，后者的媒介是演员；前者的接受者是读者，主要作用于读者的想象；后者的接受者是观众，主要作用于观众的视听。二者的结合必将使戏剧获得双倍的观众/读者，激发更大的戏剧能量，发挥倍增的艺术效应和社会价值。任何把文学与剧场割裂开来、对立起来的做法都是错误的、偏激的。在这方面，“郭、老、曹”与北京人艺的成功合作为我们作出了榜样，无论在理论层面，还是在实践操作上，对我们的启示都是良多的：

启示一：文学与剧场不是根本对立的，而是一种双向互动关系——文学影响着剧场，剧场也影响着文学，任何把文学与剧场对立起来二分式的做法都是缺乏整体眼光和辩证思维的。英国戏剧理论家J•L•斯泰恩在《现代戏剧理论与实践》一书的作者序言中开篇第一句话就写到：“剧本创作的风格与把它搬上舞台的那种戏剧表演流派是分不开的，这已成为一个越来越为人们所接受的原则。”[③]“郭、老、曹”与北京人艺的互动关系已经充分证明了这一点。如果我们把思路再扩展开来，会发现不同风格的作家作品与戏剧舞台演出之间（包括戏剧观众的接受）有明显的对应关系。著名导演黄佐临在《漫谈“戏剧观”》中，就曾谈到剧本创作对于写意话剧探索的决定性作用：“剧本，剧本，一剧之本。如果一个剧本是以现实戏剧观写的，我们就很难以写意的戏剧观去演出。”[④]潘孑农在《唐槐秋与中国旅行剧团》一文中曾分析唐槐秋的演路历程，他开始演田汉感伤的浪漫主义戏剧起步，演出本色自然，较为情绪化；到成立中国旅行

---

① 《曲品》中援引的“南戏十要”是：“凡南戏，第一要事佳，第二要关目好，第三要搬出来好，第四要按宫调、协音律，第五要使人易晓，第六要词采，第七要善敷衍，淡处作得浓，闲处作得热闹，第八要各角色分得匀妥，第九要脱套，第十要合世情、关风化。”见俞为民、孙蓉蓉编《历代曲话汇编：新编中国古代戏曲论著集成：明代编》（第三集），黄山书社2009年版，第110页。

② 曹禺：《重印〈日出〉后记》，《曹禺戏剧集·日出》，四川人民出版社1985年版，第265页。

③ [英]J•L•斯泰恩：《现代戏剧理论与实践作者序言》第1册，刘国彬等译，中国戏剧出版社2002年版，第1页。

④ 黄佐临：《漫谈“戏剧观”》，《人民日报》1962年4月25日。

剧团巡演曹禺的戏剧作品后，才完全掌握了现实主义演技方法，以刻画人物性格见长，注意内心体验与外形体现的结合。潘孑农在该文中评价说：“作为一个话剧演员，唐槐秋以‘南国’时代富于浪漫主义色彩的本色演技，逐步演变到现实主义的性格演技，他以其粗犷的线条，树立了朴实无华的表演风格。”① 唐槐秋表演风格的变化即“怎么演”显然与他演出不同剧目所受的训练和培养即“演什么”有关。事实上，不但作家与剧场有关联与互动，作品与观众也有形塑关系。美国戏剧家杰·威廉斯在《作家创造观众》中曾指出：“我观察到，在全部历史中，大多数我们最伟大的艺术家，不但着意于创造出一件优美的艺术品，而且还着意于为这件艺术品创造观众。我想，这就是艺术的所在。”② 这里，我们不妨以契诃夫的现实主义戏剧、田汉的浪漫主义戏剧、梅特林克的象征主义戏剧、布莱希特的“史诗剧”为例作对照分析，以进一步说明之。以下是这些戏剧所呈现的文学——剧场——观众的互动关系表。

文学—剧场—观众互动关系表

作家作品的风格特色（文学）	导、表演等舞台处理（剧场）	观众接受状况（观众）
契诃夫现实主义戏剧的创作特点是：淡化外在的戏剧冲突、强调戏剧事件的生活化和剧本的内在抒情性等，代表作《海鸥》。	力求用现实主义的表演体系来演出，强调对生活的体验与感悟，对人物内在心理的把握，表演力求本色自然、含蓄蕴藉。	让观众置身于剧情中，观众要有极高的文学素养，能与剧本内容和舞台演出发生思想上的共鸣，与戏剧展开积极对话，对社会与人生作出自己的思考。

① 潘孑农：《唐槐秋与中国旅行剧团》，《舞台银幕六十年——潘孑农回忆录》，江苏古籍出版社1994年版，第59页。

② ［美］艾·威尔逊等著《论观众》，李醒等译，文化艺术出版社1986年版，第104页。

田汉浪漫主义戏剧的创作特点是：抒发知识青年的时代苦闷和个人身世的不幸，剧作洋溢着感伤的情调，结构上的传奇色彩，人物大段的内心独白，唯美的语言等，代表作《南归》。	舞台布景力求写意化，重在诗意氛围的营造，演员不重视演技的操控，而注意人物情感的体验和自我情感的宣泄，表演夸张、热烈而富有煽动性。	观众沉醉于舞台的艺术气氛之中，情感上产生强烈的共鸣，甚至涕泪俱下、情不自禁，内心的苦闷和抑郁也得到了暂时的宣泄。
梅特林克象征主义戏剧的创作特点是：突破现实主义限制，采用象征手法表达看不见的世界和看不见的人，追求主题的哲理性和多义性，希冀戏剧有更大的涵盖面和普泛性，舞台笼罩着神秘的气氛。代表作《闯入者》。	注重戏剧的抽象性和象征性，减少舞台动作，倡导“静止戏剧”，重视舞台神秘气氛的渲染，演员表演注重人物内在心理的挖掘与外在展示，情感上则要求有所控制，更有超现实主义的夸张、变形、荒诞的表演。	观众需有一种澄明的心境，用心感受现实的暧昧性和多义性，体悟人生的精深的哲理性，由于戏剧本身常常运用暗示、象征的手法，故意留下“空白”，给观众一个自由联想和独立思考的空间，这就要求观众成为一个“积极的观众”。
布莱希特的“史诗剧”的创作特点是：重视戏剧的宣传教育作用，戏剧亦可以叙述，常常通过报幕员或剧中演员直接对事件发表评论，结构上多采用“夹演夹评”方法来安排情节。代表作《伽利略传》	注重戏剧演出的表现性和故事的陌生化效果，演员要和角色保持距离，要意识到自己是在表演，在表演中要有自我的理性监督和控制①。在演剧方法上处理好演员与角色、体验与表现、共鸣与间离、情感与理性的辩证关系②。	面向观众的理智，把观众与事件“间离”开来，观众被置于旁观者的地位，促使观众对戏剧内容作出冷静的反思，保持独立的欣赏艺术和评判社会的立场，唤起他的行动意志、促使观众作出抉择。

从表中不难看出，不同风格的剧本对剧院的影响和观众的要求是截然不同的，甚至连剧场环境的要求也各不一样，美国戏剧家艾·威尔逊就指出：“在考虑剧场环境时，就会直接导致对剧场建筑各种形式和风格的考察，包括对观众座位的基本安排。通观剧场史，共有四种基本的舞台类型，每一种都有它的优点和缺点，每一种都只适合某种类型的剧本和某种类型的演出，并且每种都给观众以不同的视觉经验。”③ 这都告诉我们：作家、导演、演员、舞台美术，包括他们共同服务的对象——观众都是一个统一的有机体，在共同场域中为了同一个理想和目的分别承担着不同的任务和功能，他们是亲近而必需的联系者、合作者和影响者。文学与剧院之间无疑具有深刻的逻辑关联和鲜明的互动性。

启示二：戏剧文学与剧场之间客观上存在内在的张力，成就现代中国伟大戏剧的途径在于剧作家和导表演艺术家的良性互动与和谐发展，在于高水平创作与高水平演出的相辅相成、相得益彰。“郭、老、曹”与北京人艺之间的关系已充分说明这一点，一些经典剧目如《茶馆》《雷雨》的演出都曾受特定时代影响以及自身戏剧观念的局限而走过“弯路”、误入歧途，反映出创作/表演之间相互磨合的动态的生命过程。同时，文学与剧场的互动并非都是良性的，二者也时常发生离异和偏差，更有不少劣性的表现，例如“郭、老、曹”戏剧创作与北京人艺戏剧演出所暴露出的趋从现实政治（政权、政策）、工具化等实用主义倾向。这就告诉我们，戏剧文学与剧场之间不和谐居多，作家要选择适合自己的剧院，剧院也要选择适合自身表演的剧本，成就现代中国

① ［德］贝·布莱希特在《戏剧小工具篇》中说：“演员一刻都不允许使自己完全变成剧中人物……演员自己的感情，不应该与剧中人物的感情完全一致，以免使观众的感情完全跟剧中人物的感情一致。”“当演员批判地注意着他的人物的种种表演，批判地注意与他相反的人物和戏里所有别的人物的表演的时候，才能掌握他的人物。”（《布莱希特论戏剧》，丁扬忠等译，中国戏剧出版社 1990 年版，第 25、31 页）

② 张秋歌在《我所理解的“间离”》中讲述了自己扮演布莱希特《高加索灰阑记》中法官阿兹达克的体会时说：“按照以往创造角色的方法，当我找到人物的外部特征时，用‘我就是’的创作原则，去真实地生活在舞台上。而布莱希特则要求演员以‘我演他’的创作原则在舞台上表现这个人物，当我明白了这个道理后，就用一种‘我在演给你们看’，‘我在告诉你们’的思想意识支配着自己的表演。”（《探索的舞台》，蔡体良编，中国戏剧出版社 1989 年版，第 225 页）陈颙在《从〈伽利略传〉到〈高加索灰阑记〉》中总结经验说：“我们发现排好布莱希特戏剧，从戏剧观念的变革，戏剧美学的理论素养，演员的技巧准备、表演方法的统一，各种艺术媒介、手段的综合运用，都有极高的要求。”（《探索的舞台》，蔡体良编，中国戏剧出版社 1989 年版，第 217 页）

③ ［美］艾·威尔逊：《剧场环境对观众的影响》，［美］威尔逊等著：《论观众》，李醒等译，文化艺术出版社 1986 年版，第 335 页。

伟大戏剧的途径在于剧作家和导表演艺术家的良性互动与和谐发展，在于高水平创作与高水平演出的相辅相成、相得益彰。

从理论上讲，戏剧的文学性与剧场性应是一体的，是一个硬币的两面。戏剧文学性既体现在文学剧本中，也体现在舞台审美中，因为导演的阐释工作源起于文学剧本，终结在舞台呈现，导演艺术构思离不开“文学思维”。演员的表演里，除了表演技巧及艺术展示外，就有文学性的体现①，任何一个演员都要扮演人，以人为中心，塑造鲜明的人物性格，展示人物性格和心理的发展史，且以语言和形体为表现手段，舞台上由导演、演员、舞美等艺术家共同创造的舞台形象，都应当是文学形象。同样，文学剧本也与一般小说、诗歌、散文文本不同，它不全是文学性的宣泄，作为一种艺术样式，它内含舞台演出的规定性要求，例如一般剧本都会有“舞台提示”、以对话为主要形式，结构上要求时空的相对集中，以戏剧行动为中心，作家写剧亦应有观众意识等，但在实际操作中，文学与剧场之间的和谐共处常常是理想状态的，二者客观上存有矛盾、对立和冲突，剧作家可能更多的考虑剧本的文学成就以及个人思想才华的展示，而导表演也许更多考虑剧本的演出效果和观众的反应②，前者着眼于文学性（Literariness），后者着眼于舞台性 (Staginess) 或剧场性 (theatricality)，二者因侧重点不同产生矛盾和冲突。比较而言，文学性与剧场性的区别如下：（1）在内容层面：文学性追求主题的深刻性和现代性，赋予作品以灵魂与意义，剧场性追求内容的通俗性和戏剧性，强调作品的出奇制胜和剧场效果；（2）在人物塑造上，文学性注重人物心理的挖掘、人物塑造的个性化和复杂性，在人与事关系处理上是：人＞事；剧场性则追求人物外在

① 于是之在《一个演员的独白》中说：“演员的创造不能只是演得像了就算，我们所创造的形象，必须是一个文学的形象，可以入诗、可以入画的形象。”《演员于是之》，王宏韬、杨景辉编，北京十月文艺出版社 1997 年版，第 299 页。

② 我国戏曲史上著名的“汤沈之争”就是一个生动的例证。汤显祖属于“文采派”，注重作品的意旨、风趣、神情、声色，他强调：“《牡丹亭記》要依我原本，其吕家改的，切不可从，虽是增减一二字以便俗唱，却与我原做的意趣大不同了。”在音律与情辞之间，他主张音律服从情辞，以致说出“余意所至，不妨拗折天下人的嗓子”这样偏激的话。沈璟属于“格律派”或“本色派”，他从演出需要出发，主张音律重于情辞，强调唱词的本色当行、合律依腔，“宁协律而不工，读之不成句，而讴之始协，是为中之之巧。”戏剧史上“汤沈之争”的结果是：许多人都认识到合律第一与文学第一这种排它性的极端做法都不利于戏曲艺术的发展，而普遍赞同“双美说”，即所谓“以临川之笔协吴江之律”，“合则双美，离则两伤”，“夫曰神品，必法与词两擅其极”。

的动作性、人物刻画的类型化与喜剧效果（插科打诨），在人与事关系处理上常常是：人<事。（3）在结构层面：文学性突出叙事时间性，不刻意追求情节的曲折性和紧张性，有些戏剧还淡化外在的情节性，而突显戏剧内在的、潜隐的抒情性；而剧场性则注意叙事的空间性与外在的冲突性，常常为了演出效果的需要，追求情节的新奇曲折（所谓"非奇不传""无巧不成书"）、引人入胜。（4）在语言层面：文学性讲究语言的优美动人，重视语言的个性化和动作性，更有大量含义丰富的潜台词夹杂其中，好的戏剧语言还常常具有诗意性。而剧场性中的语言除了有声语言外，还突出形体语言，注重语言的美听动人，希望引起观众的注意，并能博得观众的欢心。（5）在风格层面：文学性追求主题的深刻高雅、语言的含蓄蕴藉，情节的舒展隽永，即强调戏剧的丰富性、深邃性、永恒性和接受的多元性；而剧场性则追求通俗易懂、本色当行，注重戏剧情境的设置，希望直接作用观众视听，即强调戏剧的外在性、肉身性、一次性（非重复性）和接受的直接性。正由于二者取向的不一致使文学性与剧场性之间有合作，有斗争；有妥协，有对抗①。在经过多次碰撞磨合后，才能达到共赢的结果。所以要认识到二者关系处理的复杂性，不可简单、轻率和急躁，为了一方的利益而牺牲另一方，甚至以一方来取代另一方。这里笔者提出"张力"论，以期达到对于文学性与剧场性关系的辩证把握。所谓"张力"，最初是美国新批评派主将之一艾伦·退特 1937 年在他著名的《论诗的张力》(*Tension in Poetry*) 一文中提出的，他以此作为评判诗歌的标准，他说："我提出张力（tension）这个名词，我不是把它当作一般比喻来使用的，而是作为一个特定名词，是把逻辑术语'外延'（extension）和'内涵'(intension) 去掉前缀而形成的。我所说的诗的意义就是指它的张力，即我们在诗中所能

① 值得指出的是：戏剧史上曾出现过反剧场性运动。20 世纪初，斯坦尼斯拉夫斯基就视演出中的剧场性因素为最大的敌人，他称这样的艺术为"匠艺"。他公开宣称："我们反对老一套的表演方法，反对剧场性，反对虚假的激情和朗诵腔，反对匠艺式的做作，反对恶劣的演出和布景的刻板公式，反对破坏艺术整体的明星主义，反对当时的整个演出制度，反对当时的剧场的毫无意义的剧目。"（[苏] 斯坦尼斯拉夫斯基：《我的艺术生活》，《斯坦尼斯拉夫斯基全集》第 1 卷，史敏徒译，郑雪来校，中国电影出版社 1962 年版，第 225 页）所以，阿契尔在《剧作法》中说："'戏剧性'一词成了与'剧场性'同义的骂人的话"（[英] 阿契尔：《剧作法》，吴钧燮、聂文杞译，中国戏剧出版社 1983 年版，第 41 页）

发现的全部外展和内包的有机整体。”[①] 这一概念后来得到西方文艺界的认同，并被广泛地运用到文学研究之中。罗吉·福勒进一步把“张力”界定为“互补物、相反物和对立物之间的冲突和摩擦”，认为“凡是存在着对立而又相互联系的力量、冲动或意义的地方，都存在着张力”[②] 我们认为文学与剧场之间客观上存在着“张力”特性，二者既相互冲突、相互制约，不可替代，形成明显的差异性，又相互联系，相互依存，相互影响，存在着一定的互动性，即戏剧的文学性要物化为舞台呈现，戏剧的舞台呈现也以文学性为依托，正是它们相反相成的运行方式才使得戏剧处于动态平衡的运动过程之中，共同构筑了戏剧艺术的生命，并赋予了作家 / 导表演自身的审美创造性。

启示三：具体到剧作家与导表演的关系，则是一种创作自由与依附性之间的对立的统一，戏剧艺术的诸因素应在妥帖的互相关系中有控制地各尽其能，成功的戏剧艺术是作家、导演、演员三者的有机结合、和谐统一。“郭、老、曹”三位文学大师与焦菊隐、于是之等导表演之间的合作即是如此，剧作家有他独立创作剧本的自由，但他心中必须有舞台，要努力熟悉剧院、了解剧院，懂得舞台艺术规律，虚心接受导表演的建议和指导，其剧本的舞台生命也依赖于导表演的艺术处理。同样，导演和演员也有自己阐释剧本的自由，可以有自己的艺术创造和艺术追求，但仍必须尊重作家的创作成果，以文学剧本作为自己的阐释基础，所谓“二度”就是指一种约束性，一种依附于一度创作的约束性。过分的自由和过分的依附都不是一件好事。狄德罗就指出：“舞台好比是一个秩序井然的社会，每个人都要为了整体和全局的利益牺牲自己的某些权利。”[③] 这就告诫我们要反对两种不良倾向：一是有些导表演往往不采取与剧作家商量的态度，不体恤作家创作的辛劳，不细心体会作家的创作意图和作品的风格特点，而主观地大删大改，对剧本进行各种非文学

---

① ［美］艾伦退特：《论诗的张力》，姚奔译，见赵毅衡编选《“新批评”文集》，天津百花文艺出版社 2001 年版，第 129—130 页。

② ［英］罗吉·福勒：《现代西方文学批评术语词典》，袁德成译，四川文艺出版社 1987 年版，第 280 页。

③ ［法］狄德罗：《狄德罗美学论文集》，张冠尧等译，人民文学出版社 1984 年版，第 293 页。

性的处理和“操作”，结果弄得剧本面目全非。[①] 我国当代剧作家李龙云在《杂感二十三题》中就不无愤慨与偏激地说：“绝大多数剧作家的处境是被动的，实现舞台实践有时往往需要扭曲自己。现在，我不会这样做了，我用戏剧这种形式在搞我的文学。在我这里，作品的发表就是一部作品的终结。”[②] 恩斯特·托勒则说：“宁肯把本子交给一位对原作理解不透的导演，也不可把它交给往原作中猛塞私货的导演。”[③] 这些来自剧作家的抱怨应引起导表演艺术家的警醒；另一种倾向则是有些剧作家过于“溺爱”自己的作品，不虚心听取导表演的意见，容不得导表演的任何改动，有些知名作家甚至对剧院“耍大牌”。实际上，一个剧本的脱稿，仅仅是一颗种子，而剧院却是土壤，如果种在肥沃的土壤里，更得各方面的辛勤浇灌，即使先天不足，也是可能发芽、成长，开出美丽的花朵来。有时导表演的深入挖掘，往往可以挖掘出连剧作家本人都尚未觉察到的宝藏。徐志摩在《看了〈黑将军〉以后》一文中说：“出一个真诗人不容易，出一个真戏子也不容易。戏子做得好的时候，真能在台上神化剧中的情节，真能充分的发挥剧本里应有尽有的意味，也许有时还加入他个人人格的贡献，他便是个创造的艺术家，他的演术便能独立的要求艺术的品评，他便是编剧的知己。”[④] 当然，这里我们也期望具有综合素质、开阔视野的编、导、演全能艺术家的出现（我国话剧界的前辈如洪深、欧阳予倩、田汉、曹禺、焦菊隐、熊佛西、黄佐临等均是戏剧通才，具备多方面的知识积累和艺术修养）。

启示四：戏剧文学与剧院剧场之间存在着相互建构关系，作家和剧院应有自己的战略眼光和主体精神，充分认识二者互动的价值与意义，谋求文学与剧场双赢格局的形成，这对戏剧创作和剧院发展都是至关重要的。已故的人

① 《文化部颁发〈付给戏剧作者上演报酬的试行办法〉》一文中就指出：“在相当长的时间里，由于没有通过立法形式保护剧作者的版权所有，对剧本上演、改编、移植没有明确的规定，因此剧团在上演某作者的作品时不通知作者，在演出广告和说明书上也经常不署作者姓名的情况，致使不尊重作者，随意删改，任意改编，甚至改头换面据为己有、抄袭和剽窃等侵犯剧作者权益的问题时有发生。剧作者在剧本创作中所付出的劳动及其对社会的贡献与作者所得的报酬相脱离。这实际上是戏剧艺术生产内部关系不完善的表现。”（《戏剧报》1985 年第 5 期）

② 李龙云：《杂感二十三题》，《戏剧文学》2000 年第 12 期。

③ [美]恩斯特·托勒：《转变》，《外国现代剧作家论剧作》，中国社会科学出版社 1982 年版，第 237 页。

④ 徐志摩：《看了〈黑将军〉以后》，《晨报副刊》1923 年 4 月 11 日—14 日。

艺老书记赵起扬在《剧之本，院之本》中说，从1986年到1988年，他曾用两年多的时间，视察近200个剧院（团），其中真正重视抓剧本的，并且有章法有措施的只有极少数。究其主要原因，仍是没有真正把剧本和剧院的生存联系在一起。[①] 同样，一些剧作家仍习惯闭门造车，不考虑与剧院的合作，不重视剧本的舞台生命，反映出一种根深蒂固的短视的意识。因此提倡文学与剧场之间的通力合作刻不容缓，为此，剧团要争取与剧作家经常的联系与合作，要表现出积极主动的姿态，不把剧本创作与演出活动截然分开，等待着现成的、完整的剧本到手后才开始工作，而要明白"水涨船高"的道理，争取作家给予更多的支持，尽可能地给予剧作家以各方面的协助和方便，把好剧本关，力求在作家风格的基础上形成剧院独特的演剧风格。作家也要尽可能多地了解剧院，参与到排演与演出活动中去，希望依靠剧团的演出使自己的作品不断地完善，力求把自身创作个性的追求与剧院的艺术特色和理想有机结合起来。张庚在《戏剧艺术引论》中就曾指出："在戏剧繁荣时代，剧作家是出自剧场，或者至少跟剧场的关系十分密切。而就在这样的时候，世界上最伟大的剧作，无论从剧场的意义上说或从文学的意义上说，是在大量的产生。"[②] 古今中外的戏剧史表明：剧作家的成长是与剧院的培养分不开的，而剧院的卓越的成就也往往与知名的剧作家的名字分不开，这里有单个作家与剧院珠联璧合的，例如席勒与德国曼海姆民族剧院、莫里哀与法兰西喜剧院、莎士比亚与英国环球剧院、奥斯特洛夫斯基与莫斯科小剧院；也有几个作家与剧院共同成就的，如叶芝、辛格等人与爱尔兰阿贝剧院，契诃夫、高尔基、托尔斯泰与莫斯科艺术剧院，当然也包括郭沫若、老舍、曹禺与北京人民艺术剧院等，以至于提到一方马上便想到另一方。可以说，在他们那里，作家与剧院、文学与剧场或"诗"与"剧"是互为依存、互相成就的。而他们的成功合作也为双方赢得了国内与国际的声誉，共同推动了文学 / 艺术的大发展与大繁荣。

---

① 转引自张帆著《走近辉煌》，中国戏剧出版社2007年版，第303页。

② 张庚：《戏剧艺术引论》，文化艺术出版社1981年版，第67页。

附录一

论田汉与北京人艺的互动关系

北京人民艺术剧院从建院起就高度重视剧院与作家的合作与互动，戏剧家的成功创作与剧院剧场的完美表演共同谱写了当代中国戏剧史。于是之、王宏韬、田本相在《论北京人艺演剧学派》一书中就指出："北京人艺得天独厚之处，是中国一些著名的剧作家为其提供剧作，如郭沫若、老舍、曹禺、田汉等，从某种角度说，北京人艺的演剧理论及其风格，是在上演这些剧作家的剧目中形成的，并创造出本学派的舞台精品。"[①] 笔者在《戏剧文学与剧院剧场》一书中曾以郭沫若、老舍、曹禺与北京人民艺术剧院的互动关系为例，来探究戏剧艺术中文学与剧场的辩证关系，旨在为当今戏剧创作与演出提供新的理论指向和实践范式。但因为研究对象所限，此书没有将田汉与北京人艺的关系纳入考察范围。事实上，田汉对北京人艺剧目建设及其演剧风格的形成也起到了重要的作用，同时北京人艺艺术家们亦对田汉戏剧创作提供良好的写作建议，对其剧本的修改和完善功不可没，其超越时空的舞台演出也使田汉戏剧获得不朽的艺术生命，二者客观上存在着互动关系。

一、田汉对北京人艺剧目建设的贡献

北京人艺一直重视剧目建设，把它看作剧院建设与发展的生命，院长曹

① 于是之、王宏韬、田本相：《论北京人艺演剧学派》，北京出版社1995年版，第2页。

禺曾指出“一个名副其实的剧院应该有自己的一批保留剧目。”① 他还提出过“剧院首先是文学院”“人艺只能上演第一流的作品”② 的艺术主张。由于曹禺的特殊身份与影响，北京人艺除了把“五四”以来很多中国现代话剧的优秀剧目搬上舞台外，还延请了一批当时健在的现当代戏剧名家为剧院写戏，例如郭沫若、老舍、夏衍、吴祖光、丁西林等，田汉作为文联主席自然也包括在内。1959 年，北京人民艺术剧院就上演了田汉创作的《关汉卿》，曹禺曾评价说：“这是田汉同志最好的剧本之一。这虽然是个历史剧，但其中表现了作者对人民的热爱和刚正不阿的精神。关汉卿在他的笔下是一位光彩夺目的大戏剧家，为穷苦人说话，热爱人民，不畏元皇朝的赃官暴吏的压迫，最后与他所爱的演员朱帘秀被迫去南方。我感到这个剧本凝聚了田汉同志一生的经验与感情，田汉同志当然写了许多好剧本，但《关汉卿》是他众多好剧本中的瑰宝”③。田汉能把《关汉卿》交给北京人艺演，与他对剧院的信任，以及与曹禺、焦菊隐等深厚友谊密不可分。他是北京人艺的常客，经常为剧本创作、演出排练出谋划策。至今剧院还保留着 1959 年田汉为《蔡文姬》演出而作的《贺圣朝》一诗的手稿。为此，作为院长的曹禺曾满怀感激地说：“我们很幸运，有中国许多杰出的戏剧前辈在支持、帮助我们，他们把不朽的剧作交给我们上演。郭沫若、老舍、田汉、夏衍、丁西林的剧作，使我们剧院不断出现灿烂辉煌的演出。”④

可以不夸大地说，北京人艺是中国剧院（团）中保留经典剧目最多的剧院。从《龙须沟》开始，北京人艺就实行保留剧目演出制度，即把一些好的成功的能够代表剧院风格和成就的剧目保存下来，轮换上演。这其中田汉就贡献了两部：一部是《名优之死》，该剧旨在揭示艺术理想和社会现实的冲突，通过艺术家的不幸遭遇，暴露半殖民地半封建中国社会的黑暗，反映艺术的社会命运问题。该剧是 20 世纪 20 年代田汉最出色的作品之一，作为北京人

① 转引自周瑞祥：《远志·奋进·戒骄》，《中国戏剧》1997 年第 5 期。

② 转引自梁秉堃著《在曹禺身边》，中国戏剧出版社 1999 年版，第 87 页。

③ 曹禺：《戏剧工作者的良师益友——怀念田汉同志》，《人民戏剧》1979 年第 4 期。

④ 转引自《演员于是之》，王宏韬、杨景辉编，北京十月文艺出版社 1997 年版，第 339 页。

艺保留剧目，其演出情况如下。1957年为第一次演出，编剧：田汉，导演：夏淳，设计：陈永祥、方堃林，表演：左宝奎：于是之，萧郁兰：秦在平、金雅琴，后台经理：张兴山；阿蓉：黄宗洛；刘振声：童超。1958年第二次重演：编剧：田汉），导演：夏淳，设计：辛纯、陈永祥、方堃林。1979年第三次演出：编剧：田汉，导演：夏淳），设计：陈永祥 方堃林。2019年第四次演出：编剧：田汉，导演：任鸣、闫锐。总体来说，前三次演出都是由夏淳导演，多为复排，变化不大，且以严谨的现实主义风格见长，第四场演出由任鸣、闫锐导演，注意现实主义与浪漫主义的结合。除了现代经典剧目《名优之死》外，田汉还在"十七年"时期创作了《关汉卿》，因其思想和艺术上的巨大成就，该剧在当时就产生了极大的反响，北京人艺先后在1958年和1963年演出，1958年演出情况如下：编剧：田汉，导演：焦菊隐、欧阳山尊，设计：辛纯、宋垠、鄢修民，表演：朱小兰：李滨；婆婆：吕恩、孟健；刘大娘：黎频、林婧；二妞：刘华、宋凤仪；关汉卿：刁光覃、于是之；1963年演出情况如下：编剧：田汉，导演：焦菊隐，设计：王文冲，韩西宇，方堃林，洪子诚在《中国当代文学史》中曾指出："从后来的事实看，五六十年代的剧作，很少能成为剧院的'保留剧目'。作为北京、上海等大城市专业剧院（如北京人艺、上海人艺、中国青年艺术剧院、中央实验话剧院等）的'剧院艺术'标志的，主要是西方古典和我国三四十年代的话剧创作。"① 具体如《威尼斯商人》《一仆二主》《玩偶之家》《万尼亚舅舅》《雷雨》《日出》《北京人》《家》《上海屋檐下》《风雪夜归人》等。"十七年"时期的戏剧，只有《茶馆》《关汉卿》等少数作品，以后仍能经常上演。田汉的《关汉卿》被认为是新中国成立后田汉话剧创作的最高成就，也是新中国成立后我国最优秀的话剧之一。2017年，作为中国话剧110周年诞辰的献礼之作，北京人艺推出了重头戏——由唐烨导演、王斑主演的田汉名作《关汉卿》（其他演员有：仇晓光、夏立言等），这是《关汉卿》在北京人艺的第三次公演。值得指出的是，此次演出不是复排，而是重新演绎，属于新排剧目。

① 洪子诚：《中国当代文学史》，北京大学出版社1999年版，第164页。

笔者浏览了北京人艺 1952—2014 演出剧目，统计出北京人艺有关现当代剧作家的保留剧目（指演出 2 次以上），大致情况是：曹禺有 5 部，分别是《雷雨》《日出》《原野》《北京人》《家》；老舍有 4 部，分别是《龙须沟》《茶馆》《骆驼祥子》《女店员》；郭沫若有 2 部，分别是《蔡文姬》《虎符》；田汉有 2 部，分别是《名优之死》《关汉卿》；郭启宏也是 2 部，分别是《李白》《天之骄子》，剩下的都是 1 部，大致有丁西林的《三块钱国币》、李龙云的《小井胡同》，刘锦云的《狗儿爷涅槃》、何冀平的《天下第一楼》、过士行的《鸟人》、孟冰的《白鹿原》、胡玥的《第一次的亲密接触》、刘川的《烈火红心》、林兆华等集体创作的《爆破之前》等。如果以演出 3 次以上的标准来衡量，则保留剧目更少，分别是《雷雨》（7 次）、《茶馆》（5 次）、《日出》（5 次）、《蔡文姬》（5 次）、《北京人》（4 次）、《骆驼祥子》（4 次）、《名优之死》（3 次）、《关汉卿》（3 次）、《小井胡同》（3 次）、《李白》（3 次）。我个人认为，随着时间的推移，有的保留剧目可能不会被保留，如刘川的《烈火红心》、老舍的《女店员》，而田汉的《名优之死》《关汉卿》则不会被淘汰，因为这两部作品具有“经典性”特征，可以传承下来。按照刘象愚在勒内·韦勒克、奥斯汀·沃沦的《文学理论》序言中对“经典性”的总结和归纳：“首先，经典应该具有内涵的丰富性”“其次，经典应该具有实质的创造性”“再次，经典应该具有时空的跨越性”“最后，经典应该具有可读的无限性”。[①]《名优之死》《关汉卿》具有内涵的丰富性，除了社会现实的批判主题外，也有对艺人 / 艺术命运与时代关系的反思（例如《名优之死》：“这年头就容不下好东西”），艺人的人生观（生活方式）、世界观、价值观与其艺术成长道路的思考（例如《名优之死》：“京剧就是我们的玩意儿，不管你长的有多漂亮，不管有多少人捧你，玩意儿没有了什么都没有了”），对苦难人生中美好人性的揭示，艺术家的情怀和艺术为人民代言的问题，以及关于艺术、爱情与现实等多重关系的探索与解剖。这些内涵都具有超越时空的意义和价值，是可以不断被诠释的。其作品具有古今相通的思想意蕴和情感的普遍诉求，能满足不同时代观众的审美

① 刘象愚：《文学理论·总序二》，[美]勒内·韦勒克、奥斯汀·沃沦著：《文学理论》，刘象愚、刑培明等译，江苏教育出版社 2005 年版，第 6 页。

愉悦。就审美的创造性而言，田汉的《名优之死》《关汉卿》等剧尝试多元创作方法的结合、蕴含丰富的情韵特征、在人物形象塑造、语言运用方面都自成特色，尤其是其融合戏曲美学和话剧美学的独特的艺术创造，诞生了一批可以称为“田汉体”的话剧作品，使其呈现出迥然不同的风格和魅力，给观众带来独特的审美享受，并最终成为超越时空反复上演的艺术经典。

二、田汉戏剧对北京人艺演剧风格的影响

关于北京人艺演剧风格，中共中央办公厅调研室曾有过权威归纳：“人艺的风格是在50年代排演老舍、曹禺、郭沫若、田汉等杰出作家的剧作中形成的，已故的导演艺术家焦菊隐等为其创立作出了不可磨灭的贡献，这就是坚持现实主义道路，追求话剧的民族化，强调演出的整体性，塑造鲜明深刻的舞台形象。”[①] 后来学界把它约定俗成为：现实主义、民族化及整体性，这其中，田汉戏剧对其风格形成作出了贡献和影响。

（一）现实主义的拓展与深化。北京人艺现实主义风格的形成一般认为是在演出老舍《龙须沟》、曹禺《雷雨》等作品中形成的，其实田汉戏剧也功不可没。田汉戏剧十分注意典型环境中的典型人物的塑造，除了时代气氛的渲染营造外，尤其注重人物形象和心理的刻画，这突出表现在它为北京人艺的人物画廊增加了艺术家形象系列，《名优之死》的主人公刘振声性格正直刚强，洁身自好，艺德高尚，认定“玩意儿就是性命”，当看到女弟子刘凤仙成名后经受不住诱惑，十分痛心，最后以死殉艺，其作为一个艺人的敬业精神和人格操守令人钦佩。《关汉卿》中的关汉卿则敢于“为民请命”，以笔为旗，反对贪官污吏，展现他为艺术不屈不挠的斗争形象。这两部作品都是以艺术家为主人公，反映了田汉对此问题和领域的一贯关注和探索，二者有着深刻的精神联系。其他艺人形象也栩栩如生，如《名优之死》中左宝奎（演丑角）的幽默风趣、萧郁兰（演花旦）的直爽泼辣、刘凤仙（演老生）的虚荣自私

---

① 中共中央办公厅调研室：《构筑国家级艺术殿堂的成功之路——关于北京人民艺术剧院的调查》，《光明日报》1992年1月6日头版。

以及《关汉卿》中叶和甫的卑躬屈膝都给观众留下深刻而鲜明的形象。著名导演夏淳曾指出："导演帮助演员有大量工作要做，包括帮助演员体验人物，帮助他生活于角色之中，寻找准确的动作来表现他的性格，适当处理他的激情等。这些都是不可缺少的。这些步骤之间有着紧密的联系，都是为一个目的服务，即帮助演员在舞台上塑造出鲜明具体、生动感人的人物形象。"①

田汉的两部剧作是由导演夏淳（《名优之死》）和欧阳山尊（《关汉卿》）执导的，二者都以严谨、细腻的现实主义导演风格见长，十分注意用斯坦尼的现实主义演剧理论来分析剧本、指导演员，而田汉的两部作品则给他们提供发挥才华的舞台。《名优之死》根据当时一位叫刘振声的名演员被气死在舞台上，吐血而亡的一个真实事件写成。董健在《中国现代戏剧史稿》中指出："如果说《梵峨璘与蔷薇》还是站在主观的'艺术天国'里看社会，带着艺术家天真幼稚的空想，那么《名优之死》却是站在客观的'现实地域'里看艺术，表现了作者严峻的现实主义精神。"②而《关汉卿》则是现实主义与浪漫主义的结合，在创作方法上达到了历史真实与艺术真实的统一。夏衍说："七百年前，关汉卿以'酌奇而不失其真'的浪漫主义精神写下了《窦娥冤》，七百年后，田汉同志同样以'玩华而不坠其实'的浪漫主义精神写下了《关汉卿》。"③可见田汉两部作品都有现实主义的存在基础，展现作者对社会、人生的思考。在排演时，夏淳、欧阳山尊都十分注重舞台典型环境的渲染，要求演员深入生活，理解人物，由于是艺人演艺人，北京人艺演员在表演时也有真情实感，演出给人以生活真实感，表演既真实又动人。这里有一个花絮，因为演出过于细腻严谨，田汉在 1958 年 6 月 15 号观看以后说："演得不错，可惜严肃了些，我希望这出戏演得更热情奔放。"④也即是田汉希望在现实主义的基础上增加浪漫主义的成分，以实现现实主义的拓展和深化。在新近的《名优之死》（导演任鸣、闫锐）演出中有了不同程度地改观，追求再现与表现、写实与写意

① 夏淳：《导演要帮助演员塑造鲜明的形象》，《北京人民艺术剧院艺术家丛书·夏淳》，朱以中编，十月文艺出版社 1995 年版，第 116—122 页。

② 陈白尘、董健主编：《中国现代戏剧史稿》，中国戏剧出版社 2008 年版，第 156 页。

③ 夏衍：《读〈关汉卿〉杂谈历史剧》，《剧本》1958 年第 6 期。

④ 黎之彦：《话剧〈关汉卿〉创作侧记》，四川文艺出版社 1994 年版，第 95 页。

的结合。胡薇在《呼应新时代戏剧人对于戏剧本质的反思——评北京人艺新版话剧〈名优之死〉》中说：“舞台形式上则于整体创作理念中融会话剧和戏曲，将话剧和戏曲的艺术表现手段和表达方式有机结合，大量采用戏曲元素，虚实结合，将写实与写意的表现方式互为转换，并以诗化的舞台表达来表现原作极为写实的内容，不仅是一次有益的话剧民族化探索，也开掘出了《名优之死》独特的艺术价值和创作意义。”①

（二）民族化的进一步探索。焦菊隐的民族化探索是从《虎符》开始的，并不成功，只是戏曲外在表现形态的简单模仿，较为机械僵化。到了《茶馆》和《蔡文姬》的出现，才真正达到借鉴戏曲的美学原则和审美精神的地步，表现在舞台调度上的节奏和韵律、演员表演上突出人的表现，讲究虚实结合、场面的冷热相济以及对诗化意境的追求等。到了《关汉卿》，“《关汉卿》的实践，使焦菊隐的话剧民族化探索进入更新更高的境界。他运用‘戏曲构成法’进行话剧舞台艺术的创造。”②

所谓“戏曲构成法”，按照焦菊隐《重排〈关汉卿〉提示散记》的说法，“戏曲构成法，是戏曲处理题材的基本方法。……它主要表现在剧情的安排上。而剧情的根本任务是揭示人物的内心世界。戏曲从来就是集中力量刻画人物思想的、性格的，所以，它十分重视剧情的结构。从导演构思的角度看，戏曲构成法的核心是强调戏剧发展的连贯性和舞台艺术形象的直观性。”③在我看来，戏曲构成法在剧情安排上是指突出人物的感情线索，强调人物内心世界的描摹和外化。田汉的《关汉卿》在艺术构思和情节安排中是十分注意揭示关汉卿创作《窦娥冤》的动机、心理以及因为遇到种种艰难困苦而展现的情感和心理世界。对于话剧来说，如何把这一精神世界直观表现出来是一个极大的挑战，在《关汉卿》中焦菊隐特别强调通过客观来表现主观，力求以形传神。例如《关汉卿》中有一段刘大娘讲述朱小兰冤屈故事的戏，向关汉卿

① 胡薇：《呼应新时代戏剧人对于戏剧本质的反思——评北京人艺新版话剧〈名优之死〉》，《文艺报》2019年5月10日3版。

② 杨景辉：《继承、发展焦菊隐的话剧民族化理论体系》，《中国现代文学论丛》2011年第7卷第1期。

③ 焦菊隐：《重排〈关汉卿〉提示散记》，《焦菊隐文集》第4卷，文化艺术出版社1988年版，第313页。

叙说朱小兰的身世、遭遇以及她为何含冤招供的戏。从表面看，刘大娘的台词很多，有好几段，完全像是刘大娘的戏，焦菊隐却明确指出："这是关汉卿的戏。"舞台通过灯光聚焦来突出关汉卿的心理活动，一束强光照在关汉卿的脸上，刘大娘在暗处，观众只听到刘大娘的声音，看到的却是关汉卿面部神情的特写。随着刘大娘的讲述，关汉卿时而心情激愤，时而克制自己，关没有台词，只用"喔""嗯""啊""怎么样"这些简单的惊叹来表现他的心情。伴随情绪反应，还有形体上的为之一震。最后促使他要写《窦娥冤》，控诉"不分好歹、错勘贤愚"的黑暗社会。焦菊隐说："主观为客观世界的反映。在戏曲表演中主要是突出主观，表演的重点放在表现客观对于主观的作用上。强调关汉卿在听刘大娘讲话时的心理活动。不能只表现他在真实地听，更重要的是表现他听的时候的内心活动，这样才能使表演有鲜明的色彩。"①

此外在《关汉卿》中，焦菊隐也有意识地采用戏曲所谓的"以少胜多""以多胜少"手法。这些都是中国传统戏曲描写人物的方法，其要旨在突出人物、刻意写情，切合中国传统戏曲的抒情本体。所谓"以多胜少"也指与刻画人物有关者，要细，不放过任何一点细微的矛盾冲突，且要有浓郁的情感、细致的过程。譬如人物的思想感情变化，在生活中是瞬间的事，而舞台上却渲染很长，演出时间大于实际生活时间。反之，"以少胜多"则指与刻画人物思想、内心冲突无关者，该简就简，演出时间小于实际生活时间。焦菊隐说："从突出人物讲，传统戏曲是非常注重揭示人物的内心世界的。它主要是通过许多细节和行为来展现人物的思想活动。它善于用粗线条的动作勾画人物性格的轮廓，用细线条的动作描绘人物的思想活动。"②《关汉卿》第四场写关汉卿的创作过程，突出他创作的苦恼、写作的艰难，这在话剧中是很短暂的事情，属于独角戏，没有对话，难以细致表现关汉卿的内心状态（话剧主要运用独白，而戏曲中独白、旁白的运用不是主要的）。但就全剧来说又很重要，因为全剧是围绕关汉卿创作《窦娥冤》的艰难历程来刻画人物，反映人物的思想高度和精神境界，这一场戏不但不能省而且要浓墨重彩地渲染，属于戏曲中

① 焦菊隐：《重排〈关汉卿〉提示散记》，《焦菊隐文集》第4卷，文化艺术出版社1988年版，第319页。

② 焦菊隐：《略论话剧的民族形式和民族风格》，《焦菊隐文集》第3卷，文化艺术出版社1988年版，第485页。

的“重头戏”。这里，焦菊隐借鉴戏曲的以多胜少、有戏则长的写法就处理得很有章法，在表演上要求既有热情奔放的大笔涂抹，又有思想情感上的精雕细刻，既有诗意，又有生活气氛，要演员放开演，不拘形骸，甚至可以手舞足蹈。具体来说，关汉卿写不出来时，就读文天祥的《正气歌》，激起他克服困难的决心，精神上也备受鼓舞，然后，他感到困了，就舞剑，在舞剑时，出现第一次朱小兰被害、《正气歌》词句和卖药的幻影，增加他替朱小兰申冤的勇气，写出朱小兰的抗争，于是就写了窦娥临死时的三桩誓愿，当老仆关忠劝关汉卿休息时，他却推关忠下去睡觉，自己仍沉浸在创作中，直至天方泛白……这就把关汉卿创作时的心路历程形象地展示在读者面前，显得错落有致，也揭示出关汉卿创作的精神力量与资源。《关汉卿》和《蔡文姬》《茶馆》等作品一道被认为是人艺民族化探索的成熟的标志，代表着人艺民族化的最高成就和水平。

必须指出，焦菊隐能进行“戏曲构成法”探索与《关汉卿》剧作本身风格特色有关。焦菊隐就说过：“如果是郭沫若同志的剧本，或者是田汉和阳翰笙同志的某些剧本，更多地运用一些戏曲形式，也许更能体现作者和作品的风格；如果是夏衍、曹禺和陈白尘等同志的剧本，更多地发挥话剧自己的特点，也许更能符合于作者和作品特性的要求。”[①]《关汉卿》结构上采取戏曲的线性结构，时间、场景变换自由，张弛有度，开阔宏伟，具有自然流畅之美。田汉研究专家陆炜曾敏锐地指出：“该剧流传中还值得注意的是，有不少戏曲剧种上演它，但原是话剧剧本却不需要调整结构，不用另写文本，只需把原来一些抒情性台词段落改成唱词，就当戏曲剧本使用。这种罕见的现象，正是话剧《关汉卿》在美学上中西融合，具有充分的戏曲因素的证明。”[②]

三、北京人艺对田汉戏剧创作／演出的作用

田汉戏剧创作活动有一个特点，就是喜欢反复修改、不断打磨、精益求

① 焦菊隐：《略论话剧的民族形式和民族风格》，《焦菊隐文集》第3卷，文化艺术出版社1988年版，第466页。
② 参见董健、胡星亮主编：《中国当代话剧史稿》，中国戏剧出版社2008年版，第81页。

精。杜埃在《田汉创作侧记》的序言中就指出："他那十年、二十年磨一剑的艺术执著精神，是非常可贵的。他的戏剧创作从主题、构思、创作初稿到完成，都反复多次修改，像他磨了 20 年的京剧《白蛇传》，直至受到不公正的批判，在逆境中仍作了最后的修改。"[①] 北京人艺参与了《关汉卿》创作的修改，为其进一步完善提供了宝贵建议。据黎之彦的《话剧〈关汉卿〉创作侧记》中记载，1958 年 4 月 6 日，上午 9 点，按照事先安排，田汉约请北京人艺的导演和演员焦菊隐、欧阳山尊、刁光覃、舒绣文、夏淳以及戏剧学院、《戏剧报》的同志来长安寺听读《关汉卿》第二稿，"田老请舒绣文朗读，第一场戏中戏把大家逗乐了。第二场朱小兰被拉去行刑，全场鸦雀无声。第三场读到关汉卿写戏，朱帘秀表示'你敢写''我敢演'时，大家都很敬佩朱帘秀。第四场，王和卿的出现，由于他性格的乐观，言谈的诙谐，引起阵阵笑声。当读到第十场赠《蝶双飞》时，舒绣文已是热泪两行，语不成声了。田老要她休息，请岳慎和欧阳山尊接读。读完后，大家热烈鼓掌，称赞田老多年不写话剧，一写就一鸣惊人，写得太感人了。"[②] 田汉希望大家多谈不足，"在他的恳求之下，大家提了两点意见：一是关汉卿和朱帘秀两人相比，朱帘秀更感人，对关的政治写多了，作为艺术家的活动写少了；二是第一场戏中戏手法新颖，但和后面的戏似乎不太协调。田老说，这两点意见提得好。"[③]

以今天眼光来看，这两条都是极其难得的建设性意见，可谓一语中的，反映了北京人艺艺术家敏锐的眼光和独到的艺术见解。这两条意见在田汉其后的修改中都被采纳了。例如第二条意见中的"戏中戏"。情况是这样的：原先戏的开场是现代的北京某昆曲团在演《窦娥冤》，舞台一端是"观众"看戏，边看边评论戏和关汉卿，有位"观众"说这出戏是大悲剧，写历史的，但事件颇像元代。另一位说"既是写汉代东海孝妇的故事，怎么能扯到元代的现代戏呢？"第三位说："你们都说得不全面，虽然是历史戏，但关汉卿写这出戏的矛头，是对着元代的反动统治者的。"接着他们又争论戏的结尾，该用喜

---

① 杜埃：《田汉创作侧记·序》，四川文艺出版社 1994 年版，第 1—2 页。

② 黎之彦：《话剧〈关汉卿〉创作侧记》，四川文艺出版社 1994 年版，第 86 页。

③ 黎之彦：《话剧〈关汉卿〉创作侧记》，四川文艺出版社 1994 年版，第 86 页。

剧结尾好，还是悲剧结尾好？在争论正酣时，有一位老先生出来劝说：“诸位请别争论，后头的戏就要回答你们的问题。”……这个“戏中戏”相当于戏的“楔子”，起一个序幕作用，主要想通过观众对演《窦娥冤》的议论，提出关汉卿写历史剧的现实意义问题。但仍给人一种突兀穿越的感觉。在北京人艺艺术家的建议下，田汉干脆把第一场中的戏中戏舍弃了。

而第一条意见在当时的精神气候下是尖锐而大胆的，也确实切中要害。因为受制于特殊的政治文化语境，田汉在塑造关汉卿时有意突出其勇士和斗士形象，一再强化阶级对立和冲突，揭示关汉卿作为被压迫阶级与统治阶级之间的矛盾斗争，阿合马在剧中是元代压迫阶级的化身，剧中揭示了他的专横、残暴和荒淫无耻，关汉卿则是站在平民的立场上为民请愿，与统治阶级进行不屈的斗争，全剧突出了关汉卿和同时代被压迫的人民群众的精神联系，集中强化了由冤到恨直到反抗的动作线[①]。田汉在1958年6月28日纪念关汉卿大会上所做的报告，题目就是：《伟大的元代戏剧战士关汉卿》，田汉认为：“在他留下的许多杂剧中……几乎无例外地可以听到他和当时黑暗势力兵铁相击的声音。他是蒙古奴隶主贵族统治辛辣的批评者、揭发者、反抗者！”后来《关汉卿》在日本演出，“曾引起他们对美帝国主义者和它的走狗岸信介进一步迫害日本革命人民的愤怒”[②]。田汉的《关汉卿》本来是喜剧的结尾，后来采纳周总理的意见[③]，由原来的蝶双飞的结尾改为蝶分飞的结尾，显然是为了加强剧本的战斗性（在单行本中，田汉又不无矛盾地表示，两种结尾可以并存。“我觉得喜剧的结尾也不妨同时存在”，可以“让人民选择”[④]）。但正如北京人艺艺术家所谏言的，过于突出关汉卿的政治，人物就不够丰满感人，关

---

① 必须指出，这种政治化在焦菊隐1963年重排《关汉卿》时虽不无注意，但仍有影响，时代政治的使然使焦菊隐也难超脱和避免。例如焦菊隐在《守格·破格·创格》中说：“我正在重新导演田汉同志的话剧《关汉卿》。在这出戏里，作者使关汉卿在复杂而尖锐的民族矛盾与阶级矛盾中，站在人民方面，坚持真理，斗争到底，宁死不屈。这出戏是通过民族矛盾来反映阶级矛盾的，因此，我建议演员们，对人物进行阶级分析，首先把剧中人物，划分成为两大阵营：人民的阵营，和反动的封建统治阶级阵营。”（《焦菊隐文集》第4卷，文化艺术出版社1988年版，第191页）

② 田汉：《〈关汉卿〉自序》，《田汉文集》第7卷，中国戏剧出版社1983年版，第377页。

③ 田汉说：“我是非常善良的，总是想让他们双双飞走。但还是总理说得对，因为从历史上看，从压迫者对待被压迫人民看，后者只能以悲剧结束了。”（田汉：《送〈关汉卿〉访朝》，《田汉文集》第13卷，中国戏剧出版社1983年版，第173页）

④ 田汉：《送〈关汉卿〉访朝》，《田汉文集》第7卷，中国戏剧出版社1983年版，第370页。

汉卿首先是一个艺术家而不是政治家，不要忘记了他的艺术家的身份，他还是一个医生，有他职业特点，他也有自己作为普通人的情感世界，这样才能反映出人物形象的多个侧面。在北京人艺艺术家的建议下，田汉也对原作做了大胆的修改，该删的删，如第一场戏中戏；该增的增，例如对关汉卿形象进行丰富和补充，在第三稿中，田汉就增加了关汉卿的西山看病、拯救二妞，第四场关汉卿秉烛写作，突显创作过程和写作激情，后来在第四稿中把修改的重点放在关汉卿作为杂剧班头，和艺人合作谈戏写戏的描写上面（如关汉卿与书会朋友、演员、乐师研究曲牌、剧词和音乐结构等），第八场还增加关汉卿斥责白和甫劝降的情节，以略显文人的分化和对照，表现出关汉卿文人的气节和风骨。应该说，这样的修改是切合关汉卿“驱梨园领袖、总编修师首，捻杂剧班头”的身份和特点的，也使得《关汉卿》一剧来得更加丰满成熟，事实上，田汉最后在《剧本》杂志公开发表的版本就是第三稿，北京人民艺术剧院也是按照第三稿排练演出。

值得指出的是，北京人艺不但为《关汉卿》的创作修改提供良好的建议，作为保留剧目，北京人艺60多年来不断的复排、新排《名优之死》和《关汉卿》，则使得田汉的戏剧获得了历久弥新的当代价值。以2017版《关汉卿》为例，与1958、1963年的版本比，它既有传承的一面，比如都致力于话剧向传统戏曲的学习和借鉴，加强话剧的民族化。由于剧中涉及很多元曲杂剧的历史，表现元代戏班子的演出境况，所以2017版要求演员能够最大限度地去掌握戏曲的知识和技法。剧组不仅从北方昆曲剧院邀请老师进行专题讲座，还请来专业的戏曲老师坐镇指导，向京剧和昆曲来学习念白、唱腔。与此同时，演员们更是每天抽出半天时间，进行形体训练，学习戏曲身段。当然，在具体运用时，导演要求不要在全剧运用戏曲化的表演，不拘泥于程式化的形式而是采用了戏曲元素，比如借鉴了京剧和昆曲的一些念白。同时，新版更致力于创新，在主题开拓、人物刻画、情节处理上有不少改动，力求适合现代观众的欣赏习惯，用现代人的眼光去看关汉卿。从主题来说，1958、1963版因为特殊的政治文化语境，更加突出阶级对立和人民对黑暗统治的反抗斗争，新版则展示以关汉卿为代表的一批文人对于元曲杂剧的探索和追求，演绎关汉卿创作《窦娥冤》的过程，表现其坚韧的艺术探索和坚守精神，以此向戏剧前辈致敬。人物塑造上，一改旧版把关汉卿塑造成勇士和斗士形象，更加突出人性的一面，力求多侧面展示人物性格，王斑演绎下的关汉卿凸显了对艺术的痴心和沉迷，对于朱帘秀则饱含深情厚谊，富有温情，很多细节甚至有些俏皮的意味，突出关的风趣幽默，单纯可爱一面，让这些历史人物颇有些现代精神。主演王斑表示自己与关汉卿有心灵相通之处：“我跟关汉卿是同行，他是因为爱戏才写戏，我是因为真爱话剧才来演戏。”“由于创作的历史年代局限，原版中的关汉卿更像一个斗士、勇士，但其实他也有风趣幽默的一面，我想在舞台上演一个活生生的人。因此我们说这次《关汉卿》是新排剧目，不是复排剧目。关汉卿与我同是戏剧人，我感到跟他是有很多共鸣的。很多时候我对他的困顿、迷惑感同身受。”①导演唐烨则称：“此番演绎将着力于对关汉卿的人性化塑造，展示以关汉卿为代表的一批文人对于元曲杂剧的探索和追求。”②他还表示：“虽然作品诞生了五十多年，但是这一点也不会成为现代观众观看的障碍，因为我们用现代人的眼光去看关汉卿，理解他，在情感上就很有共鸣。”③情节处理上则突破了旧版的阶级对立的结构模式，把剧中原本占有相当篇幅的刘大娘女儿二妞这条线索去掉了，只留下了刘大娘这个角色。剧本从原来的12场戏减删成了8场，情节更加集中紧凑，节奏感明显增强。同时导演手法上也吸收了后现代剧场的一些手法，如“定格”和戏拟，演出质量和效果得到了专家与观众的认可，也极大地展示了田汉戏剧经典不朽的艺术魅力，推动了田汉戏剧在当下的传播和接受。

---

① 《北京人艺全新演绎〈关汉卿〉》，《中国青年网》2017年8月24日。

② 《北京人艺全新演绎〈关汉卿〉》，《中国青年网》2017年8月24日。

③ 《北京人艺再排田汉作品〈关汉卿〉：对人性与传统文化的现代捕捉》，中国新闻网2017年9月22日。

附录二

北京人艺 1952—2014 演出剧目[①]

1952 年

《麦收之前》：编剧（谭仪）导演（邵惟）设计（周人杰）表演（崔玉枝：孟健；李大嫂：路葳、林纳；崔玉林：张瞳；李明发：王惠民；刘兢全：赵恕）

《夫妻之间》：编剧（本院下厂小组）导演（凌琯如、李醒）设计（韩西宇）表演（张德山：周正；张大嫂：吴世良、杨薇；孙大禄：蓝荫海；孙兰英：葛崇娴、李婉芬）

《喜事》：编剧（本院下厂小组）导演（梅阡）设计（王文冲、鄢修民）表演（于大妈：林婧、梁菁；小五：尚梦初；刘素云：李晓兰、金昭；于大爷：马群；大姐：费茵）

《赵小兰》：编剧（金剑）导演（耿震、李醒）设计（徐廷敏）表演（赵小兰：胡宗温；周永刚：冯增祥；老刘婆：金雅琴；老赵妻：余振权、孟瑾；老赵头：杨宝琮）

1953 年

《春华秋实》：编剧（老舍）导演（欧阳山尊、夏淳）设计（辛纯、韩西宇、

① 参见北京人民艺术剧院网站（www.bjry.com）演出资料。

宋垠、徐廷敏、鄢修民、英若诚）表演（于大璋：邱扬；黄庆元：胡浩、童弟；李宝国：沈默；冯二爷：徐洗繁；马师傅：金野）

《第一台抽水机》：编剧（欣秋、王石阁、万天啸）导演（李醒）设计（徐廷敏）表演（老王：赵恕；海山：张瞳；小李：蓝荫海；小英：葛崇娴；张志谨：周正）

《准备》：编剧（贾克）导演（.）设计（.）

《妇女代表》：编剧（孙芋）导演（金犁）设计（.）表演（张桂容：狄辛；王江：田冲；王老太太：吴淑昆；翠兰：关韬；牛大婶：孟瑾）

《长海来了》：编剧（李赤、周一璞、刘适、赵公汉）导演（.）设计（.）表演（张玉吉：张兴山；许万富：蓝天野；长海：李春毓；马春江：黄宗洛；许妻：朱琳）

《龙须沟》：编剧（老舍）导演（焦菊隐）设计（陈永祥、江里、黄群）表演（王大妈：黎频；王二春：李晓兰、李滨；丁四嫂：叶子；程娘子：韩冰、林纳；程疯子：于是之）

1954 年

《非这样生活不可》：编剧（安·索夫洛诺夫【苏联】）导演（欧阳山尊、梅阡）设计（韩西宇、王文冲、周人杰、宋垠、鄢修民）表演（玛尔塔：叶子；艾尔弗利达：秦在平、梁菁；克拉勒：狄辛；卢狄：周正；佛兰茨：胡浩）

《月亮湾》：编剧（符村）导演（柏森）设计（.）表演（谢老头：王惠民；谢春梅：包瑛；戴大妈：吴淑昆；大海：覃赞耀；老宋头：于志宽）

《粮食》：编剧（彭加）导演（柏森）设计（.）表演（老板娘：费茵；马小宝：张福骈；马三松：刘勤；吴惠农：孙毅；万卓清：李大千；干部：王伯荪）

《人往高处走》：编剧（兴台村剧团集体创作）导演（金犁）设计（韩西宇、周人杰、纪繁）表演（老孙头：杨宝琮；刁六：白山；老孙婆：余振权、孟瑾；玉梅：肖榴、李婉芬；王主任：王惠民）

《红旗》：编剧（汪惟、张琳、周禹、雅军）导演（李醒）设计（王文冲、

鄢修民、方堃林）表演（赵师傅：赵恕；王师傅：金野；老黄：童弟；袁德禄：冯增祥；小兰：孟健）

《雷雨》：编剧（曹禺）导演（夏淳）设计（陈永祥、宋垠、关哉生）表演（四凤：胡宗温、陈国荣；鲁贵：沈默、童超、李大千；繁漪：狄辛、吕恩；鲁大海：李翔、吕齐；周冲：董行佶、杜澄夫、金昭）

《明朗的天》：编剧（曹禺）导演（焦菊隐）设计（辛纯、宋垠、韩西宇）表演（刘玛丽：赵韫如；徐慕美：吕恩；袁仁辉：秦在平；何昌荃：童超；江道宗：张福骈）

1955 年

《考验》：编剧（夏衍）导演（焦菊隐）设计（辛纯、陈永祥、苏民、纪繁）表演（服务员：张家驹；丁淞：尚梦初；丁伟：郑榕；郑裕青：胡宗温；杨仲安：方琯德）

《海滨激战》：编剧（福建军区政治部）导演（金犁）设计（王文冲、宋垠、周人杰）表演（李坚：白山；黄小钢：雷飞；赵斌：杨宝琮；纪宝清：李春毓；张英：葛崇娴）

《扩社的时候》：编剧（韩旭）导演（.）设计（.）

《一个晚上》：编剧（村路）导演（ ）设计（ ）

《黄花岭》：编剧（舒慧）导演（ ）设计（ ）

《雷雨》：编剧（曹禺）导演（夏淳）设计（陈永祥、宋垠、关哉生）

1956 年

《春暖花开》：编剧（胡丹沸）导演（梅阡）设计（陈永祥、关哉生、鄢修民）表演（来旺：徐洗繁；来旺妻：黎频、孟瑾；洛刚妻：秦在平；洛刚：丁肇范；春花：李滨）

《青年突击队》：编剧（老舍）导演（金犁、方琯德）设计（.）

《时间的罪人》：编剧（崔德志）导演（梅阡）设计（宋垠）表演（吴秘书：朱旭；小刘：谢延宁；张主任：覃赞耀；周科长：徐洗繁；厂长：牛星丽）

《家里的事》：编剧（林连昆、金雅琴、李春毓、朱旭、牛星丽）导演（金犁）设计（周人杰）表演（王福山：贺守文；李二哥：贺正祁；二愣子：雷飞；辛永泰：王宏韬；赵建桐：李春毓）

《归来》：编剧（鲁彦周）导演（刁光覃）设计（王文冲）表演（小翠：尚梦初；童蕙芬：肖榴；王直化：蓝荫海；王母：梁菁；童蕙云：包瑛）

《仙笛》：编剧（约·卡·代尔【捷克斯洛伐克】）导演（欧阳山尊）设计（陈永祥、宋垠、周人杰）表演（萨伏里奇卡：李翔、冯增祥；托马希：田春奎、牛星丽；捷克酒店主：曹世骧；卡拉封纳：马群、赵恕；石万达：周正、童超）

《耶戈尔·布雷乔夫和其他的人们》：编剧（高尔基【苏联】）导演（夏淳、梅阡）设计（辛纯、宋垠、韩西宇、鄢修民）表演（克谢尼雅：黎频、吴淑昆；格拉菲拉：朱琳；舒拉：胡宗温、黄音；娃尔娃拉：吕恩；兹奉佐夫：于是之、张福骈）

《这样的时代》：编剧（耶日·尤兰道特【波兰】）导演（夏淳、金犁）设计（宋垠、王文冲）表演（叶林斯基：丁肇范；蒙戈热夫斯基：孙峻峰；艾拉：黄音、玉净；斯库宾：英若诚；彼特利卡：田冲、于志宽）

《日出》：编剧（曹禺）导演（欧阳山尊）设计（韩西宇、纪繁、鄢修民）表演（小东西：肖榴、刘华；陈白露：杨薇、狄辛；方达生：周正、覃赞耀；张乔治：张福骈、苏民；王福生：童超）

《双婚记》：编剧（柯夫）导演（夏淳）设计（王文冲、方堃林）表演（江明：郭维彬；杨广文：王宏韬；何淑芳：陈国荣；王守义：田春奎；鲁万春：刁光覃）

1957年

《虎符》：编剧（郭沫若）导演（梅阡）设计（陈永祥、宋垠、鄢修民）表演（侯女：谢延宁、胡宗温；朱女：文燕；魏太妃：赵韫如；如姬：朱琳；侯嬴：郑榕）

《是谁之过》：编剧（穆季万尼【苏联】）导演（李醒）设计（宋垠、陈永祥）表演（尼娜·尼古拉叶夫娜：路葳；伊凡·扎哈洛维奇：英若诚；魏谢洛夫·尼古拉：王宏韬；奥丽雅：文燕；老年顾客：吕齐）

《风雪夜归人》：编剧（吴祖光）导演（夏淳）设计（辛纯、韩西宇、宋垠）表演（乞儿甲：曹世骧；乞儿乙：王宏韬；魏莲生：张瞳；李蓉生：邱扬；王新贵：童弟）

《北京人》：编剧（曹禺）导演（田冲）设计（王文冲、方堃林）表演（曾思懿：叶子；张顺：曹世骧；陈奶妈：黎频；小柱子：刁小琳；曾文清：蓝天野、张福骈）

《布谷鸟又叫了》：编剧（杨履方）导演（金犁）设计（辛纯、韩西宇、方堃林）表演（方宝山：徐洗繁；石秀娥：李婉芬；雷大汉：刘勤；郭家林：牛星丽；孔玉成：童弟、白山）

《名优之死》：编剧（田汉）导演（夏淳）设计（陈永祥、方堃林）表演（左宝奎：于是之；萧郁兰：秦在平、金雅琴；后台经理：张兴山；阿蓉：黄宗洛；刘振声：童超）

《潘金莲》：编剧（欧阳予倩）导演（方琯德）设计（王文冲、鄢修民）表演（张大户：李大千；众姬：包瑛、宋凤仪、葛崇娴、陈国荣、刘华、金昭；丫环：孟健、尚梦初；高升：蓝荫海；何九叔：平原、曹世骧）

《骆驼祥子》：编剧（老舍）导演（梅阡）设计（王文冲、宋垠、关哉生）表演（虎妞：舒绣文、李婉芬、叶子；铁旦：李春毓；小六子：张兴山、杜澄夫；小顺子：林连昆、梁秉堃；大个子：牛星丽、李翔、贺正祁）

《带枪的人》：编剧（H.ф.包哥廷）导演（欧阳山尊、夏淳）设计（陈永祥、宋垠、鄢修民）表演（列宁：刁光覃、马群；斯登延科金：李大千；延夫吐谢科：刘勤；士兵甲：雷飞；雪特林：田冲、杨宝琮）

《日出》：编剧（曹禺）导演（欧阳山尊）设计（韩西雨、纪繁、鄢修民）

1958年

《金鹰》：编剧（超克图纳仁）导演（金犁、李醒）设计（韩西宇、辛纯、方堃林）表演（布尔固德：覃赞耀、吕齐；巴音王爷：李大千；瑞丹：狄辛、葛崇娴；查干呼：郭维彬、李醒；希日达尔罕：郑榕；嘎拉僧：胡浩、冯增祥）

《哎呀呀，美国小月亮》：编剧（陈白尘、刘沧浪、王命夫、黄悌）导演（欧阳山尊、林婧）设计（辛纯、宋垠）表演（艾森豪威尔：朱旭；国务卿：刘景毅；国防部长：刁光覃；秘书：叶子；医生：贺正祁）

《战斗的星期天》：编剧（陈中宣）导演（欧阳山尊）设计（陈永祥、宋垠）表演（赵大刚：杜澄夫、李春毓；赵小刚：赵岗岗、陈小平；记者：吕恩；冯青山：刘勤；冯小华：肖榴、尚梦初）

《高等垃圾》：编剧（刘沧浪）导演（柏森）设计（辛纯、宋垠）表演（臧东曦：方琯德；顾影怜：朱琳；吴德才：董行佶；赵玉山：丁肇范；王平：徐洗繁）

《黄谭探监》：编剧（方成）导演（梅阡）设计（陈永祥、宋垠）表演（黄拯：田春奎；谭龙：秦在平；犯人：曹世骧、孙峻峰、牛星丽；群众：蓝荫海、齐聚魁、申芳江、贺正祁）

《青春之歌》：编剧（刘川）导演（梅阡）设计（韩西宇）表演（沈太太：叶子；丁辉：苏民；小袁：李源；小云：尚梦初、肖榴；庞大叔：赵恕）

《茶馆》：编剧（老舍）导演（焦菊隐、夏淳）设计（王文冲、关哉生、宋垠）表演（王利发：于是之；李三：李翔；宋恩子：李大千；吴祥子：林连昆；唐铁嘴：张瞳）

《北京即景——万年长青》：编剧（颜一烟）导演（蓝天野）设计（.）表演（李大爷：杨宝琮；王淑兰：吕恩；陈大夫：胡浩；小金豆子：孟健；刘红：舒绣文）

《北京即景——春到街头》：编剧（朱琳）导演（林婧）设计（.）表演（俞老太太：费茵；俞小兰：王觉民、刘尔文；钱林：吕恩；吴桂兰：赵韫如；张凤

英：陈国荣）

《美国奇谭——愚人节的礼物》：编剧（陈白尘、米谷、江有生、汪巩）导演（夏淳、梅阡）设计（韩西宇、关哉生）表演（评论员：刁光覃；编辑部主任：孙峻峰；经理：杨宝琮；秘书：刘涛）

《两兄弟》：编剧（陈白尘、米谷、江有生、汪巩）导演（夏淳、梅阡）设计（韩西宇、关哉生）表演（兄：冯增祥；弟：刁光覃；收税人：孙峻峰）

《相信美国》：编剧（陈白尘、米谷、江有生、汪巩）导演（夏淳、梅阡）设计（韩西宇、关哉生）表演（侍者：冯增祥；秘书：费茵；推销员甲：杜澄夫；推销员乙：孙峻峰；推销员丙：舒绣文）

《难忘的岁月》：编剧（杜宣）导演（欧阳山尊、方瑄德）设计（辛纯、方堃林）表演（孟淑琴：叶子；易宁：狄辛、谢延宁；萧妈：吴淑昆；魏铁夫：丁肇、范白山；张蓬远：吕齐）

《智取威虎山》：编剧（赵起扬、夏淳、梅阡、陈中宣、柏森）导演（焦菊隐）设计（王文冲、宋垠、鄢修民）表演（少剑波：童弟；杨子荣：童超；刘勋苍：李翔；孙达得：牛星丽）

《刘介梅》：编剧（许伯然）导演（金犁、李醒、田冲）设计（周人杰）表演（刘介梅：白山；介梅童年：肖榴；刘汝梅：李源；汝梅童年：谢延宁；刘烺成：徐洗繁）

《关汉卿》：编剧（田汉）导演（焦菊隐、欧阳山尊）设计（辛纯、宋垠、鄢修民）表演（朱小兰：李滨；婆婆：吕恩、孟健；刘大娘：黎频、林婧；二妞：刘华、宋凤仪；关汉卿：刁光覃、于是之）

《红旗飘飘》：编剧（上海广慈医院业余戏剧组）导演（欧阳山尊、陈颙）设计（辛纯、宋垠）表演（康永光：蓝天野；林书记：于是之；方主任：孙峻峰；章平：张瞳）

《烈火红心》：编剧（刘川）导演（欧阳山尊）设计（王文冲、钱斌）表演（陈局长：丁肇范；许国清：蓝天野；杨明才：于是之；张福山：张瞳；刘清：邱扬）

《红大院》：编剧（老舍）导演（夏淳、柏森）设计（韩西宇、鄢修民、宋垠）

表演（王大嫂：孟瑾；彭六嫂：狄辛；周二嫂：刘涛；徐师傅：徐洗繁；王师傅：刘勤）

《青春的火焰》：编剧（巴·戈尔巴托夫【苏联】）导演（陈颙）设计（王文冲、鄢修民、方堃林）表演（列宁：刁光覃；斯切潘：吕齐；娜塔莎：狄辛；叶莲娜：狄辛）

1959 年

《高炉火花》：编剧（兰光、赵寻）导演（梅阡）设计（韩西宇、韩小风）表演（田自亮：田冲；卞有方：朱旭；李超群：周正；黄来顺：覃赞耀；高兰星：金昭）

《百炼成钢》：编剧（艾芜）导演（焦菊隐）设计（王文冲、钱斌）表演（秦德贵：张瞳；袁廷发：杨宝琮；张福全：冯增祥；梁景春：吕齐；赵立明：白山）

《女店员》：编剧（老舍）导演（梅阡）设计（韩西宇、陈永祥、韩小风）表演（齐凌云：胡宗温；余志芳：葛崇娴；宋玉娥：陈国荣；卫大嫂：吕恩；宋爷爷：于是之）

《悭吝人》：编剧（莫里哀【法国】）导演（夏淳）设计（辛纯、韩西宇、霍焰）表演（勃兰达瓦：赵恕；腊麦吕史：李大千；爱丽丝：狄辛；瓦赖尔：周正、覃赞耀；克雷央特：胡浩）

《蔡文姬》：编剧（郭沫若）导演（焦菊隐）设计（陈永祥、宋垠、鄢修民、方堃林）表演（蔡文姬：朱琳；伊屠知牙师【幼年】：尚梦初、陈国荣；赵四娘：吴淑昆、叶子；左贤王：童超；董祀：蓝天野、邱扬）

《伊索》：编剧（吉里耶尔美·菲格莱德【巴西】）导演（陈颙）设计（韩西宇、宋垠）表演（伊索：吕齐；格桑：方琯德；克丽娅：舒绣文、杨薇；梅丽达：吕恩；阿格诺托斯：平原）

《压迫》：编剧（丁西林）导演（李醒）设计（辛纯）表演（男客人：张福骈；女客人：谢延宁；房东太太：李婉芬、吴淑昆；老妈：秦在平；巡警：李大千）

《三块钱国币》：编剧（丁西林）导演（焦菊隐）设计（辛纯）表演（吴太太：

金雅琴；杨长雄：朱旭；成众：赵昶；李姐：葛崇娴；警察：容元）

《等太太回来的时候》：编剧（丁西林）导演（夏淳）设计（韩西宇）表演（梁老爷：刘景毅；梁太太：赵韫如；梁梅：宋凤仪；梁治：张瞳；梁玉：金昭）

《英雄万岁》：编剧（杜烽）导演（梅阡）设计（韩西宇、韩小风、牛星丽）表演（宋尚武：刁光覃；雷震：英若诚；洪斌：童超；徐进：平原、王望；曾国光：马群）

《烈火红心》：编剧（刘川）导演（欧阳山尊 梅阡）设计（王文冲 韩晓风）

《带枪的人》：编剧（H.ф.包哥廷）导演（欧阳山尊、夏淳）设计（陈永祥、宋垠、鄢修民）

1960 年

《三姐妹》：编剧（安东·契诃夫【俄】）导演（欧阳山尊、陈颙）设计（辛纯、宋垠、鄢修民）表演（普洛夫洛夫：周正；娜塔里雅：朱琳、梁菁；奥尔加：舒绣文、叶子；玛莎：赵韫如；伊林娜：谢延宁、黄音）

《枯木逢春》：编剧（王炼）导演（夏淳）设计（陈永祥、纪繁）表演（苦妹子【幼年】：陈国荣；苦妹子【成年】：狄辛；刘辉：杨薇；方东哥【幼年】：孟健；方东哥【成年】：覃赞耀）

《同志，你走错了路》：编剧（姚仲明、陈波儿）导演（夏淳、李醒）设计（王文冲、方堃林、牛星丽）

（演员一队）

表演（李东平：李翔；吴志克：田冲、童超；潘辉：马群；胡胜：雷飞；何锐光：童弟）

（演员二队）

表演（李东平：杨宝琮；吴志克：张瞳；潘辉：吕齐；胡胜：于志宽；何锐光：蓝荫海）

《巴山红浪》：编剧（黄悌）导演（欧阳山尊）设计（王文冲、韩小风）表演（秦桂兰：狄辛；冯云：金昭；罗祥：孙峻峰；范启光：于志宽；冯汉章：杨

宝琮）

《花开遍地万户香》：编剧（本院集体创作）导演（夏淳、梅阡）设计（辛纯、鄢修民、李恕）表演（吴惠良：狄辛；小辫：李容；刘大嫂：秦在平；孙大妈：李婉芬；小五：尚梦初）

《为了六十一个阶级兄弟》：编剧（实验话剧院）导演（朱琳、苏民、王文凯、朱桥）设计（陈永祥、陆伟）表演（刘诚：吴桂苓；杨县长：任宝贤；小马：孙安堂；陈院长：葛崇娴；赵大姐：刘骏）

《星火燎原》：编剧（赵起扬、陈仲宣、林戬、陈少云）导演（焦菊隐）设计（韩西宇、宋垠）表演（陈二姑：赵韫如；张玉兰：胡宗温；陈老江：刁光覃；浮塘：梁菁、包瑛；小凤：谢延宁、陈励）

《怒涛》：编剧（本院集体创作）导演（焦菊隐、梅阡）设计（辛纯、宋垠、鄢修民）表演（朴登义：童弟；朴大嫂：葛崇娴；朴大爷：郑榕；李永嘉：刁光覃；金承卫：童超）

《风水东风》：编剧（李醒）导演（焦菊隐）设计（陈永祥、宋垠、鄢修民）表演（丁玉玲：肖榴；刘永宽：郭维彬；梁瑞霞：谢延宁；刘玉才：修宗迪；郭庆林：童超）

《列宁与第二代》：编剧（米·沙特罗夫【苏联】）导演（朱漪）设计（范思廉、杨起烟）

表演（列宁：周正；捷尔任斯基：于是之；萨维列夫：周锡铜；瓦夏：覃琨；彼嘉：方掬芬）

《红心虎胆》：编剧（本溪市话剧团）导演（刁光覃）设计（陈永祥、钱斌）表演（刘忠俭：韩善续、王志安；老郑：王志安、韩善续；田洪玉：修宗迪、孙安堂；赵有文：脱士明、张承永；宋建华：闫怀礼）

1961 年

《乘风破浪》：编剧（朱琳、蓝天野、梅阡、梁秉坤）导演（欧阳山尊、夏淳）设计（王文冲、方堃林）表演（杨秘书：蓝荫海；刘进春：平原；金福忠：韩善

续；王良信：于志宽；孙竞：张瞳）

《群猴》：编剧（宋之的）导演（欧阳山尊、柏森）设计（辛纯、陈永祥、方堃林）表演（冯霞造：梁菁；孙为本：杨宝琮；康公侯：于志宽；马务矢：冯增祥；钱小方：李大千）

《胆剑篇》：编剧（曹禺、梅阡、于是之）导演（焦菊隐、梅阡）设计（王文冲、辛纯、韩西宇、霍焰、宋垠）表演（防风婆：吴淑昆；防风嫂：宋凤仪；苦成：马群；太辛老爹：赵恕；吴兵甲：张剑）

《名优之死》：编剧（田汉）导演（夏淳）设计（辛纯、陈永祥、方堃林）

1962 年

《渔人之家》：编剧（苏里曼·皮塔尔卡【阿尔巴尼亚】）导演（欧阳山尊、万联星）设计（薛殿杰、钱斌）表演（姚努兹：仲跻尧；巴列：苏清、王志鸿；谢里木：张剑；维希普：任宝贤；吉恩：吴桂苓）

《武则天》：编剧（郭沫若）导演（焦菊隐、梅阡）设计（辛纯、韩西宇、方堃林）表演（太子贤：童弟；郑十三娘：赵韫如、林东升；上官婉儿：谢延宁、郭莘华；赵道生：杜澄夫；裴炎：郑榕）

《我是一个兵》：编剧（白文、所云平）导演（夏淳、刁光覃）设计（韩西宇、霍焰）

表演（陈大虎、陈二虎：马群、林兆华；雷利金：雷飞、刘勤；洪天石：平原、王望；指导员：曹世骧；连长：林连昆、郭家庆）

《智者千虑，必有一失》：编剧（A.H. 奥斯特罗夫【俄】）导演（欧阳山尊、柏森）设计（王文冲、韩小风）表演（葛路莫夫：苏民、周正、董行佶；女食客甲：肖榴；葛路莫娃：叶子、梁菁；库尔恰叶夫：覃赞耀、李源；女食客乙：林纳）

《红岩》：编剧（赵起扬、夏淳、邱阳）导演（夏淳、石联星）设计（王文冲、宋垠）表演（成岗：郭家庆；成瑶：金昭、刘静荣；江雪琴：林东升；余新江：梁秉堃；许云峰：田冲、刁光覃）

《红色宣传员》：编剧（赵白岭【朝鲜】）导演（欧阳山尊、柏森）设计（韩西宇、韩小风）表演（吴氏：黎频；崔镇午：于是之、田春奎；李善子：狄辛；朴致旭：于志宽；姜铁洙：覃赞耀）

1963年

《霓虹灯下的哨兵》：编剧（沈西蒙、漠雁、吴兴臣）导演（欧阳山尊、夏淳）设计（辛纯、韩西宇、方堃林、韩小风）表演（童阿男：郭维彬；林媛媛：孙凤琴、刘静荣；老开：方琯德；老土：赵恕；罗克文：覃赞耀）

《李国瑞》：编剧（杜烽）导演（欧阳山尊、梅阡）设计（辛纯、钱斌）表演（李国瑞：刁光覃、朱旭；老王：杨宝琮；王文中：苏民；何大宝：郭维彬；马振荣：李翔）

《年青的一代》：编剧（陈耘）导演（夏淳、石联星）设计（韩西宇、黄清泽、韩小风、霍焰）表演（林育生：吴桂苓、于是之；夏淑娟：胡宗温、朱琳、吕恩；肖继业：闫怀礼、周正；林岚：李容、金昭；林坚：方琯德、吕齐）

《汾水长流》：编剧（梅阡、禾土、任宝贤）导演（梅阡）设计（王文冲、方堃林）表演（郝同喜：修宗迪；郭春海：林兆华；杜红莲：葛崇娴；姜玉牛：冯增祥；郭守成：郑榕、仲跻尧）

《岗旗》：编剧（李宏林）导演（田冲）设计（韩西宇、宋垠）表演（赵大喜：赵宝才；喜嫂：狄辛；钱多贵：贺守文；钱小翠：林东升；赵二喜：蔡安安）

《箭杆河边》：编剧（刘厚明）导演（夏淳、柏森）设计（韩西宇、宋垠）表演（报幕者：童弟；庆奎：童超、韩善续；佟玉柱：朱旭；夏花：尚梦初、黄意璘；小龙：孙安堂）

《祝你健康》：编剧（丛琛）导演（欧阳山尊）设计（辛纯、霍焰、赵保潭）表演（姚母：李婉芬、孟瑾；丁少纯：马群、郭维彬；姚玉娟：谢延宁、孙凤琴；丁母：秦在平、吕恩；季友良：林连昆、雷飞）

《关汉卿》：编剧（田汉）导演（焦菊隐）设计（王文冲，韩西宇，方堃林）

1964 年

《丰收之后》：编剧（蓝澄）导演（梅阡）设计（王文冲、方堃林）表演（王老四：冯增祥；王学孔：张剑；赵志明：修宗迪、王大年；王小梅：李容、张馨；赵大川：白山、吴桂苓）

《结婚之前》：编剧（骆宾基）导演（夏淳、蓝天野）设计（韩西宇、霍焰）表演（三奶奶：孟瑾；小香：刘静荣；小虎子：孙安堂；柳遇春：狄辛；杨老二：朱旭）

《山村姐妹》：编剧（刘厚明）导演（欧阳山尊、柏森、马惠田）设计（韩西宇、宋垠）表演（老耿头：童超、韩善续；志军：郭维彬；大元：李廷栋；虎子：王大年；成林嫂：杨薇）

《生活的彩练》：编剧（方琯德、刁光覃、秦在平）导演（石联星、刁光覃）设计（辛纯、钱斌、赵保潭）表演（兰淑芬：金昭、谢延宁；孟启荣：曹世骧；王德玉：牛星丽、申芳江；小刘：李容、张馨；李月英：秦在平、葛崇娴）

《永不生锈》：编剧（蓝荫海、任宝贤）导演（苏民）设计（韩西宇、钱斌）表演（高鹏妻：刘骏、叶子；惠兰：宋凤仪；牛德海：雷飞；高鹏：吕齐、刘勤）

《矿山兄弟》：编剧（赵启扬、于是之、邱阳、禾土）导演（梅阡）设计（王文冲、方堃林）表演（杜玉虎：平原；刘柱：蔡安安；二亩：杜澄夫；赵思才：覃赞耀；张宝亮：张兴山）

1965 年

《凌雪梅》：编剧（谢延宁等集体创作）导演（方琯德）设计（王文冲、钱斌）表演（小于：修宗迪；徐师傅：徐洗繁；少先队员：李光复；小范：谢延宁；小刘：米铁增）

《前车之鉴》：编剧（任宝贤等集体创作）导演（任宝贤等）设计（.）表演（刘大爷：任宝贤；小张：仲跻尧；徐亮：雷飞）

《培养》：编剧（李大千等集体改编）导演（方琯德）设计（王文冲、钱斌）

《天亮前后》：编剧（陈宪武）导演（苏民）设计（本院设计组）表演（伪军：曹世骧；伪排长：王学然；美国顾问：孙峻峰；黎进：朱旭）

《草木皆兵》：编剧（演员集体创作）导演（夏淳）设计（本院设计组）表演（胡利·道米：黄宗洛；尤德·拉希：申芳江；丹休·帕斯：李光复）

《老党》：编剧（任宝贤）导演（田冲）设计（本院设计组）表演（阿方：任宝贤；老党：牛星丽；原十：孙峻峰；安德逊：吴桂苓）

《仇恨的火焰》：编剧（本院集体创作）导演（欧阳山尊、蓝天野）设计（本院设计组）表演（伪军士兵：曹世骧；阿乐：郭家庆；二寿：刘勤；老湛：蓝天野、朱旭；黄老爹：徐洗繁）

《刚果风雷》：编剧（英若诚、禾土、苏民）导演（焦菊隐、夏淳、方琯德）设计（韩西宇、于民、霍焰）表演（库卢梅：周正；普朗达：仲跻尧；怀特：英若诚、李大千；唐嘉：孙凤琴、谢延宁；非喀：吕齐）

《红色火车头》：编剧（贺雅贤）导演（苏民）设计（王文冲、钱斌）表演（小朱：孙安堂；大光：修宗迪；崔世英：狄辛、胡宗温；齐怀亮：郭家庆、朱旭；崔永发：徐洗繁、董行佶）

《火车开来的时候》：编剧（王拙成）导演（方琯德）设计（.）

《五尺枪》：编剧（邱阳等）导演（田冲）设计（赵保潭、白文凡）表演（艾莉曼：刘静荣；买买提：仲跻尧；诺尔顿：雷飞；乐队：本院演员）

《像他那样生活》：编剧（于是之、英若诚、焦菊隐、童超）导演（夏淳、苏民、董行佶）设计（辛纯、钱斌、赵保潭、黄清泽）表演（潘氏娟：狄辛、李容；阮文追：于是之、吴桂苓；阿利：米铁增、修宗迪；同叔：董行佶、牛星丽；八孝：黄宗洛、冯增祥）

《乘客之间》：编剧（本院集体创作，任宝贤执笔）导演（.）设计（.）表演（孙师傅：仲跻尧；齐师傅：闫怀礼；小伙子：任宝贤；女工：宋凤仪；干部：申芳江）

《前辈》：编剧（根据胡万春同名小说集体改编）导演（.）设计（.）表演（春棠：周正、冯增祥；刘书记：牛星丽；陈师傅：杨宝琮）

1966 年

《脸黑心红》：编剧（马群、杜澄夫）导演（欧阳山尊）设计（赵保潭、白文凡）表演（小周：童弟、李光复 高铁旺：周正 李玉梅：谢延宁）

《最后四个钟头》：编剧（赵宝才、林兆华）导演（方琯德）设计（赵保潭、白文凡）表演（站长：周正、申芳江 小方：任宝贤 老大娘：胡宗温、蒋瑞）

《我看见了》：编剧（杨毅民）导演（欧阳山尊、石联星）设计（赵保潭、白文）表演（王大夫：刘静荣；舒大娘：胡宗温；洪二琴：徐月翠；乔大夫：邱扬、王学然；郭护士长：谢延宁）

《在街道上》：编剧（朱琳、董行佶）导演（苏民）设计（黄清泽、霍焰）

（演员一队）

表演（小凤：张馨；魏大嫂：李秀雯；王德贵：牛星丽；冯桂兰：李容；梁玉华：狄辛）

（演员二队）

表演（小凤：尚梦初；魏大嫂：孟瑾、黎频；王德贵：吕齐、闫怀礼；冯桂兰：陈国荣、孙凤琴；梁玉华：刘骏；胡竞丽：杨薇）

《前辈》：编剧（杨宝琮等）导演（杨宝琮）设计（.）表演（春棠：周正、冯增祥；刘书记：牛星丽；陈师傅：杨宝琮）

1973 年

《赵家山》：编剧（覃赞耀等）导演（董行佶、童弟）设计（.）表演（唐奇：米铁增；小胖：徐秀林；铁英：金昭、严敏求；赵支书：谭宗尧；王继先：仲跻尧）

《在新标准面前》：编剧（陈国荣等）导演（田冲、周正）设计（.）表演（田玉华：狄辛、刘骏；母亲：梁菁、林纳；桂英：陈国荣、郭莘华；小张：修宗迪；老工人：吕齐、周正）

《爆破之前》：编剧（林兆华等）导演（夏淳、蓝天野）设计（.）表演（雷万钧：李廷栋；刘金魁：闫怀礼；章莼：徐月翠、孙凤琴；王涛：曹世骧；老韩：刘勤）

1974年

《云泉战歌》：编剧（刘厚明、蓝荫海）导演（导演组）设计（设计组）表演（王春茂：吴桂苓、童超、郭家庆；杨宽：吕齐、平原；郭振兴：赵宝才；永芳：梁月军、王领；冯奶奶：戚慧民、刘骏）

《主课》：编剧（广西壮族自治区《主课》创作组）导演（董行佶）设计（.）表演（韦春松：谭宗尧；李凯：王志鸿；李敏：张馨；伯娘：胡宗温、金雅琴；小蒙：米铁增）

1975年

《山村新人》：编剧（赵羽翔、万捷、李政）导演（蓝天野、董行佶）设计（.）表演（方华：杨桂香、尚丽娟；张二婶：狄辛、陈国荣；郭永康：田冲、李源；周爷爷：马恩然、仲跻尧；许大成：么文平）

《爆破之前》：编剧（本院集体创作）导演（夏淳）设计（.）

1976年

《工农之家》：编剧（本院集体创作）导演（刁光覃、蓝天野、林兆华）设计（.）表演（执笔：于是之；秦大有：李廷栋；段玉龙：郭家庆、李春利；江福山：闫怀礼、李源；方以志：周正、韩继明）

《一张病床》：编剧（李明达）导演（周正）设计（王文冲、万尚忠）表演（辛华：郭莘华；钟进：马恩然；部长：田冲、周正；刘学谦：韩继明、郭维彬）

《雏鹰展翅》：编剧（任宝贤）导演（吕齐、牛星丽）设计（.）表演（岳红

英：梁月军、严敏求；老刚：吕齐、牛星丽；大锁：严燕生；五婶：刘骏、刘静荣；刘庆山：李士龙）

《送菜》：编剧（杨春林、任宝贤、朱旭）导演（朱旭、郑榕）设计（赵保潭、吴传本、魏仲文）表演（秀云：鲁景超、尚丽娟；老刘爷爷：黄宗洛、仲跻尧；刘占奎：朱旭、么文平；大牛：刘亚军、兰法庆；二牛：傅维伯、么嶽）

《百花岭》：编剧（朱琳、张帆、童弟）导演（朱琳、童弟）设计（.）表演（郑春芳：吕齐、孙凤琴；老王：赵宝才；桂兰：齐继华；李大娘：周铁贞、林东升；大老郭：王德立）

《这里也是前线》：剧（梁秉堃、段连君、李光复）导演（周正）设计（王文冲、万尚忠）

表演（方师傅：李源、郭家庆；刘奶奶：林纳；小梅：杨桂香、尚梦初；小聪：么嶽、米铁增；杜有义：李翔、仲跻尧）

《从十分钟谈起》：编剧（蒋志均）导演（胡宗温）设计（王文冲、万尚忠）表演（李向晖：刘勤；齐小红：张馨；黎小力：杨铁柱）

1977 年

《万水千山》：编剧（陈其通）导演（夏淳、朱旭、林连昆）设计（宋垠、韩西宇、赵保潭、方堃林、李玉华）表演（李有国：马群、童弟、吴桂苓；赵志方：韩继明、张兴亚；罗顺成：许福印、王德立、赵宝才；王德强：李士龙、雷飞）

《针锋相对》：编剧（重庆市话剧团集体创作）导演（蓝天野、刁光覃、董行佶）设计（辛纯、王文冲、韩小风、霍焰）表演（高瞻：郭家庆；洪杰：周正；郭参谋长：米铁增；王主任：朱洪绪；李大仇：闫怀礼）

《向井冈》：剧（陈立德）导演（夏淳、方琯德）设计（王文冲、辛纯、霍焰）表演（方永辉：吕齐；裴光华：赵宝才；雷姣姑：金昭、郑幼敏；宋大虎：王大年；宋二虎：丛林）

《亿万人民的心愿》（朗诵剧）剧（郑榕、王志安、梅阡、林连昆、任宝贤、朱旭）导演（梅阡、林兆华）设计（韩西宇、赵宝潭、方堃林）表演（诗人：董行佶；老薛：童弟；老魏：田冲；赵师傅：李翔；老何：李源；吴工程师：么文平）

1978 年

《丹心谱》：编剧（苏叔扬）导演（梅阡、林兆华）设计（韩西宇、钱斌）表演（方凌轩：郑榕；丁文中：于是之、仲跻尧；庄济生：修宗迪；方静淑：谢延宁；吴愫心：胡宗温）

《蔡文姬》：编剧（郭沫若）导演（焦菊隐）设计（陈永祥、宋垠、鄢修民、方堃林）

《女店员》：编剧（老舍）导演（梅阡、童弟）设计（韩西宇、韩小风）

《老师啊，老师》：编剧（李婉芬、朱琳）导演（苏民、林兆华）设计（赵保潭、霍焰）

表演（袁老师：刘静荣、王志鸿；傅老师：徐洗繁、赵恕；谢飞：刘亚军、杨立新；郝运生：傅维伯、陈浩；黄沉：李廷栋）

1979 年

《雷雨》：编剧（曹禺）导演（夏淳）设计（陈永祥、宋垠、关哉生）表演（四凤：胡宗温、张馨；鲁贵：英若诚、李大千；鲁大海：李翔、谭宗尧；周冲：米铁增、丛林；周萍：苏民、韩继明）

《王昭君》：编剧（曹禺）导演（梅阡、苏民）设计（王文冲、宋垠、鄢修民）表演（王昭君：狄辛、陈国荣、梁月军；姜夫人：李婉芬、金雅琴；盈盈：孙凤琴、徐月翠；戚戚：刘静荣、徐秀林；肖育：周正、李廷栋）

《三月雪》：编剧（苏叔阳、张锲）导演（刁光覃）设计（黄清泽、钱斌）表演（高震坤：周正；徐敏：赵韫茹、林纳；高翔：修宗迪；韩彬：兰法庆；陈明浩：田冲、徐洗繁）

《三块钱国币》：编剧（丁西林）导演（焦菊隐）设计（辛纯 方堃林）

《名优之死》：编剧（田汉）导演（夏淳）设计（陈永祥 方堃林）

《茶馆》：编剧（老舍）导演（焦菊隐 夏淳）设计（王文冲 关哉生 宋垠）

《伊索》：编剧（吉列尔梅·菲格雷多【巴西】）导演（陈颙）设计（韩西宇 宋垠）

1980 年

《救救她》：编剧（赵国庆）导演（蓝天野）设计（赵保潭、方堃林）表演（李晓霞：徐秀林；宋洁珍：周铁贞；徐静：林纳；徐志伟：陈浩）

《为了幸福，干杯！》：编剧（水运宪）导演（林兆华）设计（黄清泽、钱斌）表演（丁瑞林：李士龙；刘南昌：修宗迪；胡科长：韩善续；周志祥：周正；章素兰：梁月军）

《骆驼祥子》：编剧（梅阡）导演（梅阡）设计（王文冲、宋垠、关哉生）表演（虎妞：李婉芬、胡宗温、金昭；小福子：宋凤仪、张馨；铁旦：米铁增、丛林；小六子：张兴山；小顺子：林连昆、王大年）

《故都春晓》：编剧（绍武、会林）导演（蓝天野、苏民）设计（韩西宇、赵保潭、方堃林、李玉华）表演（杨副官：杨立新；李船石：顾威；李建平：苏民；傅瑞莹：严敏求 袁雨臣：吴桂苓）

《左邻右舍》：编剧（苏叔阳）导演（金犁）设计（辛纯、鄢修民、霍焰）表演（钱大婶：孟瑾；赵春：黄宗洛、平原；李桦：王大年、丛林；李秀：张馨；洪人杰：林连昆、王德立）

《公正舆论》：编剧（奥·巴琅格【罗马尼亚】）导演（方琯德、林兆华）设计（韩西宇、方堃林、李玉华）表演（吉特拉鲁、演员：马群、李士龙；欧蒂丽娅、吉娜、尼古里娜、家庭妇女：孙凤琴、朱琳；导演：郭维彬；舞台监督：严燕生；管灯光的小伙子：张兴亚）

《悭吝人》：编剧（莫里哀【法国】）导演（夏淳）设计（辛纯、韩西宇、霍焰）

1981 年

《谎祸》：编剧（赵梓雄、梁秉坤）导演（林兆华）设计（赵保潭、黄清泽、钱斌）表演（李百锁：李士龙、谭宗尧；老宋：韩善续；张顺：许福印；马金妞：刘静荣、徐月翠；狗旺：马恩然、严燕生）

《请君入瓮》：编剧（莎士比亚【英国】）导演（托比·罗伯森【英国】）设计（阿伦·拜瑞特、奇斯·埃德蒙斯顿）表演（公爵：于是之、朱旭；安哲罗：任宝贤、韩继明；埃斯卡鲁斯：林连昆；克劳狄奥：肖鹏、丛林；路奇欧：朱旭、王大年）

《芨芨草》：编剧（晏学）导演（苏民）设计（黄清泽、赵保潭、钱斌）表演（陆云石：吴桂苓；段妈：文燕；关思明：周正；郑平：陈浩；凌媛：孙凤琴）

《咸亨酒店》：编剧（梅阡）导演（梅阡、金犁）设计（黄清泽、鄢修民、霍焰）表演（灰五婶：李婉芬；老富：李大千；七斤：申芳江；地保：冯增祥；红鼻子老拱：王德立）

《谁是强者》：编剧（梁秉坤）导演（林兆华）设计（韩西宇、方堃林、李玉华）表演（方静：葛崇娴；袁晓兰：梁月军；小闹钟：刘静荣；袁厂长：吕齐、许福印；吴总：陈国荣、严敏求）

《日出》：编剧（曹禺）导演（刁光覃）设计（赵保潭、韩晓风、李玉华）表演（陈白露：严敏求；方达生：杨立新；张乔治：么文平；王福升：韩善续；潘月亭：李廷栋）

1982 年

《贵妇还乡》：编剧（迪伦马特【瑞士】）导演（蓝天野）设计（黄清泽、钱斌、李玉华）　　表演（克莱尔：朱琳·狄辛；她的七、八、九丈夫：覃赞耀；总管：吴桂苓；托比：闫怀礼；罗比：刘章春）

《吉庆有余》：编剧（王志安）导演（郑榕）设计（赵保潭、霍焰）表演（永

清：肖鹏；红梅：杨桂香 尚丽娟；宋昆：王大年；小牛儿：张华；田顺：曹世骧、申芳江）

《不尽长江》：编剧（顾威）导演（方琯德）设计（鄢修民、韩小风）表演（冯滨：葛崇娴；刘子祥：徐洗繁；郑晓玫：梁月军；郑频：郭莘华；郑维中：顾威）

《祸起萧墙》：编剧（水运宪）导演（夏淳）设计（韩西宇、方堃林）表演（王局长：郭家庆；傅连山：赵宝才；丁值长：刘勤、张兴亚；梁友汉：吴桂苓；方珍园：徐月翠、黄音）

《绝对信号》：编剧（高行建、刘会远）导演（林兆华）设计（方堃林、黄清泽、冯钦）表演（车长：林连昆；蜜蜂：尚丽娟；车匪：谭宗尧；黑子：肖鹏；小号：丛林）

《屠夫》：编剧（彼得·普列瑟斯【奥地利】、乌尔利希·贝希尔【德国】）导演（田冲）设计（赵保潭、霍焰）表演（卡尔·伯克勒：朱旭；比内尔：金昭；汉斯：米铁增；哈青格尔：黄宗洛；古里奇巡官：李源）

1983 年

《哥仨和媳妇们》：编剧（代路、赵建国）导演（夏淳）设计（黄清泽、钱斌）表演（于传海：王德立；李金凤：戚慧民；于传山：王大年；玉芬：吕中；三姨：金雅琴；于传江：张福元）

《吴王金戈越王剑》：编剧（白桦）导演（蓝天野）设计（韩西宇、宋垠、鄢修民）表演（勾践：吕齐、郑榕、仲跻尧；王后：狄辛；范蠡：修宗迪；伯嚭：么文平；伍子胥：吴桂苓）

《推销员之死》：编剧（阿瑟·米勒【美国】）导演（阿瑟·米勒【美国】）设计（韩西宇、赵保潭、方堃林、李玉华）表演（威利·洛曼：英若诚、顾威；列塔：郑天玮；琳达：朱琳；比夫：李士龙；哈皮：米铁增、刘亚军）

《过客》：编剧（选自鲁迅《野草》）导演（林兆华）设计（黄清泽、霍焰、冯钦）表演（过客：修宗迪；老翁：韩善续；女孩：王淑华）

《车站》：编剧（高行健）导演（林兆华）设计（黄清泽、霍焰、冯钦）表演（大爷：顾威、严燕生、王效仁；师傅：马恩然；戴眼镜的：陈浩、肖鹏；姑娘：尚丽娟；马主任：韩善续；做母亲的：刘静荣；楞小子：丛林）

《女人的一生》：编剧（森本薰【日本】）导演（夏淳）设计（钱斌）表演（布引圭：孙凤琴、狄辛；堤倭文子：李婉芬、葛崇娴；文子：徐月翠；伸太郎：吴桂苓；荣二：么文平）

《王建设当官》：编剧（梁秉坤）导演（苏民、童弟）设计（赵保潭、钱斌）表演（王建设：梁冠华、张永强；王慧贤：罗历歌、郑天玮；王慧仙：李珍；小赵：钱波、尹伟；漂亮姐儿：宋丹丹、王姬；李厂长：崔麟；王父：王长立；杨子：鲍大志；方主任：马星耀）

1984 年

《小巷深深》：编剧（王树元）导演（刁光覃、林兆华）设计（黄清泽、霍焰）表演（谢蕙云：尚丽娟；江帆：丛林；严雪：林连昆；丁志善：米铁增、肖鹏；丁志良：梁冠华）

《好运大厦》：编剧（冀平）导演（夏淳）设计（王文冲、韩小风、李玉华）表演（打更老人：仲跻尧；龚旭：修宗迪；惠姐：郑幼敏；苏太太：陈国荣；谭沃扶：赵宝才；苏培成：顾威）

《家》：编剧（曹禺）导演（蓝天野）设计（韩西宇、方堃林、鄢修民）表演（高老太爷：童弟；高克明：吴桂苓；高克安：任宝贤、王长立；高克定：谭宗尧、马星耀；周氏：谢延宁；王氏：王志鸿；沈氏：戚慧民；觉新：陈浩；觉民：张永强、鲍大志；觉慧：崔麟、尹伟）

《红白喜事》：编剧（魏敏、孟冰、李冬青、林朗）导演（林兆华）设计（黄清泽、霍焰）表演（郑奶奶：封智、金昭；二伯伯：林连昆、许福印；二娘：戚慧民；热闹：梁冠华；麻烦：王淑华；三叔：朱旭、王大年；三婶：王领；小贞：王姬）

《流浪艺人》：编剧（米尔却·斯特凡内斯库【罗马尼亚】）导演（方琯德）

设计（韩西宇、方堃林、鄢修民）表演（伯迪亚：顾威；孟诺：吕齐；卡特丽娜、卡特丽奈尔：罗历歌；费南兹：陈浩；凯利娅：严敏求；玛丽查：狄辛）

《秋天的旋律》：编剧（王志安）导演（夏淳）设计（黄清泽、霍焰）表演（老杜：马群；老钟：周正；老杜妻：胡宗温；老钟妻：谢延宁；胡斌：李士龙；丁丽：王姬；刘祥：马恩然；陆轴：李光复；郭弟：刘亚军；汽车司机：孙安堂）

《女儿行》：编剧（刘锦云、王梓夫）导演（金犁）设计（韩西宇、钱斌、李玉华）表演（薛亚珍：王领；薛万堂：谭宗尧；薛老根：李翔；薛二月：尚丽娟；刘海春：肖鹏；刘广茂：曹世骧）

《阵痛的时刻》：编剧（梁秉坤）导演（苏民）设计（赵保潭、韩小风）表演（老陈：吴桂苓；哈经理：吕齐；陈小丽：罗历歌；方小雨：鲍大志；耿春：王志鸿；方昕：修宗迪；慕容文华：高倩、梁月军；老周：郭家庆；张工程师：李婉芬；汤元：钱波）

1985 年

《小井胡同》：编剧（李龙云）导演（刁光覃）设计（黄清泽、韩小风、鄢修民）表演（吴七：李廷栋；刘家祥：林连昆；刘婶：王领；小结实：王谦；许六：申芳江、曹世骧；滕奶奶：金昭；毕五：童弟、黄宗洛；水仨儿：王德立、韩善续）

《野人》：编剧（高行健）导演（林兆华）设计（黄清泽、宋垠、方堃林）表演（生态学家：修宗迪；老歌师曾伯：吕齐；帮手：张兴亚；叫芳的年轻女人：严敏求；林区主任：郭维彬）

《溜早的人们》：编剧（李婉芬、蓝荫海）导演（苏民）设计（韩西宇、霍焰）表演（胖赵：田春奎；瘦赵：孙峻峰；老陈爷：赵宝才；杜芒种：许福印；郑社长：周正；谭爷：曹世骧）

《洋麻将》：编剧（D.L. 柯培恩【美国】）导演（夏淳）设计（韩西宇、钱斌）表演（魏勒：于是之；芳西雅：朱琳、谢延宁）

《夜店》：编剧（柯灵、师陀）导演（田冲）设计（王文冲、韩小风、李玉

华）表演（赖皮匠：兰法庆；金不换：任宝贤；馒头张：刘静荣；阿满：王志鸿；林黛玉：吕中）

1986 年

《上帝的宠儿》：编剧（彼得·谢弗【英国】）导演（英若诚、林兆华）设计（赵保潭、方堃林、鄢修民）表演（风言：梁冠华；风语：马星耀；萨烈瑞：吕齐、修宗迪；仆人：毛克；厨师：刘勤；萨烈瑞之妻：刘骏）

《二次大战中的帅克》：编剧（布莱希特【德国】）导演（林兆华）设计（王存玉、方堃林）表演（帅克：梁冠华；科佩尔：王姬、刘小蓉；布伦格尔：崔麟；巴卢恩：吴刚；小普若哈兹卡：冯远征；布莱特施奈德：王刚）

《狗儿爷涅槃》：编剧（锦云）导演（刁光覃、林兆华）设计（黄清泽、宋垠、宁天祥）表演（狗儿爷：林连昆；祁永年：马恩然；陈大虎：梁冠华；祁小梦：王姬；李万江：李士龙；苏连玉：谭宗尧；冯金花：王领）

《秦皇父子》：编剧（霍达）导演（蓝天野）设计（韩西宇、方堃林、鄢修民、吴穹）表演（扶苏：濮存昕；仲姜：尚丽娟；鲁苍：肖鹏；蒙恬：赵宝才；赵高：马群；优旃：仲跻尧；胡亥：刘亚军、马星耀；李斯：周正；秦始皇：郑榕）

1987 年

《蜕变》：编剧（曹禺）导演（方瑄德）设计（王存玉、韩小风）表演（范兴奎：于志宽；孔秋萍：杨立新；况西堂：张瞳；谢宗奋：王长立；龚静仪：郭苹华；陈秉忠：曹世骧）

《纵火犯》：编剧（马克思·弗利施【瑞士】）导演（林兆华）设计（黄清泽、方堃林）表演（毕德曼：顾威；施密茨：梁冠华；埃森林：任宝贤；巴贝特：李婉芬；安娜：宋丹丹；警察：谭宗尧；哲学博士：仲跻尧；克奈希特林夫人：董静）

《北京人》：编剧（曹禺）导演（夏淳）设计（王文冲、霍焰）表演（曾皓：

张瞳；曾文清：冯远征；曾思懿：王姬；文彩：李珍；江泰：马星耀；曾霆：张永强；瑞贞：郑天玮；愫方：罗历歌）

《今晚照常演戏》：编剧（亚历山大·万比洛夫【苏联】）导演（张辛欣）设计（赵保潭、钱斌）表演（赫本托夫：韩善续；乌加洛夫：吴刚；瓦秀塔：刘小蓉、孟秀；法莫娜：岳秀清；斯杜巴克：王刚；安丘金：高冬平、冯远征；巴基里斯基：丁志诚）

《变形的面庞》：编剧（欧阳逸冰）导演（李丁）设计（肖千、刘克用、李之改）表演（主持人：许亚军、刘淑敏）

《夜半迪斯科》：编剧（欧阳逸冰）导演（仲跻尧）设计（肖千、刘克用、李之改）

《错中错》：编剧（欧阳逸冰）导演（李源）设计（肖千、刘克用、李之改）

《浪漫变奏曲》：编剧（欧阳逸冰）导演（王德立）设计（肖千、刘克用、李之改）

《轮流训练》：编剧（欧阳逸冰）导演（娄乃鸣）设计（肖千、刘克用、李之改）

《巴黎人》：编剧（顾威）导演（欧阳山尊）设计（韩西宇、王存玉、韩小风）表演（罗德兰：濮存昕；雷密娜：刘小蓉；费利：肖鹏；拉日耶尔：王长立；列贝尔：张瞳；米丽娅：杨桂香；古舍尔：马星耀）

1988 年

《太平湖》：编剧（苏叔阳）导演（林兆华）设计（黄清泽、方堃林）表演（老舍：于是之；老者：林连昆；那浩仁：吴桂苓；老舍的母亲：葛崇娴、周铁贞；常四爷：王大年；舅舅：韩善续）

《背碑人》：编剧（刘锦云）导演（田冲、刘静荣）设计（韩西宇、宋垠）表演（运生：仇晓光；梦莹：尚丽娟；四姐：周铁贞；母亲：吕中；小雪：岳秀清）

《天下第一楼》：编剧（何冀平）导演（夏淳、顾威）设计（黄清泽、方堃林、鄢修民、冯钦）表演（王子西：李大千、李廷栋；罗大头：韩善续；成顺：高冬平；常贵：林连昆、王大年；福顺：兰法庆；小生子：张万昆）

《哗变》：编剧（赫尔曼·沃克【美国】）导演（查尔顿·赫斯顿）设计（周一莎、霍焰）表演（格林渥：任宝贤；玛瑞克：肖鹏；传令兵：刘亚军；记录员：马星耀；法庭陪审军官：鲍大志、尹伟、张福元、王长立）

1989 年

《车库》：编剧（布拉金斯基·梁赞诺夫【苏联】）导演（夏淳、顾威）设计（韩西宇、韩小风）表演（西多林：李源、顾威；阿尼克娃：金昭、杨桂香；卡尔普欣：仲跻尧；古西科夫之妻：李容、王志鸿；肥胖的合作社成员：刘勤）

《新居》：编剧（梁秉坤）导演（马惠田【特邀】）设计（王存玉、韩小风）表演（澹台文新：于是之；常瑞：严敏求；澹台静如：梁月军；张秀娟：岳秀清；马万福：仲跻尧；马妻：金昭）

《雷雨》：编剧（曹禺）导演（夏淳）设计（陈永祥、宋垠、冯钦）表演（四凤：郑天玮；鲁贵：韩善续；鲁大海：张福元、王刚；周冲：高冬平；繁漪：龚丽君；周萍：濮存昕、吴刚；周朴园：顾威；鲁侍萍：周铁贞）

《骆驼祥子》：编剧（梅阡）导演（梅阡）设计（王文冲、宋垠 、关哉生）表演（.）

1990 年

《智者千虑，必有一失》：编剧（奥斯特洛夫斯基【俄国】）导演（苏民）设计（王存玉、方堃林、鄢修民）表演（格路莫夫：张永强、王斑；格路莫娃：刘红梅；库尔恰耶夫：徐卫、王斑；高路特文：孙星；马玛耶夫的仆人：何瑜；马玛耶夫：梁冠华）

《田野……田野……》：编剧（李杰）导演（林兆华、任鸣）设计（黄清泽、方堃林、吴穹）表演（七老爷子：杨立新；八老爷子：韩善续；丁半仙：严燕生；

司马聪：鲍大志；小牛：丛林）

《北京人》：编剧（曹禺）导演（夏淳）设计（王文冲、霍焰、冯钦）表演（曾皓：张瞳；曾文清：吴刚；曾思懿：龚丽君；文彩：李珍；江泰：马星耀）

《幽默短剧集锦——壮士与小偷》：编剧（李龙云）导演（林兆华、任鸣、英达）设计（吴穹、李聪）

《执法如山》：编剧（李龙云）导演（林兆华、任鸣、英达）设计（吴穹、李聪）表演（小环子：梁冠华；中年人：李廷栋；司机：刘亚军）

《艺无止境》：编剧（李龙云）导演（林兆华、任鸣、英达）设计（吴穹、李聪）表演（石增福：郭冬临；大牛子：张永强）

《礼尚往来》：编剧（李龙云）导演（林兆华、任鸣、英达）设计（吴穹、李聪）表演（高大志：王长立；司马二哥：丛林；胖子：尹伟；经理：鲍大志；售货员：孟秀）

《货买识家》：编剧（李龙云）导演（林兆华、任鸣、英达）设计（吴穹、李聪）表演（乔脖子：仲跻尧；马会计：李珍；买主甲：张福元；小环子：高冬平）

《外币专家》：编剧（李龙云）导演（林兆华、任鸣、英达）设计（吴穹、李聪）表演（小环子：严燕生；胖子：梁冠华；客甲：王刚；客乙：刘小蓉）

《五壮士诔》：编剧（李龙云）导演（林兆华、任鸣、英达）设计（吴穹、李聪）表演（黄永琪：杨立新 ）

《球迷》：编剧（李龙云）导演（林兆华、任鸣、英达）设计（吴穹、李聪）表演（吴大征：韩善续；徐老：王德立；吴妻：金昭；马大京：谭宗尧；马妻：岳秀清；天津球迷甲：李士龙；天津球迷乙：杨立新；周家驹：郭冬临）

1991 年

《回归》：编剧（A. 伽林【苏联】）导演（任鸣）设计（刘杏林【特邀】、霍焰）表演（奇穆金：吕齐；柳德米拉：郑天玮；列奥尼特：郭冬临；尼娜：金昭；罗札：宋丹丹；季阿娜：徐秀林）

《芭巴拉少校》: 编剧（肖伯纳【英国】）导演（英若诚）设计（韩西宇、方堃林）表演（芭巴拉少校：宋丹丹；安德鲁·安德谢夫：朱旭；薄丽托玛夫人：朱琳、刘骏；安尔顿：孙峻峰；库森斯：任宝贤）

《末班车上黄昏恋》: 编剧（王志安）导演（李廷栋）设计（赵保潭、韩小风）表演（二宝：张华；耿老太：刘静荣；吴英：岳秀清；海澄：王刚；吴佩哲：仲跻尧）

《海鸥》: 编剧（契诃夫【俄国】）导演（奥烈格·叶甫列莫夫【苏联】）设计（黄清泽、霍焰）表演（阿尔卡基娜：吕中；特里波列夫：濮存昕；索林：田冲；妮娜：徐帆；沙姆拉耶夫：李洪涛）

《李白》: 编剧（郭启宏）导演（苏民）设计（韩西宇、宋垠、鄢修民）表演（歌者：胡军；李白：濮存昕；宗琰：龚丽君；韩娘：徐月翠；腾空道姑：严敏求）

1992 年

《舞台上的真故事》: 编剧（北坡）导演（林兆华）设计（黄清泽、霍焰）表演（报告会主持人：胡军；梁铁耙：何冰；常月蓉：陈小艺；谷秀芝：周铁贞；老太太：龚丽君）

《虎符》: 编剧（郭沫若）导演（苏民、马惠田【特邀】）设计（王存玉、方堃林、鄢修民、王建华）表演（太妃：孙凤琴；平原君夫人：龚丽君；侯女：刘小蓉；朱女：岳秀清；侯嬴：何冰；如姬：陈小艺；信陵君：李洪涛；魏王：梁冠华；朱亥：王刚；唐雎：严燕生）

1993 年

《鸟人》: 编剧（过士行）导演（林兆华）设计（吴穹、曾力、易立明）表演（孙经理：谭宗尧；胖子：梁冠华；百灵张：韩善续；马料儿：丛林；朱点儿：张福元；老锡儿：杜广沛；小霞：徐帆；陈博士：严燕生；丁保罗：濮存昕；三

爷：林连昆）

《旮旯胡同》：编剧（蓝荫海、顾威）导演（顾威）设计（王存玉、霍焰）表演（送煤工：刘亚军；彩凤：张华；王美云：夏立言；吴虹：唐烨；于桂芝：李珍；冯占元：张兴亚）

《93 戏剧卡拉 OK——开场》：剧（孟冰、王功、翟迎春、费明）导演（林兆华）设计（高广建、吴穹、曾力、易力明、魏仲文、李聪）表演（导演：郭冬临；老板：梁冠华；小伙计：王涛）

《新年鲜花》：编剧（孟冰、王功、翟迎春、费明）导演（林兆华）设计（高广建、吴穹、曾力、易力明、魏仲文、李聪）表演（冯国强：梁冠华；妻子：杨桂香；陈歌：孟秀；小五：王涛）

《前门楼》：编剧（孟冰、王功、翟迎春、费明）导演（林兆华）设计（高广建、吴穹、曾力、易力明、魏仲文、李聪）表演（父亲：韩善续；母亲：王领；英子：李珍；东东：丁志诚；王妻：严敏求、徐月翠）

《梦中桑塔娜》：编剧（孟冰、王功、翟迎春、费明）导演（林兆华）设计（高广建、吴穹、曾力、易力明、魏仲文、李聪）表演（检察官：仲跻尧；李瞳：夏立言；工程师：王刚；商人：王德立；妹妹：刘小蓉；李老师：丛林）

《生命热线》：编剧（孟冰、王功、翟迎春、费明）导演（林兆华）设计（高广建、吴穹、曾力、易力明、魏仲文、李聪）表演（陆青：高倩；李岩：马星耀；送信者：岳秀清；女孩：唐烨；男孩：张华；牧师：张万昆；教徒：刘静荣、张兴亚）

《二十一世纪重新开庭》：编剧（孟冰、王功、翟迎春、费明）导演（林兆华）设计（高广建、吴穹、曾力、易力明、魏仲文、李聪）表演（审判长：林连昆；律师：修宗迪；沈小丹：唐烨；父亲：吴刚；母亲：徐月翠；女记者：李珍；一姑娘：张华；法官：张永强、张连义）

《夜审》：编剧（孟冰、王功、翟迎春、费明）导演（林兆华）设计（高广建、吴穹、曾力、易力明、魏仲文、李聪）表演（老头：林连昆；老太太：周铁贞；女联防：金昭；男联防：张兴亚、王宁）

《北京时间十点整》：编剧（孟冰、王功、翟迎春、费明）导演（林兆华）

设计（高广建、吴穹、曾力、易力明、魏仲文、李聪）表演（安利：岳秀清；杜江：胡军；台长：张万昆；41号：李珍；41号之妹：刘小蓉）

《精彩世界》：编剧（孟冰、王功、翟迎春、费明）导演（林兆华）设计（高广建、吴穹、曾力、易力明、魏仲文、李聪）表演（小沈：王领；大夫：郭冬临；区主编：周铁贞、徐秀林；女人：戚慧民；婴儿【声】：唐烨）

1994年

《阮玲玉》：编剧（锦云）导演（林兆华、任鸣）设计（黄清泽、吴穹）表演（红孩儿【小玉】：唐烨；穆大师【天培】：濮存昕；阮玲玉：徐帆；张四达：杨立新、孙星；张母：周铁贞；蒲团：李洪涛；马大哥：梁冠华；骆慧珠：孟秀）

《蝴蝶梦》：编剧（胡金铨【中国台湾】）导演（林兆华、任鸣）设计（吴穹、李果、易立明、王建华）表演（自在鬼：胡军；花娘：陈小艺；李四：孙星；高县尉：梁冠华；蒙泽令：马恩然；庄周：濮存昕）

《哈姆雷特》：编剧（莎士比亚【英国】）导演（林兆华、任鸣）设计（王音【特邀】）表演（哈姆雷特：濮存昕、倪大宏、梁冠华；克罗迪斯：倪大宏、濮存昕；吉尔登斯吞：胡军；波洛涅斯：梁冠华；王后：徐帆；奥菲莉亚：陈小艺；霍拉旭：谭宗尧；雷欧提斯：孙星；福丁布拉斯：梁冠华）

1995年

《天之骄子》：编剧（郭启宏）导演（苏民）设计（韩西宇、霍焰、鄢霓）表演（卞氏：吕中；曹丕：谭宗尧；甄氏：郑天玮；曹植：濮存昕；曹操：顾威；阿鸾：郑天玮；郭氏：刘小蓉）

《北京大爷》：编剧（中英杰）导演（任鸣）设计（吴穹、李果、张秋春）表演（德仁贵：林连昆、韩善续；德大妈：王领；申绍山：韩善续、王德立；德文珠：夏立言；欧日华：杨立新；商玉萍：杨桂香；德文满：高冬平、何冰；许

亚仙：岳秀清　）

《军用列车》：编剧（米·罗辛【俄罗斯】）导演（李六乙【特邀】）设计（曾力、李果、易立明、王虹艺）表演（卡佳：夏立言；尼卡：傅若岩；加林娜：严敏求；伊林娜：孟秀；柳霞：唐烨；玛莎：杨桂香）

《情痴》：编剧（萨姆·谢泼德【美国】）导演（任鸣）设计（曾力、易立明）表演（埃迪：何冰；梅：卢芳、李梅；老爷子：李洪涛；马丁：雷镇语）

1996 年

《好人润五》：编剧（王志安、蓝荫海）导演（任鸣）设计（李果、英姝）表演（李润五：谭宗尧；润五妻：王领；润五二女儿：卢芳；赵师傅：王大年；护士：李珍）

《红河谷》：编剧（王梓夫）导演（林兆华、李六乙）设计（王存玉、易立明）表演（方梦达：濮存昕；山姑：李珍；棉棉：卢芳；疯老爷子：梁冠华；胖丫儿：张华；草妞儿：唐烨；周小旺：王斑；周宝良：张福元）

《在茫茫大海上》：编剧（斯·穆罗热克【波兰】）导演（任鸣）设计（吴穹、王建华）表演（大：冯远征；中：马星耀；小：王涛；邮递员：丛林；仆人：丛林）

《傍晚发生的小事》：编剧（弗·迪伦马特【瑞士】）导演（顾威）设计（吴穹、王建华）

表演（作家：顾威；客人：孙星；秘书：王刚；旅馆经理：丛林；年轻女人：齐继华）

《篱笆》：编剧（奥古斯特·威尔逊【美国】）导演（玛格丽特·布克）设计（王存玉、易立明）表演（特鲁伊·麦克逊：梁冠华；吉姆·波诺：严燕生；萝丝：龚丽君；莱昂斯：张永强；加布里埃尔：吴刚；柯里：丛林；蕾纳尔：唐烨）

1997 年

《鱼人》：编剧（过士行）导演（林兆华）设计（刘元声【特邀】）表演（侯

子：李光复；三儿：何冰；万司令：梁冠华；教授：胡军；大夫：严燕生；老于头：谭宗尧；鲫瓜子：王大年；胖头：王德立；刘小燕：徐帆、王茜华；钓神：濮存昕）

《古玩》：编剧（郑天玮）导演（林兆华、任鸣）设计（黄海威【特邀】表演（金鹤鑫：谭宗尧；小卷包：严燕生；丁花：张万昆；叶秋山：张永强；韩红木：梁冠华）

《头条居委会》：编剧（楚建、顾威）导演（顾威）设计（吴穹、李聪）表演（于大咧咧：张福元；老何：王德立；刘嫂：王志鸿；李兰：龚丽君；叶大妈：金昭；丁湘：徐秀林；王柏泉：王大年）

《雷雨》：编剧（曹禺）导演（夏淳）设计（陈永祥、宋垠、冯钦）表演（四凤：郑天玮；周朴园：郑榕；鲁贵：韩善续；鲁侍萍：朱琳、周铁贞；鲁大海：张福元；女仆：高红；周冲：王涛；男仆：王刚；繁漪：龚丽君；老仆：张万昆；周萍：濮存昕）

1998 年

《等待戈多》：编剧（塞缪尔·贝克特【法国】）导演（任鸣）设计（曾力、孟彬）表演（狄狄：卢芳；戈戈：王茜华；波卓：李洪涛；孩子：刘鑫）

《雨过天晴》：编剧（李六乙）导演（李六乙）设计（曾力、易立明）表演（某男：何冰；某女：吴珊珊；读书人 A：雷镇语；读书人 B：杨桂香；读书人 C：鲍大志；读书人 D：刘小蓉）

《官兵拿贼》：编剧（毓钺、张晓果、李春熹）导演（任鸣）设计（吴穹、李果、张秋春）表演（秦副科长：张福元；钱本初：谭宗尧；刘局长：吴桂苓；冯希如：吴刚；冯井田：王大年）

1999 年

《茶馆》：编剧（老舍）导演（林兆华）设计（易立明）表演（王利发：梁冠

华；李三：李士龙；宋恩子：高冬平；吴祥子：孙星；唐铁嘴：吴刚；常四爷：濮存昕；松二爷：冯远征；二德子：王刚；马五爷：丛林；刘麻子：何冰）

2000 年

《风月无边》：编剧（锦云）导演（林兆华、李六乙）设计（易立明）表演（李渔：濮存昕；一灯：梁冠华；蒲松龄：何冰；雪儿：徐帆；霁儿：丛麟）

《原野》：编剧（曹禺）导演（李六乙）设计（罗江涛【特邀】、张秋春）表演（仇虎：胡军；金子：夏力薪；焦母：杨青；焦大星：雷镇语；白傻子：高冬平；常五爷：李光复）

《日出》：编剧（曹禺）导演（任鸣）设计（曾力、周正平【特邀】）表演（陈白露：郑天玮、孔维；方达生：冯远征；张乔治：马星耀；王福升：张万昆；小东西：唐烨；潘月亭：顾威）

《雷雨》：编剧（曹禺）导演（顾威）设计（吴穹、李聪）

2001 年

《蔡文姬》：编剧（郭沫若）导演（苏民）设计（陈永祥、宋垠、鄢修民、方堃林）表演（蔡文姬：徐帆；伊屠知牙师【幼年】：唐烨；右贤王：王刚；赵四娘：王领；左贤王：张志忠；董祀：濮存昕）

《金鱼池》：编剧（王志安）导演（任鸣）设计（吴穹、张秋春）表演（佟大妈：王领；程爷爷：王长立；牟大爷：王大年；老沈：马星耀；庞五：李光复；长福：严燕生；孙婶：杨桂香）

《无常·女吊》：编剧（郑天玮）导演（王延松【特邀】）设计（罗江涛【特邀】、孟彬）表演（涓生、新无常：赵峥；女吊、房东太太：刘天池；无常、执锹人、酒保长富、马弁：亓亮；子君、姨太太、新女吊：花向红）

《天下第一楼》：编剧（何冀平）导演（夏淳，顾威）设计（黄清泽）表演（王子西：张万昆；罗大头：王刚；成顺：于震；常贵：王长立；福顺：刘勇）

《第一次的亲密接触》：编剧（胡玥）导演（任鸣）设计（李果 孟彬 英姝）表演（痞子蔡：徐昂；轻舞飞扬：陈好；阿泰：王斑；小雯：杨婷）

2002年

《足球俱乐部》：编剧（大卫·威廉森【澳大利亚】）导演（任鸣）设计（李果，孟彬）表演（格里：冯远征；特德：于震；劳利：张志忠；杰夫：徐昂；乔克：顾威；丹尼：邓超）

《狗儿爷涅槃》：编剧（锦云）导演（刁光覃、林兆华）设计（黄清泽、宋垠、宁天祥）

表演（狗儿爷：梁冠华；祁永年：严燕生；陈大虎：王洋；祁小梦：付瑶；李万江：李士龙、邹健；苏连玉：何冰；冯金花：陈小艺）

《朱丽小姐》：编剧（斯特林堡【瑞典】）导演（郝戎）设计（吴穹、张秋春）表演（朱丽小姐【伯爵的女儿】：付瑶；让【仆人】：于震；克丽斯婷【厨娘】：程莉莎）

《万家灯火》：编剧（李龙云）导演（林兆华、李六乙）设计（易立明、张秋春）表演（老田：杨立新、米铁增；肉轱辘：王刚；石毛子：孙星、何靖；贾明：严燕生；何老太太：宋丹丹；何老大：张万昆；何老三【丁一夫】：濮存昕）

2003年

《我爱桃花》：编剧（邹静之）导演（任鸣）设计（曾力、申奥、孟彬）

表演（冯燕：徐昂、孙大川；张婴妻：吴珊珊、白荟；张婴：于震、孙大川）

《赵氏孤儿》：编剧（金海曙）导演（林兆华）设计（易立明、成曙一）表演（屠岸贾：濮存昕；程婴：何冰；赵盾：李士龙；太后：徐帆、李珍；晋灵公：王全有、王刚）

《北街南院》：编剧（王俭）导演（任鸣）设计（吴穹、张秋春）表演（老杨头：朱旭、杨立新；洪大妈：吕中、夏立言；杨秀娟：龚丽君；谭天：濮存昕、

张万昆；杨子：何冰、于震）

《李白》：编剧（郭启宏）导演（苏民）设计（韩西宇、宋垠、鄢修民）表演（李白：濮存昕；宗琰：龚丽君；韩娘：徐月翠；腾空道姑：徐颖；惠仲明：米铁增）

《男人的自白》：编剧（郭启宏）导演（任鸣、徐昂【执行】）设计（李果、孟彬）表演（林：梁丹妮；琳达·戴：王慧、龙一仪；袁：白荟 、汪裴；戴：冯远征；赵局长：严燕生）

2004 年

《合同婚姻》：编剧（潘军）导演（任鸣）设计（吴穹、孟彬）表演（苏秦：苏秦；陈娟：王茜华、史兰芽；李小冬：吴珊珊；顾菲菲：史兰芽、王茜华；高宗平：王刚、丛林）

《开市大吉》：编剧（何冀平）导演（顾 威）设计（李果）表演（大话王：李光复；乔治：张永强；一刀邱：孙星；保镖：黄树栋；自由：孟秀）

《油漆未干》：编剧（勒内·福舒瓦【法国】）导演（任鸣）设计（吴穹）表演（哈医生：李洪涛；哈太太：杨桂香；苏珊：白荟；关尼：吴珊珊；达伦：张永强、王刚）

《雷雨》：编剧（曹禺）导演（夏淳、顾威）设计（陈永祥、宋垠、关哉生、冯钦）表演（鲁四凤：白荟；鲁贵：王大年；鲁大海：孙大川；周冲：徐白晓；周繁漪：龚丽君；周萍：王斑；周朴园：杨立新；鲁侍萍：夏立言）

《情人》：编剧（哈罗德·品特【英国】）导演（徐昂）设计（李果、孟彬）表演（理查德：王斑；萨拉：杨婷；约翰：王雷）

2005 年

《家有娇妻 》：编剧（哈·戴维斯 改编：张朝晖、吴朱红）导演（顾威）设计（旋迎春、王建华）表演（何菲菲：刘小蓉；罗秀秀：付瑶；黎大洪：鲍大志；

何小亮：王宁）

《全家福》：编剧（叶广芩、王志安）导演（任鸣）设计（吴穹、张秋春）表演（王满堂：冯远征；老肖：王长立；周大夫：张永强；柱子：何靖；梁子：王雷）

《心灵游戏》：编剧（毕淑敏）导演（任鸣）设计（申奥、孟彬）表演（史必成：于震、班赞；温长青：邹健、谷智鑫；唐果：于明加、孙茜；郑天一：王雷、孙大川；蓟秋：徐颖、龙一仪）

《屠夫》：编剧（彼得.普列瑟斯【奥地利】、乌尔利希.贝希尔【德国】）导演（顾威）设计（吴穹、李聪）表演（卡尔·伯克勒：朱旭；冯·拉姆：郑榕；比内尔：龚丽君；布拉特博士：周正；克拉姆太太：杨桂香）

《茶馆 》：编剧（老舍）导演（焦菊隐、夏淳 复排艺术指导：林兆华）设计（王文冲、宋垠、关哉生）表演（王利发：梁冠华；李三：李士龙；茶馆伙计：王大年；宋恩子：高冬平；吴祥子：孙星；唐铁嘴：吴刚）

2006 年

《性情男女》：编剧（徐坤）导演（任鸣 王鹏）设计（吴穹 张秋春）表演（祁士高：谷智鑫；盖玲：张培；焦小娇：程莉莎；卉卉：韩清）

《白鹿原》：编剧（孟冰）导演（林兆华）设计（易立明）表演（白嘉轩：濮存昕；小娥：宋丹丹；鹿子霖：郭达；白孝文：荆浩；鹿兆鹏：赵旭、杨旭）

《东房西屋》：编剧（王俭）导演（顾威）设计（旋迎春、李聪）表演（强哥：尹伟；耿田：雷佳；京妞：郭奕君；白荷：毛俊杰；小马：杨佳音；大龙：刘辉

《我这一辈子》：编剧（原著：老舍 编剧：李六乙）导演（李六乙）设计（严龙、方义）表演（我：仇晓光；掌灯A：钱波；掌灯B：马星耀；掌灯C：李金哲；母亲：李珍；妻子：彭雯妮、秦丽）

《有一种毒药》：编剧（万方）导演（任鸣、王鹏）设计（申奥、孟彬）表演（兰宏：吴珊珊；高希天：张志忠、邹健；高科：王雷、孙骁潇；小雅：王欣雨、郭奕君；季杰：雷佳、刘辉）

《北京人》：编剧（曹禺）导演（艺术指导：欧阳山尊 导演：李六乙）设计（易立明）表演（曾思懿：张培；张顺：兰法庆；陈奶妈：高倩；小柱子：韩清；曾文清：王斑；曾霆：苗驰）

《哗变》：编剧（赫尔曼 . 沃克【美国】）导演（查尔斯 . 赫斯顿【美国】）设计（周一莎、霍焰）表演（格林渥：吴刚；玛瑞克：王雷；传令兵：孙骁潇；记录员：苗驰；法庭陪审军官：兰法庆、王大年、王鹏）

2007 年

《骆驼祥子》：编剧（原著：老舍 改编：梅阡）导演（顾威）设计（吴穹、李聪、鄢霓）表演（祥子：于震；虎妞：王茜华、郭奕君；刘四爷：王德立；二强子：尹伟；小福子：于明加）

《榆树下的欲望》：编剧（尤金·奥尼尔【美国】）导演（任鸣 王鹏）设计（申奥、孟彬、鄢霓）表演（西蒙：丛林、王鹏；彼得：刘辉；伊本：王雷；爱碧：郑天玮；凯勃特：张志忠）

《大将军寇流兰》：编剧（威廉·莎士比亚【英国】）导演（林兆华、易立明）设计（林兆华、易立明）表演（凯恩斯·马修斯【后称寇流兰大将军】：濮存昕；塔勒斯·奥菲狄乌斯【伏尔斯人的大将】：荆浩；伏隆妮亚【寇流兰母】：李珍；裘涅斯·布鲁突斯【护民官】：李士龙、薛山；西西涅斯·魏鲁特斯【护民官】：傅迦）

2008 年

《生·活》：编剧（郑天玮、吴彤）导演（任鸣）设计（吴穹、陈睿）表演（王保年：朱旭 、张志忠；王路石：濮存昕、邹健；小菊：陈小艺；王延信：冯远征、邹健；张大妈：高倩）

《哈姆雷特》：编剧（莎士比亚【英国】）导演（浅利庆太【日本】）设计（约翰·贝里【英国】、吉井澄雄【日本】）表演（哈姆雷特：王斑；乔特鲁德：史

兰芽、龚丽君；奥菲利娅：程莉莎；克劳狄斯：徐昂；波洛涅斯：张万昆）

2009 年

《龙须沟》：编剧（老舍）导演（顾威）设计（吴穹、李果、李聪、鄢霓、孟繁功、戴颐生）表演（铁匠：朱晓鹏；收破烂的：唐萍；刘掌柜：何靖、朱晓鹏；王五：张瀚生；染坊伙计：连旭东）

《关系》：编剧（万方）导演（任鸣）副导演（丛林）设计（王郁洋、张秋春）表演（沙辰星：丁志诚、邹健；吴晓华：梁丹妮、孙茜；叶航：徐菁遥；杜度：徐岑子；刘天：王雷）

《我爱桃花》：编剧（邹静之）导演（任鸣）设计（曾力、申奥、孟彬、鄢霓）

《哗变》：编剧（赫尔曼 . 沃克）导演（查尔斯 . 赫斯顿 、任鸣）设计（周一莎、霍焰）

《李白》：编剧（郭启宏）导演（苏民 、唐烨）设计（韩西宇、宋垠、鄢修民）

《窝头会馆》：编剧（刘恒）导演（林兆华）设计（曾力 、易立明）表演（苑国钟：何冰；古月宗：濮存昕；田翠兰：宋丹丹、李珍；肖启山：杨立新；牛大粪：兰法庆）

《知己》：编剧（郭启宏 ）导演（任鸣）副导演（丛林）设计（吴穹、陈睿、孟彬、鄢霓）表演（顾贞观：冯远征；吴兆骞：张志忠；纳兰性德：王雷；明珠：王刚；徐乾学：张永强）

《鸟人》：编剧（过士行）导演（林兆华）设计（吴穹、曾力、易立明）表演（三爷：何冰；丁保罗：濮存昕、荆浩；天津卫：傅迦；陈博士：严燕生；小霞、徐菁遥；黄毛：何靖）

2010 年

《大酒店套房 (2010)》：编剧（尼尔・塞门【美国】）导演（顾威）设计（杨文勇、李聪、王虹艺 、孟繁功、张秋萍）表演（可琳：唐萍；萨姆：王刚；行

李员：闫巍；服务生：徐白晓；麦小姐：原雨；诺玛·哈伯利：高倩；罗伊·哈伯利：王宁）

《晚餐(2010)》：编剧（卡巴奈利斯【希腊】）导演（罗锦鳞）设计（吴穹、王虹艺、张秋春）表演（阿伽门农：张福元；克吕泰墨斯特拉：高倩；埃癸斯特斯：丛林；卡珊德拉：陈宣宇；伊菲革涅亚：孔维；俄瑞斯特斯：杨佳音）

《日出》：编剧（曹禺）导演（任鸣、王鹏）设计（吴穹、陈睿、张秋春、鄢霓、英姝）表演（陈白露：陈好、陈宣宇、黄薇；方达生：谷智鑫、罗熙；张乔治：张永强、阿楠；王福升：丛林；小东西：刘彦君、韩清；潘月亭：王刚）

《原野》：编剧（曹禺）导演（陈薪伊）设计（刘杏林、胡耀辉、王虹艺、英姝）表演（仇虎：胡军；小金子：辛月；白傻子：雷佳；花金子：徐帆；焦大星：濮存昕；焦母：吕中、高倩）

《小镇畸人》：编剧（郭启宏）导演（徐昂）设计（陈崴、胡萌、李果、戴贵江、栾红）表演（我：班赞；车六舍：苗驰；车阿仓：闫锐；车老肥：连旭东；车哼、前轿夫：李劲峰；车哈、后轿夫：张瀚生；车阿花、车小姐：刘鑫）

2011 年

《蔡文姬》：编剧（郭沫若）导演（焦菊隐）设计（陈永祥、宋垠、鄢修民、方堃林）表演（蔡文姬：于明加；伊屠知牙师：韩清；赵四娘：孟秀；左贤王：刘辉；董祀：闫巍）

《爱情印象》：编剧（李健鸣）导演（李健鸣、李六乙）设计（谭韶远）表演（费医生、画家：祖峰；欧、娜：周韵）

《家》：编剧（曹禺）导演（李六乙）设计（谭韶远、方义、门晓光）表演（高老太爷：朱旭、米铁增；高克明：李士龙；高克安：张福元；周氏：高倩；王氏：孟秀）

《喜剧的忧伤》：编剧（三谷幸喜【日本】）导演（徐昂）设计（曾力、陈崴、王巍巍、郑晨）表演（审查官：陈道明；编剧：何冰）

《第一次的亲密接触》：编剧（胡玥）导演（任鸣）设计（李果、孟彬）表

演（轻舞飞扬：李小萌；痞子蔡：刘鑫；阿泰：阿楠；小雯：孙琳）

《我们的荆轲》：编剧（莫言）导演（任鸣）设计（申奥、孟彬、鄢霓、英姝、郑晨）表演（高渐离：李劲峰；秦舞阳：雷佳；狗屠：班赞；荆轲：王斑；田光：丛林）

2012年

《甲子园》：编剧（何冀平）导演（任鸣、唐烨）设计（吴穹、孟彬、鄢霓、徐莉、郑晨）表演（陈爱林：王姬、孙茜；黄仿吾：蓝天野、濮存昕、张万昆；金鑫：邹健、金汉；李戴维：雷佳、闫巍、周帅；彦梅仪：吕中、龚丽君）

《契诃夫短剧：〈天鹅之歌〉与〈论烟草有害〉》：编剧（契诃夫【俄国】）导演（林兆华）设计（戴贵江）表演（卫斯礼·斯维洛维妥夫：濮存昕；尼其妥·伊凡尼洽：何冰；伊凡·伊凡诺维奇·纽兴：何冰）

《老爸，开门》：编剧（费明）导演（唐烨）设计（杨凯强、孟彬、孟繁功）表演（父亲：曲敬国、邹健；女儿：郭奕君、卢芳、于明加）

《坏女孩的恶作剧》：编剧（马里奥·巴尔加斯·略萨【西班牙】、陈小玲）导演（唐烨）设计（方义、迟琬珺、孟繁功、孙璐璐）表演（坏女孩：蓝盈莹、闻诗佳；好男孩里卡多：王羽铮；胡安·罗伯特：周帅）

《推销员之死》：编剧（阿瑟·米勒【美国】）导演（李六乙）设计（李六乙、谭韶远、门晓光、何永太、孟繁功、徐莉）表演（威利·洛曼：丁志诚；琳达【其妻】：卢芳；比夫【其长子】：荆浩；哈皮【其次子】：苗驰；查利：邹健）

2013年

《六个寻找剧作家的剧中人》：编剧（皮兰德娄【意大利】）导演（弗拉基米尔·彼得罗夫【俄罗斯】）设计（申奥、孟彬、戴贵江、英姝、孟繁功、丰江舟、张琳）表演（父亲：邹健；母亲：夏立言；大女儿：王欣雨；儿子：金汉、周帅；小男孩：韩清）

《解药》：编剧（吴彤）导演（丛林）设计（杨璇、崔博思、郑晨、王虹艺）表演（心理医生：杨佳音；企业家：李龙吟）

《燃烧的梵高》：编剧（伊非）导演（任鸣）设计（杨庆生 、刘鹏 、孟彬）表演（梵高：王劲松；茜恩、白衣女子：白荟；提奥、韦森：李劲峰；高更、莫威、提格：邓飞）

《明枪暗箭》：编剧（杰森·舍曼【加拿大】）导演（吴朱红）设计（李果、苏亚南、戴贵江、胡萌）表演（唐纳德：仇晓光；多耶：王宁；安娜：吴珊珊；斯帕柔：梁国庆；保罗：苗驰、韩文亮）

《从前有座山》：编剧（张幼梅）导演（张幼梅）设计（王威、孟彬、孟繁功、车成轩）表演（钱盼盼：魏小军；赵远山：张胤哲；钱满满：王洋；孙晨曦：龙一仪；周警官：杜语庭；吴警官：杨菀葶）

《天之骄子》：编剧（郭启宏）导演（苏民、唐烨）设计（韩西宇、孟彬、鄢霓）表演（卞氏：龚丽君；曹丕：邹健；甄氏：原雨、孙琳；曹植：刘辉；曹操：濮存昕、张万昆）

《大将军寇流兰》：编剧（威廉·莎士比亚【英国】）导演（易立明、林兆华）设计（英姝）表演（凯恩斯·马修斯【后称寇流兰大将军】：濮存昕；塔勒斯·奥菲狄乌斯【伏尔斯人的大将】：荆浩；伏隆妮亚【寇流兰之母】：李珍；西西涅斯·魏鲁特斯【护民官】：傅迦；梅南纽斯·阿格立巴【寇流兰之友】：邹健）

《白鹿原》：编剧（孟冰）导演（林兆华、李六乙）设计（易立明）表演（白嘉轩：濮存昕；小娥：卢芳；鹿子霖：郭达；白孝文：荆浩；鹿兆鹏：苗驰）

《小井胡同》：编剧（李龙云）导演（刁光覃、杨立新 ）设计（黄清泽、鄢修民、方义）表演（杨半仙：邹健；吴七：王长立；刘家祥：濮存昕、刘辉；刘婶：龚丽君；小结实：小丸子）

《阮玲玉》：编剧（刘锦云）导演（林兆华、任鸣）设计（霍焰、李聪、黄清泽、吴穹、李果）表演（红孩儿【小玉】：韩清；穆大师：孙星；阮玲玉：徐帆；张四达：苗驰；张母：高倩）

2014年

《理发馆》：编剧（宋凤仪、李卫）导演（任鸣、王鹏）设计（孟彬 、英姝、吴穹、鄢霓、郑晨）表演（迷糊爷爷：李劲峰；迷糊爸爸：丛林、李麟；迷糊：班赞；邻居老张：李麟；迷糊媳妇：孙茜 ）

《公民》：编剧（孟冰）导演（林兆华）设计（李果 、方义、戴贵江、英姝、郑晨）

表演（溥仪：冯远征；年轻的溥仪：刘鑫；苏联军官：王羽铮；战犯管理所干部：张福元；日本天皇：王尧）

附录三

主要参考书目

《郭沫若全集》，人民文学出版社 1978 年版。

《老舍全集》，人民文学出版社 1999 年版。

《曹禺全集》，花山文艺出版社 1996 年版。

田本相、杨景辉：《郭沫若史剧论》，人民文学出版社 1983 年版。

张毓茂、钟林斌：《文学巨星郭沫若》，四川人民出版社 1984 年版。

吴功正：《沫若史剧论》，重庆出版社 1997 年版。

黄侯兴：《郭沫若历史剧研究》，长江文艺出版社 1983 年版。

傅正乾：《历史·史剧·现实——郭沫若史剧理论研究》，陕西人民出版社 1988 年版。

《龙须沟：演出本》，老舍撰，焦菊隐改编，文化艺术出版社 1952 年版。

老舍：《龙须沟：文学本》，上海晨光出版公司 1952 年版。

老舍：《茶馆》，中国戏剧出版社 1958 年版。

《老舍的话剧艺术》，克莹、李颖编，文化艺术出版社 1982 年版。

冉忆桥、李振潼：《老舍剧作研究》，华东师范大学出版社 1988 年版。

宋永毅：《老舍与中国文化观念》，学林出版社 1988 年版。

赵园：《北京：城与人》，北京大学出版社 1999 年版。

《老舍与二十世纪：99 国际老舍学术研讨会论文选》，关纪新、范亦豪、曾广灿编，天津人民出版社 2000 年版。

徐德明:《中国现代小说雅俗流变与整合》，社会科学文献出版社 2000 年版。

汤晨光:《老舍与现代中国》，湖南师范大学出版社 2002 年版。

白公、金灿:《京味儿——透视北京人的语言》，中国妇女出版社 1993 年版。

《京味文学散论》，甘海岚、张丽杭编，北京燕山出版社 1997 年版。

季永海、赵志忠:《满族民间文学概论》，中央民族学院出版社 1991 年版。

《老舍生活与创作自述》，人民文学出版社 1997 年版。

《老舍自传》，徐德明编，江苏人民出版社 1995 年版。

《老舍年谱》，甘海岚编，书目文献出版社 1989 年版。

《老舍研究资料》，曾光灿、吴怀斌编，北京十月文艺出版社 1985 年版。

《百年老舍》，姚振声编，中国文联出版社 2001 年版。

《老舍印象》，宋炳辉编，学林出版社 1997 年版。

舒乙:《我的思念——关于老舍先生》，中国广播电视出版社 1991 年版。

舒乙:《我的风筝》，陕西人民出版社 1998 年版。

田本相:《曹禺剧作论》，中国戏剧出版社 1981 年版。

田本相:《曹禺传》，北京十月文艺出版社 1988 年版

田本相、刘一军:《苦闷的灵魂——曹禺访谈录》，江苏教育出版社 2001 年版

朱栋霖:《论曹禺的戏剧创作》，人民文学出版社 1987 年版

崔国良:《曹禺早期改译剧本及创作》，辽宁大学出版社 1993 年版。

马骏山:《曹禺：历史的突进与回旋》，中国工人出版社 1993 年版。

曹树钧、俞健萌:《摄魂——戏剧大师曹禺》，中国青年出版社 1993 年版。

钱理群:《大小舞台之间——曹禺戏剧新论》，浙江文艺出版社 1994 年版。

贡献、陈留生:《对“狭之笼”的徒然挣脱》，南京大学出版社 1998 年版

《曹禺评说七十年》，刘勇、李春雨编，文化艺术出版社 2007 年版。

梁秉堃:《在曹禺身边》，中国戏剧出版社 1999 年版。

王晓华:《压抑与憧憬》，中国社会科学出版社 2001 年版。

《曹禺研究专集》（上、下），王兴平等编，海峡文艺出版社 1985 年版。

《曹禺研究资料》（上、下），田本相、胡叔和编，中国戏剧出版社 1991 年版。

《东方舞台上的奇迹——〈茶馆〉在西欧》，乌苇·克劳特编，文化艺术出版社 1983 年版。

《难忘的二十五天——〈茶馆〉在日本》，周瑞祥等编，北京出版社 1985 年版。

《〈龙须沟〉的舞台艺术》，蒋瑞编，中国戏剧出版社 1987 年版。

《〈茶馆〉的舞台艺术》，中国戏剧出版社 1980 年版。

《〈蔡文姬〉的舞台艺术》，上海文艺出版社 1981 年版。

《〈雷雨〉的舞台艺术》，上海文艺出版社 1982 年版。

《〈骆驼祥子〉的舞台艺术》，文化艺术出版社 2008 年版。

欧阳山尊:《〈日出〉导演计划》，中国戏剧出版社 1983 年版。

《〈北京人〉导演计划》，蔡骧编著，中国戏剧出版社 2004 年版。

《〈红白喜事〉的舞台艺术》，中国戏剧出版社 1987 年版。

《〈绝对信号〉的艺术探索》，中国戏剧出版社 1985 年版。

焦菊隐:《菊隐艺谭》，百花文艺出版社 2000 年版。

焦菊隐:《焦菊隐戏剧论文集》，上海文艺出版社 1979 年版。

《焦菊隐文集》，文化艺术出版社 1988 年版。

《焦菊隐戏剧散论》，杜澄夫等编，中国戏剧出版社 1985 年版。

邹红:《焦菊隐戏剧理论研究》，北京师范大学出版社 1999 年版。

苏民、左莱等:《论焦菊隐导演学派》，文化艺术出版社 1985 年版。

田本相、何西来、顾骧等:《论北京人艺演剧学派》，北京出版社 1995 年版。

《探索的足迹》，中国戏剧出版社 1994 年版。

《秋实春华集》，周瑞祥等编，北京出版社 1989 年版。

《攻坚集》，石联星等编，中国戏剧出版社 1982 年版。

《夏淳》，朱以中编，北京十月文艺出版社 1995 年版。

夏淳:《剧坛漫话》,中国文联出版公司 1985 年版。
《林兆华导演艺术》,林克欢编,北方文艺出版社 1992 年版。
《演艺妙语》,叶涛主编,上海文艺出版社 1996 年版。
《于是之论表演艺术》,中国戏剧出版社 1987 年版。
《演员于是之》,王宏韬、杨景辉编,北京十月文艺出版社 1997 年版。
梁秉堃:《平民演员:我说于是之》,华夏出版社 2001 年版。
《刁光覃、朱琳论表演艺术》,蒋瑞、王宏韬编,中国戏剧出版社 1991 年版。
《北京人民艺术剧院艺术家丛书》(夏淳、刁光覃、朱琳、童超、叶子等)北京十月文艺出版社 1995 年版。
吕恩:《回首我的艺术人生》,中国戏剧出版社 2006 年版。
赵蕴如:《梦飞江海——我的戏剧探索之路》,中国戏剧出版社 2005 年版。
张帆:《走近辉煌》,中国戏剧出版社 2007 年版。
张帆:《话说北京人艺》,百花文艺出版社 2004 年版。
《周总理与北京人艺》,刘章春等编,中国戏剧出版社 2008 年版。
《石挥的艺术世界》,舒晓鸣编著,中国电影出版社 2005 年版。
《中国现代戏剧电影艺术家传》,李辉等编,江西人民出版社 1981 年版。
叶涛、张马力:《话剧表演艺术概论》,中国戏剧出版社 1990 年版。
张骏祥:《导演术基础》,中国戏剧出版社 1983 年版。
郑君里:《角色的诞生》,中国电影出版社 1981 年版。
吴光耀:《西方演剧史论稿》,中国戏剧出版社 2002 年版。
《西方名导演论导演与表演》,杜定宇编,中国戏剧出版社 1992 年版。
[英]休·莫里森:《表演技巧》,胡博译,中国戏剧出版社 2003 年版。
徐晓钟:《向"表现美学"拓宽的导演艺术》,中国戏剧出版社 1996 年版。
杨村彬:《导演艺术民族化探索集》,中国戏剧出版社 1991 年版。
柯灵:《剧场偶记》,百花文艺出版社 1983 年版。
陈世雄:《导演者:从梅宁根到巴尔巴》,厦门大学出版社 2006 年版。
王晓鹰:《戏剧演出中的假定性》,中国戏剧出版社 1995 年版。

彭万荣:《表演诗学》，中国社会科学出版社 2003 年版。

《中国话剧运动五十年史料集》，应云卫等撰，中国戏剧出版社 1987 年版。

《中国现代戏剧史稿》，陈白尘、董健主编，中国戏剧出版社 1988 年版。

《中国当代戏剧史稿》，董健、胡星亮主编，中国戏剧出版社 2008 年版。

《中国话剧通史》，葛一虹主编，文化艺术出版社 1990 年版。

《中国现代比较戏剧史》，田本相主编，文化艺术出版社 1993 年版。

朱双云:《初期职业话剧史料》，独立出版社 1942 年版。

欧阳予倩:《自我演戏以来》，中国戏剧出版社 1959 年版。

《国剧运动》，余上沅编，新月书店 1927 年 9 月版。

《中国话剧史大事记》，左莱主编，中国艺术研究院话剧研究所,1996 年版。

陈徒手:《人有病，天知否》，人民文学出版社 2000 年版。

《当代文学关键词》，洪子诚、孟繁华主编，广西师范大学出版社 2002 年版。

《中国当代文学史・史料选》，洪子诚主编，长江文艺出版社 2002 年版。

王新民:《中国当代话剧艺术演变史》，浙江大学出版社 2000 年版。

马森:《中国现代戏剧的两度西潮》，台湾书林出版有限公司 1991 年版。

姚一苇:《戏剧原理》，台湾书林出版有限公司 1968 年版。

田本相、焦尚志:《中国话剧史研究概述》，天津古籍出版社 1993 年版。

王爱民、任何:《俄国戏剧史概要》，中国戏剧出版社 1984 年版。

[苏] 斯坦尼斯拉夫斯基:《我的艺术生活》，上海译文出版社 1984 年版。

[苏] 丹钦科:《文艺・戏剧・生活》，焦菊隐译，中国戏剧出版社 1982 年版。

[俄] 契诃夫:《契诃夫戏剧集》，人民文学出版社 1960 年版。

[苏] 高尔基:《俄国文学史》，上海译文出版社 1979 年版。

[英] 菲利斯・哈特诺尔:《简明世界戏剧史》，李松林译，中国戏剧出版社 1986 年版。

[美] 布罗凯特:《世界戏剧艺术欣赏——世界戏剧史》，胡耀恒译，中国戏剧出版社 1987 年版。

[美]韦勒克、沃伦:《文学理论》江苏教育出版社2005年版。
张毅:《文学文体概况》,中国人民大学出版社1996年版。
周宪:《超越文学》,生活·读书·新知三联书店1997年版。
李泽厚:《美的历程》,安徽文艺出版社1991年版。
《周恩来论文艺》,人民文学出版社1979年版。
余上沅:《余上沅戏剧论文集》,长江文艺出版社1986年版。
朱光潜:《悲剧心理学》,安徽教育出版社1997年版。
陈瘦竹:《陈瘦竹戏剧论集》,朱栋霖、周安华编,江苏教育出版社1999年版。
顾仲彝:《编剧理论与技巧》,中国戏剧出版社1981年版。
谭霈生:《戏剧艺术的特性》,上海文艺出版社1985年版。
谭霈生、路海波:《话剧艺术概论》,中国戏剧出版社1986年版。
董健:《文学与历史》,江苏文艺出版社1992年版。
董健:《田汉传》,北京十月文艺出版社1996年版。
董健:《跬步斋读思录》,江苏教育出版社2001年版。
董健:《戏剧与时代》,人民文学出版社2004年版。
董健、马骏山:《戏剧艺术十五讲》,北京大学出版社2004年版。
丁罗男:《二十世纪戏剧整体观》,文汇出版社1999年版。
张健:《中国现代喜剧观念研究》,北京师范大学出版社1994年版。
陈世雄、周宁:《20世纪西方戏剧思潮》,中国戏剧出版社2000年版。
孙惠柱:《第四堵墙:戏剧的结构与解构》,上海书店出版社2006年版。
朱栋霖、王文英:《戏剧美学》,江苏文艺出版社1991年版。
童道明:《戏剧笔记》,中国戏剧出版社1993年版。
童道明:《他山集——戏剧流派、假定性及其它》,中国戏剧出版社1983年版。
康洪兴:《戏剧导演表演美学研究》,高等教育出版社1996年版。
胡星亮:《中国现代喜剧论》,南京大学出版社1995年版。
胡星亮:《二十世纪中国戏剧思潮》,江苏文艺出版社1995年版。

胡星亮:《中国话剧与中国戏曲》，学林出版社 2000 年版。

马俊山:《曹禺：历史的突进与回旋》，中国工人出版社 1992 年版。

马俊山:《演剧职业化运动研究》，人民文学出版社 2007 年版。

陆炜:《田汉剧作论》，南京大学出版社 1995 年版。

周安华:《深沉悲怆的生命旋律：论中国八十年代悲剧创作》，学林出版社 1991 年版。

吕效平:《戏曲本质论》，南京大学出版社 2003 年版。

胡志毅:《神话与仪式：戏剧的原型阐释》，学林出版社 2001 年版。

高行健:《对一种现代戏剧的追求》，中国戏剧出版社 1988 年版。

《先锋戏剧档案》，孟京辉编，作家出版社 2000 年版。

余秋雨:《戏剧理论史稿》，上海文艺出版社 1983 年版。

戴平:《戏剧——综合的美学工程》，上海人民出版社 1988 年版。

朱光潜:《悲剧心理学》，安徽教育出版社 1997 年版。

高音:《北京新时期戏剧史》，中国戏剧出版社 2006 年版。

姚文放:《中国戏剧美学的文化阐释》，中国人民大学出版社 1997 年版。

佴荣本:《文艺美学范畴研究：论悲剧与喜剧》，南京大学出版社 2002 年版。

宫宝荣:《法国戏剧百年（1908—1988）》，生活·读书·新知三联书店出版社 2001 年版。

宫宝荣:《梨园香飘塞纳河——20 世纪法国戏剧流派研究》，上海书店出版社 2008 年版。

[法] 于贝斯菲尔德著《戏剧符号学》（即《阅读戏剧》）宫宝荣译，中国戏剧出版社 2004 年版

汤逸佩:《叙事者的舞台——中国当代话剧舞台叙事形式的变革》，中国戏剧出版社 2006 年版

陆军:《编剧理论与技法》，中国戏剧出版社 2005 版。

陆军主编:《中国现当代编剧学史料长编》（上、中、下），中国戏剧出版社 2015 年版。

陈军:《工与悟——中国现当代戏剧论稿》，安徽大学出版社 2009 年版。

王国维:《宋元戏曲史》，上海古籍出版社 2000 年版。

《中国古代戏曲论著集成》，中国戏剧出版社 1980 年版

谭帆、陆炜:《中国古典戏剧理论史》，中国社会科学出版社 1993 年版。

张庚:《戏曲艺术论》，中国戏剧出版社 1980 年版。

张庚:《中国戏曲通论》，上海文艺出版社 1989 年版。

阿甲:《戏曲表演艺术论》，中国戏剧出版社 1979 年版。

《中国新文学大系》(戏剧卷、理论卷)，上海文艺出版社 1990 年版。

《西方文论选》，伍蠡甫主编，上海译文出版社 1979 年版。

《现代西方艺术美学论文选》(戏剧卷)，童道明主编，春风文艺出版社、辽宁教育出版社 1989 年版。

《外国现代剧作家论剧作》，中国社会科学出版社 1982 年版。

赵毅衡编选《“新批评”文集》，百花文艺出版社 2001 年版

《编剧艺术》，罗晓风选编，文化艺术出版社 1986 年版。

[古希腊]亚里士多德、贺拉斯:《诗学·诗艺》，人民文学出版社 1997 年版。

[德]黑格尔:《美学》，朱光潜译，商务印书馆 1997 年版。

[德]柏格森:《笑——论滑稽的意义》，徐继曾译，中国戏剧出版社 1980 年版。

[德]尼采:《悲剧的诞生》，周国平译，生活·读书·新知三联书店 1996 年版。

[德]莱辛:《拉奥孔》，朱光潜译，人民文学出版社 1982 年版。

[德]莱辛:《汉堡剧评》，上海译文出版社 1982 年版。

[德]古斯塔夫·弗莱塔克:《论戏剧情节》，张玉书译，上海译文出版社 1981 年版。

[德]布莱希特:《布莱希特论戏剧》，丁扬忠等译，中国戏剧出版社 1992 年版。

[德]汉斯-格奥尔格·加达默尔:《真理与方法》，洪汉鼎译，上海译文

出版社 1999 年版。

[德] 汉斯 · 蒂斯 · 雷曼:《后戏剧剧场》，李亦男译，北京大学出版社 2016 年版。

[法] 狄德罗:《狄德罗美学论文选》，人民文学出版社 1984 年版。

[法] 安托南 · 阿尔托:《残酷戏剧: 戏剧及其重影》，桂裕芳译，中国戏剧出版社 1993 年版。

[英] 阿 · 尼柯尔:《西欧戏剧理论》，徐士瑚译，中国戏剧出版社 1985 年版。

[英] 阿契尔:《剧作法》，中国戏剧出版社 1964 年版。

[英] 马丁 · 艾斯林:《戏剧剖析》，中国戏剧出版社 1981 年版。

[英] 彼得 · 布鲁克:《空的空间》，中国戏剧出版社 1988 年版.

[英]J.L. 斯泰恩:《现代戏剧理论与实践》(一至三辑)，刘国彬等译，中国戏剧出版社 1986 年版。

[美] 乔治 · 贝克:《戏剧技巧》，余上沅译，中国戏剧出版社 1985 年版。

[美] 苏珊 · 朗格:《情感与形式》，刘大基等译，中国社会科学出版社 1986 年版。

[波兰] 耶日 · 格洛托夫斯基:《迈向质朴戏剧》，中国戏剧出版社 1984 年版。

[俄] 契诃夫:《契诃夫论文学》，人民文学出版社 1959 年版。

[俄] 别林斯基:《别林斯基选集》(第三卷)，满涛译，上海译文出版社 1982 年版。

[苏] 高尔基:《文学论文选》，人民文学出版社 1960 年版。

[苏] 斯坦尼斯拉夫斯基:《斯坦尼斯拉夫斯基全集》，中国电影出版社 1985—1986 年版。

[苏] 格 · 托夫斯托诺戈夫:《论导演艺术》，文化艺术出版社 1992 年版。

[苏] 格 · 尼 · 古里叶夫:《导演学概论》，王爱民等译，陕西人民出版社 1983 年版。

[苏] 叶尔米洛夫:《论契诃夫的戏剧创作》，中国戏剧出版社 1985 年版。

[苏]玛·斯特罗耶娃:《契诃夫与艺术剧院》,中国戏剧出版社1960年版。

[苏]玛·奥·克涅别尔:《论聂米罗维奇-丹钦科导演方法》,中国戏剧出版社1959年版。

[苏]托波尔科夫:《斯坦尼斯拉夫斯基在排演中》,中国电影出版社1981年版。

[苏]霍洛道夫:《戏剧结构》,华东师范大学出版社1981年版。

后 记

本书的写作应追溯到2002年9月，那是我读博第二年，按照规定，这一年必须完成论文开题，而当时我的心中并没有一个好的选题，曾经跟一些师友聊，发现各有各的主意和建议，搞得我一时无所适从，内心很烦躁，也很焦虑，有好几天把自己关在宿舍里来回踱步，不停地思考，也想不出个所以然。如今我年龄渐长，随着学术积累和科研履历的加深，知道选题要有问题意识，从阅读中来，做到“边读边写”；从学术史梳理和总结中来，设法“查漏补缺”；从参照模仿中来，学会“依样画葫芦”，等等，感到要写的论文、要搞的课题太多太多，一辈子也做不完！！！但当时我没有经验，是学术菜鸟，一筹莫展，甚至觉得自己不是做学问的料，开始怀疑人生。这种情绪总是要宣泄的，我就尝试把自己的苦恼跟导师说，我的博士指导老师董健教授倒是给了我一个博士选题：《论俄罗斯戏剧对中国现代戏剧的影响》，内容包括果戈里戏剧对陈白尘讽刺喜剧创作，契诃夫戏剧对曹禺、夏衍等剧作家创作以及高尔基戏剧对中国左翼戏剧的影响，还有斯坦尼斯拉夫斯基现实主义演剧体系对中国现代导表演体系的影响，等等。董师学俄语出身，对俄罗斯戏剧了如指掌、如数家珍，但我思来想去，觉得自己这方面基础不好，牵涉的面太多，担心自己把握不了，最后还是放弃了！后来，我去我的硕士导师胡星亮教授家串门，胡老师说可以做《茶馆》与中国现当代戏剧研究。《茶馆》属于老舍先生的原创，自成一格，放在中外戏剧史上都是一个“独特的存在”，首先要把《茶馆》创作上的特色和价值研究清楚。而一部《茶馆》对中国现当代戏剧产生了许多重要影响，贡献卓著。《茶馆》之后有一批向《茶馆》致敬的追随者，如李龙云、何冀平、过士行、郑天纬、中杰英等，诞生了一个京味戏剧流派，有的学者谓之“《茶馆》派”，这个京味戏剧流派就大有文章可做。其次，《茶馆》

成就了北京人艺，对北京人艺导表演艺术及其演剧风格都有很大影响，北京人艺也以擅演《茶馆》著称，不断掀起观演热潮，以其生动精彩的演出造就了《茶馆》的辉煌，经典剧作与杰出剧院相互建构的关系也值得研究。最后，《茶馆》的民族化成就备受瞩目，焦菊隐曾经用它来探索民族特色的演剧学派，20世纪80年代在欧洲巡演时，被国外同行称为"东方舞台上的奇迹"，完全可以研究《茶馆》对中国话剧民族化的贡献，总结其中可资借鉴的经验和启示。胡老师希望该选题能小中见大，做到鲁迅所谓的"选题要严，开掘要深"。我记得我听了是眼睛一亮，当时就表态说想做，因为我喜欢做具体实证性研究，不喜欢那种故弄玄虚的宏观大论式研究（当然，现在我认识到，方向开拓、宏观构建与微观深入、文本细读同等重要）。我记得南大张异宾教授跟我们上课时说过，学术研究少来点"大票子"，多来点"零钱"（Change）。我的研究基础体现在戏剧史论研究上，跟胡老师的选题比较对路。于是我开始进入老舍的阅读世界，先摸一摸这里的"水有多深"，了解其研究概况再说。从老舍的作品开始读起，兼及老舍本人的创作谈，再到有关老舍小说和戏剧的研究成果，然后延伸到"京味"戏剧、北京人艺、中国话剧的民族化等专题研究，接着还要看一些可能用得到的理论著作，以及相近的、可以触类旁通的研究成果。我的阅读就像同心圆一样不断往外扩，光写的读书笔记就有十来本。我发现真正进去以后才觉得好多话都被人家说了，遗憾和无奈在所难免，像《茶馆》作品分析、"京味戏剧"、话剧民族化等都有成篇累牍的论文和长篇大作，真正留给自己"接着说"的空间很小，创新价值不大。最后觉得还是老舍与北京人艺这一块学界关注很少，较有新意。于是就想改变当初的框架设想，专门研究老舍与北京人艺的互动关系，但以此聚焦仍感到畏惧、害怕，因为后者需查找北京人艺导表演等舞台实践的资料，对我来说这是一个新的研究领域。我是中文系的底子，本科修的是汉语言文学专业，学术研究起步于中国话剧文学研究，在研究生阶段就发表有关话剧思潮、流派、文体和作家作品的研究文章，掌握了较为全面系统的话剧史论知识，但对舞台演出这块一直知之甚少、望而却步。事实上，当时南京大学戏剧戏曲学专业的博士论文绝大多数都是做戏剧文学研究的，因为南大是综合性大学，戏剧影视研究所也挂靠在南大中文系，没有舞台实践的课程内容，接触戏剧演出的机会较少。我的两位导师董健教授、胡星亮教授也都是中文系出身，是从中国现当代文学研究转向戏剧戏曲学的。尽管如此，我还是决定冒这个险，因为戏剧是一门舞台艺术，对普通观众来说，看戏主要是指看演出而不是看剧本，只有少数文学爱好者或研究者才找剧本来阅读，把文学与舞台结合起来作为一个整体研究显然意义更大。何况学术研究本来就是研究未知的，要是你对研究对象都已经完全知晓，对其深浅一目了然，还要你研究干什么？学术研究常常像探险一样，正是因为对未知的好奇，才能收获意外的惊喜！现在回顾选题的由来和过程仍感到机缘巧合，令人感喟！这里，我要由衷感谢胡老师的慷慨建议和董老师的开明睿智，董师不但同意我做这个选题，还主动跟在北京人艺工作的李龙云老师写信，让他帮我打招呼，允许我去北京人艺档案室查阅资料（现在北京人艺档案室已变成北京人艺博物馆，研究者只能隔着橱窗看，不能近距离查阅，想想自己当年是何等幸运！而给我提供助力的李龙云老师和董健老师已先后仙逝，又令我无比哀痛、感念不已！！！）。北京人艺的演剧实践虽对我是一个陌生领域，但当我查阅大量资料后感觉越来越亲近和熟悉，也越来越有信心。我本能地觉得这是一个有待发掘的富矿，那么多演出资料包括导表演日记、排演场的谈话、演出后的总结、座谈会的记录、报刊评论文章、演出本、说明书、宣传海报，以及各界观众来信散乱地堆在那里，需要有人把它们条理化系统化，上升到学理分析的高度，这是我应有的学术担当和责任！当然，我的博士论文写作还受到海鸥演出的剧坛掌故的启发（我在丹钦科、焦菊隐和童道明的著作中都看到过这则掌故，本书中有叙述），它说明独特个性的作家和独特风格的剧院是相互影响、相互成就的。斯坦尼在《我的艺术生活》中说："契诃夫给舞台艺术以内在真实，这种内在真实，便是作为日后被称为斯坦尼斯拉夫斯基体系的那种东西的基础，这种体系必须通过契诃夫才能完成，或者说这体系是通到契诃夫去的一道桥梁。"① 焦菊隐在《契诃夫戏剧集》译后记中也说过这样一句意味深长的话：

① [俄] 斯坦尼斯拉夫斯基：《我的艺术生活》，上海译文出版社 2005 年版，第 316 页。

"必须坦白地承认，我的导演工作道路的开始是独特的，不是因为斯坦尼斯拉夫斯基才略约懂得了契诃夫，而是因为契诃夫才略约懂得了斯坦尼斯拉夫斯基。"[①] 受他们的启发，我的博士论文先从跨文体角度出发来研究老舍戏剧的独特性（这也是我深有感触、很想出新的地方），第二、三章再具体研究老舍与北京人艺的互动关系。因为有一个相对合理可行的研究思路，有北京人艺档案室出色的文献资料工作为我的研究提供的方便，我的博士论文写作很顺利。2004 年博士论文通过答辩后，我又继续研究郭沫若、曹禺与北京人艺的互动关系，并以"'郭、老、曹'与北京人艺——戏剧文学与剧场的关系研究"为题申报国家社科基金项目。说起来申报过程一波三折，2005 年申报了，音讯全无，无功而返；2006 年接着申报也没有成功，但扬州大学人文社科处后来反馈说，我的项目入围了，但上会时被毙了，因为通讯评审上会以后还要淘汰三分之二；但通讯评审过了，说明选题还是被专家认可了，大有希望！2007 年我又以同样的题目和论证内容申报，奇怪的是连通讯评审这一关都没有过，我感觉很失望，认识到通讯评审的专家水准也是参差不齐、各有喜好的，但我没有泄气，不把它当回事，继续做我的研究，该查资料就查资料，该发论文就发论文，前期成果多了，申报才有支撑。2008 年，考虑到国家社科基金喜欢一些填补学术空白、开辟学术方向的题目，我就以"戏剧文学与剧场的关系研究——以'郭、老、曹'与北京人艺为例"为题目（正副标题互换）申报国家社科基金一般项目，结果上会了也获批了。等它批下来的时候我已经基本完成了，考虑到不能一批下来就结项，我又拖了一年提前申请结项，当时省规划办的人还不情愿办理，要我先找两位同行专家鉴定一下再申请结项，生怕我会通过不了影响省里的结项率。2010 年我顺利通过鉴定，2011 年书稿由社会科学文献出版社出版。当时我写了一个后记，正好跟我现在的"后记"相互参照和补充，现抄录如下：

① 焦菊隐：《契诃夫戏剧集·译后记》，《焦菊隐文集》第 3 卷，文化艺术出版社 1988 年版，第 292 页。

后 记

《戏剧文学与剧院剧场》一书是本人继《工与悟——中国现当代戏剧论稿》（安徽大学出版社 2009 年版）后的又一个学术“亮相”（该词英译为：“Strike a pose on the stage”）。众所周知，中国戏曲演员是十分注重自己的“亮相”的，它不仅是演员身段的定格或一个舞蹈动作的塑形，同时也是演员的禀赋气质、思想情感、艺术才华的展示，好的演员往往在人物第一次出场“亮相”时，就能给观众留下深刻的印象，让观众见一知十，对人物有所了解和期待。应该说，本人对这本专著的“亮相”，意识上是重视的，写作上也是用心的，但能否达到良好的预期，本人不自量力。正如英美新批评派所指出的那样，作品一经诞生就具备独立的生命和价值，已与作者无关，所以，为了摒弃可能发生的“意图谬见”，我还是诚恳地请读者批评和指正。

本书的写作是在本人博士论文《论老舍与北京人艺的互动关系》（指导教师：董健教授）基础上写成的。长期以来，戏剧文学研究和导表演等舞台实践研究的脱节是研究界的通病，研究戏剧作家作品的，很少延伸到舞台；研究导表演艺术及舞台风格的，则又很少涉及文本，对于戏剧这样一门以综合艺术和集体创造为本体论要素的艺术来说，这种研究的偏狭是明显的。所以本人博士论文力求打通文学与剧场的界别来深入研究二者的关系，应该说，这样的研究更加接近戏剧本体的研究，在研究方法上富有创新价值。2004 年，本人的博士论文曾有幸荣获南京大学中文系第五届优秀学位论文，在论文答辩时，本领域的专家曾给予一致的好评，南京大学胡星亮教授指出：“文学与剧场的关系是戏剧研究的重要课题，而在以往的研究中没有得到学术界应有的重视。陈军的论文有助于推进中国现当代戏剧研究的深入，并在戏剧研究中具有方法论的启示意义。”南京大学马俊山教授说：“从一个经典作家与国家剧院的关系，透视中国当代话剧发展中存在的深层问题，为话剧发展提供新的理论指向，对于中国所有的剧作家和剧院都有很强的启发性。”上海戏剧学院丁罗男教授则认为：“论文作者较为全面地深入地掌握了文学与戏剧的基础理论知识，并且特别重视演出作为沟通文学与戏剧的桥梁，强调舞台是完成戏剧的最终表达之所在，这一点是难能可贵的，本身体现了避免陷入‘纯文学’或‘纯戏剧’偏途的努力，是值得充分肯定的。”同时，答辩专家也提出了很多宝贵的意见，促使本人进一步地反思与修改。

鉴于博士论文只有十万字的容量，比较单薄，本人就想在此基础上进一步丰富、扩展与延伸，写成一本专著。因为北京人艺又称自己为"郭、老、曹剧院"，所以本人有意以"郭、老、曹"与北京人艺为研究对象，通过当代经典作家与杰出剧院的相互关系研究来反思戏剧史上文学与剧场的辩证关系，为当今戏剧创作与演出提供理论支撑和实践范式。这样本人又将视域扩大到郭沫若、曹禺等剧作家与北京人艺的互动，努力提升研究成果的理论价值和普适性。

关于本书的写作，我一开始就给自己制定了两条基本原则：1. 不"注水"。本书的写作不是博士论文的简单的"扩充"，而是"再起炉灶"，由老舍与北京人艺的研究，转向郭沫若、曹禺与北京人艺的研究，论文不停留在一般的描述上，所有的论证都有剧本的细读基础，也有关于戏剧表演过程的实证，在此基础上梳理、比较和把握"郭、老、曹"与北京人艺之间的复杂的动态关系，厘清不同风格特点的作家与剧院互动的丰富性、复杂性及其中蕴涵的规律性，为戏剧文学与剧场关系的研究提供更加全面、生动而有说服力的例证，并作出新的理解和认知。2、尽量把书当成论文来写。在写作时，我延续了当初博士论文写作的风格和要求，尽可能把书当成论文来写，不满足于内容的拼凑和材料的堆砌，而有内在的逻辑理路和间架结构，追求写作的层次感和递进性，尤其是尽量使每一个章节都是一篇论文的规制和品质，合起来是一本书，拆解开来可以分成一篇篇论文拿出去发表。全书整理成论文发表的有 17 篇之多，分别发表在《文学评论》《文艺研究》《中国现代文学研究丛刊》《北京社会科学》《文艺争鸣》《戏剧》《戏剧艺术》《戏剧文学》《艺术百家》《四川戏剧》《中国现代文学研究论丛》《扬子江评论》《安徽大学学报》《扬州大学学报》《三峡大学学报》《中国社会科学报》等重要的中文报纸杂志上。

为了使本书的写作更加坚实可靠、真实可感，本人前后数次去北京人民艺术剧院档案室查阅资料。每每翻开焦菊隐、于是之等人艺艺术大师那些发黄的布满灰尘的演出日记时，我都有一种恍若隔世之感，我如饥似渴地阅读着、记录着，与这些大师进行超越时空的灵魂对话，那时的我，精神上特别愉悦和充实，感觉自己整个人都显得特别高尚和伟大，所有的人世的纷扰和名利的算计全抛在脑后，这使我常想起海德格尔的一句名言："人生充满劳绩，但我们仍然要诗意地栖居在大地上"，这就是我——一个小资产阶级知识分子所安贫乐道的诗意生活啊！（我时常想，选择一个职业，也就意味着选择一种生活方式，并随之形成一定的人生目标和价值追求。当我决定到高校教书时，也就想好把精神上的享受和拥有看得比金钱、物质、虚荣和浮华更为重要和内在，同时构建自我的心理秩序）但读博回来后，本人即进入繁忙的教学工作和琐屑的家庭事务中，学术时间被挤压得可怜而支离破碎，再也没有整段整段的时间来读书，思考更是难以集中、持续与深入，就这样时断时续地如鸟雀筑巢一般，又花了5年的时间，这本专著才终于完成。专著写作是艰苦、辛劳和焦灼的，但看到自己成果即将问世，那些过去的寂寞、煎熬和忧伤又算得了什么呢？连那过去痛苦的一切都成了美好的回忆。

幸运的是，在本书写作过程中，我以这本专著为题成功申报了2008年度“国家社会科学基金一般项目”（08BZW058)，2009年7月该项目提前申请结项，2010年1月项目通过专家组评审鉴定，鉴定等级为：良好。

最后，按照“后记”写作的惯例，我要感谢所有在我成长过程中给予我帮助与关爱的老师、同学（同事）和亲人（恕不一一列出），没有他们的鼓励和支持，就不会有我的今天，此刻，我内心盈盈的是对他们的一片感激之情。感谢本书责编李建军、李风华为该书出版所付出的操劳。同时，我还要特别感谢我所在的工作单位——扬州大学能同意把该书纳入学校“211工程·人文传承与区域社会发展项目”并予以资助出版，使得我们在扬州这样的地方性城市也能为破解“学术逻各斯”[①]加油出力，有信心、有能力，有条件和平台参与学界对话，发出一己的声音。

本书的出版只是本人学术舞台上的一个阶段性“亮相”，对于我来说，今后的路还很长，我一定要加倍的努力和学习，希望这次“亮相”以后，还有更加精彩的“演出”，奉献给关心/关注我的观众。

2011年2月

于扬州

① 本人杜撰的一个词，意指受现行学术体制的影响，学术研究中不可避免地存在着后现代所谓的“逻各斯中心主义”现象，学术资源、成果、利益，包括学术话语权都为少数几个中心城市所垄断和控制。

应该说，专著出版以后还是收到了良好的反响，项目成果简介入选2011年5月10日全国哲学社会科学规划办的《成果要报》，2013年9月12日全部书稿被中国作家网陆续转载。先后有书评多篇，上海戏剧学院李伟教授在《探索文学与剧场关系的力作——评陈军著〈戏剧文学与剧院剧场——以“郭、老、曹”与北京人艺为例〉》(收入李伟著《怀疑与自由——文化转型期的戏剧批评》一书，上海书店出版社2011年12月版)，评价说“全面的资料搜集、厚实的理论基础、合适的研究方法，充分地保证了这一研究成果的高质量和高水准。对于后来者，这无疑是一个难以绕开的存在。”该书评的部分文字内容曾在《文艺报》2013年3月20日发表。青岛大学王金胜教授在《评陈军著〈戏剧文学与剧院剧场——以“郭、老、曹”与北京人艺为例〉》(《中国现代文学研究丛刊》2012年第6期)一文中指出“(该书)不仅为中国现当代戏剧提供了新的研究向度和学术增长点，有助于进一步推进中国现代戏剧研究的纵深发展，其所具有的方法论启示意义也是突出的。”扬州大学刘勇刚教授在《戏剧辩证法与戏剧的经典化——评陈军〈戏剧文学与剧院剧场〉》(《扬州教育学院学报》2014年第3期)中说：“本书对戏剧文学与剧场的关系作了辩证的批判性反思，突破了非此即彼的知性思维，而上升到辩证思维。对世界范围内流行的两种极端观点——强调文学而轻视剧场和强调剧场而放逐文学——进行了梳理与综观，思路绵密而明晰。”“此书具有个人的独见，不吹捧，不虚饰，不迷信权威的论断，有胆有识，敢说真话，表现出学者的批判精神。”等等。尤其值得一提的是，2013年5月7日，我收到扬州大学徐德明教授从美国哈佛大学(他应邀在那里访学)发来的邮件，他在“第一时间”告诉我：“今天东亚系博士论文开题，王德威的弟子，美国人tyron研究现代戏剧的技术学，参考文献ppt上首篇就是你的博士论文，这也是受到国际注视的标志。”老实说，受与不受国际注视在我是不曾想过的，但知道此信息，内心还是有点激动和兴奋，它一方面说明学术越来越全球化，属于全人类共同的精神财富；另一方面说明学术值得我们用心去搞，个人的努力付出是有回报的。

成果评价不错，也就激发起我的功利心，2012年我曾以此专著申报江苏省哲学社会科学优秀成果奖，据说，经过初评，该书已经入围获奖名单了，而且等级不错，但终评时，因为每个高校都有名额限制，最后被平衡掉了，什么奖也没有。我当时内心很是不平，觉得学术像江湖一样“拉帮结派”，令人不齿！但后来想开了，生活不都是完美，人的经历多了，很多事情就见怪不怪，要学会跟生活和解！再说我们搞科研的本意和初心不是为了获奖才去搞的啊，没有获奖，没有项目，没有什么人才称号，科研还是要继续，否则就把科研庸俗化了。再说，获奖、项目、人才称号等不是戏剧研究本身，都是一些虚名或者顶多是一些“衍生物”。体制内的评价标准只能说相对可信可靠，最权威、最天才、最公正的评论家应该是时间，在世时传开去，离世后留下来，这才值得推崇和称赞。所以，我暗自告诫自己不以出版为了事，还要不断打磨和修改，有材料增补，有心得体会赶紧记录下来，补充进书稿中去，一定要把这本书做成自己的标志性成果，最终要能在别人的书架上立得住①。从 2011 年初版到今年重新出版又过去将近 8 年，我在原来 26 万字初稿（指电脑字数，因为涨版，出版字数是 30.7 万字）的基础上又增补了 9 万多字（现在电脑字数为 35.4 万字），超过三分之一的修订量，都是精雕细琢而成，这里面一以贯之的是恒心、耐心和对学术的敬畏之心。

从一个“长时段”来考量，我的博士论文及其完成著作对我一生的学术道路和科学研究都影响至深。它使我很早就摆脱了戏剧文学研究的相对狭小领域，进入到更为宽广和复杂的舞台 / 剧场世界，我的学术研究自此有了综合意识和整体意识，戏剧研究的思想、理念、方式和方法都有很大改变。2011 年书稿出版以后，我又决定在文学、剧场基础上再进一步往下延伸，将观众接受纳入审视范围，力求拓展戏剧研究的空间，构建综合的立体的戏剧研究格局。我的研究理路与设想是：话剧不仅是一种文学或文学形式的存在，同时也是一门复杂多元的舞台艺术存在，从更大范围来看，它更是一种文化资源与社会文化存在。为此，话剧研究应从传统的以作家作品为中心的戏剧文学

① 可能受西方学术体制影响，不少高校把论文看得比专著更重要，评职称主要看论文，尤其是 CSSCI 期刊论文或权威期刊论文。这可能跟出版社改制有关，出书比发论文容易得多，只要交钱就行，结果造成不少能源的浪费。但西方重论文轻专著可能主要是自然科学，人文社会科学仍然要有专著，专著的厚度、广度和深度都不是论文所能比拟的。实际上，西方人文学科出版专著是很难的，要经过同行专家的评审，经过 review 检阅，一本书的出版往往要耗时多年，自然备受重视和瞩目。

研究延伸到以导表演等演剧实践为主的舞台艺术研究，再进一步拓展到以读者/观众接受为核心的戏剧文化研究，从审美范式转型为文化研究范式①。从2011年到现在，我以话剧接受为研究对象先后申报了教育部人文社科基金一般项目、江苏省社科基金重点项目和国家社科基金一般项目，2018年又有幸获批国家社科基金重大项目（18ZDA260），成了我带有显示度的新的学术增长点。但反思起来，话剧接受批评空间的开创仍离不开当初博士论文的拓展，没有开始的第一步就没有现在的第二步。而且不夸大地说，博士论文写作打下的基础已成了我宝贵的学术资源/支援，为我今后的学术研究提供生生不息的精神力量和实实在在的科研支撑，我近年发表的《论戏剧评论文本之构建》《中国话剧研究的三种范式及其发展趋向》《中国话剧研究的现状与路向》《论田汉与北京人艺的互动关系》都跟此学术背景及其形成的科研底色有关。去年，河南省艺术研究院举办国家艺术基金首个"舞台美术理论评论人才专题培训"项目，我受邀去讲学，我讲的题目是《焦菊隐的舞台美术观及其指导实践》（18000字），也是因为有博士论文的基础，这是我学术生涯中第一篇专门研究舞台美术的论文。

现在市面上已没有《戏剧文学与剧院剧场》一书卖了，连我自己也没有库存，去年我申报人才项目急需此书，后来是在孔夫子旧书网上买的，原价只有48元的书要100元才能买到，这就激发我加紧出修订版的决心。好在原先出版合同已到期，我可以换一家出版社，以新的面目问世。

在2011年版的"后记"中，我没有一一列出自己要感谢的人，但在修订版中我要大声说出来，并怀着一颗滚烫的感恩的心。除了前面提及的胡星亮老师、董健老师、李龙云老师以外，我还要感谢在我去北京人艺查阅资料期间，为我提供食宿的我的师兄阎立峰夫妇，阎师兄现在厦门大学新闻传播学院任教，早已经是教授、博导，当年他正好在北京师范大学读博士后，给了我很多生活上的照顾和情感上的慰藉。在我写作博士论文期间，我还请教过扬州

① 戏剧接受的文化研究范式与一般的文化研究范式还不一样，它仍然与文学（艺术）审美范式保持沟通与对话，即"必要的张力"，因为有关观众接受情况的问题分析必须从文学（艺术）等内部结构来寻找，而从读者观众接受眼光来看，也能发现文学（艺术）审美的成就与不足。我个人倾向于把戏剧接受研究范式定为介于审美范式与文化研究范式之间（游走于文学与文化之间），是文学"外部研究"与"内部研究"的贯通与结合。

大学徐德明教授，他是扬州大学中国现当代文学学科带头人，也是全国知名的老舍研究专家，他对我的论文曾给予无私的指点和帮助，心存感激！专著出版以后，上海戏剧学院李伟教授、青岛大学王金胜教授、扬州大学刘勇刚教授费心费力为我写书评，让我真心感受到友谊的珍贵，内心很是温暖和鼓舞！我还要感谢帮我发表论文的编辑老师，像《北京社会科学》杂志前后发表了我 3 篇论文，给了我不少信心和力量。2011 年出版《戏剧文学与剧院剧场》一书时是没有序言的，因为董师罹患眼疾，无法写序，而我的另一位授业导师胡星亮教授又有“从不写序”的规约，我只好尊重。2017 年年底我调入上海戏剧学院，有幸跟我所敬重的前辈丁罗男先生在一起搞话剧研究，说来有缘，丁老师是我的博士论文的答辩主席，我也是读他的书成长的，如今能在他身边得其指教（丁老师还是我重大项目的子项目负责人），何其幸也。丁老师为我写序是我的福气[①]，感激不尽。此外，我要感谢本书责编闫续哲、黄艳华老师的辛劳付出，这已经是我们第二次合作，相信还会继续合作。感谢孙思齐、孟文朴两位硕士从北京人民艺术剧院网站上查找出 1952-2014 年的演出剧目信息，并输成文字，使读者诸君能稍加窥探北京人艺的演剧脉络和讯息。我还要特别感谢我的父母、爱人对我生活上无微不至的照顾，使我能专心致志地在学术（人生）舞台上“唱、念、做、打”、如痴如梦。

最后，谨以此书献给我的导师董健先生，怀揣一瓣心香，祭奠恩师在天之灵！

2019 年 10 月

于上海

---

① 丁老师的序言我看了几遍，感觉很有启发和收获，本来我也想就“后戏剧剧场”中的文学性与剧场性的关系谈一下自己的看法，有了丁老师的序，我无需再展开来谈。我跟丁老师看法一致，认为文学性和剧场性是一体的、共生的，不要分割开来谈，更不要对立起来谈。文学剧本既有文学性也有剧场性；舞台演出既有剧场性也有文学性，剧本的文学性虽可独立存在，静候知音，但如果能在舞台上呈现则可获得耀眼的光辉和叠加的效应，同样，演员表演不是大把戏、杂耍，而是一种文学性表演，由导演、表演和舞台美术构建的舞台形象也应是一个文学形象。当然在具体实践中，二者很难做到健全和完美，会有种种争抢和偏至的做法。我想我们应该包容探索、鼓励创新，但作为戏剧批评和理论研究者，我们仍要有自己的价值判断和评判标准，给出处理二者关系的最佳结构和理想范式，这是毋庸置疑的。